国家出版基金项目
NATIONAL PUBLICATION FOUNDATION

清詩話全編

道光期四

張寅彭 編纂
張宇超 朱洪舉 點校

上海古籍出版社

第四册目次

春陵館詩話

春陵館詩話提要

《春陵館詩話》五卷存三卷，據上海圖書館藏舊鈔本點校。撰者周昌基，字東野，嘉善人。生平未詳。此本今題上中下三卷，然「上」、「中」、「下」三字墨蹟濃淡不一，係佚名後藏者依原字形塗改而成。「卷上」似爲「卷二」之改；「卷中」有「前三卷中録薛魯哉古今體若干首」云云，則原當爲卷四；「卷下」有「前四卷中已録汪藥亭五律兩首」云云，知爲卷五。又可知全書爲五卷，今存三卷爲殘本，篡改者欲掩其跡耳。卷下有「戊子仲冬，夜坐眠琴館，將已輯詩話四卷裒集抄録，校其疑誤」云云，則知全稿寫作於道光八年前後。其評詩重性情，有見識，同時人中最喜趙翼之詠物詩，贊其大著色相、「揮霍」「透露」之寫法，較歷來之寄託、空靈標準爲進一層，合乎乾隆以來詩壇「作詩必此詩」之詠物新要求也。又不滿吴錫麒以卷帙掩蔽性靈，直言其詩「遠仿義山而無其韵，近接竹坨而無其雄」，可謂中肯。卷中一則論「窮」與詩之關係，謂窮而能詩者後雖絶口不談詩，或能「返窮爲不窮」，而「不能變能詩爲不能詩」。此言有味，關乎嘉道時詩人恒「窮」之主題，似較翁方綱「富亦能工」説爲不俗也。周氏評詩宗性靈，而説詩多録沈德潛《説詩晬語》，卷下前半未標出處者，除首二則録自明人佚名《西軒客談》外，餘皆從沈書來，而又時增新義，如歸愚論陶詩不可及處在真、在厚，周氏則再加一「率」字；歸愚謂唐人學陶各得一端，周氏則再加一本朝之學得者王士禛，是皆可見其雖直録而非照襲也。

春陵館詩話卷上

嘉善　周昌基　東野

丁亥夏五，霉雨不止，枯坐不聊，繙閱殘缺之書，得謄本《春樹居詩鈔》一册。計其不全之數，約三十餘葉，共古今體詩一百五十餘首。前標魯哉薛廷文稿，其生時里居，無從考也。詩宗晚唐人體，觀其出語幽鬱，想亦抱才不遇士也。《搗衣曲》云：「西風紅樹滿河陽，一轉砧聲百轉腸。昨日鄰家得邊信，龍城八月已飛霜。」《楳里雜興》其一云：「吴姬小步漫提筐，陌上尋歡托采桑。郎若來時須記取，儂家門外是新塘。」其六云：「花園橋北舊花園，樹石荒涼鳥雀喧。欲把繁華問桃李，傷心桃李已無言。」其七云：「移寶塘南露遠山，廣豐橋外看征帆。采菱渡口愁風雨，濕透吴娃白紵衫。」其八云：「孤墳寂寞夜悠悠，鈴索無聲土一丘。風雨年年泣幽魄，冷螢衰草不勝愁。」《雜詩》云：「鶯啼人所喜，鴞鳴人所驚。禽鳥亦天賦，發聲乃性情。惟人有憎愛，故以善惡名。出言顧衆聽，君子戒惡聲。」

楓溪顧小逋之荬，名進士也。人品高潔，於吏事非所長。宰當塗，罷歸後，以公項追捕未清，卒於里。著有《眄柯軒稿》。兹録其《采蓮曲》四章。其一云：「郎住蓮花南，妾住蓮花北。盈盈一水間，多少鴛鴦宿。」其二云：「打槳入花去，花光照臉新。妾艷如花艷，秋風愁煞人。」其三云：「采采並蒂蓮，花花自相對。可憐同心人，相依忽相背。」其四云：「采蓮莫采葉，葉破不團圓。采蓮莫采藕，藕斷絲纏綿。」肌理細膩，風趣逼人，可想見其性情矣。

會稽周石帆先生與同里吴雲持族子園牧，自幼學問相切劘，並以詩名雄浙東。乾隆甲辰，第進士，入翰林，後改縣令，旋又遷司教樂清。又數年，詔舉宏詞科。我浙初薦十人，先生其一也。乾隆丙辰，天子臨軒再試，先生復入翰林。故先生紀恩詩云「四换頭銜七品官」，蓋誌實也。有《賜書堂詩鈔》八卷，商寶意、袁簡齋諸公序其簡端。詩境静穆，有唐人風味。《江行》云：「草色裙腰一樣齊，山禽唤客盡情啼。曉烟斷處棠梨暗，一片孤帆出水西。」集中佳什甚夥，因已行世，姑録其一斑，以著大概云。

予遊鹿城，至見山亭，有女史趙花雨題詩，今僅記「寧作野花賤，莫作名花貴。野花能自全，名花招物忌」。語有含藴，怨而不傷，真詩人之言也。尚有絶句數首，及陳夢琴和詩，俱不能記憶矣。

亭之前面爲雲根舫，樓上見有詩題於壁云：「年年春滿雲根舫，底事尋常挈伴遊。惱煞楊花輕薄甚，悞教侍女上簾鈎。」欵書「女弟南漁氏博吟秋姊一粲」。次日復遊於此，先有二客在座，言今春三月間，有兩美人在雲根舫樓上啼泣甚哀云云。予詢其故，彼亦不知。噫，是豈即壁間南漁、吟秋兩女兄弟耶？蘭甫有和韵詩書於壁，予亦口占一絶，不載集中，附録於此：「伊誰啼怨到雲根，墨汁分明裏淚痕。我亦從今替防護，楊花落處不開門。」

昌黎言：「莫爲之前，雖美不彰；莫爲之後，雖盛弗傳。」誠知可傳固難，而得傳不得傳，亦正有幸有不幸也。得傳矣，或只一句，或只一聯，或只一首，而其餘別有佳句，竟無人稱及。此其故又何也？想此一句、此一聯、此一首，或當時得一主騷壇者爲出一言以論定，以故傳播生前，至没世而人猶津津樂道歟？如「池塘生春草」，則謝康樂也；「澄江净如練」，則謝宣城也；「隴首秋雲飛」，則柳吴興也；

「風定花猶落」，則謝元正也；「鳥鳴山更幽」，則王文海也；「空梁落燕泥」，則薛道衡也；「楓落吴江冷」，則崔信明也；「庭草無人隨意緑」，則王胄，此皆以一句得名者也。「雞聲茅店月，人跡板橋霜」，則温庭筠也；「柳塘春水漫，花塢夕陽遲」，則嚴維也；「竹徑通幽處，禪房花木深」，則常建也；「風暖鳥聲碎，日高花影重」，則杜荀鶴也；「氣蒸雲夢澤，波撼岳陽樓」，則孟襄陽也；「鳥宿池邊樹，僧敲月下門」，則賈島也；「樹影中流見，鐘聲兩岸聞」，則張祜也；「曉來山鳥鬧，雨過杏花稀」，則周樸也；「雨勢宫城闊，秋聲禁樹多」，則劉筠也；「剛腸欺竹葉，衰鬢怯菱花」，則楊黎州也；「遠水無人渡，孤舟盡日横」，則寇萊公也；「井泉分地脈，砧杵共秋聲」，則徐鉉也；「麥天晨氣潤，槐夏午陰清」，則趙師民也；「數聲離岸櫓，幾點别州山」，則魏野也；「鳥歸花影動，魚没浪痕圓」，則悟清也；「髮短愁催白，顔衰酒借紅」，則陳無己也；「殘星數點雁横塞，長笛一聲人倚樓」，則趙嘏也；「禪伏詩魔歸静域，酒衝愁陣作奇兵」，則韓偓也；「蝴蝶夢中家萬里，杜鵑枝上月三更」，則崔塗也；「水暖鳧鷖行哺子，溪深桃李卧開花」，則鄭文寶也；「雪意未成雲著地，秋聲不斷雁連天」，則錢惟演也；「珠簾繡户遲遲日，柳絮梨花寂寂春」，則周式也；「峭帆横渡官塘柳，疊鼓驚飛海岸鷗」，則楊大年也；「風定曉枝蝴蝶鬧，雨匀春圃桔槔閑」，則韓魏公也；「千重浪裏平安過，百尺竿頭穩下來」，則陳從易也；「倒著衣裳迎户外，盡呼兒女拜燈前」，則謝師厚也；「疏影横斜水清淺，暗香浮動月黄昏」，則林和靖詠梅也；「穠艷最宜新著雨，妖嬈全在欲開時」，則鄭谷詠海棠也；「將飛更作迴風舞，已落猶成半面粧」，則宋子京《落花》詩也，凡此皆以一聯得名者也。至以全首稱美，流溢人口者，如張繼之「月落烏啼霜滿天，江村漁火對愁眠。姑蘇城外寒山寺，夜半鐘聲到客船」；劉夢得之「紫陌紅塵拂面來，無人不道看花回。玄都觀裏桃千樹，盡是劉郎去後栽」；王之涣之「白日依山盡，黄河入海流。欲窮千里目，更上一層樓」，以及白樂天《琵琶行》、盧仝《月蝕詩》之類，不可枚舉，此皆以一篇得名。而其餘者，詎盡不如諸作歟？隨園老人云：「人生得一句半句，任人索瘢求疵，便是人間尚有我在，不同草木腐矣！」語雖憤激，而理實誠然也。

濯坡先生姓孫氏，名元銓，字葦蒼。幼時執經於予伯祖蓮庵先生門下。甫成童，即喜韵語。乾隆癸亥，補邑諸生，遂絶意進取，無志於科舉，惟以詩酒爲事，而兼及於畫。家雖貧，洒如也。甲辰冬卒，子三：長浩，字乙威，府庠生，予姨母夫也；次瀚，字穠芍，邑諸生；三洄。浩、瀚即於乙巳夏四月踵亡，浩子本厚、耕畲俱幼。予先君子蕙齋公取濯坡所著《萍泊庵詩》二卷、《東園草》一卷、《城南草》一卷、《離鄉草》、《歌太平集》一卷、《倡和集》一卷，彙而訂之，以授洄。此予弱冠以前，侍先君子讀書時所得之家常閑話間也。今予先君子辭世已十六易寒暑矣，而洄亦物化多年。洄子飄蕩無業，不常厥居。惟浩子尚各堅守清貧，非尋常市井經營者可比。今夏校閲濯坡先生詩集，爲識其顛末如此。先生詩初學晚唐，後參宋、元人體，然詩境平實，少性靈妙諦，而其畢生精力所存，亦自有不可没者。爲録《紅橋》詩四首之二。其一云：「雲迷閩嶠路迢遥，夢斷鴛鴦怨未消。曾向玉臺尋舊事，生香句裏記紅橋。」其二云：「風塵客路鬢蕭騷，腸斷情癡玉艷凋。他日有緣攜襆被，短篷同訪舊紅橋。」

子韶金君，本苕溪籍，近居吴江之青草灘。與予初未識面，介予居停族阮麗生，賫《負暄雜著》一册、《仰屋初稿》、《瞰水樓詩》各一卷，《詩餘》一卷見眎。詢之麗生，知其家世閥閲，各勵清操，以故一椽之外無長物也。至子韶尊甫，僅以硯田爲生計。而子韶又少孤，遷徙不常，伶仃之狀，殆無以過矣。自少耽吟，雖混跡市廛，而却能矯矯自好者。詩境尚是平衍無奇，良以僻處鄉隅，無捷足者爲先路之導也。惟香奩諸詠，纏綿悱惻，情見乎詞。如《綺懷》四首，其一云：「十載閑愁不自持，瑯琊結習最情癡。紅牙曾製相思操，黄絹重題艷體詩。墮葉飄花成昨夢，衣香人影憶當時。三生惆悵前緣淺，淚洒連絲悔已遲。」其二云：「笑語情親不避嫌，依依兩小最相憐。看花曉院春攜手，拜月秋閨夜並肩。繡篋喜描連理樹，吟箋閑詠合歡蓮。銷魂無限温柔語，脈脈靈犀記不全。」其三云：「孤負韶華走似流，銀河清淺悵離儔。難通芳訊私彈淚，欲訴深情總害羞。蹤跡相違三里霧，夢魂時繞十重樓。桃花迷却遊仙路，翹首天台感阮劉。」其四云：「青燈坐守夜迢迢，禪榻茶烟歎寂寥。洛浦有情空作賦，秦樓無夢共吹簫。傾城未獲歸名士，白屋偏教貯阿嬌。緑樹成陰腸欲斷，司勳春恨永難消。」

吴江閨秀朱沁香，名蕚增，司理問朱少雲女，適同邑徐君蘭叔爲室。嫁後五年，早夭。徐君哀痛逾常，出其《珠來閣遺稿》，乞頻迦老人序而刻之，撤几時，分送親友之來奠送者。時予橐筆舜湖，因得撫其詩而讀之。録其尤者。如《詠燕》云：「雙雙準向社前來，依舊烏衣絶點埃。立軟珊鈎渾欲墮，商量不定又飛回。」《題撲蝶圖》云：「穿花拂柳太匆匆，便不雙飛夢也同。小婢妒伊憨太甚，悄攜紈扇立東風。」律句如《七夕詠古·填橋》云：「乾雀真堪喜，一橋頃刻成。仙緣勞作合，別恨與填平。可有紅闌護，分明碧漢横。遥知波浪静，但聽步虚聲。」《晒衣》云：「一桁雲衣挂，重重颭彩章。蟬聯新濯錦，狼藉舊熏香。暗惜風痕縐，欣逢日影長。晚來呼小玉，收叠女兒箱。」七絶如《春日歸寧和外寄示原韵》，其一云：「韶華九十過三分，寄我臨風一朵雲。遮莫高樓穿眼望，歸來時節好湔裙。」其二云：「經時小極晝厭厭，坐怯春寒下繡簾。自笑比來吟思減，居然心事雜虀鹽。」均有可誦者。正頻迦老人序中所謂「清麗嫻雅」者，殆非虚譽也。其女弟凝香、印香，亦善吟詠，未之見，俟續補。

常熟女史歸佩珊懋儀，集《珠來閣遺稿》，題四絶句。又自製絶句兩章，其一云：「粒粒珠璣誦百回，樓空人去掩粧臺。生前謀面緣偏淺，可有詩魂入夢來。」其二云：「已把芳詞集錦成，還將遺稿再歌賡。女郎福薄才何用，我亦聰明誤一生。」

予亦有《題珠來閣遺詩》三絶。其一云：「如此風華不永年，怎教開卷不淒然。可憐入世身差晚，未入隨園女弟編。」其二云：「偏是曇花不肯留，那堪此際替回頭。從今歲月都無味，值得洪州到死愁。」其三云：「聽述丁寧訣别詞，慰情還説莫過悲。可知守得前因在，不怕身無再聚時。」蘭叔有《蘭因了悟圖記》，中有「前因後因，芒昧而已」云云，予詩第三首意本此。得配如此，蘭叔之意毁神傷，久而不能自釋也，固人之情也。或以過情諷蘭叔，予爲一笑置之。

蘭叔有《哀絃集》一卷，哭亡婦朱孺人。其二云：「尋常粧閣韵同敲，一瞥人天路竟遥。未必卿真甘撇我，倡隨也要福能消。」其五云：「宛轉床幃半載經，絶無苦語訴零星。虧君耐得呻吟住，生怕愁予不使聽。」其六云：「夜半呼親訣别時，寬心一語細於絲。劇憐氣絶空餘淚，瞪目還看弱歲兒。」皆道其實也。《題遺像》云：「少長深閨見客羞，生前小影未曾留。臨危忍倩丹青寫，真面須從夢裏求。薄命容儀偏厚重，久疴顔色尚和柔。分明一個書生樣，長爪修眉去玉樓。」

頻迦先生題蘭叔《哀絃集》一絶云：「同聲歌罷起哀音，淒戾情文亦太深。一等人間知己去，九泉聞否伯牙琴。」予讀先生題句，因念童幼時所契好者，今已不知誰何。日月如馳，人生如寄，棖觸之下，不覺悵然者久之。

秀水太平里儂周封，予年方弱冠，見友人扇頭小畫，心極賞之，迄已二十餘年矣。兹於舜湖客舍，見堂畫山水一幅，居然與前輩抗衡。數十年來，此種筆墨，未易數數覯也。有自題律句一首，書法亦清雅不俗，詩意灑脱不羈。雖未見全稿，而一斑已露，全豹可知。詩云：「不許雲封户，青山到面前。有途通世味，無事即神仙。佳興隨靈境，澄心逐逝川。烟霞堪供養，願證此中禪。」聞先生早已物化，轉自悔當日之交臂失也。

婁江沈餐英銘，甲申歲介吟楳、关生兩君來訪春陵館，丰姿綽約，粲然美少年也。去後有詩見贈云：「前番曾過訪，把袂喜難支。孤館有秋色，高談無倦時。别來三月暮，春到最相思。擬共梅花下，陶然醉一巵。」予謂吟楳、关生兩子曰：「餐英年未弱冠，而得如此吐屬，洵所謂天授，非人力歟！」

女士歸珮珊，係隨園先生女弟子也。向隨翁在日，編諸女弟詩爲一集，各録若干首，每人一卷，不下數十人，金纖纖、席韵芬兩女士其尤也。獨珮珊夫人僅編名氏，及著有《繡餘草》一卷云，而詩未見録。兹得《繡餘續草》一卷，急録數首於此。《述懷》云：「萬種傷心蜎集時，況兼貧病費支持。典殘釵股空存篋，減盡腰圍瘦到詩。温語聊將嬌女慰，淚容生怕侍兒窺。鏡臺曉日分明甚，照見星星鬢上絲。」《幽窗書感》云：「無聊祗把句雕鎪，卧詠行吟且自由。月好便思終夕坐，雨來拚作一宵愁。行蹤聚散風前絮，身世浮沈水上鷗。索莫情懷顛頷質，春光如許不登樓。」《寄懷香卿夫人》云：「亂蟲圍定一燈吟，把卷秋窗夜漏沈。別久不堪追往事，途窮容易念同心。緘來密字難頻寄，折得名花忍獨簪。紅袖尚留當日淚，指將潭水比情深。」《爲次女作》云：「掌中喜見兩珠旋，覓果分甘繞膝前。略解誦詩知母意，每因小慧受爺憐。書齋受業師初拜，總角簪花姊並肩。恰喜生辰同大父，高堂添慶祝團圓。」七絶如《舟行雜詠》云：「匆匆小住又辭家，行李無多一擔賒。添得描金新匣子，半安詩稿半盛花。」他如「花逋閒向燈前算，詩債多從病裏還」、「半壁疏燈摇夢影，一簾微雨釀春寒」、「人緣薄病餐頻減，詩到窮愁境轉寬」。又五言如「愁多天地窄，情重死生輕」、「受德非初意，酬恩想再生」。此等詩才，即求之士大夫中，不可多得。隨園女弟一輩，今已概作古人，而夫人窮老猶存，讀《繡餘續草》畢，爲之喟然。

十年前過午亭陸丈第，偶見書几上有謄本詩一册。隨讀數章，古體爲最，知於此道曾三折肱矣。因繙閱首葉，標《雲錦齋詩鈔》，下注嘉興沈廉補隅著。後讀歸愚尚書《國朝詩别裁集》，見列其名，選《江口行》、《出連雲棧抵宿褒城》、《自彝陵州發棹至黄牛峽》、《錦江觀漲》諸古體，今體詩止登《苦雨有感》、《入連雲棧》、《劍門》三首。朗誦數過，咄咄逼人，且私幸予少時賞識之不誣也，恨未將全稿一讀之耳。今年，午亭公子馨山橐筆舜湖，與予館舍止半里許，時相過訪。詢及此稿，以爲此時不在篋中。越月餘，馨山賫稿來寓，因得卒讀焉。爲急録數首，以誌傾仰。《别裁集》選過者，不登。《落雁峰放歌》云：「巍巍太華高無儔，金天重鎮帝王州。溯唐而漢秦與周，忽忽上下三千秋。人生無乃空白頭，名聲韁鎖如繫囚。蠅營狗苟多堪羞。何如眼前一樽相勸酬，塵事付之風馬牛。乾坤莽蒼望不極，日月跳盪無時休。俯視萬象但一氣，惟見黄河清渭如帶流。長安道上塵十丈，何曾一點吹到山之陬。剛風冽冽雲悠悠，巖花澗草紛相糾。搔首問天客已去，我何不能長自由。亦不羨卧百尺樓，亦不願封萬户侯。但得麻姑老仙美醖三千甌，落雁峰頂三年留。醉時便作希夷卧，醒時即誦《逍遥游》。誰復能將此間樂，一洗茫茫萬古愁？」《摩崖碑》云：「君不見摩崖碑，三百字，蝕盡冰霜瑩無滓。千載不作龍蛇飛，乃是魯公忠義髓。文章兼得《雅》《頌》音，言言正大無溢美。哪知巨手燕許死，却有道州元刺史。我得此碑西江湄，珍重賢宰王公遺。自注：新城王駿公明府宰楚南時所揭也。鎮日披賞神忘疲，想見至德中興時。郭李盡，漁陽師，牽制要皆真卿爲。一洗中原功再造，六龍靈武開丕基。塵清車駕還舊闕，揚厲功德誠所宜。大書特書氣淋漓，手額歡動天南彝。贏得蒼崖作三絶，光芒詞筆今猶烈。巍然大業垂不朽，長向楚天懸日月。年來飛度過長安，唐家帝業塵漫漫。四庫書亡鬼神泣，剩有浯溪一片石。」七律如《過鸚鵡洲弔禰正平》云：「江山迴抱楚天開，鸚鵡洲邊土一坏。撾鼓未消當日憤，殺身儘使後人哀。原無狂士能容世，豈有英雄不愛才。千古名高文舉表，何須更罪阿瞞來？」五絶如《發潯陽江口占》云：「江勢秋逾壯，風帆滿意開。廬山如愛客，枕上送青來。」七絶如《再過邯鄲》云：「何曾想做黄粱夢，又向邯鄲路上來。」《秋砧》云：「不信家家搗明月，有人歎息賦《無衣》。」《題烟雨樓》云：「若得飛來峰幾朵，南湖喚作小西湖。」《過灞橋》云：「兩岸高山千樹柳，不須風雨也銷魂。」又《桃源雨泊用唐人楓橋詩韵》云：「枕上洪河浪接天，一燈寒擁雨衾眠。輸他漁父生涯穩，淺水蘆花不繫船。」先生少穎悟，讀書具隻眼，厭制藝束縛，棄去爲韵語。足跡遍天下，平生謁孔陵、臨泰岱、渡瀟湘、登峨嵋，並終南、嵩華、太白、武功之勝，以雄偉豪邁之才，復得江山之助，宜其詩之進而日上也。初學杜，繼學韓。我郡固多鄉先輩，聞先生以弱冠唱和其間，未嘗作三舍避，洵天才哉！

桐川陸秋畦世埰，乾隆庚午舉人，知河南密縣，以廉介自持。歸後無一椽之庇，僦居金閶之臨頓里，有《秋畦詩草》。以子元鋐貴，封四川雅州府知府。詩品雋逸有致。陸朗夫中丞録其少作，五言如「千家修竹裏，一縣亂山中」、「緑楊烟際寺，紅杏雨中村」。七言如「過牆柳絮穿花去，隔院茶烟瘦竹來」、「荷鍤婦歸喧渡口，打包僧立聽鐘聲」、「鄉情未減非關酒，脚力新添爲看山」，風致不減劍南、石湖。仁和宋小茗先生《桐溪詩選》謂其「格律蒼老，實超劍南、石湖而上」，想亦非無所見而云然。予未見其全稿，茲即就《桐溪詩選》中節録數首於後。《峽山》云：「去年來此地，風雨泊前灣。爲訪城南市，因過郭外山。踏苔摹古碣，穿竹叩禪關。好景依然在，迎人舊白鷴。」《書齋》云：「居鄰深巷没蒿藜，小葺茆齋戀故栖。熟客到門都不速，新詩脱手半無題。一庭松菊陶元亮，兩部笙歌孔稚圭。便欲忘機謝塵事，唤兒抱甕灌蔬畦。」予尤愛其《雙溪櫂歌》十首，其一云：「雙溪環合一河通，西岸烏程東岸桐。只有兒家無繫著，船頭隨意泊西東。」六云：「十里衣香掠翠波，橋南橋北落花多。翠波、南花、北花，並橋名。夫容浦畔儂家住，不到花時客也過。」七云：「斜日鸕鷀接翅飛，荻花如雪撲蘆衣。郎船一夜鄉思起，娘子橋邊緩緩歸。」八云：「自小拏舟學釣徒，斜風細雨入菰蘆。儂家不種瞞官糯，菱角雞頭抵水租。」十云：「木棉花發棉車忙，紅蓮稻熟酒車香。西莊南莊教妾織，長水短水並酒名。勸郎嘗。」又《偶吟》絶句云：「薄秩還應媿素飡，寒氈何幸得餘温。居然不似貧家樣，也有催租吏到門。」他如「入世已看同輩少，論詩深悔昔年非」、「楓林落葉遠山出，菊徑有花佳客來」。吐屬温雅，風致翩翩，俗下活剥生吞一派，不值此公一吐也。

我邑浣桐方伯，由縣令起家，其間參戎政，拯災黎，行將書之史乘，垂於奕世，固無俟予之絮語也。刻有《浣桐詩鈔》六卷。詩學中唐，能遺其貌而得其神者。方伯姓朱，名一蜚，健沖其字也。古體詩如《日本刀歌》云：「紫髯俠客千金刀，黄銀爲環錦作韜。番文劍劃日本製，銛鋒壓倒并州豪。摩挲出匣土花緑，秋水夫容眩人目。跨海横分火樹枝，連城戲斷昆吾玉。主人比作雙飛龍，歐冶干將遜國工。手握毛錐無所用，彎弓欲挂扶桑東。」《冬夜聽美人隔幃彈琴》云：「瑶階霜重寒如水，美人垂簾拂湘几。沈如鼓止寂不譁，寶鴨生烟爇檀蕊。冷韵初調玉軫和，芳情遥逐金徽起。呦呦鹿飲松竅鳴，坐我流水空山裏。識曲由來閨閣情，臨卭無客鳳凰死。今聞纖指瀉琮琤，浣盡十年筝笛耳。轉縵還爲一再彈，潛引清商换流徵。曲罷碧天初月高，孤雁一聲人萬里。」近體如《宫詞二首》云：「蛾眉自掃遠山青，寂寞離宫掩翠屏。一闋清歌纔按拍，黄鶯飛上柳梢聽。」其二云：「春來新繡踏春鞋，墮馬粧成步玉階。纔到御園逢姊妹，碧桃花下賭黄釵。」《題桃源圖》云：「紅雨細飛青樹杪，銀河遥落白雲層。秦家結網由來密，猶有閑人住武陵。」他如「望雨意如渴，得雲心亦涼」、「莫教漁棹便歸去，載我亂山多處行」。皆能自出性靈，卓然名貴。先生辭世未久，已無有論及其詩者，爲急録數首於此。

《文昌雜録》云：「唐歲時節物，元日則有屠蘇酒、五辛盤、膠牙餳，人日則有煎餅，上元則有絲籠，二月二日則有迎富貴果子，三月三日則有鏤人，寒食則有花雞毬、鏤雞子、千堆蒸餅、餳粥，四月八日則有糕糜，五月五日則有百索糉子，夏至則有結杏子，七月七日則有穿針、織女臺、乞巧果，八月一日則有點炙杖子，九月九日則有茱萸、菊花酒，臘月則有口脂、面藥、澡豆，立春則有綵勝、雞燕、生果。」今《歲時遺問》略同，但糕糜、結杏子等不行耳。杜甫《春日》詩云：「春日春盤細生菜。」又云：「勝裏金花巧耐寒。」《臘日》詩云：「口脂面藥隨恩澤。」如此之類甚多。予少時作《竹枝》，有句云：「采得桃花作面藥。」人都疑「面藥」二字不典。又有句云：「瓜果横陳織女臺。」亦疑「織女臺」未見出處。又《述懷》云：「風味家家細生菜。」人亦以「生菜」不順口。真所謂少所見者多所怪也。今予拙集中概爲删去，因附論於此。

桐鄉嚴石帆光禄有《石帆詩鈔》十卷，詩筆雄放不羈。《放歌》云：「短歌歌激烈，長歌歌慷慨。拔劍起舞臨中堂，明燈爲我宵無光。丈夫生不能簪筆登廟廊，亦當握槊事戎行。不然華堂敞高宴，日沽美酒炙肥羊。左擁趙倡右齊女，酣歌亦足醉千場。何爲乎白首困詩書，兀兀守一鄉。既無五湖三畝宅，又無成都八百桑。旁人勸我陽翟賈，囊槖更少千金裝。文既不成武不就，非農非賈非工商。翻思少年意氣盛，豈意一旦成老蒼。仙人昨夜招我去，周旋四海翔八荒。瓊樓玉宇不可到，但覺蓬萊弱水波茫茫。歸來意蕭瑟，獨坐傾一觴。神魚夜吼老蛟泣，回看劍氣森寒鋩。」近體如《一簣山房贈鍾生》云：「别時君未娶，歸晤有寧馨。見客能深揖，成行各幾齡。重添人一輩，不覺歲頻經。應歎風塵者，蕭蕭兩鬢星。」

吳江計甫草先生，學有本原，文章醇茂，合廬陵、南豐爲一手。與王新城司寇爲忘形交，嘗器重之。近代歸太僕以後，罕有其匹。有《改亭詩文集》行世，向曾於沈尚書《别裁集》見三四首，皆近體。今夏得全集讀之，古體詩淵涵深邃，有一種雄渾樸邁之氣，宜王新城稱先生爲不世才也。兹録《雞鳴六章》，其一云：「雞鳴亦何長，其聲叶宫商。腷腷振汝翼，喈喈殷我床。人生耽晏息，天地迷行藏。披衣起中夜，仰見天茫茫。」其二云：「雞鳴亦何悲，其聲如變徵。膠膠復膠膠，慷慨不可止。賞音獨有予，起舞亦何事。舞罷天未晞，淚落連珠子。」其三云：「雞鳴何嗚咽，其聲帶冰雪。斯時雖早春，餘寒未能别。感人啼不休，意氣空騷屑。倚枕聽沈吟，我爲汝擊節。」其四云：「雞鳴亦何亂，其聲轉荼苦。豈欲脱汝塒，朝陽刷毛羽。鳳凰千仞翔，一去不復顧。啄粟汝何求，哀鳴亦何補。」其五云：「雞鳴既不休，群鳥皆啾啾。明發坐隱几，擁書召窮愁。捫蝨王景略，牧豕平津侯。蝨乎我與居，豕乎我與遊。時命苟未來，遲暮難爲謀。」其六云：「咄咄汝南雞，汝今不可啼。啼聲有遲速，憎汝各有宜。騷人憎汝速，愁人憎汝遲。不如藏汝拙，高樹長幽栖。」先生素負奇氣，曾鄴下見謝茂秦墓圮，傾囊中金爲修墓。過順德，知歸震川嘗佐郡，有《廳記》二篇，求遺址不得，乃入署旁廢圃中，瓣香再拜。至吳，稱門生於黄孝子向堅，人共賞之。詩不苟作，時露胸中抱負。

予嘗謂詩之一道，全不係乎學力。所性無詩骨者，雖廢寢忘餐，至白頭老死不能道著一字；所性有詩骨者，出語便有一種芬芳可愛之氣。此似不可解，而實無不可解。蓋有性情則有詩，無性情既無詩也。予友餐英，愛友如命，今年延一漁教其弟，遂日與一漁倡和，而詩境幾如日進竿頭，得香山之髓，而秀雅轉似《長慶集》中所不及，蓋亦奇矣。《見贈》云：「相見又今日，從教憶去年。花看蕭寺裏，人醉夕陽天。此境亦偶耳，余懷殊渺然。可能排竹榻，相對話綿綿。」吹氣如蘭，深情若揭。每讀一過，覺齒頰留芬，十日不散也。

餐英托笑生寄示近稿一卷，《秋柳》云：「古渡下斜照，依依黯客思。碧烟江店冷，羌笛玉關遲。飛絮三春夢，西風兩鬢絲。傷心畫橋畔，不見舊相知。」《姑蘇歸依韵酬笑生過訪留贈詩韵》云：「十旬不相見，空復動離愁。料君君來日，剛逢我出遊。黄花三徑夢，明月五湖秋。爲報故人道，前朝反故丘。」《即席贈菊鄰主人》云：「簾櫳如水燭如銀，興到傳杯不厭頻。夜半催君歸去好，家中恐有未眠人。」五律一氣鼓鑄，瘦而不枯，清而能腴，神乎技矣。

桐鄉沈君綺霞，戊子春仲，蒙訪舜湖寓舍，適予返自魏塘，未及晤。六月六日，予又以故自舜湖至江城未返，綺霞復來，攜同邑黄希谷六宜樓已刻遺稿見眎。歸後生徒輩爲述如此。急爲披讀，録其清新可誦者。《歸思》云：「不覺烏蟾迅似梭，光陰强借賣文過。鄉心又被殘年迫，忘却歸家酒債多。」《詠白繡毬》云：「百花併作一花開，粉蝶成團著意猜。昨夜月明簾半捲，封姨拋過隔墻來。」

六月七日，邀方、吕二君訪綺霞於荔枝街旅邸，欵談片刻。知其素好吟詠，因歲届科場，恐妨舉業，故暫撤詩筒。隔數日再訪，出丁亥舊作見眎，予即攜歸客舍。素月半庭，涼風微拂，朗誦數過，如聞澗底風聲，松間琴韵，爲穆然者久之。如《舜湖雜詠》其五云：「比户機聲動四鄰，争時花樣逐番新。

若教如我安韋布，萬軸何勞販遠輪。」其九云：「買山地隘價偏昂，浮槨纍纍委道旁。閒向白楊村裏過，曾無墓木挂斜陽。」語有關係，風人之遺也。他如《夜過新塍》云：「霜華壓篷背，鄉夢亂詩魂。」更有晚唐人風味，爲急登之，以誌心賞云。

姚雪坡字溥韓，名城，家桐鄉鳳鳴里。少穎悟，彭芝亭先生視學兩浙時所取士也。乾隆壬午，皇上南巡，詔試績學之士，其時獻賦行在者，我浙共五十餘人，先生與焉。後屢躓鄉闈，即以優行貢成均。著有《楚遊草》、《客窗雜誌》、《天一壘稿》，共三卷。前年，其孫某介友人賫稿見眎，云將付梓人。予爲校其誤者若干處，節其可删者若干首。卷首有程綸及汪小海兩君序言，予所表姚君大略，蓋本此也。時予未有詩話之作，故未録其佳句。今夏識其同里綺霞，談次偶及其稿，知現留渠處。復請而讀之，正如舊遊重到，流連不忍捨去，爲急登其尤者。先生詩，近體似瓣香王司寇者，五律更爲神似。《虎丘》云：「白虎去無蹤，層巒古墓封。亂泉流鶴澗，傑閣響鯨鐘。試劍空存石，看山且倚笻。姑胥名勝地，乘興一過從。」《過彭澤縣》云：「陶公遊宦地，江水日潺湲。遺堞看猶在，高人去不還。斷霞明遠浦，秋色淡晴山。歸棹何年事，臨風想像間。」《甘將軍墓》云：「王氣金陵歇，將軍古墓存。風沙埋戰骨，樵牧弔忠魂。故壘寒潮没，荒祠落日昏。一抔江上路，猶似陣雲屯。」《抵荆門州登象山》云：「長林百戰地，匹馬此登山。一片荒寒色，孤城落照間。野雲羊角寺，殘雪虎牙關。蒙惠諸泉合，滔滔終古閒。」胎息雄厚，非率爾操觚者可比。七律如《中秋官游戎署中賞月》云：「暑雲吹盡月當頭，別院風清度楚謳。玉宇浄涵千嶂夕，銀河高湧一輪秋。頻年作客慚陳榻，此席陪君勝庾樓。花氣滿林人露坐，醉餘疑在廣寒遊。」七絶如《平望夜泊》云：「畫眉橋畔暝雲愁，鶯脰湖邊宿雨收。哀雁數聲人夜起，敗荷殘葦滿汀洲。」《泊燕子磯》云：「江浦寒生酒力微，驛門燈火暫相依。故鄉此夜如相憶，秋雨秋風燕子磯。」他如《曉渡》起聯云：「烟際忽相喚，江潮昨夜生。」《秋郊》頷聯云：「涼雲栖木末，落葉滿塘坳。」均能得漁洋之神味者。

詩有雅鄭之分，不關乎學問，存乎其人之性情。予素不喜艱澀粗硬、奮末廣賁之音，以其有乖乎「温柔敦厚」四字也。道光癸未，湘潭周侍郎系英督學江蘇，刻多士試藝，前著例言六則，末一條云「文爲品行之驗。行，本也；文，末也。即末以驗本，亦可十得四五。文之粗浮者，其人必躁；文之卑靡者，其人必鄙；文之怪誕者，其人必險；文之輕薄者，其人必佻。古來忠臣孝子，其文必得天地正大之氣，期與多士共勗之」云云。予深折其論之切中，嘗往來於心。侍郎以文衡人，予謂詩之於人，中外之應，更無躲避。王荆公詩非不佳，其立意艱拗，上口不適，終究其人何如也！予故録侍郎之論，以爲論詩之法。

今人詩有强作牢騷句，並非自在流出，諺所謂「楮糊金剛」也。果有所感，何妨奔赴筆端。桐溪擅幹濟才，曾於康熙辛丑佐七閩藩幕。會賊犯朱一貴等據臺灣，民人繹騷，蒿村調護其間，撰《平臺紀》甚詳。其詩筆蒼勁不羈，牢騷悲憤，有自來也。蓋蒿村具不世才，卒以歲貢終，其抑鬱可知矣。嘗記《江行》一絶云：「八口驅人老未休，又攜書劍溯江流。蘆花兩岸渾如我，歷盡風波到白頭。」設以安常處順者矯意爲之，則不倫矣。

杭州吴穀人祭酒，詩名震一時。予初作八股時，祭酒刻《有正味齋試帖詩》四卷，膾炙人口，爭先覩之。雜流麗於端莊，孕婀娜於剛健，體無不備，理法精老，用律而不爲律拘，真所謂戛戛獨造，神妙欲到秋毫巔也。後數年，全集刊行，予渴欲一讀而未果。今年夏，於友人處丐披一次，文皆駢體，扒搜剔抉，極經營慘淡之致，研博固不遺餘力矣。予性不喜四六之體，固不能知其長，亦無暇求其長也。及讀其古今體詩，遠仿義山而無其韵，近接竹垞而無其雄，大抵胸中卷軸太多，不能淘汰渣滓，貪多務得，細大不捐，轉覺自掩其性靈。隨園先生有言曰：「他人患胸中書少，我輩患胸中書多。」誠有味乎其言之也。讀祭酒詩畢，爲之喟然，抑祭酒自有奇妙，窮人窺測，予識卑陋，故不得悉其甘苦耶？姑俟讀祭酒詩者一相質焉。

讀書要有定見，不可有成見。定見者，準以至當不易之理，而不以成敗得失論，即孔子所謂「中庸」也。成見者，衡以一己之好惡，而不憑乎天下之公理，一切節行文章，舉無一是矣。范蔚宗曰：「能識同體之善，而忘異量之美。」至哉是言，今之論詩文者，大率不免蹈此一病。譬如己寫顔字，遇學右軍者輒毁之；己寫蘇、黄者，遇董、趙字輒笑爲甜俗不生辣。互相誹謗，患在有成見也。聆音識曲，自古爲難，所以莊、惠觀魚，鍾期流水，艷稱千古也。予平生論詩，每遇藻思芊綿，醰醰有味，讀之使人意消者，輒不能釋手；若槎枒粗硬，自謂矯健，或塞砌填楹，死氣滿楮，閲之便覺昏昏欲睡。予甚服莊子「蔽於古而不知今」，此言可爲死守前人門面而汩没自家性靈者下腦後針也。

近人好作游仙一體，然不近於纖，即近於褻，此亦仿古而兩失之者也。姚雪坡集中有《小游仙》四章，風流藴藉，可誦可歌，試録於此。其一云：「風流第一數瑶華，占斷蓬瀛阿母家。偶駕赤鯨成邂逅，底須辛苦泛星槎。」二云：「妙舞風前玉線裙，琅璈聲響遏行雲。任他下界修簫譜，未抵璇宫月夜聞。」三云：「《唐韵》摩挲寫一編，簪花字格浣花牋。綵鸞筆墨由來美，不爲文簫欲换錢。」四云：「北斗星明照白河，玉清謫後怨如何。小仙洞口音塵闕，腸斷宵來跨鶴過。」

《宋書・樂志》《白紵舞》：「按：舞詞有巾袍之言，紵本吴地所出，宜是吴舞。晉俳歌云：『皎皎白緒，節節爲雙。』吴音呼緒爲紵，疑白緒即白紵。」《樂府題解》云：「古辭盛舞者之美，宜及芳時爲樂。」其譽白紵曰：「質如輕雲色如銀，製以爲袍餘作巾。袍以光軀巾拂塵。」梁武帝令沈約改其辭爲《四時白紵歌》，今人作《白紵詞》，殆本於此。《漁洋山人集》有《白紵詞》三首，其一云：「江南烟水多白鳧，群飛啞啞烟際呼。美人窈窕爲君娱，蜀羅吴縠曳華裾。修眉星的妍且都，明燈遥映丹脣朱。清歌錯落大小珠，折腰流盼意態殊。乍進欲退心躊躇，芙蕖的的迴雙趺，仙珮丁丁鳴六銖。燭殘月暗漏滴壺，宛轉爲君開繡襦。」其二云：「青春遥夜開華堂，綺羅絃管東西廂。阿誰公子淮南王，美人家本邯鄲倡。合蟬墮馬耀明妝，起舞爲君陳樂方。傅毅《舞賦》：「抗音高歌，謂之樂方。」翠曾參差烟際翔，鸞鷩龍婉相頡頏。西城北里各擅長，羅袖文巾紛御香。明眸善睞含流光，舞罷雲中孤月涼。」其三云：「若耶溪水勝瀟湘，越川佚女春浣香。織成白紵冰雪光，上爲舞衣下舞裳。大秦珍珠明月璫，崑山玉撥映金梁。齊琴趙瑟聲鏘鏘，《七般》妙舞紛相當。張衡《舞賦》：「歷《七般》而屣躡。」須臾璧月沈西方，汝南鳴雞啼曉霜。今我不樂去日長，裴回念此摧中腸。翡幬翠幄陳高堂，請君安坐樂未央。」古節古音，氣味純穆，讀此真令人躁釋矜平者。先生詩筆爲本朝一代正宗，誠非過情之譽也。今讀姚雪坡集，亦有是題，雖魄力稍遜，然娬媚流麗，亦非淺學人所能卒辦。其一云：「白紵裁成纖且長，舞衣新試阿陽倡。盈盈十五登華堂，翡幃初設翠幬張。明燈錯落星煌煌，雲羅霧縠流輝光。磦砢珍珠藿蒳香，珊瑚作飾金作璫。姁姁妖蠱顔清揚，繁絃急管聲鏗鏘。妍歌香繞芙蓉梁，翩若驚鴻淩風翔。迴身顧影自整妝。爲君親捧崑崙觴，願作長生永樂康。」其二云：「公子既醉歡顔酡，徹杯重泛舞仙螺。左列趙女右韓娥，當筵競奏《金縷歌》。《七般》妙舞方傞傞，雙翹鴛袖紛婆娑。一顧再顧生横波，盤雲欲墮燕釵拖。玉階珠樹交修柯，香風漠漠吹輕羅。賓筵促坐肩相摩，鼓聲坎坎傳城阿。星稀月淡蟲鳴莎，踆烏欲上山嵯峨。葡萄酒釃旨且多，歡情未極奈曉何。」

張君雪泉，雁湖人也。操奇贏之術，足跡所及，托以吟詠，著有《倚櫂吟稿》一編。與梅里金養真標、桐鄉朱瑜仲珏、嚴石帆、方長青諸君相契好。詩格不在盛唐下，而詞旨清遠，丰神駘蕩，於大曆十子爲尤近。五律如《聞雁》云：「渺渺斜陽裏，淒淒一雁過。離人當此際，愁思欲如何？伴侣天邊少，冰霜塞外多。數聲嘹嚦處，似和客悲歌。」《吴門寄二雲虬》云：「與子分襟後，翩然泛小槎。溪流初過雨，江柳乍飛花。不見吹簫客，閒尋賣酒家。白公堤畔路，歌管送年華。」《過法螺寺》云：「寒山山下路，清絶斷塵氛。竹外忽聞磬，寺中惟見雲。瀑泉鳴古澗，嵐翠淡斜曛。一徑如螺曲，盤旋杳莫分。」《春暮即事有感》云：「春光忽已暮，極目愴予情。閒向緑陰坐，時聽黄鶯聲。韶華徒自惜，事業尚無成。惆悵王孫去，萋萋芳草生。」《舟行即事》云：「獵獵西風緊，扁舟向晚歸。鳥隨寒葉下，帆帶夕陽飛。野岸菰蒲響，荒村烟火微。九峰留不住，欲别思依依。」其他聯句之可採者，如《秋燕》云：「亦知歸去好，無那别離多。」《秋蟬》云：「自憐緘口易，翻恐隱身難。」《舟晚》云：「賤貧仍往日，風雨又今年。」又《過横山》一律云：「久病仍爲客，還家未得閒。秋風吹短棹，暮雨過横山。白鷺浴沙際，丹臺聳樹間。相期看紅葉，策杖試攀躋。」七律如《寄弟》云：「故園烟景近如何，春色三分已半過。風雨連旬花事減，江湖兩月客愁多。家貧易使塵生釜，門静懸知雀可羅。至竟生涯漁釣穩，歸來我欲買青簑。」《秋夜雜感》云：「秋晚江鄉木葉黄，登高風物倍蒼涼。孤村霜落寒砧動，野渡月明旅雁翔。細翻年華驚漸老，偶因潦倒便稱狂。燈前一片雄心在，愁聽鄰雞喚隔墻。」二云：「廿年草草歷冬春，夢裏趨庭淚滿巾。每念此身長作客，遂教終歲遠離親。短衣歷盡關山路，華髮愁添四十人。喜得倚閭身健在，歸來欵欵話悲辛。」五古如《哭祖母三章》，其一云：「長貧久依人，安能守蓬户。上有八旬親，屢出屢返顧。老年愛弱孫，風霜慮辛苦。無端抱沉疴，湯藥未親覩。寒宵獨歸來，倉卒竟無補。嗟予纔四齡，彼蒼奪我祖。家貧事草草，一棺未歸土。邇來三十年，淒涼感霜露。匍匐見親戚，欲言又難吐。當時重然諾，岩燈及藝圃。自注云：表伯史藝圃、家叔震臨。憐我最少孤，慨焉麥舟助。葬事賴二公，一旦營丘墓。泉下兩白頭，相聚應如故。自注云：先祖辭已三十年，今始合葬。」二云：「我父方幼年，田荆枝摧折。潦倒近三旬，相繼亦云殁。龍鍾白髮親，覩此日嗚咽。我母攜二雛，寒暑侍姑側。含凄不敢啼，强以奉姑悦。晨炊典裙釵，夜燈勤紡織。十年供甘旨，辛苦代子職。胡爲遽别離，忍使肝腸裂。杯酒奠姑靈，姑容已恍惚。我欲勸高堂，高堂淚不絶。」三云：「嚴霜飄四野，凛凛正窮冬。哀哉我祖妣，遺挂慘衰容。衰容何憔悴，自昔多疲癃。八十今過五，眼枯耳久聾。生平懿範在，堪與並青松。教我讀詩書，淵源承祖風。我愧久廢學，壯歲仍愚蒙。回念鞠育恩，酸苦填心胸。江水有時盡，涕泣無時終。翹首望白雲，痛矣呼蒼穹。」七古如《壁上畫龍歌和薛鹵齋廷文》云：「高齋倏忽風雷響，萬里洪濤勢漭泱。就中夭矯出蒼龍，氣勢似欲騰空上。吾聞神物不可見，能大能小百千變。去年吾鄉逢大旱，客行到處河流斷。田中禾苗等枯蓬，驅牛戽水牛力倦。我適扁舟泊江潭，見龍吸水垂東南。欲吸未吸烟雲護，蜿蜒空際如匹素。高低大小變幻奇，世人那得知其故。今來堂上風蕭蕭，朱鱗火鬣乘奔潮。之而拏攫牆壁動，室中黯淡無昏朝。君不見僧繇畫龍不點睛，點之頃刻飛天庭。又不見不興之龍神應速，禱之應時雨霑足。今年三月春漲深，入夏又見十日陰。我願此龍蟠屈在此壁，莫使凌空飛去嗟愁霖。」

予向有《雜詠》詩幾首，中有句云：「尊聖先由辨字形。」蓋今人讀仲尼之「尼」，與僧尼之「尼」同音，非也。仲尼之「尼」當音夷，古「夷」字也。按《尚書》古文「嵎尼」、「島尼」並作「尼」，今文皆作「夷」，然「夷」、「尼」音義同也。又按《左氏傳》魯哀公誄曰「嗚呼哀哉尼父」，晉王衍字「夷甫」，是用今文耳。又漢有諫尼、晉有潘尼，猶用古字。按字書仲尼之「尼」，從尸下二；僧尼之「尼」，從尸下工。字文不同，音義亦别。後人不能分别，乃一概混之，實乖聖人之音也。予詩不存集中，附記於此。

予友一漁，至今歲貧極矣。詩人之潦倒，殆無以過。口述近作於予，有句云：「無柴煮米毁書篋，向晚澣裩穿婦裙。」境固罕有其儔，詩亦未多其匹，真所謂「窮而後工」者歟？

詩有寒儉、富健之别。司空表聖「棋聲花院閉，幡影石壇高」，詩非不佳，但不免有寒儉氣。若杜子美「暗飛螢自照，水宿鳥相呼」、「四更山吐月，殘夜水明樓」，便何等力量。此則存乎其人之骨，非學力師承所能移易也。

春陵館詩話卷中

詩要造語超脱，筆不著楮，破空而行。唐人詩云：「山僧不解數甲子，一葉落知天下秋。」淵明詩云：「雖無紀曆志，四時自成歲。」便覺唐人費力，而元亮超脱。讀陶詩者，須知其胸次浩然，有一段淵深樸茂不可到景況。唐大家莫不於此問津，王右丞得其清腴，孟山人得其閒遠，儲太祝得其樸實，韋左司得其沖和，柳儀曹得其峻潔。古人百體具備，莫名其妙。學者自得其性之所近，又可以名一家而樹一幟。然學古人者，始患其不似，不似則未入其門，於彼尚未有所得；繼又患其太似，太似則未知其化，又何能獨樹一旗。學陶如王、孟諸人，真是入乎其中，而又能出乎其外矣。國朝王司寇，五言古今詩能胎息淵明，而不襲其貌者。

淵明之詩妙在真，又妙在率。真可學，而率則不可學也。後人抵死而不能似者，只此「率」字耳。

五古長篇難於鋪叙，鋪叙中有錯綜，則長而不失之漫；短篇難於收斂，收斂中有含蘊，則短而不失之促。

予友朱金雪桂，洒落人也。初作秀才時，訓蒙於邑之北鄉，日與田夫野老嬉笑往還，頗得自在之趣。興之所至，間寓於詩。長於五古，亦是規橅淵明而得其秀穎者。《偶成》云：「閒居一迂儒，衣食常不給。飢寒驅之行，行行遠城邑。暫與室家違，擔囊惟書笈。野外罕人事，章句勤講習。北窗面水開，清曠望原隰。曖曖桑樹陰，濛濛鳩雨濕。此鄉亦課蠶，春晚蠶務急。念我家中人，條桑方汲汲。」《覽古》云：「志士惜分陰，達人曠千古。長沙勤運甓，彭澤急解組。賢者各有見，不在出與處。遇圓而成規，因方以爲矩。守身待時命，規矩隨所取。」他如《登飛來峰》，中有句云：「石窟樹根蟠，巖罅天光漏。」又云：「側磴上翠微，路窄步難驟。足力或不支，攀援雙腕湊。」亦自新艷可誦。近體不多作，亦能言人所不言。如《與客談西湖之勝》云：「愛山愛水入骨髓，纔説西湖興便饒。三面青山一面水，出遊先上段家橋。」由卷姚松巢先生契賞之，曾題其《賞雨集》云：「吟君風雨廬中句，動我亭橋春水思。三面青山一面水，西湖若個不神移。」金雪患咯血症，近家計日落，貧病相兼，難乎其境矣。著有《賞雨集》上下卷，共五十五首，皆少年時所作。今十餘年來，絶不一吟，豈其境益窮而詩腸亦遂枯盡耶？

蘭甫寄眎吴中布衣汪藥亭名塤者近體詩數首。《衰草》云：「荒寒一片影，落日滿平原。未歷冰霜苦，難邀天地恩。燒痕餘幾處，春色在孤根。何必論成敗，榮枯共一元。」《萬柳莊納涼》云：「緣溪皆植柳，傍岸一停舟。白日不到處，清陰常似秋。蟬聲涼雨歇，山色暝烟收。坐待微風起，披襟對素鷗。」詩情清麗，是能學劍南、石湖而不失之卑靡者。

予以生輩試事至江城，訪蘭甫於茗閒館，出眎其友人《花影樓詩》一册。攜至寓邸，繙閲一通。録《清明日野步》一絶云：「輕風細雨挹塵埃，閒向郊原步幾回。攀柳自憐家萬里，看人墳上子孫來。」語有血性，讀畢，爲嗚咽者久之。今已忘其姓氏，姑闕之以俟考。

詩有情摯語一過不能忘者，看似尋常，而實饒雋味。如海昌周孟巖人英《寄兄》云：「去後每思臨别語，書來不盡遠離情。」又《題沈組雲待月圖》云：「中天月色明如許，映出平生一片心。」桐川張嶷舫澡《夜泊望月》云：「月光此夜原如舊，纔照行人便不同。」同邑汪菊友聖清《寄少峰》詩云：「從來詩與貧相近，那有儒爲俗所諧。戒殺每開仁者網，分憂常典室人釵。」此真能道性情者，詩不虛作矣。

友人托售陳麐山梓草書册葉一本，草法飛舞，似宗懷素體者。所書皆自著之詩。惜生時里居，無所從考。予愛其詩之幽折閑雅，五古學陶而得其潔，七古則規橅青蓮，間亦稍參玉局。五古如《題織屨翁》云：「天下已敝屣，一屨胡勤勤。古人重力食，非義如浮雲。所以刑寡妻，頭白同欣欣。豈若當世士，决命争虛名。平生幾緉屐，奔走徒逢迎。榮貴縱可得，亦已喪吾生。况復多風波，道遠難定程。何如作歸計，十畝勤躬耕。麥黄繞春隴，稻白羅秋庭。門前客馬繫，窗下雞籠烹。有酒共斟酌，有詩共和賡。此樂不易求，遐哉蘇雲卿。」七古如《昂千示見懷詩有感先伯兄》云：「穢味不尚鱉去醜，死骨可貴馬買首。萬物好惡各自取，逐臭争羶復何有。吾家伯子老清苦，短衫青破白見肘。雄文壓世黄鐘鳴，壯氣横秋唾壺掊。可憐雞口先遭烹，餘子紛紛盡牛後。空堂月出山鬼驚，孤雁臨窗夜嘷偶。讀君之詩倍悽愴，淚入九泉君覺否。嗚呼！人生生死何足悲不朽，君看釣竿手。」七律如《同友人和東坡雪詩韵》云：「縷析毫分太細纖，如麻心緒坐更嚴。東封無地尋黄石，西望何山不白鹽。澈夜朔風寒刺骨，幾時晴日暖烘簷。蒼松不肯埋頭處，猶剩青青幾樹尖。」「亂舞斜飛似逞纖，乘空密布勢增嚴。撲奩婦訝粧添粉，洒竹兒驚箬裹鹽。可許破愁閒覓醆，不禁索笑冷巡簷。朝來把讀陽春句，一片寒光上指尖。」「迷巢何處宿歸鴉，落莫徜徉試小車。亭後銀梅空羽化，尊前瑶圃散仙花。殭眠我或如袁老，浄土誰來認趙家。千古劫灰成底事，廿年短袖手頻叉。」「争奇出險笑塗鴉，誰識便便富五車。玉女無聲遊地界，素王有語落天花。伐毛换髓空塵相，鏤月裁雲總小家。擁鼻孤吟何自苦，兒曹戟手不勞叉。」又有《寄懷陳分佩百韻》云：「丱角叨同席，才名冠一堂。出藍饒秀色，近墨發奇光。泗磬傳清響，吴鈎吐雪芒。馬群驚俗眼，牛耳擅文場。賤子虚攻錯，迂途入渺茫。中間兩隔絶，十載等參商。語水魚書斷，幽湖鹿夢長。後來圖會合，一見涕淋浪。病犢先遭殰，名駒亦蚤殤。喪明各相慰，抱痛更投章。從此期抒憤，而余復悼亡。順天翻賈禍，違世叠罹殃。兩女司晨爨，孤燈坐曉霜。蹇脩勞續鳳，下里遂求凰。彩線同心結，紅絲雙耳璫。戚居姻婭後，名在丈人行。嘉節成良會，連裾入醉鄉。柴門傍高樹，曲水繞回廊。村犬吠出巷，鄰雞啼上桑。低橋容小艇，短纜繫垂楊。屋自明初制，花從亂後荒。竹斑多古淚，梅潔吐奇芳。殘雪松髯白，微陽柏子黄。溪魚摇細鬣，林鳥逞圓吭。縱覽饒名境，留題拂壞床。高談共裙屐，巨椀鬥旗槍。前輩經遊地，吾儕續舉觴。後先原不讓，揮灑意差强。盧駱輸長技，曹劉失短牆。酒酣聯《石鼎》，語妙重圭璋。雅集真奇遘，旋歸興未忘。倡酬不虚日，哀樂互相將。感事多悲激，微才敢詡揚。可憐今億姓，誰爲補千瘡。二月新絲賣，端陽蚤穀嘗。朱門犬飽肉，白屋婢餔糠。索負千瘢破，勤耕十指僵。飢啼牛背豎，蠶泣馬頭孃。卯歲還寅債，丁年課戊糧。官私既逼迫，旱潦復摧戕。養女張爲婢，生男李作臧。沿途俱餓莩，比户半羸尫。睹此心如擣，悲哉禍未央。何時驅彗孛，挾矢射天狼。盡得如公輩，分曹裂土疆。良田無敗莠，僻壤頌甘棠。天意竟茫味，人功孰贊襄。餓鵝矜鼠腐，老驥困羊腸。只合棲林壑，何堪縛鎖韁。得閒如舐蜜，投俗畏探湯。積穴從羶蟻，當車避怒螳。伶身隨短鍤，賀血嘔空囊。鍊事肱三折，填書腹五倉。湖山供跌宕，風月具行藏。妙事今春最，高吟夙願償。碧盤羅韭薤，紅醋搗鹽薑。隔歲團臍蟹，新罾巨口魴。雨聲催客醉，筆響録詩忙。甲乙輪賓主，東西共頡頏。方圖常酩酊，隨處聽笙簧。遮日穿籐帽，裁雲補芰裳。西遊白藕浦，南上紫薇岡。野鹿同雲卧，閑鷗著岸颺。何期縻館轂，便爾促行裝。離别憐兒女，丁寧語細詳。五旬餘歲月，十里隔衡湘。聞道茅齋潔，開軒藝圃香。諸生都俊偉，守禮奉趨蹌。顛旭書能勝，元芳酒更狂。穿紅入花隝，披緑坐篔簹。池水供清漱，庭松共老蒼。縱横談《史》《漢》，諧笑劇蒙莊。燕子臨書幌，龍孫入卧房。耐余居近市，蒙課動相妨。早擬偕張仲，行須挾鄭郎。袖寬韜近稿，酒薄載輕航。痼疾頻箴砭，孤城爲保障。蹉跎已寒食，潦倒坐斜陽。數日虚魂夢，看雲一悵望。世途多狗苟，穢行類雞攘。胸次藏鈎曲，逢迎惡鑿方。古風成素弁，巧樣鬥新粧。立脚知誰子，仔肩仗謹塘。危堂支勁木，大水濟浮梁。自愧千鈞弩，難爲百鍊鋼。纔能親砥礪，不敢壞堤防。縱使寛疎節，恭宜整大綱。前人或粗率，斯理極毫鋩。衾影纔虧欠，功名任煒煌。虚聲奚可盜，多慾未爲剛。驕世際須盡，温恭洲乃良。如何托泉石，便欲冒膏肓。出處無殊境，經綸在五常。雙眸空宇宙，若個並翺翔。諸葛雄三據，夷吾建一匡。霸圖終鄙瑣，王佐有低昂。此意君棄取，迂談自恐惶。去蛇先斷虺，力穡始求秧。萬事由萌蘖，何人細忖量。明朝重握手，暖日且相羊。」又《題畫》七古：「提壺喚人春釀少，山中高卧日出早。下山偶覓杖頭錢，錯被人呼磨鏡老。幅巾朱履者誰子，昏眼龐眉故相照。似憐不及少年人，相對朱顏傷窈窕。江湖汩汩春西流，翻雲覆雨無時休。蒼生如此誰救得，英雄老死真堪羞。吾有一鏡雙盤龍，秋月之碧海日紅。黄埃埋没近百年，無人洗刮昆吾銅。何時一掃浮翳空，六合移置玻璃中，照爾南山白髮翁。」又《題壁松》七古云：「昔者紫雲萬蒼兩山兩松樹，一圍一丈一八尺。晚村作歌紀其壽，德祐洪武細考核。一宋一明争後先，老幹雙撑萬年碧。今所畫者何代松，盤枝屈鐵高童童。龍蛇走筆暗秋雨，波濤滿屋來悲風。畫雖今人松非今，古色慘淡烟朦朧。或明或宋自參取，托根決非貞元中。紫雲萬蒼不及見，得此仿佛對我面。座中撲鼻松花香，燈下渾身古藤纏。欷嘘不覺神魂飛，把盞淋漓手寒戰。腐儒感慨千載同，松乎松乎誰復戀。歌成痛飲倒竹床，一枕寒潮落空院。」

詠物詩能不著色相，固爲高格；然本領未造其極，故意空描，以矜高妙，究之胸中無有，無異乞兒凍死街巷，口稱我學袁老雪中僵卧。此種違心之語，今之作詩者往往類是。予故深服趙雲崧觀察，每於詠物詩，必著意揮霍，十分透露。熟典使之生，俗意使之雅，雖古名家不能及也。其《白桃花》四首云：「一種穠花玉作根，曼殊獨壓衆芳繁。武溪水映春無色，露井風開月有痕。莫是縞衣還入夢，直教紅粉不銷魂。夕陽倩影欣相對，翻愧酡顔醉酒尊。」其二云：「錯認梨花帶雨嬌，一枝素艷倍夭夭。映來人面無紅暈，寫出春魂有白描。絶色東鄰顔太潔，淡粧西子粉能消。崔娘枉自誇能靧，不用兼將雪水調。」其三云：「仙源花正絳天明，十里紅霞獨素英。縱使近朱寧變赤，忍因另色便更名。渡江船上人如玉，息國軍前淚泣瓊。笑比吴娃能白戰，脂臙陣縱豎降旗。」其四云：「曲譜休歌《點絳唇》，笑他俗艷惹游塵。月明台洞無尋處，春過羅浮有替身。虢國蛾眉晨淡掃，小憐玉體夜横陳。劉郎今亦頭如雪，別與流連結浄因。」又牡丹詩集中所載甚多，今集録於此。其索稚存和者四首，其一云：「何處東風麗景繁，尺三花朵壓名園。大家氣象無寒態，本色胭脂有醉痕。一捻嬌含晨露濕，千層艷煽午風温。生來性格原驕貴，肯向風塵漫托根。」其二云：「庭前羯鼓漫相催，要費陽和氣力培。采石仙人宫錦坐，太原公子裼裘來。圓供正看兼旁看，艷愛全開勝半開。最是香魂奇幻處，有時結撰出重臺。」其三云：「輕寒輕暖幾番過，釀出天花散曼陀。國色更無同輩比，春華獨占十分多。花光浮動神如活，香帶甜肥氣最和。讌賞不須憑酒醉，但看映面已微酡。」其四云：「膩粉濃丹發艷光，花頭端重不輕狂。自令芍藥甘爲婢，應與芝蘭並號王。曾記帶酥豪士送，未容插鬢美人粧。腐儒愛惜中人産，也對深叢一舉觴。」閲歲又作四首，其一云：「更無花可鬥芳菲，飽受陽和始吐輝。詞客文章惟宋艷，美人姿態有環肥。人因貴重皆矜寵，蝶亦温存作軟飛。騙得遊春忙十日，滿城裁盡綺羅衣。」其二云：「紛紛桃杏盡開過，晚出從容燦曼陀。十户資猶嫌價少，廿番風獨占春多。光浮花外三分暈，味在香中一片和。只恐女郎應太重，不教插上髻盤螺。」其三云：「園林無此不能豪，旁護朱欄上碧綃。畫以臙脂猶欠活，生來富貴自多嬌。花頭端重風迴陣，粉靨醺酣酒上潮。最是精神全發越，線睛驗取午晴描。」其四云：「穠華恰趁艷陽天，繭栗開成徑尺圓。紅葯自甘充婢賤，青蓮曾以喻妃妍。豪宜党尉銷金帳，陋笑蘇家藥玉船。佔得繁華仍不俗，由來姿韵本花仙。」又有一作云：「春風滿面好容光，十五盈盈出畫堂。天下有花皆避席，豪家無處不飛觴。寫生只合煩周昉，入貢曾傳自洛陽。笑我素嫌脂粉氣，也教軟盡鐵心腸。」皆以大著色相而自成絶唱者。他若《梅花》云：「衆芳皆後真香祖，同調無多只水仙。」《詠鏡》云：「誰從對面偷畫我，忽漫分身作化人。」《詠燈》云：「爲人嘗盡寒窗味，有女曾分夜讀明。」《詠杖》云：「青山獨往誰同伴，白首相依剩此君。」《秧針》云：「引他梅雨絲絲縷，繡出《豳風》幅幅圖。」均極爲烘托，而仍滅盡針線痕者。此則技也，而進於道矣，非一二規撫者所能竊取也。

又有《美人風箏》六首，亦能一筆寫出，並録於此。其一云：「誰家掌上一嬋娟，飛入高空豔影翩。風送幾疑天賜女，自注云：郝陵川集有《天賜夫人》詩，風吹芈氏女至梁家爲婦云。雲遊不作地行仙。尚嫌綵線鞦韆短，漫比朱絲傀儡牽。月姊星娥應共識，新添好伴絳霄邊。」其二云：「步虛仙子脱塵羈，身駕春風上太微。一去如飛疑劍女，任吹不動笑環肥。月輪近恰爲粧鏡，霞綺鮮仍貼舞衣。當日臺城倘煩汝，有閼氏亦解重圍。」其三云：「天路無梯一線通，冶遊最好趁春融。但愁神女來行雨，恰喜封姨肯借風。糊上薛箋身絢爛，製成湘竹骨玲瓏。雲霄曳履男兒事，偏覺弓鞋念躡空。」其四云：「嬌姿只合繡幃藏，何事淩虚露靚粧。豈是飛瓊來下界，不煩窺玉上東牆。多情尚繫絲千尺，薄命休嗤紙半張。一片夕陽鴉鵲舞，也如蜂蝶送衣香。」其五云：「肉飛煉得幾多年，白日昇天謝自然。直上似追奔月女，孤行肯逐馭風仙。方成唾漫驚飛燕，徵側魂應化跕鳶。羅襪無塵香界迴，雲中君本楚《騷》傳。」其六云：「五銖衣薄太風流，細骨輕軀稱遠遊。挽住尚煩紅線手，倦飛或墜緑珠樓。尚憐高處寒難忍，直恐仙乎逝不留。添個風琴傳逸響，珊珊恰作珮聲幽。」手敏心靈，幾於神妙不測。以囫圇之筆，搜瑣碎之典，譬如七盤八碗，一鍋蒸出，故絶不費力，而自得擅場。觀察全集詩早已膾炙人口，茲特就其詠物者言之，固未足以盡觀察之堂奧也。

綺霞橐筆舜湖纔兩載，來歲未定所屬。與余識面僅六閱月，而契好真不啻平生交也。現在歲聿云暮，歸期漸迫，適以扇屬書，余作四韵詩贈之云：「此番一爲別，不比前之時。相見未有日，相思靡盡期。古人重白首，今我尚青絲。各勉日新志，道途奚所歧。」

次日予往訪於綺霞寓樓，出次予贈詩韵作留別詩兩首，捧誦之下，感愧交集。急録其第一首云：「幾度來桐館，難忘欲去時。多情青眼顧，交誼白頭期。漫説心曾槁，相看鬢未絲。前程正遠大，切莫息他歧。」予已十躓鄉闈，今歲秋風報罷，予隨口有「卅載諸生頭未白，十科獻賦眼誰青。從今不再爲馮婦，略算人間夢半醒」之句，故綺霞有末兩聯意耳。

史傳女子生髯，男人乳滴，以爲災異，然亦有不得目爲災者。今閱《桐鄉志》，載沈子才妻濮氏，夫故守節，晚年髭髯忽生，長數寸，無異男子，壽至八十。縣吏張玉棠崑有《次張翁運節孝祠原韵》一首，其次聯云：「白首生髯操更潔，青年截髮志尤堅。」録之以誌異云。

沈東廬棱，玉川人也，有《東廬遺稿》。《戲贈朱春帆納姬》二絶云：「聞道傾脂別有河，鴛鴦兩水共迴波。全家生小河干住，可解當年阿子歌。」其二云：「冰玉清涼莫漫誇，稱身蟬翼剪輕紗。更梳矮髻當風立，須插雙頭茉莉花。」筆情婉媚，樂而不淫，真所謂善戲謔而不爲虐者也。予亦有《和餐英新婚》詩六章，節録四首於此。其一云：「不是江郎忽退才，催粧詩到過期裁。等君親歷儂詩料，纔覺儂詩有味來。」其二云：「新郎如玉貌温和，性格纏綿勝綺羅。試問那宵花燭下，芬芳占處屬誰多？」其三云：「瓊花玉樹互氤氳，各各相偎到十分。姤煞一床合歡被，宵宵裹住兩重雲。」其五云：「料得深情愜滿懷，如憐似惜百千回。此時要借吟詩法，一路推敲入妙來。」沈以蘊藉出之，予則和盤托出，不留餘蘊。正如趙觀察《甌北集》賦牡丹有句云：「圓供正看兼旁看，艷愛全開勝半開。」各極其致而已矣。

窮者未必能詩，能詩者少有不窮，自古然也。假令既已窮而能詩矣，後遂絶口不談詩，可以返窮而爲不窮乎？曰：不能也。非不能返窮爲不窮，實不能變能詩爲不能詩也。是亦猶守錢者，恨不能與文墨爲緣，遂傾資蕩産，甚至飢寒之不能免，而其不能詩，仍自若也。此實有莫能究其故者。前三卷中録薛魯哉古今體詩若干首，兹復補録古體詩數章。《吁嗟篇》云：「時維仲冬十二日，雪花門外如飄綿。薛生曉起冷刺骨，斜拖破袖遮寒肩。竈無遺薪盎無粒，蕭蕭亭午無炊烟。癡兒啼飢索糕果，病妻呼冷登床眠。此時兩鬢搔欲脱，繞廬矩步心煩煎。從來長貧絶賒貸，白頭窮餓誰相憐。豈期意外得生路，故人踏雪來門前。張君補人吾老友，平時頗亦相周旋。家庭對雪念寒士，走贈三百青銅錢。妻孥回顔開笑口，促辦薪水無遲延。買粟那愁風雪横，打水不怕河冰堅。土爐火暖飯將熟，兒女索食相爭先。舉家歡樂得一飽，懷抱不受飢腸牽。破窗寂坐感知己，呼燈夜賦《吁嗟篇》。」先生之窮，可謂極矣。然其吐屬之間，絶無怨天尤人之語，真可謂貧而能樂者矣。今閲《桐鄉詩述》，選先生留題詩數首，小傳注先生嘉興人，字鳴上，號鹵齋，又號魯哉。有《聽雪齋詩鈔》，予未寓目。予家所存者，爲《春樹居詩鈔》云。

又有《鬼燈曲》一章，頗有奇氣，今並録於此。詩云：「白楊樹，風颼颼。鬼燈來，寒雲愁。鬼聲啾啾出林外，紛紛魑魅呈百怪。鵂鶹亂啼作鬼語，黄狐暗頂髑髏拜。君不見南村病兒陳鬼筵，三更拜地焚紙錢。蟪蛄唱曲蛙打鼓，老鬼持觴小鬼舞。囂然上告南面王，揶揄大笑生人苦。風淒淒，草索索，青燐無光日將落。曈曨曉日東方高，漫漫野露青蓬蒿。」孤燈獨坐，四野無人，每讀一過，不覺髮豎而眥裂也。

我宗淩霄先生節修，家武塘，平生喜修養，精道家學。著有《柯庭詩》，派宗陶靖節。集中和陶甚夥，兹録《酒後》一章云：「往時不能寐，危坐曙色開。昨宵得美酒，祛我鬱積懷。飲已輒便醉，頹然卧茅齋。無夢亦無想，栩栩如嬰孩。陶陶復兀兀，四體皆和諧。古人要獨醒，此境殊悠哉。」

杜工部云「爲人性癖耽佳句，語不驚人死不休」，尚是有意爲之，不如「老去漸於詩律細」爲得自然之趣。蓋作詩雖苦心雕琢，而出語仍絶不見其雕琢之苦，乃爲絶妙好詞，所謂「看似平常最奇險，成如容易却艱辛」，真道盡此中甘苦矣。予讀《甌北集》，愛其意無不新，語無不奇，而却又極現成之至，無斧鑿痕也。《種樹》云：「看似豪奢却寒儉，省他六月搭棚錢。」《順風歌》云：「此理眼前誰識得，順風船即逆風船。」《偶成》云：「閒向緑陰凝立處，人言此老要吟詩。」《小園》云：「一樹桂花風過處，聽他香到別人家。」《朔風》云：「一笑化機誰識得，樹方落葉鳥添毛。」《蕭齋》云：「分得緑陰牆外柳，一家樹作兩家春。」《齒痛》云：「遇剛必吐柔方茹，累我翻爲勢利人。」《論詩》云：「預支五百年新意，到了千年又覺陳。」「江山代有才人出，各領風騷數百年。」「矮人看戲何曾見，都是隨人説短長。」《紅梅》

云：「莫是也貪流俗賞，漸思改節學桃花。」《一蚊》云：「一蚊便覺攪終夕，宵小原來不在多。」《卜居》云：「怪底鄰家肯賒酒，先生將有束脩歸。」《裙帶魚》云：「爲魚也要佳名字，裙帶纔呼便動人。」《廬山雜詩》云：「誰知雨打風摧久，也作模糊没字碑。」《題舊繪小影》云：「只有老妻還認得，兒孫都不識何人。」《山行》云：「一樹紅楓全是葉，翻疑無葉一身花。」《西湖即事》云：「柏燭檀香三竺路，一觀音養百千僧。」《儒餐》云：「儒餐自有窮奢處，白虎青龍一口吞。」《放生河》云：「可惜游儵不識字，不知來此避漁師。」

真州蕭娘製糕餅有名，人呼爲「蕭美人點心」，隨園先生載入食譜，曾以饋寄中丞，中丞寵之以詩。趙甌北有六絶句載集中，一云：「帶得脂香價便高，一奩粉餌入風騷。美人手段才人筆，補出劉郎九日糕。」二云：「纖纖素手擅拈針，改製餦餭味自深。這個麻姑好指爪，不搔人背點人心。」三云：「已是徐娘半老時，芳名猶重美人貽。不知年少當壚日，幾許遊人姤餅師。」四云：「一技成名動貴游，遂憑食譜姓名留。蘇東坡肉眉公餅，此女公然另出頭。」

宋人詩有特過前人者，如「春水渡旁渡，夕陽山外山」、「客遊兒廢學，身拙婦持家」，何嘗不可學武。至「卷簾通燕子，織竹護雞孫」、「爲護貓頭筍，因編麂眼籬」、「風來嫩柳摇官緑，雲起奇峰湧帝青」、「遠近筍争滕薛長，東西鷗背晉秦盟」，則已入卑格矣。「若見江魚應慟哭，此中曾有屈原墳」，則更入於怪矣。「脚根頭上兩青天」、「月子灣灣照九州」，此更鄙俚不足道矣。學宋人者，須擴清俗諦，以求大方，庶不落疲弱甜俗一派。

今人劇飲藏花、拈鬮拇戰，此風遠近皆然。因記唐人詩有「城頭催鼓傳花枝，席上摶拳握松子」，乃知酒席藏鬮作戲，以爲賭酒之術，蓋亦久已。

唐人律詩以格律渾成爲式，然第就其聯句之秀艷，後之詩人已有不可仿佛其一二者。五言如（陸）〔陳〕羽《春日野望》云：「漸變池塘色，欲生楊柳烟。」李郢《春晚》云：「燕静銜泥起，蜂喧抱蕊回。」殷遥《山行》云：「野花成子落，江燕引雛飛。」孟浩然《雪》云：「落雁迷沙渚，飢烏噪野田。」七言如韓偓《殘春》云：「樹頭蜂挹花鬚落，池面魚吹柳絮行。」又云：「細水浮花歸别澗，斷雲含雨入孤村。」許渾《山居》云：「龍歸曉洞雲猶濕，麝過春山草自香。」皆細膩熨貼，極温柔敦厚之致，品格風韵，各超絶頂也。

吴江客舍，於廢紙堆中搜得已刻詩草三頁，計詩一十六首，不知何人詩稿而遺散此幾葉也。觀其詩筆，似學竹垞一派而力量稍遜者，録兩首於此。七律如《十二碚夜泊》云：「捩柁先驅有疾神，乘風入險泊江濱。三千里外孤吟客，十二碚邊看月人。鳥道盤空穿絶壁，猿聲哀咽泣河漘。山形齾齾争相向，不許登臨更問津。」五律如《兵書峽》云：「吞吐烟雲合，兵書峽裏過。《陰符》藏絶巘，怪石列危陂。呵護神靈守，峥嵘風雨多。驚濤聲壯烈，不敢叩舷歌。」《苦雨書感》云：「積氛一月晝常暝，楚塞何緣我獨醒。高浪每添遷客恨，遠山難識佛頭青。風多飛瀑先秋冷，蟄起寒潭帶雨腥。此去漏天元不遠，何人知有少微星。」

海昌王海村斯年，少負奇偉之才，年逾强仕，而秋榜一名，艱於千佛。不得已，刊少壯所作，聊以自娱，此予本張船山太史序其《秋塍書屋詩鈔》意也。今録七律一首云：「笑循常例看牽牛，雲漢無風淡欲收。小沼魚穿孤月影，疎簾螢逗一鐙秋。欄邊蕉瘦緣扶磴，嶂外苔浮青上樓。客久已忘瓜果讌，今宵詩夢又杭州。」他如《讀南史》云：「車駕虚還汴，英雄恨渡河。」《七夕》云：「如何千古客，憐此一宵秋。」《除夕》云：「身有餘閑拚中酒，夢忘是客竟歸家。」《懷人》云：「憶送君行剛半載，漸知家好是中年。」宜芸臺阮制撫以爲渾脱天成也。

春陵館詩話卷下

兩晉間人物，儘有非六朝、隋、唐可及，但出非其時，如冬月桃李華，不適於用爲可惜也。金源氏應奉翰林文字張廷有詩曰：「有客曳長裾，袖刺謁豪閎。低頭拜閽者，始得通姓名。主人厚眷顧，開筵水陸并。顧必承彼顏，語必順彼情。不如茅檐下，飽我藜藿羹。」讀是詩，則於其人之所養可知矣。每讀數過，殊覺神奕飛越，漸漬於心而有餘味焉。

許魯齋仕元世祖，不得行其學，力求歸田。其與人書曰：「春日池塘，秋風禾黍，夏末雨蠶老麥秋，冬將寒困盈箱積。門喧童稚，架滿詩書，山色水光，詩懷酒興，是以心思意緒，日日在此，安此樂此，言亦此，書亦此。百周千折，必得此而後已。」魯齋雖不明言其所以求去之意，託言乎此，然而人生得天地所與，分內之樂，亦不過是矣。

點染風花，何妨少爲失實。若小小送別，動欲沾巾；聊作旅人，便云萬里。登陟培塿，輒比華嵩；偶遇庸才，頌言良哲。以至本居泉石，更懷遯世；業作歡娛，忽言悲痛。準之立言之體，均爲失度。記曰：「志之所至，詩亦至焉。」本乎志以言詩，庶不蹈數者之患。

作詩要新，然當求新於理，不當求新於徑。譬之日月，終古常見，而光景常新，未嘗有兩日月也。鍾伯敬云：「但欲洗去故常語，然別開一徑康道，有弗踐者焉。故器不尚象，淫巧雜陳；聲不和律，艷詄競響。」此誠至當不易之論也。嚴儀卿謂：「詩有別才，非關學也。」按此謂當神明妙悟，不專學問，非教人廢學也。然今之談藝家又專主漁獵前人，則是家有類書，便成作者。究其流極，絶弊維均，正恐楚則失之，齊亦未爲得也。

詩家援據典故，古今所尚。然亦有羌無故實而自得風趣者，以意勝也。假如作田家詩，只宜稱情而言，陶靖節詩所以獨成絶調。必徵引事實，殊乖本色矣。

詩貴於情景中寓理，則生趣盎然。杜詩「江山如有待，花柳自無私」、「水深魚極樂，林茂鳥知歸」、「水流心不競，雲在意俱遲」，俱入理趣。邵子則云：「一陽初動處，萬物未生時。」以理語成詩，便覺索然。王右丞不用禪語，時得禪理，何等雅致。若東坡詩云：「兩手欲遮瓶裏雀，四條深怕井中蛇。」言外尚有餘味耶？

今人用字面，有與古人不同者。如「蒼皇」字，古人多作「蒼黃」。少陵「誓欲隨君去，形勢反蒼黃」、「蒼黃已就長途往，邂逅無端出餞遲」，柳州「蒼黃見驅逐，誰識死與生」。又「數州之犬，黃蒼吠噬」，無作「倉皇」者。然則「倉皇」二字應是後人誤用，因「倉卒皇遽」而連及之也。又今人負恩爲「辜負」，按辜，罪也，絶非此意。少陵「孤負滄洲願」，昌黎「孤負平生志」；李陵《答蘇武書》「孤負陵心」及「陵雖孤恩」，更在唐人以前，皆作「孤」，無用「辜」者。

「中興」之「中」，當讀去聲；「中酒」之「中」，當讀平聲，後人每兩失之。蓋中興者，猶言當興而興，不必定在中間。故陸德明音丁仲反，確有可據。杜詩「萬里傷心嚴譴日，百年垂死中興時」，是也。中酒者，猶言不醒不醉，故謂之「中」。《漢書·樊噲傳》「項羽既饗士中酒」，師古注可核也。太白「醉月頻中聖，迷花不事君」，東坡詩「君獨未知其趣耳，臣今聊復一中之」，是也。

詩家造句，不可不講。王灣詩云：「海日生殘夜，江春入舊年。」只是江中日早，殘冬立春意耳，一經錘鍊，便成警絶。

樂府中不宜雜古詩體，作古體詩正須得樂府意；古詩中不宜雜律詩體，作近體詩正須得古風格。是猶寫篆、八分，不得入楷法；寫楷書，正妙在有篆、八分意。詠古詩未經人闡發者，宜援據本事，切實發明。若前人久有定論，不得人云亦云，須分外尋間，或別寓興意，庶免雷同勦説之弊。

擬古詠懷，斷不宜入近世事與近世字面，錦葛同裘，嫌不類也。若本叙近世事，即方言俗諺，不妨引入也。

古樂府名皆有意義可考。《雉朝飛》，木犢子五十無妻，出薪於野，見雉雌雄相隨，意動心悲，乃作《雉朝飛》以自傷焉。《别鶴操》，商陵牧子娶妻五年，無子，父兄將爲改娶，妻聞之，中夜倚户而悲嘯，牧子聞之，愴然而悲，乃歌《别鶴操》。《武溪深》，馬援南征所作也，曰：「滔滔武溪一何深。飛鳥不渡，獸不能臨，歎我武溪多毒淫。」《吴趨曲》，吴人以歌其地也。《箜篌引》，朝鮮津卒霍里子高晨起刺船而擢，有一白首狂夫提壺亂河游而渡，其妻隨而止不及，遂墮河死，於是援箜篌鼓之，作《公無渡河》，聲音淒愴，曲終，自投河而死。霍里子高以其聲援妻麗玉，麗玉傷之，乃寫其聲，傳鄰女麗容。《薤露》、《蒿里歌》，並喪歌也。田横自殺，門人傷之，爲悲歌，言人命如薤上之露，精魂歸於蒿里。漢武帝時，李延年分《薤露》送公卿貴人，《蒿里》送士夫庶人，使挽柩者歌之，亦云挽歌。《長歌》、《短歌》，言人壽命長短不可妄求。《陌上桑》，秦氏邯鄲人，有女名羅敷，爲邑人千乘王仁妻，采桑陌上，趙王欲奪之，羅敷彈箏，乃作歌以自明。《横吹》，胡樂也，李延年更造新聲二十八解，魏、晉以來，但存《黄鶴》、《隴頭》、《出關》、《入關》、《出塞》、《入塞》等曲矣。《釣竿歌》，常伯子避仇爲漁父，其妻思之，每至河側作《釣竿》之歌。

《樂府雜録》云：古曲有《折楊柳》、《落梅花》，故李謫仙《春夜聞笛》云：「誰家玉笛暗飛聲，散入春風滿洛城。此夜曲中聞《折柳》，何人不起故園情。」王之涣云：「羌笛何須怨《楊柳》，春風不度玉門關。」此言《折柳》曲也。又李謫仙《吹笛》詩云：「黄鶴樓中吹玉笛，江城五月落梅花。」又《觀胡人吹笛》云：「胡人吹玉笛，一半是秦聲。十月吴山曉，梅花落敬亭。」戎昱《聞笛》云：「平明獨惆悵，飛盡一庭梅。」此皆言《落梅》曲也。

世傳杜詩能除瘧，此好事者爲之也。訛傳鄭廣文妻病瘧，子美令取己「落月滿屋梁，猶疑照顔色」，誦之不已；又令取「虬鬚似太宗，色映塞外春」一聯，誦之不已；又令取「子章髑髏血模糊，手提擲還崔大夫」一聯，誦之則無不愈。此殊可笑，然作詩者每用以爲典。予有《病瘧》五古一章，亦用及此。

戊子仲冬，夜坐眠琴館，將已輯《詩話》四卷，裒集抄録，校其疑誤。每歎曰：今之初學韵語，便災梨棗，以自矜風雅者，既無可採，而含宫嚼徵、根柢幽深之士，又不肯自炫其奇，則又欲採而不得其人；況以予之株守交寡，見聞所及，蓋亦僅矣。時予内子蘭儒在側，笑謂予曰：「嘗聞古人三不朽，立言與立德、立功並重，爲人孫子，不能取青紫以顯揚先世，當亦垂筆墨以闡發幽光。君家自鹽官分派以來，前明及國初，代有文學。今君既有《詩話》之作，何未聞一齒及也？」予默默無以答，遂啓篋出寒氏一家詩詞，挨次敬誦一通。有已刻者，有未刻者，各録若干首於後，或亦爲繼述中一事也。

光禄卿開宏公，字開之，諱宗文，萬曆丙辰進士，歷官光禄寺卿。立朝忠直，天啓朝一劾魏忠賢，一劾兵部尚書張鶴鳴；崇禎朝戊辰，一劾請建魏閹生祠豐城侯李承祚，一劾魏黨參政郭士望，並疏請優旌魏大中忠魂，及伊孝子絶粒自殞之生員諱學洢者。按公自少誠慤，先是，未通籍時，有禁蛙異事，曾自注小記一首，記云：「予庚子歲，偕吴鹿苹修業武林之興福寺。其老僧嗜酒不類，於午日徙居於迤北張氏園，樓三楹，有桑樹數畦，前後池塘一鑑。至夜，蛙聲喧鬧，讀倦欲眠，心頗厭之。鹿苹云：『家廝添禄能夜執瓦燈捕之，以充旅饌。』予曰：『我儕甫移此地，即捕殺之，仁者不爲也。姑縱之於外，得稍遠，鳴聲不入耳，詎不至妙！』鹿苹然予説，不果捕。越日昏静，蛙竟絶聲不復鳴，時共異之，有記粘樓壁。是秋予獲儁，稿不存。隔十餘載，舊館人薙髮爲僧，持缽來智證庵，偶晤談前事，云此稿尚存，然亦付之勿追矣。兹偶閲《異類鈔》，元仁宗潛邸時，奉哈太駐輦懷寧，群蛙亂鳴，終夕無寐。傳旨禁之，蛙乃不作。亦如武曌冬月花開，感動無情之草木。及長沙岳麓書院，張敬夫禁蛙而息。米元章守無爲州，鑿墨池，蛙聲聒耳，取瓦書押字投之，蛙自是亦不復鳴。敬夫理學之宗，元章書法之祖，能使蟲類靈通，爲志壹氣動之驗，理或有可信者。予何人斯，亦得此於武林蛙也。遂補識之。」記載先光禄集中。我邑舊屬嘉興，爲魏塘鎮，數苦倭寇。宣德五年，分嘉興之六鄉爲嘉善縣，自後倭始不得入城。逮明季兵荒四警，民不聊生，流離之苦，有不可言狀者。至甲申之變，先光禄已退歸十餘年矣。然自我朝定鼎之初，草竊之横，猶歷數年而始克底定。其間先光禄或僑寄僻野，或挈眷船栖，遷徙無定，不恒厥居。先光禄集中，一載携家舟泊；一載暫住西灣；一載泊丁家栅用敷内任處，識丁氏昆季，歷秋半乃息先人墓廬，各有詩記感。兹録《栖墓廬》一律云：「自夏徂秋未卜居，飄零旅泊竟何如。霧蒸水面留殘暑，雲湧林梢翳太虚。枳棘卑栖哀老稚，象園消散惜琴書。顧瞻周道皆危地，萬縷愁腸轉鬱紆。」蓋紀實也。

質庵公字端臣，諱宸藻，善書法，至今猶珍寶焉。順治乙未進士，入詞館，官監察御史，歷官鹽漕察院。有《柿葉齋詩集》、《西臺小草》、《自東集》。兹録《節婦吟》一篇云：「妾向機中織，君從門前至。贈我紫羅襦，上有相思字。妾家高樓近道旁，良人三十官中郎。事夫十載無二心，相逢何必遺黄金。羅襦擲地不復顧，請君别去尋相識。」

丙仲公諱宏藻，丙戌副榜，有詩一卷，僅百首許。七律如《潤州》云：「不盡長江天際流，連年燈火未曾休。樓船暮雨旌旗濕，帳幕秋霜觱栗愁。三國風雲從北固，六朝烟草遍南州。登臺底事多惆悵，蒼柏蕭蕭蔽古丘。」《閨詞四首》其三云：「倦倚闌干理繡時，停針花下赴來遲。日長深院無情思，閒把櫻桃飼雪兒。」尚有詩餘一卷，已無從尋究矣。

來宣公諱瓚，順治辛卯舉於鄉，詩全稿已散失，僅存抄録者數頁而已。隨録五律一首，《宿彰德夜雨》云：「厭聽今宵雨，張燈語夜分。客遊成汗漫，秋思正氤氳。已暗城頭月，還低隴首雲。麗譙刁斗急，愁絶不堪聞。」

上衡公諱珽，爲邑諸生。詩宗唐人，五律如《青州道中》云：「迢遞瑯琊路，迂迴正不窮。烟深千樹暝，日暮萬山紅。積翠生虛碧，啼鳥下朔風。偶過幽絶處，松子落晴空。」七律如《舟次京口和家永則》云：「江亭斜日柳風清，兩岸琵琶羌笛聲。洛下機雲誰共賞，河梁蘇李不同情。荒烟深鎖金山寺，叠翠遥迷鐵甕城。鄉思不堪頻惋惜，女牆獨樹聽啼鶯。」

渭揚公諱振璜，歲貢生也。著有《鳳觀堂詩稿》，簡端有姜西溟宸英序一首，今予家猶存刊本，然梨棗已不知誰何矣。我宗寥落，歲月如馳，倘并餼羊而亡之，又幾何不風馳雲驟、星移電歇也。故未録其詩，先録西溟先生序言於前，紀淵源也。序云：「往故給事中陽羡魯巖莫公令武塘，予修知己之謁於門下，因得遍交其邑中名士。時周子渭揚群從皆樂與予往還，巾車畫舫，南園北里之遊，探籌而飲，刻燭而賦，予未嘗不攘袂其間。蓋六年中凡四至，至則必連月而後返。時諸子多豪雋，詼諧問作，或乘醉叫呶歡呼，旁若無人，獨渭揚恂恂禮法自持，言笑不苟。其爲詩春容和雅，有黼黻之章、金石之聲，蓋幾於有道之者之言如其人者也。十餘年來，予奔走南北，頹然既老且憊矣。前年，莫師卒京邸，哭之慟，間問武塘諸子，亦多淪落失所，意氣非昔。渭揚惠然過予，追數舊事，相與慨歎。而予視其神色愈旺，袖出詩數卷，句鑱字琢，若將與後生角逐於聲律咫寸之間，而氣凌出於上者。予方抱疴，屏絶筆墨，伻來索序甚急，益歎周子非獨其才絶異也，其精力之過人，雖潦倒而不衰也，予且倚之以自壯矣，遂序其詩以贈。康熙戊辰季秋望前一日，慈水同學姜宸英撰。」又《公讌錢氏客園即事》，西溟先生跋同人詩云：「予至武水，得交周子上衡、渭揚、肅陶，李子赤茂、燭崑，兩家兄弟之樂則予朋友之樂也。爲歡未幾，復當言別。憶春月與子讌集錢氏客園，各賦詩紀勝。於時殘紅在樹，山鶯亂啼。渭揚獨注目良久，須臾落筆，四律皆成，首尾開闔，極自然之趣，一時歎服，推爲擅場。去此又兩月，渭揚與上衡、肅陶將有江上之行，而予亦取道山陰歸矣。始歎我輩歡會，不可常得。舟車登頓，江天絶寥，惟有把君詩過日耳。同學弟姜宸英題。」節録《客園即事詩》四首之一云：「謝公臺榭枕城隈，晚對晴廊次節開。花下尊罍名士聚，竹間歌吹美人來。裙拖湘水籠紅葉，屐印香泥點緑苔。雲雨高唐誰入夢，由來宋玉自多才。」他如《烏江》五絶云：「天意困英雄，悲歌大澤中。漢亡楚廟在，何必渡江東。」至五七古多長篇，皆能自出機杼，不著纖塵者，集隘，不及録。

轔聲公字蘧玉，諱振瑗，又號蘧庵。康熙甲辰進士，官平陽令。著《蘧廬詩選》及《讌集詩》一卷，又未刻詩一卷，計四百餘首。五言多樂府體，七古則洋洋灑灑，出入唐、宋諸大家，而不襲其貌。其格調在高、岑間，而雄渾沉博，又合少陵、青蓮爲一手也。同宗錫山宏序其集，以爲「登臨則顔、謝之雄壯，宴集則沈、宋之高華。至懷人遠道，思致婉折，又能兼高、岑、韓、孟之勝。」今讀其詩，知非虚譽也。但古體多長篇，不能録，僅摘近體數首。五言如《中秋獨坐對月》云：「向夕高樓望，勞人獨晤歌。寒輝流碧落，素景淡銀河。更静砧聲度，雲空雁影過。年年三五夜，何處月明多？」《獻縣道中》云：「長安不可見，遊子獨天涯。古樹鳴蟬急，孤村落雁斜。天空連白草，地磧走黄沙。向晚行人寂，城南起暮笳。」七律如《賦贈瓊山令茹仔蒼兼柬澄海令翁曰可兩同年》云：「萬里分符未許閒，十千沽酒慰離顔。我行鳥道峰皆峭，君到羊城路更艱。從古奇文原海外，由來著作半名山。登臨莫漫嗟勞瘁，前席曾聞詔遠頒。」七絶如《有所思》云：「湘簾不卷碧窗紗，小語春風緑鬢斜。一自玉樓人去後，空庭誰唱《木蘭花》。」又云：「盈盈羅襪暗生塵，歷亂鶯花舞袖春。自别霓裳辭入道，樓空燕子更無人。」《送别》云：「送君舟發緑楊津，三月花飛上苑春。啼鳥不知征棹遠，隔林猶是唤行人。」《夏閨》云：「長河如練碧天明，幾處吟蟬斷續鳴。月下聞歌人不見，横塘深處坐調笙。」《和汪純翁茗文楊柳枝詞十首》，一云：「北陸關前碧草齊，銷魂一曲望中迷。離情千萬柔絲結，散作青青襯馬蹄。」二云：「拂面柔條俯碧池，殢人摇曳緑垂垂。吴姬偏解留儂醉，唱罷《楊枝》舞《柘枝》。」八云：「陌頭春色自年年，情到傷春倍黯然。願作天邊三月絮，隨風飛去落君前。」

訥庵公字越石，諱珂，歲貢。有詩一卷，未刻。五律如《秋郊晚眺》云：「禾黍秋風過，原田萬緑平。落霞横水照，夜月逐人行。兩岸沙鷗宿，孤城獵騎鳴。忽聞南度雁，旅客起歸情。」七律如《舟行七里灘》云：「此日嗚榔下釣磯，蕭蕭落葉滿征衣。五峰黛色隨雲迴，七里濤聲倚艦飛。隔浦帆檣山際出，遠村烟火樹中微。朝朝暮暮滄江上，惟見群鷗逐浪歸。」

國初時我邑詩社頗劇，李子昆季赤茂煒、燭崑炳，毛子穉賓蕃，魏子東齋及我家上衡、渭揚、肅陶、麟聲諸兄弟，每逢佳節良辰，輒開筵賭韵。於時尊浮緑蟻，按拍紅牙，趙女徵歌，吴姬起舞，極一時文讌之歡。姜西溟、汪鈍翁諸前輩恒樂與之交，每過訪，必連月而散也。今諸後裔榮枯不一，而我家亦繼起無人，茲就當時讌會之詩附見於我家稿者，每人各録一首於此。李赤茂詩云：「仿佛蘭亭修禊天，風流應似晉諸賢。人從暢叙稱觴詠，境有清音勝管弦。倚醉欲題桃葉扇，裁詩還付雪兒箋。烏衣自昔多才藻，漫説同舟李郭仙。」毛子穉賓詩云：「試將三雅詠今宵，《白紵》新聲度玉簫。公子夙傳吴季重，美人恰有董嬌嬈。花涵淑氣浮羅幕，月滿清光静碧霄。五夜烏啼歸騎促，微風入樹更蕭蕭。」李燭崑詩云：「夢結廬峰幾歲朝，翩翩鳳羽降層霄。桃花浪暖乘青雀，楊柳風高度紫簫。斜倚玉山中散醉，暗横秋水小蠻腰。閩江有客知相待，選勝平原未許招。」又江西吴星若學淵詩云：「武水春深三月夜，招過杯酒話留連。已無辭賦慚稱客，信有蓬萊可説仙。銀燭光迴雲島月，玉爐香散畫堂烟。春風不解憐花意，故故吹花落綺筵。」以上諸前哲各有詩集，相隔僅百有八十餘歲而已，殘編斷簡之不可一見，悲夫！

前四卷中已録汪藥亭五律兩首矣，茲復録《酬胡賓桂月夜見懷》一律云：「隱約丹楓岸，微茫白鷺洲。斷雲一行雁，殘月獨登樓。忽憶河梁别，翻憐海嶠秋。相思隔烟水，天際共悠悠。」

金人詩大抵先得一聯、兩聯佳句，然後補足湊成者，故難得首尾完美之作。今冬枯坐，繙閲金源一代古今體詩，即就近體中録其句之尤者。五言如吴彦高「澤國幾千里，漁村三兩家」、「山暝有時雨，村深何處雞」、「緑漲他山雨，青浮近市烟」，劉致君「晚芳留凍蝶，踈木立飢禽」，劉無黨「風疏水楊柳，烟瘦石菖蒲」，王子端「有雨夜更静，無風花自香」、「西風七八月，踈樹兩三家」，師無忌「壯士暮年意，遊子中夜心」、「草色明殘照，江聲入暮雲」，秦簡夫《元日》云「不知垂老至，但覺拜人稀」，趙州通「殘星數徽小，斜月一梳低」，刁晉卿「巧宦多成拙，徐行未必遲」，段復之「小飲非愁敵，輕寒與睡宜」，麻信之「溪鳴風蕩水，谷暗雨含山」，元裕之「九日惜空過，一尊還自傾」、「人皆傳已死，我亦厭餘生」。七言如宇文叔通「含風荇逐波紋展，著雨花連土氣香」，吴彦高「天氣乍晴花滿樹，人家久住燕雙飛」，張德容「行路相逢初似夢，舊遊重到復疑非」，蔡伯堅「名山無處不宜酒，勝日有朋方解顔」，馬子卿「《離騷》讀罷無人會，獨立溪南看夕暉」，郝子玉「雨侵斜日明邊過，雲望山前缺處歸」，趙周臣「行過斷橋沙路黑，忽從電影得前村」、「一陣風來忽吹散，斷雲還補兩三峰」，趙文孺「犬吠一山秋意静，敲門時有夜歸僧」。皆能出語不俗，戛戛獨造者。

江都顧書宣圖河太史詩名震東南，汪蛟門、杜茶村、姜西溟諸前輩皆器重之。《别裁集》小序云：「所得詩止二卷，未見全帙。」故僅録若干首。今予偶於桐華客舍得《雄雉齋集》六卷，殆先生全集也。汪老鈍琬序其首，詩境清肅，根柢性靈。七律如《熱甚戲作》云：「膠粘赤日推不去，焰焰火雲燒太空。得酒何須辨賢聖，乘風不必問雌雄。科頭松下差得計，赤脚冰間術未工。鞭起睡龍陰谷底，九州一洗陌塵紅。」七古如《周昉妃子出浴圖》云：「天下俊物少癡肥，美人纖弱名駒瘦。韓幹畫馬獨畫肉，自稱臣畫師天廐。廐馬飽芻肥且健，肉中畫骨神工就。昉以畫馬法畫人，流傳好事千金購。當時所貎皆貴遊，貴而美者豐而秀。華清宫中一肥婢，滑肌膩理酥香透。艷艷肉芝新迸土，濯濯乳鵝纔脱鷇。淡粉染紗薄如霧，迴身一一紗中漏。安得化作温泉水，掬上凝脂摩澡豆。肥處誰能一分減，細腰長領翻嫌陋。乃知詩人論畫了不公，東坡老眼徒朦朧。亦如杜陵評韓馬，斥肥取瘦將毋同。美人名馬各有態，瘦者易好肥難工。吾以此意通之書，古肥今瘦人人殊。纖濃合度腴不枯，不然醜濁成墨豬。嗚呼！對此芳姿艷質不知賞，忽漫評書真腐儒。」他如「五畝竹居半，六時閒占多」、「學荒如鷁退，心拙似鳩居」、「計因衡命拙，學爲忍貧深」，均有幽閒貞静之致。

五律詩能一氣旋轉者，畢竟老格也。番禺許揚雲《山月》云：「不知誰抱鏡，掛在白雲岑。萬壑照成雪，梅花寒一林。美人此遥夜，千里結愁心。解帶松風下，霜華流素琴。」

吕元素《荆山》詩云：「玉藴山輝自有期，匹夫銜璧罪何辭。那知太璞原來貴，不在連城互易時。」予幼時有《詠菊》云：「此花自具傲霜骨，未盡淵明愛始高。」與吕詩用意略同。予友一漁亦幼有《菊花》詩云：「花非晉代前無種，品自陶家愛始尊。」意又相反。要之皆各有寄托，不相掩也。

世傳鍾期去世，伯牙不復鼓琴，意謂知音之無人耳。然琴乃太古之音，昔人取以怡悦自家性情，非供悦人耳也。伯牙果以知音無人，遂撤而不鼓，何求知之亟亟歟。今午聞内子蘭儒撫琴聲，反其意口占一絶，贈之云：「水仙窗下蟹稜稜，豈爲知音始入神。且莫繁弦亂下指，隔牆防有採樵人。」

詩人出意翻新，仍歸極是，此純是識見高處。廣東王邦畿《過易水》詩云：「亦知匕首無成事，只重荆卿一片心。」此真荆先生千古知己也。

予少時有《久旱喜見雲口占一絶》，末二句云：「未必雲中盡含雨，斷無雨不出雲中。」今讀陳起雷詩集，《途中》絶句云：「却怪紛紛雲出岫，不曾行雨竟空還。」同是望雨之意，而用意自别。

人各有好惡，不相假，亦不相妨也。杜子美不喜陶詩，歐陽公不喜杜詩，蘇明允不喜《揚子》，坡翁不喜《史記》；王充作《刺孟》，馮休著《删孟》，司馬公作《疑孟》，李太伯作《非孟》，晁以道作《詆孟》，黄次汲作《評孟》，古人心地坦白，直抒所見，雖不必盡符至理，然較之隨聲附和、全無把握者，真有天淵之隔矣。

讀書要另具隻眼，論世知人，誠千古難事也。孔子稱管仲之功，而復斥其器小，真可謂一言定案，無可再翻矣。客秋予偶訪馨山客舍，論諸葛武侯。予謂武侯具經世大略，設當日不應劉主之請，竟出而匡扶大漢，則爲完玉無瑕，於出處道理，亦庶幾可以自安矣。時旁有數友聞予言，大爲不平，謂武侯業配文廟，不聞尚有遺議，今獨不足於子，豈皇上有旨降黜歟？予爲捧腹者久之，真大聖所謂失言者，即予今日之論是已。

詩本性情，一讀其詩，其人可知。大抵其詩瀟灑者，其人必쯔快；其詩莊重者，其人必敦厚；其詩飄逸者，其人必風流；其詩流麗者，其人必疏爽；其詩枯瘠者，其人必寒澀；其詩豐裕者，其人必華贍；其詩凄怨者，其人必拂鬱；其詩悲壯者，其人必磊落；其詩不羈者，其人必豪宕；其詩峻潔者，其人必清修；其詩森嚴者，其人必恪謹。譬如桃梅李杏，望其花便知其樹。惟勦襲掇拾者，麋蒙虎皮，狗被豹彩，則誠莫可方物也。

武林張蔚然云：「在六朝無六朝習氣者，左太沖、陶彭澤也；在唐無唐習氣者，初唐陳拾遺，盛唐孟襄陽，中唐韋蘇州、韓昌黎，晚唐司空圖也；在宋無宋習氣者，謝皋羽也。此實關於其人，故不以習氣囿也。蓋六朝之習靡，唐之習囂，宋之習萎，非其人有超焉者，曷克洗此。」又云：「初唐有篇而無句，晚唐有句而無篇；初唐有骨而無聲，晚唐有聲而無骨；若盛唐則篇與句稱，聲與骨匀，真無間然矣。」按此兩段，能獨出手眼，發前人之未發，爲急録之，以誌欽仰。

友人案頭見有近體詩一卷，云是刊本中抄録，詩境清朗，節登數首於此。《採桑曲》，胡堂云：「稚緑環村倚矮牆，家家閉户育蠶忙。小姑陌上提筐去，留得貍奴伴曲房。」陳鎏云：「烏雲亂捲不垂釵，饟食初忙攬妾懷。生怕門前泥滑滑，彎弓新樣試蒲鞋。」其二云：「濃陰罩野靄如雲，東陌西阡界共分。聞得前村開葉市，青青論箇不論觔。」七律如邱大榜《旅館燈》云：「暫停鞍馬歇勞生，倚壁孤燈半不明。茅店月沈雞乍唱，莎階雨滴雁初鳴。鄉書一紙重緘恨，客夢三更最繫情。料得深閨小兒女，卜花屈指計歸程。」董灼《閨房燈》云：「寶鴨香添下繡帷，銀缸璀璨漏遲遲。十分喜事憑釵卜，一點芳心倩夢知。紅袖剔花粧卸後，緑窗鎖恨夜長時。箇中別有銷魂處，涼月砧聲感別離。」徐克謙《門神》云：「傳是淩烟畫裏身，英雄骨相總如真。衣冠近日猶遵古，面目經年又換新。笑爾徒爲門外漢，恰能長動路旁人。公侯故第雖零落，尚借鬚眉傲比鄰。」

（吴忱、張宇超點校）

耐冷譚

耐冷譚提要

《耐冷譚》十六卷，據道光九年武林亦西齋刊巾箱本點校。撰者宋咸熙（一七六六——？），字小茗，浙江仁和人。嘉慶十二年舉人，官石門儒學教諭。有《思茗齋集》等。

按馬鴻賓跋謂此書乃其師晚年消遣之作，成於道光九年。「耐冷」者，蓋就老杜「廣文先生官獨冷」一語而發，「冷當耐也」。追憶生平，尊親故交，雪泥鴻爪，零篇斷章，頗賴以存。其先君宋大樽之言論事跡甚詳，連帶而及於洪亮吉、舒位等交遊密切者。如卷四録吾漁璜《二客集》序，記茗香與鐵雲乾隆五十五年偕遊月餘，亦饑亦寒，一路以吟咏相始終，有「作詩苟傳，不猶賢於饑之食而寒之衣」之衷言。此語亦可爲本書宗旨點睛也。小茗本人亦曾親炙姚鼐、王昶、梁同書等前輩，卷三記其久困場屋，丁卯始中舉，梁贈詩用「鐵樹開花」事以賀，不僅喻得之難，且切《嶺南記》「此樹周甲子一開，開必丁卯年」之義，服其淹博工整如此。同輩交遊中亦不乏名家，除舒位、王曇、孫原湘所謂「三君」者外，如徐熊飛、王豫等，一奇才，一清才，（王鳴盛語）頗能爲全書增采。惟此書所記，尤著墨於詩名不彰、甚或非詩人之作，蓋彼時蘇、浙一帶詩風特盛，官吏讀書風雅，里巷平民亦多耽詩，參與甚廣，詩功普及，不拘唐宋，吴應和序「吴地詩風至今日爲獨盛」，即此之謂也。小茗論詩非不解風流，然以主儒家風教之故，全書旨趣整肅，較袁枚《隨園詩話》之「語雜貞淫」、吴文溥《南野堂筆記》之「泛論詞章」者不同。（馬鴻賓跋語）而與郭麐《靈芬館詩話》旨趣爲近，兩家交情甚篤，所採多爲清雅之作。此四種皆屬長篇詩話，（《耐冷譚》道光十四年又續成六卷。）合而觀之，庶幾可得乾嘉時吴、越詩壇之風俗全圖矣。

耐冷譚序

周太師陳《詩》以觀民風，其不得乎性情之正者，則夫子删之，此後世選詩所由昉也；延陵季子請觀周樂，工歌《風》、《雅》、《頌》，辯其得失，而致褒貶焉，此後世詩話所由昉也。《國風》不録吴、楚，屈子作《離騷》，接跡風人，宋玉、景差之徒從而和之，可當一國之風已。至於吾吴，子游與子夏同列聖門文學之科，絃歌化俗，被其教者，應有篇什作於《詩》亡之後，而竟寂然無聞。斯文蔚興，殆未至其時焉耳。典午之際，平原二陸始以詞章之學名聞東吴，厥後代有作者。自明季入我國朝，江左、浙西實爲詩文淵藪，是非吴之風至今日爲獨盛歟？於斯時也，苟無操選政者抉擇之，作詩話者評論之，則作者莫彰其美，讀者轉憚其繁矣。是以數十年來，有若《苔岑》、《停雲》、《印須》、《吴會英才》、《湖海詩傳》等集，皆吴郡人録同時人詩，同郡人率居其半。作詩話者亦然，《小倉山房》、《拜經樓》、《南野草堂》、《靈芬館》先後刊布藝林。惟《隨園》一編風行百倍，蓋其交遊冠蓋之榮，讌集賓朋之侈，房室居處之精，仕女皈依之衆，皆爛焉具陳。一種風流儁彦、妖冶名姬，必羅致之以爲奇貨，翫之等於傳奇小説，不亦宜乎！《耐冷譚》者，仁和宋小茗廣文所作之詩話也。夫人學有淵源，淹貫經史，早膺鄉薦，屢試南宫，豈不欲就金馬玉堂之選，用爲達官，展其經濟？乃投閒冷署，坐守寒氊，一生冰雪聰明，衹辨得虀鹹送老，然絶無嗟卑怨貧之念流露筆端，非安本分而樂天命者，未易及此。予嘗於《知不足齋叢書》

讀茗香先生《詩論》一卷，尋其宗旨，正以持志，誠以修辭，一歸於聖人無邪之教。因文見道，有關身心性命之學。吴中文學之士，生於夫子二千餘年之後，立言有則，猶存鄒、魯遺風。小茗夙稟過庭之訓，敦《詩》説《禮》，其作詩話，肯以紛華靡麗之習，亂其襟懷、惑人之視聽也哉？道光九年六月十有七日己卯海鹽愚弟吴應和撰。

耐冷譚卷一

仁和宋咸熙小茗撰

自杜工部有「廣文先生官獨冷」之語，後世遂援爲口實。官誠冷，冷當耐也；不能耐，則怨貧嗟卑之念起矣。予生平無他嗜好，惟好譚，譚必以友朋。比居冷齋中，舊遊尠過從者，無可譚；間有一二生徒敂門請謁，衹以時藝相質，又不足譚。譚以筆，吾所有也。或發懷舊之情，或動憐才之念，或表忠節以垂誡戒，或搜逸事以廣見聞，備述篇章，用資省覽。而僕生平言詩之旨，亦略見於是編。露鈔雪纂，惜陰猶不負初心；兒呻女吟，搦管則頓忘清況。亦耐冷之一端也。作《耐冷譚》若干卷。

乙酉初夏，烏程周鄭堂中孚過訪。鄭堂學極淹博，著述等身。其《鄭堂詩録》，五七古規仿仲初，律詩亦清俊脱俗。《秋夜即事》云：「檐際雨乍止，林端月初上。蟋蟀空階鳴，疎鐘遠寺響。西風颯颯來，頓覺秋氣爽。誦詩辨《雅》《鄭》，讀《易》究爻象。乘興一撫琴，豈必有人賞。緬懷鍾子期，千載心嚮往。」《秋感》云：「耿耿不能寐，起坐張鐙檠。凉風捲薄帷，明月當前楹。二更荒雞唱，寥天孤雁鳴。僕本是秋士，當秋更淒清。抗懷千載上，中復念平生。十五早志學，二十猶無成。豈如董邵南，夜讀朝出耕。仰思幸有得，坐待東方明。」《寒食出遊》云：「寒食城南路，行行玩物華。青帘沽酒店，深柳讀書家。碧浪依殘照，春山低落霞。誰如韓吏部，硬語向人誇。」《贈陸道東》云：「一藝慚吾拙，千言讓爾能。名應隨處立，學貴與時增。有母期全孝，無兄在得朋。還當如魯望，編集號《松陵》。」

夏夢禪自金蓋山來，以淩秀才庚《紅杏山房詩鈔》俾閱。開卷見其《春日江行》云：「江水緑千里，桃花紅半巖。」鄭堂在座，亟賞之。

孫過庭《書譜》以「偶然欲書」爲一合，陸務觀謂「文章本天成，妙手偶得之」，僕嘗謂「詩須有爲而作，文至無心乃傳」。

唐人贈遷謫詩，率用賈太傅事，然不過概作惋惜之詞耳。太白《巴陵贈賈舍人》云：「賈生西望憶京華，湘浦南遷莫怨嗟。明主恩深漢文帝，憐君不遣到長沙。」真得温柔敦厚之旨。唐汝詢疑其詞氣不類，非也。

古無四聲，故臨文用韵，皆得以四聲通轉法協之。漢詩中如「安所求子死，桓東少年場。生時諒不謹，枯骨後何葬」，「張」有「帳」音，與「帳」本通用，故「葬」亦可通讀作「張」。「公與守相駕蜚魚，往來倏忽遠熹娱。慰此吏民屯厥苦」，「魚」、「語」一聲之轉，故得與「苦」協。不知者或改作「居」，非也。若此之類，難更僕數。自漢以來，古音遂亡矣。

前輩計甫草先生有言曰：「學詩必先從古體入，能古體矣，然後學近體。若先從近體入者，骨必單薄，氣必寒弱，材必儉愜，調必卑靡，其後必不能成家；縱成家，亦灑削小家而已，許渾方干之集是也。學古詩必先從五古入，次七言，次古樂府。樂府資其材料博且典耳。郊廟、鐃歌之類似不必擬，不如自爲七言長篇。若屑屑摹古人格調，又一李滄溟矣，不如不作。」僕謂古詩中七言長篇，其起伏頓挫之法皆從古文出，若不熟讀古大家之文，長篇正未易爲也。

明季《李流芳集》：「西湖有長年小許，每以小舠載予往來湖中。臨行乞畫，戲題詩云：『嘗在西湖烟水邊，愛呼小艇破湖天。今朝畫出西泠路，乞與長年作酒錢。』」僕集中亦有贈長年王四詩，序云：「王四，湖上長年也，善酒，能爲小詩。予買其舟，輒不受直。曰：『得一詩足矣。』與之飲，因於酒邊貽三絶句。」「段家橋邊秋復春，笑余何事滯風塵。多情一舸遥相待，不載行人載酒人。」「爲官那得步兵廚，摇艇又來西子湖。十丈黄沙五更雪，輸君沈醉宿菰蒲。」「晴湖不若雨湖奇，只恐蕭閒無酒貲。客不出城舟自放，緑簑衣裏有新詩。」四曾有「巖溜臨廚近，寒雲落枕多」之句。先府君屢稱道之，不知小許亦能畫否？

朱尹村自四川歸，以冬蟲夏草見貽。儲之年餘，遂以贈人。然以之入藥，究不知何性也。後讀曹扶谷詩云：「物生各有類，動植原殊形。胡時而蠕蝡，胡時而苕亭。草枯蟲則蘇，蟲伏草又青。陽生屈者信，短至榮者零。蕘夫善識别，長鑱扣巖扃。采以四五月，風戾如寸莛。膚理訝混沌，根荄餘丁星。厥性云大熱，其氣亦小馨。爨入代園蔬，烹肉芼鼎鉶。四方實藥籠，什襲偕參苓。竊疑造化手，狡獪中調停。或舉轉輪説，象教破窈冥。游魚忽變石，腐草恒流螢。彼猶兩而化，此惟一故靈。循環泯端倪，幻境亡畦町。惜哉某未達，難補《本草經》。」

同年閔立山，古君子也。前年權學景寧。學宫傾圮，督紳士葺之，不兩月告成。工既竣，書一聯懸於明倫堂曰：「或出或處，苟能有益於人，即爲事業；一行一言，但求無愧乎己，可望聖賢。」今來桐鄉，亦有是舉。奈衆議尚拗定見，而君以無食去矣。贈以詩云：「吾愛閔夫子，學飽行彌敦。官微思報國，素志何由申。職司在黌宫，頹廢心如焚。語言及文字，足感鴉峰人。二旬工用集，五旬輪奐新。人心固不死，亦緣勸勉真。兹來宦桐鄉，頗喜風俗淳。廟庭久不治，亟起呼儒紳。憂心時惙惙，巽語徒諄諄。敗屋多風雨，兀坐惟欠伸。欲住飯不足，欲去還逡巡。令我增愧耻，無以庇同寅。逝將共茅屋，耦耕終其身。」

昔人云：「清議嚴於律令。」蓋律令所冤，得清議以明之，雖死猶生也；若清議不公，則其冤永不能雪矣。吴門周三丈允中詩：「薄俗喜翹賢者過，竊恐清議非公評。莫若閉門且息影，涵養氣質歸和平。」

石門施少峰有真摯之情，澄澹之性，詩境亦如之。予絶愛其《田家雜詠》，淡而彌旨，可匹歸季思。其詩云：「輕風吹百卉，野田啼布穀。東皋春已至，南畝勤載俶。農家終歲計，所賴在成熟。四體苟不勤，飢寒早已伏。侵晨荷鋤出，日入返茅屋。辛勤從此始，敢恃一犂足。」「柴門無塵雜，卜築傍溪濱。桃花兩三樹，閒柳媚芳春。隔籬聞犬吠，知是來故人。呼童開家釀，相對情殷勤。杯至隨所飲，不辨主與賓。陶然醉欲倒，浩歎太平民。」

少峰弟簣初亦能詩，惜中道而殂，未竟所業。曾記其《偶遊》二絶云：「短笻扶我過溪橋，即境差堪慰寂寥。數點青山人獨立，夕陽江上送歸潮。」「入山便已愛山幽，滿目烟霞遂此遊。欲訪山人住何處，梅花香裏讀書樓。」

少陵《石壕吏》詩：「暮投石壕村，有吏夜捉人。老翁踰牆走，老婦出門看。」「看」字平聲，與「人」

爲韵，通叶也。蘇潤公本作「出看門」，音節尤諧。顧亭林《日知録》謂「村」與「人」兩韵，「走」與「看」則無韵，以證《三百篇》有無韵之句，近武斷矣。

鄂文端《贈法淵若》云：「除却詩書何所癖，獨於山水不能廉。」予生平所好者，書也，酒也，山水友朋也。桐溪無山水可遊，近更以貧止酒，購書無論矣，惟友朋則不可廢。偶有句云：「賣文金少留賓苦，止酒神清入夢安。」

友朋酬答，須頌不忘規，方不失古人贈言之意。亡友王丹生嘗作《秋鴻館十二人》詩。其贈僕一首云：「吾聞一命士，其力足及物。而況聖人宮，教化所自出。廉耻立大防，詞章已微末。今來士風衰，往往本實撥。先生秉鐸往，規戒首宜揭。春風化雨敷，生意已勃勃。文風一丕變，先民自炳蔚。勿嫌冷官冷，終勝熱手熱。」居桐鄉一星已終，而於士習文風仍無起色，慚負吾友多矣。

嘉慶庚申六月，處州山水陡發，水漫郡城，城中米糧斷絶。李觀察鑾宣自温州來勘災，載得大豆百餘斛，恐不足，復買耕牛數十頭，雜煮以食餓者，全活無算。觀察《紀災》詩：「慘目屍從高樹懸，賑饑豆雜耕牛煮。」蓋紀實也。時予適在郡，寓麗水教諭殷恒齋署中。署在山上，幸免此危。當水發時，居民紛至，恒齋出米熬粥食之。米盡，繼之以穀，煮湯食之。二事予所目擊。兩公名位不同，其存心濟物則一也。

張解元叔未考訂金石極精，居鴛湖之新篁里，樂道閒居，不求仕進，尤鄉先生之希高慕古者也。詩不多作，頃見其《題吴松雨溪南老屋讀書圖》云：「青松成蓋黍成林，勝地新都擅古今。精舍溪南無恙在，寸毫憑寫故園心。」「竹田花徑未荒蕪，歸思鄉心托畫圖。知有少微遺集在，論文可並富嘉謨。」予用解元韵賡之云：「鄉夢頻年到故林，憐君近亦二毛侵。分明息壤圖中識去，不使重聞游子吟。」「門前山勢接天都，劚得黃精親可娱。滌硯更成新述作，便應添寫《著書圖》。」

秀水鄭清渠詩才豪放，其《答友人問》詩八首，作詩者可奉爲圭臬。録其四云：「讀書通萬卷，宇宙藏心胸。浩蕩八荒内，有我居其中。心細膽欲大，葉落花從風。浮雲何處來，飄泊任西東。不作秋蟲鳴，便係天邊鴻。古人相後先，用以開顓蒙。」「一人懷一志，志小辭必卑。呫呫字句求，畢世無佳詞。熟精《文選》理，杜甫課其兒。巨刃摩天揚，方免撼樹嗤。吉人辭本寡，中疑辭乃枝。能令天雨粟，蒼頡心先知。」「女兒工織素，擲梭不停手。文士夜操觚，誰來掣其肘。寸心苟不靈，欲語箝在口。汩汩春山源，可以灌千畝。桔槔費人工，池乾亦何有？」「欲求千載名，須友天下士。日與傖父談，何能知妙理。子今果好學，先須熟經史。溯源《三百篇》，《騷》《選》植根柢。六朝及四唐，貫串澈涯涘。采采白蓮花，輕舠泛秋水。」

作詩須開手擒題，唐賢大家最擅場。此猶畫家大落墨法也。五七古長篇，尤宜熟講於此。杜子《北征》云：「皇帝二載秋，閏八月初吉。杜子將北征，蒼皇問家室。」《渼陂行》云：「岑參兄弟皆好奇，攜我遠來遊渼陂。」昌黎《石鼓歌》云：「張生手持石鼓文，勸我試作《石鼓歌》。」《桃源圖行》云：「神仙有無何渺茫，桃源之説誠荒唐。流水環迴三百轉，生綃數幅垂中堂。」微之《連昌宮詞》云：「連昌宮中滿宮竹，歲久無人森似束。」如此類者甚多。後人不講此法，遇一題輒爲推究其緣起。看似篇長氣盛，而筋弛詞蔓，其去古人遠矣。古人用筆，高渾深厚，令人沾丐不盡。如陶公「曖曖遠人村」，摩詰則云：「隔浦望人家，遥遥不相識。」「依依墟里烟」，則云：「惆悵極浦外，迢遞孤烟出。」小謝「天際識歸舟」，供奉云：「孤帆遠影碧空盡，惟見長江天際流。」「雲中辨江樹」，司勳則云：「晴川歷歷漢陽樹，芳草萋萋鸚鵡洲。」使人不知其意之所自出，所以爲佳。今人作詩，已不能出古人範圍。但下筆時，須語語是古人胸次，所謂此心同、此理同也；語語不是古人面目，所謂不向如來行處行也。

《論語》云：「君子謀道不謀食。」「謀」字有刻苦營求、志在必得之意。故道當謀，食不當謀，非諱言治生也。許魯齋云：「學者以治生爲急，今人往往不治生産，至欲救貧，而道反不能守。不知衣食亦道中之一事。」陶公云：「人生貴有道，衣食固其端。」張楊園先生曰：「人能治生則衣食足，衣食足則禮義可立，廉耻可興。」

秀才詩不可有寒酸氣，朝士詩不可有紗帽氣，方外詩不可有語録氣。欲無諸病，在多讀書。多讀書，則胸次自然高曠，出語自然超妙。

世多名、利並稱，予謂名須看得極重，利須看得極輕。名看得重，則自知好修；利看得輕，則自能尚義。即有近名之念，而其中有耻，凡慆淫匪彝之事，自不敢爲。王文貞敬哉詩：「非緣古道多妨俗，自是今人不好名。」亦是此意。若《論語》「君子疾没世而名不稱」，此「稱」字，却當讀作去聲，與《孟子》「聲聞過情，君子耻之」同義。蓋聖人祇教人爲己，不教人求名也。

孫古杉貫中，學中老諸生也。年已八十，猶不廢吟。其《元旦試筆》即祝予六十詩，有「辛苦文章髮半銀」之句，讀之不禁長嘆息。

國初時王師定浙，署江山縣方虎鄰投井死，出其尸如生。咸嘆曰：「骨冷泉香矣。」建亭井上，名「冷香」。去予家數十武，有清流井，井上有亭，亭畔有寺，俱以「清流」名。相傳宋亡時，有兄弟二人作詩自比夷、齊，入井死，故有是稱。予少時曾有句云：「清流亭畔第三家。」丁龍泓先生適過，琢印寵予。今井湮亭圮，寺亦燬於火矣。

詩家之有李、杜，如黄河、泰山之在世間，千古不能有兩。然李能包杜，杜不能包李。杜，詩之聖；李，詩之仙。自唐以來，學杜者多，學李者少，蓋無太白之天資懷抱，欲求其似，惟恐畫虎不成。正如學仙者易入旁門，學聖者決無流弊也。

海昌周梅坪秀才思兼髫歲解吟，近年來與少仙諸老輩唱酬，詣益遒上。屢欲索觀其稿，因循不果，而梅坪賫志没矣。今其稿未知能不散失否？予壁上尚留其《菊影》詩四首，蓋弱冠時作也。録之云：「何時分得此花身，忽漫相逢認未真。移上屏山秋入畫，横來簾角瘦於人。縱饒風格仍晚隱，任化烟霞不染塵。聽説明朝是重九，一痕新月白如銀。」「憐我茅堂四壁空，霜痕著處總玲瓏。魂消殘醉瞢騰候，秋在明鐙黯澹中。有夢不離黄葉舍，和詩同入碧紗籠。奚童枉自殷勤掃，遮斷柴桑路未通。」「筍鞋踏破曉烟愁，看到忘言分外幽。三徑莓苔涼寫月，一籬水墨淡摇秋。呼之欲出疑花活，顧處還憐是我不。却恐樊川迷老眼，采來便擬插盈頭。」「碧亞闌圍白蠣牆，西風扶汝到中央。尋花客去剛疎雨，送酒人來又夕陽。鉤出秋魂寒著水，添將傲骨瘦無香。者番悟得空空色，獨拄吟筇立曉霜。」

膏以明而受煎，人以財而見患。今之爲吏者，滿載而歸，道遇匪人，隱忍不敢申訴，是賫盜糧也。沈丈梅村《書友人遇盜詩後》云：「珠松玉撥鳳文鈿，盡委東陵亦足鄰。若使先生載圖畫，何人妄意米家船？」可謂言婉而諷。

施少峰善畫，嘗賣畫以濟友朋之貧者，有餘則買物放生。汪澹稹紀以詩云：「少峰本詩人，而以工畫傳。少峰非貧士，而以畫易錢。丹青自古多高士，千金不輕售一紙。亦有肯寫青山賣，筆硯生涯償酒債。少峰異於是，將畫換魚鰕。放之清流賴全活，其數已過恒河沙。年來腕力更矯健，尺幅人争酬數絹。製爲絮襖多添綫，歲贈貧交惠幾徧。少峰少峰昔年少壯今半叟，願君一身從此具千手。層巒疊嶂化作萬里裘，衣被天下寒士皆温厚，豈獨名超藝苑垂不朽！」

平湖陸野橋坊家胥山之麓，筆耕事母，能盡潔白養。其詩思深體峻，遇有譔述，必苦心孤詣，久之而後成。《寶劍篇贈朱椒堂》云：「君不見豐城劍氣高燭天，得之者誰張茂先。又不聞百鍊之鋼可折不可化，劉琨仗之舞深夜。玉龍躍出風蕭騷，當其未用同鉛刀。客如莊生善爲説，目嗔鬢突坐使四座心摇摇。廡中有馬尊有酒，一片寒光射窗牖。無事能教魑魅驚，不平便作蛟龍吼。劍乎劍乎，會當青眼摩挲遇知己，持斬干紀之人、貢諛之子，不爾鑄爲農器亦可喜。睚眦之報我所耻。」《山居秋夕有懷吴榕園王柳村》云：「涼風淒衆禽，一禽一秋聲。能令四山瘦，寥落幽人情。月斜光到地，殘菊參差明。所思遠莫致，盈手掇其英。塗塗白露下，渺渺寒流清。」《西澗晚步小憩野寺中》云：「蒼然落照間，行繞澗迴環。遥指孤飛鶴，瞑投何處山。經霜楓葉響，倚病寺僧閒。歸路月初上，居人半掩關。」

文信國琴今藏閩中何氏，上刻公詩云：「松風一榻雨蕭蕭，萬里封疆太寂寥。獨坐瑶琴遺世慮，君恩猶恐壯懷消。」後題云：「時景炎元年，蒙恩遣問召入，夜宿青原寺感懷之作。譜於琴中識之。」近錢塘吴素江景潮復得謝叠山琴，謂出自燕郊土中，流轉江南。素江購得之。琴修四尺五寸，廣一尺，上署「號鍾」二字。下有「叠山」分隸二，中有銘曰：「東山之桐，西山之梓。合而爲一，垂千萬古。」予作《文節琴歌》有云：「寶祐四年兩進士，成仁取義同一軌。青原寺，憫忠寺，兩處哀音迸出泪如水。迄今先後流傳閩浙間，髣髴東山之桐西山梓。公之此言若前知，垂千萬古從今始。」可作二琴合傳讀。

明潞藩性嗜音律，命工製琴百餘，至今頗有散落世間者。當湖聽秋室胡氏嘗得其八十三號中和琴一張，詩曰：「月印長江水，風微滴露清。會到無聲處，方知太古情。」末署「敬一主人」。由此觀之，則潞藩不第工琴，且兼能吟事矣。惜乎其爲降王手澤，舉世褻視，與忠臣遺物大相徑庭。玩物喪志，古帝王所由重爲戒歟？

沈丈梅村作吏甚廉，罷官後徜徉山水間，不問家人生産。其《放歌》云：「君不見地上土，皆是古人血肉腐。又不見地下金，皆是古人埋到今。今人得之用不盡，身已黄泉伴螻蚓。何須竊笑古人愚，畢竟後人還爾哂。貧兒無一錢，有時乞食終天年。富兒米萬斛，誰能一餐五斗穀。他時相遇九原中，赤手交看彼此同。苞苴難入阿旁手，關節不到閻羅宫。豈如我富不在己，衣無求華食無旨。人間山水盡園林，天上雲霞皆錦綺。東家紅腐粟，西家朽貫錢，主守何妨暫勞彼。平生況有翰墨娱，寇盜不剽藏書廚。黔婁猗頓任來往，以我視之初無殊。持此語人人大笑，誰識此言旨趣妙。請看山下土饅頭，不葬金銀葬髑髏。」真達者之言。

卞封翁，棲霞老人雅堂觀察之尊甫也。詩從真性流出，澹泊淳古，適如其爲人。《示里中諸生》云：「南有苕溪水，來自天姥峰。奔騰無匹耦，岑山卓其東。山水所停峙，人物多俊雄。居人不及萬，時時有鉅公。所以里中塾，家有讀書童。饔飧或不足，猶來坐春風。皆云讀書好，何必憂貧窮。誰能爲此言，傳之古老翁。」五言如《西溪晚歸》云：「向晚西溪渡，歸人識冥烟。鐘聲流水外，燈影落帆前。睡鴨依群静，村尨吠客連。過橋何所見，人在月中圓。」《上塚示兒輩》云：「我老雖多病，常年兩度來。問人尋舊徑，扶杖拜平臺。阡樹宜長補，出租且漫催。只今墳墓定，又願子孫才。」《老至》云：「老至心情嬾，交疏世味真。養身翻是病，寡過莫如貧。賤藥時能買，粗茶也自新。青氈吾舊業，於汝定無嗔。」

觀察詩得春夏氣居多，其膺顯位，享盛名，於此可卜。然亦時有近盛唐者。《送陳白雲宰青陽》云：「朝曦燭群冥，賢者已皎皎。名高責亦鉅，道在官無小。棲棲四十年，及今未爲早。千里送驊騮，肯使縶足老。禮教生春風，刑法變枯槁。君子順性命，於物固在抱。况兹水旱虐，野食無宿飽。庶幾得仁人，惠民胥壽考。」《關山月》云：「黄雲天半戍樓高，旆卷飛霜濕寶刀。夢繞玉門三萬里，清笳吹淚墮征袍。」

觀察之守常州也，政敷春澤，情娱雅歌。賓筵既啓，詩牌競鬭。酒邊得句，莫不心擅《雕龍》，吴下傳鈔，屢見集成《刻鵠》。長洲顧耕石元熙《桃源圖》云：「星船通鵲路，霜劍論猿年。」《劍池觴客》云：

「澗肥飄蕊活，山瘦出松深。」《從征》云：「岫霜疑虎跡，澗雪退鷹毛。」《游仙》云：「瀑垂珠乳凍，虹壓玉苗肥。鳳籙貽長吉，麟臺補少微。」「飼鶴停春杵，呼鮫紡落花。」「雹幃丁夜雨，霜劍五湖秋。」海鹽曹魚山維嶽《郡齋夜飲》云：「華鐙摇月外，清漏聽雞先。弈話仙人局，琴調海客絃。」歸安吴雲洲炳《春日園林》云：「牆粉筠初亞，樓青葉度齊。」楊畯蕃鎮源《訪隱》云：「藥叢三畝宅，松館十年書。」海鹽朱篁雨昇佑《古寺》云：「鈴節枯禪韵，泉流瘦佛痕。」《無題》云：「停艞飄夜笛，窺榻漏秋星。」陽湖劉芙初嗣綰《雅堂太守郡齋招飲》云：「鳩窺仙墅换，鴨數石欄成。」吴縣李子仙福《題刻鵠集》云：「柳花金縷曲，鵝管玉河笙。」推陳出新，人人握生花之管；驚才絶艷，言言入摘句之圖矣。

從弟殊勳，號秋田，少從予學，詩筆妍秀。爲諸生後，蹭蹬名場。喜彈琴，精六書。近且究心金石絹素，吟事稍疎矣。弱歲時有《過臨平欲訪友人不果》云：「水接塘西易往還，茅齋在望失躋攀。輕波柔艣臨平路，閒殺皋亭一面山。」爲先府君所賞。弟曾有《遊仙詩》甚佳，今不復記憶矣。

耐冷譚卷二

仁和宋咸熙小茗撰

沈太守眉峰自閩海歸，宴集昔時朋舊，名士畢集。哲嗣聽篁出《曾經滄海圖》索題，先府君信筆書云：「笑他泛宅與浮家，只在江湖莫漫誇。君自天邊我天上，曾經雲海坐蓮華。」「別却滄波又幾時，茫茫人海欲何之。歸來莫怪貧如許，未折珊瑚樹一枝。」一座歎服。二詩外集失載。

岳雲谿澐，嘉興布衣。少孤奉母，隱居長水鄉，琴尊自適。慕种明逸之爲人，故自號雲谿。詩筆奇傑，其《題方長青畫竹》云：「石燕飛，商羊舞，瀟湘江上瀟湘雨。雨聲滴碎竹聲寒，湘娥夜擁蒼烟語。長青居士老畫師，揮灑雲烟畫裏詩。胸中有成竹，竹不生枝，雙管齊下各相肖，生枝枯枝共奇妙。枯一竿爲磻溪釣，生一竿爲孟宗孝。其餘一竿側立一竿抱，兩竿枝葉相糾繞。九天風雨筆端生，幽篁泣露山鬼笑。」

秀水顧退飛列星，豪邁忘其貧。寒甚，友人贈以一裘。過書肆，見有《漁洋全集》，即脱裘换之。家人皆笑其迂，攤書朗誦不顧也。著《苦雨堂集》，其友夏守白爲之校刻。古詩如《飲馬長城窟》云：「驅馬出邊塞，云是古長城。秦漢殺人地，白日爲不明。潺潺隴頭水，上有枯楊横。枯楊不生稊，隴水日夜嗚。解鞍倚馬背，照見鬚鬢清。古來飲馬者，盡爲灰與塵。今復來飲馬，歸者知幾人？」律詩如《古别離》云：「高燭照離情，三更復四更。語長心激越，氣盡淚縱横。再見知何日，相思判此生。沙場多成客，飲恨且孤征。」七絶如《口占示澮川》云：「吴生磊落天下無，酒酣氣與秋天孤。有時側帽弄長笛，月明驚起西飛烏。」《遊春曲》云：「十載重來鬢已塵，驚看如雪柳條新。家鄉風景他鄉淚，依舊青衫殢酒身。」「愁見王孫草又青，棠梨一樹雨冥冥。子規啼罷山如夢，荷鍤劉伶也要醒。」俱卓然可傳。其古文亦夥，大約散佚，不能刊矣。

錢塘馮山公景盧，抱經學士之外大父也。山公古文匹魏叔子，没後將漸散失。仇丈一鷗以詩寄學士云：「著作才超八代餘，起衰大力竟何如。彌甥聞説工讎校，不刻山公一卷書。」學士得詩大慙，即録其《解春集》行世。應叔雅曰：「此謂詩不苟作。」

仇丈徜徉湖山之閒，嘯歌爲樂，寒暑無間。先府君常規其成詩太易，曰：「不易則苦矣。」一夕夢友人告以卒期，作詩自輓云：「不説來因説去因，死期示我却疑真。淒涼逆旅將歸客，慚愧人間未了身。修到梅花應再世，夢爲蝴蝶不逢春。叫兒收拾殘書卷，莫道黔婁一味貧。」「住世年來百事慵，果能撒手亦從容。準煩宋玉招魂魄，莫向君平問吉凶。老矣尚愁餐苜蓿，歸歟未必住芙蓉。還思造物常兒戲，丁石應教地下逢。」「檢點身心事事非，不堪夢裏賦將歸。半生勞我婚兼嫁，何物傳人鉢與衣。柱國閻羅常有願，海山兜率兩無依。此行畢竟投何處，好化仙壇白鶴飛。」「尸夢何從便得官，醒來燈下鼻猶酸。年過半百生非夭，想到千秋事總難。白鐵鑄來防是錯，黄金轉後不成丹。新詩編定非容易，莫遂雲間下玉棺。」「任他仙佛説飛昇，變化銷沈免不能。何處故人來白馬，那堪弔客祇青蠅。人間富貴忙無益，老去文章獨有憑。漫道子雲空寂寞，閉門人識草《玄》曾。」「昨夜無端噩夢驚，輓詞遂已賦淵明。最憐螺髻千峰碧，忍把鴻毛一死輕。著屐算來能幾兩，騎牛從此話來生。西湖不盡長回首，我自花時踏月行。」至期無疾化去。

以樂府神理入古詩，町畦獨闢，近惟徐雪廬能之。以陶公五古縮本作斷句，二十言外，似尚有數百言者，近惟王柳村能之。

漁洋五律從齊、梁出，已如姑射仙人，非復人間所有。若翁山則更從晉、宋出，覺筆墨之中、筆墨之外，別有一種深情古意，全是騷人之遺。

《竹枝詞》原從樂府出，須俚而古、質而艷。先代工此體者，惟有明二楊：一廉夫、一升庵也。近人以晚唐之筆爲之，稍具丰致，已稱佳構。至間以粗俗之詞，傎矣。

靖節而後，惟大謝猶得藴藉渟蓄之意、夷猶駘宕之致。徒以得理趣、琢句自然賞之，淺之乎言詩者也。

衣裳不妨布素，冠履必須整齊。若破冠敝履而著錦衣以行，人皆笑之。作詩而不講起結，亦猶是矣。

吾鄉陶雨峰聲寄跡市廛，人無知者。刻苦爲詩，清雋拔俗。如《送一匏歸天都》云：「風勁荻蘆洲，孤篷入暮流。送君兩行淚，並作故鄉愁。寒雁一群起，高城萬木秋。天都空極目，飛夢繞江樓。」《題春雨江南圖》云：「烟雨瀟瀟紅滿枝，玉樓齊唱冶春詞。扁舟乘興不歸去，三百六橋多酒旗。」「谿山罨畫漾晴波，隱隱吴歈隔浦過。爲愛江南春色好，滿身紅雨滴烟簑。」《石湖題壁》云：「徒勞蹤跡混風塵，嘯咏何如我率真。紅葉萬山霜滿履，緑波雙槳畫中人。欲舒倦眼憑高閣，爲續清遊愛小春。牛背夕陽茅店酒，忘機魚鳥自相親。」

嘉興周布衣補年集貲萬餘緡，於邑之新豐市設立平林義塾，教養兼備。復思創建於杭州，率其二子鳴鉦叩募，費不足，憂思成疾。朱君蒙泉，家素貧也，業醫。衣食纔足，慨然捐貲。有就醫者不受報，勸於塾中助之。塾成而蒙泉死，補年作《瘵學圖》以紀其事。樂善不倦，見義勇爲，皆當世之所希也。董孝廉上湖《題瘵學圖》云：「學舍嗷嗷滿百口，周君都養難措手。讀書聲雜庚癸聲，空敲鉦板循街走。忽來蒙泉紫陽裔，義問仁心急相扣。茂叔已病强復支，公叔定交良非偶。妙手先將心疾療，苦口遍告平生友。幾日春回學舍中，炊糜旋已供糒糗。枵腹横經自古難，況集童冠萃學藪。吾聞大范義學規模敞，又聞小范麥舟義氣厚。兩事並集賢復賢，蒙泉蒙泉真不負。摶沙交跡竟何常，醫師難卜已年壽。大藥王已大自在，死友巨伯猶相守。年時瘵病還瘵學，形影相隨期不朽。豈是尋常行路人，莫向丹青説妍醜。」

「富老不如貧少，美遊不如惡歸」，本佛書中語，青丘點竄以爲悲歌者也。顧退飛云：「在家貧亦好。」蔡師山云：「歸計任蹉跎，浪遊貧賤好。」皆從此二句脱胎，而意更深曲有至理。

費密「大江流漢水，孤艇接殘春」十字，阮亭賞之，遂與定交。余以此二語須合看，乃見其佳。作五律，通首以散句直下，此體開自襄陽。石丈遠梅云：「作此等詩，須格高妙、意高妙、自然高妙。」「自然高妙」四字，非深於詩者不能言之。

遠梅丈古詩追蹤陶、謝，近體在大曆十子之間。王蘭泉先生序謂其「古詩步武吴梅村，近體出入於何大復、謝茂秦」，猶未盡其所長也。讀《清素堂集》，美不勝收。摘録數篇，以誌景仰。《夏夜池上納涼》云：「林壑暝色斂，歡悰得静賞。空翠含夕涼，散髮獨偃仰。芳池風氣清，坐久息衆響。竹根螢暗流，苔衣露微上。慮澹外擾捐，道勝内鑑朗。水面荷風來，欲采無雙槳。」《寄徐雪廬》云：「同心未歡會，惻惻懷光儀。形疎分日親，夢寐長相思。誰云新知樂，惠我來何遲。願得同所歡，山川離間之。君子秉高義，豈必在恩私。獨惜盈觴酒，斟酌空自持。」《度白沙嶺》云：「修篁夾層崖，涼翠滴磵户。竹陰散輕烟，濛濛化爲雨。幽禽不知名，驚飛散復聚。薪枝隨路遠，寂不聞樵斧。此境何悠然，余心含太古。」五七律如《漢上秋霽》云：「木落楚江流，猿啼萬嶺秋。晚風吹過雨，斜照在孤舟。幽思搴芳杜，閒情狎浪鷗。何當下神女，同作弄珠遊。」《同王柳村登琴臺》云：「不共名山賞，其如別後情。登高望鄉國，多恐旅魂驚。香冷美人杳，臺空芳草生。憑君彈緑綺，莫作斷鴻聲。」《送王柳村》云：「之子幽栖處，迢迢江上山。誰持緑玉障，冷浸滄波閒。我夢騎鯨去，高歌送客還。相將牛渚月，濯足弄潺湲。」《潼關》云：「形勢居然扼九州，歇鞍此日上征樓。天蟠太華當關落，地坼黄河挾渭流。三輔人烟連古道，二陵風雨動高秋。雁門司馬今何在，遺壘荒涼感白頭。」七絶如《子夜歌》云：「春心都在楊柳枝，春愁都似水瀰瀰。柳枝易折水無盡，郎來不來月上時。」「門前江水深復深，江頭楊柳春陰陰。隨風願逐柳花遠，美人隔江勞我心。」《丹陽道中寄王大柳村》云：「荻岸風迴送客舟，一江夢雨楚天秋。寒潮不及君情遠，只到丹陽古渡頭。」

周敬齋夫子名紹濂，官德清，不名一錢。免官後，病不能歸，寄居蕭寺中。邑人饋以束薪斗米，亦不受，真廉吏也。生平不喜人爲詩，嘗曰：「能做好人，何必作詩。分内當爲之事已講求不盡，何暇作詩？」

人不儉，則財用不足，財用不足，則逆理畔道之事生矣。先府君嘗作一聯懸之家祠，云：「若要不飢寒，那得不勤儉；做個好百姓，便是好子孫。」

「箸頭出逆兒，棒頭出孝子」，吾鄉諺語也。沈丈梅村《責子詩》云：「夏楚非不祥，恭順出戰栗。」與諺語合。訓子弟者，當奉爲法言。

吴縣劉汙岑江性喜梅，《鳴秋館詩鈔》中多詠梅之什。詩境清澹，亦能副之。如《静逸園看早梅》云：「一枝斜破寒潭碧，數點梅開大地春。」《探梅潭西望湖口諸峰》云：「隨香尋舊谿，苔徑少行迹。修竹迎門斜，幽禽窺樹隙。」《尋梅過草庵》云：「磊磊石欲傾，漠漠天將暝。可愛松際月，先我在半嶺。行吟但聞香，倍覺空山静。」《憶静逸園梅花》云：「吟心千樹月，別夢一江雲。」又嘗與同人詠早梅，有云：「香動一春心。」予呼之爲「劉梅花」。

石門周小癡明經金寢饋於詩文，奇窮而不自知。幼聯姻沈氏，爲中表姊妹行。過期未娶，女抱病隨斃，遂守義終身。生平尤以干謁爲耻。予贈以詩，有「挾策干卿相」句，以有「干」字，意不慊，予即改之。五七言不落卑調，絶句亦奕奕有神。《贈胡晴川》云：「濟南重叠遠山痕，遊倦歸來即閉門。勤學自知關福命，藏書原是爲兒孫。文章有價酬燈火，風雪無情賴酒尊。幾載平陵同竹榻，明湖坐話月黄昏。」《館武林王氏移榻北軒》云：「挹翠當窗坐，臨流傍水居。人閒誰伴侶，吾意即樵漁。桂蘊一飄粟，蕉抽萬紙書。蓬蒿張仲蔚，枕簟自蕭疎。」「地僻塵難染，心怡日正長。捲簾因讀畫，閉閣爲焚香。隔竹敲茶臼，呼童整笛牀。晚來新月上，幽思出松篁。」《西湖柳枝詞》云：「金縷毿毿軟似絲，東風無力强支持。半生不爲纏緜意，終古何人重別離。」「湖上風光似去年，客心都被柳絲牽。衹因青眼曾相識，春水桃花繫釣船。」《清明客山左》云：「才聞賽社醉壺觴，轉瞬鄰家杏酪香。豈有欲歸歸未得，年年寒食客他鄉。」「踏青知是恁心情，柳滿池塘花滿城。載酒題襟知己共，天涯我亦過清明。」又《詠秋海棠》云：「蟋蟀滿庭人獨卧，銷魂最是夜深時。」亦有風致。

石門沈艮山秀才利仁著有《百秋吟》。《秋原》云：「青桑落後村醪熟，黄稻收時晚飯香。」《秋柝》云：「夜涼萬井霜圍屋，燈暗千家月滿城。」《秋日》云：「西風獨立看盤雕。」《秋角》云：「故國西風老將心。」思筆俱不落凡近，惜善病，無子女，鬱鬱以卒。

胡農部梁園少工制舉文字，得第後始留意於詩，然亦不多作也。《石友山房集》二卷，吴香竺刺史刻之粤中。集中擬陶諸篇頗能神似，蓋農部喜飲酒，視榮利泊如，其性情亦與陶公合也。《擬答龐參軍》詩云：「相知無新舊，傾蓋若平生。閒居林泉下，有客賞其真。命駕時時來，高談聽轉清。敦《詩》復説《禮》，所思在古人。陶然一尊酒，相與樂兹辰。我心頗違俗，君志亦離塵。締交非形迹，何必往來頻。江山縱遠隔，萬里同此情。會合知何日，願自愛令名。」《擬於王撫軍座送客》詩云：「秋日淒且厲，木落長年悲。況我素心人，蹤跡行將違。履霜初届節，登高悵如遺。山中寒氣至，庭前草已腓。

離筵無停晷，風急雲不遲。仰視失林鳥，嗷嗷將何依。征車從此發，且復戀餘暉。萬化有終始，君其當來歸。」

雁蕩於天下爲南戒，譎怪萬狀，天都雲海，天目地肺，莫之逮也。昔在栝蒼，以公事至甌江，規往遊之，未果，深以爲恨。曾先生近堂貽以山志，當卧遊焉。歲壬午，與陳司訓鏡帆晤於禾中，風簷督試，寂閟無聊，每娓娓談雁山之勝，心甚樂之。初不言其有詩，歸後一年，以《雁山遊草》見寄。蓋鏡帆以其鄉人而好遊，屐齒屢經，必窮其勝而後止。徐子宣謂其「發逍遥之遠懷，述沖舉之逸思」，洵不誣也。詩不勝録，録《山中口占》云：「尋幽不知疲，山斷徑欲絶。斷盡忽然開，巖狀儼施設。天風衣上吹，流淙過百折。奇曠復可尋，愁心轉爲悦。」「一峰一回首，奇形變幻來。過眼似已識，轉步復相猜。豈是造物爲，山靈何怪哉。俯視人世間，培塿真可哀。」「生平慕山僧，名山半佔去。山僧有幾人，識得山中趣。夫容萬朵峰，朵朵雲相護。此中隔塵凡，問僧僧未晤。」「昔時人告我，猶疑人我欺。今我轉告人，何怪人生疑。山水説因緣，造化原無私。世人有不遇，嗟乎名利羈。」

張南華山人《海螺賸藁》中有《和東坡岐亭戒殺詩》四章，海昌梁孝廉仙槎復和之，列之《晚晴軒詩鈔》之首。今録其一篇，用以自儆。云：「衆人尚膏腴，斟酌調鼎汁。嗜慾日以深，有如水就濕。上天德好生，生趣各自得。戕物何不仁，生死隨緩急。豈以人爲貴，藐兹鵝與鴨。刀割分所應，焉逃羅網冪。何知菩提心，憫彼族盡赤。赤族無已時，此冤長不白。人禽辨幾希，外貌異巾幘。所貴一念炯，省此釜中泣。菜根滋味長，給求本無缺。何必羅珍羞，晏然始對客。用是戒貪饕，哀感心交集。」

語溪僧西印，字曰竺仙，詩可與小顛匹。以性喜澄淡，終歲不出户，惟自吟自唱於鐘魚粥鼓間。若在西湖，當不讓顛公獨持壇坫也。《題邵寄舟半舫閣》云：「江北老名士，僑居魚水濱。夕陽明小閣，詩思絶纖塵。溪曲藏漁艇，簾垂散酒人。年來不我棄，問訊到西鄰。」《訪姚明經石農即次暮春見懷韵》云：「攜將藤杖叩林端，如豆青梅一味酸。山下人家門巷静，朱櫻未熟鳥銜殘。」「花自飄零減却春，禪關幽寂此閒身。巡檐咒筍速成竹，要使清風來故人。」餘如「無多春色留芳草，不斷鶯聲到夕陽」、「桃花水暖河豚上，楊柳風輕燕子飛」、「閒愁消酒盞，清夢借禪牀」、「竹密露微徑，梅疎含早春」、「雨餘琴几潤，風定鳥聲圓」，俱極清麗。

南屏詩僧，至小顛已七世。阮宫保師題曰：「七代詩僧之室。」顛公謝以詩云：「七代傳衣翰墨緣，榮標齋榜自高賢。文如北斗真韓子，集少紅樓愧廣宣。新漲拍堤初過雨，妙香浮檻乍開蓮。萬峰深處光華甚，不讓題梁玉局仙。自注：參寥智果院係東坡題梁。」顛公不傳弟子，無繼起者，人以阮師之言爲讖。

予於丙寅、丁卯間困頓殊甚，每赴省，顛公輒留住山舫，有詞客過訪，必舉予名，揄揚不置。嚴修能詩云：「揭來山舫識公面，大聲醉語驚聵聾。坐中尚有故人子，爲渠傳説新詩工。此意大可砭薄俗，不以厚薄分窮通。世人愛公愛詩酒，我愛公有長者風。」蓋指予也。此種風義，雖求之古人中，亦不可多得。

桐鄉故多詩僧，小顛亦桐産也。近時則推嘯霞與巽亭，一居清河庵，一居般若庵，相隔僅牛眠地，水木清華，俱極城南之幽勝。嘯霞著《法一集》，以自然爲宗；巽公詩予不多見，却時有戛戛獨造之語。嘯霞《他日相逢行》云：「富貴既莫期，貧賤安可辭。寓形宇宙間，應有相逢時。金門跨馬情勿移，乘車戴笠休相疑。君不見，千金之劍不負死，至今猶説延陵子。」《送曹明府扶谷之官直隸》云：「踏殘堤畔草，相送傍溪橋。此後書宜寄，懷君路正遥。河流侵岱嶽，花署近雲霄。贈别無他有，清風在柳條。」巽亭答予偕同人過訪，即次韻云：「歡會酒無錢，村醪賒恰便。客來多不速，佛亦笑相延。竹蔭禪房静，花餘國邑妍。推敲慚賈島，恐負白雲箋。」「官如鶴樣閒，閒步看雲還。愛結金蘭友，終聯玉筍班。雅遊争地勝，奇句破天慳。生意眼前足，荒庭草不删。」又贈予云：「心清行樂正，官暇著書忙。」尤極感之。

石門馬嵰山進士罷官後掌教嶺南，喜刻書，世所傳《龍威秘書》，其所手輯也。嘗用上、下平韵賦《水中梅影》三十首，傳誦一時。大興朱石君師題云：「自是君身有仙骨，幾生修得到梅花。」傑句如「望美人兮空一水，思公子以悄無言」、「描來《左傳》寫生手，讀到《南華》《秋水篇》」、「此子自宜置澗谷，凌波惟恐化雲烟」、「與之化矣如無臭，徹底清兮乃訂交」，至云「爲愛清流常托足，迴看古貌忽成雙」，直是先生自寫照矣。和詩亦有佳者，南海陳文瀾云：「烟瘦池塘琴乍歇，雪消溪澗鶴初眠。」趙景禮云：「一枝照水夜籠月，數點撲溪風捲簾。」廣州陳瑶光云：「傲骨與君如有舊，浪花逢我便生春。」順德羅日章云：「借冰成骨寒猶在，與水爲緣色自空。」李騰銓云：「渾如畫本留香韵，喜與波光共潔清。」番禺吴奎云：「淡妝輕步凌波襪，逸興初乘冒雪船。」又云：「魂銷五月樓中笛，夢斷六橋湖畔莊。」惠州林文炳云：「窺我有神波屢轉，索君同笑夢雙清。」

先府君晚年與吴丈澹川交甚契。丈自武昌歸，貧無以卒歲，府君質裘易金以贈之。告咸熙曰：「不可令吴丈知也。」府君游天台回，寓於西湖之瑪瑙寺。丈偕朱青湖徵君訪之，各贈以詩。吴丈詩云：「我意渺人世，君身老謫仙。要騎雙鶴去，拍手萬松巔。瑶島架詩筆，銀河瀉酒泉。軟紅塵十丈，不到白雲邊。」朱丈詩云：「羨君鸞鶴侶，振策向金庭。天半飛泉落，梁間遊屐停。茅蓬參野衲，席帽拜山靈。長嘯瓊臺頂，蓮花萬朵青。」府君答以詩云：「交晚星星白髮垂，近知爲善是吾師。西來有意無文字，要待先生絶妙詞。」「相逢論道不論文，更覺飄然思不群。看取西湖留戀處，兩峰時有吉祥雲。」二詩《外集》失載，今從《南野堂筆記》中録之。

烏程沈敬齋標性至孝，母年八十餘，色養無倦。鄰人不戒於火，母聾於耳，不聞也。孝子朦朧驚起，火已及簷，亟趨母榻，從烈焰中負之以出。烟迷路塞，若有神人導以前者，卒達於外。眉髮無所損，人以爲孝感。蓋乾隆癸卯四月初四夜事也。陸太守杉石紀以詩云：「黄風怒來赤熛烈，火龍夜半掉尾疾。摧燒拉雜無完牆，鬱攸遂及織簾室。室中有母八十餘，宵深睡熟驚斯須。椎胸告母母尚疑，以身負母奔街衢。是時雲昏月慘黑，霹靂飛空烟四塞。人猛於火火不侵，出死入生争片刻。神魂既定翻嗟吁，囊空甑倒居無廬。當其災患起倉卒，知有其母忘其軀。精誠格天天意厚，返風滅火亦時有。知君至孝神扶持，此事今猶滿人口。君今大耋壽且康，偶談舊事摧中腸。貽親恐怖是誰咎，晨昏悔不先周防。聞君斯語倍生感，孺慕終身猶内慊。劫火難銷此寸心，正使安常亦何忝。」

古有《禽言》，無「蟲言」。《兩浙輶軒録》中有《蟲言》二，海昌張教授荔園廣之爲五。雖自云近於東方滑稽之談，實有可以警世者。教授年近九旬，精神猶矍鑠也。其一云：「類我類我，教子負荷。日夜不絶聲，螟蛉化果蠃。幾家養子肖乃翁，可憐舌敝還耳聾，不成一事愧此蟲。」其二云：「遮了遮了，長鳴樹杪。齊女葬吳門，魂歸訴懊惱。我所思兮天一方，暮雲遮斷遥相望，安得飛去如蜩螗。」其三云：「唧唧唧唧，秋宵促織。辛苦勸女紅，懶婦增嘆息。縱使懶婦勸爲勤，織得一疋難醫貧，君看幾個有完裙。」其四云：「閣閣閣閣，若斷若續。有時出井底，上座能教讀。教之不從怒且跳，蛙兮蛙兮尚古道，近日先生皆好好。」其五云：「營營營營，蒼蠅之聲。緣頭擡面，微利是爭。蜂鑽紙兮何時破，蠶作繭兮徒自裹，不知世界如此大。」

烏鎮吳雪坡鉉堂慷慨好施，晚至不能自給，寄食親友家。詩成輒朗誦不休，曰「破我悶懷耳」。人揶揄之，不顧也。嘗作《烏雛行》云：「慈烏慈烏尾畢逋，啞啞返哺八九雛。烏雛返哺爾何幸，嗟我失母亦號呼。朝呱呱，夜呱呱。報母無期淚眼枯。迴腸轆轤，泣血模糊。爾有母養，翳我獨無。」讀之動人仁孝之思。

漢陽張雲庭模補官粤東，閱時必假歸省母，詩亦有孝子之思。甲戌重至粤東，《留别里門》云：「甲第家聲漸繼武，父書曾讀未成名。四旬傀儡真中幻，十載風塵死裏生。陟屺又興慈母念，出山重别故人情。歸來莫遂林丘志，依舊烟巒嶺外行。」「欲踐心盟空戀里，仍持手版去干名。重抛松菊羞陶令，猶顧鐙帷愧董生。詩債半教償異路，官箴終自守初情。惟求母健時清晏，寸草依暉在此行。」

朱兵部茉堂精繪事，尤喜畫梅，疎疎落落，有水邊林下之致。詩才豪放，長篇多至數百言，律詩又極工整，與畫不類。所刻《茉堂近藁》，今已二十餘年，不知近詣之精進何如也。其《自題月潭八景圖册》云：「一鏡柳陰碧，蓬蓬太古春。深林黄鳥樂，小屋白鷗鄰。烟鎖易迷路，花飛不見人。何時攜斗酒，來此謝紅塵。」《柳堤鳴鶯》。「捲幔快新霽，蒼然見遠山。老松飛翠靄，奇石壓柴關。長嘯如濤響，高情與鶴閒。茅堂吟望久，日夕不知還。」《松石晴嵐》。「烟雨高臺上，空濛理釣絲。谿流珠點急，山色墨花滋。何處歸帆重，伊人短笠欹。得魚沽美酒，晏坐小茅茨。」《釣臺烟雨》。「巨石似門立，山頭飛雨來。懸將千匹練，迸作一川雷。古木淩風傑，陰雲帶溼頹。何如秋八月，潮湧曲江限。」《石門瀑漲》。「潭仿月輪幽，潭秋月亦秋。沙鋪平野活，樹接淡烟浮。對此雙明鏡，因之一泛舟。先人釣遊處，撫景思悠悠。」《澄潭印月》。「南山秋正好，錦石列屏風。人語烟嵐外，閒遊夕照中。回崖分竹翠，老樹著花紅。覓徑尋僧去，雲巖黛掃空。」《南屏疊翠》。「西山臨晚眺，峰斷白烟横。村落知何處，林梢入望平。暮樵歸谷口，古寺隔鐘聲。偶向潭西立，淙淙水暗生。」《西山晚烟》。「詩思沁人骨，門前積雪齊。萬山寒玉疊，一徑凍雲迷。把酒遲佳客，扁舟歸故谿。茆堂聞剥啄，驚起暮鴉棲。」《玉峰積雪》。

康熙初，神京豐稔，笙歌清讌，達旦不息，真所謂「車如流水馬如龍」也。達官貴人，盛行一品會。席上無二物，而窮極巧麗。王相國胥庭熙當會，出一大冰盤，中有腐如圓月。公舉手曰：「家無長物，祇一腐相欵，幸勿莞爾。」及動箸，則珍錯畢具，莫能名其何物也，一時稱絶。至徐尚書健庵隔年取江南燕來笋，負土捆載至邸第，春光乍麗，則之而挺爪矣。至會期，乃爲煨笋以餉客。去其殼，則爲玉管，中貫以珍羞，客欣然稱飽。咸謂一笋一腐，可採入食經。此梅里李敬堂大令集聞之其曾大父秋錦先生，恐其久而遂軼，録以示後人者。今其孫金瀾明經遇孫檢得之，屬同人賦詩焉。其首倡一絶云：「一品會中一品官，珍饈争欲鬥冰盤。民康物阜昇平樂，莫作尋常杯酒看。」

趙生莳薌一本，錢塘人，能孝於親。聘鄭氏女，有賢聲。娶有期而女卒，爲迎栗主歸，誓不再娶。媒者至，却之。示以詩云：「一函多謝投冰語，争奈書生是夏蟲。」後爲嚴命所奪，續娶楊氏女，亦賢而有才。蓋天所以報之也。著以《有巢居詩草》。《歸櫂次雙林懷高大小垞》云：「一片秋聲雜，篷窗催夢殘。星稀留澹影，露重釀輕寒。作客一身慣，長貧萬事難。最憐高散騎，情話憶團欒。」

莳薌妹一栴，字耕香，適同里沈上舍蘭臯，亦能詩，著《紫石樓集》。《題畫爲鄒秋槎司訓作》云：「幾椽茅屋小橋西，門掩桃花萬樹齊。紅雨無言金勒綬，一鞭斜照遠山低。」「最好江南二月天，灣灣流水畫船偏。此中正合攤書坐，柳影壓篷飛碧烟。」

耐冷譚卷三

仁和宋咸熙小茗撰

平湖劉硯芬錫勇老於諸生籍，貧至不能舉火，吟詠不輟。不學佛而持蔬終身，因自號蔬叟。所著《待廬集》二卷，家醒軒名景關者刻之。其《嘗糠餅》云：「時難圖苟活，糠食孰云非。糊口虛飧飯，全軀異采薇。題餻休比附，説餅亦依稀。却願從今始，肌如曲逆肥。」讀之令人酸鼻。醒軒，其門人也。

醒軒既爲蔬叟刻集，復刊其友山陰徐士芳《雲屋殘編》。詩不滿百篇，而清俊之氣，溢於楮墨，五律尤佳。《虎丘》云：「虎阜三吴勝，山塘七里遥。寺深先見塔，路轉忽横橋。拂石衣香在，當樓酒旆招。且須終日住，莫便解輕舠。」《句容道中》云：「裘敝寒能入，驢疲路轉遥。野蔬青的的，岸葦白蕭蕭。古木叢祠宇，斜陽小市橋。居民貪過客，攬轡欲相招。」《度太行》云：「旅行嗟白髮，客路喜青山。匹馬直前去，孤雲相與還。攀援從鳥道，指顧失人間。絶壁空荒壘，時平罷置關。」

賦征戍詩，自工部《前》、《後出塞》諸作外，後人難以繼武。甬上徐秋生晼獨長此體，雖篇幅稍隘，較之自詡摹唐，徒作皮面語者，勝之遠矣。《送郎曲》云：「雪花片片大於席，一宵飛壓征人宅。送郎出門天一方，郎跡在雪妾斷腸。妾心欲隨雪路去，明日雪消郎何處？」《征夫苦》云：「征夫苦，征夫苦，半載新婚别如雨。爾腹有胚胎，未辨男與女。生男莫作行伍人，生女慎莫嫁行伍。行伍紛紛出邊關，彎弓盤馬幾生還。將軍得立邊功日，壯士白骨高於山。今日生離即死别，我勉王事爾苦節。他日剪紙招我魂，陰雨啾啾來蹩躠。吁嗟哉，屍不同埋魂同穴，爾營空塚先標碣，皦日流光心似鐵。」《寄衣曲》云：「秋風動刀尺，剪衣洗碎心。風自郎邊來，妾身寒不禁。」「妾心不可見，妾手跡可尋。針針經妾手，針針是妾心。」「撿衣遠寄將，平安書一紙。不敢道相思，恐郎衆中視。」「年年寄衣早，遲君君不歸。思郎妾心苦，明年不寄衣。」

巢湖漁人女，甫十歲，許字李姓，未嫁而夫歿。女不食數日，遂投湖死。屍泝流至李氏門而止，因合葬焉。石丈遠梅作《巢湖烈女詩》云：「比目不孤游，鴛鴦共棲止。妾已許字君，結髮固終始。妾未嫁，君先死，妾心日視巢湖水。奮身波濤鬼神泣，泝至夫家表貞潔。可憐不得生相逢，所願於今死同穴。曹娥十二抱父屍，逆流而上真神奇。漁家此女年更少，殉夫烈志能行之。從此節孝兩相擅，泰山之死人驚羨。銜哀不比築青陵，作誄終然愧黄絹。日出當空水自流，一望巢湖泪如霰。」曩讀德清徐柳樊先生《緑杉野屋集》，有《徐烈婦詩》，序云：「婦蔣氏，邑中談太守家婢。配僕徐成，既六年，生一子，殤。乾隆乙丑十二月初九日，夫死，爲盡償其逋，而復葬之郭外，蓋欲從死者屢矣。其父日夜守之，逾七日，卒縊死。」詩云：「珠不受泥汙，金或雜沙聚。地勢豈足論，輕重在自取。矯矯蔣氏操，捐身得未睹。結縭既六年，獨結百年苦。夫在早哭子，泪流漲兩乳。子死隨哭夫，泪血紛如雨。無夫復何依，無子將誰撫。然猶殉從容，曲折安其父。賣衵償宿逋，買松種新隖。凡事夫之事，一一手自部。事完人亦完，七日身化土。烈哉談家婢，不識字猶愈。書此告鬚眉，蔣氏已千古。何必作夫人，乃以光門户。」皆奇女子也。

貞媛吴柏舟，幼以詩名。先大母陳太恭人之曾祖妣也。未結縭而夫殁，請於父母，縗絰奔其喪。樓居三年，立後葬夫，事事周備。服除，歸母家，投西泠橋下死。當時以家貧子幼，未得請旌。百餘年來已無有知其事者，猶賴卓火傳先生有《題吴貞媛清軌堂遺集》，詩云：「石甑山前磊落摇孤光，一時鸞辭鳳去嗟參商。西泠橋下悲風起，繁絃追促空悽愴。手提五色絲，補綴成文章。諸峰幻向胸中起，不計珊瑚之挹酒與寶笈之爲糧。嬌魂如花不能語，人世有情欲何許。葳蕤繡縷不成香，彈成别鵠春無侣。左班則右蘇，前謝則後李。銀燭空拈五色毫，杜鵑血染千年紫。佳人不必傷淹死，消愁爲有琅玕蕊。爲謝南鄰痛哭聲，道是天涯有路光如水。」

鐵樹開花，人不易見。嘉慶丁卯之春，漢陽張雲庭見之於永安署。云「花發時，芽如珊瑚，蕾如縠顆，開四瓣如桂。外赤裏白，無甚香。累月始凋而不落」。考《嶺南記》云：「此樹周甲子一開，開必丁卯年。」真奇物也。明正德中，桐鄉王雨舟濟官嶺南，其著《日詢手鏡》云：「吴、浙間有俗諺，見事難成，則云『須鐵樹開花』。濟在廣西一指揮家，見一樹榦葉皆紫，問之，曰：『鐵樹也，遇丁卯則花開。』乃知鐵樹花開之説有自來矣。因作《鐵樹花開》詩。」録其一云：「鐵亦生花著樹開，歲逢丁卯見春臺。六州鼓鑄千年骨，一瓣紛披百錬才。柔草克剛因地利，頑根悉化受天培。枝頭蕊綴珊瑚碎，金氣森森占水魁。」僕久困場屋，於丁卯始邀鄉薦。梁山舟學士贈詩，用鐵樹開花事。始以爲喻得之之難，不知其緊切丁卯也。前輩人之淹博如此。

先府君嘗游清流寺，有沙彌自外歸。值微雨，府君戲之曰：「細雨濕僧帽。」即答曰：「微風動客衣。」大奇之，索其詩，堅辭無有。越一年而没，年僅十九云。

周木匠，吴淞江人，傭於吾鄉。時與諸詩人唱和，著有《木屑邊閒吟》。《與友卜鄰》云：「兩家茅屋臨流近，一尺鱸魚上釣便。」《冬日》云：「竹榻生香新稻草，布衣添暖舊棉花。」《閒居》云：「牆低喜借鄰家竹，屋漏先防架上書。」先府君嘗誦之。

大興方藕堂明府官石門，多宦蹟。書畫詞章，無不精妙，尤極愛才。戊午歲暮，予買舟過訪。時施鐵雲、陳曼生俱在幕中，已束裝將歸矣，明府固留之，觴詠連日，爲作《歲寒三友圖》。鐵雲、曼生各有詩，予爲之記。旋以勞卒於官，柩厝西湖。一子二姪，往省其墓，遇風舟覆，俱溺死。天道其可問耶！詩藁已不可覓，僅從扇頭録得五篇，手跡猶新，而其人已不能復作矣，悲慨係之。《次萬觀亭》云：「南湖獨夜月，怊悵誦君詩。野唱隨漁父，新流漲語兒。澡身心似水，游宦鬢成絲。莫道一尊酒，同斟難預知。」《題李芑洲照》云：「尺幅三千里，高秋八月時。仙人愛遊戲，江月照鬚眉。眼底空無滓，愁來但有詩。扁舟天上去，只待好風吹。」《春夜對月》云：「和光宕晴宇，皓月窺簾櫳。歸雁幾聲下，落花無數紅。嫩寒風料峭，薄霧春朦朧。搔首獨延佇，情懷誰與同。」《白鷺塘舟行》云：「白鷺迴塘晚，扁舟畫裏行。浮雲無定色，落日有餘情。水漾韡紋細，山拖眉黛平。西風剛九月，涼重覺衣輕。」《遊吼山》云：「劈面巉屼起，懸岩舟楫通。潭深不可測，松老欲凌空。高閣連雲翠，疎鐘送暮風。山梅得氣晚，才見玉玲瓏。」

做人須踏實地，爲學須有實功，著書須求實用。吟詩亦著述之一也，雖或以適興，或以遣愁，要必有興廉表孝之篇，隱諷微規之語，於世教有裨。人亦不得目詩篇爲小道矣。

詩以清爲主。「吉甫作誦，穆如清風」，《三百篇》言詩之旨，亦如是而已。清非一無采色之謂也。昔人評《離騷》者，曰「清絶滔滔」，讀陶詩者，曰「香艷入骨」。會得此旨，可以追蹤風雅矣。

震澤任翰仙昌詩，心齋先生哲嗣也。曾識之於梁學士座上，厚重寡言，不愧名父之子。詩宗玉局，故又號蘇臺。歷遊幕府，爲阮芸臺、曾賓谷諸鉅公所賞。《新月和秋湄兄韵》云：「隱現微光西復東，水晶簾底太玲瓏。一彎秋水一彎缺，半面菱花半面空。梅上初更情淡淡，雪中清夜影融融。盈虛消息由來定，縱到中秋也是同。」《蘿洲水閣寄祝介亭》云：「把酒臨江閣，遥林起暮烟。美人一爲別，明月幾回圓。壯志頻看劍，清心可悟禪。憑欄凝睇久，芳意待誰傳。」《夜泊瀏河》云：「籬落半人家，行舟繫海涯。潮聲疑過雨，夜色欲平沙。遊子孤鐙泪，高堂兩鬢華。故鄉三百里，不覺夢魂賒。」

鎮江楊誠甫試德詩學太白，飄飄欲仙。甲子二月，泊舟塘西訪先府君，留飲小山堂。賦詩二首云：「不信騎鯨客，飄然到世間。騷開江上月，爲訪越中山。屋後松筠健，門前鷗鷺閒。逢君須醉倒，余亦洗塵顔。」七古云：「我隨明月江上來，仙人見我心顔開。邀向花前便呼酒，痛飲倒盡玻璃杯。月光摇蕩酒光碎，似向花前勸人醉。李杜文章託付誰，千秋著述須吾輩。聞君曾作天台遊，飛行直上神仙樓。雲霞明滅不可狀，靈氣卷入胸中流。逢君之樂那可道，還向湖頭放輕櫂。南屏山下桃花開，攜手高峰發長嘯。」

先府君晚年好佛，不欲聞世事。然遇聰明識道理者，必以忠孝廉節事相勗，且曰：「我輩學佛，祇以年已及衰，於世無用。欲以懺過去之愆，寡眼前之過，種未來之根耳。公等未到此境界，不可學也。」秦丈小峴司寇予告歸，答府君書云：「聞先生棄家逃禪，長齋繡佛。今知果寓僧廬，屏絶一切，何其高也。弟屢思鼓西泠之櫂，輒復中止。歸後況味，殊苦不佳。讀來教，以詩奉寄：『憶昔在官日，遥遥夢青山。誰知歸老後，我心仍未閒。豈有簪紱戀，而悲身世艱。終輸茗香子，湖上掩松關。』」

三韓馬朗山制軍居官似寒素，尤好接引士類。書法宗右軍。所著《河干詩鈔》，集《聖教序》成詩，多至千篇，膾炙人口。其《酬少峰贈畫並寄詩》云：「坐對嵩雲愧作霖，也將部婁當嶔岑。山人品格高如許，自把巖棲寫素心。」「一片烟波四野平，偶從滄海見蓬瀛。怪他萬壑千巖秀，突向幽人腕底生。」「毫端妙悟本清空，詩思天然與畫通。今日讀詩兼讀畫，知君丘壑在胸中。」「秦嶺盤空蜀道愁，揚鞭叱御幾經由。年來少息梁園轍，好把雲山作卧遊。」

徐琴譜桐友居海昌之小長安里，與施少峰善，知其爲庾公之友也。其《鐙下同少峰丈讀小茗廣文新選桐溪詩述》云：「一窗鐙火兩閒人，對讀桐溪著述新。千古詩篇留壽木，百年文獻屬儒臣。采風兼表閨中秀，傳世猶存方外身。秉鐸不須嫌屈宋，天教大雅一扶輪。」

諸暨余賓岡司寇，先府君幼時，蒙其賞識。開府閩中，誠洽海嶠。其《嘉樹樓詩鈔》，清風穆如，可與綿津山人相媲。《秋日示李大然次韵》云：「南國有佳人，朱顔頗姣好。手攜合歡花，佩結宜男草。金屋正春風，佳期轉杳渺。垂垂秋露零，草枯花漸槁。守貞羞自媒，致身安得早。」「君本放曠士，我意亦安之。忽然中夜起，憶君感秋詞。蟲聲出破屋，月影窺方池。雁影尚有侶，葉落難返枝。相逢各盛年，蹉跎乃至斯。遲君東籬下，菊香方及時。」《諸葛孝子題詞》云：「古虞厚風俗，山高水清駛。隱處多賢人，力行飭倫紀。下江有諸葛，宗黨稱孝子。隱曜近百年，文孫發其趾。至德聞帝廷，褒詔封泥紫。用昭聖治光，坊表垂鄉里。事親本庸行，無忝誰能是。孝友施有政，奕世濟厥美。至今號義門，孫曾無違旨。肅雍傳家範，積厚光應爾。夙昔景前徽，況復鄰邑址。願言書金管，摭實告青史。」

羽士水上善，字秋白，居吴山之重陽庵。精五雷法，祈禱屢著靈應。歲戊午，余讀書西湖之瑪瑙寺，患瘧甚劇。羽士來視，曰：「瘧可驅也，第外邪未清耳。」疏方治之。越三日復來，曰：「可矣。」書符置枕函邊，一夕而愈。所爲詩清穩脱俗，著《高隱山房詩鈔》。《訪洞霄宫》云：「欲訪飛仙跡，閑來叩石扉。燒丹遺竈在，搗藥夜禽飛。古洞何年闢，高人不可希。相逢多道侶，指點采樵歸。」「洞口夕陽多，長松帶緑蘿。荒碑迷醉眼，欹路界殘莎。修竹迎風笑，清流春碓過。何時重到此，幽興復如何。」《送吴廣文雲蔚吾上舍春帆之海昌》云：「雙鶴舞高秋，遐飛不可留。開筵邀夜飲，分袂起離愁。佳句標巖谷，遥情望海樓。黄花期在即，竚盼結良遊。」《逢故人有感》云：「十載睽違各一天，流光似駛別愁牽。詩懷酒興猶如昨，争奈鬚眉異昔年。」

石門吴氏多才彦，岱芝先生宗元尤以品學見重於時。詩從明人入手，迨遊齊息園宗伯門，氣體益宏放，句法益清峭。晚耽禪悦，竟斷聞思。《約言書屋詩鈔》四卷，大半皆中年之作也。《贈天池上人》云：「蕭蕭布衲杖藜輕，數里溪橋絶送迎。滿徑白雲閒鶴跡，一樓寒雨颯松聲。罏烟裊碧經函啓，茗椀浮香麈尾横。聞道維摩方示疾，可容丈室問無生？」《簡吴西林先生》云：「不應清時聘，茅齋倚碧岑。躬耕陶靖節，經疏漢儒林。夜雨横琴坐，秋山抱膝吟。韓門千尺敻，何許仰高深。」「郭外桑麻路，山中薜荔牆。閉門輕管樂，把酒傲羲皇。矻矻千秋業，蕭蕭兩鬢霜。他年《耆舊傳》，不數孟襄陽。」《題野人家》云：「黄塵緇人衣，始覺野人好。飽食務耕桑，高眠樂熙皞。茅屋兩三間，一半屯秔稻。西風一夜至，落葉紛不掃。青山户外低，流水階前抱。飯熟午雞遲，年登夜舂早。老翁罷釣歸，柴門月正皓。得魚復沽酒，妻兒共醉倒。嗟余墮世網，容顔日以槁。讀書慕虚榮，功名益草草。不謂塵埃中，而有羲與昊。三歎野人家，吾願從之老。」《題施少峰畫卷》云：「把筆慕倪黄，開口談吴顧。習其法者非不勤，可惜鈍根無妙悟。古人論畫比之禪，禪理畫理並入玄。筆墨之外町畦化，别有神妙秋毫巔。昔者王濛酒密雪，以粉彈紙群叫絶。郭公紙鳶綫痕長，一筆掃出五丈强。二公天機所獨到，人力不與開闔奥。若教成竹在胸中，何異板眼印兒童。吁嗟乎！西子顰，邯鄲步。竊其似者失其故。心忘乎手手忘心，少峰畫與禪俱深。」

香竺刺史，岱芝先生子也。氣宇宏深，人以方漢之黄叔度。官香山縣，處潤不肥。晉銜州司馬，即解綬歸。詩筆沈深駿健，在大曆十子之間。著有《在山草堂集》。《武義道中》云：「肩輿出城隅，山色輿前繞。春田犖确堆欲平，居民疎於樹頭鳥。去年秋七月，水決江之東。婺州八屬邑，武義尤當衝。雨聲如注江聲吼，波力撼山山欲走。可憐山下萬人家，雞犬無聲没烏有。高原老樹露鵲巢，下者盡宅黿鼉蛟。沿厓屋共流沙徙，蔽水屍如斷梗漂。春波轉眼流三月，漲痕消盡山原闊。夕陽破屋幾災黎，性命俱從魚腹奪。側聞大吏賢，封章達宸聽。散利與緩征，詔下拯民命。民命雖存家已空，歸來那不歎哀鴻。只有無知閑草木，春來依舊照人紅。」《紡車嶺》云：「樵風響陰崖，綫路挂前嶺。行人度嶺去，步步踏松影。玆松何年植，萬樹一山挺。低者才及肩，高枝倚峰頂。蟠空飛虬活，點袂蒼雪冷。烟雲與離合，變態出俄頃。松下幾人家，土坦頹不整。嫣然籬落間，紅露一枝杏。杏花開未闌，松濤捲逾静。停輿爲小憩，坐覺塵慮屏。」《八靈洞》云：「山行背夕陽，度嶺得坦道。陟然陂陀起，又見洞門抱。躡足探其幽，古苔緑如藻。陰風襲人袂，不知白日杲。出洞不數武，迎面石亭小。嶄巖立四壁，欲前徑已杳。孤意恣冥搜，即境費幽討。誰知山下路，即從亭前繞。盤盤三百級，級級懸林杪。仰首接飛雲，俯視見歸鳥。山城大如斗，井底看了了。行人抵郭門，新月吐嶺表。」《泊樟樹鎮》云：「小鎮臨江渚，江波渺若烟。藥香吹晚市，鐙火集商船。樹帶寒雲重，天圍曠野圓。夜深風更大，欹枕不成眠。」《穀日微雪過桐城》云：「啼鳥曉催晴，烟郊緩轡行。平沙朱邑墓，殘雪吕蒙城。春冷花無信，風乾草有聲。佳時逢穀日，野外少人耕。」《題畫》云：「春山掃晴翠，春溪蓄寒緑。林深不聞鶯，松濤飛滿谷。谷口一徑微，潛通水邊屋。日暮人未歸，白雲檐際宿。」

沈某，世業圬者，居嘉興之竹林里。家貧，父患痼疾，毅然刲股以奉其親。其天性之真摯，有人所難能者。唐蕉圃孝廉祝紀以詩云：「嗟哉沈孝子，生性一何愚。父疾不可療，刲股表區區。子爲父遺體，焉得戕其膚？即以父遺體，還救父病軀。揆之聖賢理，至性或相乎。吾今謂爾孝，吾今謂爾愚。孝亦不可及，愚亦不可無。」

孝廉《煮花軒詩鈔》中有《儆貪歌》，可爲世誡。並録之云：「吾有案頭所插玉兔毫，光焰上燭百丈高。又有匣中所藏青萍劍，夜夜悲風作怒號。青天何處無雲蔽，明月何年無霧遭。從來碔砆亂美玉，那有蘭草儕蓬蒿。吁嗟乎！猛虎食肉，嚼人脂膏。毒蛇噬膚，爛人毫毛。賊臣伎倆頗自豪。不知神仙手提照妖鏡，魑魅罔兩安所逃。安所逃，史官筆，刑官刀。」

石門史葵陽復心爲僕丁卯同年，年最長，鍵户避人，惟以教授生徒餬口。與少峰、小癡並居一方，俱能以古道表式鄉里。僕有詩寄葵陽並柬少峰、小癡云：「小癡善病葵陽老，好與愚山作比鄰。一樣素風堪式俗，不愁匏落不愁貧。」

嘗謂及門曰：「雪廬奉母至孝，予所目擊，終其身敦善行不怠，不當以詞人目之。」今以老病不能出户，忽奉恩命，授翰林典籍銜，雖常例，亦異數也。向例，舉人年老者，准給京銜，但須在會試之年親身赴部。雪廬係出自特恩。寄以詩云：「敦行奚求報，貧來益自持。真堪風世俗，豈獨善文詞。分以儒生老，忽蒙天子知。清銜扶病換，涕泣感恩私。」

先府君自遊黃山歸，詩境益高。雪廬《跋黃山遊草後》云：「茗香先生歸田之暇，山水方滋。身雖寰中，趣逸物表。吳、越間名山奧壤，福地洞天，固已青藤一枝，芒鞋幾緉。伐毛洗髓，漱石枕流，可以寤寐羲皇，可以肩隨禽向矣。若乃黄山爲星斗之樞，天都有神靈之窟。鬱鬱松翠，蓬蓬白雲。上清所遊，净不容唾，而嗜奇之士，引領長謠。物膠於心，咫尺千里。遂擬微波於弱水，目仙籟爲罡風。嗒然色沮，良有以也。先生則釣餌不設，大瓢自擕。朝發松明，暮投雲海。行歌空翠，則如見所歡；縱身青冥，則若悟前世。於是拾瑤草，飯松花。浴湯泉之紫烟，飲靈峰之碧露。相逢樵牧，多類神仙；出入藤蘿，惟聞猿鶴。樂且無極，憂於何有哉！夫雲山《韶濩》，不在金匏；水山清商，非關絲葦。而晉曠按節以審音，魯摯引聲以求律者，固也。先生《遊草》，如琴斯張。水流花開，都以神詣。三十六峰，得此可問津焉。」

辛未在都，偕費蘭舟國博、徐旭海、勞如齋兩明府登黑窑廠，至陶然亭。壁間有女士詩，尾署「湘涓」二字，不知爲何處人。詩極風雅可誦，録歸藏篋衍，倏已十五六年。今偶檢得，鈔入是編，與此詩亦殆有前緣也。詩云：「行盡闌干九曲灣，簪龍驚起撲雙鬟。故鄉亦有千竿竹，侍婢賣珠還未還？」「如此登臨亦快哉，惜無人與酌新醅。多情只有亭前柳，綰住秋心不放開。」「欲駐顔光藥未靈，鬢邊減却舊時青。閨中已醒封侯夢，怪殺車輪不肯停。」「拚造滄江一葉舟，自摇柔艣自閒遊。生來不及鴛鴦福，秋水蘆花共白頭。」

烟草自明季入中國。時疫癘大興，服之可辟，遂盛行於世。初頗珍貴，今則遍地栽植，婦孺輿隸，無不食之矣。姚旅露書謂呂宋國有烟草，名「淡巴菰」。案：「淡巴」，西南海中國名，土産沈速諸香，見《象胥録》。淡巴想與呂宋相近，其移植中華，則來自呂宋。故姚氏云然。「菰」，則彼處烟草之名也。海鹽朱玉堂明府履中詩曰：「淡巴一望海波平，迢遞西南路幾更。海程曰「更」。懊恨天生此佳種，滿爐沈速盡無名。」「連塍密葉疑蕉影，映日新葩似紫薇。絶愛蠻烟飛不到，濃桑陌上緑陰肥。」「橘緑橙黄霜降天，千家攜伴落秋烟。殷勤説與兒童曉，菸葉菸根盡值錢。」「秋林黄葉滿空巖，小圃秋芳未盡芟。曉起獨來收種子，怪他多露濕青衫。」「曾尋蔫木過重洋，那羡茳藤花更香。晨起不禁寒料峭，幾回紅暈勝檳榔。自注：臺灣平地近番，呼烟爲「蔫木固」，本郁永河《裨海紀遊》。臺地多瘴，土人取扶婁、藤夾、檳榔食之，謂之「荖藤」。初吐時呼爲「荖」。「花更香」，本黄叔儆《臺海使槎録》。」明府年近八十，猶著書不倦。淡巴菰竟成百詠，援據精備，幾如酒之有譜，茶之有經，可謂勤矣。

今壯者日食米不過一升，食鹽不過一錢。酒有飲至盈斗者，烟有吸至數文者，室家安得不匱？僕嘗謂欲富民，宜禁酒；欲富國，宜税烟。蓋秫米之種半於稻，烟草之利匹於鹽。能禁酒，則民多蓋藏，凶荒可恃矣；能税烟，則庫有盈餘，師旅足用矣。因作《禁酒》詩云：「到處十家三酒店，禾中諺語。奸謀大半出其中。但須仿古大酺例，淫酗無聲民食充。」《税烟》詩云：「一畝菸田比上腴，遠售關吏不須呼。若教征賦并鹽筴，瑞草之稱洵不誣。」

耐冷譚卷四

仁和宋咸熙小茗撰

明黃忠烈夫人手寫楷書《孝經》卷，藏吳興劉氏暝琴山館，予及見之。卷係絹本，高一尺，長一丈五尺二寸五分。首鈐「玉音清操力學」朱文長印，款書：「右十八章，三百三十六句，一千八百有四字。明忠烈文明伯武英殿大學士黃道周妻蔡氏玉卿書於山中。」後鈐「蔡玉卿印」、「潤石」二朱文方印。歸安陳金坡鑾題云：「粵稽衛茂漪，法書雄在昔。流傳筆陣圖，藝苑爲繩尺。偉矣黃夫人，跐美冠巾幗。《孝經》十八章，絹素留遺跡。煌煌精氣昭，爛爛墨光射。端嚴掃纖濃，陋彼簪花格。不媿忠烈妃，小印鈐潤石。劉君富弆藏，搜羅妙簡擇。是卷尤珍秘，保護逾瑶册。肅客爲敬觀，旁皇手難釋。遐想夫人節，凛烈譬霜柏。嘗致侯生書，備言邅運戹。福京既淪亡，王室竟鼎革。碧血灑鍾陵，箕尾寒芒塝。高廟倘有靈，九天侍劍舄。蒼皇當此時，遑問死生隔。敢惜一身殉，痛未安窀穸。邅回閱五載，始得收忠魄。夫人與忠烈門下士侯鼎鉉書中，述順治庚寅，伯子子中扶忠烈櫬歸閩事。大書爵謚銜，聊以表精白。昔公請室中，棓血淋漓赤。乃於編《易》暇，繕寫勘點畫。曾孟及西銘，理一如貫索借叶。託孤與寄命，潸然念易簀。食稻下鹽豉，任人細尋繹。跋語無一同，勸學必警策。楷隸百餘本，今古文皆摭。詳見孫退谷《庚子銷夏記》。傳流到人間，伊誰接道脈。荷戈復賜環，甘苦共晨夕。齊牢師友兼，佳耦豈易獲。安得購公書，配此稱合璧。犀軸幾飄零，展對尚明嫿。摩挲慨滄桑，恍若緬忠澤。」其二云：「《孝經》蕩秦燼，賴有顔芝藏。博士諫大夫，少府侯安昌。各有名其家，論説皆精詳。《古文》壞孔壁，竹策尺二長。是經謙半之，别出閨門章。臨淮爲作傳，中國久淪亡。云何東倭島，彫木來海航。贋鼎且莫辨，古訓存微茫。世傳石臺注，列學由李唐。聖言孰敢削，奮筆肇紫陽。厥後草廬子，芟掇尤過當。得毋類侮聖，圻洗如封羊。舊繡移曲折，杜老嗟故裳。我生劇信好，今古必兩行。借叶。不爲賢哲恕，祇恐倚席荒。黄公舊寫本，恨未收曹倉。每於書畫譜，略識嘉言彰。翻思簡錯綜，文字殊裔皇。載稽兩漢後，紬繹遍四方。邊帥及韋弁，精繕都矜莊。水晶玉髓册，再三致喟傷。《吴越所見書畫録》載《石齋孝經》定本册第十四本也。自題「水晶玉髓」四隸字於首。後有兩跋，已上四韵皆隱括跋中語。諦觀夫人書，章句無更張。謹守漢師承，端可寫禮堂。想當侍君子，校勘處帷房。夙夜聞緒論，大義與偕臧。奈何俗儒陋，離析愈披猖。嘗慨綺閣姿，脂粉污縹緗。風雲月露什，芍藥蒲桃香。連篇綴新製，艷者真若狂。豈知有經訓，孝思莫可量。君今寶此卷，足爲内則坊。慎勿被人賺，貯之宜伏梁。」

温柔敦厚，詩教也。爲人能得此四字，便終身享用不盡。蓋詩以理性情，性情不治，心氣即不能和平。處世待人，動多乖盭，雖竟日長吟短詠，失作詩之本矣。

五七律詩首句通韵，詩家謂之「獨鶴出群格」。唐、宋皆有之，如李義山「錦帷初卷衛夫人，繡被猶堆越鄂君」。朱文公「去歲瀟湘重九時，滿城風雨客思歸」之類。僕集中《行脚僧》云：「野鶴與孤雲，天邊伴此身。」蓋用此格也。

同里張月湖先生鑑，僕童蒙時授經師也。工制舉文字，每一藝成，同輩皆斂手推服，而於名場特數奇不偶。閒以詩篇抒寫性情。曾記其《秋闈被放》句云：「舉子忙來仍落魄，秀才康了孰知名。」《遣懷》云：「焉知得馬原非福，縱使亡羊莫悔遲。」才及中年，遽爾奄没。子翼雲已有聲黌序，亦相繼而亡。詩文俱散失矣。

胡雲佇明經昌基家平湖之北郭，荆扉蓬壁，貧不累心。自沈南疑撰《檇李詩繫》，迄今已百餘年，明經續輯之。其哲嗣瘦山金題著《桐華館詩》，東井金勝著《夢香閣詩詞》，女公子碧窗女史緣著《琴韵樓集》，兼擅寫生。一門風雅，禾中罕有匹也。《石瀨山房詩鈔》衆體美妙。五律一氣舒卷，純任自然，尤得王、韋閒澹之趣。《訪菊》云：「天寒霜信緊，塞雁又來賓。野鞠如高士，孤芳欲避人。雲深新澗軸，月冷舊松筠。一笑相逢處，無言契獨真。」「西風吹落帽，令節過重陽。冒雨來山寺，扁舟到野塘。分畦尋别種，隔隖辨幽香。試共陶彭澤，東籬進一觴。」《晚霽》云：「斷虹收雨點，野外數峰明。倚杖臨溪岸，奔流曲抱城。板橋雙屐響，漁艇一蓑横。日暮微風起，高樓壓笛聲。」《子陵釣臺》云：「萬古羊裘老，高風此地留。青山供嘯傲，白眼視王侯。江轉灘聲急，峰高樹影秋。若非謝皋羽，誰許作同遊。」《漁父》云：「鼓枻花源裏，行歌竹隖西。釣竿春水闊，醉眼白雲低。不識風波險，常隨鷗鷺棲。暮歸定何處，家本武陵谿。」《懷戈韞石》云：「之子别未久，悄然勞我心。嚴城共宵柝，孤館各春陰。藥裹聞多病，奚囊尚苦吟。衝街泥滑滑，何處抱瑶琴？」

家東亭明府世烈，湖北孝感人。中年發憤，讀書大别山中。比成進士，逾艾矣。又十年謁選，得昌化令。縣事清簡，終日銜杯看山爲樂。著《東亭詩稿》。己酉同考浙闈，《題卷箱》詩云：「三條燭下苦鏤心，一擲如歸大海深。沈者自沈猶夢想，得之不得待重尋。塵封誰識連城璧，捆載難爲躍冶金。未遇點頭先點頷，當年我亦動愁吟。」有門下士和云：「捷書准擬奏明堂，誰道翻爲韞匱藏。藥物難收歸破簏，嫁衣欲試疊空箱。束裝此去還三載，捲土重來又一場。留得匣中真劍氣，有時長嘯吐光芒。」二詩可爲秋風鍓鏁人雪涕。

柞溪沈夢華浩，予親家雲嵐司馬之次子。未逾冠，工書畫，善鼓琴，詩亦駸駸入晚唐人之室。年二十一而卒。郭頻伽、施少峰爲之作傳，徐雪廬作墓誌，予作序以傳其詩。其《春夜小集作》云：「東風獵獵響嚴更，吹斷檐前溜滴聲。小坐宵深人意澹，一鉤涼月隔簾生。」《秋柳詞》云：「昔日青青向渭城，而今摇落别愁生。棲鴉滿樹空蕭瑟，腸斷關山擪笛聲。」「秋風才識别離難，客舍寒生感百端。記得郵亭攀折處，依依青眼送征鞍。」

沈蒼樹之父，桐鄉諸生，緣事謫戍，没於塞外。蒼樹徒步行萬里，扶柩歸葬。孫古杉詩云：「有子如翁少，魂隨塞北飛。六年雙鬢改，萬里一棺歸。冠蓋轟新歲，桑麻掩舊扉。與君雖乍識，重歎故人稀。」僕亦紀以四絶句云：「謫居未即夢刀環，難也辛勤收骨還。萬里程途千里雪，載更寒燠到家山。」「靈輀躑躅旅門前，敢使單身入屋眠。魑魅恐教驚父魄，何曾有夢到南天。」「行人争説長江險，瞥見江豚鼓怒濤。痛哭抱棺如願感，一帆飛渡似輕舠。」「不將辛苦向人論，返葬親骸子職存。手掬黄泥封馬鬛，閒身從此老蓬門。」蒼樹精堪輿，人稱孝子，亦學中老諸生也。

程生茶山當陸機入洛之年，詩格遒上，出吾友徐子超之門。不數年，可傳琴韵山房衣鉢矣。其

《贈漁者》云：「老漁髮白不知年，帶笠行吟秋水邊。吟罷去尋沽酒店，柳陰閒殺釣魚船。」《淮陰釣臺》云：「雨過淮河雲水昏，英雄垂釣蹟猶存。欲酬漂母千金許，不報滕公一救恩。前以假王給國士，後因女子殺王孫。當年倘竟爲漁老，合與嚴陵一例尊。」他如「晴天雁過影沈水，遠港漁歸鐙在船」、「才能拔俗狂何怪，友善排愁病也邀」，俱有中唐風味。近有貧士不能自存，友人贈金得活者，生紀以詩云：「不信故人能起死，從來名士拙謀生。」讀之尤令人生感也。

徐春田明府志鼎從蜀歸里，築《鷗邊吟舫》，即李辰山高士放鷳亭故址。辰山有硯，流落竹溪農家。賈嘯軒明經得之以贈明府，明府鋟硯額曰「還鄉」，作長歌二首自寓。同時如李許齋方伯、徐雪廬孝廉、胡雲佇明經皆有和作。方伯及孝廉詩皆追懷辰山舊事，意興蒼涼，味在言外。明經作就「還鄉」意寄慨，與原唱相應和。明府跋曰：「設想措詞多奇快，似向麻姑癢處搔矣。」録其一云：「春田居士久客蜀，倦遊忽作還鄉人。卜居舊是放鷳地，群疑高士是前身。高士昔日南荒走，夜草軍書酌銅斗。鐵衣醉卧桂林月，破硯匣中作龍吼。天旋地轉魂猶悸，投老東湖一枝寄。賣藥人誰識姓名，放鷳空自生歸思。輾轉流傳一片石，百年往事留陳跡。辰山物返辰山廬，還鄉人錫還鄉額。得失何心楚國弓，去來無恙連城璧。溪頭春漲緑於酒，猶染當時墨痕黝。却恨縹囊千卷書，南垞荒來落誰手。或者蕩爲烟與雲，償君錦心與繡口。終日狂歌泣鬼神，案頭仍得稱良友。作詩報君君莫疑，後果前因試細剖。」

乾隆庚戌，大興舒鐵雲孝廉位偕先府君出都，時年止二十七歲。舟中無事，日以吟詩爲樂。比歸，編其客途唱酬之作爲《二客集》。海鹽吾漁璜農部序之，今孝廉全集已刻，不能流傳至浙江，僅從《二客集》中録存四五篇。其少年之作，已卓然可傳如此，真奇才也。惜八踏禮闈，艱於一第。又家無隔宿儲，終歲奔走四方，負米養母。年僅五十，鬱鬱以終。不能爲漁洋、牧仲一流人，良可慨歎。《出都贈宋助教茗香》云：「我昔擊筑黄金臺，紅塵滚滚悲風來。酒徒酣眠美人老，十年意氣狂歌迴。燕南之陲趙北際，不合中間大如礪。泊鳳飄鸞太等閒，呼牛應馬真容易。朅來忽憶江南春，江南梅花愁殺人。可憐三叠一杯酒，安得四角雙車輪。車輪迢迢破殘夢，杯酒遲遲肯相送。豈無短鬢重躊躇，幸有微吟相狎弄。風流宋玉誠吾師，一卷冰雪邀題詩。辛苦何須怨行路，蕭迢猶幸生同時。君不見高堂明鏡闗山月，朝如青絲暮如雪。願從烏鳥乞私情，不爲驪駒傷遠别。雲白山青千里心，西湖南湖相與深。北堂萱草年年緑，掩耳不聞遊子吟。」《歌風臺》云：「楚也猴，秦也鹿。鹿逐猴乃沐。籍也兔，信也狗。兔狡狗乃走。妻也雉，妾也豕。豕死雉啄矢。父也真龍，子也鴻鵠。鴻鵠高飛，真龍失蹭繳。星聚於井，天下乃靖。歌風於臺，天子乃來。天子乃來，故人一杯。天子乃靖，大將五鼎。君不見夜斬大蛇作天子，晨聽牝雞殺猛士。天子萬歲猛士死，大風蕭蕭吹不止。亭長還家偶然耳，西望長安四千里。離别故鄉從此始，魂魄雖歸竟誰是。酒亦不能飲，歌亦不能已。種悠悠之枌榆，别茫茫之桑梓。擊筑悲歌聲齒齒，使爾父老子弟泣數行下而莫能仰視。吁嗟乎！世間失意那有此。」《毘陵道中感興並呈茗香》云：「纔了看山又枕流，前身合是木蘭舟。相逢莫作詩人看，萬里烟波雙白鷗。」「十年水國路微茫，來去無端客盡蒼。不解天公作何意，邀人好夢住他鄉。」

《二客集》之詩，兩家俱刻入全集中矣。農部一序甚佳，恐無所附麗，久遂散佚，録存於此云：「庚戌之歲，予方摒擋出國門，行三日而遇宋助教茗香、舒孝廉鐵雲於燕南趙北間。客途尠歡，相與飲酒賦詩爲樂。既踰淮，余將爲黃山之行。兩人餞於揚州酒樓，復爲詩送别。蓋客行一月，水陸二千里，兩人者，固無日不爲詩也。兩人者，予既舊識之矣，當茗香抱用世之具，甘自放於冷官閒署間，其蕭散之趣，有詩人懷抱；而鐵雲以佳公子折節讀書，家破，歷坎坷殆盡，顧詩日益工，嗚呼其難能也。方予之相逢於逆旅也，歲云暮矣，雪霰交作。五更起，上車立，風酸酸然射眸子，對面不得相語，手足皸坼，僮僕歎吁，而兩人之爲詩不少衰。予嘗謂之曰：『饑不可食，寒不可衣，公等顧汲汲焉，將以是傳於後乎？』兩人者默然，既而曰：『作者未必皆可傳，傳者又或不在於詩。雖然，苟作而傳，不猶賢於饑之食而寒之衣哉！』予歎以爲同志之士。大抵茗香之詩寢饋盛唐，又時嚮往建安以上，故意存矜慎，無淫哇嘈囋之音，鐵雲則博取乎唐、宋、六朝，以騁其才，復能放而不流，雅而有體，讀之悠然以情深，不屑屑以窮愁見也。兩人論詩，或合或不合，然因之交愈深，詩亦愈豪。予既感臨别之言，又歎人生聚散之無常。自兹以往，良會難必。昔人所謂一别如雨者，不覺潸焉出涕而不能已於言也。爰編綴其客途所詠若干首爲《二客集》，序以紀别。其渡江以後，予不得而知之矣。二客有情，其將通一尺之書，以寄我於青山黃海之中，是更予之願也。」

嘉興馬珊林英敏好學，自幼執經朱雪君學博之門，湛深經術。嘗輯《十三經注疏》藏於家，時人以井大春目之。久困棘闈，侘傺以卒。蕭雨香明經贈詩云：「子雲著述滿玄亭，餘技歌行亦可聽。豈傍騷壇立門户，八年補注《十三經》。」可以得其概矣。

詠物詩貴乎寄託緜渺，不黏不脱，得言外遠神，斯爲能手。蕭雨香《鐵馬》詩云：「海宇久銷兵，茅檐樂太平。東風吹八律，不作斷腸聲。」可稱合作。又石門吴蓉齋《詠十姊妹花》云：「嬝嬝停停倚粉牆，花花葉葉映斜陽。誰家姊妹天生就，嫁得東風一樣妝。」

平湖諸生屠耀鰲之母，青年矢志，篝燈課讀，與鳴機聲相應。倦則吟詩自遣，有《彈木棉花》詩云：「縛竹若垂釣，張弓掠地開。絃傳流水響，人坐白雲堆。閉户防風入，飛花莫浪猜。等閒菱鏡照，霜鬢已相催。」前四語泠雋，後半純用本色語夾寫，彷彿《柏舟》詩人之遺。

金山徐香沙學博，每春秋佳日輒櫂扁舟，以訪舊尋盟爲樂。己卯九月中，至當湖，胡雲佇留飲，忽云：「半世交好，未知緣盡何日。」胡疑其語不祥。又云：「此來無他事，今年八秩，願得一言爲壽。」胡即席賦長句，首以伏生、申公爲比，中間云：「鄉塾兒童識姓名，朝端卿尹投膠漆。壯志時爲伏櫪吟，養生不羨長桑術。」徐掀髯大笑，浮白而散。明年二月竟下世。

吴江郭頻伽以詩詞名江、浙間，偕其弟丹叔移家魏塘。黄退庵封翁與之善。封翁詩一以宋楊、陸爲宗，與頻伽相吻合。平湖胡瘦山茂才嘗櫂舟相訪，極談讌之樂。錢塘屠琴隖太史作《魏塘訪友圖》，各題其上。封翁詩云：「卜鄰王翰幾多年，欲慰相思命駕便。一塔東西兩家住，梧桐楊柳認門前。」「集中交結半詞人，底事偏勞問釣綸。莫訝出門衣短褐，爲君采得鶴湖蓴。」「王翰」，蓋指郭十三云。

胡秀才東井癸酉鄉試，寓西湖。客有持宋紙一葉求售者，上録一詩，墨蹟黯淡，幾莫能辨。諦視之，詩云：「壯年釋褐奉金鑾，將命彈章豈畏難。蘇武喜能全漢節，李陵空自污夷官。忠心昭晰乾坤古，義氣嚴稜霜雪寒。月皎西湖秋正好，一尊聚首不勝歡。」繹其款，知是岳忠武軍中贈人之作。秀才歸，寓書於余，並録己作云：「將軍畫荻本來工，報國平生矢藎忠。鐵棒坐冤三字獄，金牌立廢十年功。恨埋眢井銀瓶冷，夢斷穹廬玉輦空。可惜一尊相對日，未曾痛飲搗黄龍。」語頗激壯。

歸安章光祖喜吟詩，與方丈樗庵友善。其《學吟》等草，亦經樗庵丈選定。身後無嗣，詩多散失矣。僅記其《村居雜賦》一首云：「守分貧殊樂，忘機趣自長。病愁當酒怯，懶覺和詩忙。果熟添猿食，厨空乏鼠糧。北窗清嘯發，無事傲羲皇。」

海鹽顧孝廉德馨居邑之烏邱塘，即唐張祜南館題詩處，故自號南館居士。下帷攻苦，寒暑不輟。年近知非，始登賢書，不踰年卒。孝廉曾訪予於郡寓，約過味三味齋，久之不至。有武原人來，詢之，知早歸道山矣。悼以詩云：「郡齋把臂共論文，欲話深衷日易曛。望斷桐花溪上櫂，可憐草已滿秋墳。」

碧窗女史《琴韵樓詩》，朱椒堂京尹稱其兼施璲昭、陸觀蓮之妙。集中最工詠物，句如《白桃花》云：「曉風影裏春無色，流水聲中人踏歌。」《紙錢》云：「不信灰飛能使鬼，非關銅臭亦通神。」《白蓮》云：「曉露半叢摇素影，冷波一道瀉清香。」皆清麗芊緜，饒有遠神。至《摋秋海棠入蜜》云：「蜜是釀花成，復使浸花片。莫誇顔色好，日夕泪洗面。」《搗桂花餹霜成餅》云：「開落曾幾時，受盡多磨折。流芬在人口，幽香終不滅。」則又幽愁憂思，有不欲明言之隱。其諸巾幗中之汨羅歟？

吾邑王茂才乃斌自言甲申三月遊茅山，遇其父執吴朗齋，挈一幼女號香輪，穎慧工詩，適同寓華陽洞府。時庭前牡丹盛開，女史對花寫照，圖成，援筆立題二絶云：「一種天生富貴花，開來仙觀帶烟霞。人間遮莫春如海，那及山中宰相家。」「三茅雲氣護靈根，生長仙源別有春。閒倚玉蘭花下看，六朝金粉舊精神。」喜其品格超俊，不染脂粉舊習。

滿洲松湘圃相國精八法，尤喜寫「虎」字，人争寶之。然求之者有得有不得。性所不合，雖王公之貴，亦不輕與。帥仙舟中丞謂其書中有人。汪明府少海詩云：「燕許大手筆，結字猶寫真。一氣揮灑際，宛有神虎蹲。力比狻猊勁，心如騶虞仁。慈悲即威猛，佛教原不分。旨哉撫軍言，書中誠有人。留此鎮海上，蛟鱷遠逡巡。」

嘉慶二年，狆苗滋事，由黔及粤。山西崔孚山鈞爲武宣縣巡檢，調赴軍營。制軍吉問以「爾有何策」，曰：「吾能爲丐。」衆皆笑之。孚山改裝易服，行乞至苗穴，偵得能破狆苗者，擺邏瑶勇也，能調瑶勇者，泗城土府岑文淵也。遂潛行至岑文淵府，説以利害。文淵即調瑶勇六百五十名，協同官兵，直殺過紅水江，連戰六次，搗盡賊巢。叙功擢州判，陞羅城縣。既抵任，以前令所辦吴德昌命案有疑，裝一丐者，私行郊野，與衆丐同卧起，廉得正凶，確係葉祖林。禀明上憲，具結請檢。起屍蒸洗，其傷痕一如所禀，德昌之冤遂釋。來賓縣有聚衆搶劫一案，上官知其能，奉委代緝。孚山又裝一丐者，走千里不獲。直至安南，大憲以違例越界，參奏治罪，謫戍新疆。到戍所，即請於將軍，開礦通商，以省新疆經費。將軍恐聚衆滋事，其説不行。真奇男子也。其友龔沛蒼贈以詩云：「傲骨嶙峋迥異人，赤心從事盡天真。平蠻不惜紓籌策，折獄尤能見至神。爲越南關忘有禁，暫安邊塞豈無因。六年奉詔還華夏，舊事重談覺一新。」「爲官原不判尊卑，在矢一忠隨所之。臨陣征苗多秘計，通商開礦獻奇思。壯遊喜到雪霜地，報國那存兒女私。剛勁風規傳不盡，聊將數事寫新詩。」

吴江葉改吟樹枚爲横山後人，詩筆尖新生辣，酷摹楊誠齋。家貧，賣藥自給。其《自題四十小像》云：「賤形骯髒，負性崛强。咽苦吞酸，與時俯仰。」一副痛淚無哭處，時或淋漓於七字、五字長篇短句。嗚呼！英雄失職，以詩代哭者，古今不少，獨改吟也歟？

平湖梓工楊某，執藝之外，兼治蔬圃爲生。夜則挑鐙觀書。八旬餘忽解詩，題壁云：「數椽茅屋傍城西，一曲清流護短堤。門掩庭中花自落，夢回枕上鳥初啼。時攜寸鐵除桑蠹，獨抱長罌灌菜畦。一任比鄰鵝鴨惱，衰年只是愛幽棲。」此如佛家之頓悟，非有數十年静修工夫，不能致此也。屈芥舟明經聞之，顔其廬曰「熙朝絳老」。

精嚴寺僧慧月熟於内典，兼知吟詠。偶憶其《孤山弔林處士墓》云：「西湖幾度宿金沙港名，踏遍孤山處士家。野鶴不歸春寂寞，一鈎新月冷梅花。」著有《藕香剩語》。石琢堂殿撰稱其清深超脱，動合玄解，非阿所好也。

吴門潘封翁云亭先生，少時嘗讀書吴山元慶山房，羽士沈青藜與之善。後四十年，芝軒太夫子官浙學使，封翁迎養任所。暇即乘筍輿至山房，蒼顔白髮，懽然相對，見者疑爲神仙中人。山房西湖之勝，六橋雙塔，近列几案。青藜晨夕，嘯歌其間，所造宜有獨深者。《漫興》云：「窗外清風來，嶺上白雲宿。翠影入疎簾，蕭蕭數竿竹。」胸次超妙，於此可想。

玉溪朱曉峰鈐家貧力學，嘗輯詩中之禽言爲《毹鳴集》。始於《三百篇》之《鴟鴞》，至近人而止。復自作《廣禽言》，仿古之託鳥言以自比并以誡人者，言近旨遠，真目中創見之書也。其所著《敝帚集》詩亦清俊不俗。如《冬花》云：「寂寞冬奩裏，花開一笑看。也如交耐久，獨伴客消寒。雪意逼疎幹，霜林博古歡。小園饒逸趣，静對倚欄杆。」「一載相思苦，寒芳殿歲華。幾株斜照裏，半抹淡烟遮。老圃有真意，寒林剩晚花。伊人相賞處，更覺酒宜賖。」《冬草》云：「已是嚴霜候，依然碧色浮。西堂遲惹夢，南浦遠含愁。獨把冬心抱，猶將生意留。王孫歸已久，對此豁吟眸。」「不盡榮枯感，萋迷映夕陽。有人袍尚緑，如我鬢同蒼。霜雪欺相壓，牛羊卧不妨。幾回思遠道，未敢到池塘。」生曾欲遊予門，後復中輟。及見其詩，深惜失此賢弟子，而不能共相砥礪也。

乩仙柳靈和，名依依，明維揚女子也。年十六，適方氏。越二載，夫往浙東省親，卒於舅氏。乙酉兵燹，被虜，駡賊不辱死。年僅二十一。乾隆乙巳九月，邵武楊鏡村司馬以病扶鸞於姑蘇之海門廳署。靈和降壇，前後録詞數闋，并自述殉難事甚詳。最後吟詩一絶而去。詩云：「歸去虛空踏月行，冰綃衣重白雲輕。三秋曾飲銀河水，吐向長江一色清。」

青浦陸伯焜方伯家嘗請仙，乩書一絶云：「月無情恨水無愁，不到紅塵已五秋。今夜有心尋舊侣，花魂如夢上西樓。」跋云：「余謝氏，世居虎丘木香里，遇人不淑，悒怏而亡。蓬萊宫近修仙史，校書偶缺，命補其員。將邀冶髻山洞天主者，路經此地，聊作鴻泥之印。少頃，有清華君過，可叩之。」未幾，大書云：「『翠袖佳人井臼操，洞天無力敢辭勞。片時萬里攀龍角，一匹三年織鳳毛。烘雪教炊靈碧飯，擣霜親製廣寒餻。黄昏奉敕裁宫錦，夜半躊躇下剪刀。』此余贈夢娘舊作也。夢娘，謝氏，名娟娟。」予謂事雖涉於荒誕，而詩則居然作手。如二鬼者，殆涅槃城中之酷嗜風雅者歟？

耐冷譚卷五

仁和宋咸熙小茗撰

海昌陸少白素生曾至超山看梅，主予家，與先府君論詩甚洽，遂訂交焉。越十年，遇於西湖，詩益豪放，因作長歌贈府君云：「十年不到超山中，超山古梅横我胸。孤如道人醜如翁，藤糾石壓苔衣蒙。春山花開皓如雪，曉風殘雨香濛濛。高寒氣味超群木，豈無高人生與同。古竺秋陰烟靄變，西子湖上開妝面。雲巒逼引巧作線，五兩輕噓片帆便。苒帽蓑衣踏軟沙，思與伊人鏡中見。冠巾奇樸鬚似戟，口誦新詩氣韵別。酒邊時時作雅謔，不必廣平心似鐵。我言君豈是梅精，雙眉瘦過梅根節。清辭妙緒出無窮，何似霏霏落香雪。幽壑失劫蒼虬枝，眼中之人吾能識。宵分期君來扣門，落月空山慰愁絶。又言君返超山麓，自採梅花煮香粥。我家芋魁養徑尺，煨火旋煨腴勝肉。小隔百里便往來，如共山窗聽風竹。不然震澤鱸魚白玉膚，東西洞庭千木奴。我當爲載江湖酒，客亦知夫水月乎？」

錢塘布衣王檢叔禮治精賞鑑，曾偕奚鐵生、陳秋堂曼生宿其櫻桃館，縱觀前人真蹟。欻忽三十餘年，三子各已化去。僕亦寒氈病榻，不能出門矣。蕭山蔡秀才名衡與檢叔友，亦善鑑古，弆藏甚富。邇年以來，每得名品，恨不能與王五品題。結想之餘，輒形夢寐。因丐陶丈殉皋繪《雲烟結夢圖》，自題長歌於上云：「雲烟過眼天廖廓，聚散無心草窗録。八六諸家法入神，心有因緣眼亦福。瑯琊許我敦古歡，華胥招我騎青鸞。擊節齁呼至達旦，沈酣痛飲兼飽餐。誰云夢想不到此，隔江同夢皆歡喜。

誰云一切露電光，夢幻泡影觀如是。華陽潑墨化烟雲，雲邪烟邪糾紛駈。醒來此結忽已解，卧遊大笑宗少文。」僕與秀才，生無半面，地隔一江，介内弟徐曉溪持素册索詩，亦可謂好事者矣。因走筆題四絶句云：「曩時曾至櫻桃館，鑒古同將眼福誇。二十年來朋舊盡，白鬚如雪看桐花。」予宦桐花溪已十餘春秋矣。「多情留得虚齋在，友誼真時夢亦真。自是君身具仙骨，豈徒説夢等癡人。」「金盡囊中曾不計，籤牌如櫛已充甍。雲烟過眼尋常事，《集古録》看歐九成。」「而今别署詩船子，近得竹鎸古章，有「詩船」二字，因自號詩船。捧誦篇章更出奇。儻仿米家新製舫，滄江夜月照題詩。」「夜月滄江書畫船」，秀才近句也。

石門蔡樸園明府德淳少工制藝，海鹽吴蘭陔大令贈詩有「搴將赤幟人争羨，挑盡青鐙我獨知」之句。比官樂清教諭，以身率士，士風丕變。張霽山明府贈詩有「論到公才與公學，令人俯首一齊降」之句。迨出宰齊東，善政尤多。官逾年，即以思親告歸，瀕行時餽送一無所受。作詩留别，和者百餘家，以此充篋衍而已。孫淵如觀察贈詩云：「陶令辭官日，臨行數首詩。合將愛人意，報與素心知。」僕既追和留别詩，刻入集中矣，復録其原作云：「二年簿領協寅恭，斗大州城聚首同。詩酒情長聯舊雨，蓴鱸思不爲秋風。才疎幸藉匡勷力，政拙難誇撫字功。元氣東皋欣漸復，培持端的仗諸公。」《别同寅》。「鱗鱗甲第冠三齊，每訪名賢繫馬蹏。緑野池臺開别業，烏衣門巷記新題。鵬飛定許排雲路，鴻去偏留印雪泥。認取他時懷舊處，望湖亭北魏城西。」《别邑紳》。「奇文欣賞興偏賒，繡譜金鍼敢漫誇。泮水瀠洄涵碧藻，奎樓巍焕耀丹霞。難禁夜雨當歸草，莫負春風及第花。行篋蕭然吾自樂，新詩贏得載盈車。」《别諸生》。「雨潤郊原土脈疏，年年吉夢叶維魚。笠簑影動扶犁候，杼柚聲催織素餘。好以雞豚敦社誼，莫教雀鼠擾官書。依依父老攀轅者，爲我流傳遍里閭。」《別父老》。

明府詩捶字結韵，備極精審，故所存亦不多。頃從其哲嗣硯香廣文乞先生舊作，因寄數篇。如《淮陰舟次》云：「堤外烟波漾白蘋，珠湖新漲碧粼粼。髯秦老去東坡死，賸有荒臺瞰水濱。」「水驛涼生欲暮時，西風瑟瑟露筋祠。白蓮凋謝空寒雨，惆悵漁洋七字詩。」《丹陽道中》云：「芽山曉色鬱蒼蒼，十幅蒲帆任飽張。擁被蓬窗春睡穩，載將殘夢過雲陽。」《和吴南嶼比部渡漢江原韵》云：「萬壑荆門赴，擢蓬一覽中。雲山迷古渡，雪浪拍長空。鄂渚重重樹，湘帆面面風。使星天上遠，流照大江東。」「洞庭木葉下，于役到江城。楊柳已如此，關山空復情。西風送行客，落日傍前旌。黄鶴樓頭笛，離心動遠征。」七律警句如《宿虹橋迎劉學使》云：「曲徑千盤難記里，亂山一路不知名。」《下窑奥至芙蓉嶺》云：「白添野徑花如雪，緑到官亭柳未絲。」《和南嶼清浪灘謁伏波廟》云：「躍馬名曾傳絶域，飛鳶影尚逐寒潮。」窺豹一斑，顔開心折。

硯香禀承家學，刻意苦吟。著《西窗聽雨集》，清而能腴，一掃穠纖之習。《留春詞》云：「小擘西川濯錦箋，一行一意自緜緜。無人解唱留春曲，飛盡楊花誤少年。」「辜負風光九十辰，枝頭杜宇最傷神。榆錢滿地成何用，可與東皇買却春。」「落花時節奈何天，幾度相思幾度憐。梅子漸肥梔子瘦，去年光景又今年。」「卧病空齋有所思，最愁簾外雨如絲。無端寫出傷心曲，莫認嬉春老鐵詩。」

景寧處萬山中，文風簡陋。惟鮑處士若洲喜吟詩，人亦有奇氣。飲火酒至數斗不醉，冬月著單衣不寒。爲館師，必斤斤較脩脯，得之輒以濟里中之窮乏者。嘗有句云：「學消驕惰習，善挽子孫貧。」

予曰十字足傳矣。

武康徐晝堂太守爲此堂外舅之兄，服官數十年，一以廉自勵。由侍御史出守萊陽，嚴却屬員供應。宴客偶假杯箸，事畢親檢還之。曰：「不可使傔從累我。」詩無專藁，曾以素箋寫《移居》詩見貽，因録之曰：「京居卅載鬢絲催，卜宅於今第幾回。長此全家成旅客，果然小巷隔塵埃。補巢待聽新雛語，掃徑欣逢舊雨來。剩有荒園剛半畝，呼童急買菊苗栽。」「蝸廬依舊傍西城，家具無多庭院清。滿篋圖書勞檢點，比鄰雞犬解逢迎。蓴鱸預想歸張翰，婚嫁翻教戀向平。不分應官常蚤起，寺樓先送曙鐘聲。」「百二韶光倏半過，壯心無計慰蹉跎。浮家泛宅知誰是，糞火柴烟奈爾何。漫道芝蘭同臭少，劇憐桃李得春多。故人昨約尋芳去，好把新詩次第哦。」「頻年蹤跡信東西，往事深知運不齊。驥伏已虚千里志，鶯飛可穩一枝棲。風前禪榻身差寄，夢裏花源路轉迷。多謝春醅能餉我，今朝拚得醉如泥。」

此堂外舅於紹府、臨海兩官司訓，才能卓著。爲阮宮保夫子所知，將欲畀以美任，而先生遽歸道山矣。生平爲學甚勤，不喜吟詠。僅記其《王漁莊太守蘭室新成次韵》云：「偶捐清俸買新椽，小築何須別有天。事簡未曾留判牘，官廉那愛啓歌筵。恩流蔀屋春如海，福滿莎廳吏亦仙。留得輞川詩句在，年年常誦使君賢。」「健筆由來大似椽，書成剛值一陽天。楸枰好結消寒會，醽舫嘗開獻壽筵。故里槐陰仁者後，如君鶴骨地行仙。孫枝更有蘭芽茁，争羨亭亭繼起賢。自注：太守築此室以爲禄養地，額係太守封君所書。故次首及之。」

爲宰固不可不廉，若廉而無能，則幕友舞文，吏胥骫法，遇地方應辦之事，輒以無錢自諉，國家亦安用此闒冗之員耶？李松雲中丞詩曰：「能用胥才詐可使，未知民隱守徒誇。」可謂通達治體之言。

理學語難以入詩，入詩輒陳腐。惟能借景寓意，高渾不露乃佳。昌黎詩「池光天影共青青，拍岸纔添水數缾。坐待夜深明月去，試看涵泳幾多星」，東坡詩「山耶雲耶遠莫知，烟空雲散山依然」，皆理語也，而超妙如此。杜子美「水流心不競，雲在意俱遲」，亦理語也，超妙又在韓、蘇之上。若朱子《武夷山櫂歌》，則較露矣。

梁江總之爲人，非無可議，而其文學特佳。姚思廉作《陳書》，以其父察與總合傳，可知其人久爲當時所重。昌黎《贈張曙》詩：「久欽江總文才妙，自歎虞翻骨相屯。」楊用修謂其「以邪佞比人，而忠直自許，此昌黎一生病痛」。又云「自占地步，先壞心術」。楊之詆諆韓公何其甚也。觀其論詩，又何固也。義山《贈樊川詩》云：「前身定是梁江總，名總還應字總持。」義山豈以邪佞比樊川乎？彈射先賢，過於吹索，此正楊氏一生病痛耳。若阮亭《題馬士英畫》云：「比似南朝諸狎客，何如江令擘牋時。」尤屬失當，士英劣於江令多矣，其文學亦豈得與之相媲？不掛齒頰可也。

語溪沈憩耕明經，早歲文詞華美，聲儁一黌。因親老負米，橐筆硯遊四方者二十餘年。後以母病旋里，遂不出。斂門養志，詩亦日多。生平爲善不倦。令嗣雪莊明府筮仕中州，君訓之曰：「人當閉户讀書，願爲良士，毋爲名士；當釋褐從政，願爲循吏，毋爲能吏。」其行誼可知矣。著《味根軒詩》，雪莊將付之梓。其《遊獅子林》云：「倪迂妙藝本天成，手澤流傳結構精。幽徑曲從巖壑轉，遊人如在畫圖行。風來傑閣松聲滿，春入晴欄鶴步輕。怪底凌空百年樹，根栽片石盡峥嶸。」《不寐》云：「老去眠常減，宵深氣轉清。殘燈挑不倦，孤枕夢難成。髪短悲霜影，心空鑒月明。振衣頻起坐，旋聽曉雞鳴。」《海昌舟次》云：「十里鹽官道，桑麻兩岸濃。風來涵海氣，雨過露山容。村小林花聚，城荒薜荔封。地偏民物古，車馬一無衝。」他句如「塵世豈能尋福地，名山難得佳高僧」、「酒能適性耽微飲，詩爲陶情戒苦吟」、「月斜林影淡，風静觽聲輕」，皆耐尋諷。

陸和尚勝緣者，善吹笛，恃其技乞食於西湖酒樓。或勸其傭於寺，曰：「與若輩處，朝聚夕散矣。」先府君嘗與客集五柳居，命從者呼陸和尚至。問：「攜笛來乎？」曰：「今日不吹笛。」「能飲酒乎？」曰：「今日不飲酒。」訝而詰其故，曰：「今日乃僧母忌辰也。」台州蔣鯉庭丈贈以詩，書之壁間，云：「朝朝弄笛乞長餐，家忌思親餓亦安。多少名僧誰似爾，遊人莫作乞兒看。」事隔四十餘年，猶歷歷可憶也。

海昌曹桐石宗載古道績學，尤工篆刻。著《東山樓詩》八卷，内多佳作。其《妾入門》一篇尤有關風教，録之以備觀民風者采焉。序云：「吴丈兔牀置一婢，詢之爲良家子，遂撫爲義女。命與女公子齒，并擇武原魏氏子，備奩具嫁之。錢塘邵徵君志純賦《妾入門》以紀其事，余感兔翁高義，爰成數韵以賡之。」「妾入門，悸心魂，向隅無言泪暗吞。妾入門，銜主恩，烈冬翻作陽春温。芳蘭蕭艾殊非伍，妾賤那得比公女。胡緣伴坐畫樓中，絮使同吟繡共譜。武原之水清且漣，弱翁有子才翩翩。結褵遣嫁情纏緜，于歸恰值桃夭妍。今古英賢幾蒙垢，誰肯憐之一援手。天蓋高，地蓋厚，罔極恩深父與母。

龕門水汪洋，洪波深澤寧可量。秦駐山嵯峩，高風峻德終難磨。噫嘻！山可鑿，水可涸，此恩此誼千古卓。」

海昌谷筠軒官猛統吏目，邊疆苦地，不廢吟詠。没未十年，無有舉其姓氏者。《山行》云：「路盤千仞壁，人坐一輿雲。」《即景》云：「烽起邊雲赤，笳吹落日黃。」《詠鏡》云：「斑我鬢毛還約略，關君任事太分明。」俱極警動。同時有汪守耕者，亦知詩。有「市遥村有酒，地曠野無山。婢懶苔長積，僮頑竹誤删」等聯，爲人傳誦。惜未見其全稿焉。

西湖僧粹白居靈隱之上永福，先府君嘗謂其詩無率意之作，雅韻欲流，當在小顛之上。年逾五十，刻期示化。索其稿不可得矣。近知少峰與之善，覓得其詩數篇，亦可喜也。其《題少峰踏葉尋僧圖》云：「禪關遠叩白雲深，香火前因覓素心。一徑西風黃葉滿，芒鞋踏破入秋林。」「初地閒房掩竹梢，畫禪點染訂神交。他時若訪團瓢處，隨意山門月下敲。」《奉懷少峰居士並乞畫》云：「玉溪新漲雪初晴，息影寒齋風物清。遥憶鬢絲禪榻畔，梅花瘦影上窗横。」「製衣充凍締良緣，高義頻資賣畫錢。不似清貧文太守，襪材奢望欲求田。」《代柬寄施少峰》云：「重提往事已經年，夙慧情深香火緣。約我尋山衝雪艇，勞君覓句擘雪箋。檐依嫩竹千竿翠，竈焙新茶一縷烟。正是幽棲清絶處，可能乘興踐逃禪？原注：「擬待雪中携釣艇，來從竹裏訪詩僧」，少峰去年贈余詩句也。」粹白明醫理，尤精制義。大家子弟多從之游，有掇巍科去者。或曰粹白本名諸生，遭家難，遂放於緇流云。

朱鷗亭華，海昌諸生。性恬澹，惟以五經教授生徒，得館穀養父，不問門外事。著《筆花書屋詩草》。《漁家》云：「漁家夫婦日依依，雨過前溪水正肥。笑指桃花好春色，對摇雙槳去如飛。」「篷底炊烟出港斜，午餘進饌有魚蝦。柳陰映處將船泊，兒女鸕鷀共一家。」

雪廬之母氏周孺人家極貧，夫亡，苦節自勵，卒教子成名。平湖胡瘦山作《補松脂》、《啜豆屑》、《里正簿》、《廉吏金》四章，總名之曰《武康節母吟》。《補松脂》云：「織蒻織蒻，冬寒夜作。草室一鐙，蒻青血赤。血漉漉，手龜坼。鎔松脂，光似珀。補得松脂夜將半，十指蒸蒸氣如汗。」《啜豆屑》云：「鬻破屋，借人屋。鬻屋葬夫棺，借屋迎母同承歡。一升米，一鍋水，淅粒奉母母色喜。撥餘糜，揉豆屑。野田菜，和糜啜。但願兒飽讀父書，寧辭貼錫草屋居。」《里正簿》云：「斗米珠珍，榆皮草根。餓死猶可，乞憐羞殺我。官家賑饑憑里正，立簿鉤稽注名姓。蒙袂輯屨，哀哀乞命。前溪一千户，盡入里正簿。獨有徐家母，十日甑封忍餓守。」《廉吏金》云：「兒授經，多脯脩。贖屋奉主徐與周。名日重，成均貢，廉吏愛才樂捐俸。見金母色喜，色喜爲廉吏。爲我置棺埋我骨，我骨可朽名不滅。」

僕家仁和之塘西里，以地在下塘之西，故東坡詩曰：「明朝歸路下塘西。」或謂是唐義士珏之所棲止，當作「唐棲」，此亦近於附會。予曾有辨，筆之《惜陰日記》中。後閲各書，「西」字有作「郪」者，德清蔡崑暘傳詩「瞻彼郪隅，在苕之陽」，蘇州宋德宜詩「苕霅之東百餘里，湖深魚肥號郪水」；有作「棠郪」者，卓人月《贈程闇仙詩序》曰「庚午殘冬，練江程闇仙過棠郪」云云，張溍夫《蟾臺集序》「棠郪數尺之地」；有作「武塘西」者，上元蔡歷龍文詩「貽經武塘西」；有作「武唐」者，莆田黄虞稷俞邰詩「望裏汾亭是武唐」；有據《漢書》「武林山，武林水所出」，竟稱「武水」者，梁溪錢陸燦《傳經堂集序》「余以事至武水」。皆詞人好奇之過，不如「塘西」二字爲古而確也。

秀水王仲瞿孝廉脱略勢利，狂語驚人，人終莫測其底藴。嘗讀其《落花》詩三首，全爲自己寫照，而格高韻遠，人共謂其勝於唐六如也。詩云：「三十韶華栩栩過，殺花聲裏坐消磨。百年流水隨春去，一代紅顔奈老何。天上好風君子少，世間無福美人多。西窗一種淒涼事，燈火更深月照他。」「如此飄零怨也遲，斜陽肯照未殘時。勾留幾世東皇債，冷落終年后土祠。隴水人吹三弄笛，孤山魂葬半墳詩。寒鴉齒冷秋烟笑，死若能香那得知。」「年來心事更乖違，説不歸時怎不歸。春老肯教分手別，山空只好背人飛。風姨面冷吹紅雨，月姊心香鑒白衣。千里胡沙千里雪，琵琶此曲是明妃。」孝廉曾訪袁太史於隨園。室有玻璃鐙，知爲某達官所贈。被酒，起舞劍，盡擊破之。太史不以爲忤，或以比陳子昂之碎胡琴焉。

秀水張晴麓，名岳鎮，家貧無所好，惟愛栽花，百卉靡不羅致，所居室中，釜一、茶鐺一，餘無有也。或譏其性癖，應之曰：「少殊自負，今老而貧，且無子，花而風焉，吾將逍遥於是鄉矣。」因自號風然居士，「風然」者，仙花名也。著有《二欲齋詩鈔》。五古學陶。《秋懷》云：「清秋多佳日，發興每獨遊。强步二三里，稱意恒少留。林壑有真趣，俯仰挹清幽。娱樂任心志，順受無多求。但能適吾性，底復勞獻酬。百歲亦易逝，幾人能優遊。嘆彼汩榮利，役役恒未休。」「我生不自謀，所尚惟耕耘。飽食但作息，麋鹿甘同群。苦辛無危機，胼胝習諸勤。農隙集同志，濁酒倚斜曛。言笑但稱意，高歌日欣欣。非敢傲富貴，苟得奚足云。」「秋空净纖翳，浩月流素影。虚館絶糾紛，悄然對清景。金風何颯颯，露飛薄袂冷。南來有鴻雁，嘹嚦還相警。終夜默以思，此心常耿耿。」「居常有所思，風景爲誰好。乍見火雲飛，倏又秋光老。時序遞變遷，紅顔寧常保。神仙不可求，何處有蓬島。但使尊不空，滿酌開懷抱。」詩無刻本，而《輶軒録》亦失採。

徐蘭貞，吴丈兔牀明經之姬人也。丈嘗挈之遊吴中，其和丈詩云：「中酒阻風緣底事，不如歸去看蠶眠。」丈歸，誦之於先府君前，極賞之。荆溪孝女黄香冰嘗倩同邑女史笪芝田爲之寫照，香冰詩：「曾從畫裏見詩仙，姑射肌膚玉雪妍。何日相思能遂約，春風同泛畫溪烟。」年甫二十而殂，丈作《哀蘭絶句》云：「薄靄輕烟渡五湖，三高祠下峭帆孤。歸來已是蠶眠候，陌上攜筐奈日晡。」「貌取真真倩隱娘，高情尤慕女黄香。誰知後約成虚願，説與鶯花總斷腸。」

楊秀才芸客，名景雲，居秀州之新塍里，與顧丈樊桐交。殁後，顧丈誄之，并選定其遺詩，題以數語云：「芸客十歲能詩，於詩靡所不闚。初頗涉筆蕭《選》，後與祝舍人、王比部遊，始變今體。駸駸日上，未見其止。年等羊孚，嗣符伯道。祝予之痛，烏能已也。」《七月二日同王穀原過楞嚴寺方丈》云：「拂袖招涼風，泠然煩暑退。選勝招提遊，夕陽在鴉背。豐碑剥紫苔，古柏凝翠黛。十笏開竹房，捉麈老僧對。日入爨烟生，齋廚響雲碓。」《陶氏書舍》云：「春睡起常晏，紙窗透紅旭。好風從東來，階下草已緑。萬事不掛懷，生涯一編足。種樹待橐駝，洗硯辨鸜鵒。境静思入元，地偏樂違俗。車馬絶往來，幸免折腰辱。」「葦壁敞水窗，下見繫舲處。一櫂沿溪歸，篙師渡頭語。野客或相訪，素琴時一御。罷琴逃行中，悠然澹忘慮。漁歌忽夕陽，水流自容與。得意發長吟，沙禽掠波去。」《上巳》云：「數日溟濛雨，天寒花信遲。新晴湖上路，蘭草寄相思。我意亦殊適，群生各自私。彭殤齊豈妄，行樂及芳時。」《晚過旃檀庵》云：「香林村落裏，隨意托閒身。烟火僧廚晚，山花佛座春。興偏耽逸境，齒壯惜良辰。况乃旃檀味，還能悦性真。」

范少湖布衣家貧力學，屢試不利，遂絶意進取。僦居東郭外之龍沙涇，課徒自給，放懷詩酒，晏如也。身後無子，詩亦散佚。僅記其《送沈半如爲客》云：「親老家何蓄，留難去亦難。馬卿徒有壁，毛義本無官。明月離亭夢，飛雲古驛鞍。憑君懷緑綺，一向子期彈。」

耐冷譚卷六

仁和宋咸熙小茗撰

《離騷》、《九歌》、《九章》、《遠遊》、《九辯》，其通篇用韵，或二三韵、或四五韵，以至十餘韵。雖長短不同，要無不轉者。惟其轉也，故無拘束之患，而得以暢所欲言。此固古例。自東方朔《七諫》、《沉江》篇，始通篇一韵。王褒《九懷・匡機》、《危俊》、《陶壅》三篇，王逸《九思・憫上》篇，皆用其例。音節平緩而少精采，未必不由乎此。顧亭林云：「使就此一韵，引而伸之，非不可以成章，而於義必有不達。」可稱篤論。然云「古人用韵無過十字，魏、晉以上亦然」，則兩漢已有過十韵者矣，其説未允，或又謂《九歌・東皇太一》亦止一韵，然此以短篇耳，非通例也。

秋夜宿旅館不寐，披衣起，秉燭閲壁間詩。見修川季子梅隱諸作，頗得晚唐遺韵。《驛館》云：「霜清傳遠柝，露重濕征衣。」《村舍》云：「客過燈驚犬，宵分人飯牛。」《僧寮》云：「宿火銷禪定，清光證佛心。」梅隱，不知是何姓名，摘録其四三聯，以先結翰墨緣，容再訪也。

祝高伯字朋三，海昌諸生。有《題故居》云：「冷螢明暗壁，飢鼠鬥空房。」《春柳》云：「隔岸深藏漁艇小，一枝輕颺酒旗斜。」其人歿已久，而詩社中猶時誦之。

「一簾鶴影閒依月，半榻琴聲静入雲」，崔明府冰庵句也。明府名秉鏡，閩中人，官寧波府某縣。著《勺園集》。史立庵殿撰序之，極言其作令之賢。去今幾及百年，謁之甬上人，已尠有知之者矣。

勞秀才鑅，號半林，石門人。秉性高介，室如懸磬，不作顔公乞米書也。奉寡嫂極敬，人尤重之。没後無子，遺稿散失。記憶所及，僅得追録一首。《山居》云：「境僻塵囂斷，終朝逸興閒。泉聲鳴曲澗，鶴夢冷空山。學佛心先定，編詩手自删。絶無車馬至，長日掩松關。」

紹興錢清江邊有孤塚，碑云：「過路難婦死節之處。」不詳其姓氏。丁龍泓先生詩云：「江邊烈婦墳，碑字出斜曛。失姓誰能問，無名世共聞。心應化瓊玖，魂定躡風雲。試看幽堂草，霜前氣不群。」僕於庚申之冬過錢清江訪之，碑石尚存，今又將三十年矣。

周月東，天津名士。嘗遊城東僧房，見其榰牀石，異之，以百錢易歸。洗視狂喜，蓋謝文節公橋亭賣卜硯也。查中丞某與月東善，每過訪，必索硯出觀，摩挲不置。月東病革，屬其子曰：「我死，汝必以硯歸中丞。吾心諾也久矣。」時中丞方撫滇，其子走數千里，竟以硯歸之。馬太常秋藥紀以詩云：「千秋兩石寒凛人，黄絹幼婦玉帶生。先生從容就大義，卓然忠孝同峥嶸。團湖之敗卦先見，陵谷可移心不變。麻衣慟哭建陽橋，玉斧江山存卜硯。叔仁高唱入秋旻，便是先生生祭文。可惜留銘失此手，却教文海涴蒼雲。硯有元侍郎陳文海銘，前文海爲御史時，與人交章薦公。君不見朱鳥悲歌望故都，白鷴争死陸秀夫。汐社蒼涼井史閟，石田不食亦不枯。前有忠宣宋蘇武，亦依唐寺聽鐘鼓。洪忠宣奉使被留，在憫忠寺授徒自給。講授雖無長物傳，死生各自成千古。吁嗟乎！髯之絶倫周月東，抱研且死逆旅中。從來高義重心諾，佳兒萬里衝炎風。」

桐溪有農人夜泊水閣下，聞女子哭聲。曉起覓視，灰燼中拾一小枕，歸而枕之，輒有所見。其兄駭甚，剖其枕，得一繡帕，上刺蝴蝶二並海棠一枝。隙處有詩云：「相思無益莫相思，月夕花晨强自支。蝴蝶不知人意苦，雙雙飛上海棠枝。」農人卒爲所蟲，淹忽而没。

嘉興沈廣文銘彝，號竹岑，博學工詩。喜藏金石文字，隸書尤妙。嘉慶間，濟南耿顯亭維祜爲石門令，聘修縣志。聞崇福寺有井，穿自景泰，急訪之。見井闌殘字猶存，因作七古一章云：「喪君有君《春秋》義，郕王之功社稷計。正統辱國帝自知，俘餘猶欲窺神器。候託乾象遽還宫，奪門二字羞無窮。革除年號交章請，廷臣阿諛言非公。草野偏能留直道，大書景泰六年造。吁嗟乎！中原若使竟陸沉，萬井蒼烟歎枯槁。當時孰共食寒泉，于公隻手獨擎天。至今此水流不竭，一腔熱血同嗚咽。」議論平允，可稱詩史。

吴生松雨之尊人曰錦江，雖起家闤闠，君子人也。慷慨好施，家遂中落。松雨爲前縣令所知。憫其貧，欲以舊逋之力能償者，官爲追給。錦江知之，悉焚其券，曰：「我死，恐以是累吾友也。」年三十餘，窮愁無所遣，乃一發之於詩。詩甚多，予删存其十之四五而爲之序焉。其詩如《雨夜書寄柞溪弟登》云：「念汝少爲客，何人加汝餐。春風三月夜，細雨十分寒。蕭寺鐘初定，閒牀枕未安。幾時姜被共，情話兩心歡。」《冬夜坐雨有感》云：「千里困風塵，生涯羈此身。孤鐙寒倚壁，小閣獨愁人。鄉信經時斷，家山入夢頻。操勞猶累母，何日買歸輪？」《立夏日與弟登對酌》云：「昨送春光去，今迎夏日來。他鄉逢令節，對影酌新醅。偕汝身爲客，嗟予鬢已衰。何年同展翼，飛過子陵臺。」語真情摯，足動人孝悌之思。

青浦周文學泉南，郁濱其字也。學問醇茂，經術外尤工詩文。四方名士往來，輒訪十柳田家，文酒之會無虚日。閨秀朱聽秋有題《十柳先生田家圖》，其第二首云：「柳枝詞客擅閒評，春韭秋菘況味清。占取鷗波新境界，宜烟宜雨復宜晴。」聽秋名澄，嘉善人，詩筆清雅。其《病中述懷》云：「銅漏點殘憐夢短，珠簾不捲怯春寒。」《秋興》云：「燕子生涯如昨夢，菊花心事盼重陽。」皆可誦也。年二十而寡，撫子成名。著有《問字廬集》。

琉球國人崔斗燦，號志雄，嘉慶間，遭風漂至温州，後寓居杭州仙林寺。喜爲詩，自稱「海東漂客」，或署「江海散人」。其《詠懷》一律云：「萬里三韓遠，蒼茫問室家。乾坤原逆旅，漂泊等泡花。憶弟心難握，思親髮易華。臨安居自好，中夜起長嗟。」

易封翁元琇，自號甘泉老人，梧岡刺史之尊人也。就養於海昌州署，恬澹寡營，身如寒素。其《七十述懷作》云：「八月孤生子，今朝七十辰。思親到白髮，抱恨負青春。我已難言老，天還愛此身。《蓼莪》猶廢讀，祝壽愧詩人。」「就養得來浙，隨緣境自寬。家餘田半頃，我僅日三餐。此外皆非義，如何是好官。受封堂上老，愁爾報恩難。」忠孝之思，溢於言表。

昔年居德清，與邵秀才紅是僅識一兩面，其《愛餘樓稿》未能讀也。没後遺一子，旋亦病故，詩藁零落矣。與施少峰善，少峰又言其嗜酒，精弈理，極風流跌宕之致。其《題少峰桃花春雪圖》云：「摩詰畫中詩，少峰畫中史。丙午大雪盈尺餘，浣筆爲圖紀上巳。清江一曲抱村斜，流出仙源片片花。略彴溪頭楊柳渡，楊花雪花落無數。一望春山積翠銷，似聞獨鶴語神堯。紅桃好作紅梅看，復遣尋詩到灞橋。」紅是名桂，以廩生終。

漢碑有「學師宋恩」等題名。洪氏《隸釋》云：「漢永平中，嘗爲四姓小侯立學，置五經師。」則「學師」之名由來古矣。又漢碑有「校官祭酒」、「文學祭酒」，如淳曰：「祭祠時惟尊者以酒沃酹。」則校官亦可尊之曰「祭酒」。王蘭泉少司寇昔爲予詩作序云：「中丞於孤山南麓闢詁經精舍，擇舊所識拔士才能尤異者三十二人，肄業其中。中設一龕，祀許、鄭二先師，命小茗爲諸生祭酒。」時僕以縉雲校官監理敷文書院，故有是稱。前輩之不苟立言如此。

嘉慶辛酉，石門吴南嶼比部闈中主試歸，僕謁於行館。翌日，徒步答之，索觀近詩，攜之去。瀕行，命紀綱送還，卷端題曰：「雛鳳清於老鳳聲。」其虛懷愛士，真不可及。比丁卯秋，僕倖邀鄉貢，比部適奉命出守揚州。方謂公車之便，可以再接光儀，不意遽遭母喪，而公亦不久歸道山矣。比部不必以詩名，而其詩自有真氣，非繡鞶帨者比。如《磁州道中小雨》云：「荻蘆瑟瑟水邊秋，千里平蕪暑氣收。撲面黄塵飛不起，滿天涼雨過磁州。」「冀北江南訝許同，水田漠漠稻花風。雞頭菱角沿溪碧，時放殘荷一朵紅。」《爲桂舲昆季題聽雨圖卷子》云：「四海論交弟與兄，風風雨雨話江城。人因團坐偏宜夜，天爲聯牀不放晴。老屋青鐙尋舊夢，亂山黄葉滿秋聲。披圖何止聽蕭瑟，吴楚東南無限情。」《邵陽縣村寓小屋》云：「地襯松毛紙貼牆，坐來一屋半間牀。忽開窗户見平楚，無數亂山明夕陽。」「東風吹暖雨初過，麥隴高低翠作坡。溪上亂蛙聲到枕，不知鄉夢夜如何。」

僕初莅桐鄉，詩人林立。不一二年，菉厓死。石齋尹村以官去，旋没於任所，蓉浦以貧故，逃於方外，署居岑寂矣。惟於赴郡送試時，諸寅好劈箋賭酒，樂事無虛。其最工詩者，歸安章春林鈞沐、杭郡沈桐川金淮、鄞縣鮑棣庵上觀也。春林《題吴榕園寒塘訪友圖》云：「寒雅疎樹暮雲天，危坐蕭齋意惘然。不信朔風如許勁，有人還放剡溪船。」「清寒有夢落江湖，舊雨關情興未孤。一個谿堂一尊酒，商量補作歲寒圖。」《徐菊舟招飲》云：「如君真不負春光，每到花時必舉觴。一石留髡容易醉，當筵重發少年狂。」「紅雲倒影入芳池，對岸桃花三兩枝。小坐忽生塵外想，武陵漁恰到溪時。」《桐川祭唐陸忠宣公祠》云：「剴切陳詞一念忠，名臣奏議孰如公。詔書所到皆流涕，讒語交侵但鞠躬。黄閣已曾稱内相，白麻何自出深宫。於今梓里留祠廟，憑弔先賢想像中。」《弔梅花道人墓》云：「魏塘古蹟訪烟霞，元末曾傳處士家。八幅長縑留竹葉，一庵小築號梅花。亭前明月流波遠，石上清風掃徑斜。借問高蹤誰得似，雲林山水不須誇。」《棣庵星橋客舍曉起》云：「晨熹鳥聲新，微光漏疎竹。東林氣清暢，爽然若可掬。群鴨戲流水，沉浮閒且淑。老翁坐樹傍，呼鴨飼以穀。橋西有米船，瓦雀赴朝啄。鵲影水面來，一一飛入屋。我懷本孤清，對此逾静肅。廚人猶未起，且餐籬上菊。」《繞湖秋月》云：「髣髴西湖八月天，一川華月澹無邊。不嫌風露侵人冷，貪看秋光夜放船。」《夜泊》云：「夜泊荒堤外，河流静不譁。孤燈明矮屋，殘月下平沙。我欲錢塘去，東浮八月槎。鄰舟一聲笛，鄉夢落蘆花。」

乙丑春夏間，僕館於海昌州署，與介白山人鄒諤交。山人食餼，滿貢成均，例可得校官。乃授職不試，於邑西偏築小盤谷居之，晚歲貧甚，至不能舉火。山人抱膝長吟，絶不介意。没後，門人許楣刻其《近體詩鈔》，李學使芝齡爲之序。詩如《三台山懷古》云：「變生銜橛釁誰開，倉猝乘輿北狩回。宗社幾人持大計，金繒自昔誤庸才。兩峰雲起重湖暗，三字冤同萬古哀。儘有功名讓徐石，那堪青史奪門來。」《病卧》云：「寒氣適然至，蕭蕭落木秋。孤鐙連夜雨，老病一危樓。才盡身何用，觀空得自由。海山與兜率，吾亦澹無求。」《吕城夜泊》云：「北風吹送客舟輕，百里催歸半日程。鐙火一灣人語雜，收帆直過吕蒙城。」《平望》云：「蕭疎柳影水平堤，幾處烟村夕照餘。最好畫眉橋外泊，晚餐香豉雜銀魚。」其他佳句如「帘飄野店人歸市，帆卸平橋客倚篷」、「鑄從聚鐵終成錯，疵爲吹毛易受譏」、「老去舊交魚失隊，倦來生計鳥窺籠」、「飯逢儉歲香偏劇，書爲空函寄轉稀」，五言如「山遠澹空翠，春深多晚花」、「一燈秋影瘦，孤枕夜潮回」、「牛跡隨山徑，人家出樹巔」、「溪迴通短彴，樹老剩空腔」、「村環三面水，鳥語一園春」，録之不勝録也。

先府君每歲以衣施寒者，費不足，粥裘繼之。湯點山禮祥作《粥裘行》云：「朝解衣，暮解衣。三朝三暮復何有，但見眼前颯颯西風吹。西風吹，骨欲折，葛帔練裙踏冰雪。翁將保計回陽春，粥裘不顧妻孥嗔。黄綿大布任攜取，直視衆身同一身。我對粥裘翁，重憶披裘客。千金買裘都不惜，却贈歌童五陵陌。道旁冷眼空歎吁，白公大裘今已無。嗚呼！白公大裘今豈無，願君此心終不渝。」點山著《栖飲草堂詩鈔》，詩筆既佳，立言尤有關世道。如《清豐賢宰篇》、《臺灣三仁詩》、《陳貞母詩》、《葉縣丞殉節詩》、《慈鳥篇》，叙事質直，可作史傳讀也。以其篇幅長，且詩已行世，故不録。

《竹枝》一體，盛於元、明。其他復有《柳枝》、《橘枝》等詞，大抵異曲同工。吾鄉顧涑園太守又作《桃枝詞》，蓋創格也。太守所撰《橘頌堂集》風行海内，後來詞人必有如《竹枝》之嗣響鐵厓者。其詩云：「湖裏鴛鴦水自香，小青墳上踏春陽。桃花未共東風笑，已有行人爲斷腸。」「春草青青新婦磯，水仙祠下鷺絲飛。郎船空載春歸去，不見桃花結子歸。」「昨日中酒今日遊，日日醉歸湖上頭。美人到底不經老，荷花到底不經秋。」「吴中阿娘工刺船，獨來渡口與門前。《柳枝》唱罷《竹枝》唱，若唱《桃枝》更可憐。」

歸安姚笙華樟與予有攬環結佩之好。己巳入翰林，改永定令。鬱鬱成疾而卒，不得展其才，人争惜之。曾記其《詠水仙花》云：「銀燈斜照影纖纖，夢醒微聞雨半檐。翻憶昨宵明月裏，玲瓏卻下水晶簾。」「湘波杳渺楚山深，雅韵泠泠寫玉琴。調罷冰絃人不見，一春幽恨到蘭襟。」「水碧沙寒幾點疎，金明玉潤盡難如。好教位置花宜稱，柏子添香讀道書。」冷韵幽絃，傷心人别有懷抱也。

胡生縉字駿卿，又字湘帆，年十六七，從予游。詩文俱卓然有成，尤喜精研經學。嘉慶甲子舉於鄉。年及春華，品如秋水，人咸以大器目之。乃禮闈報罷，鬱鬱而歸。復以貧故，客遊三衢間，得疾而殁。無子，詩文散失殆盡。録其一二篇，盡從周鄭堂所寄。撫此吉光，彌增悼惜矣。《擬劉太尉扶風歌》云：「驅車束疲馬，晨上雁門山。句注坂九折，詰屈摧輪轅。還顧舊鄉里，不辨陌與阡。據鞍長太息，慷慨不能言。遥望長河水，河水何瀺灂。一夜羌馬過，河邊草如削。飲馬長城窟，走馬長城濠。沙礫刺人面，嚴風穿我袍。去國數千里，徒旅慘不驕。邊城少白日，樹木何槮莿。蒼隼立人前，寒雁飛且下。我欲彀良弓，弓折不可把。弓折不可把，壯士其奈何。衣糧既乏絶，壯盛行蹉跎。昔與故人約，澄清四海流。聞雞事已矣，撫劍徒嗷憂。我欲竟此曲，此曲愁入腸。忠信事賢主，氣節故有常。」

《冬日田園雜興仿月泉吟社體》云：「雪霰蕭蕭歲欲闌，柴關晝掩稻堆寒。沿村迎臘兒童喜，栖畝餘糧鳥雀歡。十口作勞才息偃，一年生計最艱難。醃菹煨芋山家樂，不入朱門餽節盤。」

桐鄉諸生李凝章，字乙垣，居近殳山，耽吟愛友。其《抱甕山莊即景》云：「一番風信雨纖纖，初長繁陰緑浸檐。舊壘燕歸花正落，小池魚戲水新添。生涯始信鄉村足，長策終誇耕讀兼。正是西疇將有事，耕耔聊復效陶潛。」「抱甕山莊」者，乙垣之所居也。

楊東林丈名柱，芸客之尊人也。以優貢生官宣平司訓。著有《柳村詩稿》。其《溪上吟》云：「蘭舟乘風何處櫂，楊柳渡頭日返照。汩汩春流水一灣，緑陰深處童子釣。」「牛羊下來紅日没，有客抱琴攜酒謁。留坐蓬窗讀道經，笑指疎林挂明月。」「幾年此身離城郭，溪雲留我莫爽約。落紅看盡水面花，花前與兒且對酌。」「鱖魚網得當晚食，十年溪上肥顔色。半醉高吟陶謝詩，攜柑時聽鶯梭織。」誦其詩，可以想見其胸次。

紫鳳，華秋槎司馬家青衣也。司馬嘗述其《遊葛嶺》句云：「斷鈿遺珥嬋娟夢，衰草斜陽蟋蟀聲。」《送女伴出嫁朱氏》云：「從此朱門鎖鶯語，春光不在段家橋。」年十九而卒。有妹小鸞，亦嫻吟詠，後歸蔣明府城。

張生元吉號蓉鏡，居邑之青墩，有詩名。《越王臺》云：「落日山無際，大江風北來。茫然千古意，獨上越王臺。烏喙今安在，鴟夷去不回。霸圖成底事，剩有鷓鴣哀。」他句如《春遊湖上》云：「斜陽白塔尋詩路，細雨青帘賣酒家。」《苕溪舟中》云：「白蘋秋水數聲艫，黄葉夕陽何處山。」《題谷音集》云：

「采薇不少遺民唱，浮海難招故主魂。」《蘋花》云：「夜雨吴江行客櫂，秋風湘渚美人心。」俱極秀整。

烏程吴全昌，號香圃，蓉鏡友也。詩有逸氣，充以學力，可入青蓮之室，惜未識也。《暑夜》云：「片雨洗遥夜，月華如水流。草堂聞絡緯，河漢已先秋。性自閒中悟，神爲物外遊。抱琴倚庭樹，清風豁吟眸。」《雪後曉起寄宋勉齋》云：「門外一宵雪，曉來人迹無。梅花幾叢發，清夢到西湖。放鶴亭邊路，浩然山影孤。白雲滿岩壑，高卧羨林逋。」《舟中即景》云：「明月上溪樹，微寒夜半生。空濛烟水闊，時有鱅枝聲。村舍門皆掩，汀洲浪乍平。一燈篷下坐，風景入詩清。」《月夜期張蓉鏡不至》云：「殘雪在庭樹，映此新月明。竹窗夜色净，幽鳥時一鳴。故人期不至，獨繞梅花行。更深萬籟息，門外寒流清。」

壬戌、癸亥，寓居西湖之錢王祠，與漁者阮大鄰。時予祇一僕，有事輒呼之爲傭。一日至其家，見案頭有詩一紙，詢諸其婦，曰：「吾夫之所爲也。」遂攜以歸。次日問之，曰：「偶然遊戲耳。」索其稿，堅不肯出。詩云：「放浪西湖二十年，饑來喫飯倦來眠。今朝檢點傳家物，只有蓑衣最值錢。」「垂老難將結習除，入城向友借殘書。到家妻道晨餐缺，淡月疎烟夜打魚。」此老殆隱於漁者也。

嘉興葛春嶼嵩善説經，詩亦成家，而隨作隨棄，不自收拾。没後，其女從剩箋殘墨中，與夫婿朱秋樵參寫互讎，得詩二卷，署曰《晚晴閣詩》，刊而傳之。《靈隱寺遇李金瀾明經》云：「勝地逢知己，同參蒲褐禪。新篁萬竿緑，清磬一聲圓。蜥蜴春雷動，樓臺海日懸。撥雲歸路晚，山色更蒼然。」《除夕》云：「少壯迂疎白首顛，欣逢殘臘話因緣。盤飧此夕仍兼味，身世明朝又一年。不作神仙難遂意，未經富貴易安眠。梅花香裏堪排遣，早忘生涯百慮煎。」

海昌徐茂才秋鶚，名濬，有雋才，詩文俱可抗衡古作者。年二十六而卒。張教授荔園哭以詩云：「藉甚蘇溪一鶚傳，秋闈鎩羽竟迍邅。命分修短非人定，壽在文章賴友延。風雨對牀懷舊夢，珊瑚架筆訂新編。我家小阮名叨附，幾度披吟輒惘然。」詩如《舟行》云：「行盡深深綠水灣，分明望裏髻烟鬟。翻嫌畫艫催歸急，一路桃花過半山。」《讀袁孝子傳并序》云：「上虞袁翊元，字羽公，號藏愚。初，父以刲股療親疾，里黨以孝聞。母陳氏，年邁遘疾，元躬侍湯藥罔倦。一夕出延醫，家人不戒於火，子若婦號於門。門已燬，元狂奔至，從火焰中入。焰黝然黑，不得入。出而復入者三，迷徑所在，則大呼曰：『豈竟置母於火耶？』復蹈火熞入，踉蹌抱母出，頭額焦爛不可忍。母竄入水，出不逾時旋卒。元痛母亡，絶而甦，慟哭數日，亦卒。邑人朱文紹爲立傳，且徵詩焉。」「父刲股，生孝子。母遘疾，委牀笫。延醫歸，門已燬。子號咷，婦悲啼。母存一息孰救之。奔號赴火烟塵迷，黑風捲地烈焰飛。呼天大叫負吾母，三入三出火中走。壯哉焦灼及皮肉，此母乃免共姬續。出火中，難再生。投水中，忍獨生。三日哭，泪盈斗。兒願地下依左右，嗚呼孝烈如此古未有。身已糜，名不朽。」《春雨》云：「江南三月暮，春未破愁圍。芳草碧如洗，落花紅不飛。思攜雙屐懶，閒指一簑歸。却話村居好，來朝筍定肥。」

秋鶚室人亦能詩，其《和秋夜寄内作》云：「幾日天香發桂枝，好風吹到隔簾時。羅衣欲換添涼信，紈扇難抛愛舊詩。午夢乍回人正倦，秋情無賴蝶先知。憐儂不解回文字，漫向紅窗理繡絲。」

古今才人，雕琢肝腸，摘取天巧，往往不能永年。莊香海桂者，亦海昌人也。工詩，兼擅八法，早年病瘵而亡。《秋鶚遺稿》尚有友人刻之，若香海詩，存者稀矣。僅憶其《東籬寄興》諸詠，其中佳句如《訪菊》云：「能消幾兩平生屐，偏耐重陽風雨秋。」《愛菊》云：「秋入夢中曾有癖，澹於言外得其真。」《晚菊》云：「高人風格貧方見，名士文章老更成。」《菊品》云：「三徑傳神惟夜月，一生知己祇秋風。」《菊影》云：「儘憑月寫精神出，不怕霜欺色相空。」他如「山窗吟夕照，茅屋破秋風」、「老樹陰藏屋，遥山翠入樓」、「花史閒評風作主，醉鄉獨住月爲鄰」，聞之徐琴譜云。

耐冷譚卷七

仁和宋咸熙小茗撰

吾鄉桑水部弢甫先生爲塾師時，來學者必先命之讀經，晨夕背誦如童蒙，經既熟，始授以作文之法。自遊五嶽歸，書一聯懸其室曰：「六經讀罷方持筆，五嶽歸來不看山。」其《贈五嶽詩侶歌》云：「天麟張聖書，嘉興人。尋異意所妉，射洪古鞠駕兩驂，夷光皜鬢簪蒿簪。映緯張經德，海豐人。膏鎔夫容鐔，精光夜夜衝斗南，蹙縮紫海瀦淵潭。曾傳朱式曾，歷城人。破聾驚高談，通眉睎髮往而參，胸澆五斗吟聲酣。思謙俞秉淵，海寧人。仙思飄烟嵐，庚星墮地爲奇男，轂抱白集温研覃。攀堯陸疎村，海寧人。德比孤竹堪，三十未婚老枯蟫，照徹九幽薶琅函。家濂朱性之，錢塘人。畜鋭堅彌鑽，左徒壁壘揮戈錟，魯山吏事詩肩擔。昂霄余召棠，仁和人。出語味醰醰，勇敢當仁賁育甝，雲山韶濩中和涵。炎馬揭初，章邱人。媲徂萊篤在三，服勤如子憂如惔，三百本元天性探。阿球夔石。生小眠書龕，唐捐千金供狼貪。嘗石綽楔心炯含，霜曉金鐘斷醅醅。阿箎軒竹。三重戰藝憨，皇天僵我園客蠶。爛紙之壽希彭聃。」十人者，同遊與否不可知。讀先生詩，知皆爲俊偉之器。數十年來，以文章宿老作五嶽遊人者，未之多見。朱君之在錢塘者，號青泉；余君號松嵒，余尚及接其譚論也。

諸城竇東皋師，理學名臣，推重當代，不欲以詩名。歿後，秦小峴侍郎輯其詩刻之，厪及百篇。然觀其《與侍郎論詩》云：「詩之爲道，淵源《三百篇》。有賦焉，有比、興焉。近今之詩，有賦無比、興，此詩所以衰也。唐人詩稱李、杜，太白歌行得《楚騷》之遺，少陵則原本變《風》變《雅》而得其所謂『怨而不怒』者。二公詩往往託物比興，詞旨荒忽，讀者莫測其意之所在，而詩於是爲極至焉。是故作詩者，必其性情既厚，植之以骨幹，傅之以采色，諧之以律吕。舍是言詩，非詩也。」是先生真深於詩者也。《西平道中》云：「朔風吹陰雪，送我趨南州。散灑近連句，冥濛望未休。春融半成水，活活縈道周。不辭行役艱，庶已滋田疇。憶昨詣行在，還陟太行陬。當時河北地，旱甚窮三秋。比復患漲溢，桑田生鱣鮪。感彼不能寐，耿若懷隱憂。兹行歷潁汝，喜見麥隴稠。征夫閔原隰，問俗勤咨諏。首路指淮浦，駕言阻且修。暮雲去不息，我思良悠悠。」《應山道中》云：「楚山秀無極，殘雪閒諸嶺。積日苦陰翳，欣兹晨光炯。驅馬陟重坡，跼步未敢騁。青松分遠岡，目接心已領。乘高一以望，應盡西南境。予美不可見，緬惟江漢永。荆臺霾雲雨，惆悵憂心怲。荒淫有時進，非我素所秉。蒼茫問前途，書懷聊自省。」師視學浙江，士心悦服。惟喜詆斥王文成，稍不滿之。然觀其《過東林寺》詩云：「前修緬新建，乘時展康濟。壁上觀留題，蟠鬱蛟龍勢。尚論得吾師，匪直風雅繼。」乃知先生籲衆矢言，特欲宣明正學，其於文成之功業文章，未嘗不心折也。

家參軍允恭，號燮堂，山西介休人。冬寒無裘，而性極廉潔。由本郡經歷司代理石門，一月之間，百廢俱舉。詩有真氣，摘録其語之所道者數聯。如「鄉遠空思膾，官貪欲采薇」、「市近囂能謝，身閒福已多」、「樂饑甘草具，話舊感綈袍」、「不願逢人齊説好，只求於理幸無尤」、「情耽風月閒裁句，摻凛冰霜惡飾非」、「塵緣未了難求佛，俗務周知好做官」、「事惟無喜方無事，吾不負丞豈負吾」，誦其詩，可以想見其爲人。

石門吴秀才蘭森早歲能詩，年甫逾冠，即游粤東。長路無聊，旅居多鬱，輒以詠歌發其羈愁，著有《紅蕉花館詩鈔》。《江樓秋望》云：「秋風吹我上江樓，獨上江樓動客愁。望到行雲將斷處，飛鴻幾點落汀洲。」《塞上曲》云：「烽火滿三關，征人戍未還。一聲聽短笛，幾度望家山。帳壓邊雲黑，刀飛戰血殷。誰能單騎入，數語讋諸蠻。」《閨怨》云：「春色一庭老，捲簾對落花。生憎雙燕子，絮語傍窗紗。」《送客》云：「送客老郵程，揮鞭一騎行。關山君獨往，離别我傷情。葉落千峰出，天高一雁鳴。柴門怕重啓，愁對暮雲平。」秀才有弟賓森，亦能詩，惜早夭折。

石門馬紀南國棠，於甲申春糶粟一萬七百餘石，賑邑人之乏食者。自正月至三月，活七萬餘人。蓋善人中之罕見者也。中丞帥公上其事於朝，賜四品銜。金山姚蘇卿清華紀以詩云：「太歲在癸未，一雨逮三月。時當夏秋交，田禾盡淹滅。漂溺跨數郡，偏地泥滑滑。嘉湖爲尤甚，水深没過膝。斗米五百錢，炊烟漸漸歇。卒歲已大難，入春定不活。可憐十萬户，駢死波濤窟。馬君英雄姿，許身比稷契。大啓新倉儲，一罄舊廩積。發粟一萬石，賑饑六十日。蒼生氣稍蘇，户户感肉骨。君心猶欿然，恨不徧兩浙。人皆謂君愚，倉廩甘罄竭。我獨服君勇，志氣異凡質。下不顧子孫，中不謀家室。誓棄萬鍾粟，建此不刊烈。長官争嘉賞，九重頒顯秩。嗟彼齷齪兒，眼孔細於蟣。喻利罔喻義，錐刀競逐末。鐘鳴漏盡時，猶計較屑屑。自謂億萬禩，永保可弗失。枯骨尚未朽，生計已漸絀。田園俄轉移，庭户頓闃寂。誰無向善心，盛衰易改轍。視君天壤殊，不可相較絜。當其舉念初，赴義如箭疾。人命荀可延，余哺不妨輟。但得閭里存，敢惜甘旨缺。至於没世稱，轉若輕毫髮。君名曰國棠，伏波其先哲。結茅走馬岡，高阜撐突兀。他年數義行，一指首先屈。」

烏程鄭笏君祖球，夢白觀察之兄。少負異才，年十四五，諸經皆通。長益肆力於秦、漢古大家文字，登癸酉賢書。僕與夢白交，未識笏君面。屢欲訪之不果，而君已於癸卯年死矣。殁後，夢白裒其《紅葉山房集》刻之。詩甚美富，録其詠史樂府效西涯體者四篇。《銷兵謡》云：「六經可焚兵可棄，秦王雖貴無此治，祖龍獨創萬年計。家不藏甲六合同，金人長護咸陽宫，一世二世傳無窮。博浪之椎何處得，天下寧有未銷鐵，大索十日終恍惚。君不見山東盜有數百人，非齊非晉還非荆，鋤耰棘矜能爲兵。」《穆生行》云：「穆生通《詩》兼《易》理，履霜知有堅冰至。醴酒不來我心醉，楚人鉗我當早備。漢家賢王無再世，七國興兵亦同斃。熒惑逆行天象異，鴻飛冥冥從此逝。申公説《詩》老更迷，蒲輪數數長安馳。明堂議禮不終日，可憶赭衣當春時？」《程大人》云：「道路紛紛不識漢天子，但識程大人。中郎之對由風聞，奮身效奏猶爲君。君不密，竟失臣。十常侍，焰益薰，河南吕强迥不群。端居憂國心如焚，奇冤能爲中郎伸。中郎不死强有力，强有奇冤更誰雪？」《陰平道》云：「艾不知兵知蜀情，蜀人久厭刀槍鳴。良相遺法悍吏更，陰平從此無人行。皓也非張趙，禪也非桓靈。胡爲一世二世成都傾。嗚呼吴之亡，好用刑。蜀之亡，好用兵。黷刑後敗兵亟焚，維乎維乎，誰用爾，爲漢臣。」

嘉興沈西雍濤，原名爾振，少有神童之目。時予監理省城敷文書院，執贄來謁。試以經義，應對如流，年纔十五耳，予喜甚。金壇段茂堂大令贈以詩，有「他年若數傳經者，門下應推第一人」之句。

戴太守廷沐奇其才，妻以女。女名小瓊，號墨華，亦能詩。己巳七月之望，同内子郡齋坐月聯句，魏塘金文沙夫人爲之補圖，名流題詠甚多。其原唱云：「月來皓雲際，商聲喧素秋。西雍　怯寒衣袂薄，咽露草蟲愁。墨華　樹影踏疑碎，怪禽啼更幽。西雍　夜蘭吟不穩，一葉打人頭。墨華」其羨伉儷唱和之樂云。

同年吴進士澗蕁曾貫詩文高妙，表忠觀落成，作八庚全韵詩，以此得名，人因呼爲「吴八庚」。其《題顧蒹厓讀畫齋詩東皋蠶月圖》云：「紮山來，葉市開。紮山去，蠶市閉。市開市閉暮春天，合户暖風白日霽。沿溪三兩野人家，溪水横流路曲斜。笑問紅蠶眠熟未，籬頭已放做絲花。」《南畝耕耘圖》云：「群蛙聒，春泥滑。雙鳩鳴，春日晴。朝放一犁至南畝，野老來看春耕成。春耕成，春水生。良苗得長條風輕，隴畔忽起呼牛聲。」頗似鐵厓《新樂府》。

僕年過五十，尚無嗣。丙子秋，副齋周竹厓司訓慨借二百金，始得買妾。逾年，舉一子，咳名抱孫。紀以二絶云：「貸金深感故人恩，五十生兒當抱孫。但願讀書留種子，不求駟馬大吾門。」「大宗有後吴蒼恩，五十生兒望抱孫。試看同官汪學博，含飴行樂在黌門。嘉興汪秋湄學諭年五十五始得子，今已抱孫矣。」後嫌體格卑弱，將此二詩削去。用盧玉川《寄男抱孫》韵，作古風一篇，存之藁中。而良友之義，不可没也，因復録之。司訓名瀶，富陽人。

長白伊小尹先生守嘉興時，與先府君最善，唱酬甚多。其和府君見贈原韵云：「借得幽居足自怡，新詩一卷一明珠。《悲秋》本是君家賦，卻對寒鐙詠荻蘆。」「才名久已推三絶，好句今還見一斑。

雪意滿天詩滿眼，便攜斗酒上青山。」「來往吳山閱歲時，圖成片石自題詩。結鄰幸得聯風雅，欲拂長箋乞和之。時寓吳山片石居，作詩繪圖，今將乞和。」「同譜情深意惘然，爲憐靈運早生天。披吟悵觸鴒原痛，不見人琴又四年。五弟幔亭下世已四年矣，今贈詩睠懷同譜，感詠及之，彌增悽惻。」又題先府君詩集云：「誦君詩句豁塵蒙，一卷攜來冰雪同。真有蓮花生筆底，恰當桂子落山中。明湖棹影雙峰月，禪榻茶香滿院風。未得出城從載酒，門前鷗鷺暗相通。」清圓瀏亮，一往情深，直入唐、宋大家之室。

友人藏精一主人《墨梅畫卷》，筆法絶如煮石山農，頗有出塵之致。後題一詩云：「隴頭芳樹絶塵埃，偏向紛紛六出開。自是幽姿甘冷澹，不教蜂蝶逐香來。」欵書「朱璇源」，有「天潢一派」、「浦陽王章」、「皇明帝胄」等印，蓋勝國藩王也。查《圖繪寶鑑》、《無聲詩史》，俱失載。恐久而就湮，故録之。

無錫蔣醉峰和寫《十三經》，拙老人之孫。書法而外，兼善墨竹。乾隆間進呈，賜主簿銜。其《自題畫竹》云：「年來何物貯胸中，數畝將無太守同。不計平斜横正直，備嘗冰雪雨晴風。虛心向上荆榛遠，勁節高懸天地空。奮起孫枝頭角露，依依常得伴而翁。」醉峰有自著《竹譜》，早爲藝林取法矣。

硤石郭夢蘇不事帖括，專心吟詠，竟成瘵疾。詩筆清妙，推重詞壇。臨歿，朗誦曰：「白頭老母紅顔婦，都是前身未了緣。」年祇二十二，無子。其《戈山詩社遺稿》，當訪求之。

揚州吳太史杜村愛畫成癖，收藏甚富。每年雪降之日，以王摩詰、劉松年、盛子昭、文衡山、惲南田五家雪圖並陳几上，右丞卷居正位，四卷分列左右，具衣冠拜之。有「一時臣看五朝雪，頃刻論交千古人」之句。一日微雪，海鹽吳思亭過訪，直入其室。太史急不即避，因得見，相與大笑。思亭口占七絶贈之云：「位置尊卑稽首虔，五朝雪景聚千年。客來已見休驚避，試問何如拜石顛？」

嘗於友人處見水墨山水横幅，有大癡筆法，詩亦佳。跋語頗自誇負，款署「紅蟫老人」，究不知是高僧、畸士，録之以俟博雅者考也。「緑陰清晝夏初天，正好扶犁𡼖口田。驅犢忽然過略彴，蓑衣尚帶隔溪烟。」跋云：「有愛此畫者，能致粟足供八口家半年之糧，勿問何如人，易之。若鄙陋錢虜，寒酸俗子，勿與言。有能攜酒於佳山水處，邀竟日清談，作雋上語，或雄秀句，令鼓掌者，則竟貽之，不煩致粟也。」

鮑丈渌飲年將八十，猶校勘前人著述，手不停披。所刊《知不足齋叢書》流傳海外。詩不多作。其《夕陽詩》三十首，膾炙人口。今録二首，已見一斑。「誰復揮戈似魯陽，放教容易上西牆。片時春夢無蹤跡，一霎秋山乍老蒼。隱隱笛聲牛背冷，匆匆鞭影馬蹄忙。何由更買長繩繫，暫曬相思鬢上霜。」「底事人間重晚晴，當樓殘照最關情。百年身世霜鴻影，萬里江山畫角聲。征馬雲邊驅轉急，歸舟天際望偏明。倚闌無限蒼涼意，費盡閒心寫得成。」一時和者，慈溪鄭弗人竺「斜兼遠雁沉沙尾，細點寒鴉過石頭」，陽湖趙懷玉味辛「絶唱肯教孤雁占，春愁惟許亂鴉知」，古杭何春渚琪「半嶺又看横暮紫，百年消得幾昏黄」，俱可與原作抗衡。

《易安齋集》六卷，震澤邱孫梧後同之所著也。其自序云：「於古人詩無所不好，所不好者，惟唐之沈、宋、高、岑，宋之《西崑》諸公，元之虞、楊、范、揭及吴淵穎，明之前後七子及陳卧子而已。」持論甚癖，然觀其九齡時所作，如《玉泉池》云：「泉清魚亦傲，園古鶴能馴。」《龍井》云：「隔竹飛泉四五點，背花嚦鳥兩三聲。」出語已極俊異。惜其後墮入隨園一派，不能直追正始。今録其脈正理醇者兩篇。《李孝子》云：「李孝子，母爲販婦子賈豎。刲股進其母，母病脱然愈。人謂孝子不識字，何以純孝能若是。我謂孝子幸而不識字，孝子生來但見母，未見宋儒紛紛苛刻議。」《徐蘭舟夫婦爲母減算祈年詩》云：「兒壽正長，母壽已促。益寡裒多，補母瘠兮剜子肉。一解。藥餌不進，母氣如絲。仰天椎心，兒何生爲？二解。退謀諸婦，曰偕君皓首。各減六齡，伽陵共命保母壽。三解。一疏籲彼蒼，一疏投城隍。兒猶傍惶，婦已扶母牀。四解。不當求孝婦，但當求孝子。可感行路人，何況牀第。五解。功名厄君兮，成此純孝。精誠迫君兮，豈敢望報。鬼神終福君兮，富貴而壽考。六解。」

後同室人丁筠，字念慈，翠寒其號，亦能詩。《坐月》云：「一雨炎蒸退，言招女伴游。月涼如坐水，樹古欲生秋。鈴語樓頭歇，螢光扇底流。聯吟忘夜短，不覺换更籌。」《病中贈外》云：「六年與爾共悲歡，晨夕相揩泪眼乾。君若哭儂儂不曉，莫將閒泪灑闌干。」

同里馬春厓師諱廷楠，丙辰進士，官江西會昌縣。殁後詩文散失，僅記其贈先助教公三絶云：「辛苦風塵兩載餘，攤書盡日對窗虚。棠梨晷影分明在，遥憶先生國子廬。」「石友相暌各一天，羈人無奈别情牽。記曾宣武門前住，憐我紅塵已幾年。」「劇憐春韭與秋菘，才子循陔想素風。爲問奚囊添幾卷，可憐梅驛寄詩筒。」

朱香初别駕芬才華富麗，意氣慨慷。工古篆石刻，嘗從戎黔中。游華山，賦四支全韵詩。阮宫保師時爲學使，極爲奬賞。曰「吾門有吴八庚，今又有朱四支矣。」人因以「朱四支」稱之。其《自題從戎圖》七律云：「盛時未肯卧林泉，槖筆從戎路八千。貝子旌旗申甲令，夜郎風雪冒丁年。離思怕折陽關柳，羽調愁聞相府蓮。惟有丹青能縮地，江山萬里暮雲連。」圖係少峰所繪，詩亦不落卑調。近聞已歿於粵東，未知能歸骨於故里否。

蔣世珍，維揚人，順治初爲連平牧，有善政。時嶺南新定，瘡痍未復，所在盜賊多有。公以單騎諭賊，賊請降。城守將吴章與有隙，譖公與賊通，遂逮獄死。夫人劉氏聞變遽投井，以救得免。章聞夫人色，逼之，泣詈不從，遂自經死。死之時，面如生。都人聞者咸流涕。因葬夫人於烏石岡之山麓，爲之樹碑，私謚曰「正烈」。迄今已百餘年，事將湮没。嘉慶己卯，知州事陳鵬立石修墓，紀以詩云：「烏石山頭雲羃䍥，烏石岡邊朔風急。深林月黑鵂鶹呼，荒墳閃爍青燐集。豐碑突兀大書劉，野老旁觀涕泗流。爲言此地初平日，戢暴安良仗蔣侯。蔣侯蔣侯氣慨慷，英聲颯爽世無兩。萬里巖疆叱馭來，升鄉不畏朝歌長。贛水遥連富水江，仙雲雙引碧油幢。夫人雅佐絃歌化，内助無慚婦職芳。春風融融花麗叢，州民共被雙星福。風鶴俄傳伏莽戎，波濤平地來偏速。單車築就受降城，可憐翻下鄒陽獄。深閨從此恨無邊，眢井來窺志已堅。齊后椎環甘解脱，相如睨璧又重完。妾身一死不足惜，妾死夫冤竟誰白。但使緹縈書可陳，何愁嫣覽頭難得。漆室鐙昏夜雨秋，錚錚一命少勾留。鴉奴妄肆鴆媒誘，誰料奸人意未休。女身皎皎若冰雪，女貞肯改凌霄節。誓死來登董卓車，臨終還奮常山舌。曉風吹斷杜鵑聲，消息傳來痛滿城。共惜禮修身便死，更驚先軫面如生。峩峩馬鬣青青樹，都士争封三尺墓。家乘飄零劍跡峰，松楸蕭瑟烏山路。於今百載已茫茫，連峴亭西骨尚香。貞操直貫三霄日，怨氣還留六月霜。君不見昔日奸頑竟何在，烈婦貞珉長不改。他日旌褒北闕來，焚香更作《曹娥誄》。」

廣西應山縣一百四十二歲壽民藍祥，蒙恩賞給坊銀緞匹，復給以六品銜，並御製詩篇，扁額以賜。吴縣潘榕皋農部恭紀一律云：「和風鼓化宇，粤海奏耆民。豈意百齡後，重開四十春。恩綸從驛遞，睿藻自天申。史氏徵奇瑞，無須紀鳳麟。」聞其百四十歲時，人尚矍鑠，過此不知又活幾何年。太平人瑞，史册所罕見也。

吴江李潤芝莒詩才清妙，惜降年不永，較昌谷之緋衣赴召，差長十齡耳。殁後，其弟號伴梧者裒遺詩刻之。《同人讌集雁湖舟次》云：「雁湖雲水闊，挈伴漾輕艙。竹遠含烟細，荷酣帶雨喧。板橋横古渡，野店倚荒村。展席還邀月，清光落酒尊。」《聞雁》云：「沉沉銀漢月垂鈎，涼照江南水上樓。飛落一聲初到雁，不知人意已垂秋。」

海鹽蕭雨香明經應櫆工詩賦，撰《蕭齋詩話》十二卷，採擇精美，詞壇咸望讀之。惜難於費，未能付梓。其次子靈槎年甫弱冠，詩筆老蒼。《江陰道中》云：「九里十三灣，舟行摺疊閒。岸容高壓樹，江氣遠涵山。地僻村居樸，天寒客路艱。投林思有托，輸與鳥飛還。」

阮宫保師撫浙時，曾以「秋桑」課士。僕亦與其列，今久不記憶矣。近見吴江葉溉翁樹枚作云：「霜寒月苦太蕭蕭，絶似秋娘鬢半凋。誰與牆陰話蕉萃，暮蟬聲自咽枯條。」「無復濃陰滿徑鋪，天風吹共水楊枯。可憐禿盡青青葉，猶有人來索地租。」同作者，如昭文蔣霞竹寶齡云：「霜楓到老葉更丹，風柳已病猶姍姍。只此秋桑似貧女，亂頭粗服有誰看？」震澤王竹薌丕烈云：「禿盡柔條殊自憐，疎疎幾樹壞牆邊。莫言此日多零落，曾向春風論價錢。」震澤王臺叔棠云：「無復提筐帶露行，涼雲吹盡作秋聲。黄泥牆外三家店，釀酒猶存桑落名。」俱昔時詩課中所未經道者，惜不令宫保賞之。

《嘉定縣志》：「楊九娘性至孝，父命守桔槔，苦爲蛟嚙，不易其處，竟以羸死。土人祀之。」乾隆間崑山朱徵君筠庭厚章作《楊九娘廟歌》云：「楊溪溪九曲，九娘家在溪之隩。溪名猶以九娘傳，溪上巍然作祠屋。祠前楊柳風，祠後菰蒲水。村娃龍骨車，夜踏明月裏。殷雷聲消蚊母死，環九娘祠今九里。共話九娘孝且貞，高郵小姑無二情。朝朝祠壁看圖畫，靈風肅然裊遺掛。紅蓮稻熟吉貝收，報賽神惠宜千秋。」徵君著有《多師集》，沈歸愚宗伯序之。

睢州王駝南貳尹覲光爲浙江丞簿數十年，屈於卑官，哦松以老。公曾爲仁和縣丞，今邑人猶能述其善政。其《題鄭烈婦祠并序》云：「婦徐氏，翁爲族毆，夫榮組赴救，被毆死。翁控，理不得伸。走閩控制府，死於途。氏兩子皆幼，猝遇讎，擒毆之。嚙讎耳鼻至墮。讎訟官，逮氏子。氏號泣訴冤狀，官不省，批其頰。氏憤極，觸石死。屍暴露城西北隅鐵塔下者七年。湘潭陳公鵬年來宰是邑，雪其冤，爲建祠焉。」詩曰：「子死父，父死子。婦身未死心已死。一解。兒復讎，報父祖。赭衣被逮沈冤苦。二解。一片石，七級鐵。鐵銷石爛皆猶裂。三解。叫天閽，天閽遠。吁嗟陳父來何晚。四解。」氏衢州西安人也。

烏程閔讀山思誠，同年立山之兄也。以翰林改官刑部。少時即有詩名，屢求其稿不可得。今從所刻會課中録詩二首，未窺全豹，已見一斑矣。《冬日詠懷》云：「歲寒草木枯，天風吹北陸。素雪飄然來，蕭蕭壓松竹。鵲噪喜成巢，寒禽入林麓。棲息各有時，曠然無不足。人生僅百年，胡爲徒逐逐。琴可養我心，書可飽我腹。坐飲梅花中，幽香清且馥。隔林延月來，淡淡浮杯緑。仰視暮雲空，天高殊不局。」《皖城春望》云：「江南佳節又清明，短袷迎風兩袖輕。細雨春深余闕墓，荒郊地逼吕蒙城。門前白塔青山繞，樹裏紅橋緑水平。記取者番沽酒地，杏花村近小旗横。」

寫村野景物，須道得俗情出，詞質而不俚，序明而不亂，如畫如話，方能爲佳。少峰《題沈供奉村女歸寧圖》云：「村女念父母，晨興整行裝。切切語夫婿，暫别誠難忘。妝成出幃幕，再拜辭姑嫜。翠袖石榴裙，插鬢野花香。竊恐傍人笑，紈扇時半障。山路多逶迤，騎牛穿林塘。心急牛反遲，望近路偏長。隱隱柴門外，一帶緑垂楊。料知昔女伴，早已候村莊。到門笑相迎，全家喜欲狂。父母握女手，爲言日相望。女曰魂夢中，夜夜父母傍。阿兄聞妹來，磨刀宰猪羊。小妹學畫眉，對鏡重梳妝。鄰女雜沓至，明燈正煌煌。語言雖錯亂，一半問新郎。村女獨俯首，含羞弄衣裳。喧聲出户外，團坐共茅堂。不覺夜已深，殘月照柔桑。臨去何所贈，棗栗傾箱囊。村景此最佳，圖畫誰擅場。奇哉沈供奉，細摹追長康。」

耐冷譚卷八

仁和宋咸熙小茗撰

錢塘梁氏，其先數世皆隸學官，以教授爲業。至谿父先生，始遨遊四方。然館穀所入，即隨手濟人，窮如故也。其《課孫》詩云：「生贈不學濫襟裾，破屋三間事掃除。乃祖乃翁貧到骨，即今仍遺讀殘書。」孫即山舟學士蔎林方伯也。當文莊公未第時，先生窘甚，其《貧歎》云：「欲問陶朱術不傳，謀生日拙事堪憐。一椽居欠三年僦，八口家無半畝田。有客僅能供茗荈，非僧已笑絶腥羶。截長補短天公意，粗識之無傲守錢。」年七十，特封户部侍郎，頒「傳經介祉」扁額，並御製五言律詩以賜。隆施稠疊，食報亦云厚矣。

山舟學士南山掃墓，憩陳姓人家，見壁間有康熙二十六年丁卯科題名録，正榜僅五十名，副榜十名。同考十二房，並主司、官爵、表字、鄉貫、三場題目，一一詳載。解元於潛伍涵芬，第七名即查聲山先生。百餘年故紙居然不毁，亦一奇也。是科有錢塘周天相者，中四十二名，至乾隆丁卯，重預鹿鳴，學士赴宴時，猶及見之。因題其後云：「我年二十五，卯歲領鄉薦。再上六十年，此榜實羔雁。憶余鄉賦時，群集隨諸彦。領袖鶴髪翁，謂周翁天相。巍然靈光殿。風貌既甚古，章服亦不賤。私竊問姓名，愛蓮分一瓣。少年曾筮仕，秩視諸侯半。歸卧田里間，後生蔑由見。恭逢盛典舉，重預嘉賓宴。今復卅年餘，翁久隨物變。即予同年生，八九已露電。乃於山人廬，忽睹紙半片。上鎸千佛名，一佛曾識面。當年取士嚴，額解纔大衍。主司及同考，一一載鄉貫。字迹頗工整，首尾無漫漶。想見紿賣時，狼籍坊市遍。此紙逾百年，獨再優曇現。賢哉方山子，拾得常自玩。藏庋比吟箋，裝背作畫卷。某也後進人，彰美在所先。率書五字詩，留下一重案。」迨嘉慶丁卯，學士年八十四，亦重預鹿鳴。我等俱以是科後進，修士相見禮，尤奇之奇者。同年餘姚吕戴山承恩和之云：「我朝三丁卯，敝邑各一薦。余忝陳謝後，康熙丁卯陳公元、乾隆丁卯謝公應雷，及子中嘉慶丁卯，每科各止一人。如鼎列真雁。閲百八十年，事難詢前彦。側聞梁先生，早歲侍講殿。懸車傲公卿，引汲喜寒賤。選賓留韭粥，仿佛供蓮瓣。禄位名壽全，書畫鑒賞半。偶一入城市，老鶴雲中見。鹿鳴甲已周，奏賜重赴宴。小子後同年，投刺書銜變。余獨書『後丁卯科舉人』以進，先生韙之。盛事無古今，文章合雷電。朋儕忽問予，例存舊板片。先生乾隆間，亦識周翁面。兩浙惟此科，佳話竟重衍。焉知我輩内，領袖仍舊貫。先生九十一，觀書無漫漶。回憶題此詩，流沫讀萬遍。當時艷前賢，今日即身現。造化一小兒，顛倒好弄玩。不遇奇福人，何從得是卷。科名如新婦，相繼成後先。待余百三歲，又添一重案。余領薦時年四十四，故云。」

國朝定制，民止夏秋兩税，冬則按畝徵糧。無科派，無徭役，前代所未有也。近爲官侵吏蝕，民人愁怨之聲遍於閭閻。自非勤恤民隱之大吏，君門九重，誰能以疾苦上達耶？萊陽趙北嵐曾《吴中田家歌》云：「吴家田賦一何重，云是天庾充正貢。可憐胼胝三時勞，租税纔完室已空。今歲雨暘喜歲收，江南處處歌有秋。川楚估船今又到，田家饑餒何須憂。縣倉已開價不起，官家要錢不要米。二斗賣得一斗錢，吴中依舊無豐年。」趙係江蘇候補知縣，肯爲此言，亦仕宦中之佼佼者也。

武康銀子山下爲姜灣村，有吴氏女子詩云：「銀子山前水潑磯，英紅堰上浪花飛。郎歸未必篺頭宿，日暮無人且掩扉。」徐雪廬譜入《前溪風土詞》云：「銀子山前月上時，溪邊楊柳萬條絲。一鈎羅襪花陰裏，唱出山家閨怨詞。」

秀才朱絳槎階吉、弟雙穎逵吉俱以進士列朝籍。穎雙尤長於詩，《同人棗花寺看牡丹》云：「宣武坊南野趣探，鼠姑風引到精藍。香醲莫遺煎酥待，色艷偏宜帶雨酣。僧喜逢官頻攝榼，佛嫌詩客懶開龕。散花天女渾多事，競惹維摩一笑參。」傳其先世本服賈，以餘貲廣印善書，肅衣冠虔送親友，數十年不倦。人以迂闊笑之，不顧也。今絳槎歿於廣東學政任所，其哲嗣已登賢書，子弟之入庠門者歲歲不絶。門閭之大，其來有自云。

同年烏程徐沅舲保字詩才敏捷，刻燭可成。長歌沈雄激宕，尤欲前無古人。《謝文節公琴歌》云：「一彈六陵風雨聲激號，再彈忽作厓山之海濤。三彈四彈竹石裂，黄雲捲入燕臺高。吁嗟謝文節，萬里孤魂一腔血。身可爲，趙氏亡，琴不與，宋家滅。魚龍貓虎運不昌，七條瘦玉調清商。潮陽建陽同一哭，思歸誰唱南朝曲。哀哉丞相琴，清原山下之苦心。哀哉侍郎琴，憫忠寺裏之悲音。白雁謡，朱鳥吟。板橋道，冬青林。蒼蒼涼涼併向間閒出，琴聲鬼聲辨不得。成仁取義各千秋，同抱瑶琴兩奇絶。壞漆淒涼桐梓材，團湖唐石至今哀。陽關恍送水雲去，《晞髮》還聞皋羽來。」《題謝皋羽晞髮集後》云：「三日江潮一塊肉，天荒地老詩人哭。一哭候潮山，再哭嚴陵臺。手持竹如意，朱鳥魂歸來。酹酒北向哭聲震，竹石欲裂天門開。十年淮上祲雲黑，君王罷宴芙蓉闕。鐃歌一曲難再聞，真主北來入中國。文山勤王戰潮陽，土兵數百死堂堂。五坡未執中原復，安知參軍不與日月同争光。走歸勾越願爲汐，池榭山嵐風景别。芳草圖中愁美人，白雲原裏眠逋客。四明碧雞山崔嵬，仙乎仙乎非凡材。爲唱南唐奉使曲，慟哭不得天顔迴。嗚呼申胥九頓首，賈誼六歎息，公既不能長號徹帝闕，哭動虚危復何惜。九鎖山人天下士，一别杜鵑君已死。死日不歸田横島，生時乃隱方干里。大宋遺民泣帝都，紅羊故刼没寒蕪。空將三慟西臺淚，灑向東坡夜雨圖。」

石門施潤芝聲喜吟詠，擅鐵筆，其詩阮宫保師采入《輶軒録》中。《雪夜》云：「風掃茅檐驚亂竹，雪深籬落静寒尨。」方鶴仙和云：「幾樹梅花低白屋，一堆稻草卧烏尨。」寫雪夜景像，宛然在目。

嘉興朱友鶴丈爲吾郡學師，有賢聲。年近五十，無子，復喪偶。或勸之買妾，曰：「吾欲求淑女，以禮聘之，不則寧鰥也。」果娶一舊家女，年亦將四旬矣，伉儷甚篤。初丈以無嗣故，心極焦慮。有《卧病誌感》詩曰：「白傅無兒空下泪，中郎有女亦相親。曾何著述傳當代，任把詩書付别人。」又《曹王廟燒香》句云：「買得泥孩兒一個，歸來算我已添丁。」其語絶悲。吴丈澹川謂友鶴善人，必當有後。後竟得子。丈深於經學，喜精研金石文字，所長不獨詩也。

吴枚庵先生《印須集》云：「達純字粹修，浙江桐鄉朱氏子。歷主流水南禪方丈，退居殊勝庵。有《悉擅吟草》。」僕輯《桐溪詩述》時失採，今先録其一詩，以誌疎漏。俟續編《詩述》，再覓全稿選之。《登惠泉山》云：「尋山理短櫂，却趁雨餘天。杳矣臨深壑，因之得古泉。山光籠秀色，塔影鎖寒烟。撫景雙眸豁，吟懷夕照邊。」

吴中千户某卒於官，其妻以子幼不獲死，殮時割一耳納千户手。元和邵明經南薰作《割耳謡》云：「千户婦，播人口。千户死王事，攜孤哭道右。妾志何由明，割耳納君手。泪痕血痕流滿顔，從今抛却黄金鐶。賣鐶鬻釧兒勤撫，鬢髪蓬飛敢辭苦。妾耳在君手，君心繫妾思。心耳相通不相隔，人間消息君應知。」

洪稚存太史與先府君善。仁宗朝，以直言觸迕，大臣擬以誹謗論斬，蒙恩減戍，不一年即釋還。於獄中寄府君書曰：「亮吉蒙恩謫戍萬里，已就道矣。銀鐺三日，露坐一宵，忽於解衣就戮之餘，作躍馬長征之客。聖恩高厚，頂踵難酬。伏念亮吉一生本無大過，祇以狂直自取殺身。海内素心，庶惟足下。或出或處，一切勉旃。亮吉請室中再拜。」太史少孤力學，經史六書，靡不精究。所著《卷葹閣詩集》，語必驚人，調無懦響。《黄山入文殊洞》云：「履危信千殊，積駭非一狀。晨遊藉僧侣，夕止託神貺。孤生寄危磴，一轉一翠嶂。諸峰盡莊嚴，雲霞聳奇相。千繩束一綆，步窘不得放。差無虺蠚懼，已見星緯上。束炬入巖竇，捫壁類古壙。聞呼數前踵，怯響屢後望。峰形覆空釜，口缺入遠亮。陰泉滴虚房，乳竇流佛藏。憑虚步初慴，出竇神始王。回瞻北斗光，空濛遠相向。」《自儀真放船至揚州懷汪大》云：「不及紅橋修禊辰，布帆東去剩殘春。囂嫌里俗非吾土，貧憶交遊有此人。日晚細尋花下路，風喧時避竹間塵。重來屈指無流輩，董相祠邊駐畫輪。」《將出都門留别黄二》云：「抛得白雲溪畔宅，苦來燕市歷風塵。才人命薄如君少，貧過中年病却春。」

海昌老友徐韵松，不見者垂三十年，近晤於石涇沈氏，兩耳已聾，昔日飛揚之態，全無有矣。行篋中出其子碧珊明府瀛所寄《塞上雜興》四首，雄健沈鬱，可追大曆諸子。亟假録之。「萬山頂上備員來，不信書生是弱材。人到折腰難免俗，吏非强項敢矜才。烏亭鷺堠行程遠，犵鳥獞花眼界開。匹馬巖疆持使節，寒沙漠漠過龍堆。」「防秋從古重西郊，地與狼⿰月荒裸國交。回鶻萬家尊貝葉，明駝千里供包茅。廓爾喀入貢，余奉檄護送番使至察木多。星馳羽檄層冰裂，夜草蠻書凍墨膠。輸與番兒身手健，六花如掌尚鳴髇。」「西去魚通路萬程，冰爲地軸雪爲城。雲昏瘴氣奔帆影，風挾邊愁戰鼓聲。衰草粘天秋牧馬，平沙列幕夜屯兵。碉樓多半成空壘，猶説當年第幾營。」「西風獵獵捲征旄，湖海心情氣自豪。雪境偶披紅韎韐，酒方新試緑葡萄。鞭揮飛電騰龍脊，箭裂秋雲落雁毛。擊罷黄麞歸已晚，蘆笙吹徹月輪高。」碧珊官四川銅梁縣，奉檄駐西藏，有能聲。牽絲之暇，不廢詠吟。較之「清簟疎簾看弈棋」者，勝一籌矣。

陳太史晴巖傳經爲海昌相國之後，與僕髫歲相知，結爲昆弟。後館於勾山太僕之紫竹山房。予入城，與内兄弟薌谷、傳書、荔峰、曼生輩抵掌劇談，往往達旦。有時拈題角藝，君輒先就，同輩爲之閣筆。欣賞未已，而次藝又成矣。嘉慶丁卯，與予爲南北同年。戊辰成進士，入詞館。逾二年而死，年甫四十五。無子，一女尚幼。梁山舟學士聘爲孫媳，爲之撫養。吴江金壽潛輓詩所謂「伯道無兒遺路秀，中郎有女倚梁鸞」也。身後遺詩散佚，僅就所記憶者録之。《月夜坐竹素園對殘雪》云：「積雪未肯消，留連待明月。客子懶無寐，相對正超忽。亭抱孤影圓，徑露凍痕缺。檐北晃林梢，池南净山骨。極天銀汞流，射地頗黎滑。虚廊風悄然，清風逼毛髮。鄉園春欲生，短夢飛難越。不知山館裏，梅花幾枝發？」《冬日有懷黃鶴山房》云：「黃鶴仙人隱碧山，柴門寒少晝忘關。谿南晴雪梅先放，屋角斜陽竹半删。笠短欹風樵擔重，纜長浮水渡船閒。此中畫境吾能説，夢繞流泉第幾灣。」《山塘》云：「花影静詩夢，水香邀酒情。山憐秋後澹，月怕客邊明。畫舫虚前度，浮鷗伴此生。揚帆吾已倦，多事曉鐘聲。」《晚抵三家店》云：「衰草白於月，遠林昏似山。征塗感蕭瑟，併入晚寒閒。村小門先掩，車喧路幾彎。儘教沽濁酒，一醉洗塵顔。」

沈司馬雲嵐，予親家也。喜結納，名流過其廬者，必款留信宿，夜分猶劇談不倦。築《雪香書舍》，收藏前人名蹟甚多。詩亦清超拔俗。《次楊文樸見贈之作》云：「蕭蕭白髮楊夫子，著述心輕萬户侯。性地光明如水鏡，筆端雋潔濯冰甌。暮雲高館千林暗，細雨歸舟一櫂浮。試問梧桐溪上水，相思網得玉鱸不？」《偕同人泛舟鴛湖》云：「白蘋吹散瀲波光，倒影樓臺水一方。有客倚舷吹鐵笛，湖邊驚起兩鴛鴦。」「輕烟漠漠點春衣，打槳沿流夕照微。隱約漁舟看不見，柳絲遮斷釣鰲磯。」《寄郭頻迦》云：「株守柴門感索居，風光況是落梅初。故人若念三年别，莫惜春江雙鯉魚。」

石門徐容，英年妙才，託跡深村，以詠歌爲事。著《乃齋吟草》，施少峰序之。其《呈少峰丈作》云：「詩壇畫苑擅風流，不慕三公與五侯。至性定應青史著，丈有《紀哀詩》。幽蹤時被白雲留。花前覓句多新詠，酒後談心半舊遊。自笑推敲無一是，未能攜得謁荆州。」他如《池上吟》云：「春樹臨流花發蚤，秋菰繞岸月來遲。」《寄懷王蘭亭》云：「與論世道鬚眉動，遍讀藏書齒頰香。」《鎮海塔觀潮》云：「雪練捲能沈遠島，雷霆走欲撼危灘。」五言若「杏花寒食雨，楊柳故園春」、「家以儉能給，身由懶得閒」、「地僻禽魚樂，雨餘草木知」、「有語皆肝膽，無詩不性靈」，研鍊之中，純任自然，是能取法唐人，而不肯詭隨流俗者。

臺灣氣候暄暖，八月間，梅桂與蕉桐争放，十月開荷花，正月見菊花。吴丈澹川詩所謂「迎年之菊破臘荷，節物每與中土差」也。沈太史聽篁在臺陽，繪圖以歸，題曰「香海澄秋」，索同人賦詩。予成三絶句云：「臺陽卉木露華均，上番看花眼更新。君亦天邊一明月，圖係夜景。海南管領四時春。」「小園日日報花開，争放無須羯鼓催。怪底一年花較盛，多因公子解憐才。」「秋氣常如春氣熏，桐花么鳳亦超群。天香深處姮娥占，合被羅浮仙子分。」

僕又題太史《聽篁圖》云：「隱侯避俗如避暑，妙契應同静者論。水郭山村最幽處，萬琅玕擁一柴門。」「生來勁節似霜筠，試與披圖見性真。千畝渭川空結想，須知太守本清貧。」「清風過處韵珊珊，静對移時生古懽。我欲相從結茅屋，齋名合署小檀欒。」憶題此詩時，太史尚沈淪諸生中。忽忽二十餘年，不知其圖尚存篋衍否耶？

盧紹弓學士有僕趙姓者，能熟誦杜詩。予每至抱經堂，見其手持書本不輟。學士字之曰「肖生」。言其肖己之耽書，且析其姓之半也。一日有疾，作《病馬》詩云：「不戀三升棧豆，待施一個敝帷。十載受恩空負，千金買骨有誰？」遂化去。時學士在鍾山書院，郵書來告，深痛惜之。

桐鄉王萊堂給諫未遇時，館吾里徐氏。歲暮歸家，遇風急，舟不能行，泊五杭村。入夜，聞哭聲達旦。問之一老嫗，云：「子因負租追比，計嫁媳以償，成事在今日。」公念束脩尚不敷，回至館中，典質凑數，夫婦復完。事載邑志。其曾孫實庵作《濮川雜詠》，並紀此事云：「催租事急悵分離，已迫明朝破鏡期。不是石尤風阻住，茅檐涕泣阿誰知？」實庵名華，邑之老明經。安貧植品，不墜門風，著有《梅華書屋稿》。

安吉郎蘇門侍御秉性鯁直，彈章不避顯要。擅畫蟹，京師人呼爲「郎蟹」。嘗有句云：「若使季鷹知此味，秋風應不憶鱸魚。」寓意深遠，雖偶然遊戲，出語自不凡也。

昔年至嚴氏芳椒堂，修能謂其姪徐卿才，欲繼以爲嗣。自修能殁，音問寂然。方謂徐卿以孤陋廢學矣，壬午、癸未間，徐卿始來，以詞藁見質。近且留心音韻之學，著有《説文聲律表》一書，詣益深邃。詩不多作，然望而知爲學人之詩，非俗子所能媲也。《贈沈蘆舟先生》云：「曾裹餱糧萬里遊，平生壯志竟誰酬。抄書肯借慈恩宅，放筆還登太白樓。庾嶺花香晴試馬，秦關霜冷曉披裘。而今已把塵襟滌，要作林泉第一流。」「閒來慣向緑陰眠，自寫心情寄七絃。從野鷗遊觀逝水，送歸鴻影没遥天。能通逸響神山外，别溯元音太古先。東海相招同命駕，孤懷深恐負成連。」

蘆舟丈名世焯，居烏程之菱湖。琴弈書畫，無所不精。歷遊燕、秦、閩、粤歸，年將八十矣。能詩古文詞，不求工，時有見道語。生平非酒不適，其飲也可盡一石，因自號酣中客。《發陸豐》云：「三月垂楊正放青，那堪離别短長亭。朋聯舊雨難分袂，客滯他鄉又轉萍。祇爲空囊歸未得，每因愁緒睡常醒。一肩山轎衝風去，碌碌依人不暫停。」他如「綸垂柳下添詩意，屋隱桑陰入畫圖」、「一面青山三面水，二分秔稻八分桑」、「飄零況味風中絮，冷澹生涯雪裏花」，俱堪尋諷。先生藁予未之見，徐卿爲予誦之。

吴江程質谷芾爲竹盦侍御之猶子，嗜酒佞佛，豪宕不羈。所作詩文亦時出繩墨之外，於詞特工。近聞以病酒卒於都門，可惜也。其和嚴徐卿《秋夜見懷元韵》云：「涼月滿空庭，清輝動虚白。逸興與誰同，憐君尚爲客。引領仰西山，暮雲杳相隔。四壁起秋聲，傾聽愁難釋。我欲乘風來，舊飛慚鎩翮。醉後拂吟箋，一鐙暈孤碧。」

澹川丈云：「詩以忠愛有餘，藴釀不盡爲佳；怨尤凌暴，促數譁囂爲劣。昔人云：『青天白日，和風卿雲，不特人多喜色，即禽鳥亦有好音；若暴風怒雨，疾雷閃電，鳥且投林，人亦閉户。乖戾之感，一至斯乎。』又云：『天地萬物之理，皆始於從容而終於急促。從容者，初氣也；急促者，盡氣也。事從容則有餘味，人從容則有餘年。可悟作詩之旨，得性情之樂焉。』僕謂自古詩人，身歷顯途，學愈深，心愈下。後生薄植，苟有片長，無不經其奬借；即境處卑賤，亦無憤激愁苦之辭。所謂『學問深時意氣平』也。」集中有《示及門諸子》詩云：「憂患由識字，癡語紿俗士。豈知六書中，實具好修旨。仁人而義我，相從各有紀。反正即爲之，可悟窮通理。古來乖僻人，俯仰無一是。和平臻百祥，告我二三子。」

少陵云：「讀書破萬卷，下筆如有神。」此千古學詩者之極則。《滄浪詩話》云：「詩有别材，非關書也；詩有别趣，非關理也。然非多讀書多窮理，則不能極其至。」持論本極周密。自解縉《春雨雜述》截取滄浪首四句，以爲學詩者不必詩書，此論出而販夫賈豎皆可哆口言詩，詩道於是乎衰矣。僕昔與曼生論詩，有「滄浪漫説非關學，誰破人間萬卷書」之語，亦由少年無學，循習流俗人之説，使滄浪千古抱冤。書此以誌吾愧。

華亭周鐵巖芳容，其父游幕，没於楚。鐵巖不憚數千里之遠，隻身獨往，屢遭波濤蛇虎之厄，竟從叢塚中覓得，負骨而歸。僕集中有詩紀事，叙述頗詳。少峰丈復題其《負骨歸葬記》後云：「生時菽水未承歡，客死他鄉寄一棺。尋骨竟將親骨負，上途纔信世途難。山蹲猛虎逢深夜，浪湧洪濤歷險灘。堪並吴江黄孝子，惜無鮑照爲君刊。吴江黄孝子向堅有《尋親記》，鮑丈淥飲刻入叢書中。」

語溪僧天曉，字香谷，禪課之暇，能讀儒書。擅吟詠，詩境不深，喜無塵氛之氣。《西村暮歸》云：「回溪宛轉木橋横，日暮炊烟幾處生。一片陰陰桑柘路，涼風吹出暮蟬聲。」《玉溪訪少峰丈》云：「消暑高齋興味深，詩摹玉局畫雲林。敲門莫笑僧常到，爲恐煩君踏葉尋。丈有《踏葉尋僧圖》。」

蕭山丁鞠山治，昔爲監院時與之同事。鞠山豪於飲，好摴蒱之戲，一擲千金。予屢諫之，弗能聽也。然有時擁鼻微吟，頗極風人之致。如《烟霞嶺》云：「雲深山色换，風定鳥聲歡。」《懷人閩中》云：「海雲滋瘴氣，春雨濕蠻花。」《夜坐》云：「蟲語聚空壁，秋鐙盪旅魂。」贈僕云：「詩好儘容豪奪去，情深未許醉言歸。」贈某明府云：「酒熟任招名士飲，官清仍似秀才窮。」鞠山逝後，遺藁無存。僅記此數語，以當山陽之笛。緬維夙好，歎息彌襟。

武康之西北隅，山水清奇，遊屐罕至。梅里汪一江澍欣然往遊，遊必紀以詩。雪廬典簿謂其所得詩皆蟬蜕羽化，飄然有神仙之概，前此紀遊者所未見。《指月庵》云：「山影暗沙隖，日落諸峰聳。風摇潭底月，倒漾石壁動。竹扉映水開，一白溪光擁。禪燈淡欲無，歸雲流滃滃。中有入定僧，寂歷方罷講。欲持半偈禪，心齋息煩冗。」《桃花巖》云：「山深翠靄濃，苔花積溪路。我行墮曉寒，衣履生雲霧。獨抱看雲心，兼得尋山趣。時逢出山人，遥指花開處。村連竹外烟，路辨橋西樹。不見織簾人，漁樵自來去。」《蚤起自簰頭至姜灣即目》云：「我如雲出岫，復隨雲渡澗。卻上最高巖，遥望英紅堰。但見溪上雲，濃白飛一片。初疑松杉動，欻訝峰巒變。漸行入雲中，看雲翻不見。稍覺空翠寒，沾衣濕如霰。却顧來處山，又被雲遮斷。」英溪，予婿鄉也，昔年僅得遊蝙蝠、石燕諸洞，緑野、銅山諸寺，閒至姜灣，有詩亦無佳者。今則縛於一官，且乏濟勝之具，深惜前此之好景蹉跎，未能免俗也。

昔歸熙甫以女子未婚守貞爲過禮，朱愚庵、尤悔庵兩公非之。非之是也。蓋婦人從一而終，不以死生易其志，此古今之通義。自非秉性堅定之人，不能有是。而世儒猶有執歸氏之説，以妄爲訾議者。同年吕戴山《紅雨山房集》中有《謝貞女詩》，持論明通，使熙甫見之，亦應首肯。詩云：「女未廟見卒，歸葬女氏黨。既未成爲婦，其鬼將安享。共姜賦《柏舟》，我儀髦尚兩。之死矢靡他，守志厥初仿。聖人情爲田，怨曠兩不疆。既無重婚罰，焉有未婚賞。可守不守間，真誠發慨慷。咄咄謝貞女，逸志同雲上。一生居苦縣，九死踐息壤。緬彼委禽時，津門雲莽蒼。傷懷歌《芣苢》，充飢拾栗橡。逝者不如今，妾身猶是曩。君舅宦粤東，南歸迎雙槳。始識沈郎門，未識沈郎像。新婦未亡人，拜而後稽顙。無何翁又隕，一落真千丈。竭來母家居，齋篝勤績紡。卅年集荼蓼，可歷不可想。嗟哉女貞詞，讀罷心忽癢。譬如奇男子，雄心翦夔魍。方其抱血誠，天地爲震盪。譬如隱逸民，高風振林莽。

方其甘肥遯，宇宙覺寬廣。譬如戒行僧，定識伏龍象。方其持嚴律，邪穢都滌盪。又如佔畢儒，屈志守益盎。方其績苦功，才名終骯髒。怪哉一身兼，乃在貞女榜。《禮》經無明文，嫠孀更宗仰。於例未得旌，在聖必加獎。」

耐冷譚卷九

仁和宋咸熙小茗撰

嘉興戴鍈字淑章，號笂崞，與竹垞太史交，工詩古文詞。今已隔一百四五十年，其曾孫光曾猶藏其一扇，裝潢成卷，名流題跋甚多。扇係侯官張遠所畫，一面書者六人，皆竹垞、初白諸君。其石門吕太史半墩《三月三日偕查田禊飲淮江作》云：「野棠花落又清明，楊柳青青人耦耕。春物闌珊成底事，半江疎雨暮潮平。」吕詩世所罕見，故録之。

石門朱秀巖嶽宗性耽書史，淡於名利。見人著述，攜其精者，手綴録之，名《讀山樓談藪》，已成八十餘卷。詩有《玉溪漁唱百詠》，頗能補志乘所未備。如云：「皂林古驛夾雙虹，吴越名津到處通。欲覓官窑何處是，徘徊芳草夕陽中。」皂林舊稱，吴越名津，地有官窑，縣志失載。

洪介亭太史占銓，江西宜黄人，嘉慶壬戌進士。家酷貧，雖服官禁近，所作詩時有愁苦之音。辛未入都，於畫堂農部處與之定交。不四三年而介亭歸道山矣。其所著《小容齋詩稿》，未識能刊以行世否。《乏米戲作》云：「萬錢日食定何如，一飯難謀信有諸。幸不折腰同作令，却愁棘手未工書。家非北郭依人慣，臣是東方待詔初。白髮老僧能愛客，呼童帶雨擷園蔬。」《秦良玉錦袍歌》云：「蟒玉特賜督師臣，辦賊迺倚夫人軍。夫人軍爲勤王起，平臺召對天顔喜。咨汝將軍血戰勞，賜詩兼賜盤龍袍。此袍色耀桃花馬，愧殺鬚眉誤國者。黄巾煽燄蒼鷹飛，夔巫既陷勢莫支。夫人誓師向師哭，我境有從賊者族。廿年身受國恩來，肯以餘年事賊哉。閉關待死全高節，至今留得團花纈。錦文射日雲霞開，想見當年忠氣結。吁嗟乎！陷藩伏法彼何人，賜衣久矣蘸烟塵。」

從姪震培爲仲海同年之長子，髫齔知詩，稍長益媚學不倦。歲己卯，於都門居易齋録其近作，書扇以寄，時年甫十五耳。越四年而卒於家。有才無命，未見其止。今撿扇頭詩録之，玉樹生埋，痛烏可已。《出門》云：「出門西笑欲何之，轑綫無長只自知。富貴何時且行樂，貧窮有命豈不詩。心如騏驥思千里，身似鷦鷯借一枝。歲月長安悵虛擲，板牀龜已兩年支。」「出門惘惘利名牽，插脚紅塵太少年。口腹累人慚仲叔，聰明誤我愧坡仙。書猶可學休談劍，人亦難尤敢怨天。欲買黄封拚一醉，鷫鸘典取杖頭錢。」《移居》云：「新巢旅燕託身安，棐几藜牀一室環。司馬有家徒四壁，士龍借廨只三間。居雖近市非求利，境任生囂總愛閒。最是五更殘夢斷，馬蹄人語鬧柴關。」《春日陶然亭口占》云：「春遊不惜馬蹄遥，放眼江亭景廓寥。雉堞浮烟晴漠漠，龍池新柳碧迢迢。臨風燕影雙飛急，跳水蛙聲兩部囂。到此何須重把盞，愁懷無酒已全消。」《送馬秀夫赴伊犂》云：「馬氏白眉俠者流，長征萬里歷荒陬。舊遊白帝孤城遠，此去烏孫絶塞秋。四月棗花開驛路，一天芳草送行輈。請君莫聽《陽關曲》，古柳蕭蕭繫别愁。」

同里王扶九先生少年遊幕，館穀頗豐。既老，就粵西每縣徵比一席。除夕見楹帖已敝，自書一聯易之云：「白髮蕭然，看他人兒女夫妻，千般恩愛；黄金盡矣，歎此日油鹽醬醋，百計安排。」詰朝，主人入館賀歲，見之惻然。越旬餘，告之曰：「吾子老矣，可以息肩。如有意還鄉，某當贈以五百金。」先生不允，曰：「離鄉數年，家中逋負不知凡幾。今日入門，明日收債者至矣。與其歸而仍不能家食，何如不歸之爲愈也。」主人竟以千金贈之，並給以舟車之資，遂欣然歸。歸里後，優游林下者數年，至八十餘而卒。嘗述以詩云：「橐筆依人五十年，此身已分老南天。東君錫我閒居福，扶杖尋花帶酒眠。」

從敗簏中撿得石門倪中岳殘稿，紙墨瘠敝，問之邑里人士，亦無有能知之者。其《別友人遷居南村兼期後會》云：「一别經旬久，難忘此夜情。短窗留半席，絮語話三更。交以真成淡，詩因熟見精。閒庭須屢至，莫使緑苔生。」

中岳與五涇東庵天繫上人交，時相唱和。天公詩多佳句，如「落葉聲如雨，叢篁翠若山」、「夕陽横塔影，殘雪墮梅花」，俱幽閒可誦。其徒垂虹亦嫻吟詠，有「繙罷《楞嚴》無個事，小樓危坐聽松風」之句。

金陵李珍靖妻蔣氏，華亭人。夫死，撫孤守志。母族某無行，利其再嫁。不從，將威劫之。婦斷一指自誓，卒以憤死。孤亦不育。金山姚蘇卿清華作《猛虎行》云：「猛虎噬人人立死，猛虎之威乃如此。蔣家有虎善噬人，張口莫問疎與親。不噬兇人噬烈婦，烈婦無夫弱可蹂。一虎磨牙婦可當，十虎並起婦死亡。斷指啖虎虎未饜，虎視眈眈惟婦噉。吁嗟婦豈爲虎食，婦身誓化山頭石。」蘇卿，金山諸生。未冠即以詩鳴，著有《弦詩塾詩》。

昔年偕程篔谷過鶯脰湖，於平波臺畔得芭蕉葉一片，上有詩云：「此心未展恨何窮，相對蘭窗緑影空。作到秋聲倍惆悵，不堪愁雨況愁風。」「碧葉新裁一幅箋，自拈彩管自還憐。秋風不解相思字，清夢何曾到緑天。」玩其詞意，蓋女郎詩也。惜不知其姓氏，貿谷有詩和之。

甲子之春，寓西湖錢王祠。漏二下，聞旁屋吟詠聲，次日訪之，則震澤諸生俞定甫蘭臺也。定甫務爲有用之學，凡水利、農田、兵制之類，無不討究。以其餘力爲詩，亦如美鏐出冶，光氣逼人。別後書札僅一兩通，而定甫已赴玉樓矣。卒年止三十四，惜哉。所著《晚香堂詩鈔》，老友張鱸江選定付梓。《欲遊攝山不果》云：「衆壑斂暝色，中峰白雲奇。蓊然濕天際，欲雨不雨時。維舟泊山趾，卷幔臨江湄。遥望最高處，鐘聲下來遲。維昔明居士，卜築隱茅茨。寂静味禪悦，摩挲尋斷碑。石卧千佛迹，松横六朝枝。欲遊曾未果，結願寡所諧。詰朝挂席去，靈境切遐期。」《得張鐵夫病中手書却寄》云：「涼風起庭樹，摵摵摇空林。衆草欻萎黄，凛冽愁思侵。我友數君子，一一若斷金。浮萍各聚散，焉得常相尋。見君於我厚，感激百倍深。奇松壓頽澗，芳蘭滋幽岑。欲把瑶琴彈，彈此一寸心。調苦不成驩，朱絃有遺音。」「別君二載來，鬱鬱傷懷抱。離愁不可説，有時夢中擣。巴園九月初，滿庭秋色好。鳥啼青軒樹，蟲鳴碧陛草。欲采日精花，爲君期壽考。人生能幾何，容華倏然槁。努力善自愛，不愛喪其寶。」《贈姚益齋》云：「天馬行空不受羈，算來倜儻是男兒。讀書君已半袁豹，交友我當爲鄭羆。北里風花江令宅，南朝烟雨蔣侯祠。相看寥落無多恨，搔首蒼茫有所思。」

桐鄉夏雨村惟善晚號夢禪，少時曾代父受刑，遂終身布衣。今上御極，施恩耆老。予力謂夢禪所爲乃孝子事，牒於縣，得錫壽官。生平酷嗜爲詩，著有《碧雲春樹樓藁》。《喜程葦村自滇南歸》云：「蠻烟瘴雨乍歸人，別久相逢意轉親。萬里山川詩卷富，五年車馬鬢毛新。筵前舊侶重拈韵，檻外寒梅已報春。何事征衫猶未洗，匆匆杯酒又風塵。」《贈郭頻伽》云：「春山秋水遍尋詩，問爾家園住幾時。嫋嫋東風楊柳外，門前開煞十三枝。」「把袂金閶讀大文，梅花香裏又逢君。扁舟莫漫抽帆去，谿上閒鷗狎一群。」

夢禪喜彈琴唱曲，尤善道情，以故邑中富家每樂爲延致。予戲之曰：「夢禪真今之柳敬亭也。」嘗作《碧雲樓四時道情》云：「碧雲樓，春景佳。東風軟，緑樹遮。梅花香裏招朋話。雙橋連鎖晴波暖，一水灣環畫舫斜。捲簾都在紅闌下，唤幽夢、數聲啼鳥，寫春情、幾點朝霞。」「碧雲樓，夏最涼。漁歌曲，《水調》腔。荷花弄影南風颺。一枝短笛童孫和，幾卷殘書午夢長。醒來白雨敲窗響，一任爾、轟雷走電，驚不起、穩卧滄江。」「碧雲樓，秋景清。金風爽，玉露勻。洞簫吹徹秋風浄。迷離古寺藏紅葉，出没閒鷗帶白蘋。客來争坐闌干近，種幾枝、傲霜秋菊，休猜做、五柳先生。」「碧雲樓，冬又來。紙窗糊，木榻揩。西風吹透頹垣罅。敝裘未取長生庫，酒券先尋避債臺。主人猶是談書畫，忘記了、廚中無米，先安排、瓶裏寒梅。」

青浦陳應坤琮，華南司馬之族人也。司馬極言其能詩，昔年於梅莊匆匆一聚，欲借其《岑溪詩集》讀之，未果也。篋中僅留《古風》八篇，今録其四云：「明月何皎皎，洞房生夕輝。佳人傷獨立，抱瑟披羅幃。一撫《離鸞曲》，聲入浮雲悲。昔爲比翼翔，今作孤蓬飛。孤蓬無根株，中道安所依。願借皓月光，照彼遠人歸。徘徊還入房，寂寂想容儀。」「爨下有枯桐，斲爲焦尾琴。玉枝展金徽，悠然發清音。一彈《幽蘭曲》，再彈《渌水吟》。泠泠十指間，古調刪哇淫。羅幃鑑明月，天風吹衣襟。我欲至海上，成連何可尋。推絃起長歎，悽惻平生心。」「道旁有兔絲，素女不可織。田中有燕麥，農夫不可食。物理與人情，虛名竟何益。人生天地間，所貴得其實。緬彼齊門伶，終朝空抱瑟。音節非不工，參商隔南北。寄語爲學人，相期各努力。」「人生如春花，開者復當掃。人生如秋葉，落後不復好。白日忽西馳，瞥眼疾於鳥。歎彼少年時，倏忽變衰老。自傷蒲柳姿，焉能保壽考。所以古達人，爲樂當及早。富貴安可期，藏身以爲寶。」

海鹽李徵君南人，孝子也。昔同邑張芑堂徵士手有魚文，故字文魚，君亦如之。大吏曾察其孝行，上之於朝，得旨優奬。歲辛巳，復舉孝廉方正，予六品銜。君絕無懽容，惟涕泣思親，以未得顯揚爲恨。其《膺薦制科述懷》云：「封章拜得知何日，《風木圖》成憶昔年。」「《風木圖》」，蓋昔時所作，以志哀思者也。其《題竹》云：「既虛其心，復堅其節。氣干青雲，冰霜共潔。」可以髣髴其爲人。善擘窠書及篆隸飛白，閒寫梅蘭亦佳。著有《小方壺仙館詩鈔》。

金山丁司馬溉餘繁培物疎道親，不爲名利所擾。家有宛在園，饒泉石花木之勝，與兄耤莊嘯詠其間。著有《溉餘吟草》。《秋仲懷姚芝亭》云：「不見詩人姚武功，百年家住泖湖東。湖心鯉魚長尺半，昨夜銜書入網中。」「高軒何日許經過，共泛粼粼江上波。落照灣頭看落照，與君賭唱採菱歌。」《理安寺登松巔閣》云：「松際一樓出，濤聲直到門。寒林失山翠，野鳥答清言。雲護空中磬，風搖定後旛。徘徊萬緣屏，涼月滿前軒。」

司馬有女弟寶慧，字婁邑馬德璿。未婚而德濬没，茹齋守節。後聞其姑有疾，涕泣請於母，願歸馬氏。母不能奪其志，告於馬，備禮迎之。至則侍邁姑惟謹，立從子以楠爲嗣。今以楠已能文，徵詩表彰之，刻有《静虚樓題辭》。崑山戴月村書芬作《女貞篇》云：「女貞木，獨抱孤貞完太璞。靡他之死《柏舟》篇，高並懷清挹方躅。我昔悲歌黄鵠早，兒纔繞膝女在抱。懸絲一綫苦撑持，茹檗飲冰惄如擣。讀女紀略殊感傷，拜手濡墨重賡揚。女貞之花何輝光，女貞之節凛冰霜。奉姑立後持門户，弱齡卓見高千古。守義豈必定捐生，同穴從容誓黄土。麻衣煩母親結褵，此事於古曾見之。煌煌至行丹陽垂，乃知淑媛非無師。君不見花蒂不雙鸞影寡，羅静以身託亡者。」月村亦閨閣之貞而才者也。

道光三年，施賑至白馬塘。有人告予曰：「幾日前來一潮州乞丐，察其語言舉止，是秀才也。向宿某廟廊下，今有病，被僧移至郵亭中。」亟覓之，死矣。友人沈獻廷買棺掩之。破篋中有詩一紙云：「英雄曾乞食，漂母亦分餐。薄俗逢人笑，他鄉索飯難。妻孥付流水，暴露玷儒冠。不棄敝帷者，埋之當蓋棺。」玩末二句，斯人疑姓馬也，惜不知其名。

陳丈古華太史曾藏劉念臺先生一硯，額有「海天旭日」四字，背鐫先生名，爲崇禎壬申年識。硯爲屠明經雨梅所贈，丈作長歌紀之。甲子之秋，訪丈於蕺山書院，出此硯眎予，因得拜觀。摩挲不置，亟勸歸之劉氏後裔。今丈没已二十年，所書詩篇尚存篋笥，紙墨爛然。其硯不審在於何處。歌云：「海天波浩淼，片石迴瀾屹不倒，偕玉帶生爲世寶。旭日光絶曦，中流一柱撑傾欹，如墨胎氏歌《采薇》。聞公昔居蕺山中，胡不效龍場之謫吏，力掃崑宣馬阮之黨宸豪同。何徒兀兀守此研，抱璞幾等荆山下。白馬異説闢禪學，青蒲抗疏攄忠諫。不知當年下筆十萬言，泉奔渴猊日幾遍。許瑚朱統鑨黨惡，空施短狐箭。高傑劉澤清陰謀，屢試鉏麑劍。力攻群奸志不回，身蹈危機顔不變。精誠所注只此墨一泓，手澤長留奚翅金百鍊。就中涵育三十有五人，赴義紛紛殉國難。元趾恥受炎午弔，開美早膺黄門薦。死同公死趣自裁，生同公生救嚴譴。剛腸磨鐵鐵石穿，人道千鈞維一綫。我備栗主奉諸賢，復藉雲礽識公面。時先生後裔毓仁適以遺像見示，索爲題讚。條侯終困入口紋，屈子未遂沈湘願。嗚呼鼠鬚繭紙萬古傳，蘭亭禊事今杳然。捧公硯兮拜公像，葴山日夕相周旋。周旋豈獨此硯貴，所貴立朝之節如日經天，證人之學如海納川。智者愚者悉摩厲，頑夫懦夫鈞陶甄。名公曾書《伯夷頌》，高閣方吟《正氣篇》。人心爲正邪説熄，公之此硯猶可食。」

律詩中寫景之句，前人摹擬略盡，後之作者往往與之暗合。然知之當即改去，否則不知者疑其剽竊矣。僕謂詩有醖釀，有寄託，戛戛獨造，前無古人，便無雷同之弊。僕集中《采香涇》云：「采香人往矣，采香涇如此。枯僧待月上，獨立寒烟裏。」從唐人「聞説春來倍惆悵，百花深處一僧歸」二句脱胎，却令閲者不覺其有本。

摹古徒求貌似，如神祠中土偶，非不端嚴静好，生氣索然矣。亡友王愓庵之詩曰：「人心不同如其面，心之虚靈善於變。古人早化爲異物，何可使形白日現。」與隨園老人之言暗合。

琉球自隋以來始見簡策，至前明乃通職貢，入本朝恭順有加。《中山世鑑》云：「始有一男一女生於大荒，自爲夫婦，生三男。伯爲王，稱天孫氏；叔爲官；三爲民。二女皆三首六臂，姊名君，君爲天神；妹名祝，祝爲海神。傳二十五代，歷萬七千八百二年，其臣利勇篡立。日本人舜天爲浦添按司，舉兵討之。」乾隆壬申，涪州周海山尚書煌奉使册封琉球，作《中山賦》，上邀宸覽。中有云：「三男二女，神人是宅。歷萬七千八百餘年，世更代易，至於舜天，乃卓犖而光赫。」其《海上即事》詩云：「龍艘萬斛受風斜，六月輕寒雪浪加。從識人間無落葉，果然天上有浮槎。簸揚忽似南箕近，向背還同北户賒。最是夜光明比晝，坐深衣露濕清華。」「針路微茫日本經，海舶率用日本羅經。寳於龜鑑座中銘。長令甲乙輪爲直，夥長以司針置正副二人。真有乾坤磨不停。分水似犀投木柨，以木柨從船頭疾投海中，人趨至梢。人柨同至，謂之合更。人先柨爲不及更，人後柨爲過更。出波如蒜見花瓶。嶼名。豈知中外原無界，溝祭空煩説四溟。所過墨水溝，投牲以祭。相傳中外分界處。」「萬靈呵護仰天威，昔所傳聞總未非。海舶合同黄帽住，接封大夫黄帽。水仙元共赤鱗歸。過釣魚臺，有大鯊魚隨舟。蜻能入舍雙雙引，鳥解銜稟得得飛。二物皆所見。好語海翁須記取，不妨知我亦忘機。」「半生蹤跡未云奇，且喜兹行冠曩時。豈獨觀天因井小，由來見日爲山遲。三千界内金銀化，八九胸中芥蔕遺。除却存誠更何事，恩波全沐聖人慈。」尚書視學吾浙，中正和平。嘗書一聯懸於校文之室，云：「爾無文字休言命，我有兒孫要讀書。」去後，杭人尸祝之，今猶俎豆弗替焉。

先府君晚歲持齋戒殺，尤喜放生。嘗作一箴揭之廚下云：「不能茹齋，但當戒殺。我欲長生，物亦求活。市脯入廚，終經斷割。蓋並禁之，食自死物。如鯗腿、醃雞之類。放生尤要，魚鰕鱔鼈。錢省命多，力可不竭。聖心佛心，同此惻怛。苦口告之，休嫌强聒。」

吾郡西湖書院歷有名師，造就人才不少。予昔監院時，適逢玉蘭泉少宼、孫淵如觀察、段茂堂明府、邵瑶圃、陳恭甫兩太史迭主講席。諸生既霞蔚雲蒸，予亦深受琢磨之益。最後得顧太守星橋，而予已銜恤家居矣。太守爲歸愚宗伯入室弟子，主持壇坫垂五六十年。一見予，即握手相謂曰：「浙人之詩，喜從蘇、黄、楊、陸入門，江南呼爲浙派。子之先人以古學振起宗風，雖無竹垞之才，其體格已在竹垞之上矣。汝爲名父之子，其益勉之。」予深感其言。太守《月滿詩樓集》久已傳誦海内，録存四篇。明知無當於選擇，欲爲後學略示津梁耳。《圓覺寺尋墨隱上人不遇》云：「落日澹山光，疎林涵夕霽。山行不厭深，隨趣得所憩。蒼松護精廬，隱隱出岩際。遂扣白雲關，孤想託微契。空影禮高僧，無由説妙諦。修竹動清風，疎花落幽砌。客到竟忘言，泠然悟塵世。西巖圓月生，歸途引遥睇。」《徐州懷古》云：「沛豐千里控江淮，百戰功名付草萊。漢帝斬蛇空大澤，項王戲馬失高臺。山連芒碭寒雲合，水浸彭城濁浪開。此夕悲歌憐往事，銷沈王業有餘哀。」《天隨别墅》云：「菰烟蘆雪裏，中有散人居。荷鍤田皆水，持盃菊當蔬。松陵編雅什，笠澤著叢書。苦謝人間役，清風獨灑如。」《殺虎行并序》云：「元濱州渤海縣兵劉平赴棗陽戍，妻胡氏從行。平爲虎擒，胡氏殺虎争夫，時皆義之。近友人有持卷索題者，爲賦是篇。」「夫遠戍，妾從行。腰間槭槭弓刀鳴，吹笳雲裂心魂驚。忽然腥氣起空谷，於菟一嘯奔平麓。夫爲虎逼夫瀕危，赤手搏虎控虎腹。關山色死天爲愁，神號鬼泣風雨秋。濺血争夫不獲命，苦心莫雪人間讎。吁嗟乎！千古義勇有如此，泰山哀哭徒爲爾。獨怪從軍號丈夫，不能一射北平矢，義勇乃出一女子。」

同里姚生隱壺壎伯遊星橋太守之門，太守稱爲後來之秀。惜困於人事，近復以醫濟人，未能竟其所業。然其《韵梧山房藁》詩筆清麗，已可與時賢争一席矣。《寄遠》云：「一鐙殘夢落寒潮，又繞揚州廿四橋。三十六陂春水長，不知何處釣船高。」《泊甘墩村》云：「薄暮碧溪上，扁舟歸路遥。鷺移秋水岸，僧醉夕陽橋。訪舊思攜屐，看雲或住橈。春來千萬樹，何處最魂消。」《題吴山吟館壁》云：「此處卜棲遲，偏於野客宜。鐘聲鄰寺近，颿影隔江移。積雨欹松蓋，繁花補竹籬。偶然來此坐，湖海有心期。」

越舲上人居烏堆之倩徑寺，長於詩，性極慷慨，醫理尤精。僕集中有《懷上人》詩云：「詩理同醫理，多須手腕靈。放歌争似白，拯苦特垂青。簾立敦儒行，逍遥作客星。耽吟亦餘事，只願衆延齡。」蓋紀其實也。《雨後晚眺》云：「晚來微雨歇，及此更空蒼。初月上林杪，歸鴉度夕陽。清泠臨極浦，垂釣倚滄浪。漠漠寒烟外，汀洲一野航。」《和韵過唐氏廢園》云：「前輩風流地，迴環路轉深。垣頽延蔓草，山翠覆蘿陰。觴詠人疑昔，荒涼迹自今。尚餘曲池水，一碧洗塵襟。」《答吴行叔》云：「結廬溪水上，容膝頗安適。時有落花飛，覆彼松間石。修竹三五竿，虚幌清陰積。恰值雨初晴，西園開講席。夕陽挂樹杪，伊人一溪隔。可望不可即，菰蒲影涵碧。」

家金庭景龢先生籍隸吴江，官丹徒司訓。工吟詠，有《聞川櫂歌》百首，土風古蹟，搜訪殆盡。歸愚尚書爲之序。其淑配戴素蟾、哲嗣承瓛、女公子貞琇、貞珮、貞球、貞琬皆和之。一門風雅，罕有其匹。貞球《題碧窗女史琴韵樓詩後》云：「題壁清風重妙端，碧窗詩骨也珊珊。落花漫道渾如夢，寫到秋江影亦寒。」貞琬題云：「春色桃花秋海棠，夏蓮心苦怨銀塘。一樓霜月晶簾捲，總爲清吟易斷腸。」

婉麗可諷。

秀才許廣文楠，壽喬其號，甫草後人也。工詩善畫，精醫理，著述甚富。家有一隅草堂，遍購名卉植之。牡丹多至一百餘種，花發時霞堆錦簇，令人目炫。四方名流過訪，嘗觴詠其中。其《論詩》曰：「一朝自有一朝之詩，一人自有一人之性情，何必追摹漢、魏，分唐別宋耶？」故其詩清麗爽達，絶無町畦之迹。近教授嚴州，作《富春遊草》，情閒境適，詩逾澹逸。《晚泊桐廬》云：「小邑無城郭，晚晴紅夕曛。灘聲七里壯，山色一帆分。江艇迎歸市，人家隱暮雲。蒼茫烟樹裏，何處問梧君？」《嚴陵瀨》云：「卓哉嚴先生，高卧春江漲。春潮魚正肥，垂綸坐臺上。中懷稷契才，心獨夷齊尚。上有堯舜君，江山可放浪。一枕忘君臣，一竿忘將相。千古瀨潺湲，日月光天壤。」《玉泉寺》云：「泉流潔似玉，巖隙叩松關。有句先題竹，無人只看山。樵隨青峴上，僧帶白雲還。茶罷嘗蔬筍，心閒境亦閒。」

壽喬女孫埰，字小娥，古杉孫君女弟子也。詩極清新。《題施少峰丈涉江采芙蓉圖》云：「迷離蜀錦落船窗，一段風華思未降。是處采菱歌已罷，秋花無限繞秋江。」「華光艷艷水淙淙，雙槳咿啞隔幾重。江上人來渺何處，夕陽影裏采芙蓉。」《草堂秋夜送別古杉夫子回桐溪》云：「夜夜挑鐙話短更，尊前忽起別離情。荒雞太覺無聊賴，不爲行人緩一聲。」「雖云小別亦茫然，此去休教望眼穿。明夜獨來草堂裏，蟲聲如雨月如烟。」小娥又工畫，筆法秀雅，真閨秀中之出群才也。

耐冷譚卷十

仁和宋咸熙小茗撰

王柳村居丹徒之翠屏洲，洲之上多桃花竹樹，柳村吟嘯其間，視榮利如敝屣。所與往還者，詞客梵僧，故其詩得江山清氣。王西莊光禄嘗言徐雪廬爲奇才，吾家柳村爲清才。「清」之一字，洵非柳村不能當之。柳村小予一兩歲，曾約爲弟昆，實執友也。所著《種竹軒詩》，海内早奉爲圭臬。今録其《宫氏雙孝娥》一篇云：「吾聞木蘭之孝代父能從軍，又聞緹縈之孝上書能雪冤。此皆血性所感發，間氣往往留坤元。宫家雙孝娥，淑静而恭温。隨父宦入寨，讀書識字稱名媛。一日蠢苗作不靖，父勤厥職殞厥身。孝娥相向泣繼血，呼天幾欲以身殉。踰年厥母亦病卒，哀毁骨立殊難存。兄嫂晝夜提防密，孝娥宛轉志不伸。阿姊顧妹言，爹死娘死我幸生，毋乃辜此罔極恩。阿妹顧姊言，爹死娘死姊死我獨生，毋乃苟活乖人倫。一鐙熒熒氣慘淡，哀極發聲聲轉吞。密箐月黑天爲昏，哀猿嘯雨愁雲屯，鬼神夜泣靈旗翻。是時兄嫂意稍懈，雙娥迸繫朱絲繩。黔人聞之泪交墮，椒漿有客爲招魂。大官鏞金遣吏祭，四匱並得歸鄉園。父爲忠臣女孝女，天地正氣鍾一門。吁嗟乎！視死如歸孝且烈，草間乞活何如人。」

海昌柏玗林樹琪，讀書外，紛華無所騖。以其餘力，吟詩作畫，摹印訪碑。搜羅既富，拓室儲之，顔曰「四癖齋」。予既賦詩，復爲之記。夫藝以專而始精，物以好而方聚。古來高人名士，莫不有癖。

玗林獨具此四癖，亦當世所希覯也。詩曰：「我愛玗林子，端居疑是仙。平生澹榮利，老屋喜幽偏。香泛看花酒，寒添坐客氈。琳琅紛滿眼，藉此送流年。」「開廚撿名蹟，絹素與丹青。鸞鳳各翔翥，雲烟都秀靈。出遊盈野艇，臥看列圖屏。笑彼文章宿，辛勤老一經。」「況復如歐九，精搜金石文。玉符參八體，鐵筆補三墳。策蹇尋碑遠，篝鐙校印勤。怡情從所好，往往過斜曛。」「精舍數椽足，顔書四癖齋。開軒名士集，談藝賞心諧。遥溯人千古，相思水一涯。何時成洽比，風雨與之偕。」

玗林詩體正品潔，如其爲人。《落葉》云：「蕭蕭木葉下荒村，失却疎林一抹痕。捲幔送青山入室，開簾飛白月當門。帶回夕照來樵子，挑盡殘鐙斷客魂。記得緑陰曾託庇，那堪舊事細重論。」《四癖齋即事》云：「開廚披絹素，欣賞愛三餘。下榻留騷士，焚芸辟蠹魚。茶烟驚鶴避，竹影補窗虚。春暖尋幽興，栽梅帶月鋤。」《月夜泛舟》云：「扁舟安穩似漁家，清飲狂歌日易斜。何物更添詞客興，半船明月照蘆花。」《秋江即景》云：「披蓑戴笠伴江鷗，垂釣烟波古渡頭。兩岸蘆花飛不住，一篷涼雨送輕舟。」

玗林有弟潤之，號少梅，亦能詩。《寒山寺鐘聲》云：「百八鐘聲百尺樓，霜風送響到溪頭。忽驚夜半詩人夢，知在楓橋第幾舟？」《古寺》云：「策杖訪叢林，曲折入幽徑。日暮掩禪關，静聽一聲磬。」俱有遠神。

馬古芸舍人錦居海昌之小桐溪，爲吾友少仙學博弟子，工詩善畫。馬氏多豪於財，古芸獨喜與名流結納，所有《碧蘿吟館唱和詩詞》已三刻矣。其《題謝孝子傳後》云：「孝子生無顯名，孝子死有信史。孝子者誰謝歷山，呼天搶地嘗諸艱。母溺水，兒在岸，兒急奔救心膽亂。奮身投入洪濤中，負母出水兒之功。父病逆旅，兒往迎之。有祖在堂，兒泣告之。惡鬼揶揄不得施，靈神左右相護持。道旁耽耽猛虎饑，徒手而搏如伏雌。祝融肆虐，父驚失色。援父出火，是兒之力。孝子孺慕六十年，自始至終無衰焉。生難隆其養，死乃表厥阡。君不見，煌煌綽楔榮考妣，俎豆春秋報禋祀。嗚呼謝孝子。」孝子，禾中人也。

古芸子少谷鴻寶、韵秋鴻賓年俱未冠，亦解絃詩。少谷《痛飲》句云：「量儘何妨推已醉，狂來不覺又頻斟。」《苦吟》後半首云：「頻搔鬢罷初成句，笑撚鬚殘已入魔。今日詞壇推老手，誰知身被墨消磨。」《酣睡》云：「一枕遊仙宜入夢，幾聲囈語莫能參。」韵秋《痛飲》云：「日影欹斜人兀兀，簷花夜落夜沉沉。甕邊那怕來朝捉，且讀《離騷》代嘯吟。」《苦吟》云：「思如春繭抽還盡，音似秋蠅聽不訛。」《酣睡》云：「身隨蝶影渾俱化，夢到梅花覺太憨。」又結云：「正須《石鼎》聯新句，驚起彌明掃一龕。」一時同作之執友俱服其能。

陳補笙詩爲吾郡書巢學博之兄，氣静神恬，笑言不苟，非深於學者不能。然謙挹殊甚，未嘗以學人自居也。君生於丙戌正月十六，長予十日。而腰脚甚健，非予所及。其《六十志感》詩云：「盛年歲月任飛馳，六十臨頭感可知。褎耳失聰難望順，浮生若夢敢稱耆。多情畢竟因情累，解事終憐見事遲。分付兒曹勤惜日，不須謀進酒盈卮。」「生逢耗磨合長貧，自注：俗以正月十六爲耗磨日。世味何如道味真。閒展一編當晤語，静觀萬物足娛神。雄心遽減思皈佛，舊學難忘少替人。差喜弟昆都健在，鬢絲相對説艱卒。」

海鹽張徵君丈燕昌至性過人，早失怙恃，賦《思親》九章，沈文慤歎爲《蓼莪》詩後一人。既改葬於禄里山麓，築丙舍數椽。石門方蘭坻爲繪《墓廬圖》。朱文正題詩云：「君家羊山陽，親歸禄里麓。蔦松手灌培，菟裘早卜築。讀書夜未央，風雨助孺哭。夢魂不出阡，舉奠近饘鬻。小別無遠游，牽蘿即空谷。結廬意云何，終老念鞠育。東南葬事迂，在堂已易服。傫然或久殯，四方忘税轂。卜藏豈不慎，明發宜顰蹙。斯人良獨厚，既葬猶躑躅。我欲揭君圖，敬爲天下告。」

徵君慕鄉先哲張方洲、朱西村、鄭淡泉、胡赤城諸先生學行，心向往之，歲朝必往拜其遺像。方洲像不傳，拜於墓，下生紫芝焉。一時詩人賦《黄門墓上芝草歌》。陸太沖以謙、和仲以誠並稱擅場云。

徵君好篆籀之學，所著《金石契》，一時紙貴。近聞北方已有翻刻本，然其圖之精妙，非徵君不能摹也。嘗於太學手拓石鼓歸，又渡重江，訪甬上天一閣藏書，行觀北宋拓石鼓文，舊藏松雪齋者，朱塗纍纍，如吴興、峴山、玉齋諸印。手摹入石，築亭貯之。錢竹汀少詹爲譔記，翁覃溪學士賦《石鼓篇》。錢少宗伯題梁曰：「貢於國庠，張氏燕昌。手拓石鼓，大成門旁。持歸海鹽，考校模刻。作亭覆之，書堂之側。同郡錢載，爲題其梁。乾隆甲辰，冬月維陽。」見《籜石齋詩集》。

徵君嘗攜其子開福字哲民，約胡石窗弔明高士朱西村墓。詩云：「賢達終歸一聚塵，西村異士仰高人。居連杜曲夕陽古，路隔桃園流水春。瘦竹經冬寒不改，長松入畫意難真。孫曾四野炊烟裏，共潔溪毛禮薦新。」哲民於辛巳歲重謁，有詩云：「先生高隱後，一墓布衣尊。我昔從藜杖，春風弔古魂。

白雲彌野徑，流水淡孤村。歲歲蘋蘩薦，相依有遠孫。」石窗和云：「抱藜寒食路，訪古愛幽尋。一墓浮雲外，松梢生夕陰。斯人不可作，高節感何深。子姓桑麻世，清風被遠林。」西村居鹽邑之西郊大曲里，自明嘉靖迄今三百年來，子孫猶以耕讀爲業。古風世德，可想見也。

哲民能繼徵君之學，暉鐙披典，貧不累心。近詣益遒上。其《寄端木廣文苕上並追懷太初孫山人》云：「一鶴下青田，來栖苕霅間。掛瓢高士去，何處白雲還。我欲尋仙骨，因君問舊山。相思寄流水，日夕聽潺湲。」《村居有感》云：「五畝池塘五畝園，閒身占得好柴門。秋花澹到人三徑，春酒熟時香一村。荏苒愧將先業棄，抛殘賴有破書存。只緣風樹逢摇落，滿院夕陽苔蘚痕。」

徵君女鶴奴賢而早世。方丈蘭坻賦《賢媛篇》，有序曰：「吾友張君芑堂長女，年十四，適吴興沈氏。姑卒，翁衰病，家業漸落。辛勤紡紉，以助其夫。夫常作負米遊，獨能事翁盡禮，服食之供無少缺。雖病，猶强起侍奉，亦賢矣哉。没後，戚鄙咸稱道之。芑堂守道君子，宜其有女如此。余詩以美之，用勉世之貧家婦云。」「清河有賢媛，至性早獨得。生長儒素家，詩禮嫻卓識。十四歸東陽，略不事妝飾。良人家業貧，操作及紡織。痛姑早辭世，翁衰轉悽惻。夫也負米去，使婦侍親側。翁病兒又小，料量頗費力。將寒宜衣裳，已夜欲飲食。事事未雨謀，往往先意克。常懷不倦心，豈敢暫偷息。辛勤有餘年，半生未瘳疾。今夏疾纏綿，欲起竟乏術。畢生願孝養，垂死感罔極。返魂洵無香，悼歎遍姻戚。我謂清河賢，婦道而子職。詩以告庶姬，當以爲表率。」時嘉慶丁巳也。

作詩不可無家學，吴丈澹川之祖竹軒先生，著《竹軒詩鈔》，其尊人紉茝先生詩，尤多超悟之作。

值儉歲，哀鴻滿塗，先生《即目書感》云：「漂零雁户滿郊村，就食蒲嬴不可論。歎惜畫圖無好手，西風愁殺鄭監門。」「任爾朱門臭粱肉，一錢不舍待如何。富兒飽飯門前看，但道今朝餓死多。」「我亦年年乞食頻，羹殘炙冷最酸辛。呼兒鄭重將杯箸，恐有嗟來却饋人。」存心若此，宜有賢子孫世爲聞人，不獨詩之佳也。

石門勞亦宜明經宗焕，家貧，能孝於其親。以拔萃科入試，未能入選。寓京師之宣南坊，以詩寄懷竺仙上人，兼柬少峰、小癡兩先生云：「隔林一聲鐘，旅舍鄰觀音庵。鄉心蹶然起。如入清浄堂，拈花相笑語。鐙明七寶光，鉢貯八功水。瓔珞想莊嚴，花木看迤邐。昨作合眼觀，瞬息必千里。我本凡庸子，幾生修到此。明月照窗來，蘧蘧一夢耳。」「半載客長安，紅塵殊擾擾。一落鈍根中，見幾苦不早。徧踏逆風船，中心惄如擣。問心夫如何，時念高堂老。飛住無定蹤，嗟哉傷弓鳥。飲啄兩茫茫，安得謀粱稻。秋風滿庭堦，落葉愁誰掃。何時棒喝聲，破除諸煩惱。」「語水清且漣，折入玉溪曲。中有兩高人，讀書溪上屋。潑墨記栴䊆，吟詩偕茂叔。著作良等身，雲霞況滿目。一櫂烟波間，往來不嫌數。擺脱世俗心，消受清閒福。同結歲寒盟，冬心耐松竹。一别走京華，博得愁盈斛。」「涼風颯然來，秋聲滿庭院。月静夜窗虚，舉杯恒獨勸。遥憶病維摩，詩筆撑腸健。刻句類湯休，聯吟識惠遠。嗟我隔三秋，握手何時見。雲樹千萬重，那得鱗鴻便。草草附吟牋，寄向空王獻。可惜遠遊人，塵容今滿面。」詞旨悱惻，而絶無憤激之言。殆劉舍人所謂「温柔在誦，最附深衷」者。吾愛其才，吾悲其遇矣。

柞溪沈組雲司馬錦一生厚德，凡濟人利物之事，往往傾橐爲之。其教子一以存心仁厚爲本。長子曉滄炳垣、季子胎簪淮，一由孝廉，一由拔萃科，同時膺巽命，俾知縣事，孫實禾即於是歲爲諸生，報施故不爽也。曉滄務爲有用之學，於詩尤精。氣體清華，詞旨和厚。在本朝作家，已可接武新城矣。《行路難》二首云：「游魚不知水寒，食梅不知齒酸。壯士出門，不知行路難。行路難，難若斯。問君行，將何之。前有毒虵猛虎，後有荒魑大魅。舉足偶不慎，爾身爲葅醬。嗚呼行路之難難若此，嗟爾行人行不止。」「華堂氍毹芳筵張，美人妙舞摇明璫。爲君殷勤前上壽，願君快飲千萬觴。今夕杯在口，明日兩覆手。深恩卵翼尚不報，何況區區一尊酒。君不見，太行山，峻坂九折崔巍間，一步一顧凋朱顔。太行之險險猶可，人心之險愁殺我。」《宿王家營寓館寄懷孫樸齋》云：「日落大河寒，蒼茫集百端。一尊詩録別，五夜劍同看。壯志悲塵枉，長途逼歲殘。因風寄芳訊，兩字是平安。」《東阿道中作》云：「礮關重著祖生鞭，懷古思今倍悵然。千里輪蹏銷逆旅，一時風雪逼殘年。英雄老去偕騅逝，箕豆吟成泣釜煎。只有魚山清梵好，夜深静聽息諸緣。」

胎簪出予門下，讀書外無他好也。嘗購得飛鴻堂印章千餘方，汰其僞者，作《求是齋印譜》。吾師吴荷屋方伯極賞之。詩亦堪與乃兄匹。過味三味齋呈僕云：「東風吹庭樹，花落紅未掃。美人隔一方，離思時縈繞。瑟居寡所懽，爰泛桐溪櫂。舟艤泮水側，三味齋頭造。握手各欣然，坐久樂言笑。勗以實學敦，戒以虚名釣。愛人俱勉德，豈敢輕心掉。公也樂天真，雅懷抱孤陗。終日手一編，目猶秋月照。示我《惜陰記》，四部窮奥窔。纂言鈎其玄，記事提其要。以此果儉腹，不藥而病療。繼讀《思茗集》，萬丈發光濯。淵源出風雅，根柢本忠孝。浮辭痛掃除，真氣運排奡。滿響鐘鏗鯨，淺見管竊豹。良由家學深，亦實功夫到。承明著作才，宜乎登廊廟。胡爲命途舛，春明竟毷氉。秉鐸來吾鄉，冷官樂偃傲。以友爲性命，與俗違嗜好。揮金士屢恤，割俸書頻校。花月宴會開，恢諧雜吟嘯。士習日以淳，相勉範名教。小子慚魯鈍，匠門許踸踔。日落憺忘歸，老樹幽禽噪。珍重臨別言，津梁此先導。」《冬夜柬少峰丈》云：「風雪逼孤檠，梅花一樹横。懷人愁儉歲，望遠動離情。慨慷黄金盡，蕭條白髮生。殘年如過我，那惜酒頻傾。」《香竺舅氏自粤東回里》云：「遥從粤海數歸程，景物秋來畫不成。幾載羊城留宦跡，早年鴛水擅詩名。江天日落鴻無影，驛路風高葉有聲。料得攀轅諸父老，廉泉酌餞比官清。」「扁舟一櫂語溪邊，梅蕊初香月未圓。酒緑同斟千日好，乘黄憶別五年前。張融風格慚非對，阿士文章敢擬賢。官況雖貧詩卷富，吟朋招集樂歸田。」

沈博堂溥恩，曉滄從弟也。賦性淡默，雅有逸情。宅西向有小園，築室數楹，襍蒔花木，署曰「緑雲深處」。讀書暇晷，恒嘯詠其中。春秋佳日，復邀同志作詩社。喜臨池，於趙松雪書尤酷嗜。嗣以攻苦得咯血症，年未及冠而逝，深惋惜之。平日作詩，隨手散棄。厘從詩社中録存一二。《秋夜》云：「夜静月三更，愁多夢未成。涼風催寄遠，高閣感離情。街柝聽何急，銀蟾看更明。披衣寒漸逼，四壁有蛩鳴。」《野步》云：「前村已過兩三家，偶入深林景更嘉。淺水礙舟橋作渡，遠山如畫樹爲叉。翠烟繞徑疑無路，紅葉盈枝勝著花。到處不知神已倦，遨遊情致興猶賒。」

朱虹舫閣學詩才富麗，雅近梅村。前年聚首時，惜未索其全稿讀之，至今猶怏怏也。其在金閶書院與卞太守雅堂談及嶺西風土，成詩二律，書以寄予。尚能記憶，因録之云：「歸帆初轉海天東，爲語炎荒景不同。竹徑鷓鴣啼暮雨，花堤蟋蟀語春風。環城雲影桄榔綠，橫潤烟痕薜荔紅。曾記滇南關外路，尚傳銅柱伏波功。」「人家多半傍巖居，蠻語啁啾少象胥。壯女辰山春織錦，狑童丙穴曉罾魚。詩題紅豆誰貽客，飯裹青荷共趁墟。跳月聲聲歌不絶，檳榔餉後定情初。」

沈向齋明府可培，吾友竹岑廣文之尊人。講求經史之學，著書極多，詩有《依竹山房集》。以名進士出爲縣令，惠問川流。寶坻芮熊占明經作《新樂府》八章，録其三云：《墓田人》，憫賤業也。「四民皆可爲，墓田業最下。傀儡日登場，亦云謀生也。縣官坐堂皇，四面屏風張。欲悦兩眼列粉黛，欲媚兩耳調笙簧。而況部下之梨園，硃票拘來不費錢。酒如川兮飯如土，何難日日恣歌舞。公曰此等人，亦是吾子民。父兄不教固可恨，衣食是急亦可憐。家喻户曉責改業，終公之任不演劇。本無後堂宴門生，詎怕長筵惱貴客。聞説下令初，感泣聲于喁。諧顛之口誦詩書，按拍之手把犁鋤。」《貼槽馬》，除中飽也。「訟庭對峙穹碑二，云頌賢侯勞撫字。手捫口讀爲終篇，額署貼槽徵實事。吏胥慣舞文，官信吏兮耳不聞。百姓怨利孔，吏挾官兮貲自擁。所以古循良，察吏防蔽壅。泉州本非四達衢，有馬足以供馳驅。何爲巧立此名色，貼槽二字真胡盧。肥馬來，瘦馬去。活馬來，死馬去。料與馬來圉人歡，馬去無錢圉人怒。還馬時，復徵其錢，曰墊料。以此厲民民何訴，公力除之立案據。幕客誚讓公不顧，去其害馬非謬誤。齕草斜陽全其趣。」《殺馬張》，抑營兵也。「將軍西出臨洮關，逆回授首唱刀鐶。沿途約束戲下卒，申明紀律嚴如山。有營兵，姓張氏，跋扈氣燄無餘子。好勺馬血當酒漿，因之人呼殺馬張。殺馬張，經村坊，門卒竄匿遽人颺。公怒夜半入虎帳，求見將軍陳其狀。將軍手取金僕姑，以貫其耳血模糊。此亦如取笠，折箸焉逃誅。自是後軍痛革面，相戒莫惱沈知縣。君不見，雞爪泉上車轔轔。女不罷績，男不輟耘，兵過如不聞。」竹岑勤學植品，克敦内行。明府病廢，泣禱於神，願減算延親壽。孫魯傳亦有聲於庠，家貧如故，而竹林里之老屋中書聲硠硠。孰謂廉吏不可爲哉。

錢塘沈遵生學善，老友竹亭明經之長子。竹亭以書名於時，遵生能繼其學，兼擅鼓琴。家甚貧而性耿介，雖負米養親，與人交，不肯翕翕熱。故所如亦不甚合，蓋直道之難行也。詩不多作，然有時即景言情，亦不屑拾人牙後慧。其爲予題集云：「一卷新詩出錦囊，百回飽誦齒牙香。望雲心緒如荼苦，逝水年華思茗長。才擅青蓮多逸興，家傳紅杏趁春陽。集中卅首論詩句，壓倒遺山何論王。」「揭來鼓枻秀州行，省識先生不世情。拄腹書誇秦博士，降心從有魯諸生。集因官冷編成易，人爲才多到處迎。我愧門牆空仰止，羨他桃李向春榮。」

長白鍾仰山閣學昌，伊耐園方伯之次子，今蓮龕方伯之弟也。方伯守嘉興時，閣學甫十餘齡，已嫻吟詠。復聞澹川吴丈及先府君緒論，頓超上乘。曾以書寄先府君曰「耳先生大名，早知先生爲今日之李太白、孟襄陽也。每以碌珞塵凡，無緣晉謁。昨同澹川大兄來欵山扃，得遂饑渴，下懷曷勝傲倖。歸來維誦大藁，雖未能窺測高深，而一種清超出塵之致，每竟一篇，輒似有無數駕鶴仙人，冉冉從紙間飛去」云云。二三十年來，雲泥分隔，未敢馳書瀆冒。近閱《齋宿聯吟草》，見有《漁鐙》一詠，氣體格律，已得唐賢三昧。亟録之，云：「江頭秋老荻蕭蕭，照水漁鐙映徹宵。半幅輕帆隨落月，一星幽火射寒潮。光沈蟹簖霜痕重，影漏烏蓬冷燄摇。記得吴門鐘動後，斜風細雨泊楓橋。」

海鹽俞丙齋玫，諸生，工畫學，天資敏妙。不事臨橅，而能得石田翁之神，顧澹於名利，不肯多作。間有藏弆之者，珍如球璧。詩旨趣深遠，所存亦尠。其《題陳南叔永和九年磚》云：「典午殘磚紀永和，陶泓新制藉摩挲。印泥雖異《蘭亭》體，也許山陰好换鵝。」子月川印萬以古學受知於督學劉金門，有《題半邏道中》句云：「蓼花雙鷺冷，秋水一帆明。」又《雨夜舟中》句云：「鐘聲烟際寺，燈影水邊樓。」惜不永其年而卒。月川弟印六，字蘇卿，亦喜吟詠。

五七言古今體，自新城主張王、孟，浣花幾於從祧。惟施愚山少參獨存俎豆，百餘年來，卒無有宗法之者。蓋學王、孟詩，得其皮面便可勝人；學杜不成，易啓粗疏平鈍之弊。此亦新城之善於藏拙，而吾謂愚山之高於漁洋者此也。

立言與立德、立功並重，詩亦立言之一也。昔人謂詩不苟作，斯集不虚傳。蓋詩與史相表裏，一集之中，必須有可興、可法之作，與人心風俗有關。凡山林隱逸之士，村農賢孝之人，草野節烈之女，史所不及載者，藉詩以表之。吾言不朽，其人亦不朽。若曲寫閨情，是自忘其酖而故飲之以誘人也。其摹擬風雲月露，以爲陶冶性靈，是轉汩其性靈者也，烏足謂之立言？

傅翁三台者，錢唐人。子元英、孫與霖皆諸生。元英娶於莊，夫病，莊爲刲股。既没，矢《柏舟》志。順治乙酉夏，大兵入武林，城中人四竄，與霖奉祖父及母莊、婦陳，暨妻弟婦錢出城避難。無何騎齎至，家人競匿林樾中，莊及錢氏獨走江。三台翁芒芒無所向，或謂曰：「毋江毋林，前走則免。」語畢，失其人。翁異之，投古神祠中，遂不及於難。陳念翁饑，乞得飯一盂，促與霖跡翁。己乃攜小蒼頭望林奔，奔稍後，一騎猝至，艷其色，迫之。陳知不免，罵之厲，被槍死。騎沿江者，及莊、錢矣。莊一躍入江，錢手抱兒繼之，衝流不知所之。與霖求母不獲，痛絶而甦。三台翁慰之，令尋婦屍，得之梅家屋側。方溽暑，顔色如生，尚勃勃作噴罵狀。與霖痛母遭變，終身茹蔬縞衣，并没齒不娶正室。鹿緣馮一經賦《滿江紅》詞云：「姑死大江，方悲痛、遺骸未覓，又豈料、膝前兒婦，復罹鋒鏑。壠上猿啼悽欲斷，陰房鬼火明還滅。羨當時激烈有同心，真難得。　歎閫範，難如昔。歎節義，輕於翼。賴英雄女子，心堅鐵石。萬古香餘紅粉骨，千年血化黄泉碧。看將來華表峙雙雙，空山側。」夫國當新造，節烈多湮，此三人者，恐亦未必垂之青史矣。幸賴施少峰有抄存《傳門雙烈傳》。及題詠詩詞，已糜爛不可讀矣。亟表揚之。

亡友俞蓮石寶華爲通儒潛山丈之子。負米養親，年年奔走。性戇，意所不合，輒於醉後作灌夫，人亦多擠之而下石焉。庚午秋闈，十三藝俱作四六。卷出吾師德立齋先生之房，奇其才，力薦之。主司以其違式，抑置副車。正欲就職，而遽登鬼録。潛山丈年已九十，尚健在也。所刻《紅薔薇閣詩略》，詩雖不多，亦足見其磊落豪宕之才，鬱塞不平之概矣。《版渚磯》云：「版渚峙江瀆，江流繞渚分。一庵延衆緑，風荻晚紛紛。寂寞寒潮打，淒涼斷塔焚。南朝遺恨在，似惜左將軍。」《偪側行》云：「偪側復偪側，男兒乏錢刀，作事徒費力。錢刀誤人無已時，門敂富兒古有之。富兒愁貧甚於客，入門欵曲徒爾爲。登山山有岡，涉水水有梁。惻惻行復止，游子寒無裳。半世任俠不知止，行路乃今難若此。上有九天，下有九泉，謝客杜門自伊始。」「謝客學杜門，山妻顧我語。君歸誠復佳，奈何桁無懸衣盎無米。寒號聲雜索逋聲，歲晏勸君早爲計。我聞苦語心茫然，錢長天短誰見憐。頭顱五十不得志，長安公卿多少年。」「公卿亦有論交者，剥啄衡門書到寡。任黎古道本悠悠，況今幾輩歸泉下。偪側復偪側，愁裏年華安可極。古來一餓萬事了，入世吾曹況孤直。」

戊辰己巳間，予館勞生經源味經齋。時年尚未冠，所爲詩文已能力追先進典型。爲人敦尚氣節。亡友德情胡功載，生授經師也。功載没，生存恤其家，并葬之，及其祖父。嚴修能遺書散失，生尋訪刊行。予《寄懷》詩有「冥感深黄壤，高情薄絳霄」之言，蓋紀實也。近爲家督，吟詠稍疎矣。其《爲人題鋤月種梅圖》云：「香雪滿空山，未容高士卧。澄懷託契深，手植補清課。」「坐惜鼠鬚閒弄，何如雅觜親攜。君本前身明月，清暉合伴瓊枝。」「梅花溪叟藝絶殊，知君雅抱成斯圖。他年待訪寒香圃，月下臞仙認得無？」他如「花爲遊子泪，月是美人心」、「文因違俗賤，樂以杜門多」、「泥甕藏春酒，沿村掠社錢」、「波光濃似酒，雲氣白於綿」、「燈報年豐初有市，人探花信慣離家」、「金環事憶羊叔子，銅柱勳推馬少游」，俱極新警。

睦州詹姓者，先世故望族。曾補學官弟子，中年忽棄去。爲人擔水，人皆呼爲「詹先生」。計壽喬廣文曾見之，年六十餘矣。問其名，笑不答，乃知荷蕢沮溺之流，雖聖世亦未始無人也。廣文詩云：「先生先生，何不執筆而賦淩雲，作廟堂之囂；又何不執卷而開絳帳，坐師尊之位。胡爲乎勞其筋骨，而覓蠅頭之利？視青衿如敝屣，著短褌以掉臂。兩錢一擔水，山齋日日至。問其名，笑不答，怡然自樂無他事。殆看破世態之炎涼，名場之成敗，自食其力有餘味。青山片石一釣竿，先生想亦得此意。」

耐冷譚卷十一

仁和宋咸熙小茗撰

石琢堂殿撰韞玉負文章重名，其實道學中人也。一日，閲《四朝聞見録》，見有劾朱子一疏，極口毁謗，遂拍案大怒。謀諸婦，脱纏臂金，質錢五十千。偏搜書坊，得三百餘部，立焚之。是年即發解，旋以第一人魁天下。咸謂扶翼名教之報。所作古詩，猶有《三百篇》遺音。其《題施少峰紀哀詩後》云：「《白華》潔養，《蓼莪》告哀。嗟彼棘人，憂心如痗。一樹一石，平泉之貽。左圖右史，手澤在兹。」「山木欲静，風來無端。物在人亡，孤兒永歎。白駒過隙，日月如流。長歌當哭，以寫其憂。」

檇李曹廣文種梅丈，名秉鈞，工詩文，擅畫梅。曾見其手書舊作一首，字得蘇眉山跌宕之致，詩亦不減王、孟。「涼雲不出山，秋聲已在樹。長日不逢人，闃寂此硐户。宛然記昔遊，祇益岩薜古。平池水花净，倒影亦媚嫵。風定自在香，日落月初吐。」

廣文子少梅秀才泰甯與余交甚篤，詩亦雅近唐音，年未四十而逝。表忠觀落成，作紀事詩云：「十四州空感國恩，靈光至竟巋然存。錦衣榮及將軍樹，鐵券功歸節度門。表忠昔在龍山麓，傾圮曾經幾修築。芝生宅畔休言瑞，花開陌上猶留曲。憑依靈爽是錢塘，移置西湖廟又荒。古薜曼延遺像上，豐碑屹立頽牆旁。靈之徠兮威稜肅，豈藉烝嘗慰寂漠。架弩曾傳叠雪樓，圖形早入凌烟閣。高廊四注幸重完，曲折層櫨頓改觀。百族雞豚酬廟食，千年子姓作祠官。吁嗟乎，含元殿裏妖兒走，少陽宫院今在否？始知順天乃英雄，寧誇王氣躔牛斗。試問冬青更有無，上陵磨劍事何如。珠襦玉柙猶塵劫，何處重攜麥飯盂？」

孫淵如觀察，小名喜，後於長安得一古印，其文亦曰「孫喜」。屬同人賦詩，和者數十家。觀察自紀一律云：「土花斑駁掩真朱，不在秦餘亦漢餘。一代識君非冥漠，千秋得我是相如。浮名也抵腰懸綬，壓卷新排手訂書。莫笑百年身是客，後來人愛儻同余。」

閩中林遠峰鎬，龍巖州人，國子生，著《雙樹生詩鈔》。先府君嘗謂其詩有真氣。《黄驛丞詩并序》云：「丞名焕，婺源人。官河南葉縣保安驛丞。賊犯驛，丞會官兵擊却之。官兵入城，賊復至驛。丞駡賊死。」「驛馬瘦，驛卒疲。驛丞之官何卑卑，得禄不救妻孥飢。一朝草中逆賊起，索馬公然來驛裏。驛丞攘袂呼官兵，併力殺賊賊膽驚。賊四散，官兵回，倉皇夜半賊復來。空拳獨奮勢難敵，一門骨肉殘支骸。驛丞駡賊不絶口，賊怒揮刀斫其首。食君之禄死君事，寧論官卑僅升斗。吁嗟乎！常山之舌睢陽齒，區區驛丞竟能爾。青史他年書一行，賊犯保安驛丞死。」

江都江鄭堂藩通經學，嘗與客阮芸臺師節署，酒闌燈灺，猶娓娓談經。詩其餘事，而已能卓然成家。《齊雲山》云：「危梯高百尺，曲折徑通幽。人與鳥争路，僧邀雲住樓。山收千里碧，石放衆泉流。空際聞鐘磬，聲從何處求。」

張芑堂徵君於西湖製舫，名曰「烟波宅」。陳無軒廣文焯爲之圖，吾郡太守鄭楓人澐譜《水龍吟》，鮑丈渌飲譜《沁園春》，又賦絶句十二首。録其六云：「臣本烟波一釣徒，全家只合住菰蒲。旁人漫擬知章賀，不道西湖勝鑑湖。」「底須更覓買山錢，且把漁竿上釣船。生計莫嫌湖面薄，儘教乞與鮑家田。」「雲山面面總吾廬，一葦飄然信所如。却笑裏湖林處士，懶因猿鶴别移居。」「詩思無時落眼前，破除聊復付高眠。坡仙好語從相借，挂起西窗浪接天。」「雲水高情屬乃公，雨蒲烟柳白蘋風。蓮花博士頭銜别，一舸偏移入鬧紅。」「閒客相尋活水天，中流溶漾兩詩仙。東船歌舞西船醉，惱亂春風又一年。」

仁和陸筱飲解元於西湖作自渡航，載姬妾住其中。」

定海諸生李巽占家赤貧，謹事母。授徒數里外，每食必歸，食已復至。主人詰其故，泣不語。久之，乃曰：「家貧，母食番薯，何忍獨食飯也。」學使訪得實，表之。又給以金，始却不肯受。語以歸養母，乃感泣再拜去。詩云：「母食米，兒食薯，母心不豫。母食薯，兒食米，兒能不泣涕？海水洶洶浪拍天，中有斯人行獨賢。使君與金謝不受，無名得此身之咎。使君曰，汝勿却。姑買市中珍，歸爲賢母樂。李生叩首納金去，兩眼紛紛泪飛絮。」學使者誰，揚州阮芸臺先生也。作此詩並爲之序者，江都焦里堂孝廉循。題之曰《番薯吟》。

前明蘇州知府況公鍾，字伯律，由小吏起家，出領劇郡。《明史》爲之立傳。民苦賦重，公奏減丁糧七十餘萬，吴民至今尸祝之。僕曾瞻公遺照，貌極慈和，有儒者氣象。吴縣顧孝廉雨盟時雷題云：「筮仕儀曹舉，雄才劇郡遷。豪鋤嚴赤棒，冤雪見青天。九牧名偏重，千秋像獨傳。荒祠尋舊址，薦藻頖宫邊。」

平湖姑嫂餅甚佳，每餅六枚，裹以紫羅紋箋，攜之遠行，經月不壞。吴丈兔牀詩云：「藉甚公羊賣餅家，弄珠樓下翠簾遮。金刀翦勝宜桃葉，玉乳搓酥映棗花。畫藁幾翻丘嫂樣，紅綾一抹小姑霞。劉郎座上如相問，漫説吴均鬢有華。」相傳姑嫂二人同心守節，製此餅以餬口，遂以得名。胡明經雲佇爲予言。雲佇，平湖人，當得其實也。惜吴丈詩未及表之。

吴生梅岑玉森，香竺刺史之從子。著《紫櫻桃花館詩鈔》，追唐軼宋。沈曉滄明府謂其詩清新拔俗，不同纖靡側艶之習，洵不誣也。《歸舟》云：「落日黯然收，輕風送小舟。田家初晚飯，漁子起清謳。熒火數星亂，蟬聲高樹稠。篷窗多爽氣，今日是新秋。」《題沈濬如看雲圖即送西泠之遊》云：「萬疊青山萬疊雲，一般離緒各紛紜。遥知陟嶺君思我，正是登樓我望君。」《答少峰丈見懷韵》云：「竟夕不成寐，秋階響亂蟲。露寒三徑白，酒熟一燈紅。詩學臻神妙，仁心代化工。公吟詩、放生，每日不倦。平生師友益，感激莫如公。」《汪孝女詩并序》云：「孝女芳姑，秀水汪小坡女。小坡遘時疾，芳姑祈天禮斗，願以身代。越數日，父愈。女旋病，病似父狀，竟卒。咸以爲誠孝所感云。」「繡川有女氏曰汪，阿耶有疾苦備嘗。病不治兮入膏肓。呼天籲地救無方。願捐己算延高堂，至誠感神親果康。親果康兮女遂殤，卓哉千載流芬芳。」其五七言佳句，如「安居異蓬梗，名士老菰蒲」、「院静花留韵，窗虚月寫痕」、「書參《貍骨》妙，畫仿虎頭工。」《冬日農家》云：「飲蜡醉回晴曝背，索綯團坐夜挑鐙。」《蠶事偶咏》云：「紮山看火烏初到，摇艇販鮮人正忙。」《閒居偶成》云：「玄鶴無求因露警，蒼松雖老勝花妍。」《次見贈韵》云：「名微應共憐雞肋，技巧方能貫虱心。」採之不勝採也。

雲嵐司馬自夢華殁後，紘詩品畫之事輟不復爲。然其伯子訪仙瀛、季子樸齋沆盡嫻吟詠，樸齋尤明琴律，真佳子弟也。訪仙《田家》云：「柴門絶塵跡，耕侣常往還。荷鋤亦云勞，農罷有餘閒。芟竹編籬隙，蒔花雜庭前。春酒亦既熟，聚族來田園。老樹及時茂，布穀鳴其間。其間良足樂，何必居市廛。」「蒼天憐民命，雨露時惠施。所以日正炎，嘉苗益蕃滋。偕我二三子，負耒及朝曦。不憚溽暑侵，安辭筋力疲。同疇共耘耔，異畝相扶持。日夕傾一壺，如在羲皇時。」「秋風吹原隰，紫稻盈郊畿。歡言指婦子，今歲喜無饑。朝荷筐莒出，暮納禾稼歸。衆鳥啄餘粒，群雞候柴扉。隔屋春臼聞，比鄰兒童嬉。所賴四體勤，聊供八口資。」「歲月聿云暮，農務既已閒。木葉乃盡脱，園蔬亦可餐。梅花屋角香，通蜡敝芳筵。親知日相接，老稚皆怡然。幸足了租税，團坐話豐年。我苟不作苦，豐年亦饑寒。豐年尚如此，儉歲復何言。」樸齋《秋日戍水歸里作》云：「一櫂出汀洲，蒼茫天地秋。林深多落葉，雨急送歸舟。隔浦漾漁火，輕飆動别愁。翦燈人不語，賸有舊詩留。」《對月懷友》云：「同此一輪月，翻教兩地看。與君交誼合，憐我别離難。夜静蟬聲寂，竹深暑氣闌。故人渺何處，惆悵白雲端。」《春日過錢氏雪香居》云：「日上深林鳥語喧，偶攜蠟屐入遥村。沿溪一路無人跡，春草如茵緑到門。」又《落葉》句云：「一桁夕陽人跡少，滿林秋色雁聲清。」風致亦不減唐人。

詩家作法雖多，要在摹情寫景，各極其勝。杜詩五律有景到之語，如「落雁浮寒水，饑烏集戍樓」、「星垂平野闊，月湧大江流」是也；有情到之語，如「勝絶驚身老，情忘發興奇」、「一時今夕會，萬里故鄉情」是也；有景中含情者，如「感時花濺泪，恨别鳥驚心」、「岸花飛送客，檣燕語留人」是也；有情中含景者，如「影著啼猿樹，魂飄結蜃樓」、「正愁聞塞笛，獨立見江船」是也；有情景相融不能區别者，如

「水流心不競，雲在意俱遲」、「片雲天共遠，永夜月同孤」是也；有一句説景，一句説情者，如「悠悠照邊塞，悄悄憶京華」是也；有一句説情，有一句説景者，如「白首多年病，秋天昨夜涼」是也；一景一情，兩層叠叙者，如「野寺江天豁，山扉花竹幽。詩應有神助，吾得及春遊。徑石相縈帶，川雲自去留。禪枝宿衆鳥，漂轉暮歸愁」是也。其雋語名句，不可枚舉。名家詩集中，未有如此之獨盛者。

詩要健字撐柱，活字斡旋，如「紅入桃花嫩，青歸柳色新」、「弟子貧原憲，諸生走伏虔」，「入」與「歸」字，「貧」與「老」字，乃撐柱也，「生理何顔面，憂端且歲時」、「名豈文章著，官因老病休」，「何」與「且」字，「豈」與「因」字，乃斡旋也。撐柱，如屋之有柱，斡旋，如車之有軸。作文亦然。詩以字，文以句。

桐鄉畢擒庵發善鑒别古法書名畫，多蓄研。嘗手自洗滌，因以「滌研」顔其齋。性愛客，所與交者，嚴石帆、孫月卿、朱厚庵、方古愚、孫古杉諸老輩。今惟古杉存矣。余曾採其詩入《桐溪詩述》中，今復録其未盡者。惜《滌研齋集》八卷被其長子綸攜以入燕，未能卒讀也。《秋夜曲》云：「秋窗颯颯涼雨足，蕉聲滴斷蛩聲續。此情此景難爲懷，吟牀孤坐殘燈緑。」《寄月卿都門》云：「菱老鱸肥秔稻香，籬根野菊綻疎黄。秋來定有相思泪，對酒看花憶故鄉。」《寄沈文園》云：「未遂幽棲志，勞勞千里間。倚閭愁白髮，歸夢繞青山。地僻憐才少，年荒負米艱。秋風鴻雁到，好帶尺書還。」《春到》云：「春向茆堂氣自温，花開花落底須論。多情惟有無名草，淡雨疎烟緑到門。」擒庵居家行事，有古人風。予與其次子端遊，尤得其實。端龥於本學，窮經植品，能不愧其先人。善人有後，理自不爽也。

昔年權學景寧，與烏程紀蔚岩豹文同官。蔚岩人極方古，予病，百計扶持，至夜不解衣。長予三十四歲，時年將七旬，腰脚甚健，登山猶不用杖也。爲詩不暇思索，出入誠齋、放翁之間。曾記其《留别》詩云：「翩翩雅度出風塵，磊落襟期自率真。寮寀得交青眼友，晨昏樂共素心人。學精金石能通史，小茗留意金石文字，謂可以補史之闕。作《金石史證》一書。詞吐珠璣半憶親。祇憾朽株同泛梗，飄零何處再逢春。」

江寧甘夢六福慷慨好善，尤喜藏書，闢桐陰小築貯之。予曾有詩，存集中。嘗泛舟之江，購求古籍。少峰繪《吴越載書圖》以贈。鄧筠嶰撫軍廷楨題詩於後，云：「萬頃滄江虹貫月，秣陵處士歸帆發。不載醇醪不載花，爲有奇書耽入骨。君家卷軸百城環，琳琅滿貯屋三間。雲深自擬琅環洞，客到如遊宛委山。得隴望蜀求快意，一舸東遊真好事。《雞汎龍威》未足珍，更披禹穴岣嶁字。苕溪春水錢塘潮，八百平江送畫橈。行過江南烟月地，直將奇麗壓金焦。」周太史石生開麒詩云：「蘭橈穩泛春江口，萬卷琳琅壓船首。蹔作米家畫舫看，勝誇陸賈歸裝厚。潮平風軟輕帆安，年年載書吴越還。嗟予好古藏未富，一瓻借讀君無慳。」

夢六弟遐年，字鶴籌，有孝行。七八歲時，母以貧，夜績，知勸之節勞，不敢先母寢。塾師講《論語》問孝諸章，即感動垂泣。里中人呼爲「小孝子」。母病肝疾劇，刲股肉和藥以進。陶雲汀中丞爲之請旌。少峰《書甘孝子傳後》詩云：「孺慕根天性，由來自弱齡。承歡慈鬢白，侍績紡燈青。股爲醫親割，涕因戀墓零。千秋傳孝子，褒詔出彤廷。」

夢六子名煦，字蘄仁，官賓應廣文，工吟詠。曾見其《勸災河西即事感賦》詩，摘其警句。如云「增將户口心獨歉，聽到疲癃語更酸」、「潔己先期清夜戒，博施從古聖朝難」、「鴻毛詎爲微軀恤，燕卵彌愁壞幕摇」、「煮將菱芡聊充食，網得魚蝦不值錢」、「欲求事濟休辭怨，但覺心安罔計功」，俱肫然仁者之言。

錢塘奚鐵生岡以畫名於世，詩與字俱佳，而品極高，非其人不輕下筆。嘗偕先府君登韜光，畫長卷以贈，即題其上云：「老衲石林跡，詩禪直到今。亂泉雙磵合，修竹四山陰。流憩空諸想，登臨省道心。他時憶遊侶，好向畫中尋。」越一年，府君即世，丈亦遭難。結二語竟成詩讖矣。

陳花南司馬韶寓居西湖之梅莊，即韓蘄王故宅也。曾隨先府君、孫淵如師訪金雲莊比部於寓齋，適潘丈德園、華丈秋槎、項丈秋子亦至，出鄺酒飲客。府君大醉，時天雨，借衣漁家蓑笠，命咸熙扶歸，衆皆大笑。次日即有黄海之遊，臨行各送以詩。花南丈作即席先成，云：「落拓衡陽萬里船，攜歸斗酒已三年。一尊話雨老將至，雙屐看花春可憐。文字能交天下士，逢迎況是飲中仙。煩君寄語諸羅漢，猶憶珍珠百斛泉。羅漢洞、珍珠泉，爲白嶽奇絶處，皆予舊遊。」時庚申春暮也。忽忽幾三十年，諸老輩無一存者。追懷往事，不禁涕零。

作詩之道，嗜不篤，則思不專；思不專，不能知此中之甘苦。矢口吟哦，雖亦時有佳句，而欲蘄至古人，難矣。沈生春江昌源嗜之篤，思之專，詩亦駸駸日上。著有《聽雨樓詩藁》。其《謁張楊園先生墓》云：「佇立寒風道自超，先生有《寒風佇立圖》。楊園高隱伴漁樵。直將理學追三代，豈特清名著兩朝。

百世儒林堪表率，一抔墓草奈蕭條。我今瞻拜情何限，不敢輕將濁酒澆。」《喜綺霞至》云：「樹靜北風息，柴門剥啄頻。客從寒夜到，情比舊交親。小病憐君瘦，殘年歎我貧。且將故人酒，一爲滌風塵。」《夜泊吴江》云：「炊烟隱隱夕陽殘，遠近山光艫背看。自有吴江楓冷句，春波一帶尚餘寒。」《曉過大柳驛》云：「曉雲淡淡日遲遲，山路崎嶇只自知。一片柳花飛作雪，蹇驢背上好吟詩。」《短歌行》云：「富貴在天，求之則難。我飲我酒，隨遇而安。一解。古今悠悠，一前一後。前言思之，胡不飲酒。二解。燕燕于飛，往來幾度。巢不如新，人不如故。三解。我有良友，在山之幽。思之思之，一日三秋。四解。山高水長，行役未遑。言念君子，我心憂傷。五解。我憂既多，置酒復歌。日月逝矣，不樂云何。六解。」

與春江亞者，復有沈生綺霞兆文，惜迫於境地，不能如春江之嗜且專矣。其《紫薇花館詩草》，爲少峰、小癡所賞。《乳鴨池懷古》云：「極目荒郊散暮烟，陰晴已值熟梅天。池邊緑鴨時飛集，不見當年載酒船。」《冬日村行》云：「一路聲聞打稻喧，雞閒豚放自成村。寒畦霜壓寒齏嫩，斷岸波清斷石存。兒樂争炊煨竽火，僧歸遥叩隔溪門。耽吟不覺疎鐘曉，雲破時來明月痕。」《呈小茗師》云：「才宏何補廟堂謀，空把雄心盡壯遊。官似鄭虔少粱肉，世無伯樂失驊騮。縱横筆陣前型在，老病年華後輩愁。安得飛聲騰閬苑，提撕不愧識荆州。」

海昌楊芸墅文蓀，以齋侍郎之孫。昆季皆能詩，芸墅才尤清妙，惜困於名場，未能如大曆時之三楊踵擢進士。復以貧故，歲歲餬口四方。與予不相見者且二十年，可歎也。其《山館早起》云：「松檐雨初歇，山禽喚朝眠。攬衣趁晴旭，衆緑生春烟。卷簾花影濕，掃石苔痕鮮。山光若新沐，鬟黛何娟娟。妙景心忽領，幽意詩能傳。惜無佳客過，一理風中弦。」《雪後夜坐》云：「殘雪滿檐際，夜深簾未垂。不知新月影，已上梅花枝。鶴語出疏樾，松陰罨碧池。詩懷正清絶，坐到曉鐘時。」《登南屏山》云：「蘚磴依山轉，行穿一徑斜。迴峰撲空翠，幽壑接飛霞。石氣都歸樹，風香不辨花。思尋高士隖，小隱即爲家。」《花朝泛湖》云：「經旬纔出郭，芳訊又經年。柳色黄於酒，波痕緑到天。片雲催暮雨，雙槳盪輕烟。舊日憑欄處，重來意惘然。」

吴縣嚴少峰太守榮以名翰林出守吾郡，愛士恤民。僕昔寓西湖，先生以公事出城，必屏車騎枉過。或相攜至湖壖僻處，縱觀稻田，見村氓輒相慰勞。曰：「此多是好百姓，實苦百姓也。」嘗以「秋草」命題，用漁洋《秋柳》詩韵課士。自作以示諸生，同人中尚有藏其藁者，覓得録之。「香草能招楚客魂，秋心無那寄蓬門。黄分河畔斜陽色，緑剩春前舊雨痕。走馬何人來古道，牧羊有路見荒村。蕭蕭短鬢思重掠，一種幽懷與細論。」「不抵秋英可耐霜，重來辜負舊池塘。空連遠水拖裙幅，曾惹香塵襯履箱。織翠昔依花作國，凌寒今讓竹稱王。西風吹醒繁華夢，一片殘烟十六坊。」「迢遞毬場試舞衣，盛年心事覺今非。鷓鴣啼處波痕冷，蟋蟀吟邊露影稀。點點任他黄葉積，離離半作斷蓬飛。懷人讀遍文通賦，可奈風光與願違。」「笛中譜出想夫憐，寥落穹荒斷冷烟。古塚白吹風獵獵，寒閨青憶道綿綿。盤來鶯眼真千里，聽到蛙聲又一年。笑我生涯偏草草，訪秋只在短籬邊。」

南康謝蘇潭中丞啓昆，圖治餘閒，不廢風雅。官吾浙方伯時，得漢甎八方，因築八甎精舍，聚諸名士酬唱其中。復仿竹垞《經籍考》之例，作《史籍考》。咸熙曾與編校，書未成而擢任去。中丞本熟精史學，其《樹經堂集》外，又著《詠史詩》五百首，皆以七律爲之。隸事賅洽，裁對工妙，尤爲從古詩人所未有。其題先府君《茗香詩選》云：「跌宕江潮醒亦狂，縱横文史謝名場。滿園紅杏尚書句，一瓣青蓮供奉香。酒變錢塘嫌户小，花看吴苑覺春忙。傳家著述等閒事，《爾雅》新編付陸郎。助教新校陸農師《爾雅新義》，令嗣咸熙注《夏小正》。按農師子宰元鈞篤學，藏書一萬三千卷，紹興初，進内府。」「家住武林七十里，一年强半泊蘇堤。桃花明月天台路，緑萼春風鄧尉溪。《小海唱》憐子胥怨，無絃琴寫夜烏啼。《茗香》讀罷詩脾沁，拚啜玻璃醉似泥。助教《補樂府·小海唱曲》辭甚古。又嘗作《論詩絶句》云『青山高高緑水深，月明來照無絃琴。』」

吴山羽士多能詩者，僕昔年所見，錢枕山選、黄黄鶴鶴最佳。緣彼時名士多喜遊山，耳濡緒論，詩境遂超。枕山和先府君《吴山言懷》之作云：「高賢窮歷覽，獨往風蕭然。奇懷忽有寄，襆被來兹山。興至輒題詩，寧辭酒十千。朝出海日出，暮還飛鳥還。去年華頂上，今歲明湖邊。烟雲足供養，富貴非人間。神仙知不遠，莫問駐華顔。」黄鶴《雪霽呈助教先生》云：「隔林桂館隱，翹企曉光微。笛弄梅初綻，琴彈雪正飛。著書窺妙理，問字露玄機。脚疾時能愈，來尋叩石扉。」「雲散大江空，蒼茫見海東。晴光開講席，寒色倚詩翁。野麥欣含白，庭梅喜吐紅。灞橋真趣在，領略酒盃中。」

烏程閨秀朱紉齋蘅，孝女也。侍母疾三年，衣不解帶。其《哭母》詩云：「醫藥親嘗瘁不辭，安排床第慎扶持。如何侍疾經三載，到底膏肓不可治。」「色笑還堪想像無，妝臺寂寂網蜘蛛。藥鑪猶在人何處，月落黄昏啼夜烏。」至性之言，不獨能嫻吟詠也。

華亭姜懷權以諸生應乾隆庚午鄉試，病不能致醫藥，卒於逆旅。其妻陳苦節四十餘年，病且革，謂其子軾曰：「汝父以貧故遘疾，不即藥以致隕生。汝他日稍能樹立，必思有以佐寒畯者。」軾謹識之不敢忘，而家累煩重，終不克舉。迨其孫熙號雲亭者，家稍裕，始捐華、婁兩縣常稔田百畝，爲賓興之費。呈縣立案，規條詳備。雲亭能繼先志，孝義可嘉。而陳母以一婦人，能以善舉導其子孫，尤難得也。華亭張遠春興鏞詩云：「青氈一例但空囊，夜讀聊分鑿壁光。近事傳來增歎息，元鐙祝映孝孫姜。」「父書祖硯守窮年，負郭難謀一稜田。猶有報劉心事在，秋風目斷秣陵烟。」「有志移山事竟成，菑畬經訓十年耕。海濱正讀開科詔，願獻膏腴助鹿鳴。」「此舉辛勤出孝思，焚香好報九原知。我來白下親高義，別寫賓興紀實詩。」無錫錢春圃兆榮《夜讀賓興捐田録即次遠春韵題後兼寄遠春》云：「薄佐秋風客子囊，三條樺燭夜分光。人生孝義君家事，古有雙魚出感姜。李義山詩：『魚因感姜出。』」「讀到酸辛話昔年，縮衣節食水苗田。從今明遠樓頭月，長照華亭鶴翅烟。」「風物南宮畫不成，春明三上筆爲耕。年年夢斷紅綾餅，又過槐花聽鹿鳴。」「展卷挑鐙感我思，雲間義舉一時知。張融東出舟爲屋，遠春自京得官歸。捧檄秦淮大好詩。」

喜作詞，詩必至流於纖巧。古大家多禁之，初學尤不宜深嗜篤好。蓋不獨傷詩品，實有關人品也。僕素不喜填詞，昔年在揚州，於玉鈎斜尋隋宫人葬處，調倚《洞仙歌》云：「埋香閉粉，認玉鈎斜處。啼殺春鶯野棠樹。似紫蘭徑小，青草墳荒，渾不辨、三尺美人黄土。頭顱明鏡裏，楊柳無情，不縮天涯錦帆住。唱破《念家山》，玉几金牀，狼籍到、六朝風雨。有一種、愁人景陽宮，聽紅鬼三更，井欄私語。」近爲沈雲嵐司馬《題鴛湖春泛圖》，調倚《念奴嬌》云：「嬉春搖艇，正鴛鴦絆槳，桃花黏着。幾輩才人曾住此，那得如君瀟落。解意奚僮，隨身吟屐，載向南湖泊。小長蘆後，櫂歌復有新作。羨爾六尺烏篷，一甌緑醑，品畫重斟酌。我亦晴波貪水宿，奈苦被微官縛。鷗徑生疎，鰲磯隱約，佳景眼前錯。風流司馬，真肯及時行樂。」興到偶爲之，不知其合調否？

少時曾以時藝質之海鹽吴蘭陔先生，極承獎許。數十年來，與後生談制舉業，猶以先生爲宗。詩不多見也。頃沈生春江攜眎《寒夜與諸同學論文並誌敦勉》之作云：「個中消息不難參，熟讀深思味自諳。書向疑時翻得悟，文從苦處却回甘。江河萬古前型在，旗鼓中原壯歲堪。咫尺雲衢原有路，遥占星象近魁三。」「尊酒論文記此時，青燈白雪照罘罳。君才合是千人敵，我老纔堪一字師。江管花生春盎盎，庾樓月上夜遲遲。相思逸爾三餘力，連理新看長桂枝。」此先生館金氏連理桂枝軒時所作也。金爲桐溪著姓，自吾友兼山文度、子向齋敏時相繼殂謝，家業漸隳。今香波璋食貧力學，能守祖父遺書。此紙已屬蠹餘，猶寶之弗棄，後起可望有人矣。春江曾受業向齋之門，與香波交，故得録此。並以二十字跋其後云：「尊酒當年事，風徽紙一張。碧紗須護惜，千古此文章。」予亦感賦一絶云：「兼山老友得名師，健將登壇盛一時。先生館桐溪。汪雲壑殿撰、程春廬大理、朱尹村學博皆出其門，一時稱極盛焉。門下已無耆宿在，漫勞瘦沈爲傳詩。」

兼山詩不尚新奇，自抒所見。惜所著《學吟齋詩草》已散佚，不可多得。《擬古》三首，録其一云：

「憶昔開闢初，上下漸高厚。至今幾何時，《詩》《書》列妍醜。聖賢豈無死，芳名可不朽。惜彼庸愚子，淹忽歸烏有。造物雖好生，人無天地壽。百年如過隙，流光何可負。易牙知調羹，杜康能造酒。世味不足好，君子思尚友。」《秋夜》云：「獨惜寒宵偶坐，檢書看劍樓中。斷續簷間微雨，往來燭上疎風。鐘鳴欲止不止，漏滴將終未終。何處最堪惆悵，明朝木葉皆空。」《燈下觀内子詩稿》云：「欲銷春夜永，聊誦百篇詩。妙筆非關學，靈心即是師。蟲鳴人静後，月上燭殘時。此際吟初畢，因君發我思。」《蠶詞》云：「十畝閑閑傍釣磯，桑枝摇曳緑陰肥。祇因一煞溟濛雨，濕却提筐少婦衣。」「處處安排絡素絲，清和天氣乍晴時。明朝織就流黄色，試作羅衫著體宜。」

耐冷譚卷十二

仁和宋咸熙小茗撰

張哲民云：「海鹽自有科目以來，未有狀頭。國朝康熙己未詞科，少宰彭公孫遹爲五十人之冠，俗以狀頭目之，然非正科也。今道光六年丙戌會試，朱朵山昌頤以十二名中式，竟獲大魁。一日予過古歡樓，朗山出朵山舊《過南村庭梅初放詩》，有『莫道此梅寒澈骨，纔開便占百花先』之句，蓋其胸次早具魁天下氣象。」予謂宋王沂公未遇時，曾投呂文穆《早梅》詩：「而今未問和羹事，且向百花頭上開。」文穆謂：「此生次第安排作狀元宰相矣。」又《困學記聞》載梁文靖克家《梅花》詩云：「九鼎燮調終有待，百花羞澀敢言芳。」用王沂公之意，亦魁天下。言爲心聲，信哉。

朵山殿撰爲吾友小珊廣文之兄子。廣文嘗謂「能大吾門者，當在此子」。故其受業於叔，教督獨嚴。今朵山大魁天下，廣文已不及見，可傷也。朵山詩有盛氣以舉之，不假思索，援筆立成，具徵才福之深厚。頃奉諱南歸，見其《題沈夢花遺墨》云：「生夢花，死夢星。大夢一瞬何時醒。電光石火不可駐，曇雲變幻呈杳冥。華胥之樂樂何限，遽遽栩栩形無形。智慧前生有夙果，學書學畫通神靈。軟紅十丈飛不到，凝碧手膀嵌瓏玲。琪樹瑶花植左右，哀蟬一闋青山青。瓊樓縹緲半天際，巫陽披髮招帝廷。手把芙蓉朝玉闕，誰爲游侶石與丁。下顧塵世啞其笑，嫣紅姹紫空娉婷。乃知因緣翰墨皆陳跡，遺縑斷幅嗟飄零。春來花事年年發，巢痕回首驚浮萍。詩成君應入吾夢，西窗一枕風泠泠。」

畢晴瀾端從予游，予既讀其尊人摛庵丈詩矣，今復以其族兄春帆詩見示。春帆名灝，居石人涇上。初未嘗爲詩，自摛庵丈教之學，遂工吟詠。惜有作任其散棄，尠箸之稿。其《息影蘆詩存》半從故紙中輯録之。吉光片羽，彌足貴已。《秋柳》云：「颯颯涼風裏，微黄帶晚烟。蕭蕭斜月下，踈影宿寒蟬。攜酒難留客，尋歌何處船。莫教愁冷落，春色待新年。」《九日懷友》云：「籬菊初黄柿葉稀，登高遥望白雲飛。異鄉知是秋寒早，恐有清霜上客衣。」《送春和作》云：「欲留無計綰長條，簾外殘紅滿地飄。一日東風三日雨，春光都向醉中消。」《秋日晚歸》云：「客裏逢秋意更閒，遥天雨過日銜山。前村訪友歸來晚，獨立衡門看鳥還。」《曝書亭》云：「太史名園跡尚留，輶軒到此費綢繆。經營重闢栽花地，吟眺還開舊酒樓。一代文章遺著述，百年池館見風流。亭前無復書堪曝，零落人間不易收。亭久傾圮，嘉慶丁巳經學使阮芸臺先生重葺。」録其詩，知畢氏之多才，特以僻處鄉隅，不求聞達，未能名播四方，爲可慨歎。其子面山槐爲邑增生，亦工詩。以館於遠方，弗克常見。

石門朱香一廣文輪，昔在處州，與之同官。植品端方，明醫理，尤精青烏之術。著有《築臺集》。詩學宋人，却無軟滑之習。《同林司馬沈參軍送客至谿西》云：「送客板橋西，平明雞亂啼。露濃林葉重，風急浪花齊。曠野晴鳩唤，高岡老馬嘶。悦同遊蜀道，路窄古藤低。」《贈麗水司訓沈劍知》云：「磊落一耆英，高談四座驚。山空風自急，人老氣斯平。好古除皮相，謀生仍舌耕。怡然蔬水樂，不肯盗虚名。」《遊三岩寺》云：「三岩古寺岫中藏，峭壁圍環作外牆。一道飛流晴亦雨，數間石屋夏生涼。猿争拱揖如迎客，花不知名别有香。贏得閒官無個事，汲泉煮茗過斜陽。」

嘉興沈蟾客攀桂，亡友秋塘廣文子也。廣文亦屬處州同官，當日賭酒絃詩，風流跌宕，今憶之，都如隔世矣。蟾客性好善，前年勸募數千金，修築石門至平望一百餘里斷岸。先是，永新一帶十二年中淹斃六十二人，修築後，有老漁夜泊蘆渚間，聞鬼語曰：「此塘今成坦途，復蒙諸善士延僧超度，我輩俱可託生矣。」秋塘有《紀事》詩，今録其二，以爲好善者勸。「纔過前程又後程，褰衣涉水且行行。可憐淡月黄昏後，多少含冤鬼哭聲。」「羊腸一綫路依稀，足踏層冰膽欲飛。累我清貧賢太守，關心民瘼典朝衣。郡尊羅公捐廉倡率，不足，典衣繼之。」

勝國時有邱惟屏者，官至參將。鼎革後，遁跡邵灣山中，灌園種菜，手自擔糞。或謂公「臭乎」？公曰：「世間儘有臭於此者。」公海鹽人。吴丈榕園爲作《擔糞》詩云：「偏成野趣不成忙，一任行人辟道旁。桑土待滋濃蔭緑，菜畦先布散金黄。笑他敝帚隨牛後，老我閒窗訂鹿場。儘有世間臭於此，尚留佳話在吾鄉。」丈早歲能詩，研究經史之學。其《鴛鴦湖晚泊》云：「青陽湖水生，雨霽收宿霧。東風知我來，已緑芳洲樹。鯈魚躍清漣，倉庚鳴古渡。覽兹物候新，頗得春遊趣。野店起炊烟，夕陽在沙路。離家未云遠，永晝倏已暮。泛泛隨白鷗，浮生於此悟。水宿誰與鄰，漁翁慰情素。」《七夕》云：「離家事行役，日暮尚孤舟。一夕西風起，蕭然江上秋。斷雲荒驛樹，落月故鄉樓。遥夜看牛女，應添思婦愁。」蓋丁酉、戊戌年所作也，其精於詩律已如此。

錢塘陳縠水孝廉希濂，與僕少時曾同文社，每一藝出，必勝其曹，詩亦超然出塵表。鄉薦後僦居京師之懶眠衚同，數載不歸，音問遂絶。予罷官，聞孝廉爲之代，喜甚。不意語係訛傳，而君且於前二年死矣。篋中僅存所寄詩數篇，亟檢録之。《彭城道中》云：「驅馬彭城路，蒼茫暮靄中。尊前名士酒，臺上大王風。古堠催征騎，荒墟落塞鴻。欲尋楚漢跡，憑弔惜匆匆。」《夏朗齋至寓》云：「風色變林麓，俄驚寒氣深。枯蟬戀高柳，暮雨碎秋心。良友偶相過，薄醪時一斟。此中堪樂志，相與豁胸襟。」《擬古别離》云：「孤雁哀秋宵，思婦驚春曉。春曉流鶯啼，殘夢猶未了。憶昔良宴會，歡樂永爲好。形影恨相違，何況千里道。灼灼桃李花，紅顔自夭姣。依依楊柳枝，青條亦嫋嫋。園林有餘景，祇合憂心擣。思爲風中絮，飛入君懷抱。」孝廉七律最佳，僕最愛其「得好月看如對友，偶高枕卧當還家」二語，餘惜不能記矣。

石門譚友蘭有洞早歲食餼，喜吟詠。曾與少峰諸名流結今雨詩社，就正吴丈岱芝，不數年風流雲散矣。今友蘭由袁江以其《芾葉村莊吟稿》寄眎，並爲予詩細細摘疵，真直友也。録其詩，爲之牽懷不置。《沈艮山過訪》云：「地僻人蹤少，門閒雀可羅。好風吹客至，幽徑抱琴過。促坐神偏淡，論文話正多。那堪情未了，斜日照庭柯。」《雉子斑》云：「雉子斑，羽翩翩，繡頂朱冠五色鮮。十步飲兮五步啄，保身自謂計已全。終日弄影臨水邊，豈知網羅設野田。謾云身爲文章誤，抑思未惜文章故。鳳凰翱翔千仞岡，雲儀幾見弋人慕。」《浦西山見過》云：「清晨疎雨歇，一徑長莓苔。野鵲當檐噪，詩人踏屐來。縱談皆妙理，暨俗見高才。咫尺衡茅近，何妨待月回。」《九日對菊》云：「流光等白駒，世事同蒼狗。落葉滿空林，忽忽又重九。籬邊菊已黄，宜酌尊中酒。移酒坐花前，流連渾忘久。人生行樂耳，莫將良辰負。良辰一虚擲，轉眄非吾有。昨者少年人，今兹成老醜。可憐白楊風，日暮鬼燐走。」

杭城親串某有婢名秋蘭，温州人。年十五，主人欲污之，對以「爲妾則惟命，苟且斷不能也」。强逼之，以刀自刎於廚。時周夢溪官館其家，紀之以詩。僅記其一聯云：「其初猶以甘言誘，繼乃淫凶無不有。明知殊死等鴻毛，肯以潔身喂虎口。」此乾隆癸丑秋間事。

明周介生鍾以翰林從賊，世傳其爲賊作賀表，指斥明帝，儒者無不痛詈。近閱《吴梅村詩話》云：「介生以陷賊污僞命，自投南歸。南中誣其賀賊表有堯、舜、湯、武等語，論斬西市。其實乃張嶙然陝西賀表，非介生筆也。」嶙然，庚辰進士，以西安知府降賊。曾以語人曰：「偶爲此語，不意爲政府皇上所見賞。」又自請循宫中，手棄太廟神主於外。其死也，叩頭流血，口稱「皇上，臣該萬死」，蓋爲天所誅云。介生以文章負海内重望，不能殉節，死固其罪，獨爲鄙人所殺，誣以大逆，則冤甚矣。雲間李雯親見其事，曾有詩哭之曰：「亂世身名可自由，恨君不及鄭虔州。《劇秦》新論誰曾學，月旦家評總世讎。」介生有兄曰鑣，字仲馭，亦負重名。相忌積不能平，聞此言即仲馭文致，後竟以他獄與介生同死。「家評」蓋指此也。予因以二詩書其後云：「立身一敗如瓦裂，始信下流不可居。縱有家評原自取，陶庵兄弟竟何如。」「一代文章足楷模，向爲名節不相符。《美新》亦有生疑者，誰洗揚雲千古誣。」

甲寅至戊午，陳白雲斌館於吾家。其友吴蘅皋應奎、蔡香慧瑞榜、徐雪廬熊飛、王惕庵潽常常來訪，予因得與之訂交。蘅皋於書無所不讀，著述甚多，而尤長於詩。香慧工詩古文，雪廬兼工駢體。惕庵詩文稍遜諸子，而熟於史事，論辨觥觥。先府君呼之爲「齋中四傑」，每來必就宿，漏將盡，猶劇談不休。二十年來，白雲以哭母死，衡皋、惕庵以窮餓死，雪廬久滯海上不得歸。惟香慧有子，迎養官署，安樂數年矣。陳、徐、吴三子之詩文俱有刻本。香慧已有力，其著作亦不久當行世。惟惕庵身後無子，又居深山中，未能訪求，恐不免散佚矣。曾與之同作《吴興雜詩》，尚存篋衍，檢之又祇得一首，歎惋曷勝。「烟波户户畫樓低，艇子朝朝泊岸齊。蓼葉蘋花人上下，水清山遠郭東西。世平客唱湖州樂，吏治廳多太守題。畦稻桑田無海鹵，昔年薄賦紀塗泥。」

柞溪沈兩舟司馬鎮好善樂施，不許人知。性嗜蘭，遍購名種，繪《友蘭圖》以寄意。閨秀孔樹香昭慧題詩云：「謝傅庭前種，羅含宅裏栽。考槃如在谷，至性託循陔。風細簾初卷，茶香客正來。幽芳繁品類，按譜紀清才。」樹香適禾中朱氏，教子九山，登賢書，早成名士。

桐鄉孫浴沂德中，吾友康南秀才鎔之尊人也。生有夙慧，能文章，尤工吟詠。早歲遊庠，受知於舒雲亭明府。聲譽日隆。鄉試屢薦不售，遂絶意進取，著作益富。晚歲客桐江，山水猝發，行篋没水中，稿亦散失。所存《晴雲小草》，僅什之一耳。《桐廬》云：「縣小無城郭，人家傍渚濱。四圍山作障，半面水爲鄰。斜日下紅樹，野烟生白蘋。桐君棲隱地，畢竟少黄塵。」《春江竹枝詞》云：「風輕帆穩去如飛，夫婦舟中笑語微。攬得錢塘江上客，教兒今夜不須啼。」「船娘日夜駕輕航，纔到中年鬢已霜。自訴十三船上住，一生不著嫁衣裳。」《中秋夜步江上》云：「明月破羈愁，何須秉燭遊。更闌人語少，院密犬聲稠。碧樹起寒色，青山生早秋。支筇乘薄醉，江上任勾留。」《中秋泛月南湖》云：「湖雨湖烟一望收，閒憑小艇任勾留。輕年作客忘佳節，衰鬢依人感暮秋。菱葉波澄明去雁，蓼花風細狎輕鷗。漁歌聽罷歸橈晚，待月鈎簾水上樓。」《歲暮有感》云：「旅人皆寂寞，誰復肯相憐。卒歲時將近，魚鄉夢又牽。一燈閒古劍，半榻老寒氈。好作歸與計，春江喚渡船。」

以議論運化故實，唐李義山始導先路。予謂阮亭《姑蘇懷古》三首，可與《馬嵬》、《籌筆》争長。惜末首結句「傷心更有南陽宰，不獨寒潮泣子胥」，「胥」字誤叶入七虞，蓋偶然失檢。然二語甚佳，竟不能改。

詩人興到，縱筆爲之，往往不能無誤。惟賴同時友朋及後之校刻者細細摘疵，立時改定，則受直友之益不少矣。阮亭先生《苦寒行》一篇，通首祇用支、微、齊、灰韵，中間「鵂梟鳴枯楊，豺虎交路衢」，忽雜入七虞。當日名家林立，不知何以竟無人指出？

道光癸未，淫霖爲災，低區皆成巨浸。而吴中松陵爲尤甚，浮棺之慘，倍於他邑。鹿城徐萍客鑑慷慨勸募，悉力收撈。買阡營瘞，率皆親督其事，葬以萬計。復鳴於大憲，嚴禁奸匪，永絶阻葬之風，誠數十年來善舉也。其《乙酉春日盛川道中掩埋紀事詩》云：「微風細雨獨登樓，烟樹蒼茫望裏收。可惜清明好時節，客中岑寂易生愁。」「路繞王江涇市東，石梁高駕指長虹。停舟瞥睹堤邊骨，荆棘叢中若亂蓬。」「生不同時葬共丘，那分貴賤與剛柔。檢藏不覺添惆悵，他日誰將我骨收。」「頓首河干默禱酬，夜臺從此好歸休。紙錢一陌休嫌薄，諒我窮途行橐羞。」

吴思亭參軍修，榕園弟也。善鑑古，生平足跡半天下，所到必有詩。詩已四、五刻，最後有《吉祥居存稿》，蓋十餘年來登臨感舊之作也，而詩愈入老境矣。《己巳冬日都門喜晤查南廬茂才》云：「一别驚看已白頭，故園還爲話前遊。斷橋明月西湖夜，高閣松風澂墅秋。老更客懷增慨慷，詩應奇氣挾豳幽。酒腸能否寬如昔，燕市先拚鬭十甌。」《滕縣》云：「小縣東風草木春，客車行處見民淳。到來便憶檀園句，不見花開白似銀。」《江上寓樓》云：「夜來渾不寐，開牖起三更。林暗兼江失，雲忙擁月行。炎風醒薄釀，戍鼓聽高城。屋角松濤沸，晴還作雨聲。」《蘆墟訪吴處士鷗不值處士業縫衣以自給工詩》云：「秋水漲横塘，落葉無行迹。何處訪伊人，一片蘆花白。」

石門費北亭朝樞自幼工詩，年十四入泮，即與沈雲椒暨諸名士唱酬，同人皆推爲大敵。惜年未弱冠而卒。篋中曾藏其《惜陰齋吟箋》一紙，有《秋晚雜興》四首，録其二云：「箕南斗北火西流，萬事簫森望裏收。數點碧峰三徑晚，半村黄葉幾家秋。稻田繡錯停游屐，水國寒輕送别舟。況是夜闌添爽氣，清風明月入高樓。」「淺渚澄清波不興，雲峰倒影碧層層。官橋柳卧三叉路，别院烏啼千夜燈。行樂未妨招野鶴，題詩却喜遇閒僧。豆花雨過涼天暮，憶着幽人曲檻憑。」

嘉興戴松門明經光曾學極淹博，尤長於鑑古。其《從好齋集》存詩百餘篇，大半皆途中佇興之作。《自西安登陸輿中得句呈邵學使》云：「行客先鳥起，僮僕有寒色。崎嶇望仙霞，犖确尚姑蔑。不即車馬勞，那知舟楫逸。初日光始升，霜月寒未没。照見饑驅人，擾擾事行役。生平未歷境，遇目即新得。閩中山水佳，飽我泉石癖。忽覩嶺上梅，疎花逗消息。喜與春風遭，便思坐終日。」《南潯泊舟題僧壁》云：「偶來潯水一維舟，閒話僧房片刻留。佛火長青苔草緑，有人吟到寺門秋。」《謁孫太初墓》云：「先生雖已矣，埋骨不埋名。半碣雲常護，萬山秋月明。挂瓢聊一息，與鶴共三生。珍重舊詩卷，乾坤得氣清。」

明經嘗謂予曰：「吾鄉自竹垞太史後，復有穀原、籜石諸先生爲之提唱，近之詩人俱當斂手。雖吟詠之事，吾人不廢，然不可以此矜詡。至欲刻以炫世，則不知量矣。」嘗偕先府君超山探梅，得四絶句云：「尋梅有約訪詩人，人與梅花作比鄰。吟遍空山三百樹，不知誰是此花身。」「老幹應憐太瘦生，著花雖少却多情。嫩寒春曉香如許，只恐華光寫未成。」「亂揀繁花雪滿山，應知香在有無間。笑余腰脚從來健，直向峰頭踏雪還。」「好山回首隔烟霞，輸與疎籬野老家。多少詩情拋不得，媿無佳句答梅花。」四詩集中不載，知其散失多矣。

屬對有百思不能得者，有矢口而成不能改換者。曩偕陳古華太守在海昌州，扃門校試。太守於席間出對云：「山外山光半夕陽。」僕應之曰：「雲間雲影皆春水。」太守雲間人，故爲是言，實不能再換也。因憶《元史》，脱脱將赴三河，陛辭，元主錫之宴。至夜分，起曰：「臣明日早行矣，半醉半醒過半夜。」元主笑曰：「卿明日行亦不必早，三更三點到三河。」真乃一時佳話。

金山姚友硯明府念曾，予友蘇卿之尊人也。幼承家學，迨宦遊楚北，仍不廢吟詠。罷官時，年未三十也。厥後橅帖證碑，不問家人生産。好蓄硯，故以「友硯」自號。居官多惠問，楚中人至今能誦之。著有《賜墨齋詩》。《舟行即目》云：「緑野雲低村樹平，清溪宛轉趁朝行。香泥驚墮燕飛去，柳外一聲柔艣鳴。」「薄靄霏霏養嫩晴，碧羅新漲染初成。菜花黄到無垠處，襯得遥山晚翠明。」《風雨舟中作》云：「榜人寒透短蓑衣，蘆荻叢深怨路歧。雲重壓山雙雁落，風高劈岸一舟欹。柔橈細膩冰花碎，險語狂衝酒力奇。依約小村漁笛晚，不堪客思正離披。」《初至鄖縣視獄》云：「不見青青草，煩冤到處呼。鋃鐺吾自慎，凍餒爾無虞。余親驗桎梏，並捐給衣糧藥物。每念人爭棄，終憐骨未枯。夜深窺案牘，猶恐滯非辜。」《夜泊采石磯》云：「夜江不生湍，挂帆如卧席。回飈落蒼翠，推篷見采石。繫舟傍古槎，重林隱寒碧。仰瞻秋宇澄，一掃氛埃積。衆星不爭光，初月已生魄。忽作懸水明，復能穿林白。風月相嬉娱，江山同婉孌。幾年荆楚遊，見山逾千百。每見輒移情，烟霞豈真癖。冥鴻不知饑，腐鼠空相嚇。津途本無涯，衰老良可惜。何日餌丹砂，遂展憑虚翮。悵望謫仙人，浩歎終永夕。」

桐城姚姬傳先生鼐嘗謂予曰：「聖人之學，至一『化』字而極。《孟子》曰：『化而不可知之之謂神。』其於文也亦然。古來學《國策》者，何嘗竟似《國策》；學《史記》者，何嘗竟似《史記》。方望溪之文學歸震川，何嘗竟似震川，蓋化之也。不化不足以超凡入聖也。」先生古文，如涉黄河，如登泰岱，無津涯谿徑可循，詩亦幾於化境。其《題吴思亭西湖買月圖》云：「月出吴山外，人歸夜郭時。寒鐘昭慶寺，疏樹岳王祠。載酒聊孤往，攜船任所之。披君三尺畫，深我八年思。」

桐鄉沈白山宗德居石人涇上，耽吟事。與同里徐春郊、陸芥庵諸名士遊，詣益進。後其子鏡香死，遂輟不復作。旋鬱鬱成疾卒。鏡香以名諸生抱才不禄，無怪白山之不能釋然也。白山有《靈蘭仙館詩存》，身後嗣子薌浦輯之，將與鏡香遺稿合刻，然已屬吉光片羽矣。《寄春帆》云：「聞君竭已卸行裝，歷盡江南幾夕陽。鴻雁蹤孤歸有信，鱸魚秋老客思鄉。雲深遠樹迷牛渚，帆落寒潮過馬當。它日重逢拚一醉，尊前先理舊詩囊。」《喜友人自江南歸》云：「潦倒天涯志可哀，秋風時節賦歸來。一囊莫道輕如許，分得虞山七子才。」「記曾折柳送征驂，僂指年華已過三。坐對小窗秋意澹，一天涼雨話江南。」《招張六遊殳山》云：「繁霜布郊甸，紅染楓林足。夕陽耀爛漫，涖晚豁遥矚。緬想同心人，何以慰中曲。靈運喜陟山，獻之厭談俗。挾我琴朱絃，開我甕緑玉。聯袂發高歌，策杖縱芳躅。斯遊豈徒然，古人尚秉燭。況無金石固，安得甘跧伏。」

鏡香名鑑，没時才弱冠，詩皆二十歲以前作。予謂如新鶯出谷，其聲自然諧美，聽者怡情，非虚語也。《秋烟次韵》云：「蒼茫渾不辨朝昏，繞遍秋原黄葉村。孤客尋詩銜蠟屐，幾家炊飯認柴門。山光隱約兼雲氣，樹影模糊帶雨痕。向晚涼陰溪上合，鷺絲飛破蓼花根。」《遊陳氏安瀾園》云：「相公攜杖處，臺榭久飄零。鳥語分林弄，山光隔水青。小庭生菜甲，老僕當園丁。欲問滄桑事，風摇殿角鈴。」「紅塵飛不到，徑曲路難分。富貴閒花草，人家舊水雲。風聲動微籟，林影澹餘曛。一片殘碑立，摩挲蘚石文。」《讀禰衡傳》云：「管寧龍潛左慈羊，君何曳裾尸柩傍。懷刺不投薦表上，融非知己君非狂。當途衮衮輔篡逆，下此監廚兼弔喪。孔揚大小總兒輩，何況紛紛屠沽場。衣冠不屑沐猴伍，宜公裸體操《漁陽》。匄兒鋤蘭亦假手，黄祖無識殲厥良。《鸚鵡》一賦竟絶筆，乃令應劉稱文章。吁嗟乎！英雄落魄不如死，亂世何能容才子。漢陽抔土草萋萋，銅仙泪溢漳河水。」

月上，吾杭厲樊榭先生姬也，烏程朱氏女。先生《悼亡姬序》云：「姬人鍼管之外，喜近筆硯。從予授唐人絶句二百餘篇，背誦皆上口，頗識其意。每當幽憂無俚，命姬人緩聲尋諷，未嘗不如吹竹彈絲之悦耳也。年二十四而卒。」亡友周松泉曾贈予月上所畫紅梅一幅，自題詩云：「一枝紅綻傍牆陰，疑是絳衣仙子臨。莫説桃花偏命薄，多緣霜雪未能禁。」寄託遥深，悼亡詩所謂「搦管自稱詩弟子」者，洵不愧也。月上墓在西溪蒹葭里，昔年曾偕蔣蔣村輩修之，今不知尚無恙否。

曩讀《蘀石齋詩》，有《戴儀部文燈齋飲沈存周錫斗歌》，中云：「只如此斗方口酌酒多，環鐫杜甫《飲中八仙歌》。」又云：「欵記康熙歲戊戌，是時僕齡纔十一。」蘀翁去製器時僅六七十年，已寶重如此，今愈少矣。近見桐鄉時靈蘭上舍鏞藏一斗，蓋存周自製詩鐫於斗旁，以祝竹垞太史壽者。中鐫隸書「酌以大斗，以祈黃耇」八字。詩云：「《涼州》莫漫誇葡萄，中山枉詫松爲醪。仙人自釀真一酒，洞庭春色嗟徒勞。瓊漿滴盡生荔支，玉露瀉入黃金卮。一杯入口壽千歲，安用火棗並交梨。不願青州覓從事，不願步兵爲校尉。但令喚鶴與呼鸞，日日從君花下醉。」元、明以來，如朱碧山之銀槎，張鳴岐之銅鑪，黃元吉之錫壺，皆勒工名以垂後世，不聞其能詩也。若存周者，尤不可及矣。存周字鷺雝，居嘉興之春波橋。

靈蘭性嗜茶，嘗謂《月令》造酒曰「陶器必良」，況茶爲清品耶！爰自前明逸公、供春、其家、少山及本朝陳鶴村，諸名手所作，搜羅至數十器，命其子芳谷茂才作詩記之。今不備採，録其最精者四首，使它日與器並傳，亦藝林佳話也。「麴車何事見流涎，別有名茶結淨緣。讓却吴翁工著録，花晨月夕共周旋。海昌吴蒬牀明經著有《陽羨名陶録》。」「反實攜來黃葉莊，壺似瓜形，乃黃葉老人贈金介山者。一盃入口勝瓊漿。詞人落落成千古，誰寫新詩寄夜航。旁鐫『陽坡日暖分茶種，桑苧題詩寄夜航』句。」「離離仙果綴盈盈，盃似蓮房，旁復綴以諸果。曾向瑶池屢問津。劇愛四時春不斷，從今肺腑也生春。銘曰：『采采瑶池，有羡其果。收四時春，歸之肺腑。』」「白沙品更勝丹沙，皎潔無瑕信足誇。一勺石泉清可煮，邀朋頻試火前茶。」芳谷名繼善，年少工詩，出予門下。惜近以遊幕金陵，未能常聚也。

癸未小重陽，靈嵐司馬招同入雪香書舍賞菊。司馬首爲之唱，和者十七人。其「香」字韵之最佳者，如曹學坡云：「蟹肥十月酒初熟，蝶瘦一分花尚香。」吳楳岑云：「邀來舊雨兼今雨，撲去花香雜酒香。」「霜」字韵之最佳者，如曹六橋云：「傲骨瘦憐三徑月，秋心澹寫一籬霜。」徐壽魚云：「訪三徑歸巾墊雨，待重陽過瓦團霜。」曉滄之子嘉叔云：「花好澹於名下士，客來清挹酒邊香。」室生虛白庭邀月，葉墮微紅樹染霜。」時嘉叔年僅舞勺，詩雖薄，而能清而不佻，真可造之才也。越明年，其次子夢花病，旋至不起，此會寂然矣。

馬晴湖濬，古芸之猶子，能畫，精於音律。詩才敏妙，可與古芸相埒。著有《春星帶草堂稿》。《縐雲石爲容海兄作》云：「朝見雲出山，暮見雲歸岫。何年一朵雲，化作仙群縐。自剗南粵根，久蝕苔花繡。天假瀟灑緣，珍比仇池購。桐溪地半弓，園林新結構。以兹爲主山，高壓群峰秀。嵌空玉玲瓏，勢若飛靈鷲。緑波繞其南，照影轉臞瘦。有時風雨來，水氣蒸雲竇。屹然石丈人，樂與伴昏晝。子倣行雲銘，我撫岐陽籀。」《菜花》云：「薹心一抹淡烟痕，花壓芳畦近篳門。桃頰開殘春入畫，鱸魚味美容攜尊。香過寒食剛三月，黄到斜陽第幾村。最是踏青人去好，季鷹詩句細評論。」「十畝蔬園鏁緑陰，高低隨意散如金。此花別占芳菲景，凡卉輸他滋味深。挑去每邀名士賞，翦來不羨美人簪。老饕畢竟關心甚，閒倚吟筇緩步尋。」《爲玩山楊丈畫扇並題》云：「春色撩人到筆端，風姿低壓玉欄干。銷魂最是江南地，滿架青籐月一團。」

耐冷譚卷十三

仁和宋咸熙小茗撰

孝豐吴竹巢進士子應保，少有神童之目。四五歲時，余偕陳白雲過訪竹巢先生，知其已能詩。白雲以庭前棕櫚樹試之，即矢口曰：「棕櫚樹，如狒狒。髮之長，垂於地。」嘉定李鄦齋方伯《稻香吟館藁》中有《吴神童詩》云：「神童兩歲餘，阿翁抱就案。《爾雅》讀終篇，還能弄柔翰。」蓋兩歲已能讀《爾雅》，古人之識之無，不足多矣。

鄦齋方伯少作經生，長爲循吏。詩其餘事，不肯多作，然所著《稻香吟館藁》中多仁義之言，非侈口談詩者所能及也。《平湖戴氏二孝女詩》云：「農家戴秀山，兩女有與如。父死矢不字，持弟十歲孤。夜織兩張機，朝耕兩柄鉏。風中同拾薪，雨中同摘蔬。兩女勝兩男，克代母氏劬。有肉果弟腹，有緜温弟膚。弟長延厥祀，女甘爲之奴。哀哉弟再娶，短命影忽徂。遺腹幸生男，繦褓泣呱呱。呱呱豈無母，呱呱賴有姑。姑心不忘父，母心忍負夫。室雖有兩賢，末由化一愚。母老又終堂，苴杖代弟扶。椎心聲暗吞，洗面泪早枯。頻頻舉四喪，罔廢菑與畬。辛苦卅餘載，姪已能負芻。有年已六十，如亦五十餘。四目不識丁，何論《詩》與《書》。至性本天成，金石不可渝。女貞雖非正，女孝良莫逾。昨輯邑乘稿，衆口交稱揄。今爲賦此詞，以俟旌其間。姪壯不報恩，弗及銜鼓烏。」《陸孝子割股行》中有云：「親年修短自有命，兒肉何由愈母病。然而能人所不能，畢竟過人有至性。」《葉貞女詩》結句云：「禮勿《周官》泥，詩同姜女旌。休論賢者過，終近聖之清。」持論甚正。葉貞女，字澧督許公子。許子殤，貞女甫十齡，立志守貞，以死誓，父母不得已從之。年二十七而死，亦世所希有也。

秀水王茂才家英績學能文，不以貧故廢業，詩尤精妙。所著《冰壑寒林館集》，澹川後可以繼起。錢塘陳明府雲伯謂其五言如「梅花石門月，殘雪鴛湖春」、「琴書最遥夜，風雪獨歸舟」、「霜風催驛路，星月帶秋城」、「秋晴數峰雨，月色半湖烟」、「人歸春岸遠，鶴立釣船輕」，則張水部、賈長江之刻至也；七言如「風起江寒潮似雪，天空夜静月如霜」、「鐘聲出寺鳥驚樹，月色滿湖人倚樓」、「鴉歸古木斜陽影，風走空廊落葉聲」、「客尋山寺趁斜照，鴉識水村歸晚烟」、「野人籬菊自佳邑，江寺秋鐘起暮聲」，則許丁卯、趙渭南之曠逸也。予謂集中佳篇林立，實不止此，姑就明府所賞者録之。茂才復工鐵筆，善寫蘭竹。所刻《鴛湖漁唱詞》四卷，又今時之姜白石矣。

吾鄉胡龍友辰瞻隱於市，歌聲時出闤闠中。與孫補山相國善。相國既貴，未嘗一干之。先府君之初入都也，屬以書貽相國。拆緘，並無尺牘，祇有二絶句。詩云：「百緡新買臨平屋，祇與君家隔一塍。知爾定將鄉味憶，門前已熟水紅菱。」「兩逢儉歲窘吾鄉，人面都如菜葉黄。秋雨幸堪彌夏旱，西風吹送稻花香。」年八十餘，老病無子。相國憐其貧，致書守土者令周之。書至而君已死，因哭以詩云：「病起寒窗叫斷鴻，悲來怪雨挾盲風。貧當糧盡還留鶴，吟到秋深竟化蟲。賚志未能圖五岳，無兒難免悵三同。孝章死後書方到，此事終須怨孔融。」

德清徐遠坡明經廷釗館予家最久，古道真言，友朋中所鮮。精時義，詩不多作。然乘興偶吟，雖使終日劈牋分韵者遜其貼妥，知由性情學問中來也。《讀學古集》云：「今人不如古，儗之恐失倫。學古即爲古，先生斯其人。先生不可作，誦詩見天真。天懷何高曠，著論醇乎醇。源流《三百篇》，下視漢與秦。有時鳴天籟，大樂布《韶》鈞。有時發清越，水石聲粼粼。古調誰獨彈，爲此良苦辛。曲高和者寡，律盡回陽春。我至小山堂，恨不見先民。一編反復讀，仰誦如明神。」《雨過菰城》云：「一櫂侵晨發，菰城早可望。誰催風雨楫，真入水雲鄉。蒻葉遮危岸，榴花壓短牆。歸應看競渡，佳節近端陽。」「船纔離上箬，酒更憶烏程。我醉忘途遠，天低斬午晴。雲蒸山易暗，溪漲水難清。破浪衝風去，何愁再受驚。」其《憶梅》佳句如「兩行枯樹斜枝好，一角離亭暮色昏」、「酒闌茶罷三更話，几净窗明一卷詩」、「荒亭可認前題壁，野渡曾思小結廬」、「待客不來空守驛，尋詩無計獨巡簷」，不脱不黏，一空凡艷，真可入《主客圖》也。

王以銘蔚文，錢塘諸生。棘闈屢擯，遂絶意進取，一肆力於詩。予每至故鄉，同好中或有舉其能詩者，而未及過訪，今不知尚在否？近閱周小癡《客杭雜録》，得其所摘兩聯。一云：「尚平婚嫁終爲累，顏子簞瓢未是貧。」一云：「病除斗室脱籠鳥，寒戀孤衾在繭蟲。」思深筆健，乃知人之稱道非虚，而以未得早識其人爲恨也。子鳳佐，名儁於庠，聞亦工詩。

昔人以少年科第爲不幸，吾謂人生早慧，亦非幸事。蓋恃其天資，未能刻苦者有之；且髫齔之日，名譽滿前，亦足折福。譬如花早開者，還早謝也。是在爲父兄者，教以謙恭，培植之，使善根不壞，庶可養成大器耳。吾友嚴修能元照四歲能作擘窠書，倪米樓稻孫五歲能熟誦《文選》，長亦學問甚充。

卒以偃蹇不偶，終於一衿，壽亦不永。石門毛可風大成幼有神童之目，受業於陳梅垞先生，極愛之。十三入泮後，屢踏棘闈，終於不售，年未五十而没。可風不如嚴、倪兩君之多述作，而於詩特佳。嘗見其《燈下自嘲》三十絶，僅記其四云：「贅疣寰宇寄，落落竟無因。貰得一壺酒，難分片刻春。」「五岳歸方寸，孤棲罕結儔。往來荆棘裏，得食亦知羞。」「謾説依人苦，端因入世難。挑燈尋昨夢，風雨一窗寒。」「有詩消壘塊，無藥補清羸。自問甘如此，何須更揲蓍。」文人命薄，不勝浩歎。

石門鄭鐵厓鼎亦諸生，帖括之暇，最喜吟詩。不事彫琢，而以自然勝。惜隨作隨棄，不自收拾。僅從詩僧西印案頭見其《書齋漫興》云：「計拙何須耻賤貧，默觀時事幾番新。酒盃棋局當場夢，秋水春山隔世因。到眼葉經空色相，開窗不復礙心神。鵷鴻得意誰爲伴，尚喜群鷗日夕親。」「誰道蓬廬跼寢興，微風過處少青蠅。有門長閉三竿竹，無水恒沈一片冰。説劍偶然招俠客，談詩且喜得高僧。生機但得隨時長，於世何妨百不能。」

石門又有陳桐西孝基者，本海昌巨族，籍於石邑者也。辛酉得選拔，不用而歸。究心風雅，詩宗初白一派。其《答周小癡》云：「被褐出鄉邑，數載滯客程。樗材棄匠石，莫增親戚榮。歲暮遠歸來，慮爲人所輕。惟兹髫齡友，頓覺喜意盈。母老兼子弱，内念常代縈。萍蹤幸旋反，如慰飢渴情。新詩辱投贈，真摯意畢呈。迥與俗見異，宜以癡自名。投瓊李須報，雅什非易賡。飲子一尊酒，永訂歲寒盟。」

汪菊友明經聖清，澹糫弟也。才與乃兄相埒，人比之二蘇。著有《賜書堂集》，未能付梓。予已選其詩入《桐溪詩述》中。今復見其《題外舅施映川先生冰絃感逝圖》七古一篇，筆意婉轉，情味深長，讀之不忍舍，復録於此。云：「歌莫作鼓盆聲，歌聲嗚咽傷中情。琴莫彈《離鸞曲》，曲調淒清音斷續。人生伉儷期百年，此生更結他生緣。我翁六十頭未白，誰知兩賦《招魂》篇。憶昔青春求鳳早，十七年中歌静好。芳庭頻喜長芝蘭，北堂倏已萎萲草。傷心不願續鸞膠，群雛唧唧啼空巢。藍橋覓遍裴航杵，鳳閣方諧弄玉簫。玉簫瓊杵慰深意，織縑織素兩無忌。共把新人比故人，新人難爲故人易。蘋蘩滫瀡幾年華，舊雛拂拂新啞啞。但見孟光守荆布，不聞閔子泣蘆花。挽鹿丸熊廿四載，誰料珠沈玉又辟。撫人弱息俱長成，自有嬌兒反棄背。我翁篤愛情最真，此時不語惟傷神。可憐孤鸞泣瘦影，可憐别鶴唳清晨。孤鸞别鶴不成調，一絃一斷一悲悼。緑綺誰傳宛轉心，銀紗繪出淒涼貌。玉貌淒涼倚石牀，桐陰鶴影總堪傷。無復梁鴻眉並案，頓看潘岳鬢如霜。冰絃零落難再鼓，一琴傍列一琴撫。舊恨頻添柏子香，新愁悵斷鴛鴦譜。新愁舊恨兩不禁，丹青慘淡圖雙琴。題辭恰愧江郎筆，難寫恩情萬種深。」映川先生係少峰尊人，鄉里有善人之目。觀紀哀詩中所列之物，其性情嗜好迥異凡流，真高曠士也。

邵康節先生《無名公傳》云：「心無妄思，足無妄走。人無妄交，物無妄受。」名言當書諸紳。予嘗欲葺一軒，署曰「四無妄齋」，而未果也。

家笠田明府樹穀與同里汪翁耀川善，明府官兩當縣，緣事被謫。明年没於戍所，翁出塞負骸骨還鄉，葬於湖上。復爲其子娶，贖舊廬歸焉。翁故貧，人皆目爲義士。先府君有詩，存《學古集》中。徐雪廬翰博作《義士行》云：「天下無義士，朋友倫乃絶。朝爲知己暮寇仇，薄俗紛紛那可説。汪君意氣何嶙峋，肝膽照人久更真。平生獨與宋君友，如手足不離其身。宋君出宰兩當縣，遣戍新疆習征戰。全家八口苦飢寒，臨别愁看泪如霰。是時送者滿江沚，君獨旁皇拂衣起。爾親吾親子吾子，有渝此盟如白水。穹廬萬里宋君歿，匹馬西行拾殘骨。馬毛結冰馬蹄熱，往往夜墮流沙窟。生人死友同入關，葬向南屏鬼嗚咽。君行苦遠家苦貧，謂友未死猶吾存。寸心誓不負泉壤，呼以義士不忍聞。君不見南山有烏尾畢逋，梧桐摇落竹實枯。破巢完卵古不保，白頭老鴉代哺雛。雛成飛去會有日，義士之義今則無。嗚呼義士今已無，翻雲覆雨何爲乎！」

族曾祖受谷先生，居里中之界河，中歲即棄諸生籍，與金岕老諸前輩詩酒往來。闢圃曰「苟園」，黄土爲牆，環以梅竹。舍前有池，植荷數百本，今皆夷爲平地矣。詩以誠齋、放翁爲宗，著有《雲深草堂集》。覓之已不可得，僅餘殘紙數十繙，而又失其古體，可慨也已。《立春日晴暖特甚過冶庵見紅梅和高青丘韵》云：「鎔盡溪流無定姿，祇因殘臘暗中辭。暖兼秋末冬初際，早動螺青鴨緑思。篋舫緩移深淺渡，槿籬攢簇兩三枝。蒸霞一片欺桃杏，想是迎春得意時。」「霜根鐵幹信孤芳，眩眼偏能改道裝。應比鮮妍勾漏邑，依然瀟灑贊公房。稜稜微露當風骨，灧灧輕分帶雪香。緑萼幾株猶黯淡，休緣脂粉怨蒼凉。」《九日獨步溪南小憩僧舍》云：「桑徑沿溪轉，瓜陰抱蔓垂。偶因側帽過，記是插萸時。青眼逢人少，黄花應候遲。登山吾已懶，此亦慰遐思。」「精舍平橋内，荆扉雙樹間。興隨尋菊至，時喜值僧閒。茗草嘗秋岕，棕鞋話舊山。每談奇絶處，令我一開顔。」

石門吴書巖文烝，號儷雲，香竺刺史之弟也。少穎悟，六齡就塾，即能辨四聲。香竺官粤東，儷雲慕羅浮之勝，襆被往遊，而詩境益進。香竺謂其詩春容嫻雅，如宫柳三眠，春鶯初囀，不虚也。著有《讀易軒遺藁》。《題少峰竹下鳴琴圖》云：「願得清閒樂，知君静者心。獨來修竹裏，小坐撫瑶琴。流水疎林繞，涼風石磴陰。自然多妙趣，不更覓知音。」《題畫》云：「深林漠漠幾迴環，中有幽人意自閒。一面巒光三面水，垂楊青到隔溪山。」

武康陸秋圃聯奎以能詩名，雪廬友也。曾客塘西，寓大善寺。時先府君已殁，僕亦出遊遠方，未曾録其詩，深爲悵恨。雪廬懷以詩云：「大善寺前秋葉黄，水南水北盡漁鄉。客遊一事真堪惜，不見詩人宋茗香。」

乍浦劉瑞圃潮性豪放，廣交遊。築卷勺園，地不過五畝，饒泉石之勝。名流麕至，觴詠無虚。又作《南澗訪僧》等圖，題者甚衆，因彙刻之。秦小峴司寇《題卷勺園圖》云：「石闌點筆夕陽西，一種垂楊翦欲齊。春盡坡陀芳草外，落花風裏亂鶯啼。」吴穀人祭酒《題南澗訪僧圖》云：「南山頂上結茅屋，一卷《法華》經夜讀。白雲來往護雲林，惟見梅檀與修竹。君從下界訪維摩，天花飛落風如梭。聽得木魚無覓處，澗水潺潺緑浸莎。」同里徐春帆《題秋江載菊圖》云：「蓼花風冷若耶溪，錦石清江夕照低。争似蕭蔬烟柳外，載將秋色過湖西。」張荔園教授《題荷鋤圖》云：「清疇一帶繞平堤，短短新秧出水齊。畫取右丞詩句好，深林烟火輞川西。」滇南閨秀王玉如《題笠澤秋帆圖》云：「落盡芙蓉秋水新，鯉魚風起罷垂綸。叢書好續天隨子，亦是江湖一散人。」其餘名作如林，不能多録。瑞圃子茂榕工詩文，有聲饗序。

老友程炳堂明經榮號曰春臺，襟懷灑脱，篤於友誼。工詩，擅畫山水。作擘窠大字，時得海嶽遺意。其《題秀芝老人松陰對弈圖》云：「澗泉流琮琤，岩松蔭窗几。小院静棋聲，子落清陰裹。勝負任客争，吾心淡如水。素鶴共悠然，茶烟颺空起。」頗得王、韋淡遠之趣。公曾司訓石門，此詩在石門時所作。秀芝老人者，精圍棋，縣府志俱有傳，即是映川先生也。

臨海吕氏，宋文穆公裔也。有一老女甚奇，未婚而夫死，家極貧，誓不再字。屋内有曠地一方，約二畝許。闢之爲田，自耕以食。天旱，提甕汲水以灌之，穀實倍茂。終日閉門，爲人織絹，門外過者但聞機聲軋軋而已。僕在台郡日，聞其能作小詩，且工楷法。以扇索書，寫來近作一絶云：「一年社日多忘了，忽見庭前燕子飛。禽鳥也知勤作室，銜泥帶得落花歸。」款署「吕霜」，印鈐以墨。時年近五旬，蓋守貞幾三十年矣。

假詠物以寄託，此詩之比興體也。不倒翁，么麽小題耳，入吴梅村集中，具見大家手筆。近無錫秦偉齋茂才昌煜作此題云：「勸酒筵前似滑稽，争看兒輩共排擠。憐伊薄命還同紙，笑爾浮生尚辱泥。世路豈能無折挫，直躬原不賴提攜。縱教顛撲終難破，一醉陶然萬物齊。」「禪根不礙是圓通，參破當頭一棒中。人世紅塵徒滚滚，乃翁妙法自空空。因緣流水憑誰了，傀儡登場悟鮮終。若問蒲團真解脱，最宜鎮静守家風。」「萊衣戲著舞蹲蹲，抛擲光陰百歲春。自負老成堪砥柱，何緣俯仰但隨人。世情閲遍多圓轉，軀殼由來孰假真。剩有昂藏無傲骨，撚鬚一笑入風塵。」「利鎖名繮不受牽，風流跌宕似顛仙。欲揚先抑工交戰，因屈求伸悟《易》詮。天地甚寬胡局蹐，機緘孰鼓任盤桓。衆人皆醉翁醒否，與世推移乃曲全。」偉齋爲小峴司寇之孫，綺年績學，文藻翩翩，真堪繩武也。

古芸舍人和作四首，體物瀏亮，措語温醇，蓋其蘊釀尤深也。並録之云：「勞勞最苦作周旋，淺薄皮囊剩可憐。未慣逢迎但低首，不成隊伍共摩肩。衣冠優孟嗟卑甚，面目廬山認儼然。學盡折腰垂手態，助人歡笑舞當筵。」「身如木偶一般癡，局蹐登場技莫施。胸次雖寬容物少，脚跟稍定怕人移。兒童戲爾全無覺，牛馬呼卿亦不辭。也算英雄遭末路，空勞倔强説鬚眉。」「紛紛盡是藐然身，海内昂藏見幾人。大抵有揚先有抑，誰云能屈不能伸。神仙豈易超凡界，軀殼終須委俗塵。何必耻爲長樂老，安心俯仰百年春。」「黄奴休道没心肝，利鎖名繮解脱難。佛法圓光無窒礙，詩人傲骨總單寒。但存萬物皆空想，當作三生如是觀。滚滚紅塵多蹭蹬，教他鎮定守蒲團。」

桐鄉汪氏，其寄籍秀水者，科名獨盛。雲壑殿撰之弟筆山先生，嘉慶己未進士。由編修擢侍御史，以言事改刑曹，復歷九卿，屢尹京兆，俱以直聲結主知。迨身當事權，奮厲率屬，以廉勤報國，以惠愛撫民。卒由盡瘁致疾，終於粤東藩署。著有《羼提居士詩集》及散體文若干卷，不知何日能付梓也。其《送費西墉給諫奉使中山》云：「聖皇綏藩維，無間海内外。顯忠固其存，永永傳礪帶。先生專對才，璀璨珠落欬。豸冠既巍峩，臺省矜節概。矧當直樞府，鴻筆時無對。旍旆出秦隴，戈甲戢屯砦。軍威赫斯揚，治體見其大。以之柔遠邦，寧不論功最。此邦夙恭順，寵命隆策拜。山南與山北，想見頌汪濊。惟聞潢池瀕，薄患在癬疥。朅來奉明詔，勤事惜良帥。誰歟職後勁，克與事機會。么麿極無虞，曷若獮厥類。竊惟梓鄉鄰，尤望莧陸夬。豈云俎可越，謨告職所在。知有籌海編，長策垂利賴。」

桐鄉鄭春畬敬懷，隱於市者也。酷嗜吟詠，飲食常作推敲狀。所作既多，編爲《帶草堂詩鈔》，予芟薙之而爲之序。《火葬歎》云：「人死不入土，久恐委溝瀆。誰知更有慘於此，忍心火葬到骨肉。掩骼埋胔仁政急，慮其暴骨飽貍腹。吁嗟火葬出異俗，如此曷若將骨暴。骨暴猶得全其軀，焚如只存軀一掬。嗟乎兄弟本同枝，父兮母兮更將我撫育。乃竟忍心灰其軀，哀哉何異遭殄戮。雷霆罰之胡不速，多少荒郊鬼爭哭。」《題朱秀岩拂珊昆季聯牀夜話圖》云：「聽徹雞聲報五更，清譚不倦見真情。讀山樓畔一輪月，輪與朱家好弟兄。」「明月前身復後身，二蘇友誼未曾淪。天涯兄弟知多少，話到聯牀有幾人？」

慈溪馮小宋進士璟，工詩善書，尤精弈理。於西湖寺中同寓三日，别後不復見矣。曾權石門縣訓導，旋補江南知縣。以不善事上官落職歸。杜門著書，不問人世事，蓋今之賢士也。其《題施少峰廬山觀瀑圖》云：「昔讀太白詩，興爲廬山發。道遠莫致之，卧遊仍恍惚。今觀施子《廬山圖》，衆峰勃崒相委輸。匡君一去長不返，此中會有群靈趨。石橙林巒事事奇，山腰瀑布千尺垂。矯如神龍屬天降，疾如駿馬下坂馳。蜿蜒百折不可止，一帶霜華翠岩裏。妙筆繪水兼繪聲，歕欲喧豗疑在耳。憶昨買櫂來嘉禾，遲君剥啄相經過。出門四望盡原野，捫葛攀藤興若何。把玩此圖不復厭，詩人拄頰時相見。懸流郤待洗塵勞，春風春服珠璣濺。」筆力矯健，不肯作庸俗語。身後生計蕭然，其詩恐未必能付梓矣。

昌化徐茂才家仁，耿介不苟合，獨喜奇山水，有得輒爲詩歌。著有《竹溪偶存草》。性愛竹，築别業於雙溪上。種竹萬竿，顔曰「竹溪書屋」，因以爲號。其《自題》有「清宜雙澗濯，俗倩此君醫」之句，風趣可想見矣。《暮秋晚渡雙溪》云：「不覺秋將盡，蕭疎景物涼。樹聲飛落葉，雁影冷斜陽。歸櫂雙溪碧，中流一塔黄。愛閒人獨立，月色已如霜。」《秋日晚眺寄方少園》云：「郭外最清幽，斜陽一望秋。西風黄葉渡，野水白蘋洲。雲淡日將夕，烟深波欲流。故人應憶我，小立碧溪頭。」七律警句如《岳忠武王墓》云：「金牌尚下三軍泪，玉食偏忘五國城。」《秋感》云：「秋風破硯飢驅我，夜雨孤燈冷逼人。」《漫興》云：「每聞勝境神先往，但見奇書悶即消。」俱極工整。

管芷湘庭芬居海昌之路仲里，年纔逾冠，詩筆甚佳。《立夏日偕祝夢麟馬賦梅兩茂才散步口占》云：「夕陽一抹挂林微，到處村莊掩竹扉。濃緑滴衣禽唤客，桑陰閒煞野薔薇。」真後來之秀也。

金兼山先生室人李，夙聞其嫻吟詠。僕輯《桐溪詩述》，欲采其詩，詢之令子向齋，則家遭多故，不常厥居，已散佚矣。丙戌夏，其孫香波出伊叔立齋所書素箋見眎，詩筆高渾，脱盡脂粉之習。蓋閨閣詩中所罕見者也。《白紵辭》云：「高高白月明長空，錦堂酣宴銀燭紅。美人歌舞出吴宫，纖腰宛轉妖且工。新裁白紵合歡叢，翠翹珠綴垂玲瓏。當筵試舞妙不窮，宛如游龍驚翩鴻。花枝裊裊拂簾櫳，輕雲欲度迴微風。折腰流盼春色融，光輝旋生四座中。凝嬌欲進倚繡籠，繁絃促管曲未終。東方欲曙天濛濛，百歲爲樂愁匆匆。」兼山翁《贈仙》詩云：「雲鬟花顔世外姿，兼工作字與吟詩。」則孺人不獨能詩，且能書矣。集名《媚蘭軒賸稿》，今香波於里黨中尋訪而搜輯之，亦賢子孫也。

同里姚樸人茂才世彝爲詩甚捷，頃刻千言。著有《讀我書齋稿》，詩以情勝，在唐人中於劉夢得爲近。惜予寄居百里外，有此美才，未能與之朝夕談藝也。《晚歸》云：「緑陰深處柳芊眠，晚動歸橈水閘前。回首烟雲迷古寺，艣聲摇破夕陽天。」《端陽日晚步兼懷友人》云：「斜日欲西匿，晚鴉無數過。蒲觴幾家罷，艾氣一村多。之子隔如許，余情憶若何。行行且彳亍，漁艇遠聞歌。」《塞下曲》云：「匝地黄塵天一涯，邊聲四起動胡笳。征人十萬横磨劍，不斬樓蘭不返家。」「龍城飛將出雲臺，鹿角森嚴密不開。忽報健兒飛匹馬，三更生縛白題來。」《寄勞泉香如齋昆季》云：「瓦屋東西結兩頭，居然二陸姓名留。山川靈秀歸詞苑，兄弟文章入《選》樓。帖愛羲之頻印可，詩吟白也自風流。浣花箋紙桃花樣，愧我題襟步玉鈎。」

國初時，禾中吴赤溟炎、潘力田檉章分詠勝國時事，名曰《今樂府》。自洪、永至崇禎，每人多至百首，互相評隲。吾友徐春郊幾亦有《明史樂府》數十篇，刻入《春郊詩集》，可補吴、潘二公所未備。詩格亦相髣髴。《嘉禾徵獻録》謂赤溟，秀山人，爲東籬野人之兄子；力田，本吴江人，年十五寄籍桐鄉，爲諸生。國變棄去，隱郡城之韭溪。二公詩久已失傳，吾家尚存鈔本，俟稍有力，當與春郊詩合刻之，以供博雅者觀覽。今僅列春郊詩三篇，以爲嚆矢焉。《高新鄭》云：「高新鄭，逐馮保。馮保逐不得，反逐高閣老。馮保奴儕何足憎，可怪宰相張江陵。君不見老監尚説高鬍子，行刺之事必無此。」《發顯陵》云：「襄陽已失承天陷，賊兵盡殺守陵監。特敕僞將發顯陵，誰其助之張郡丞。衆舉鍬鋤欲開鑿，狂風驚雷忽大作。空中突出金甲神，手提金瓜亂擊人。郡丞仆地口流血，一夜昏迷氣遂絶。吁嗟乎不得其死張聯奎，死節乃不如其妻。」《李公子》云：「李公子是精白子，父爲乾兒子豪士。年荒散粟數千石，忌者輒誣其通賊，身陷囹圄禍不測。劫牢出，投賊營，營中稱爲仁義兵。兵敗竟絶李氏後，毋乃李精白之咎。」

郴縣高知岩太守三畏守杭郡時，善政浹人肌髓，後遷觀察去。生平精時藝，刻有《四知堂稿》。予年三十，猶沈淪諸生中。先生作《論文歌》以示，慨切敦勉，學者皆可奉爲良箴焉。「宋生家學本淵源，茗香有子吾欣然。玉質瀟灑美少年，論古譚今腹笥便。卅歲屢點龍門額，蹉跎空望瀛洲仙。共羨逐鹿捷足先，豈謂得魚轉忘筌。我朝選士遵時藝，帖括已自前代傳。王唐歸胡規模遠，陶董金陳思力堅。國初名家多遺編，方儲王張復争妍。至今三江稱文藪，武林耳熟尤多賢。就中攻苦老逾綿，星齋前驅後鹿泉。緬君才富年方壯，忍教中道任迍邅。家本非貧親未老，愛日惜陰莫稽延。藏書萬卷買未足，惜君愛博情不專。眼高手生徒自苦，温故知新有真詮。若禁體物競白戰，貽笑空疎自棄捐。若同鈔胥争考據，轉病訓詁滋拘牽。願君勿存騎牆見，願君勿蹈覆轍愆。不從浮言争得失，好從寸心悉窮研。清真雅正爲科律，簡練揣摩是機權。易而難兮難復易，解人可索悟後禪。勸君努力莫問天，自有隻眼認青錢。玉堂金馬承恩早，親在顯揚孝始全。嗟我弱冠泮遊後，坐負年華守寒氈。三十六宫春已老，椿蘐並萎恨終天。窮途頻效阮籍哭，石路重着祖生鞭。四旬儌倖未爲晚，風木空悲錦衣旋。禄不逮養官奚貴，三牲徒泣塚墓前。終身遺恨心版鐫，悔過不惜苦口宣。雷門布鼓班門斧，到處逢人自忘顛。」是詩贈於戊午之春，越十年丁卯，予始舉於鄉，而先府君已不及見矣。重閲公詩，不禁泪零如雨。

耐冷譚卷十四

仁和宋咸熙小茗撰

漢人之詩，如登山造極，溯水得源，見衆山如培塿，江河皆支派。後人雖竭力追摹，畢竟讓其高且大也。即以婦人論，六朝至今二千餘年，閨閣之能詩者，實無其匹。如戚夫人《舂歌》、烏孫公主《悲愁歌》、趙飛燕《歸風送遠操》、班婕妤《怨歌行》，遒健哀惻，俱堪直接楚《騷》。若唐山夫人《房中歌》，著作巍然，雖廟祠大章，亦出婦人之手矣。卓文君《白頭吟》、王昭君《怨詩》，旨厚詞清，直可與蘇、李並驅。至《盤中詩》出於蘇伯玉妻，《迴文詩》作於竇滔婦，《靧面詞》製於崔氏，特創古今未有之格，可謂人巧極天工錯矣。惟蔡文姬《胡笳十八拍》，中多懈句，俚語亦間出毫端，下於漢、魏數層，自是齊、梁人所擬。

漢詩之佳者，直從《葩經》出，不從楚《騷》出。《郊祀》，如《詩》之有《頌》，《房中曲》，如《小》、《大雅》；而《鼓吹》、《鐃歌》則《風》矣。雖周詩質，漢詩奥。奥稍遜質，然其奥處，正其不可及處。晉、宋漸入於文，漸取清雅。言之文，實詩之衰也。

德清東鄉陳氏女，許嫁同邑國子生王謨爲繼室。將婚而謨卒，女欲往奔喪，父母不能止，遂衰絰如王氏。既至，撫前氏子成立，子亦能善事其母。守節至三十載，旌其門。吾友許兵部宗彦爲之作傳，阮師芸臺宫保題以詩云：「兔絲附高松，所願保歲寒。一朝折秋風，飲此長恨端。童容未盈門，

《虞歌》已前澗。同穴會有言，聊用謝親串。升堂治井臼，入室理遺衾。至今桓山雛，哀哉多古音。廟見始祔姑，勿貽《禮經》誤。古人重心期，寶劍帶丘墓。許君書節婦，善善從其長。庶幾高愍女，同此千秋芳。」

江蘇女史唐素精於繪事，父病而貧，母亡，矢志不嫁，賣畫以養父，亦奇女子也。吴香竺刺史有題其花卉卷云：「泱泱吴江水，清光拭明鏡。淑女芳荃姿，肫然秉至性。失母誓守貞，樓居獨清静。匪曰愛孤僻，事父義尤正。清才軼凡艷，繪事領幽興。即此寫生手，可當循陔詠。」「母亡父無偶，女在母有子。晨昏菽水養，艱難此十指。身如冬嶺松，孤標只自矢。心如秋籬花，無意鬬紅紫。」「古人厲風節，今俗習澆薄。豈知名教地，謹持在閨閣。卓哉孝女行，萬古日星灼。翰墨特餘技，亦足式俗學。從來軼世才，根自性命託。我吟五字詩，警人代木鐸。」

僕嘗謂松江有二異人：一爲明末之唐仲言汝詢，五歲而瞽，每令一人讀書，坐而聽之，卒以詩名家；一爲國初之蕭芷涯詩，家貧落魄，爲梓匠以自活。運斤之暇，每喜讀書，清夜篝燈諷詠不輟。文人學士，有造之者，未嘗一見，見則必操斧斤，因名其集爲《釋柯》。仲言《編蓬集》，予及見之。芷涯之名，人鮮有知之者。惟王阮亭《香祖筆記》載蕭詩字芷涯，佳句有云「遼海吞邊月，長城鎖亂山」、「山寺梅花傷别易，天涯芳草寄愁難」二聯。近閲金山丁霽堂《溉餘吟草》，有《題蕭山人詩釋柯集》，是松江已有傳本矣。己卯秋，予於杭城書攤，得《南村草》，亦署曰「芷涯蕭詩」。詩止六七十篇，筆意高淡，定爲晚年之作。豈即《釋柯集》之一種歟？抑别有《釋柯》，而此爲晚年所定之集歟？俟訪霽堂再問之。

今先録《南村草》詩，以存梗概。《臨高二首》云：「行行出梵刹，乃登百尺丘。日暮鳥聲急，更覺雲林幽。落葉弄返景，青山天外秋。曠懷攬無際，朗吟繼清謳。」「臨高望西疇，野水帶村曲。清磬出深林，悠然淡無欲。回顧興遠懷，伊人在空谷。一笑獨回首，夕陽滿茆屋。」《冬日送李樗翁》云：「海水何渺渺，寒雲自茫茫。仙舟鼓蘭枻，夫子歸故鄉。把袂一爲别，中情兩難忘。摇曳片帆去，清波浮日光。」

崇明施樸齋彦士作《海運議》，大旨言漕、河不兩利，明人塞河以爲漕，而漕政壞；即避河以利漕，而十字河以下卒不可避，而河亦卒不可治。然則避河之衝，而别開新河、迦河，及新舊河以繞會通，何如古人海運成法，而河與漕兩無不利。其間有四便、三無疑、收五大利之説。灑灑數千言，真能達其所見。末又言瀕海數千里，北極遼海，南薄青、齊，潮汐所至，淤爲沃壤。誠能師虞集、徐貞明之意，廣近年霸州、豐潤營田之制，大開水利，一如江浙圩田，募丁屯種，十年之後，倉儲自裕，並江南偏重之賦亦可量減，尤徵卓識。其所作《海運紀行詩》，亦有唐人風格。《過成山》云：「破浪才三日，成山望忽開。同舟遥指點，捩舵轉頭來。螺髻雄峰峙，龍鬚積石堆。海螺、龍鬚二島，東西相望。揚帆風徑過，威海夜鳴雷。」《之罘守風》云：「不入之罘島，那堪波浪掀。峰巒開一面，風雨鎖重門。檣影迷荒戍，人烟認遠村。定知山外舶，呵護禱神煩。」其姪作舟從叔領運，作《萬里歸帆圖》。自題集唐五律三十首，語語都如己出。一門風雅，更不易得。

桐鄉陳太守廣文其德，别字松濤。居幽湖里，生平講程、朱之學，言動不苟。著《垂訓樸語》一書，語語切實，可法可師。惜不能與楊園先生同俎豆於夫子廟庭外也。録其《趁早歌》五首云：「讀書須趁早，讀書不趁早，後來徒悔懊。精力本易衰，光陰如電掃。見人享榮華，自己惟嗟老。」「孝順須趁早。孝順不趁早，高堂容易老。甘旨盡吾歡，菽水承顔好。一旦恨終天，珍羞總虚渺。」「積善須趁早。積善不趁早，趨向已差了。念念貴操持，時時宜探討。方便在寸心，陰德只嫌少。」「作家須趁早。作家不趁早，終身怎能了。俯仰俱吾事，衣食原非小。平生無料理，垂白徒苦腦。」「教子須趁早。教子不趁早，大來多顛倒。舐犢真可憐，佑啓非草草。蒙養是聖功，琢磨全在小。」

西湖僧智能，母老，養於寺。凡厠牏浣滌之事，皆代母爲之。小顛嘗誦其詩云：「濁酒渾漿丐一杯，歡顔但博阿孃開。看孃微醉扶孃睡，不敢温經獨坐陪。」真孝子也。

桐鄉惠雲寺雙塔建於周廣順。嘉慶庚辰，童子上塔探雀，得一匣，則宋紹興間塔因雷損，僧德求重修，並刺血書經以保母姚氏，墨書諸經以爲民祈福，今藏寺中。柞溪沈葄庵鎔有詩云：「六百年呵護，雙封塔影圓。天教童假手，僧託佛多緣。保母見純孝，爲民求有年。炷香一披誦，懷古倍殷然。」葄庵爲曉滄明府之叔，嘉慶戊辰登副榜。長於詩，著有《夢瀛齋詩稿》。年未五十而卒。

僕嘗偕葄庵詠《湯婆》、《竹夫人》二詩，葄庵作賦物嫺雅，無佻縟之習。録之云：「阿婆堅性獨殷勤，斟酌寒暄到夜分。暖老有情深若水，暱懷無夢蕩爲雲。添來薌局香初透，偕入甜鄉酒半醺。憑藉熱腸消妬念，拂衾燕玉也同群。」「桃笙紙帳竹方牀，好助良人一味涼。貞不抱衾還視夜，清纔却扇已專房。青奴小字嫌唐突，緑氏芳名借較量。不染啼痕沾汗點，蕭蕭同夢醒來香。」

錢武肅王鐵券，予曾於台州見之。龍簡未之見也。鐵霑《吴江縣志續編》云：「崇禎七年夏，大旱。太湖底坼，簡村居民淘得鵝眼錢一塍、錢武肅王投水府龍簡銀牌一道。文曰：『大道弟子天下都元帥尚父守中書令吴越國王錢鏐，年七十七歲，二月十六日生。自統制山河，主臨吴越，民安俗阜，道泰時康。市物平和，遐邇清宴。仰自蒼昊降祜，大道垂恩。今則特詣洞府名山，遍投龍簡。恭陳醮謝，上答元恩。伏願合具告祈，兼乞鏐壬申行年，四時履歷。壽齡遐遠，眼目光明。家國興隆，子孫繁盛。志祈元祝，允協投誠。謹詣太湖水府金龍驛傳於吴越國蘇州府吴縣洞庭鄉東皋里太湖水府告文。寶正三年，歲在戊子，三月丁未朔二十六日壬申投。』」案武肅王投龍簡事，不見他書，僅見錢氏《續志》。而海鹽張芑堂徵君《金石契》中有縮本，能正《錢志》庚申行年之誤，從之。王秀才秋海有《武肅王銀龍簡文拓本歌》云：「有客長歌龍簡文，歌成索我相和賡。白金爲質重廿兩，呵護幸成拓本精。瘦硬通神見腕力，斑駁涴墨含瓊瑛。紀年寶正歲戊子，昭告太湖抒精誠。龍文投入老蛟窟，漁翁網得時代更。流傳好事日欣賞，慨想越門妖鳥鳴。風雲際會八百里，破巢滅董麾奇兵。東南半壁資保障，功高鐵券恩寵榮。英雄老去默祈佑，備求眼目先光明。此簡實通蒼昊意，宜綿四世守忠貞。洞府名山投已遍，東皋里況與國鄰。吾生嗜好在金石，此文入手尤足珍。表忠觀碑倘兼致，古香硯席看縱横。」

嘉興武秋樵承烈閉門却掃，爲詩自娱。所著《秋樵詩鈔》，高潔澄澹，多言外之音。徐雪廬翰博比之明人邊華泉、高蘇門，洵不誣也。《登陳山》云：「海潮挾山飛，躋攀心恍惚。足底雲往還，苔痕没山骨。橡栗墮秋聲，虚籟徧林樾。不見采薇人，龍湫空夜月。」《同湯雲村登三清閣》云：「疎雨歇秋林，西風響叢薄。楓葉紅幾村，寒烟飛漠漠。農家刈稻了，歲熟雞豚樂。偶來踏野雲，會心隨所託。晚磬一聲鳴，更與登高閣。」其五七言佳句如「涼蟬經雨歇，病葉得秋多」、「衆壑分春溜，孤城背夕陽」、「竹深天易夕，窗破月先明」、「荷花隨雨落，水鳥帶烟歸」、「春晴禽語亂，山午樹陰圓」、「霞蒸春水漲，雲放別村晴。」《春草》云：「曾經夜雨香生岸，不畏春寒綠過城。」《淮南歸舟》云：「江心帆影挾山走，船底秋潮送客來。」《春日遣興》云：「飲酒正宜春雨夜，看山無過雪晴天。」尋諷數過，齒頰生春。

婺源江明府之紀，號石生，爲抱經學士入室弟子。通經博古，於詩尤長。以名孝廉出宰江南，非其志也。近爲予題《味三味齋著書圖》云：「勳名無時難倖致，文章小技未爲貴。男兒墮地作儒生，惟有治經是正事。其餘子史百家言，博參亦足生神知。卓哉武林小茗翁，一生惟識書三味。羲文遺策得真詮，《汲冢》夏時究精義。銅瓶鐵研冷如冰，萬卷琳瑯貯胸次。有時縱筆爲詩文，霞卷雲舒任遊戲。明湖烟月淛江潮，都爲先生助清思。抱經學士是吾師，童年已蒙誇國器。豈知瓠落卅餘年，到今祇作風塵吏。遺書賴君重校勘，傳聞令我心增愧。何時來過草玄亭，飽聽揚雄説奇字。」

海昌陳叟者，流寓吴門。習雕琢，更能出己意以檀木鏤像，對坐奏刀，鬚眉畢肖，亦神伎也。古芸舍人曾出其所製，屬同人賦詩。應秀才笠湖時良爲作長歌云：「男兒若不心肝有，面目雖真亦木偶。行尸走肉徒紛紛，何異瓦雞與芻狗。我與舍人心相知，平生竊願金鑄之。朅來訪舊荷欵洽，急出小像催題詩。非繡非繪非摶土，一尺雕檀姿樸古。鬚眉畢現神宛如，想見良工用心苦。奏刀者誰翁姓陳，有技如是技亦神。妙手直欲化工奪，誰云人巧輸天真。或謂其術近游戲，縱肖形模乏生氣。豈知藝可與道通，非有心人器焉利。況乎大地本戲場，一般竿木相奔忙。笑啼半是僞狀貌，裝點豈即真文章。何如此像翻本色，不笑不言情默默。非仙非佛兩忘形，惟我與君解相識。吁嗟乎！木果可雕木勝金，現身説法彷佛觀世音。古來虎頭燕頷奇相亦終朽，不如千劫不壞此木堅多心。」笠湖與梅坪同以詩鳴，少仙稱爲「海昌二妙」。今梅坪已死，笠湖猶沈淪諸生籍中。末二言，殆自抒其不平也。

笠湖有弟天垣，詩才亦佳。曾於古芸齋中與之一面，年未四十以疾廢。其《夢羅浮山館詩略》，笠湖選定之。《梅花》云：「籬落一枝春，倏然遠俗塵。有根皆倔强，無雪亦精神。仙骨問誰匹，冬心抱自真。巡檐頻索笑，相對晤前因。」「品於群卉重，香到一心清。徹骨寒如此，仍無世俗情。豈儂堪作友，非爾不呼兄。鐵石腸誰是，狂吟憶廣平。」《遊子吟》云：「西風吹落葉，依依戀舊枝。遊子去故鄉，愴惻摧心脾。江水何潺潺，春草何葳蕤。行李戒僮僕，門外嘶班騅。妻孥念殷勤，作黍復烹雌。食之不下咽，轉覺腸中飢。堂有白髮親，臨别問還期。傷哉游子心，含淚不敢垂。舉頭觀浮雲，衷懷誰能知。浮雲有聚散，春暉無盡時。」

詩須有關風教，不可徒作風雲月露之詞。選詩者亦當存此意也。金山丁溉餘司馬，前得其《不全詩藁》二卷，草草採擇，未能盡其所長。今閲全集，有《題王遂樓太守朝恩田集殲渠圖》一篇，事既足傳，詩亦超拔，因補録之。「沂州刺史瑯玡王，起家州判始太行。宦途卅載多樹立，豐功首數誅白羊。白羊渠魁張建木，野心狼子嗜屠戮。生平殺人難悉數，到處郊原聞鬼哭。厥婿馬朝棟，狡焉一巨寇。聚黨田家集，與張實左右。從來先發能制人，刺史用兵健若神。下令捕賊掃賊穴，縛賊不異縛豕豚。

兩姦授首遺孽竄，四面網張足妙算。擒賊之黨併賊妻，忍令賊兵重兆亂。長垣曹滑俱被屠，定陶亦子爲賊俘。鉅野一城屹不動，保全端賴王大夫。封章入奏天顔喜，詔書特下誇不已。拔自縣令官治中，三載高遷至刺史。蒼生額手呼爺爺，微公民盡落虎牙。寫公入畫誌公德，公恩不下恒河沙。我撫丹青三歎息，斯人已王遮須國。丈夫功立身可仆，公有大名垂宇宙。」圖爲魯人所繪，以頌太守者。田家集，鉅野縣境也。

金山吴厚齋敦宗，溉餘舅氏也。隱居長泖之南，名列銓曹，不樂仕進。平生所藴，一見之於詩。所著《鞠隱居遺鈔》，直追古人，無淫靡佻巧之習。近日九峰三泖間多能詩者，大半奉公壇坫，否則亦聞風而興起者也。其《吴越王鐵券歌》云：「范券金，臣無心。晉券銅，臣不忠。天祐之券券以鐵，石爛海枯表臣節。龍虎節，彤弓矢。珠排字，金代紙。泰華之山黄河水。有罪有罪兮赦九死，將軍之功莫大是。君君臣臣父父子子，永遠貴昌並皆如此。後來廣志宣義正節振武在青史，即陳敬瑄安足比。吁嗟乎，天護神物數百秋，湖波不竭蛟龍愁。當年父老拜旐頭，羅平妖鳥鳴啾啾。鐵非六州錯，券定萬古留。何必千金改詩句，一劍霜寒四十州。天子曰：賜汝鏐。」《陳忠裕公畫像》云：「不見忠臣心，但見忠臣形。形存心不死，炳耀垂丹青。朝廷不相黄石齋，如公肯放登上台。殺降竟斷許都首，清夜捫心呼負負。豎子福王何足輔，寂寞丹心照千古。故人已逐彭城游，七尺忍貽知己羞。入水不死死芒刃，國破英雄以身殉。百年胥水颯英風，史筆畫筆兩貌公。憂虞此日猶見色，晉公鬢爲論兵白。」

語溪吴舜舉于皋，邑諸生，詩文俱有妙悟。然境極貧，性極傲。嘗遇大雪，終日不舉火。有至戚聞之，輸之粟，曰：「明日束脩來，米可得，忍一日餓何害。」力却之。中年後遇益困，憤悶益深。或不食而縱飲，因之得疾卒。卒時取其詩文藁盡投之火，曰：「無貽後人口實也。」其狷介之操，實不可及。周小癡有《哭舜舉》詩，録之藉以存其人，云：「延陵居士腹便便，雞犬圖書共短椽。積恨時看三尺劍，長貧不愛一囊錢。生前傲骨猶難識，殁後奇文孰與傳。歎息吉光無片羽，投之一炬更淒然。」

李金瀾明經藏有竹垞太史爲兩孫析産券，清風儉德，可爲世法。券云：「竹垞老人，雖曾通籍，父子止知讀書，不治生産。因而家計蕭然，但有瘠田荒地八十四畝零。今年已衰邁，會同親族分撥。付桂孫、稻孫分管，辨糧收息。至於文恪公祭田，原係公産下徐蕩續置。蕩七畝併荒地三分，均存老人處辨糧，分給管墳人飯米。孫等須要安貧守分。回憶老人析箸時，田無半畝，屋無寸椽。今存産雖薄，若能儉勤，亦可少供饘粥。勿以祖父無所遺，致生怨尤。倘老人餘年再有所置，另行續析。此炤。康熙四十一年四月日竹垞老人書。」「稻孫田地數：吴江縣田一十八畝五分，馮家村田一十畝四分五釐，婁家橋田三畝七分，又史地五分，馮子加地六分五釐，婁家橋墳地三畝六分，屋基池地四畝四分五釐，通共四十一畝八分五釐，見析。」徐尚賢、盛黼宸、錢又持、有舟、宁臣、辰始、襲遠、太占、鴻硯、周旅嘉、中乂、古芸、頻伽皆有詩，嘉興馬澹于汾作一詞，調寄《八聲甘州》云：「只叢殘一紙抵家箴，遺墨閲星霜。蕭然貧宦，無多負郭，書券分將。大好文孫競爽，耐得澹齏黄。想見垞南垞北，瓦屋斜陽。

並少金留訣墓，但關門苦守，絮語家常。溯蓬山舊事，回首太茫茫。幸當年青蓮交契，有後昆隻字寶琳瑯。還驚喜、風花寒食，未替杯漿。」

董思翁有手書鬻田券，可與朱太史析産券並傳。券云：「十二保田一百畝，收銀四百兩。此田貳房第三孫爲永業。八年七月十九日思翁。」今田已屢易主，置産者必欲得其原券，亦千秋韵事也。吴香笁刺史曾見之，紀以詩云：「百畝易得銀四百，如假許田以鄭璧。祖孫授受本一家，書券不被他人挐。山谷租驢顔乞米，古人緩急皆一體。此田輾轉易幾人，此券流傳墨尚新。」

安徽女士魯敬莊，適南澧湯確亭。確亭本長於詩，擘牋分韵，極閨房之樂。予嘗得其所畫山水蘭石，生氣遠出，亦非調朱殺粉者可比。著有《墨雲軒詩稿》。《題畫》云：「水光一碧寫青天，野渡荒村柳拂烟。著個漁舟輕似葉，桃花紅到竹橋邊。」《送春》云：「春去花俱盡，春來又有花。只憐送春者，青鬢感年華。」

東坡詩：「游女長歌緩緩歸。」自注：「吴越王妃春游，王遺書曰：『陌上花開，可緩緩歸矣。』吴人用其語作歌。」予始謂武肅此語，非深於詩者不能道。後閲董斯張《吹景集》云：「《吴越備史》：錢鏐有《嬰蘭堂詩》。宋時，王之曾孫彭城郡王纂其宗門歌詩，作《傳芳集》。今亦散佚，僅存吾家宣獻公一序。謂王天姿英爽，衆藝畢給。卓犖稽古，感慨發中。爲之聲詩，以類志氣。近吾友錢梅溪泳補輯《傳芳集》，得王詩十六首，不識采自何書。而卷首《還鄉歌》一篇，見於歐陽《五代史》。節去四句，愈覺古質。王之能詩無疑。王尚書《香祖筆記》謂武肅王目不知書，豈未見《五代史》者歟？」「嬰蘭」之名，蓋取古樂府「柔桑感陽風，阿那嬰蘭婦」之語。

順德張雲巢都轉宰吾邑時，惠問川流。今丰長淮鹺政，處潤不肥，清況如昔，長官中所難得者也。

生平愛才如命，鍾半人、周梅坪、馬古芸皆其詩弟子。其《題半人詩鈔》云：「東海鍾嶸在，詩才邁等倫。立名兼砥行，多病又長貧。君乃真無告，天何困此人。一家猶八口，珍重苦吟身。」「君才今李白，舉世孰汪倫。未死猶非病，能詩不是貧。起衰真健者，當代幾傳人。著作千秋業，相期富等身。」《題古芸松泉清聽圖》云：「入耳泠然善，天風何處生。絶無塵事擾，祇益道心清。萬壑松濤合，千潭水月明。繪聲憑妙手，摩詰畫中情。」

沈上舍愛蓮，號遠香，居嘉興之梅會里。年十三，從吾友畢晴瀾遊，過目輒成誦。試以韵語，發音已自清亮。今年春，訪晴瀾於梧桐溪上，呈以近作，已得成家，蓋年甫逾冠也。《晚出南湖懷醉石丈》云：「晚晴高興發，艤擢向湖沙。夕景明殘雪，寒林落斷霞。伊人隔春水，何處折梅花。今夜南湖月，論文願獨賒。」《長水道中即目》云：「片帆沖破水雲昏，細雨人家掩竹門。稻把已收霜菜老，一番寒事過江村。」《小除夕答汪澍》云：「雨雪不知佳，病餘惟掩關。安心是良藥，閉户抵空山。春泥深巷滑，竹屋夜鐙閒。歲晏多離思，詩筒藉往還。」《爲鉏雲司馬題畫次松壺韵》云：「碧花紅穗寫來幽，尺幅生綃寄遠愁。一段荒寒吟不出，夕陽滿地草蟲秋。」《題鉏雲集》云：「流雲生霽景，殘雪猶在地。一卷朝坐飫，沈吟長霞思。春烟舒淡姿，冬木挺寒翠。掩卷問妙香，何處梅花氣。」

香山九老中，年八十二者祇有兩人。予所見乾隆朝名人，梁山舟學士年至九十三，王蘭泉少寇年至八十三，錢竹汀宫詹年至八十二，段茂堂、周松靄兩大令俱年過八十。近時所交老友，吴縣潘榕皋農部年已九十一，海昌張荔園教授年已八十八，富春周竹厓司訓年已八十七，桐鄉孫古杉茂才年已八十三，皆尚健在，行走不須扶仗。熙朝壽考作人之化，鍾於耆儒，前代所希有也。

榕皋、荔園、古杉三君子，俱有集刊行。竹厓吟詠甚少，官桐溪時僅記其爲徐烈婦作一詩，云：「陸氏多名媛，曩傳殉有梁。莊有梁妻陸氏，夫亡，視含殮畢，即自縊死。見縣志。百年誰繼軌，一姓共留芳。結髮歸東海，持家屏艷妝。豈惟潔蘋藻，無愧匹鸞鳳。半壑門材舊，孺人爲詩人芥庵先生之女；「半壑」，其園名也。深閨母訓彰。鹿車期共挽，鴻案正相莊。一豎爲灾厲，三冬急禱禳。何圖驚賦鵩，竟爾失騰驤。死已甘同穴，生寧稱未亡。朱絲堪畢命，紅淚尚盈眶。若把悲哀釋，難教婢媪防。霎朝身可賈，奕禩骨猶香。丹旐同時舉，黄泉攜手行。千秋勵臣節，弱質植倫常。詩筆慚蕪雜，貞心宜闡揚。竚看天寵錫，綽楔耀宗祊。」

嘉興朱雪君學博邑説經鏗鏗，詩亦有唐人榘矱。其《題施少峰宿草吟》云：「語溪鄉中有高人，迴如白鶴離風塵。猶將松竹契高節，曾誦莪蒿痛鮮民。謂《紀哀詩集》。端居抱影衡門下，歎息知交漸希寡。爲數平生縞紵歡，難忘夙昔金蘭雅。弄月潮風紀勝遊，論詩讀畫儘勾留。蕭疎舊雨驚孤枕，斷續賓鴻度小樓。笛中頻奏山陽曲，真意殊能砭流俗。白楊齋畔不勝秋，衰草墳頭幾回緑。把菊誰言三徑荒，但餘落月照檐涼。江雲渭樹時相繫，白犬丹雞矢不忘。短歌欲寄愁千斛，諛墓金多不能鬻。墜葉飄零夢作烟，生芻憑弔人如玉。我憶論交二十年，無緣把袂覺淒然。開編已識君交誼，更待《停雲》佳咏傳。即用集中《玉琮琤詩》韵。」

海昌詩人盛於龍山查氏，予與交者，南廬伯葵。近更得春園別駕有新《春園吟稿》讀之。別駕詩無體不佳，阮宫保師謂其於自然渾成處激爲警策，真篤論也。《虹橋晚泊》云：「風雨斂斜暉，扁舟泊釣磯。水清濯苔髮，橋古挂藤衣。鳩婦投巢急，凫卿去影微。濕雲墮如塊，篷背閣還飛。」先生集已風行海内，不待表揚。嘗鼎一臠，亦當共知其美也。

吾宗樗里先生棲居海昌之北郭，隱於市。酷嗜爲詩，生平所作，已得二萬首有奇。删存百中之二，因名《雞窗百二藁》。其詩直抒胸臆，全以真氣往來，録存一篇，聊見梗概。《秋陰》云：「涼飈颯然起，落葉滿荒林。白日看欲晚，浮雲忽釀陰。江湖生遠思，天地入秋吟。偃蹇小山桂，何愁雪後侵。」

耐冷譚卷十五

仁和宋咸熙小茗撰

南海吴荷屋師，予丁卯座主也。今爲福建方伯。博貫群籍，於書、於古文、於詩，皆能摩古人之壘。詩文不尚浮艷，一以氣骨爲主，書法亦如之，蓋直似其爲人也。其《津門種竹》詩云：「夜氣散炎歊，朝烟到窗緑。滃然好雨來，灑我新畦足。坐數清陰滿，娟娟幾竿玉。澹對各忘言，秋意疇來告。」「昨夢湘江人，贈我秋月色。江水清且長，古心照無極。蘭芷有芬芳，橘柚自雕飾。願保歲寒盟，勵兹君子德。」「津水多黄塵，何以消我暑。掩關萬碧中，時聞雙鳥語。朝暾出東方，零露浩如湑。相期故人來，清風久延佇。」「秋心如水澄，秋雲遥在天。漸與此君别，徘徊步庭前。願言勿翦伐，清條殊可憐。他時終不諼，各誦《淇澳》篇。」

青田夏洛泉呈圖，官桐鄉司訓者五年，直道虚懷，予亦受其薰陶之益。洛泉之初至也，不長於詩。見予吟詠，好之，下意質問，遂多斐然之作。書法極佳。予作字甚劣，人以詩索題，每乞洛泉書之。嘗戲謂曰：「此筆墨中之蛩蟨也。」今遠隔千里，未知近詣何如矣。《題曹山人隱居》云：「竹崦松臺占一層，膏肓泉石興何深。軟輪不到眠雲地，《白雪》詞成安坐吟。」「坐吟選石勝桃笙，蕙帶荷衣被體輕。一盞茗花剛罷啜，呼童試看白雲生。」「生怕濃雲蔽古垣，有人帶月覓柴門。尋蹤隨着泉聲去，知在前山第幾村？」「村野如吾冷署棲，屋同舟小打頭低。何時得與閒雲似，訪爾桐花溪外溪。」《爲人題照》

云：「美人横素琴，惕坐芭蕉陰。待月快良覿，調絃攄古心。澄懷宵寂寂，真契德愔愔。童子垂頭睡，秋聲吹滿林。」

古之酒人，當以淵明爲最，太白次之；若阮籍、劉伶，直是沈湎酣身矣。陶公《飲酒》詩，昭明太子所云「情不在於衆事，寄衆事以忘情者」也。太白猶有胸中鬱勃之氣，其不如陶公者在此。淵明中行，太白狂者。身分有高下，出言亦如之。言爲心聲，信哉。東坡《擬陶》尚有馳驟之語，亦猶狂者之於中行也。

詩之可傳，不必在長篇大作也。聊爾短述，而人心風俗之大，四德五常之美，無一不函蓋，而又不涉理路，不落言詮。陶弘景「山中何所有」、陶淵明「春水滿四澤」二短章，寥寥二十字，千古豈能廢之？作者無意於詩，讀者知其妙，不能言其妙。至此可追蹤風雅矣。

烏程沈思美青棠著作甚富，以諸生終。詩皆和平爾雅，無噍殺之音。身後稿多散佚，僅記其《四安山居》一作云：「竹笋初抽昨夜雷，採茶有女未曾回。幾家小市轟魚米，何代荒城没草萊。繞屋溪喧山雨足，隔簾春放好山來。攜筇不敢風前立，爲少登高作賦才。」

歸安丁吉堂鴻漸少負儁才，應童子試，蹇舛不得志。遂幕遊齊、魯間，鬱鬱而歸。歸無幾時，賫志以殁，而詩亦無存矣。録其《秋柳》一首云：「柔枝綽約最堪憐，一夜西風捲宿烟。翠黛銷殘眉頓鎖，黄金散盡力都綿。離亭黯淡悲歧路，客鬢蕭騷感盛年。莫歎今秋寥落甚，春光轉盼到堤邊。用漁洋山人韵。」

桐鄉黄鄴山梧宦宿遷，有政聲。書法入晉、唐之室。詩自江南歸，爲河伯取去，遂不多見。予既鈔其詩入《桐溪詩述》矣，頃於友人扇頭見其《渡揚子江》古風一篇，不能割愛，復録之云：「銜尾千艘停北固，日日西風不得渡。片帆乍轉東南風，倏忽破浪如乘空。遠岸遥看樹若薺，無數青山落眼底。中流歌嘯淩風濤，平生跋涉隨所遭。鐘聲何處江心寺，樓臺壓空影倒水。名泉第一傳中泠，煎茶試汲雙銅缾。明朝好景眼前遇，落花時節揚州路。」

「渺渺江城白水環，舳艫人語夕陽間。林梢一抹青如畫，知是淮流轉處山。」「横笛何人夜倚樓，小庭月色近中秋。涼風吹墮雙梧影，滿地碧雲似水流。」秦淮海集中詩也。黄葉老人《宋詩鈔》中曾收之。家牧仲中丞《筠廊偶筆》謂宦江南時於村壁中見此詩，不知爲何許人作，因録爲無名氏詩。漁洋山人《池北偶談》、沈歸愚宗伯選近人詩，俱仍之。吴丈岱芝作《過淮詩》，始正其誤，云：「林梢佳句集中編，兩絶分明萬口傳。笑煞詩人王宋輩，著書漫説姓名湮。」蓋博聞之難也。

曹海槎大經，秀水布衣，隱於梅花涇。詩筆蒼老，尤工隸書。著有《吟秋館集》。《詠落葉》云：「舊交落落散晨星，平楚蒼然失故青。回憶葱龍成夢幻，却教遲暮感飄零。空庭露冷和蟲墮，孤館燈昏倚枕聽。輸與三春狂柳色，他生猶得化浮萍。」「琵琶聲裏濕青衫，蘆雪楓霞次第芟。蚤識榮枯憑造化，更誰茵溷判仙凡。平鋪仄徑迷樵屐，舞趁西風送客帆。搔首漫增摇落感，待他春色到雲巖。」

海昌州治二十五里有覺皇寺，寺後有堆，相傳爲吴大帝第三女葬處。陳壽《三國志》：「權步夫人生三女，長曰魯班，字大虎，前配周瑜子循，後配全琮。少曰魯育，字小虎，前配朱據，後配劉纂。」裴注引《吴曆》云：「纂先尚權中女，早死，故以小虎爲繼室。」則此堆所葬者，蓋小虎也。州人云：「墓門有磚，可中硯材。」戊午四月，偕汪東村嘉穀過僧樓，於斷垣中得一枚。紋如古泉，左右作「㐅卌」字。篆文「五」作「㐅」，「鳳」作「扁」，「卌」即「扁」之省文。孫亮改元五鳳，小虎之葬當即於此時。東村有記，同人咸賦詩。楊書巢秉初作云：「鈿鳥叢叢久寂寥，甎尋幽竁土花饒。宮中小虎春雲冷，殿角祥烏霸業銷。馬鬣早平香尚瘞，鳳形雖駁字堪描。摩挲幸遇名流賞，壠畔何人禁採樵。」

汪江令嘉樂，東村弟也，詩筆甚佳。嘗見其《新安途中作》云：「山田稜稜麥分秧，敢憚崎嶇農事妨。怪底江南春信早，沿溪已見菜畦黄。」「東風漸覺薄寒增，襆被宵來露欲凝。脈脈情懷誰爲語，深更猶自坐挑燈。自入街口，滅燭後戒相語。」「瀰漫宿霧曉猶含，篷底當空失翠嵐。長嘯一聲巖谷應，風晴行過響山潭。」「半肩行李自輕齎，水縮舟膠路忽迷。深夜山山雨過後，凌晨急溜漲黄泥。煤口最淺，每欲替撥，雨後暴漲，呼爲『黄泥水』。」

先輩趙次公云：「唐人五言，工在一字，謂之句眼。杜老尤於此擅長，如《春宿左省》云：『星臨萬户動，月傍九霄多。』《晚出左掖》云：『樓雪融城濕，宮雲去殿低。』『動』、『多』、『濕』、『低』，乃眼之在句底者。《何將軍山林》云：『卑枝低結子，接葉暗巢鶯。』『低』與『暗』乃眼之在第三字者。『雨抛金鎖甲，苔卧緑沈槍』，『抛』與『卧』乃眼之在第二字者。『剩水滄江破，殘山碣石開。緑垂風折笋，紅綻雨肥梅』，皆一句中具二字眼。『剩』、『破』、『殘』、『開』、『垂』、『折』、『綻』、『肥』是也。」予謂杜律變化不窮，其字法句法，不可枚舉。姑録數條，以補趙氏所未備。《題鄭氏東亭》云：「崩石欹山寺，清漣曳水衣。」《甘園》云：「青雲羞葉密，白雪避花繁。」《薄暮》云：「寒花隱舞草，宿鳥探新枝。」《將曉》云：「寒沙縈薄霧，落月去清波。」眼俱在中一字；《西城曉眺》云：「地平江動蜀，天闊樹浮秦。」眼在第四字；《漢川王録事宅作》云：「近髪看烏帽，催蓴煮白魚。」眼在首一字；《愁坐》云：「十月山寒重，孤城雲氣昏。」眼在末一字；《野望》云：「遠水兼天净，孤城隱霧深。」眼在第三字、第五字；《西閣夜》云：「山虚風落石，樓静月侵門。」眼在第二字、第四字。又有錬虚字爲眼者，如《滕王亭子》云：「古牆猶竹色，虚閣自松聲。」《歸溪上作》云：「蟻浮仍臘味，鷗泛已春聲。」是也；有叠二字以爲眼者，如《嚴鄭公宅詠竹》云：「雨洗娟娟静，風來細細香。」《放船》云：「江市戎戎暗，山陰淰淰寒。」是也；有略逗上二字而成句者，如「花妥鶯捎蝶，溪喧獺趁魚」是也；有略逗上三字而成句者，如「把君詩過日，念此別驚神」是也。初學熟此，自無輕浮淺率之病。

瑞安方雪齋成珪官海昌學正，耽吟愛士，與少仙相埒，雪齋尤温潤也。戊子二月，始與余訂交於馬氏。翼日，古芸約觀縐雲石，雪齋即爲長歌，傾刻而成，不加點竄。是夜夢至其處，遇一老者，鬚眉甚古。自稱敬修子，留飲石畔，謝其新作，並爲談縐痕之妙。醒猶記憶了了，仍叠前韵作歌云：「今春止酒醉特少，不怕人推玉山倒。有時頻澆塊壘胸，一杯兩杯殊草草。昨宵飲罷撿新作，正似披沙罕見寶。興來倦入華胥鄉，細雨濛濛舞萍藻。葱蘢密樹莽羅列，演漾流泉互縈抱。幾聲入耳黄栗留，如報人間春色老。三弓別飽户乍開，九曲修廊徑相繞。矯然獨秀英石峰，依舊玲瓏出花杪。花間有客飄然來，從以奚童雙髻小。自稱東海敬修氏，感君詩篇麗且巧。殷勤攜至蒼翠旁，指點縐痕説妍好。並呼銀鹿召歡伯，齊物養生細論討。舉觴到口未及半，枕畔更魚忽考考。夢中蝶趣猶戀莊，酌後鸕杓已歸趙。披衣急起漏將絶，拍案狂歌興未了。妻孥驚怪僮僕疑，爾輩昏昏那得曉。」案：敬修子，即查伊璜先生也。先生晚寓郡中之鐵冶嶺，開敬修堂講學，至今杭人猶能道之。聞先生聰慧絶人，書法繪事，並臻神品。乞近作者，縑素堆積。兩僮雲些、月些悉能記誦。人呼「活錦囊」。有姬曰柔些，色藝俱佳。汪蛟門製《春風裊娜》一曲以贈，毛西河亦有「獨有柔些頻顧影，倩人不欲近闌干」之句。若令學博知之，又可作再疊韵詩矣。

吴門葛素英者，予友秦澹園之侍姬也。與澹園搜奇賭酒，刻燭分題，閨房樂事，人争艷羨之。刻有《澹香樓小草》。《春夜》云：「碧羅衫子怯餘寒，花傍閒階帶月看。心事愛花兼愛影，夜深猶自倚闌干。」《落花》二絶云：「閨中無事度良宵，摘取芳紅伴寂寥。誰謂落花花可惜，却勝風雨妒蕭蕭。」「萋萋青草絆池塘，雨過延緣日漸長。燕子不知春色去，銜泥猶帶落花香。」

元和馮實庵給諫培，昔年主講西湖之崇文書院，曾陪杖履。今先生早歸道山，而所著《實庵正》、《續集》俱不可得見。篋中僅存《上巳日招同華秋槎司馬項秋子別駕暨咸熙集梅莊作》云：「菜花黄滿路，桑葉緑迎人。中有幽居者，烟霞結比鄰。研詩多入畫，漉酒喜留賓。禊事名流擅，招邀向水濱。」「列坐清談勝，臨流似野航。微波風舉袂，深樹鳥催觴。及此已春暮，相於半老蒼。興懷今視昔，蘭渚續梅莊。」

錢塘龔水南丈理身與青湖朱徵君遊，作詩不涉輕佻一路。嘗謂予曰：「昔人論書，謂心正則筆正，詩亦猶是也。」惜偃蹇不遇，老於諸生。記其《詠九節蘭》作云：「不是閩中産，烟叢何太繁。亂花排竹節，瘦箭拔蒲根。淺土一卷石，春風老瓦盆。怕渠香氣散，鎮日不開門。」

吾鄉産蜜橘，譚舟石《鴛鴦湖櫂歌》所謂「秋來蜜橘自塘西」也。皮粗而小，無核，底有深臍，名曰「佛肚臍」。今此種已不可多得。《通志》載衢州黄香橘，引鄭元祐《送毛彦明歸三衢》詩「橘熟黄香壓樹低」，謂此即蜜橘。豈吾鄉之橘，其種即由衢地來歟？吾浙到處有橘：寧波有金豆橘，形似豆，味甘，香勝於大橘；台州有薰橘；温州有乳橘，液多而味類乳；衢州又有獅橘，視他橘特大，居人以置酒甕中，名曰「吉酒」，蓋取「橘」與「吉」同音也。《仁和縣志》：「橘隨地皆有，惟塘西蜜橘味尤甘。」

慈溪鄭簡香徵君勳植品績學，無忝大科中人。高祖寒村太守與竹垞太史交，有《二老圖》藏於家。徵君既刊其圖，復作二老堂以奉兩先生栗主，阮宫保師書額，秦侍郎記之。詩筆清剛遒上，《何夢花招同人集飲湖樓並示近藁》云：「春寒激新霽，曉霧收宿雨。徑赴西湖招，輕舟櫂漫鼓。引我登騷壇，看君闢酒户。一卷浄心脾，高歌軒眉宇。恍遇謫仙人，清談重揮麈。好風冉冉來，冷香飄梅圃。素心良可感，氣味融水乳。」

桐鄉汪梅坡洽，澹穎胞弟，工詩，精醫理。幕遊四方，晚年歸來，與予論詩甚合。殁後，無從覓其全稿。今見《春山雜感》，風調不減樊川，因録之。「萍分萍合總浮蹤，生計艱難鼮負蛩。却笑深閨頻寄語，攜琴切莫到臨卭。」「積雨初晴日正佳，閒遊踏破海棕鞋。爲貪野趣眠芳草，繞出重城走馬街。」「微雲荏苒抹春山，想見風人意倍閒。多謝嫦娥情亦厚，勝攜燈火送人還。」「歸來不繞緑溪邊，聞説南郊地更偏。邂逅又教逢女伴，隔花尚是戲鞦韆。」「到處垂條映綠波，翠樓少婦感偏多。但聞錦瑟聲如訴，絕少河干《水調歌》。」「齊名十笏亦娛情，三樂無過是太平。勝事元宵纔幾日，杏花村又賽清明。」「桃花人面本何曾，話到風懷怨不勝。若論勞生真面目，倦遊已似罷參僧。」

梅坡有弟鴻，字又村，亦能詩。贅於菱湖王氏，遂家焉，因未與之識面。其《庚子春夜少峰東籬過訪》云：「枯坐聞剥啄，啓扉客來雙。明月正當檻，良友共臨窗。自言遊何道，東坡守湖州，與客日遊何、道二山。舟過見夜釭。知是故人寓，走尋鹿門龐。春盤僅燒笋，春釀新開缸。蔬酒饒雅致，絲竹多俗腔。我欲留下榻，君已登行艭。送別立溪口，五夜鐘初撞。」又有「身如黄犢健，心比白鷗閒」之句。年近七旬，精神猶矍鑠云。

荆溪張霽青衢詩筆蕭閒澹遠，不染俗氣。身後，稿將散佚矣。吴兔牀明經選而刻之。居瀫里，因名《瀫里集》。《過大蘆溪精舍》云：「寺憶經行處，空山鳥道長。到來雲樹密，小坐石泉香。短杓過幽徑，秋花澹夕陽。繩牀耿無寐，山月正昏黄。」《暨陽書逆旅主人壁》云：「一雨生秋思，清風滿竹林。晚涼微月上，敷坐綠陰深。何處吹羌笛，悽其動越吟。江樓最孤迥，勝日可憑襟。」《過凝粹堂展拜盧忠烈公遺像》云：「有明之禍兆天啓，奄兒肆毒古無比。紛紛鉤黨填牢户，十萬黄巾一朝起。時危宜有忠良生，我公慷慨兼知兵。欃槍焰焰出芒角，隻手欲障黄河傾。豹鞬雕弧大羽箭，驚沙漲天矢著面。帳前羽檄交飛馳，猛士裹創猶轉戰。捷書夜奏明光宫，郭李勳名異時羨。高秋八月邊防急，鐵騎長驅風雨疾。投袂勤王甘苦辛，殘兵夜哭無人色。傳檄難憑賜劍靈，深源方略坐談兵。祇營三窟清娱計，自壞艱危萬里城。蕭蕭易水邊笳起，日暈無光鼓聲死。尚方不斷佞人頭，血清麻衣土花紫。此畫流傳蓋有神，元精耿耿引星辰。可憐九廟皆荆棘，遺恨身騎箕尾人。」

南海鄺湛若露，明季諸生。以狂直取禍，亡命至廣西，爲傜女雲嚲娘書記。生平愛琴，國亡，抱琴以殉。漁洋山人詩所謂「海雪畸人死抱琴」也。嘗受業於阮懷寧。懷寧當國，作書數萬言規之。不聽，遂與之絶。詩集名《嶠雅》。其天風海泉硯，自寫八分書鎸於硯側，下有「明福洞主」方印。予曾見於梁山舟學士家，後學士以贈王少寇蘭泉，今爲馮太史柳東登府得。太史有詩云：「天風吹寒泉語咽，有客抱硯如青鐵。石兄持贈何珍重，愁雲捲起海南雪。此硯閲世三百年，畸人軼事争流傳。無家張儉走絶域，足繭冰狖壺城閒。相思寨下工書記，花宿軍帳何翩翩。鳳衣蝶綃扶雲嚲，烟螺新畫蛾眉妍。壯官鋪紙印娘侍，草檄已定崑崙關。獨脚樓高雄七宄，詩人鮓甕狂題字。揮毫頓使瘴母逃，書愁偏教木客喜。唫到鬼門以外天，天驚石破來飛仙。蜻蛉一枝供寫雅，山池翻到婆娑泉。乾坤破碎殉家國，抱琴而死西山側。琴亡硯在入心史，蟾蜍清泪消不得。銘文印記備五體，洞天想象親摩刻。蛟蟠螭鬱四寸餘，橋亭一角總難如。青花潤滑紅絲細，比似當年妖女膚。何時流轉歸王郎，曾從萬里軍炎荒。火山傳定馳露布，青海功奏收戎裝。歸來策勛名山富，千秋金石傳文章。消寒履二齋名。聚詩老，發匣往往騰光芒。我生潦倒江湖走，身世人墨交磨久。三年奪我鳳凰池，破硯荒塵長枯守。壯懷頗願投筆來，方今戎馬西陲開。男兒報國豈空許，談兵終讓書生才。會攜此硯表銅柱，區區洞主何足數。試看天半墨雲飛，灑作昇平洗兵雨。」公又有洗硯池，在粵東光孝寺。翁覃溪學士使粤，拓其字以歸，與硯銘合裝成軸，江浙諸名流多有詩。

滇南段可石進士琦以詩名碧雞、金馬間，著有《可石小草》。隨園老人謂「滇南詩人，近推彭竹林。觀可石詩，清真古厚，積健爲雄，殆相與頡頏者。」集中多警句，如「舟形争蜃市，山勢插蛟宫」、「書因消病熟，酒爲典衣遲」、「葉彫寬鳥路，草長利鷹圍」、「移花安木几，思酒算囊錢」、「春初蝴蝶小，雨細海棠遲」、「溪雲初作畫，山木半吹秋」、「疎風長夜酒，涼月小窗燈」、「魚上知窺月，帆低欲就村」，七言若「自古英雄如女子，從來山水要詩人」、「海中仙樹烟□静，詩裹梅花雪更香」、「詩祇陶情寧肯苦，境惟隨分便爲仙」、「洲上烟深多潤篴，林間花落小通船」，雅健消新，能不落前人窠臼。

嘉興李金瀾明經遇孫，爲秋錦徵士後人。博學好古，詩文卓爾不群，尤究心歐、薛諸家之學。嘗上溯三代，以迄國朝爲金石之學者，彙成一書，得五百餘人，名《金石學録》，阮宫保師序之以傳。詩有《芝省齋吟稿》，前集已刊行。近詣益精粹，其《合肥李烈女歌》云：「古來忠孝節義人，其人已死靈不滅。毅魄常留天地間，黨昱波詭而雲譎。皖江烈女更爲奇，迄今追述猶嗚咽。戴生未娶病瘵亡，潛啼暗泣志已決。此身誓不字二姓，忽有妗來偏饒舌。議親信問寂無言，是夜投繯氣遂絶。檢點篋中舊衣襦，泪漬斑斑皆成血。妗來作弔燒紙錢，紙錢飛燒妗衣裂。家貧薄殮送郊原，不向戴家請同穴。有戚不忍擬易棺，默禱殯宫尊芳醊。歸家空梁聞嘯聲，儵有影兮供一瞥。姍姍來遲是耶非，急備衣衾無敢缺。發棺面色竟如生，手足不變白凝雪。香風靄靄松楸間，時越廿日天更熱。嗣是靈顯不一端，豈爲神兮歸仙列。烈女姓李合肥人，彼都人士皆心折。今春來作剡溪游，果亭大令詳爲説。烈女大令之族姑，請我作歌表芳潔。芳潔録入省志中，見修《安徽省志》。千秋萬世昭綽楔。古來不少節烈人，烈女之烈爲奇烈。」合肥又有李姓女，字袁氏子。袁郎病劇，女泣告於父母，遂歸袁，入門而夫死。金瀾作《袁節婦歌》，所謂「歸袁不日郎即亡，枉作鴛鴦未成侶」也。嗣後拮据代子職，年已七十餘，猶操作罔倦。歌中結句云：「嗚呼袁節婦，婦中實難得，窮嫠獨完婦人職。爲語世間閨閣人，處變學袁節婦節，處常學袁節婦德。能學袁節婦，勝讀《禮・内則》。」節婦蓋農家子也。

堂伯母邵孺人，明大儒康僖公之後。世父大椿公没，母年祇十五，決志來歸。終歲居一樓，家人未得見其面。牀几俱用白木。越十年，忽下樓，拜於翁姑前曰：「蒙撫我十年，今叔已能立，媳可歸矣。」翁姑疑其有他志也，怪之。言畢而死，蓋先已吞金矣。乾隆間旌於朝，當時詠其事者甚多，後燬於火。

金瀾又有《題廣陵黄生寫經圖》，可爲後學讀書之法，因録之云：「昔有拙老人，手書《十三經》。進呈刊太學，千古享榮名。寫經非易校更難，俗本要豈通儒觀。熹平遺墨不可見，開成石刻存西安。舍唐石經無取則，況有張參唐元度著典式。願君一一架上羅，墨花噴薄灑硯北。此特擇其淺者言，若欲探討須窮源。亥豕魚魯必辨正，字句同異前人論。能將篆隸通諸楷，偏旁盡依祭酒解。寫經即寓校經法，耳食無從齒牙亵。我所云云非矯誣，識途老馬更事胥。憶昔皋比授句讀，君獨矯矯神清臞。知君經義早羅胸，廿年精進得所宗。《寫經圖》成學古獲，豈徒姿媚逞筆鋒。他日森森付貞石，寄我晴窗陳几席。年衰學蕪奈我何，賴有傳經手加額。」

琉球自明洪武時始通中國，入本朝，尤恭順。出使者俱有紀録，惟康熙朝汪舟次太史楫《雜録》一書最佳。其中備言風俗之異：如以重九日爲端午節，競渡頗盛；國中神廟無像，惟于屋後地上錯置瓦爐數十，或祀一樹，或祀一石，曰神所憑依也；國人就學，多以僧爲師，每一寺必有童子數十人，列坐受業，蓋僧舍即其鄉塾也。國之人亦有解吟咏者，如云天王寺僧瘦梅、仙江院僧宗實，皆能詩。老僧名不羈者，耄矣，好苦吟，與瘦梅、宗實相唱和。時太史父年届八十，將還朝祝壽，群臣咸有詩。法司官毛泰來《咏松》云：「植體宜千仞，垂陰動百尋。李膺真烈烈，和嶠自森森。桃李何堪較，雪霜安得侵。萬年身不老，種子又成林。」紫巾官夏德宣《咏菊》云：「山中十月菊初黄，但見陽和不傲霜。滿把摘來香在手，還家高捧萬年觴。」其他屬官多有詩，大抵假物作頌，蓋猶得《三百篇》遺意。

同里朱緯堂表丈機，僕幼時與之同學。每偕夜讀，輒至五更。有時不覺天明，至假山頭看日出，或飲於賣漿者之家。後予得咯血疾，此事遂廢。丈亦以貧故，遊幕四方矣。中年雙瞽，鬱鬱以卒，無子，同人醵金葬之。猶憶其佳句如「停竿魚弄藻，迎客燕衝簾」、「幽興詩先覺，澄懷秋不如」、「鴉歸黄葉路，漁唱夕陽船」、「花落洒瓢多，鐘聲鳥不驚」，俱爲先府君所賞。

桐鄉王秋圃孝廉發，牆東先生之子，性耿介，雖爨突無烟，不肯干人。或以貧故，勸之就選人，君笑而不答。著有《柿葉山房吟草》，沉深俊健，大抵得力於杜者居多。《韓信》云：「胯下人能定漢疆，登壇大將氣堂堂。三秦傳檄歸真主，百戰奇勳誤假王。貴不可言辭蒯徹，死無足恨愧張良。淮陰功罪還相抵，忍使英雄女手亡。」《過雞鳴埭》云：「正是雞鳴候，雞鳴埭口過。暗潮隨柂上，寒霧入江多。

舊址遺黄葉，前朝委逝波。繡繻今寂寂，弔古一悲歌。」《登金山》云：「天塹雄南北，丹椒踞上頭。長江來萬里，一柱砥中流。金碧林間寺，帆檣檻外舟。登臨莫舒嘯，驚起怒濤秋。」「下視真無地，高攀欲近天。九江扼形勝，三楚接風烟。足下雲疑湧，波心塔倒懸。山門留玉帶，遺跡問坡仙。」《詠明史樂府》云：「逐燕燕高飛，高飛上帝畿。當時童謡有如此，强幹弱支始臣子。金川門破燕飛來，鸞臺鳳閣成灰埃。白龍行遯作魚服，周公踐祚膺圖籙。榆木川，輴車行，燕子不來鴟鴞鳴。」「漢家天子黄覺僧，燕藩選侍緇衣人。胖和尚具殺人相，左善世非西來藏。歸家有姊罵不休，奉人白帽慚緇流。東昌兩日參妙覺，北軍日逼南軍促，君王亦使作行脚。」

柞溪沈緑堤鋐，雲嵐司馬之從弟也。和粹沖夷，人樂爲友。詩亦清新可誦。近見其《題曉風殘月圖》云：「雞聲喔喔客驚眠，月墮風清欲曉天。欸段一鞭馱夢去，新詞猶記柳屯田。」「輕裝寫入早行圖，游歷山川興不孤。我亦頻年思策蹇，可能同聽鐸聲無？」其他佳句如「人行飛鳥外，月上亂流中」、「庚子《江南賦》，蘇公嶺外身」、「春流平似鏡，夕照麗成霞」、「春暖釀泉香，花傍酒杯飛」，俱堪尋諷。

緑堤猶子菊洲别駕濬，出予門下。少即聰穎，以爲家督故，未能刻意苦吟，而出筆自爾清俊。《題遥岑挹翠樓》云：「一曲菱溪繞碧流，溪邊小築讀書樓。遥岑隱隱嵐光接，嘉樹葱葱翠影浮。放眼孱顔當落日，攢眉爽氣正清秋。登臨有約聯裙屐，刻燭題詩互唱酬。」《書汪孝女傳》云：「人生皆有死，死貴得其所。捐軀全孝道，乃見平陽女。夙嫻姆教知恩深，父病那堪二豎侵。醫藥無靈力難挽，兒泪如雨傷兒心。頂禮香一炷，願祝親壽數。大圜在上默鑒兹，厥疾漸瘳鬼神護。中誠感極妙轉移，以死易生兩得之。嗟乎修短由天定，如何妾竟難延命。堅貞能使冥漠通，得遂厥願心融融。身可死兮名不朽，孝義千古仰高風。」

明弘光時，殿上楹聯云：「萬事無如杯在手，百年幾見月當頭。」款署「吏部尚書臣王鐸書」，二語非曠逸詞人不能言此。天子嗜之，即可亡國，況徵歌選舞，益以《春燈謎》、《燕子箋》諸淫僻耶？近吾友海昌俞孝廉樂郊萬逢《廣陵懷古》云：「庸主惟知杯在手，孤臣已覺命如絲。」孝廉熟於野史，故即用當時聯語。所著《塔影書屋吟藁》，從宋人入手，而筆健語真，却無軟滑陋習。摘其《秋柳》句云：「關山落月人千里，原隰寒烟水一村。」「霜花著色新籬落，風物關懷舊板橋。」《秋草》云：「院落時聞疎雨滴，池塘容易夕陽多。」「野曠有人聞露氣，天涯何處不蟲聲。」俱能繪影繪聲。

桐鄉蔡桐木茂才榮績學工詩，手鈔古籍，幾至等身。著《獅嵎草堂詩稿》，篇什甚富，叢殘堆積，反無暇編輯也。《舟夜》云：「烟江惜別艣聲送，夜色空明天水共。殘月欲墮清風來，蘆花一簇摇秋夢。」《溪南納涼》云：「楊柳陰陰覆釣磯，月光如水欲沾衣。鷺絲飛出藕花去，知有打魚人夜歸。」「田家燈火隔林昏，弄笛船來犬吠門。明月半湖風滿樹，納涼人在水邊村。」他句如「瀑影穿雲直，山光抱寺圓」、「傍水見星影，隔烟聞艣聲」、「飲水得真味，聽秋無俗聲」、「嵐氣欲消孤塔見，浪花忽破一舟來」，俱能逼近唐音。

耐冷譚卷十六

仁和宋咸熙小茗撰

石門陳湘南、梅垞兩先生與先府君同年至契。垂髫時家極寒，適同里蔡梓南先生家居，助以脩脡，始不至廢學。昆季俱善書，其筆法亦蔡先生所授也。湘南丈官至翰林侍讀，其詩如《上巳後三日飲陶然亭用陶然二字爲韵》云：「開徑相邀躡近皋，當筵醲醖溢香糟。一灣春水蘆頭闊，半塢晴烟柳外高。嵐暈不教遮晏幄，酒痕猶自戀吟袍。江亭獨占城南勝，攀玩移時樂意陶。」「歸路渾忘欲暮天，遥臺登眺夕陽邊。所難酬唱皆知己，如此風光倍昔年。野翠留人真耐可，堤花繞騎亦嫣然。閒情却憶江南景，新漲鴛湖泛鴨船。」《題朱石君侍郎梅石觀生圖》云：「雲岩無凡姿，慧心悟大道。萬卷羅胸中，即境窺浩浩。不羡花空虚，不栽樹煩惱。趺坐岩之幽，摩挲悦懷抱。對以玲瓏石，秀色映晴昊。綴以淺淡梅，繁華從滌澡。竭來融二諦，真如徹三寶。理愜氣彌充，澄觀達精顥。生機覺盎然，油油欲忘老。底用智人舟，蒼茫覓瑶島。」梅垞丈官至兵部侍郎，詩以勝於乃兄。其《會試留京送馬約堂赴西川幕作》云：「南望三山北晉陽，匆匆脂轄又西涼。坐消髀肉年方壯，歷盡輪蹄興亦長。我已送春兼送友，君還瞻屺復瞻岡。何時舊約尋圖幰，吟社同依輞水莊。」「燕市樓頭酒價高，祇應痛飲慰牢騷。肯因人熱思彈鋏，别有心知辨捉刀。蠻語偶然游戲作，清班端合聖明遭。況看折屐傳家慶，已有超宗擅鳳毛。」「聚首京華可判年，河梁愁緒一尊前。邊城樹色孤村晚，驛路鶯聲四月天。爾許吟懷增趺宕，却教舊雨感纏緜。茲行切莫鱗鴻滯，免使雲山望眼穿。」兩公詩，俱未見全稿。《梅垞詩鈔》爲合浦李符清所梓，求之亦不可得。從友人處覓得録之，見驥一毛，彌深珍惜已。

邇來同里後進能詩者少，車少雲伯雅詩筆清麗，於時生芳谷扇頭見其《秦淮雜詩》，愛而録之。「金陵牐口水潺潺，流盡興亡去不還。亦有江潮流不去，秦時明月六朝山。」「故苑春蕪緑意饒，闌干憑處雨瀟瀟。一重烟羃清溪水，迷却當年舊板橋。」「熏篝欲燼旋添香，花外銅龍漏點長。争似武皇巡幸處，畫船人指御河房。」「午夜蘭橈載綺羅，火珠萬顆盪銀河。茶村詩筆淋漓甚，留得燈前鼓吹歌。」「白門楊柳第三枝，太守風流有贈詩。今日飛花零落盡，小樓空鎖緑絲絲。謂單芳蘭事。」「軟風簾影夾清淮，蝴蝶飛來上玉釵。相約嬉春遊十廟，唾絨先繡踏青鞋。」「二百年來風雅淪，憑誰重續板橋春。捧花樓上修花史，賴有吾家好事人。家秋舲著《秦淮畫舫録》。」少雲爲半林丈之子，工文復善畫，淵源故有自也。

陝西緱息園明府山鵬，鄜州人，官粤西容縣。相傳楊貴妃爲邑之辛墟里人，故宅尚存，有楊妃并及妝臺在焉。明府修志時，疑是五代南漢宫嬪有楊姓者，後人因而附會，擬删之。一日路經辛墟歸，夜夢女子甚艷，朗誦一絶云：「使君且看妾容顏，妾是當年楊玉環。千古馬嵬留怨恨，魂猶戀此莫輕删。」覺而爽然，遂據舊志詳載。周丈松靄爲予言之。

施昆三已刻《簣初學吟》及《秀芝堂遺稿》，予曾採之，不知其又工倚聲。今見《玉屑詞》一卷，内有《滿江紅》一闋并序云：「嘉慶七年，壽州被旱，本處紳士孫蟠同侄克任捐銀一萬六千餘兩，設廠施粥。

巡撫阿公奏聞，蒙賜額賞緞，加獎勵焉。閱邸報慨然有作。」「夏雨春風，古誼問、誰能若此。争羡煞、一門敦善，有加無已。天下有財天下共，斯民飢渴猶之已。彼蚩蚩齷齪守錢奴，應羞死。義學廣，人文起。義田建，寒家喜。公前修葺文廟，設義學、義田，共費三萬金。又殷然出糴，取兹挹彼。近報會教添甲子，公年逾八旬，猶矍鑠善飯。先施豈待呼庚癸。荷褒旌遠邇樹風聲，都稱美。」録此爲好善者勸。

武進臧先生玉琳云：「自古聖賢及有志士，無不早起。蓋早起則心體清明，讀書易於領悟，爲一切事亦易成就。故相士之道，觀其早起晏起，而成敗可決矣。」因録《困學紀聞》一則，以勸晏起者，云：「成湯周公，皆坐以待旦。康王晚朝，宣王晏起，則《關雎》作諷，姜后請愆。況朝而受業，爲士之職。《書》曰：『夙夜浚明有家。』《孝經》言卿大夫之孝，引《詩》云『夙夜匪懈』，言士之孝，引《詩》云『夙興夜寐』。《讒鼎》之銘曰『昧旦丕顯，後世猶怠』，叔向所以戒也；『三晨晏起，一朝科頭』，管幼安所以懼也。『在家常早起』，杜子美所謂『質樸古人風』者也；『雞鳴咸盥櫛，問訊謹暄涼』，朱子之詔童蒙也；『觀起之早晏，知家之興廢』，呂子之訓門人也；『起不待鳴雞』，陸務觀《示兒》之詩也；『雞鳴率家人同起，不可早晏無常』，葉少藴與子之書也。雞鳴而起，決擇於善利之間，爲舜而已矣。」

古詩有自然之天籟，却有一定之音節。今人作古詩，謂上下聯平仄可以不拘，此不知詩者也。趙秋谷《聲調譜》旁圈平仄，未免固陋。善作詩者，雖無庸拘泥秋谷之言，然爲初學者舉以一隅，自不至「偭規矩而改錯」也。

黄鄒山丈梧以邑增生入成均，得館叙。出爲清河丞簿，有惠政，民呼「佛子」。吾杭黄小松司馬之遠祖大參公，居鄉多善行，人稱「黄佛子」。迄今已隔數世，里中人猶呼爲「黄佛兒家」。一姓而得兩佛，可作黄氏佳話。丈後擢宿遷令，未幾以憂去，遂終於家。其自撰訟庭楹帖云：「但願邑皆賢百姓，何妨官是老諸生。」至今過宿遷署者尚及見之。彼都人猶津津述其拯疫癘、救水災諸事，真不愧爲「佛子」矣。予在桐，亦有「宋菩薩」之稱。夫冷官豈有善政，可自信者，宦桐十餘年，不計利，不好事。士子中或有播此頌聲者，而於鄉民則風馬無關也。不意罷官後，有一鄉人至沈生春江家，問「宋菩薩安否？聞其貧不能歸，不知居何處矣。」春江有詩紀之。丁亥秋，有賣菜傭入門，家人詢之，則云「吾以菜把售某姓，只差一二文，靳不肯添，不若送與宋菩薩喫也。」竟置菜而去，尤屬可異。兩鄉人惜俱不知其姓名也。

長洲蔣青荃夔與兄應質徵蔚、于野莘齊名，吴中有「三蔣」之目。應質通經學，曾識於芸臺師署中。旋以病廢，不及見。青荃早官浙江布政司理問，與予交垂三十年。當是時，上官咸愛其才。君亦思奮欲有爲，蚤夜究心吏治，以其餘力發爲詩歌，乃垂老始補一官。習禪悦，精醫理，昔日飛揚之氣盡歸烏有矣。頃來桐鄉，即出近藁相質。讀之，字裏行間俱有真氣，且多有關世教之言。名之曰「棄餘」，實不可棄也。《感事》云：「爲治雖尚嚴，然須平其氣。要知官與民，一理無二致。官民苟隔絶，紛然鬭才智。世無真是非，誰能辨其事。傷哉一朝忿，成此騎虎勢。」「讀書慕聖賢，臨事忽顛倒。究其所以然，偏惡與偏好。次者患得失，爵禄圖永保。又其次迎合，上上冀書考。悛民以梯榮，殺人遂如草。」《題某少尹送別圖》云：「指點歸裝一葉輕，臨行争説長官清。果然官好民情好，畫裏如聞歎息聲。」「下僚最易知民隱，縱使能清也要才。百首新詩幾行泪，精神多少換將來。」《書齋》云：「閉户亦何好，聊收静者心。高齋初罷讀，明月忽相尋。真趣在閒寂，古懽無淺深。兒曹强解事，隔屋理瑶琴。」《題建德縣齋壁》云：「檻外牆低不礙眉，庭前柳色尚垂垂。偶來拄笏得清趣，除却放衙無俗思。一草一花疑入畫，半開半懶試尋詩。明朝捩柁錢江去，浩蕩天風憶此時。」

海昌閨秀曹雪軒慰適石門勞茂才。家貧，製冥鏹以餬口，而事姑極孝，每食必問所欲。其《初夏》絶句云：「閒坐書窗度歲華，石泉清供一甌茶。楝花風裏寒喧亂，纔脱輕綿又來紗。」「殘紅狼藉墮香魂，槐葉成陰晝易昏。幾日丁眈簾外雨，苔花延緑繡柴門。」弟迪前有光、玉汝有成亦有詩名，惜俱早卒。

「洗馬」，秦官也。《漢書》作「先馬」，如淳曰「前驅也」。後漢員十六人，太子出，則當直者前驅，導威儀也。梁有典經局洗馬八人，掌文翰。皆取甲族有才名者爲之，允爲清選。明詹事府設司經局，置洗馬一人，亦東宫官僚崇階。至本朝仍隸詹事府，直曰「司經局洗馬」而已。案「洗」與「先」音本相通。《易·繫辭》「君子以洗心」，「洗」，京、荀、虞俱作「先」。晁以道曰：「《石經》作『先』。『先』，古文『洗』字。」「洗馬」之「洗」，《漢》注既訓爲「先」，自當作平聲讀矣。僕昔在京師，一友人轉此官，貽以詩云：「致身君已爲洗馬，點額吾難竟化龍。」人皆譁然。惟王懷祖觀察見而賞識之，謂能讀古書者。翌日招邀一飯，予謝不往。先生自來，曰：「吾胸中有疑義，欲以酒閒待質也。」其虚己愛才如此。

都小唐允封，桐鄉諸生也。初不聞其言詩，予遂疑其不嫻吟詠而置之。後有人藉藉稱其所作，亟索之，因出其《惜陰軒稿》一編。予一見即稱賞，而生猶欿然不自足，蓋所到未可量也。《秋夜獨酌有懷曹琵齋》云：「落日高臺上，登臨酒一壺。涼風秋叫雁，明月夜啼烏。關塞空雲樹，江山入畫圖。故人千里別，極目片帆孤。」《送別香山》云：「雲霞落落兩依依，每共清言到夕暉。明月有情留不住，照君帆影玉溪歸。」「梅花風趁雪花催，酒滿金尊泪滿杯。轉眼春風吹短櫂，明年好爲故人來。」《寤歌寄希谷》云：「小樓獨客卧方牀，冷逼中宵夢不長。荒寺無僧更歇鼓，寒村禁暴夜鳴槍。燈花懶剔隨開落，腹藁垂成任記忘。偷得閒時愁且遣，漫將風雪憶家鄉。」又《題桐溪草堂》詩云：「人到清貧留傲骨，詩歸老境帶商音。」足盡古杉一生矣。

海昌馬氏多詩人，而可信今傳後者，當推古芸。後來之秀，復有秋樵茂才德馨者，古芸族弟也。秋樵究心制舉文字，詩不多作，而體格清超，詞筆妍秀，加以學力，可臻大家。近見其《次蔣花隱韵作梅花詩》，録其四云：「萬山風雪來天地，占取園林第一春。任是横斜有丰骨，却於冷淡見精神。看他獨立渾無伴，爲汝相思儘有人。知否幾生修得到，者番且賞物華新。」「野店山橋到處尋，晚來蠟屐出深林。獨高氣韵原無俗，能抱清寒祇此心。四面冷雲春悄悄，一鈎新月夜沈沈。賞音世外真難得，拚費巡簷幾度吟。」「早存鐵石心先傲，纔醒繁華夢便清。性淡能真無粉飾，塵飛不到太空明。高人大抵皆遺世，處士從來最有情。江北江南正相憶，春愁一半畫難成。」「又是荒村落照邊，濛濛吹雨薄生烟。冷葩歷亂香千樹，疎影迷離玉一川。流水三分寒野渡，春風幾日到江天。年年驢背尋詩慣，莫認當時孟浩然。」韵秋和作亦多警句，如「一個蹇驢寒入畫，雙飛玉蝶瘦含神。性情相似真憐我，骨格無奇但傲人」、「平生高潔耽成癖，小劫冰霜抱此心」、「不染俗塵清到骨，一無依傍老横枝」、「一聲長笛夢初醒，今夜西溪月倍明」、「茫茫芳訊遲銅井，渺渺仙人住洛川」，沖淡幽蒨，俱能爲梅花傳神。

周讓谷先生天度字心羅，本塘西里人，後以部郎出爲太守，歸，遂遷於杭。乾隆庚午，以第一名獲雋，主試者新建裘文達公。時周姓中者十人，人問何以中周姓如此之多，公笑曰：「此之謂『仇十洲』也。」聞者哄堂。封翁理齋先生經邦以通儒老，精於文律，杭城諸名宿多出其門。先生未遇時，賃予家屋居住。歲逼除，封翁與夫人對理《漢書》，值索租者至，曰：「已將束脩扣出，在几上者是矣，可持去。」言畢，讀如故。有貧嫠以小兒無帽告，夫人一時無措，即翦靴之上方縫紉與之。越日，客來，封翁即著以見客，毫不介意。以上二事，先大母陳太恭人爲予言之。

予輯《桐溪詩述》時，欲採灌花老人朱紹穆詩，已不能見全稾，僅從友人處覓得殘本録之。自時厥後，恐竟至湮没矣。頃於晴瀾案頭，見其與擣庵丈酬唱諸作，亟録之，以誌平生欽仰焉。《月夜晤畢擣庵》云：「地近人偏隔，新詩意屢牽。却逢秋夜好，一共客窗前。話久涼生樹，情深月印川。悵然分手易，惜别幾遷延。」《次擣庵月夜見懷韵》云：「風塵常作客，親舊幾回攀。此夕披佳什，深情感故山。桐陰涼月迴，鴛水草堂間。那得長相聚，離愁一例删。」《送春同擣庵作》云：「流光荏苒又春闌，觸忤閒情感百端。疎雨簾櫳啼鳥倦，晚風庭院落花殘。留君小住知無計，老我愁懷忍細看。滿徑緑陰歸去也，吟魂黯黯獨憑欄。」「輒向東皇唤奈何，不堪時序易蹉跎。鶯花此後深無主，風雨前期等逝波。良會從教經歲隔，韶光已負卅年多。銷魂橋上重相望，歷亂殘紅點翠莎。」

洪洞劉默園司馬肇紳宰諸暨、平湖，愛民如子。去官後，輿誦不衰。作詩如其人，謹守前人榘矱。書法尤佳，近見於碧蘿吟館，書扇以贈。即録其《西江載書圖》云：「風帆飽挂下洪州，萬卷還期大匠收。五兩高懸書乞米，小人有母倚山樓。」「故人貽我買山錢，纜解西風散暮烟。珍重清寒勞點筆，滿灘霜月枕書眠。」「秋山漸減翠腰圍，黄葉村前白鳥飛。停櫂頓忘身是客，憑君畫裏載人歸。」别後，將至滇南，寄予《留别》詩，有「窮骨相無琴鶴伴，熱肝腸有弟兄知」、「世境多情惟骨肉，人間有味是窮愁」、「家風只飲當年水，吟興還雕少日肝」、「薄宦襟期忙裏減，書生面目老來真」，可以髣髴其爲人。

梅里沈君泰道甯，嘉興名諸生也。讀書敦孝悌，弱冠即肆力於詩古文詞，惜年未三十而卒。所著《静觀書屋詩文集》十卷，聞其臨没時盡付諸火。生平著述，遂以不傳。今其哲嗣遠香裒輯集外詩如干首，存其梗概。詩雖不多，亦足珍已。《病中雜興》云：「九十春光半已抛，蹄涔蹤跡漫相嘲。疎窗霽色看初喜，遠樹禽聲聽易淆。静裏焚香多會悟，愁中得句懶推敲。自知病骨終難换，重筮天雷第五爻。」《鄰園有榆樹》云：「鄰園有榆樹，扶疎出牆東。嫩莢蔚初莖，青錢綴華叢。我來當首夏，遥矚但青葱。時序忽以變，病葉鳴秋風。榮落復須臾，盛衰理則通。木落長年悲，睹此惜漂蓬。」《松桂讀書圖爲何斗峰丈》云：「小山叢桂大夫松，掩映高齋樂事濃。寄語攤書何水部，莫教换却百城封。」「蒼髯拂石松枝老，黄雪飄林桂粟香。祇恐難堅鍵户志，徵車又逮校書郎。」《旅夜書懷》云：「歲晚滄江起旅愁，西風落葉慣悲秋。遥知慈母停針綫，看盡停雲説遠遊。」

遠香吟材雋美，予既録其詩入此編矣，今見其《青珊盦初集》、《六峰攬秀閣初稿》，愛之不忍釋手。

復採其警句數聯，以備觀摩。惜集隘不能作摘句圖也。《昭慶寺訪興公》云：「宿霧忽成雨，春湖純浸山。」《雨過南湖寄見山》云：「遠渚斂寒色，殘蘆疑雪聲。」《送人歸金陵》云：「長劍風塵氣，故園兄弟情。」《晚晴》云：「片雨過高樹，一蟬催夕陽。」《綠蕉山館訪陶司馬》云：「蕉影一簾容卧雨，竹烟半榻自煎茶。」《舟次雁水》云：「岸楳香送片帆緩，野水綠添三尺新。」《同人三李祠探梅》云：「晴雪壓林香到水，遠峰當户綠沈烟。」《别興公》云：「初地小容三日住，清譚静洗十年忙。」絶句如《夜泊》云：「酒醒夢斷不知處，一枕秋聲絡緯多。」《鳳仙次韵》云：「三十六宫秋寂寞，女兒無此好嬋娟。」幾於一字一珠。

台州王南亭老人世芳與先中憲公相識。乾隆戊戌，迎駕至塘西，咸熙猶及見之，是時已百有十餘歲矣。自言少時有勇力，二十歲後應募爲兵。日出征，被槍中腰死。戰畢，同輩檢屍，見其氣息尚存，以希裹歸，醫之愈。事平，棄兵歸農。聞鄰塾書聲，好之。且耕且讀，漸通文理。五十八入學，六十三補廪，八十一出貢，九十六授訓導。旋進京祝壽，蒙恩屢授司業侍讀銜。周丈松藹謂其幼不讀書，好拳勇，四十六歲時途遇漁者，攜一金色鯉魚，買放之。未幾風雨驟至，避雨涼亭下，見魚化爲龍，空中禮拜而去。自後心地開明，漸能讀書識字。此予所未聞也。喜書「壽」字贈人。松藹丈詩云：「遊庠已過服官年，秉鐸期頤萬口傳。聞説壯時曾殺賊，英雄投老即神仙。」「將車持杖曾孫五，太史應占聚德星。染翰手書長壽字，一時團擁看南亭。」嘉慶己未，予至章安訪諸其家，言老人去世纔六七稔，蓋卒時年幾一百三十歲云。

上海女史歸佩珊懋儀，詩名遍傳江、浙間，近時閨閣中無此才也。頃見其《題古芸碧蘿吟館詩集》云：「江山滿貯錦囊中，浩蕩襟懷迥不同。北海壺觴消永日，西園翰墨想高風。壯遊慣倒三公屣，静寄新營五畝宫。門外何妨排百甕，事見本集。主人胸次水天空。」「西風庭院日將斜，一卷閒披向碧紗。琴性和平纔耐聽，玉情温潤絶無瑕。詞瀾浩瀚多奇氣，風格清蒼是大家。愧我病魔消未得，靈山偏緩泛仙槎。」又見其册後附録《石門道中作》云：「征途偷得幾朝閒，小艇夷猶雲水灣。生怕悄寒侵病骨，篷窗擁被看青山。」「密密編籬短築牆，野梅零落賸餘香。從知檢朴鄉風好，不種垂楊只種桑。」「天光雲影照人明，纔近西湖水便清。日日扁舟橋下過，橋多偏不記橋名。」

丁卯房師德立齋先生之母楊太安人，其父山齋公羈留緬甸二十餘年，安人與人言及，必涕流被面，蓋孝女也。爲姑舐目，雙瞽復明，又孝婦也。著有《緑窗吟草》，不肯示人。嘗曰：「女子以無才爲德，豈可以詩篇流播外方耶？」僅記其《送兒入官》詩，有「宦遊何物稱難得，官滿群黎泪兩行」二語，母教可知矣。

德清徐氏，七代俱成進士，入詞林。至頤庵丈養原僅以明經終，頤庵制藝極工，不得一第，生平常以爲恨。然丈於群籍罔不通貫，著書幾及百種，千秋已堪不朽。以視一時之榮，果孰輕而孰重耶？詩不多作，並不肯輕作。録其《王節婦》一篇云：「天地有正氣，女得之爲貞。至性與生來，不由教誨存。貞女悦未結，所天中道折。合卺雖虚言，施蘿忍遽絶。聞喪摧心魂，毅然欲往奔。親串駭相告，幽獨矢弗諼。入門形影隻，舂炊謀朝夕。孤雛頼恩勤，册載茹荼檗。此志倖獲償，繞膝已成行。含笑九原去，侍我君子旁。旌門豈常例，庶幾頹俗勵。綽楔象高風，亭亭照百世。」

嚴修能嘗得一宋板書，其題詩有「紙墨輕虚不敢觸，憐若美人珍若玉」之句。夫買書所以資問學，若從備插架之觀，寶若球琳，亦何益於身心也。先府君嘗諭咸熙曰：「藏書未必能讀，但能時時展閲，便可爲好古博雅之人。惟不當奪人所好，亦不必恣己所求。其異書之無别本者，不妨借人鈔録，以永其傳。至宋板書祇取紙墨精妙，與其費數十百千購一宋板書，不如多買幾部古書。」言猶在耳，遺書僅存，而先公之捐館舍已二十有五年矣。

吕司馬幼心棨，常州陽湖人，與先府君爲隔省同年。植操純固，詩亦卓然可傳。罷官後，貧不能歸。寄居海昌，猶以詩文訓迪後進，人忘其爲達官也。近詠《素心蘭》詩，州之詞人咸和之。其原唱云：「交遊都是素心人，花亦如人有净因。正賞奇文香入座，同蠲華悃德爲鄰。光風曉泛空明相，清露宵凝澹遠神。始信殊材皆本色，祇憑方寸藴天真。」咸熙亦有和章，復辱先生依韵答贈云：「桐溪春水溯伊人，剪燭論文快夙因。茗戰久傾青眼客，《思茗集》久爲名流傾倒。蘭言清壓素心鄰。拙作《素心蘭》詩和者二十餘家，君詩『除却梅花無此格，澹於秋水得其神』句允推壓卷。定知伏處無風雨，依舊高歌有鬼神。最憶荔園棋局句，一般勝負總安真。張荔園贈君詩，有『宦境如棋敗亦欣』之句。予評云：『不獨爲小茗傳心，兼可爲鄙人説法。』」

桐鄉吴丹崖布衣煌隱居殳山，工吟詠，究心醫理。未壯以瘵疾卒，人咸惜之。《幽居》云：「結廬近市闤，衡門晝常扃。幽居罕物役，遂此遺世情。東風何日來，庭樹忽已榮。荒園絶人迹，時聞春鳥嗚。曉起閑倚几，道書讀《黄庭》。古鼎焚篤耨，虚堂有餘清。窮約亦云適，富貴非所營。聊以安蹇劣，敢慕黔婁生。」《送任梅亭游吴用郎君胄送韓司直韵》云：「故人吴地去，秋水晚生波。對酒難爲别，臨歧唤奈何。風塵雙鬢改，烟雨五湖多。若向梁鴻墓，期君一再過。」

秦淮女郎張雲裳詩云：「妙藥難醫無病病，黄金能買不狂狂。」蔣青荃愛其俊絶，時微寒被酒，燭將燼矣，爲低徊者久之。因賦三絶句云：「傳來白下新詞句，端的聰明是女兒。梅影一楞鐙半炧，累儂惆悵幾多時。」「枇杷花裏那人家，何日扁舟訪若耶。儘有青衫憔悴客，忍教辜負好琵琶。」「文人幾輩老無成，紅粉飄零又説卿。誰琢新詞掐檀板，一齊譜出斷腸聲。」

平江毛初文孝光詩筆甚正，其《訥庵藁》六卷，王西莊、錢竹汀兩先生點定。《早春喜趙味辛見過》云：「東風吹庭樹，日暮鳥喧啾。正爾意不樂，隤然卧林丘。之子適遄至，一喜散百憂。相别既已久，相逢爲少留。所期在晤語，欲語仍自休。志趣自落落，雲物同悠悠。攝衣起徐步，明月懷中投。」

嘉興夏青翰桂芬世居梅花溪上，精弈理，工詩。曾以古學受知於阮芸臺學使。惜年方强仕，遽登鬼籙。向有專藁，早被祝融取去。身後所作，厪有存矣。今祇記其《晚步》一首云：「晚步南村路，微茫動客情。日斜山外紫，月到樹頭明。細草得生意，孤松流静聲。野鷗已馴熟，來往不相驚。」

沈生台簪仕不廢學，到山左後，寄來懷人詩數篇。其投僕之作云：「消盡光陰墨幾丸，毛錐才放又漁竿。公有《桐溪垂釣圖》。分來廉俸周寒士，具此才華屈冷官。壇坫東南吟筆健，湖山跌宕酒盃寬。月明照見塘西水，翹首師門感百端。」

台簪向有《夕陽》四律，甚佳。予戲之曰：「欲奪鮑夕陽之席耶？」今已閱數年，而其詩尚能記憶。爲録於此云：「遲遲花塢罷清遊，更上層樓縱遠眸。雲外參差斜度鳥，天涯明滅認歸舟。跡餘蕭寺真如夢，痕挂衰楊易感秋。山外青山排幾朵，詩情畫意一齊收。」「餘暉已異透朝暾，欲遣閒心仗酒尊。沙捲平原秋色遠，影翻石壁大江昏。長繩難繫蹤誰覓，短晷空嗟景不存。笑問青天如可買，千金一刻價寧論。」「虚傳永晝等年長，枉詡隨時愛景光。幾處高樓收卷帙，數聲風笛下牛羊。蓼根猶映三分赤，塔影微留一抹黄。若果有城開不夜，敢將易老歎馮唐？」「興亡閲盡世中情，最是人間重晚晴。紫翠雲山開六代，蒼涼畫角動孤城。門多喬木鴉歸急，鬢惹秋蓬駟隙驚。一霎黄昏容易近，彎環秋月上簾旌。」

古芸詩傳播江南兩浙間，不知其又工詞也。近日分題銷夏，作詞四闋，調寄《壺中天》云：「翠皮圓裹，費猜疑未解，紅黄白色。拋入青泉寒浸透，剖藉金刀微力。字破含瓤，漿流凝齒，渴病今消得。中腸焦灼，冷淘同潤胸臆。　可惜幾輩英雄，青門生計，種慣無人識。百子匀排藏碧甕，蟻點紛紛銜黑。羅絮濃兜，蟬香輕撲，閒戰茶烟息。《黄臺》休唱，一窗風雨涼逼。」《食瓜》。「轆轤聲裏，嘆蕭條野草，荒埋玉虎。思飲瓊漿攜杵臼，誰訪藍橋仙姥。一勺分嘗，雙肩挑賣，勞矣知甘苦。青泠千尺，笑探龍頷珠顆。　況值午暑炎蒸，脣乾舌燥，滴滴皆甘露。到晚澆花花影活，瓶鉢親持吩咐。松火剛煎，蘭湯新浴，煩鬱消襟腑。閒庭傾瀉，恍逢陣陣涼雨。」《汲泉》。「轟轟白鳥，作殷雷逼擾，深宵蝶夢。點燭燒除揮扇遂，堅閉羅幃無縫。毒喙侵肌，貪腸啗血，紅抵櫻桃重。酣然將去，一聲稱謝飛動。

問爾暮夜驕騰，何時潛影，急待秋風送。聚市黃昏兼達曙，翻笑紗廚無用。陰險難防，蜂針蛇舌，而況呼群衆。聞聲殊惡，豈容充屋喧閧。」《驅蚊》。「曲欄干畔，似寒星幾點，黃昏窺見。兜惹三春蝴蝶影，閒了乘鸞宮扇。小墮釵頭，低迎袖底，風颭花枝顫。因依無力，掠簷飛過庭院。記得照向揚州，收量滿斛，只道明珠賤。夜夜紅呼兒女口，招手翻嫌燈眩。裝入紗囊，移供書案，乾死輝猶戀。秋宵明滅，草根蟲語催徧。」《撲螢》。

石門顧璞亭茂才丙南館予味三味齋者四年，時時以詩相質，佳篇遂多。因緝録之，爲《有竹居吟草》。《秋月》云：「佳人遥望影團團，三五秋光分外寒。料得玉關夫壻在，此時猶自倚樓看。」《風雨歸舟》云：「此身端合住湖州，身世何妨等白鷗。風捲浪花千頃碧，中間着個釣魚舟。」「細雨寒侵六幅蒲，江村沽酒自提壺。緑蓑青箬風流甚，畫出烟波一釣徒。」「灘聲響激艣聲微，不愛蒓鱸自愛歸。我亦頻年淹客館，幾時重訪舊苔磯。」

《花南老屋詩鈔》，嘉興陸漱石開誠所著。漱石爲吾友車荔浦廣文入室弟子，吟情軒舉，所惜綺語未除。然其中有極清真者，《秋夜涼甚書示夢湘》云：「涼宇雲初卷，湘簾不上鈎。美人隔秋水，清夢在揚州。河漢三千里，簫聲十二樓。微風生此夕，紈扇不禁愁。」七言警句若「酒如竹葉三分緑，人與梅花一樣寒」、「一帆江影離鄉夢，半夜簫聲何處樓」、「溪水一灣低雁齒，夕陽半艇響魚叉」，風調不減杜樊川。

武林羅秀才文鑑與予素未相識，頃倩趙一漁贈予一詩，領聯有「松筠節健懷芳躅，烟雨樓高老寓公」之言，真可感也。

張肇園振，江南長洲人，古芸之傔從也。日侍詞人側，耳濡目染，遂嫻吟詠，小詞亦有風趣。《初夏閒居用劍南韵》云：「荼蘼夢醒有餘香，笑倚蘭干愛晚涼。乳燕雙飛尋畫棟，晚鐘一杵出雲房。聽殘鳥語春將老，落盡楊花日正長。懶向水濱垂釣去，鈔詩好待入奚囊。」「黄梅天氣半晴冥，帶濕花枝插膽瓶。疎柳成陰侵鬢緑，遠山如黛上眉青。曝來書籍籤排乙，放下簾櫳字有丁。避暑尚宜先種竹，納涼深夜漏疎星。」其《秋望詞》調倚《菩薩蠻》云：「風吹亂葉斜陽裏，蒼山漠漠寒烟起。孤雁又南飛，思鄉人未歸。　登樓空眼盼，涼月今宵淡。昨夜夢依稀，泪痕多染衣。」《秋夜》同前調云：「星河萬里浮雲没，清光一片淒涼月。涼月照深宵，天涯人寂寥。　殘鐙孤客影，聽冷笳聲静。客意太無聊，理衾鄉夢遥。」

桐鄉姚秋畬豐，吾友多才先生子也。先生没，家無餘貲。秋畬食貧力學，早飩於庠。著有《古柘山房稿》。年未强仕，遽赴玉樓，深爲惋惜。《冬日懷蔡桐木》云：「僻地朝朝静，閒冬事事寬。教兒常課字，奉母克承歡。瓶小銜花重，簷低壓雪寒。詩成多麗句，好寄故人看。」他詠如「養生宜養氣，明理在明經」、「歸心隨雨亂，酒病入春多」、「言非知己尤宜少，事到求人總覺難」，可想其磊落鬱塞之概。

桐鄉沈壬公明經瀚次子，甫免乳即能記難字。癸未之秋，偶抱微疾殤，年甫十二。時大水爲災，作《浮棺歎》，有云：「葬埋厚薄惟視力，何爲稽葬相蹉跎。風鑑雖云有其理，任其風吹日曬雨打，爲子之心奈忍何，而況棺底到翻浮洪波。」誦之可以警世，不圖於黄口出之。

德清沈壬海廣文嘉春俊爽有至性，長於諧謔，詩亦不落小家。《山寺》云：「深山禪院古，繞室有烟霞。亂竹交幽徑，疎松落細花。樵蘇忘世界，猿鶴長年華。歸路渾愁遠，平林噪暮鴉。」廣文司教富陽，著有《更上樓詩集》。

跋

己丑孟陬之月，吾師《耐冷譚》十六卷成，俾鴻賓讀之。既得先覩爲快，而不可無一言以述之。先生博通群籍，著書數十萬言，於詩、於古文，尤非時賢所能争席。此編不過爲晚年消遣之作，其緒餘爾。顧先生夙承太夫子助教公庭訓，追述遺事，讀之猶使人緬懷前輩風流。其間睠念貧交死友，殘篇斷句，加意表彰，能使人重敦交之誼。至於忠孝節烈之事，尤喜津津樂道，讀之能使人興頑廉懦立之思。此先生作書之旨也，亦即先生勉吾同學之心也。以視子才《詩話》語雜貞淫者遠過之，即較之澹川《筆記》泛論詞章者亦勝之矣。先生性本冷澹，不肯輕於交人。世無知先生者，得是書讀之，亦當肅然起敬，想見吾師之爲人。海昌受業弟子馬鴻賓敬跋。

（吴忱、楊焄、張宇超點校）

耐冷續譚

耐冷續譚提要

《耐冷續譚》六卷，據道光間刊本點校。撰者宋咸熙，生平見《耐冷譚》提要。首有道光十四年甲午葉樹枚序，書中所記亦止於是年，當即續成於此時。其旨趣一仍前編，繼續於周遭日常中發抉詩人詩作，詩旨瑣細而情志充溢，煉意鍛句則遠較前爲精緻。如詠烟有「黄金灰裏盡，白日夢中過」之句，（卷四）烟之縹緲與夢之虚無，以黄金（火）與白日之顔色相對聯絡，詠物實而寄意遠。又如詠老農擔糞：「稽古如稽田，糞心猶糞土。隔鄰有老農，相逢話勤苦。」（二首之一。卷六）士農耕讀竟相依相存於極穢之「糞」，而以理紀存乎其中，轉較梅聖俞、袁簡齋諧謔詩之「惡趣」大韵。嘉道間士子平民雖艱於物質，而仍耽於吟詠，然所謂「談禪未悟宜談劍，得句能佳勝得官」，（卷四）澹定豁達乎？抑或仕途失落、人生迷茫乎？此處正堪玩索也。《續譚》與前編不同者，采詩減縮至履足所及，如卷五所録，幾由「老友張君春水」（張澹）一人所介，未免稍隘。卷四謂翁覃溪《兕觥歸趙歌》，袁枚亦有和作，此似不知兩人絶無文字之往來也。

序

小茗廣文向有《耐冷譚》之刻，久已膾炙藝林，家置一編矣。罷官後，艱於家食，假館禾城。今春余適游是邦，時相過從，暮年朋舊，得於客中聚首，雖淡漠相遭，殊非易事也。昨又出續編如干卷相眎，其持論之正，取擇之嚴，既無近時濫收博采之弊，而余尤重其略有考證，足徵此老平時讀書得間處，窺管一班，可見全豹。爲書數語於簡端，以爲他日鴻泥之迹云。道光甲午四月吴江葉樹枚。

耐冷續譚卷一

仁和宋咸熙小茗撰
同里姚世彝樸人定

欲求經訓，老病則那。詩爲職志，論尚不頗。舊交日替，聞見無多。幸有新知，時眎好歌。續冷齋之《夜話》兮，藉以斸夫煩苛。

前明魯文恪公鐸爲舉人時，屬遠行，忽遇雨雪，止宿旅舍。憐馬卒寒苦，即令卧於衾下。因賦詩云：「襤褸衣衫弱稚兒，馬前怎得浪飢驅。凡繇父母皆爲子，同此肌膚我却誰。事在世情皆可笑，恩從吾幼不難推。泥塗藉得來朝力，伸縮相加莫漫疑。」今人忍視骨肉疾苦，殆于秦越，馬卒降於僮僕一等，而公憐惜如此，真有民吾同胞之意。

陳先生洄字文水，錢唐人也。與先府君暨朱丈青湖、單丈華藏、仇丈荔亭諸父執交。詩才豪邁，每與同人唱和，公先脱藁。住螺螄山，因署其詩爲《螺峰草堂集》，集已不可得矣。因憶先年詩課，詩俱不佳，先生爲作二首示之。事已隔五十年矣，篋中檢得，不勝吁嘘。《宋藉田》云：「青城一去春晝長，春風翩翩白服颺。金命二帝以白服見金太祖廟。汴梁都是金世界，雖有帝藉成蒼涼。此時却逢暮春節，都人哭駡張邦昌。磁州飛渡亦天意，老臣宿將推康王。可憐金甌甘自缺，偏隅定鼎志士傷。鳳山作宫瞰江海，藉田背闕觀陰陽。倉龍鸞路典最重，清旂芝蓋意則揚。年年三推一到此，野人遥識御服黄。偏安逸豫若朝露，誰令版蕩成滄桑。興亡百變人換盡，荒塍漠漠留江鄉。宋人昔過此田畔，却行避道色必莊。今人不見宋人在，菜花一片延山光。茫茫古情遍春野，詞人墨客增傍徨。時來弔古便散去，惟有紅日銜山岡。」《秦檜齋僧鐵鍋》云：「鐵鍋兀兀藏僧廬，我來看鍋立竈隅。竈觚隆隆鍋仰盂，物存年往增歎吁。咸陽錯鑄風僧愚，飛廉避爐祝融趨。闍黎個個飽欲死，丞相屠刀放下無。鑄鍋飯僧事則美，相公鼎鐺苦無耳。調和五味安用此，思陵瞠眼看折趾。陰陽爲爐鑄手高，恨不鑄作施全刀。」田在候潮門内，今杭人呼爲半畝田。鍋在靈隱寺，煑米可飯百人。

桐鄉黄純齋熙，宿遷明府鄒山丈之子也。立品敦行，先是，可於河工補官，曾經試用，以母老遂不出。兄希谷死，築聽雁樓懷之，予爲之記。書得鄒山公家學，直逼晉、唐。生平不欲以詩名，有作都不存藁。予屬春江索之，於廢箋殘紙中，録得數首，然較之自命爲能詩者，已加人一等，純齋可謂謙矣。《夜過揚州》云：「蒲帆十幅送行舟，指點平山付後游。賸有篷窗一分月，照人今夜過揚州。」《題張子仙烟波賸舫》云：「溪屋小於舟，烟波憶舊游。琴彈《流水》曲，畫寫大江秋。詩友自來往，漁歌合唱酬。憐予偏寂寞，孤雁叫樓頭。」《題蟾仙女史畫册二絶》云：「香階紅藥對簾櫳，殺粉調朱點染工。莫道曇花才一現，春風常在畫圖中。」「掃眉才子貌如仙，寫竹吟花絶可憐。他日緑窗修女史，芳名不讓董青蓮。」《過山家》云：「偶逐樵人出遠郊，翠微深處隱衡茅。久知泉石山中趣，重結烟霞世外交。細雨空潭僧汲水，夕陽疎樹鳥歸巢。秋來風景皆堪愛，況復菘葵出野庖。」《晚歸》云：「雲暗夕陽盡，雪消春水生。隔溪深樹裏，遥見一燈明。」《秋寒》云：「荻花秋雨晚來晴，雲浄寥天雁陣横。一夜西風寒似水，深閨催落剪刀聲。」《溪上》云：「砧杵聲聲報授衣，野人臨水闢荆扉。小橋孤艇斜陽外，兩岸蘆花白雁飛。」

錢塘趙一漁惟中爲南華堂後人。市隱于修川，修川名士咸樂與之往還。年近五旬，慕吾名，執贄門下。喜讀書，豪俠尚義，不愧故家之裔。有《寶慎讀書軒吟草》。《同人觴白牡丹分韵》云：「洛陽牡丹種最奇，姚家魏家闢陸離。李迪留守西京時，進花始聞驛騎馳。萬紫千紅繞堦墀，白者獨禀天然姿。不競毓華淡泊持，素質合受騷人知。雲林後人鬢如絲，訪花不顧筋力疲。青鞋布襪隨所之，雪膚花貌來西施。移植小園濃露滋，裔雲遮護月影篩。我坐春風披絳帷，窗前未肯露瓊肌。紫叢花落存枯枝，庭前紫牡丹一叢，先已彫落。連朝苦被風雨欺。擊碎滿地紅玻璃，莫怪玉鳳飛來遲。羯鼓催花傾酒卮，以花酹酒花亦怡。陳登妙論解人頤，一年看花十日期。不及平原舊家規，豪飲通宵總莫辭。况有虎頭老畫師，收拾畫意入新詩。伯鸞塤箎宛轉吹，大阮小阮更唱隨。清閟閣前蘭與芝，紛紛歌出《白雪》詞。媿我俚曲效吴兒，笑乞名花判妍媸。」頃以藁屬吾點定，復録其警句數聯。雖如白樂天詩老嫗都解，而一漁之性情，亦可想見矣。《酬高茗卿新歲枉顧》云：「解題凡鳥真知己，交到窮魚更有情。」《自慨》云：「壯志半因謀食耗，癡心猶解讀書忙。」《呈小茗》云：「向苜蓿盤參道味，肯葫蘆樣受虛名。」《初夏定香寺晚眺和梁笑亭》云：「高樹薄粘紅日影，小橋低鎖緑楊烟。」《重觴白牡丹有感作》云：「淡真可對瓊瑶酒，嬾不能吟富貴詩。」《呈朱竟人先生》云：「立雪要期千日久，浴沂又負一春中。」《叠前韵再呈竟人》云：「我比親仁隨衆後，公之好禮有誰如。」《寄同硯友章小山》云：「霜毛忽訝多於昨，青眼相看勝似前。」幾于一字一縑，惜不能全録也。

德清馮秋君孝廉如璋，才士也。年十五六，作文有奇氣，詩亦不落小家。嘉慶甲子舉于鄉。自都門歸，得江山友朋之助，詣益遒上。旋以疾卒，年才二十四，惜哉！《邨暮》云：「楊柳渡頭烟霏微，楊柳枝上棲烏啼。人家一簇夕炊罷，斜陽忽墮溪橋西。」「汀洲獨立情脈脈，惆悵晚山林外隔。暮烟散盡烏飛迴，牧笛一聲谿外碧。」《烏夜啼》云：「春城城中棲烏飛，欲棲未棲終夜啼。蕩子遠行不復返，空房有婦傷別離。離別長如此，烏啼啼不止。前日空巢中，早生八九子。一烏夜啼心已愁，今復群烏聲啾啾。中夜驚起坐長歎，有夢不到秦川頭。吁嗟烏兮果頭白，蕩子天涯歸亦得。」《游海藏廢寺》云：「紅牆四面春水生，草際殘碑字不明。畢竟南風知我意，隔籬吹出讀書聲。」「壁紗冷落舊題詩，架上《楞嚴》罥網絲。一片鳥聲啼不住，槐陰滿地立多時。」《蔡邨》云：「帆腹東風竟不便，孤舟朝暮北湖邊。聚沙邨落多茅屋，近水汀洲半麥田。香散野花看插鬢，價低魯酒不論錢。行人今夜棲何處，江上斜陽獨叩舷。」《桃花口阻雨》云：「川涂修且阻，日夕勞溯洄。野風吹雨色，蒼然橫江來。濛濛遠樹没，隱隱孤帆回。邨落夕餐罷，林屋烟不開。客情久鬱鬱，臨路多裴徊。況當轉篷夜，風雨行相催。高咏《東山》詩，愴愴傷人懷。」《唐官屯五日》云：「良時易辜負，況乃客中過。對此一尊酒，其如兩地何。榴花征路少，梅雨故鄉多。白髮今朝望，應教話渡河。」

同里陳青巖紹曾，仁和諸生。廌居德清餘不溪上，館徐氏修吉堂。與新田丈執經問業，十有餘載，經義深粹。詩學亦佳，有《問字樓吟草》。曾於甲戌春，介武康孫曉墀廣文來棲里，思執贄門下，值予有武林之行，遂不果。留詩贈予云：「尊酒無緣陪北地，瓣香有願拜南豐。」亦可感也。夏日訪從舅氏蔡敏可不值，留詩云：「腰扇障日日孔熾，觸暑遠造西山廬。主人畏熱出門早，但見滿座攤殘書。廣厦三間足偃仰，荷風竹露增蕭疎。見解愈超著作富，南面之樂誰則如。比聞治經有專屬，點竄謨典堪自娱。百家聚訟任蠻觸，一手箋注恣佃漁。竊思此書最轇轕，伏生安國歧兩趨。壁中真本不可見，杜林漆書已有殊。况復百兩出張霸，鄉壁虚造尤近誣。大航頭中賈人子，忽抱僞本陳中樞。典午君臣鮮學識，忻然買櫝還其珠。怪哉博士亦湣鄙，誦習頓徧東南隅。是時河北尚師古，孔鄭所注猶傳徒。奈何冲遠作正義，奉敕遵孔徒虚拘。自此漢學遂淪隱，學人千載蒙其愚。我朝博學服閻老，排擊不憚群先儒。同時復有惠徵士，剖決疏證尤勤劬。兩人功足繼馬鄭，甬上之學言皆膚。往後欲爲此經注，斷宜今古區畛涂。我知主人識此意，姑述數語貽小胥。」

《浙西六家詞》，遠勝前朝，今坊間已無其書，學者不得見矣。六家者，秀水朱彝尊號竹垞《江湖載酒集》三卷，嘉興李良年字武曾《秋錦山房詞》一卷，平湖沈皞日字融谷《柘西精舍詞》一卷，嘉興李符號耕客《耒邊詞》二卷，平湖沈岸登號南渟《黑蜨齋詞》一卷，錢塘龔翔麟號蘅圃《紅藕莊詞》二卷。竹垞老人《自題詞集・調寄解佩令》云：「小年磨劍，五陵結客，把平生、涕淚都飄盡。老去填詞，一半是、空中傳恨。幾曾圍、燕釵蟬鬢。不師秦七、不師黃九，倚新聲、玉田差近。落拓江湖，且分付、歌筵紅粉。料封侯、白頭無分。」《詞律》前起二句、後起二句，俱用韵，先生獨變其格，未識有所本否，當求精於詞者詢之。

王省園景曾別字劍舟，桐鄉布衣。詩才敏捷，對客揮毫，千言可待。曾訪予於味三味齋，一飯而別。嗣後一再招之，俱以事阻，而僕亦就館傘邨，遂不復見矣。甲申暮春，染時疫卒，年方三十。有才無命，痛之惜之。《少峰丈有約來桐詩以踐之兼寄小茗》云：「花飛紅雨撲舠船，判袂花飛又幾年。人似奇書非易見，春如過客不常延。早鶯出谷聲何巧，穉筍掀泥味正鮮。安得先生來此際，不尋芳去便參禪。」《題少峰丈踏葉尋僧圖》云：「深山最深處，有客訪禪關。落葉紛無數，白雲相對閒。獨攜鳩杖去，一過虎溪灣。舊識談經地，松篁萬壑間。」「一瓢復一笠，高致欲空群。味外餘禪悦，山中斷俗氛。打頭惟落葉，留客有閒雲。安得辭塵累，從君步夕曛。」《題汪丈槑坡春日雜感後》云：「惜別文通倦遠游，思鄉王粲怕登樓。東風不管羈人老，偏遺楊花點白頭。」「天涯芳草緑萋萋，幾度王孫送馬蹄。有客欲歸歸未得，那堪更聽子規啼。」《懷羅丈樸園》云：「有客懷高尚，衡茅寄迹偏。材甘窮谷老，貧謝俗人憐。在野身疑隱，觀空晚入禪。《楞嚴經》一卷，熟讀已多年。」

詩之可以傳世者，惟其真而已。風騷而降，源於漢，盛於唐，詩不一家，大要有性靈，乃有真文章。其間理真、事真、情真、語真，即設色布景，一歸於真，夫而後可以傳矣。古作者陶、謝並稱，而陶公以天趣勝，其最真者也。嗣後儲、王踵而衍之，真響不絶，此亦存性靈焉已。乃知古人之詩之所傳者，必有真意流溢。極華貴中，時露樸塞閒遠之致，而不在求工於一字一句中也。詩不真即無用，無用即不可傳。僕近有句云：「器欲久存端貴厚，物如有用必求真。」此予訓兒子之語，而於詩亦云然。辛卯立夏飯後書。

同里大雲鄉，俗呼永泰，去本鎮三十里而近。自同年勞如齋明府以文章起家成進士，作令有聲，子弟皆能閉户讀書，嫻吟咏。其小阮名本宣字山卿者，著《山卿詩草》；名本和字幼農者，著《三雅堂哦草》；名本慈字友荀者，著《蘭言詩草》。一家群從咸能詩，人比之南齊謝氏。山卿《舟行雜詠》録其二云：「鯉魚風裏載春醅，爲愛黄花到處開。唤醒舟人眠未起，隔船横過一颿來。」「一路飛帆趁疾流，林間點點暮雅投。白雲紅葉分明見，又是江鄉菡萏秋。」《野行同小濂》云：「黄鸝鳴碧樹，白雲滿青山。攜手越隴畝，聯吟到溪灣。溪花正明媚，紅映酒人顔。漁童撈蝦去，野老驅犢還。翔羽下天際，游鱗戲波間。魚鳥各相狎，物我豈無關。怡情不在遠，即此趣亦閒。行行且止止，林端夕陽殷。」《秋晚溪上閒步》云：「草木忽凋落，一望起離憂。暗蟲沸堤畔，寒禽呼樹頭。楓葉夕陽動，知有歸鴉投。漁歌何未已，聲滿蘆荻洲。衣裳惹暮烟，徙倚隨閒鷗。游子去不返，思心長悠悠。」幼農《山居即事》云：「年來習静懶登臨，獨抱鳴琴罷苦吟。小坐園亭無箇事，高山流水託知音。」《塘西晚歸舟中作》云：「一路炊烟起，孤舟向晚行。雲輕殘日漏，港曲野鷗迎。打槳過橋疾，開尊酌酒清。漁歌殊未歇，幾處答吟聲。」《訪周小濂幽居》云：「論交得良友，每到醉經堂。野處雄心淡，端居道味長。花深鈴影護，林密鳥聲藏。酒興兼詩興，都教俗慮忘。」《大善寺訪雪谿上人》云：「侵晨入古寺，初日照高林。苔徑無人迹，僧房有磬音。老松留鶴語，碧沼證禪心。煮茗清譚久，誰知悟悦深。」友荀《寄俞樵雲》云：「當年共絃誦，相勸亦相規。一自雲山隔，彌深風雨思。參禪期悟道，多病懶吟詩。何日邀明月，尊前話別離。」《秋雨》云：「幾株踈柳鎖寒烟，濕翠濛濛欲雨天。江面新添三尺水，蘆花開處泊漁船。」《墨稼邨莊積雪》云：「天寒積雪未曾消，壓徧園林失翠條。欲寫輞川圖一幅，却將何處著芭蕉。」友荀賦質羸弱，存詩無多，甲申之春，患瘵疾夭亡。山卿搜其遺藁，將付之梓人，其師武康姚素園明經序之。

德清童蓬昉孝廉，予友也。其從姪雨鋤茂才昕，家甚貧。方翦髫，即隨父肄業于永泰姚氏。質敏好學，未弱冠，李雲門學使補入郡庠，遂益自刻厲。與馮秋君孝廉，角逐名場，然半生轗坷，屢躓棘闈，卒侘傺以没，鄉人士咸痛惜之。有《見南書塾吟草》一卷。録《自歎》一篇，詩云：「年年代作嫁衣裳，奔走空過歲月長。書讀忙中都失記，花開愁裏不聞香。習勞有甓師陶侃，返日無戈媿魯陽。惆悵朝朝成底事，好鶯嗁處且相羊。」

德清蔡石公啓傳，康熙庚戌以第一人及第，官宮贊。封翁有善人之稱，家不中貲，而肯急人之急。年將四十，尚未有子。夫人私蓄三十金，爲置一妾。妾至，垂泣，怪而問之，曰：「夫負營債，故至此。」公乃夜往其家，語其夫曰：「吾爲爾消釋此事。然吾不可歸，歸則心迹不明。」即借被卧其家。天明，召營卒至，謂曰：「汝輩違法，今不汝較。」即繳券付金。營卒亦感動，不取息，命轎舁婦還其夫，然後歸。夫人逾年舉子，即殿撰公也。殿撰領順治甲午鄉薦，公車北上，狎一妓，貌頗佳。臨行，妓欲從，輾轉不能決，因賦《羅江怨》詞云：「功名念，風月情。兩般事，日營營。幾番攪擾心難定。欲待要倚翠偎紅，捨不得黄卷青鐙，玉堂金馬人欽敬。欲待要附鳳攀龍，捨不得玉貌花容，芙蓉帳裏恩情重。怎能兩事都成。遂功名又遂恩情，三盃御酒嫦娥共。」竟去不顧，後果如其言。

蔡氏之祖，在前明祇一富家翁，無顯者。居縣後山。值歲暮，縣中敲撲之聲，終日夜不息。問之家人，曰：「歲荒民困，催比錢糧耳。」老翁聞之惻然，即告於令，爲一邑之民代償。次歲復荒，敲朴如故，仍代償之。如是者三年。又嘗捐地，創立文廟。入本朝，科第不斷。方麓公升元康熙壬戌狀元，集中載其《臚唱紀恩》詩云：「入對彤庭策萬言，臚宣高唱帝臨軒。君恩獨被臣家渥，十二年間兩狀元。」官至内閣學士，即南石殿撰之孫也。

德清沈春帆秀才潮住勾壘村，性迂謹。弱歲讀書永泰姚氏，與吾友樸人昆季交，多受箴規之益。試童子不利，因入望洛山。山離姚氏五里許，攻苦忘寢食，卒爲雷郡尊拔置冠軍。學使至，復以案首補入邑庠。嗜爲詩，詩如其人，有天趣而無雕琢痕。近年貧病益甚，而吟咏終不輟。《夏日》云：「杜門不得出，伴子讀殘書。以此爲長策，從兹慰索居。緑槐遮榻静，翠竹列窗虚。掩卷無他事，凉風一枕餘。」《贈童雨鋤》云：「人生行樂耳，何用急求名。得馬原非福，騎牛偏覺平。醉中吟好句，花裏愜幽情。當午抛書卧，神清夢亦清。」其五七佳句，如：「悶極詩難遣，愁深酒不消。」「艱難明世務，貧賤見交情。」「富貴一場夢，飢寒百鍊身。」「紅葉最宜清露洗，黄花慣任朔風吹。」「性癖每邀知己諒，情投不恤片言規。」清真之氣，溢於楮墨。

吾邑翟蒓江明經瀚，爲晴江徵士名灝之胞弟。與吴西林先生游，唱和極多，爲諸前輩所賞。著有《棠邨詩集》四卷，未經授梓，其孫小梅寶藏之。今小梅又以瘵疾亡矣。《梅雨初晴和呈吴丈西林》云：「送梅才斷霖涔雨，萬壑雲收霽色饒。漁艇却回乘好月，鳳樓猶在弄輕簫。荷傾港面紅仍吐，蘚積牆頭緑未消。明日西莊穩相訪，午陰蟬語聽蕭蕭。」《暮過蘇古邨東園館舍》云：「爲有素心侣，頻來叩此扃。校書師向朗，頌酒愛劉伶。樹老繁香歇，禽閒碎語惺。劇憐蕭淡意，對榻晚烟暝。」《柬朱古心》云：「杜老南鄰舊姓朱，今君館我屋東隅。紅燈小榻過偏密，白雨幽窗話不殊。怪底鄭人空訟鹿，由來齊客濫吹竽。篋中留得《陰符》在，有意從頭簡練無。」《答古心寄懷》云：「藤牀跂足記前時，見面猶嫌隔日遲。此際虚堂空月色，含毫搔斷鬢根絲。」「沈沈街鼓聽初寒，雪盌清詩剪燭看。悔不奉君如島佛，翻愁米貴住長安。」

錢香樹太傅爲翰林時，舟行失足入水，家人救以篙得免。謂人曰：「吾聞墜水者，必有鬼物憑焉。倘遇李太白，必把臂去矣。」越日，過太白樓，題云：「昨夜未曾逢李白，今朝乘興一登樓。樓中人已騎鯨去，樓影當空占上遊。」予幼時亦曾落水，水底甚亮，忽聞呼云：「向上鑽。」遂聳身直上，被人拉住，此亦命不應死，不然，必有鬼擠之矣。

歙人吴某者，娶婦甫匝月，即行賈。婦刺繡爲食，以其餘積。歲置一珠，繫以綵絲，名紀歲珠。及夫婦，婦殁三年矣。啓篋得珠二十餘粒。王柳村詩云：「郎行只爲黄金累，豈解閨中紀歲珠。」汪宏度千鼎句云：「珠纍纍，天涯歸未歸。」皆淒婉可誦。予亦有詩云：「作客愼風波，鄰舟耻妾過。非郎輕離別，爲利自蹉跎。一死心終赤，廿年鬢已皤。篋中珠有數，怎比淚珠多。」前半代婦立言，自謂頗得怨而不怒之旨。

武康姚素園五庸植操純固，家貧不易所守，尤敦内行，與雪廬交甚篤。著有《篛峴山房詩鈔》。阮宫保序之，謂其持體峻潔，不争流俗之所尚。樂府、古詩尤能沿溯源本，具有鄉先生孟東野之風。又曰：「素園孤介之士，不但詩似東野，并其人亦似東野。」賞識真不謬也。《代古歌》云：「秋風吹落葉，東西南北無寧時。人生畏遠游，登山臨水無還期。還無期，悵欲悲，孑立天涯將向誰。從今誓不別離，寧使盎無斗粟，桁上無懸衣。古來英賢作達知命者，三旬九食能安之，辛苦風霜亦奚爲。」「口不讀《貨殖傳》，足不履金張門。勢位富厚，非無足尊。但恐清廉時，難以犯教言。難以犯教言，莫爲榮利喧。羲皇鳳味留丘園。入息視晚景，出作視朝暾。願爲農夫，老死桃花邨。耕鑿之中有真趣，桑麻以外無多論。」《夾山村口占》云：「日日蠟屐秋山行，前山後山皆秋聲。山腹人家隔谿住，半村紅日谿頭明。山農亦趁秋晴好，舉家男婦出穫稻。只留雞犬守柴門，門前落葉無人掃。」《舟中夜月》云：「江月照鷗夢，春潮起客情。遥邨人語静，殘夜艫聲清。入世心殊懶，浮家計未成。低徊不能寐，柳外曙雞鳴。」《谷口春望》云：「草屋幾家横翠微，隔谿春樹烟霏霏。將暮未暮野樵唱，入林出林山鳥飛。夕陽有影送流水，落花無聲吹滿衣。情思悄然難獨立，相隨新月歸荆扉。」《秋夜》云：「孤月如客心，清思流滿天。裵裏川上波，復照山閣前。山閣鳴雁過，有人宵未眠。捲簾梧葉落，垂簾悲暮年。」素園之才與雪廬埒。雪廬名滿兩浙，素園則闇然不求人知，人亦無知之者。近館於吾友姚樸人家，樸人以《翦峴山房詩鈔》畀閱，因亟録之。

歸安胡封翁衍禮，本邑諸生。字立峰，號耕情。住埭溪，係山西道御史諱允幹之孫，爲名宿吴蘋村先生高弟。不遇於時，遂借詩以抒其鬱勃，著有《耕情詩藁》。《山中》云：「策杖深林裏，塵心一以抛。鳴湍危石罅，喧雀老梅梢。地僻堪逃隱，淳風締久交。小留歸欲忘，無計可誅茅。」《感懷》云：「少小心期遠大圖，浮沉竟莫副蓬弧。夢虛雲雨通三峽，忍就烟波戀五湖。壯不如人今老矣，昔之屠狗尚存乎。回車慟哭憑誰論，且醉黄公舊酒壚。」《自歎》云：「舌耕覓食半生過，蹤跡年來依澗阿。白傅蘆簾圍坐臥，申屠桑蔭與婆娑。客來掇拾田家話，館課循行村塾多。供饌忍辜心一片，青春駒隙莫蹉跎。」《館歸》云：「紅雨桃花片片飛，山居尚未試春衣。溪光竹色相交并，細雨沿塘策杖歸。」

耕情先生之子樟，字匠門，號韵樓。乾隆壬子舉于鄉，官河南羅山縣。歷署繁劇，俱有政聲，以勞卒於官。没時長子少白甫成童，匍匐奔喪。詩多散佚，今少白於舊篋中拾其藁之僅存者，輯成一卷，附於《耕情詩藁》之後，仍署之曰《韵樓詩草》。《贈别江二雲槎》云：「四年同客苕溪濱，剪燭西窗意氣真。直道自來難入世，逢君不怕語驚人。」「驪駒唱罷欲分襟，滿眼離情岸柳陰。索我贈言無别語，一泓秋水最深沉。」《嵩山懷古》云：「巍峩嵩岳鎮天中，二室争奇六十峰。太室二十四峰，少室三十六峰。樹有深根塵劫免，碑留殘迹土花封。巢由幾輩藏多密，申甫何年靈再鍾。此地降神能佐國，不將名勝博游蹤。」《熊耳官舍即事》云：「東閣棲遲久，頻聞落葉聲。鴻泥留印迹，蝶夢悟浮生。院小風偏勁，窗寒月更明。安居塵事少，養得一心清。」《題秋樂圖》云：「風入秋林葉作堆，殘紅掃盡見心裁。一枝棲託能言鳥，爲報庭花月月開。」

德清沈明經之麟號蛟門，住仕林村，有文名。應鄉舉，連不得志於有司。家無甔石儲，不得已依人遠游，大江南北以及青、徐、兖、豫間，覽古抒懷，詩學益進。歸後館胡少白家數年。甲申選義烏訓導，未到任，卒。著有《客游小草》。《對月懷大兄》云：「去年今夜月，憶爾渡江干。此夕維舟處，憐余又獨看。更深人語静，露重客衣寒。旅況憑誰訴，關山笛欲殘。」《途次寄友》云：「一別家山十二宵，客途無處不魂銷。君如憶我江南路，細雨斜風過板橋。」《八月十四夜坐》云：「空庭夜坐思悠悠，花滿當堦月滿樓。客裏韶光虚擲去，不知明日又中秋。」《思歸》云：「生涯何處問前程，彈鋏空羈白下城。燈火夜窗雲氣淡，池塘春草夢魂驚。秋從黄葉聲中老，月向青山缺處明。我欲賦歸歸未得，登樓時聽夜猿鳴。」《聞笛》云：「忽聞幽籟起江濱，短笛吹殘月一輪。雅調不須歌《折柳》，天涯猶有未歸人。」

女士沈明霞孝蘅，德清沈犀伯明府之女孫，吾友胡少白之配。詩筆清雋，不染俗氛，亦閨中之名媛也。《春日早起喜晴》云：「一春寒雨喜新晴，高閣簾開曙色新。爲惜花殘因早起，小園獨立聽啼鶯。」《晚眺》云：「陰陰高樹護房櫳，小閣臨溪曲澗通。歸岫雲忙初過雨，棲枝鳥定爲無風。山光滅没炊烟外，花影參差夕照中。薄暮倚欄觀翠色，一齊收拾付詩筒。」《偶成》云：「緑陰深鎖碧欄干，初换羅衣晚尚寒。殘局未完憎客至，新詩待改怕人看。黏簾絮濕朝烟重，繞檻花香宿雨乾。小坐莫嫌知己少，座中相對有幽蘭。」

律詩首句用他韵者，謂之「獨鶴出群格」，予前編已言之矣。曾見宋袁絜齋《甕牖閒評》一則云：「黄太史《謝送宣城筆》詩：『宣城變樣蹲雞距，諸葛名家捋鼠鬚。一束喜從公處得，千金求買市中無。漫投墨客摹科斗，勝與朱門飽蠹魚。愧我初非草玄手，不將閒寫吏文書。』世多病此詩，既押十虞韵，魚虞不通押，殆落韵也。殊不知此乃古人詩格。昔鄭都官與僧齊己、鄭損輩共定今體詩格，云：『凡詩用韵有數格，一曰葫蘆，一曰轆轤，一曰進退。葫蘆韵者，先二後四。轆轤韵者，雙出雙入。進退韵者，一進一退。失此則謬矣。』今此詩前二韵押丨虞，後二韵押九魚，乃雙出雙入，得非所謂轆轤韵乎？非太史之誤也。」

秀水陶司馬琯號雲史，又號梅若，居聞川之南。尊人樂山先生，嫻寫生，多儲古人名蹟。梅若濡染家學，及長，復以南田翁爲歸，近年兼有各家之長。所爲詩清超拔俗，書法亦佳。家有緑蕉山館，花竹肥饒，器具精潔，即以名其吟藁。性恬淡，閉門却掃，終年以翰墨自娱。陶氏昔多隱君，其殆泉明、貞白之亞歟。《春草》云：「誰能剗却此情根，滿眼春秋不可論。十里暖風蝴蜨影，一塍疏雨美人魂。清明楊柳堤邊路，上巳桃花洞口村。漸覺淒迷鋪緑遍，可憐半是六朝痕。」《偶成》云：「疏簾捲晚風，倚檻幽情愜。雲澹月黄昏，新螢點蕉葉。」《秋熱》云：「移牀卧當風，秋蟬聲未老。斜日烘碎雲，一天紅碼瑙。」《題畫》云：「雙扉不捲坐山堂，紫蟹初肥村酒香。應惜秋光容易老，隔牆紅出一林霜。」《寒雨》云：「騷騷雨聲不肯住，灑冷詩人酒邊句。常時對雨感慨生，何况今當歲將暮。」「酸風復又欺庭梅，尋巢飢鳥嘑聲哀。蒼苔凍合無人來，野夫懷抱安能開。」「憂深更説東鄰老，短嘆長嗟日懊惱。仰首愁看如冪雲，還剩低田未收稻。田禾爲水所困，仲冬下旬尚未收穫。」《連日北風大作嚴寒特甚呵凍書此》云：「野人本好眠，畏冷更遲起。朔風怪何烈，吹破南窗紙。一葉枯芭蕉，倒垂若驢尾。」「同雲壓檐重，寒氣襲敝幌。得句還自書，凍毫觸紙響。隔溪聞笑聲，村童走冰上。」《棕竹花》云：「幽花忽開仲夏初，衆眼未睹喜有餘。亭亭瘦立迴清絶，别有奇香醉詩骨。短栖筋頭是舊名，疏韵不減湘江筠。灕褷翠葉清露瀉，相對翛然允宜夜。一簾月氣黃濛濛，吟情恍與花情通。」《四月三日重至禾城舟次次繖亭韵》云：「落英逐流水，鼓枻悵春歸。谿鳥啄花倦，野桑經雨肥。扣舷歌短句，趁暖試單衣。望望鴛湖近，攜尊訪陸機。謂夢珊。」《曉起》云：「曉起推窗霧似烟，不晴不雨養蠶天。何來欸乃數聲艣，知是前溪載葉船。」《同霞翁繖亭啜茗對菊偶拈一律》云：「人靜愜幽賞，山齋夜氣澄。瓶花疏似畫，窗月澹於鐙。雋味宜佳茗，清言愛舊朋。儘饒塵外意，共憶水雲僧。六舟上人於昨晚回杭。」《廿八日復雪同霞翁繖老少園篝鐙小酌兒子灝元侍》云：「促膝圍鑪坐，山齋向夜闌。風威侵幕緊，雪氣壓鐙寒。有酒先拚醉，無詩不盡歡。冷吟各忘睡，漸聽柝聲殘。」

梅若之室吳秀淑號玉枝，一號嬾卿，吳江人。善畫墨蘭，小詩亦清麗可誦。《夜來香》二絶云：「花顔葉色兩難分，一架初疑是緑雲。試喚小鬟簾外摘，今宵不用水沈熏。」「黃昏庭院始開花，涼月朦朧透碧紗。吹入三更殘夢醒，幽香半枕玉釵斜。」昭文蔣霞竹採入《墨林今話》中。

梅若子灝元號少梁，女馥號蘭娟。六法漸能通曉，詩亦有清氣。蘭娟年甫十齡，學點染花卉，頗能動人。詩已有《蘭娟學藁》。少梁《白秋海棠用紅樓夢中原韵與兩親同作》云：「幽芳不稱入朱門，培處何須定玉盆。洗凈浮華清有品，灑來新淚澹無痕。露團小徑難成夢，月冷瑶堦欲斷魂。最是可憐人靜後，空庭掩袖向黃昏。」蘭娟和之云：「賞秋未用出籬門，瓊蕊分來種滿盆。伴我幽吟如欲語，憐伊清淚久無痕。芳懷脈脈牆陰蝀，素質亭亭月下魂。最是湘簾初捲後，一闌涼露濕黃昏。」《春日偶成》云：「心爲憐花祝雨晴，韶光容易近清明。東風吹到牆頭杏，小院先聞燕子聲。」秀氣鍾於一門，真不易得也。

嘉興朱乾伯震號竹陂。能飲酒，善山水。詩不多作，惟畫畢飲餘，聊以寄情適興耳。《虞角山孝廉屬畫并題》云：「寂寂空山人迹稀，小橋流水繞柴扉。到來應使名心澹，時有鐘聲出翠微。」《自題山水》云：「梅子黄時天半陰，小窗兀坐似山林。拈毫寫得閒丘壑，不向人間覓賞音。」《錢廉堂孝廉蘭涇別墅》云：「地僻塵囂隔，真堪擬輞川。花關桑柘裏，竹屋水雲邊。選勝輸君雅，尋幽屬我便。紅欄跨清澗，圖畫自天然。」《金湘波有蘇臺之行寫扇以贈》云：「輕帆一幅飽秋風，最好山青蓼葉紅。獨倚水窗人不覺，此身已入畫圖中。」《化城精舍訪嚴虹橋》云：「白社人來一徑幽，曲湖西畔客披裘。團瓢小結青蓮座，書卷横陳黄鶴樓。君安硯于吕祖殿側。花氣入簾春似海，溪光摇壁屋如舟。羨君消受閒中福，竹韵松濤共唱酬。」《立夏日集涵星草堂和方彙軒韵》云：「帬屐華堂聚，筵開櫻筍廚。詩豪欽白也，彙軒即席詩成。酒渴笑淳于。蘀影移欄曲，蘭馨入座隅。風雷欣及令，膏雨四郊敷。是日雷雨大作。」《偶成》云：「罷釣歸來日已斜，臨谿高柳亂棲鴉。蜻蜓飛向絲竿立，夾岸争開紅蓼花。」

竹陂之弟霞字麗天，號秋田。詩才清妙，與吾友張春水善，春水時時稱之。家有享帚山房，吟嘯其中，不輕與人交接。有《享帚山房詩鈔》。《題吴秀山碧梧翠竹小影》云：「一片蒼苔路，悠然人迹稀。新詩吟入畫，幽徑坐忘機。風静竹聲悄，日斜桐葉飛。幾回憑石磴，凉影滿秋衣。」《寄懷汪一江》云：「不見伊人久，離愁萬斛生。春風回首處，難慰此時情。秋盡花無賴，天空月有聲。思君不得寐，詩句枕邊成。」《題春水尊甫晚岑先生戴笠攜筇圖遺照》云：「看山看水樂殘年，採菊尋詩事惘然。高簦笠簷斜倚杖，披圖相見散神仙。」「興到撥雲尋古澗，醉來冒雪上漁篷。此翁瀟灑真忘老，猶有春風在畫中。」《題張似房桐陰秋思圖》云：「高枝百尺影蕭蕭，好與騷人伴寂寥。秋思滿懷題不得，小庭閒煞緑芭蕉。」

耐冷續譚卷二

仁和宋咸熙小茗撰
武康姚五庸素園定

王柳村嘗謂予曰：「鐵冶亭宗伯保詩才思精鋭，筆可屈鐵。」陳髯所云「出語壓倒群兒百」，宗伯無愧斯語。有句云：「草深僻路客談虎，日暮遠山人牧羊。」寫景奇闢，惜不得其全集讀之。

海昌祝果山明經懋敦住袁花，芷堂侍御諸父也。能詩，兼工書法。少壯從侍御旅食京華，即課其子弟。迨侍御鐫級歸里，遂游山右，館張氏，年方五旬。歸家三十餘載，迄今八十有三矣。爲一族之長，尚能督家課。公曾館馬氏，小眉、小江皆其門下。予館小桐溪，在今皇帝之初年，相晤，僅一兩面，而馬氏子弟猶能説先生之流風遺韵焉。頃其女夫樊生雨田，持所著《廉讓居吟藁》見眎，言其詩什甚富，此卷廑十之一耳。《秋日簡朱莘野》云：「秋來懶不出門行，一任天公雨復晴。世路儘容人鬬捷，睡魔偏與我多情。時因足疾卧床纍月。心能忍事愁何有，身爲無錢累始輕。此味更誰同領略，似聞人笑兩書生。」《詠閒》一首云：「飽食日無事，閒行隨我意。園林微雨過，香滿落花地。日永鳥慵啼，波皺魚暗戲。沿緣歷亭館，樹密陰交翠。掃榻延清風，曲肱恣酣睡。夢中人有言，覺來我能記。莫向不閒人，説此閒中味。」《汾上中秋述懷》云：「客逢佳節轉多愁，况復新霜著敝裘。四十年來真短夢，三千里外又中秋。高談我耻爲殷浩，獨酌誰當識馬周。見説蟾宫争折桂，碧天無際思悠悠。」《冬日客竹素齋贈卜子品臣》云：「爲看紅葉棹扁舟，旋作蒼黃歲暮謀。雪已晴時猶訪戴，鄉無還處但依劉。余本與卜居同里，時遷花溪，故業已廢。一生蓬轉誰青眼，卅載蘭交共白頭。剩有老懷狂似昔，知君春醖又新篘。」《題妙果山僧畫扇》云：「高僧結習空，揮豪亦偶戲。禪榻颺茶烟，淡墨寫蘭意。采佩人有無，遂恐萓蒯棄。把扇一微吟，悵然欲酸鼻。」《送春》四首録一云：「堆盤櫻笋喜新嘗，却訝春歸爾許忙。萬卷有情消永晝，一盃無計挽流光。青林烟重鶯聲老，紫陌風迴草帶長。九十日期何太迫，憑誰傳語問東皇。」《題西湖雜咏卷後》云：「最難豪興四人同，同遊者張君敬軒、馬生小眉、許君墨花、王君早山。日競詩牌與酒筒。十里湖山春似海，一時收貯錦囊中。」「滿堤風暖渚烟冥，愛殺多情柳眼青。贏得新詞傳唱遍，可曾畫壁到旗亭。集中《柳枝詞》最佳。」《題李金瀾杏花紅雨山莊第二圖》云：「花天依舊雨糢糊，吟客歸家足自娱。應愛多情虞學士，爲君先寫第三圖。」「漾葭灣北接天香，庵名，祀金瀾先世三李徵君。地多古梅，漾葭灣即杏莊，亦乃翁敬堂大令所遺。手植堪徵世澤長。千樹寒梅兩株杏，春來無處不芬芳。」

秀水樊上舍補之鍾岳詩甚清矯，雖託跡闤闠，人品風雅，凡名流過從，必欵洽盡歡。居王江涇。有《壺山堂集》。與亡友郭頻伽最莫逆，採入《靈芬館詩話》者居多。近見其《六十自壽》之作，録其二云：「少年學賈落扁舟，常伴先人似服疇。志欲讀書難卒業，心惟愛物不貪求。得交老輩皆耆宿，古衫、頻伽。更念同袍尚遠游。霽青、梅史。何日息肩同結社，晚香堂外菊花秋。」「若問齊眉我向隅，鹿車對挽賸遺圖。一星周已爲孤客，半世閒應稱老夫。茂苑花濃窺蛺蜨，閶川水暖逐鷗鳧。自吟自酌還排遣，說與旁人知也無。」

補之從姪徐雷號雨田。詩承家學，舞勺時即嗜吟咏，爲同年黄霽青太守弟子。太守以其温雅嗜學，深愛之。曾倩昭文蔣霞竹繪《息畊問字圖卷》，索諸名人題咏。甲午，太守掌教鴛湖，院中栽梧種竹，皆出雨田代理。少暇，即過從請業。有《晚香堂吟藁》。《清明即事》云：「舊雨連宵積，新烟一縷斜。緑揺前渡柳，紅逗隔牆花。吟稱尋春屐，村多賣酒家。相逢須盡醉，一笑足生涯。」《獨坐》云：「獨坐蕭然絶四鄰，不知門外幾多春。長宵對月思良友，清晝開編接古人。緑樹陰垂村徑暗，餘花落盡小園貧。亦知閒趣誠難得，只恐蹉跎老此身。」《遊烟雨樓》云：「烟烟雨雨畫船移，此樂端應魚鳥知。水閣詩成朝洗硯，僧房人静夜彈棋。看雲何處招高士，説劍無功寄遠思。只有鴛鴦湖上月，多情照我譜新詞。」

嘉興闞明經洪字汪若，號春嶼，後號稚川，住城東之新篁里。所爲詩沖穌沈澹，自吐奇芬，無鈎棘、艱深、側艷之病。及見其人，性情敦厚，器宇深邵，而能孝於親，信於友，言爲心聲，信不誣也。有自定《稚川詩存》若干卷。《言志》云：「人生不作魏文貞，致君堯舜登太平。猶當退作陶通明，山中宰相傲公卿。安能鬱鬱老牖下，坐遺兩鬢成霜莖。我今年已過週甲，健步尚趁飛猱輕。張目能使日月眩，奮舌能使鬼神驚。平生自命有奇志，惜哉棄寘終柴荆。邇來頗得鍊心法，夜卧不用仇三彭。靈丹九轉入我腹，衆中時露方瞳睛。未能肩拍赤松子，猶當袖把茅初成。它年名姓隸仙籍，不歸兜率歸蓬瀛。」《九日同楊文樸梅會里之古南寺登高》云：「重九風光好，難爲客子心。故人殊踴躍，傑閣共登臨。秋老山容瘦，天寒樹色陰。不知故園菊，今日倩誰尋。」《下第後呈東杠夫子》云：「立雪難忘問字年，曾將禮數傲彭宣。莫言水乳心期合，只覺雲泥地望懸。夢去尚知依絳帳，愁來渾欲廢青氈。何時重載侯芭酒，子細雲亭看草玄。」《示同學諸子》云：「淫哇最足亂清商，《下里》《巴人》屬和忙。天寶梨園聲久歇，憑誰擫笛寫《霓裳》。」

闞孝廉嗚珂號繖亭，稚川丈之子也。少負異才，爲詩文一稟庭誥。登戊子賢書，人謂乃翁致力一生，高才偃蹇，令子取之如拾芥，足徵食報之不爽。繖亭具聳壑凌霄之概，英氣不可遏，稽古之榮，正未有艾。著有《碧筠仙館詩藁》。《秋日館中即景》云：「淡淡烟光靄碧紗，隔窗尚有緑陰遮。閒堦響脱風中葉，荒徑香疏雨後花。如此清秋好時節，每懷舊雨悵天涯。静中且作偷閒計，一卷殘書坐日斜。」《題燈窗對菊圖和陶梅若韵》云：「萬籟此時寂，疏窗似水澄。菊香團一室，風意静孤燈。脱口成新句，傾心耐久朋。翛然净煩慮，襟抱冷於僧。」《松影圖》云：「微雲斂空月當午，老鶴巢林欲起舞。松陰滿地秋無聲，一庭涼氣如水清。何地無松無月影，獨許幽人静中領。山扉宵閉無人敲，與松時結忘年交。盤桓林下永遥夕，畫意詩情兩脈脈。千載柴桑徑未荒，常留美蔭茅簷旁。」《立夏後一日步霞竹山人原韵》云：「滿眼餘春乍霽天，春衫猶未退輕縣。莫遲婪尾杯中酒，醉向朱蘭芍藥邊。」《八月初三夜坐雨有懷》云：「吟邊酒後夜淒清，隨意翻書對短檠。正是欲歸歸未得，滿庭風雨作秋聲。」

震澤王徵君之佐號硯農，品學迥出流輩。道光癸未大水，徵君拯之，有《紀事》詩十二首，昭文蔣山人霞竹繪圖，吴越諸名宿和章甚夥，編成《繪水集》，林少穆中丞序之。徵君性好古，曾藏岳忠武王玉印，同人各有題咏，因以寶印名其齋，梓成《寶印集》。陸放翁過梅堰有詩，徵君葺「思陸龕」，供像于中。值公生朝，招詩人設果茗以祀。楊誠齋與放翁同時，集中《小泊梅堰登明孝寺》詩，有「泊舟梅堰日徵昇」句，因並祀于思陸龕旁榭，題曰「徵昇處」以誌。蘇州蓮涇積善庵有古梅，相傳是南宋時物。石琢堂、韓桂舲諸前輩，結問梅詩社於此。徵君有詩紀事焉。性好游，己丑首夏，同淩覽園詠之、屏如兩弟，作洞庭東西兩山之游，舟次得詩，有《洞庭游草》。其全集名《種竹山房詩草》。吾友丹徒王柳村有《種竹軒集》，今得君詩，當合鈔存篋中，署曰「江南二王詩」。《古詩示心莊弟》云：「古人貴自立，所爭在居諸。轗軻亦甘受，隨遇意自如。世人苟失意，下淚悲窮途。出門便惘惘，利在群相趨。何暇顧廉恥，即此分賢愚。白日去無情，勵志還讀書。願效奇男子，勿爲賤丈夫。」《呈邑侯朱受莊師》云：「薦士膺明詔，深慚孝弟修。惟應親稼穡，聊以答恩休。名實殊難副，纁車祇益羞。平生知己感，謝泌爲先游。」《題趙西林丈墨竹》云：「松雪作畫腕自靈，寫竹不但摹其形。蕭蕭插天鳳尾青，一卷石立何瓏玲。傳家遺墨勝傳經，懸之高堂雪色屏。涼生六月驚夢醒，靜聞風雨秋泠泠。」《同霞竹稚雲黃溪返棹》云：「一湖涵暝色，秋意極蒼涼。可惜無明月，停橈此舉觴。漁燈低入水，蘆絮暗搖霜。眼底詩何限，憑誰畫野航。」《與霞竹夜話即題其近藁》云：「意興各疎懶，相看非少時。齏鹽長擾念，鬢髮漸成絲。古瑟聲希賞，名山業尚遲。結鄰真得計，謂酉生井叔。論定卷中詩。」《山行》云：「連日探奇蠟屐忙，澗南溪北新茶香。玩花臺迴春寂寂，道隱園廢烟蒼蒼。枇杷嫩摘勞指爪，梅子脆嚼清肝腸。摩挲石刻忘久立，拄杖有客吟斜陽。」《上方寺》云：「午鐘初打晝陰長，一徑深深抵上方。水沸瓶笙香裊篆，偷閒行徧贊公房。」《月夜泛湖》云：「湖水渺無際，詩心相與靈。月鋪篷背白，山壓柁樓青。跌宕延清賞，蒼茫記此經。徑思橫鐵笛，吹起老龍聽。」《雨花臺》云：「一雨阻清興，今日快閒步。谷口逢老樵，指點上山路。平臺踞崇岡，僧舍隱高樹。迎面來白光，湖流欲奔赴。霏空是戀翠，恍訝天花雨。沈吟憺忘歸，殘霞閃孤鶩。」

硯農徵君之弟棠字詠之，號臺叔。昆季並有詩名，善畫。烏程孫愈愚題詞句云：「君家賢昆湖海豪，筆鋒鋭作干將使。君詩態度復秀出，才聚一門信美矣。」有《蕉雪庵詩鈔》。《題劉南坨廣文異花隖夕陽圖》云：「楊柳陰陰蘸水隈，柴扉兩扇傍花開。月光東上日西墮，清響一聲仙鶴來。」《題竹舲秋閣夜吟圖》云：「修篁激疏聲，斜月送涼影。暮景何清蒼，儘好拓詩境。朗吟倚迴欄，人與秋俱静。驚起老鶴睡，風露一身冷。」《客中感懷寄硯農伯兄》云：「孤鐙如豆影淒清，巷欜沈沈逼二更。欲寄家書無雁過，難平秋感有蟲鳴。琴横古壁調應懶，被冷繩牀夢又驚。七百里程江水隔，惺然不寐動離情。」《秋曉渡江》云：「疎星已没殘月皎，涼夢沈沈破秋曉。烏篷六幅翦江行，江風倒卷波灝渺。沿江萬艘霎時開，穩趁三秋潮信來。紅船繫纜帶江去，頻年水宿江之隈。推窗縱覽舟甚駛，兩點金焦舵尾峙。山靈閲遍過江人，今古悠悠幾名士。」《芙蓉溪晚泊》云：「一湖新漲碧，柔櫓劃雲痕。野草秀雙岸，斜陽明半村。人閒情自適，春盡氣猶温。晚飯前溪泊，炊烟舵尾昏。」《題奚虛白疑榆蔭樓圖》云：「高樓斜傍湖之濱，中有磊落哦詩人。鶴氅烏巾具逸致，琴牀硯匣無凝塵。峭塔入窗比耆宿，遥山排闥如嘉賓。我來艤櫂緑陰下，幽鳥在林啼好春。」《秋夜偶成》云：「夜涼漸永漏聲遲，行遍長廊有所思。星斗漸闌秋露濕，倩何人立與譚詩。」「林園寂静徑幽深，消受詞人徹夜吟。眼底秋光潦草甚，濛濛月墮敗蕉陰。」《雨泊垂虹橋》云：「風顛柔艣怯，雨急破篷鳴。野水拍孤舫，春烟浮半城。燈摇詩境遠，酒醒客愁生。小泊垂虹畔，中宵動旅情。」《初夏即景》云：「飛飛燕子欲何依，過盡春光景漸非。一樣東風太無賴，紅薔開瘦緑蕉肥。」「永晝愔愔日半牆，午晴攤飯夢初長。甕頭新釀鄰家熟，時有野風吹酒香。」「亂紅落盡鳥鶯啼，春去人間夢易迷。一種離愁何處寄，碧陰池閣雨淒淒。」《明月灣》云：「澄波如月澹無烟，細柳陰中倚釣舷。圍出種菱堤一曲，此間好讓鷺鷥眠。」

吴江徐太史電發釚幼穎敏，總角賦詩，即有驚人之句。由翰林外用，乞歸，著書自娱。有《菊莊樂府》，早行於世。朝鮮貢使仇元吉見之，以金餅購去。有詩云：「中朝購得菊莊詞，讀罷烟雲照海湄。北宋風流何處是，一聲鐵笛起相思。」其爲遠人所慕如此。

塘西超山多梅花，中無雜樹，尚有南宋古梅數十本，花時遊人極盛。上有青蓮庵，内供吴道子畫大士像，刻於端溪石上，長三尺有奇，廣半之，亦奇物也。甲子正月八日，爲先大父中憲公忌辰，府君是日不茹葷，不飲酒，祭畢即攜咸熙入山，小憩青蓮庵，《口號示元貞上人》云：「不見青蓮只見梅，問渠端的爲誰開。如何到老猶多事，偏惹游人得得來。」今去先君之殁，二十七年所矣，咸熙於是歲後亦不復上山。今老病無濟勝之具，付之夢想而已。故書中偶見此藁，泣而録之。

錢塘桑水部弢甫先生之父文侯封翁，性至孝。父病膈，醫者云：「須羊脂和粥以爲餌。」翁每日清晨市脂作粥以供父。父殁，抱鐺以哭，若孺子然。里人爲繪《抱鐺圖》，作詩紀事。萬光泰詩云：「羊脂數合米一掬，病父在床惟啜粥。父能啜粥子亦歡，粒米勝於五鼎肉。升屋皋某無鬼魂，束薪斷火鐺寡恩。牀前呼父鐺畔哭，抱鐺三日鐺猶温。嗚呼！恨身不作鐺中米，臨没猶能進一匕，謂鐺不聞鐺有耳。」封翁父故後，終身不食羊脂，水部亦如之，其孫薪傳爲予言云。

元和曹先生炳字貞亮，號嶢亭，先府君之老友也。生平不求聞達，以布衣終。蓬户蕭然，讀書自樂，不求人知。晚歲肆力於詩，每年必汰其舊作，手鈔一過，存者甚尠。著《於止軒詩鈔》。家貧，後人已流於負販，恐不能刻矣。今採其古風十八篇。清泠曠逸，尚存儲、王一脈，未知有能賞之者否？《古風》云：「聖人能絶四，賢者知抱一。民生何爲乎？勉勉事多術。學古我不勝，徇俗我不率。環郊列衆峰，嶇嵚抗蓬蓽。臨軒挹翠微，舉觴薦白日。愉悦尚及時，何待向願畢。」「不逢伯樂顧，騄駬空騰驤。窮年且未試，憔悴惟悲傷。人情忽近理，物品貴遠鄉。塞外市駿骨，海上求奇方。嗟嗟三季後，乃以此爲常。」「陽春起群息，我衰獨不榮。幽棲澹無豫，守拙自孤清。芳草既敷毓，佳木亦振英。泫泫雨露滋，冉冉時序更。林皋一流眄，東風解我情。」「昔有金石交，同志欣相將。倏如泰山雲，風驅之四方。冉冉改年運，忽忽成老蒼。歸來尋故舊，問十九云亡。仰天發浩歎，淚落沾衣裳。」《田家》詩云：「先人敝廬在，面溪背林麓。桑圃帶平疇，芃芃黍與菽。力以事耕鑿，俯仰無榮辱。晨出勤所務，日入返榛曲。耒耜釋檐下，月已逗疏竹。濁酒酣便止，疏食飽乃足。縱使耕也餒，敢希學者禄。」「深林接遥甸，藹藹青無極。苗已浡然興，人亦當努力。矧乃世爲農，勤勤固其職。秉耒東皋下，濯足清溪側。日暮柳陰涼，坐看西山色。那知問津人，風塵自逼仄。」「田美不在多，禾熟不在早。用力不用心，豐歉任蒼昊。且以兹日閒，持酒呼鄰老。山妻具菰飯，稚子喧撲棗。雞鳴斜陽樹，牛卧秋風草。

未及授衣時，裋褐先補好。」「北風吹墟落，斜景臨户牖。雞豚散滿場，禾黍積如阜。既乃了租稅，會當飲親友。長幼共登席，肴蔌盈其缶。客辭日已夕，主人猶呼酒。酩酊出門去，雲烟暗谿口。」《寄王柳村》云：「日理逍遥篇，不復知憂樂。出户偶樵漁，支筇即巖壑。幾處山鳥飛，有時木葉落。疎烟生谷口，微月依林薄。清景有如此，美人何寂寞。」《偶吟》云：「美好矜年少，瘦醜嗟貧老。試問風裏花，何如雨中草。」《訪程處士不值》云：「結茆在巖阿，柴荆掩斜日。一徑草木閒，四鄰雞犬逸。花落窗裏香，書散床上帙。延首望之子，何處采崖蜜。既見山鳥鳴，又見山月出。」《懷沈卓亭》云：「山秋槲葉黄，江冷蘋花白。以我長恨人，念彼多愁客。把酒纖月高，放歌疎林夕。莫謂别來近，昨歡已陳迹。」《寄朱秋巖》云：「沙岸隱林皋，微風吹晻藹。引領望超忽，之子雲木外。若非采崇岡，應是釣清瀨。感時吟《蟋蟀》，懷人歌蕭艾。俯仰無知音，淒其獨行邁。行邁莫淒其，日月有時會。」《漫與》云：「養身當養静，用心當用明。百慮苟未遣，幽人安足貞。果藥園春發，鳥雀林曙鳴。物性雖異趣，悦人皆有情。郊原矚新霽，輕烟數里平。不逢問津者，沮溺空復耕。」《秋夜有懷》云：「竹末風蕭蕭，草根蟲戚戚。坐看池月明，不覺松露滴。一聲征雁清，千里長天碧。美人隔秋水，惆悵以永夕。」《游雲泉精舍》云：「但識山中趣，不知山路永。相逢洗鉢僧，邀入招提境。隔磵妙香清，傍巖落花静。觀空殊有得，泉水流雲影。」《石遠梅自越歸喜得茗香助教消息》云：「君子遠别離，五見垂楊緑。音書無路達，會面安可卜。斜日下平川，淡烟生虚谷。悠悠勞夢想，何時晤幽獨。殘鐙夜吐花，乳鵲朝鳴屋。有客武林歸，乃云適天竺。邂逅一美人，問我池邊竹。」《仲夏城西客舍懷許快庵》云：「林壑寄幽蹤，自然曠城闕。一身屏俗氛，終歲期超越。長川含萬象，深路蔽清樾。解衣風正吹，歡稼雨初歇。開落次第花，往來盈虛月。何時招故人，共飽西山蕨。」

謝太史又紹字道子。事親極孝，人以孝子稱。嘗引疾乞休，將以養母。人問：「何不奏終養而奏病耶？」公曰：「爲人子，養可也，聞終字，便傷心耳。」其《憶母勸學》詩云：「兒來前，自堯經今凡幾年。兒强記，自堯經今凡幾帝。兒時應對稍逡巡，母顔變色旋怒嗔。陳篋逐志學人責，稽古胡不如婦人。吁嗟乎！母言在耳，兒顔猶泚。安得我母常嗔兒常泚，於今勸學無聞矣。」王柳村謂孝子之言，一字一淚，日星不滅也，録之《惜陰筆記》中。

武康王松齋明經誠字存之，道光乙酉舉拔萃科。敦品力學，有古君子之風。詩亦不染時趨，著《松齋學吟草》。《東山店晚行》云：「春明一夢醒，忽然歸思作。曉行夜不休，默數短長柝。驅車淺水中，爬沙聲索索。三叉路忽迷，一前還一却。望遠何迷離，犬吠知村落。晚風吹我衣，漸覺吴緜薄。終日蒙首卧，倦似穲䅉鶴。去去勿辭勞，但説還鄉樂。」《奔牛道中》云：「風帆不定雨帆斜，遠樹微茫隔岸遮。流水一彎喧酒市，小橋半折隱漁家。身輕好狎江邊浪，舟小如乘海上槎。此去雲山應不礙，西泠有約問楳花。」《郊居》録四云：「洗硯新裝匣，繙書亂失籤。衣從梅後敝，食到筍時添。業自兼耕讀，名難察孝廉。故人音信斷，不覺歲多淹。」「夏日長如此，閒消午夢中。曬書防驟雨，醒酒愛微風。經庫誰能劫，詩城不受攻。祇嫌生計薄，羞澀阮囊空。」「忽忽初更過，飛來幾點螢。小池閒弄月，虛閣静觀星。露坐衣才著，雲游屐乍停。歸家清不寐，倚榻背《黄庭》。」「有道能安拙，無財不賣癡。迎賓衍禮數，説鬼益談資。著帽風來候，移鐙月上時。此中多逸興，不遣外人知。」《封公洞》云：「封山古有名，土質而石戴。有洞如屋然，巧絶天所蓋。巖廊結構牢，石室規模大。雲生佛座間，溜滴僧廚内。靄靄納浮嵐，寂寂生虚籟。幽尋意自愜，險入志逾鋭。束炬濕不然，摳衣危欲墜。奇寒吹地風，仙鼠驚飛退。白日所不到，萬古藏幽怪。誰能與之鬭，出入身不壞。」《百丈潭》云：「我愛百丈潭，終古原不涸。鼓勇攀藤蘿，騎危凌巇崿。陗壁立四面，孤雲垂一角。仰睇頭欲旋，俯視心先愕。陰崖樹倒垂，結果猨不攫。天寒慘無風，秋氣浩漠漠。幽深窟穴中，定有潛虬託。擬然不盡燈，照此無底壑。」

江南女子王秀文幼字於項，以金環爲聘。後項生貧不能自存，父母奪志，别字豪家子。女取金環吞之，已不救矣。有道士來，灌以藥，將金環吐出，重歸於項。洪昉思昇作《金環曲》云：「王家有女字秀文，少小綽約蘭蕙芬。項郎名族學詩禮，金環爲聘結婚姻。十餘年來人事變，富兒那必歸貧賤。一朝别字豪貴家，三日悲嘑淚如霰。手摘金環自吞食，將死未死救不得。柔腸九曲斷還續，卧地祇存微氣息。詎料神人賜靈藥，吐出金環定魂魄。至性由來動彼蒼，一夜銀河駕烏鵲。嗟哉此女貞且賢，項郎對之悲復憐。朝來笑倚鏡臺立，代繫金環雲鬢邊。」此等詩有關風教，作《長生殿》傳奇，曷若表揚此事耶？

德清江氏三昆季皆名諸生，皆嫻吟咏。馥卿毓荃其長也，次采卿毓蘅，三仍卿毓蓀。著有《怡萼軒同懷藁》。予見其集中多弟兄酬唱之作，天倫之樂，世所希有，不勝羡慕焉。馥卿尤邃於經學，不屑屑於章句，有其鄉先輩徐飴庵之風。録馥卿《大水謡》五首。其《移家謡》云：「淫雨連旬水上案。夫爲嗟，婦爲歎。打包出門行，何處避患難。遥望前村，新牆矗矗，叩門無人留汝宿。孤篷夜傍蘆溪曲，人在舟中水在屋。」《秧田謡》云：「高者原，下者隰。深没腰，淺没膝。田秧復地秧，農夫殫心力。朝秧田，暮湖曲，淚如淫霖斷復續。屋裏有苔青，野水無秧緑。」《藕蕩謡》云：「未見藕花開，先見藕根爛。本是水中生，尚以水爲患。麥無塍，秧無土，戽水踏車竟何補。望若藕心空，思若蓮心苦。」《險塘謡》云：「黄者水，青者土。高者塘，下者户。晝夜相堤防，不敢自言苦。夜半時，水汪汪，叩人家，拆門窗。拆門護塘君莫吝，一寸板片萬人命。」《賣絲謡》云：「賤賣絲，食在腹。貴賣絲，藏在屋。一朝遭水浸，抱此向誰鬻。路逢相識人，對之失聲哭。答言君休哭，儂自頭蠶已不熟。」録采卿《擬左太沖咏史》云：「弱歲觀群史，慷慨論前賢。置身伊傅列，不隨管樂肩。潛鱗游白水，健翮摩蒼天。升沈一何定，運會使之然。古人去千載，英名垂八埏。丈夫四海志，焉能守寒氈。」「男兒當自奮，歲月倏已馳。富貴雖不早，功名豈嫌遲。陽春布德澤，萬物發華滋。栽培果獨厚，欣欣終有時。緊彼松柏性，冰霜益見知。所惜蘭蕙質，摧折徒爾爲。」「堦除鳥鵲樂，山梁雌雉親。物性各有託，此理試研尋。太璞非不貴，圭璋異其珍。樗材非不大，梁木何足任。位置苟失所，屈抑不得伸。巢由接軒冕，夔龍入山林。」「聲名不可喜，德性我所安。皎皎必殊衆，害禍爲之緣。孔雀棲珠樹，逍遥得其天。常恐金丸至，毛羽倏摧殘。賦質豈不美，處世良獨難。懷才不自保，千古同一歎。」「仗劍入高會，壯志出群雄。恩怨他人事，何必輕其躬。千金不足重，知己難爲逢。一死答厚遇，千載留英風。舉世薄市道，錐刀計徒工。誰知豪俠士，都在屠沽中。」録仍卿《老農》云：「辛勤稼穡古風敦，自小何曾見縣門。晴雨古來多有驗，羲皇話去詎無根。一生節儉供租稅，兩字艱難訓子孫。紅日茅檐常曝背，幾回粟帛荷君恩。」《老丐》云：「半世飢軀喚奈何，驚看雙鬢已婆娑。荒亭古廟淹留慣，苦月酸風領略多。蒙袂衰顏餘骯髒，吹簫壯志半消磨。老妻鶴髮迎門笑，不羨人間顯者過。」《秋柳》云：「白門曾共玩春荑，折得長條上碧堤。策馬重來人不見，西風殘照亂鴉啼。」「斷雨零風太寂寥，無邊秋色欲魂銷。蹇驢襆被他鄉客，黃葉聲中過壩橋。」《張巡》云：「生降許遠語原誣，南八由來亦丈夫。一代文章韓吏部，表揚尚缺陸家姑。」《趙普》云：「金匱盟書若箇藏，竟將貽誤説先王。漫誇《論語》通全部，開卷先忘第二章。」

人能多聚秘笈，方稱藏書家，舊鈔本尤可寶貴，往往見人得一秘册，珍之什襲，不輕示人，一二傳後，子孫已不能守，即能守而不知愛惜，鼠傷蟲蝕，書已殘缺不全，無怪乎古本之日就湮没也。先府君藏書甚富，生時借鈔不吝。僕老矣，所藏善本書，頗借之於人。有博雅好古者，竟持贈之，因作二詩以示同志。詩云：「金石之物亦易泐，況兹柔翰歷多年。能鈔副本亟流播，劫火來時庶不湮。」「緊予老病子猶癡，過眼雲烟看幾時。濁酒一瓻何用報，先公泉下亦怡怡。」

桐鄉張夢廬廣文千里居青鎮之後珠村。詩早成家，古文亦不失前人榘矱。近以醫濟世，浙西三郡無不知名，延診者至填門柣。昔亡友王丹生殁，遺詩恐其散失，予將刊之，而費不能舉。時夢廬甚貧，慨然積館俸助之，詩遂得以行世，蓋今之古人也。其《題丹生廢莪集詩草後》云：「鄰翁賒我酒三斗，醉聽北風捲屋茅。亡友一編詩到眼，狂吟那禁室人嘲。」「鹽筴生涯魚失水，硯田歲月鳳求桐。昌黎雅負斗山望，至竟能全東野窮。君受知于青浦王司寇、錢塘梁學士，而不免饑寒以死。」「七年清夢秋鴻館，風雨山窗對榻譚。丁令不歸王粲死，夜聞老鶴唳松龕。庚午秋，予寓秋鴻館，得與丹生、小鶴聯床竟月。今小鶴亦客死。」「心知落落負交期，極目風烟天四垂。寂寞子雲身後事，有人涕淚讀遺詩。」「老桂孤梅妻水濱，草堂魚菽哭汪倫。汪麗中君之中表，居對衡，時存問其孤。娉嫠漫恨無存活，曾記青雲有故人。」頃自八閩歸，以《閩游草》眎予，詩格遒上，復録數篇。《篷舫雜咏》録二云：「江東羅隱祗能文，贏得微名婦女聞。去作諸侯老賓客，一川香草訪桐君。」「下水船多打鼓頻，石尤偏我滯通津。江湖十載淹留慣，須讓春風得意人。時多赴禮闈北上者。」《水口驛食雪魚》云：「桃花水漲雪花飛，此景南天畫亦稀。比雪還鬆比花嫩，囷關春饌雪魚肥。」《贈鄭廉訪再疊河間韵》云：「欸關一笑解吟鞍，碧沼澄泓似長官。憐我居然鬚鬢改，見公敢謂道塗難。西窗夜雨鄉音細，東閣梅花短榻安。慚愧昌黎能薦士，却教仲叔累盤餐。」《月夜寄懷陳扶雅沈夢塘》云：「幕府傳哀角，嗁烏徹曉聞。陳琳工草檄，沈約最能文。共此青天月，遥憐紫塞雲。還因高詠夜，一憶謝將軍。」《懊憹曲》八首録五云：「蜑雨蠻烟浹月留，螺江春色送歸舟。鳳山橋下潺潺水，送盡行人不替愁。」「周郎落魄孫侯死，顧曲尊前喚奈何。置驛留賓鄭廉訪，尚能憐我淚痕多。」「蠟花雙照曲房偏，茗苦香甜短夢牽。儘彀銷魂三日住，不須更説荔枝鮮。」「囷關端的是情關，不放春雲出此山。山色千重萬重翠，夜來何處望郎還。」「未別先愁欲別難，銅荷燭淚幾曾乾。二千里外孤舟客，自檢春衫破曉寒。」

董力民采講性理之學，爲張楊園先生弟子。惜其里居、官爵，莫得而考，觀其自號曰錦村山農，《秋懷》詩云「青氈付劫灰」，蓋明末清初之隱君子也。著《苦存堂詩鈔》。録其《晚過山塘》云：「晚景何奇絶，舟行恰半塘。野烟留密樹，低嶺閣斜陽。水色珠簾外，寒聲古寺傍。鶯花但相污，春至國俱狂。」

蔡黼臣景良號蘅皋，桐木兄也。予司教時，曾爲學官弟子。生平刻苦爲詩，惜業未成而卒。有《獅嵎草堂詩藁》。《夏日偶成》云：「不須高卧傲羲皇，讀《易》渾忘夏日長。院静竹深涼却暑，溪幽荷密暗聞香。林蟬抱葉喧書舍，巢燕銜蟲墜筆牀。敲罷北窗棋一局，牆頭月色照西廊。」《寓樓即目》云：「地僻塵囂遠，樓高景物閒。夕陽疎樹裏，人影下秋山。」

長白那長海蘭，父爲鎮安將軍。以恩蔭宜得官，引疾不赴補。愛易水之雷谿，築室居之，自號雷谿居士。嘗襲裘弔所親喪，見其貧不能辦，即解裘以贈。歸途見異書，亟欲買之，又解其衷衣以質焉。由是得寒疾，伏枕夷然。李眉山贈詩云：「二月輕寒擁鹿皮，人間獨有馬卿癡。朝來竈突無烟火，自咏梅花絶調詩。」可以想其爲人矣。

蕭山汪龍莊先生輝祖品醇學粹，蔚爲儒宗，予未之識也。嘉慶辛酉、壬戌間，獲交先生子厚叔吏部繼培。厚叔舉止端方，語言不苟，具知其有家法。戊辰，渡江弔先生之喪，厚叔引予坐謨美堂，見柱上對聯有「聰聽祖考彜訓，思貽父母令名」，堂中復有訓子四箴，不及記矣。今年夏，黄生蘆自蕭然山來，贈予《病榻夢痕録》一書，其録餘中四箴在焉，急抄入之。蓋耿耿於中者廿四年，而厚叔已久作古人矣。《敬先箴》曰：「奕奕斯堂，世德流馨。傳紀頌賦，歌贊箴銘。乞言卅載，稽拜涕零。前芬是誦，後嗣之型。猗歟我祖，陟降在庭。繩繩勿替，敬妥先靈。」《藏書箴》曰：「貽孫有穀，書爲良田。稽古有獲，是謂豐年。可以永世，可以樂天。儲藏匪易，賣文之錢。來無不義，書難求全。勿散勿褻，庶永吾傳。」《守身箴》曰：「吉士守身，嚴於處女。遠嫌慎微，動循規榘。青蠅玷圭，辱不在鉅。寧介毋隨，勿狂與腐。小人所譏，君子所取。徇物者愚，人貴自樹。」《治家箴》曰：「克振家聲，務本爲大。媚莫繫援，交毋向背。勿吝而鄙，勿夸而泰。重學尊師，守常遠怪。御下宜寬，睦鄰須耐。要言不煩，此其大概。」

秀水計曦伯光炘爲壽喬廣文猶子，劬書嗜古，兼工繪事，尤喜收石田、南田兩先生書畫，顔其居曰「二田齋」，因以自號。詩温厚醇雅，如其爲人。《冬日田園雜興四首》云：「清商節乍更，朔風動林杪。農務取次閒，刈穫各已了。負暄茅簷下，愛此冬日皎。敝廬足徜徉，一椽勿嫌小。門前寒菜肥，屋後枯桑繞。顧茲生計足，況復塵事少。日入息我躬，投林聽歸鳥。布衾暖長宵，寒雞莫催曉。」「今年春夏交，喜無旱與潦。秋風一何厲，吹我田禾倒。穲稏卧溝塍，可憐半枯槁。及茲幸登場，尚賴風日好。昨聞官倉開，租稅完須早。春我場上穀，狼藉呼兒掃。閒來具雞黍，殷勤欵鄰老。笑言有餘歡，盡醉抒懷抱。」「我儕處茅茨，世事苦不敏。稼穡是所依，藉以養愚蠢。富貴豈不好，易爲得失窘。食力雖云勞，於心寡憂閔。悠悠歲將徂，獵獵風轉緊。常恐負所營，早起寒且忍。汲井灌寒蔬，編籬護冬筍。麥苗況已長，一碧連畦畛。終當把犁鋤，筋力自無盡。」「晨鴉凍無聲，茅簷集飛霰。同雲合俄頃，急雪響如箭。斜穿窗隙明，密灑郊原徧。東村復西村，寒光凝一片。柴門少人蹤，我亦暫休宴。廚下酒新篘，甕頭斟酌便。盤堆芋栗香，鑪煨榾柮炫。飢寒幸無憂，軒冕非所羡。請看來歲豐，一臘白三見。」

《琴聲》云：「煩襟堪一洗，逸響出幽篁。江月此時白，松風何處涼。知音未寥落，古意接微茫。我欲刺船去，悠悠山水長。」《蟬聲》云：「柳岸雨初收，柴門韵獨幽。偏能警詞客，不斷訴清愁。碧樹當窗合，斜陽似水流。宵來風露裏，先逗一分秋。」

桐鄉錢生應垣字蘭林。嘗有《清明》詩云：「杏花村店酒，芳草墓中人。」爲老友孫古杉所賞，舉以告予。今生已作古人，覓其詩藁不可得，僅記此二語而已。

耐冷續譚卷三

仁和宋咸熙小茗撰
昭文蔣寶齡霞竹定

安化陶莢江封翁必銓字士升，兩江制軍陶雲汀之尊人也。封翁以老明經讀書數十年，屢試於有司，不能得志。生平孅行甚夥，其最著者，邑中建石塔，葺書院，文風爲之丕變。歲饑道殣，以窮諸生倡義捐輸，得錢數十緡，買棺掩骼之事也。著述極多，有《易經抉微》、《書經抉微》、《春秋滙覽》、《安化學志》、《安化縣志》等書，《莢江》詩古文，其餘事也。嘉慶貳拾貳年，由本學詳請咨部，得旨俞允入祀鄉賢祠。《客歸來》云：「年年浪迹滯江隈，岳雨湘雲酒一杯。落魄不堪聞楚瑟，懷人祇自賦燕臺。鹿場町疃蠨蛸罥，松徑婆娑薜荔開。最是繞階諸稚子，歡呼狂走客歸來。」《二月二十七夜》云：「去歲離家意惘然，擔簦襆被又今年。晨昏屢拭他鄉淚，風雨頻傷二月天。案擁詩書城欲壞，衾寒翡翠帳仍懸。最憐幼子忘長別，自背孤燈枕上眠。」《登浮丘山》云：「世間無事了，事了心先了。一心了萬緣，萬事歸真曉。當年浮丘子，身輕傍青鳥。我欲從之游，齊州大耶小。」《乙卯九月益陽送澍歸里》云：「行盡青山一短亭，短亭遠遠又山青。纔思縮地壺公術，又乞揚帆水伯靈。章服即今新氣象，儒巾自昔舊門庭。不堪縫線三春淚，暗向吾兒滿袖零。」《沅江舟中》云：「小艇乘流駛，桃花水上行。湖連雙岸闊，天遠一峰晴。歲月風塵老，江潭性命輕。空嗟髀肉滿，況近蜀王城。《常德志》：沅江有昭烈古城，與吴人争益陽時所築也。」《留别諸生》云：「一榻春風樂事偏，祠雲寺月共流連。轉龍庵及曾氏祠堂，皆余所館。緣尋幽徑勞僮僕，爲賞名花破俸錢。栗里香醪初可漉，《驪駒》别曲又當筵。十年樹木殷勤意，管取長條拂翠烟。」《黎春園歸自粤西》云：「曾從蜀道説魚蠶，千里鄉關客味諳。山水柳州歸勝覽，虞衡桂海入勤探。皇風久洽荒蠻徼，碩畫新參古子男。今日湘紅初洗硯，不將甲乙數樊南。」

宜興吴明經德旋字仲倫，與先府君交。丈長於經學，古文可匹震川。詩則謙讓不敢居，屢焚其稿，而見府君詩深愛慕之。體源風騷，疏瀹性靈而出之，一切虚響浮藻，屏滌都盡，所云不著一字，盡得風流。五言近體，上追太白，平視文房，與吾邑《一壑風烟集》先後競爽矣。此其鄉先達陸筠莊先生焕評集之語，洵不誣也。刻有《初月樓詩鈔》。《示程生子香》云：「程生程生誰使汝？腰不能如磬之折，口不能如河之懸。天乎？人耶？適不可以逢世，而其誰汝賢。汝將以筆爲耕，硯爲田，違時之好，而矻矻於遺編，何以能餅有粟，廚有烟。不如田舍翁，多收十斛米。朝出看西山，晚卧南窗呼不起。」《歸鴻》云：「長空雲澹逝歸鴻，社燕相逢夕照中。最是江南風景地，秋來春去太匆匆。」《初秋重泛舟平山堂下即事有感》云：「小舟蕩槳疾於鳥，載酒重過平山堂。映水花枝齊鬬艷，涵空秋影欲生涼。西風催雨莫太驟，夕露濕衣猶未妨。誰解清閒滋味好，吾家元住藕絲鄉。」《與陸子卿論詩》云：「學本明人倫，詩須通譎諫。風雅體異宜，温厚意無變。志苦語或近，思淡色彌絢。平險俱足家，歧途有迷眩。如參祖師禪，未易辨真幻。苟能端性情，定許繼騷選。弗以春華敷，而忘秋實薦。華實同根株，培之不宜倦。欲净理始還，欲當理亦見。」《邗江逢家懋堂話舊即送之還荆溪》云：「自昔繁華地，逢君即送君。沙頭起宿雁，江上足寒雲。入世飽經涉，言懷感見聞。還因惜離別，蹔得立斜曛。」《秋夜》云：「燈暗仍孤夜，開簾月一鉤。蛩聲催落葉，鄉思入涼秋。榮辱豈關慮，贏餘非所求。生涯有餅粟，歸計在漁舟。」《七夕》云：「碧梧庭院景清幽，隱隱簫聲何處樓。弦月乍涼孤館夢，明河又值一年秋。人間底事堪藏拙，天上如何肯寄愁。剪燭正防驚宿燕，好風偏解蕩簾鉤。」

杜五律善以虚字見筆力，如「古牆猶竹色，虚閣自松聲」，「卷簾唯白水，隱几亦青山」，「江山有巴蜀，棟宇自齊梁」，「水宿仍餘照，人烟復此亭」，「風月自清夜，江山非故園」，「秋窗猶曙色，落木更高風」，「詩書遂牆壁，奴僕且旌旄」，句法之奇，他人不能及。

蘇東坡喜食甜。嘗見其一帖云：「予少嗜甘，日食蜜五合。」又曰：「吾食薑蜜湯，甘芳滑辣，使人意快而神清。」其好食甜可知。至《别子由》詩云：「我欲自汝陰，竟上漳江旁。想見冰盤中，石蜜與糖霜。」嗜甘之性，至老不衰，其見於篇章者又如此。予與東坡有同好，故未老而齒先脱。袁絜齋《甕牖閒評》有此則，憶而録之。

湖州戴秋憶福震年十三與諸父執飲，即席分韻賦詩，見賞於吾友端木鶴田，有「詩郎抱黄禰」之句，故人皆以「詩郎」呼之。今年才弱冠，著述不倦，《驚絃集》不過全豹之一斑耳。《無端》云：「驚心謡諑起無端，虚擬長空振弱翰。童子豈因人就熱，中郎尚識命能安。性疏未敢嫌人密，言易何知歷境難。説到周旋先磬折，名場多恐失交歡。」《爲春水題必報德齋圖》云：「我讀坡公詩，有亭名種德。事異心則同，先生邁往昔。盛澤古水鄉，傍有茅廬結。經營三兩間，風雨久侵蝕。長卿何足論，貧乃同四壁。

鄭侯非所師，卜居亦窮僻。念此千秋身，未肯因人熱。次公必諱求，持論或過激。尋常辭受間，止乎理所適。用世本初心，酬知固己責。俯仰百年中，耿耿此心赤。披圖爲怦怦，不惜肝膽瀝。倚劍立空庭，茫茫百端集。」《送月鋤還金陵》云：「霜天釀薄寒，秋水正瀰漫。有客衝風去，長歌行路難。將離愁共切，感遇詠無端。歲月著書足，何須別淚彈。」

王柳村《惜陰筆記》云：「茗香助教豪宕負至性，論詩最謹嚴，不肯一字拾人牙慧，一種空靈超逸之氣如謫仙人。」酷嗜予詩，成忘年交。嘗偕倪米樓登南北兩高峰，恨不見予，狂歌痛飲，泣下沾襟。是夕夢中與予論詩，醒作夢予詩紀之。他詩如《寄洞霄宮羽士》云：「風吹白雲來，時帶溪花香。」《煉丹臺》云：「我樂不可道，心似蓮花開。連天太古松，接地太古苔。」《雲栖》云：「天半青皆竹。」至七言如：「江南江北皆春草，不信王孫總不知。」尤有絃外音。

沈文慤六十七歲始入詞林。《紀恩》詩云：「許隨香案稱仙吏，望見紅雲識聖人。」後被上寵渥之隆，從古詩人未之有也。柳村云。

秀水陸薲鄉秀才鑛少年績學，著有《鬱林山館詩集》八卷。吴江徐山民待詔序之，謂其詩以情勝，於倫紀尤致意。吾友郭頻伽謂其雅潔空靈，不染時風世氣脂粉骫骳之習。二公皆詩壇名宿，而推許若此，精熾可知。余讀其詩，愛不能捨，因於徐、郭二公採摘外，復將其七、八兩卷之尤妙者，補録於《續譚》中。其《鴛脰湖曲》云：「雲漠漠兮春霽，水粼粼兮風細。烟活兮柳曳，語熟兮燕睇。來三板兩板之漁輪，網一寸二寸之銀鱗。夕陽欲下桄榔響，歌聲蕩漾湖之濱。亂頭粗服鉛華却，市上歸來鬢徐掠。曾向畫眉橋畔過，畫出眉痕殊瘦削。博郎歡，斗酒藏。勸郎飽，脱粟香。月到中天波影定，湖心照見雙鴛鴦。可憐鶯鬭復鶯脰，湖名千載還仍舊。一帶菰蒲深復深，烟波釣徒何處尋。」《夜泊山塘聽雨》云：「樓臺都向月中開，《水調》新歌唱幾回。一陣東風凉拂面，簫聲去後雨聲來。」「徹夜蕭蕭雨似麻，催開籬落數枝斜。篷窗一枕睡初足，已聽船頭叫賣花。」《吴淞歸舟用孟襄陽夜歸鹿門韵》云：「春江漠漠烟水昏，浪聲不住船頭喧。行過遠村又近村，明月多情同到門。門前小橋橋外樹，樹底魚人來往處。開窗白雪點波心，一隻鷺鷥忽飛去。」其五、七言如《支硎至中峰小憩僧房》云：「洞草軟圍足，松花香拂肩。」《法螺觀瀑》云：「石罅水争走，樹陰聲亂飛。」《水榭納凉》云：「斷雲辭塔頂，殘雨歇湖心。」《散步口占》云：「烟水碧無岸，桃花紅透牆。風遲禽語緩，雲過客衣涼。」《歸舟過石湖望楞伽山》云：「一枝塔影瘦於我，幾點山痕青向人。」《過近郫》云：「破竹籬牽花補空，新泥壁倩客留題。」《簡郭頻伽》云：「自來風月歸名士，莫以江湖號散人。」《雨窗漫書》云：「落留宿雨緑延榻，花引東風紅過牆。」佳句可入錦囊。

震澤沈漢甫金渠號春橋，與沈曉滄交，詩已入古人之室。卒後，曉滄以其集屬予校定，即助貲刊之，亦可見春橋之能擇友也。初集衹刻上下二卷，遺稿尚多。僕頃有《耐冷續譚》之作，其門下士張君介吴孝廉梅岑寄眎，因就遺稿録存數篇，而集隘未能盡登，不無遺珠之憾。張君如力稍充，終當梓爲二集，以慰尊師於地下也。《種柳》云：「裊裊池邊態自柔，臨風疑怨復疑愁。憐伊生小輕離别，不使江頭繫客舟。」《平陵東》云：「平陵東，起悲風，爾何爲乎劫義公。劫義公，縛上馬，鼓聲逢逢戟門下。

戟門開，健兒兩行刀皚皚。鼓未歇，刀欲落，人百其身安可贖。」《秋夜感懷》云：「四壁蟲聲咽草堂，一簾明月照匡牀。偶然春夢難回首，不爲秋花亦斷腸。去雁有書愁豈盡，荒邨無柝夜何長。此生久被多情誤，擬學忘情未易忘。」《生日》云：「野外棲遲又一春，年年此日屢沉吟。黄金莫鑄因循錯，緑酒空澆塊壘深。弧矢未酬男子志，荃蘅誰識美人心。無端鄉思催歸棹，滿目丹楓燦遠林。」《題荷凈納涼圖集選句》云：「炎暑維兹夏，芙蓉始發池。芙蓉散其華，丹葩曜芳蕤。達人貴自我，求涼弱水湄。馨香盈懷袖，采之欲遺誰。心虚體自輕，輕扇動涼颸。資此永幽棲，物我俱忘懷。」「夕陰曖平陸，豁達來風涼。涼風撒蒸暑，朱華振芬芳。灼灼葉中華，菡萏溢金塘。回芳薄秀木，微月出西方。清暉能娱人，賞心不可忘。」「余固水鄉士，拂衣五湖裏。極眺清波深，褰裳順蘭沚。荷芰始參差，方塘含白水。明艷侔朝日，餘霞散成綺。容色更相鮮，兹辰自爲美。清氣溢素襟，紛吾隔塵滓。並坐相招要，眷言懷君子。」

桐鄉孫丈雲亭績字承勳，爲致彌學士之曾孫。祖籍江南嘉定，雍正初有游幕浙江者，遂卜居桐花溪上。丈亦爲諸侯賓客，歷燕、齊、淮、泗間，與伊墨卿太守相得，後以母老不復出。著有《夢溪山館詩稿》。《移居》云：「昔居在南邨，人竟亦幽僻。梧竹鬱成林，惟嫌園徑窄。誅茅移城西，地與南城隔。舊爲司寇園，係馮氏曰涉園遺址。百年餘陳迹。把酒池上酌，禽魚各自適。緬彼舊林亭，棄之何用惜。」「瑟居寡塵雜，攤書扃柴關。鎮日無人過，閴寂疑空山。疎林葉已脱，秋蜩鳴其間。暢飲東軒下，談笑怡心顔。希榮本無志，肥遯足可攀。卜居擇仁里，庶見淳風還。」

關聖帝君於漢獻帝建安五年，以偏將軍封漢壽亭侯。漢壽縣，屬武陵郡。後之不學者，疑漢是國號，遂稱之曰壽亭侯。案《容齋四筆》八有「壽亭侯印」一條，記其所見有四，皆玉印。容齋以爲漢壽乃亭名，不應去「漢」字。據此則承譌自宋已然矣。攷建安、延康間，于禁、吕虔皆封益壽亭侯，曹真封靈壽亭侯，文聘封延壽亭侯。如去其上一字，則此四人皆可稱壽亭侯矣。然則漢壽非亭名，封之於漢壽縣之某亭耳。鄉侯、都侯亦然。容齋語亦小誤。容齋又云：嘗爲黄叔啓作辯跋，見《賛稿》，今失傳。《後漢書・百官志》：「列侯食縣爲侯國，功小者食鄉都。」故又有鄉侯、都侯之稱。《通典》：「漢獻帝建安初，封曹操爲費亭侯。」亭侯之制自此始也。

定遠方有堂方伯積，咸熙先友也。宦四川甚有聲，時軍務倥傯，勞績茂著，以疾卒於官。撰古今體詩六卷，名《敬恕堂詩存》。其同年楊蓉裳選輯，序而傳之。《舟中夜話留別諸友人》云：「十年馬背換閒身，萬里江程一櫂行。淮甸鶯花游子夢，篷窗燈火故人情。依微遠水兼三面，斷續鳴雞又五更。把酒預愁分袂速，略沾脣處已如醒。」《軍中曲》四首云：「刀疑秋水月疑霜，刀月團成一片光。夜半磨刀刀不響，回頭看月月生芒。」「五溪淫毒沉舟渡，三州士馬提戈怒。斫得人頭帶血懸，腥風千顆白楊樹。」「吹笳打鼓軍門開，歡聲動地如春雷。九重天子念戰士，七月寒衣天上來。」「崑山玉石火中焚，晝獵宵圍不掩群。小醜盡歸新版籍，大家齊賀上將軍。」《夜登城樓》云：「夜色何蒼莽，登樓正悄然。大星明傍月，清漢迴欹天。戰鼓河山外，農歌烟水邊。耕耘雜戎馬，悵望過三年。」

張仙苗錫齡，桐鄉老諸生，實名士也。能詩，善畫，書法尤佳。事母至孝，余有傳存集中。詩名《此君齋雜著》，惜篇什散亡，未能多採。《題沈吉齊秋夜讀書圖》云：「微雲吐華月，明河湛空碧。吴興公子賢，高吟鏘金石。努力愛景光，一燈伴永夕。結想屬霄漢，曠懷搜今昔。汲古日以深，開卷資三益。寒蟬棲高枝，秋蟲鳴四壁。對兹風月佳，愈覺精神適。爽氣入襟懷，插架饒典籍。力學正青年，凌雲奮健翮。愧予十年游，常作湖山客。清宵恣清談，辜負良可惜。晨起展君圖，如晤文章伯。」

仙苗長子名震號岱峰。精於醫理，著有《醫學發蒙》，詩曰《醫餘漫草》。《先子忌日》云：「蕭瑟西風裏，思親倍愴然。感時經九載，飲恨已終天。返哺愧乎烏，驚秋咽似蟬。家貧無物薦，酤酒獻三籩。」《春柳》云：「緑濛濛處囀黄鸝，昨夜東風上柳枝。摇蕩春愁復春夢，小紅樓上捲簾時。」《舟夜》云：「朦朧不辨雲中樹，入夜風聲到客船。柔艣一枝摇月破，水波平處復團圓。」

仙苗次子謙六字吉生，一字憶仙，邑諸生。與乃兄岱峰俱恂恂有父風，畫得家學，初爲餬口計，以藝游四方。今因母老不復出，舌耕自給而已。詩有《停琴館學吟》。《閒居偶成》云：「不嫌岑寂掩柴扉，三徑荒蕪客到稀。枕上預愁明日米，春來已典禦冬衣。一無長物骨猶傲，百不如人自覺非。濁酒何妨澆塊儡，形骸放浪俗情違。」《雨中渡太湖》云：「震澤放吴船，朝來獨扣舷。半帆衝急雨，一鳥破寒烟。山没濃雲裏，天浮遠水邊。此身輕似葉，百里任飄然。」《春游即目》云：「曲水平橋過客稀，人家多半掩柴扉。雨餘天氣春衫薄，野菜花黄燕子飛。」《旅夜寄兄》云：「一别無多日，籬根菊又殘。小詩能遣興，老母勸加餐。惹夢燈微暗，窺窗月逗寒。東頭有叢竹，煩爲報平安。」《自遣》云：「緑陰門巷夕陽斜，客到囊空酒可賒。莫笑儂家窮徹骨，金銀花滿竹籬笆。」

族弟純熙號蒓江，邑諸生。少時與余同受業於馬春園夫子，勤苦攻舉子業，文日益工。後以貧故，幕游四方，而志遂隳矣。與陳白雲交，白雲甚重其爲人。今年春，晤於故里，酒邊出眎《嬰語草》一卷，中有與蓉裳同作之詩。蓉裳，余舊號，易之已四十年，不勝欷歔。詩雖不多，尚存前輩風格。持歸録之，一鱗片甲，庶可藉此編以傳。時甲午夏至日也。《山行》云：「林巒秋意來，弗弗涼風度。何處白雲深，雙屐踏山路。路轉人境寂，一行一回顧。雨餘似新沐，緑净無塵污。泉聲斷復咽，石罅逗烟霧。歡言得所憩，幽光愜情素。徘徊不知返，西嶺斜陽暮。」《贈隱者》云：「黄葉落孤村，西風吹到門。有兒常代僕，無日不開樽。山水眼前足，烟霞物外論。君看折腰者，翻羨布衣尊。」《從軍行》云：「話別春閨遠戍邊，功名百戰著凌烟。美人十載遼西夢，已作黄沙白骨憐。」《漁歌同蓉裳作》云：「志和卜築住元真，爲有烟霞好結鄰。林外桃花紅一簇，眼前隨處武陵春。」《楊花詞》云：「江南三月東風老，搖落紅英人不埽。萬株楊柳道傍生，昨日新栽今合抱。不傷攀折復青青，爲誰常作春光好。春光好，柳絮飛，美人獨立對斜暉。短長亭子天涯路，不見行人策馬歸。」《明妃》云：「自是和親廟略宣，非關圖畫誤嬋娟。一身倘受君王寵，千古誰將國色憐。邊塞風侵戎服冷，關山月照漢宫圓。李陵臺上頻回首，哀雁空征萬里天。」《山中暮歸口號》云：「山曲訪幽居，憑眺斜陽暮。孤鳥踏枝回，松花落滿路。」

滄浪亭者，宋蘇子美故居，久已頹廢，家牧仲中丞復之，自爲之記，并爲小志。予昔曾游此，今四十年矣。案宋朱長文《吴郡圖經續》記云：「子美滄浪亭，在郡學東。子美既以事廢，乃南游吴中。一日，過郡學，東顧草木鬱然，崇阜廣水，並得微徑於雜花修竹間。趨數百步，有棄地，乃中吴節度孫承祐池館也。坳隆勝勢，遺意尚存。子美買地作亭，號曰滄浪。前竹後水，水之陽又竹無窮。諸公多爲之賦詩。子美嘗謂吴中渚茶野醖，足以消憂，蓴鱸稻蟹，足以適口。又多高僧隱君子，佛廟勝絶，家有園林，珍花奇石，曲池高臺，魚鳥留連，不覺日暮，遂終此不去焉。」宋王闢之《澠水燕談録》云：「蘇子美，慶曆末謫居蘇州，以詩自放。一日，觀魚滄浪亭，有詩云：『我嗟不及游魚樂，虚作人間半世人。』識者以爲不祥。未幾，果卒，年四十一。」宋陳應行《吟窗雜録》云：「方子通嘗於滄浪亭得句云：『楊花入竹静。』久而不得對。更數日，飛燕過水，倒影水中，乃撫案曰：『已得對。』客問之，曰：『鳥影度塘寒。』」

嘉興岳餘三秀才鴻慶，爲倦翁二十二世孫。岳祠銅爵，近歸餘三家，故名所著爲《寶爵堂詩鈔》。其人樸厚性成，頗耽風雅，又工鐵筆，爲時所稱。《夕陽》云：「歸鴉無數繞江村，帆影迷離暮色昏。極目遠山深樹裏，有人曳杖立柴門。」《擬趙嘏長安晚秋》云：「征雁斜飛颯颯風，動人離思杵聲中。烟迷古渡寒秋月，葉落疎林冷晚楓。去國自憐衰鬢白，登樓每值夕陽紅。天空極目鄉關遠，鱸膾蓴羹興不窮。」《題江村銷夏録》云：「儘有閑心費討論，圖書老眼自無昏。我今消夏重披卷，想見江村獨閉門。」「不勞真贋費雌黄，賴有清詩浣俗腸。愛殺緑楊亭上坐，攤書人醉藕花香。」《題湘江幽思圖》云：「西風蕭瑟打篷窗，烟水茫茫雁影雙。一夜江南秋雨裏，教人清夢落湘江。」「幽篁寫出兩三枝，小立江頭月上時。無限騷情倩誰寄，美人香草動相思。」《初夏雨過秋泉即次元韵》云：「殘滴茅檐挂，微凉側側生。雨餘花更活，風静竹還鳴。蠟屐頻聞響，蟬琴未試聲。癡雲看卷盡，新月一鉤明。」

汪生百樹號蘭圃，桐鄉秀才。予初至即來受業，才弱冠也。勤苦力學，有疑義相質，風雨必著屐來，卒時年僅三十。詩文早已散失，今於故紙中檢得詩二首録之，聊以存其人云。《艾人》云：「製由荆俗樣翻新，蓬艾居然縛作人。不見定無三歲隔，論年疑已五旬臻。覷來柳眼時逢午，傅以花鬚態却真。一笑侏儒何草草，偏登繡閣傍香巾。」《艾虎》云：「蓄得三年艾草鮮，繡成虎却極蹁躚。雄心那許茄牛並，節物能居秧馬先。騎背難教人柳跨，裝腔合取女桑編。腰間更把蒲鞭縛，疑是防渠怒未悛。」

《不除草》者，桐鄉前輩顔士鳳統所著之詩也。公爲崇禎間諸生，入本朝杜門不出。張楊園先生爲之傳，謂其論古今事得失，亹亹見本末，座無與角。遇忠孝大節及不平事，起立奮發，如將身赴。庸妄人聽其辭，無不俛首失氣，至潛遁乃已。雖素好行惡，絶勿與通，其所厚憂則同憂，樂則同樂，死則撫視其子過存，常作《貧交行》以見志。其詩曰：「君不見張耳陳餘貧賤時，結交刎頸稱心知。本期共逐秦家鹿，富貴相争不自持。一從絳灌裂茅土，一死泜水爲亡虜。遂令天下論交情，朝爲秦晉暮吴楚。漫稱角哀與伯桃，西華零落感孝標。從知悠悠勢利者，一生不及古貧交。貧交不在多黄金，黄金不多交亦深。意氣還將然諾重，得失榮枯何足論。貧交結契水與山，生死相從無留難。愧煞當時車馬客，轉眼忘情反覆間。」

烏程孫吕楊明經燮，號愈愚。架多藏書，一編入手，家事悉置不問。長於古文，已得震川體格。其妙處，由於自震川以上能溯其源，不斤斤摹擬也。詩則自陶、謝，迄宋、元、明無不有。著有《愈愚集》。《偶作》云：「我厭客喧囂，客亦嫌我傲。吾廬非空谷，罕有足音到。睡起日斜時，新烟颺茶竈。

開卷見古人，當作良友告。興往情亦來，手舞足爲蹈。童奴暗相窺，吃吃發狂笑。春寒雨浹旬，傍晚日影曜。好鳥戛然鳴，知爲新晴報。何當泛輕舠，愜我看山好。」《舟曉》云：「小艇如梭逐浪輕，五更撐入斷蘆橫。水風吹夢酒初醒，野鳥號林天欲明。涼意好將詩骨砭，曙光先向遠烟生。推篷冒冷移時立，領取乾坤一段清。」《冒雪訪瀛眉》云：「一櫂訪君去，濃雲冒遠川。孤邨宜薄雪，佳賞入新年。到岸杳然白，隔溪微有烟。幽禽驚客過，飛向竹籬邊。」《春柳》詩云：「砍去長條半作薪，春來依舊絆行人。只愁短鬢東風裏，不與垂楊一例新。」「青眼初舒態不禁，忽驚飛絮又春深。天公欲障鴛鴦宿，分與池塘一半陰。」《野望》云：「落日澹湖波，寒鴉亂高木。微風度空林，遠寺鐘聲閣。曠野人跡稀，初冬樹影薄。邨農早閉門，炊烟出茅屋。」

嘉興王茂才立堃，字茂時。習隱耽吟，性情真摯。詩追正始，品軼時賢。著有《小隱藪詩稿》。《秋夜納涼》云：「桐影沉沉夜氣清，一鉤新月挂窗明。憑欄小坐渾無事，靜聽林梢露滴聲。」「藕花風起水生香，欲共鳧鷖入睡鄉。喚取釣篷來隔岸，載將秋夢到漁莊。」《西湖泛舟曲》云：「春光如畫撲畫篷，湖波淡沱搖春風。四面好山積翠濃，一半裏入雲霞中。雲飛霞散天濛濛，一聲欸乃隨釣翁，夕陽猶挂南高峰。」《看雲》云：「曉起推篷天半青，飛崖斷處白雲生。獨攜雙屐看雲去，雲與野樵争路迎。」《題桐陰補讀圖》云：「涼陰墮地緑雲低，幾卷殘編手自攜。遲我聽秋同夜讀，小軒煩補碧梧西。」「我家小隱依林藪，亦有茆齋號净名。與爾結鄰同巷北，短籬不隔讀書聲。」《過李徵君介石新居》云：「巷北新營一畝宮，幽居僻與燕巢同。愛梅依舊棲梅里，師竹真宜近竹翁。東野借車長物少，南鄰沽酒隔牆通。釣船坊裏移家好，絶稱先生屋似篷。新居近曝書亭。」《自題玩月吟館圖》云：「僻處不嫌僻，孤坐不嫌孤。衆芳各葳蕤，百鳥相歡呼。林風自還往，凡雲乍有無。落日掩雙扉，明月又在廬。開軒弄明月，竹風灑衣裾。」「微風吹我衣，輕露沾我裳。不惜春寒重，戀此月明光。解我囊中琴，月下時一張。一彈聲泠然，再彈發清商。笛聲從東來，與琴兩悠揚。開户不見人，明月流滄浪。」

丹徒楊子堅鑄，其兄時庵，兩至小山堂，與先府君唱和。子堅，予未識面也。戊寅游天台歸，貽予《自春堂詩》，讀之，有奇氣，有真氣，愛而録之。《答借庵長老招住焦山》云：「生前身後本難知，深悔名山學道遲。八口累無良友託，千秋名笑古人癡。桃花浪暖春江夢，石洞雲垂隱士祠。今夜蒲團清不寐，一鐙如我憶君時。」《隨園值大雷雨》云：「四山烟霧合，雷雨走空堂。飛瀑穿崖猛，亂荷翻水狂。屋低因讓樹，樓曲易支牀。十二闌干影，迴環萬緑光。」《熊丈子升招飲》云：「九曲青谿路，扁舟隔水招。橋梁挂魚網，人影度秋潮。接棟書千架，披襟酒一瓢。情真忘檢束，疎雨坐良宵。」《止園訪陳山人爲題自畫小影》云：「蕭寺荒墳作比鄰，秋山一枕醉忘貧。揮毫自愛丰神古，不畫悠悠世上人。」《題秋影樓》云：「風華未肯遜眉樓，疎柳寒鴉幾樹秋。十幅雲箋三尺几，題詩終日不梳頭。」其《五君咏》中有贈先助教公詩，云：「茗香古狷者，真想契冥鴻。拂衣葆天性，侍母如嬰童。奇文抉深奥，至論開鴻濛。青蓮一瓣花，仙露洗不濃。偶然著屐齒，來往雲烟中。三登軒轅臺，孤卧華頂峰。松醪和靈藥，兩頰流霞紅。八公共遊戲，老子其遊龍。沈吟谿上别，衰草墓烟重。」

吴江徐孝廉楠，字邦良，號整齋。登乾隆庚午賢書，一上春官，遽以疾卒。著有《扣舷集》。昔沈文慤公定《松陵詩》，今吾師阮相國輯《江蘇詩》，皆列入之。其詩以唐爲宗，不落宋、元窠臼。頃其曾孫渌卿寯亟思表揚先德，以遺稿寄予選入。惜詩不甚多，僅存二卷。《楓橋雪夜》云：「乍驚笠澤波，復踏楓橋雪。馳驅百里間，辛苦已難説。麋城城西沽酒家，當壚女子顔如花。座中莫唱關山曲，恐有遠客生咨嗟。庭樹時聞墮棲鶻，金鐘催出胥江月。牢落吴門北斗横，窮冬夜半寒侵骨。寒侵骨，不敢呼，醉餘擁被猶堪娱。君不見，他鄉失路人無屋，繫馬霜林馬下宿。」《贈别潘雪巢四言二章》録一云：「子留我喜，子去我悲。同心離居，玄鬢成絲。往哲垂訓，舌惟禍胎。曲高和寡，道高毁來。温其如玉，衷虚若谷。德業日新，孔蘧相勗。出則經國，處則淑身。乾乾惕惕，不媿古人。」《入寺》云：「高秋登古寺，僻徑少行蹤。苔没年深碣，樓聽曙後鐘。開林山色迴，卷幔露華濃。頓覺塵囂絶，風涼一榻松。」《寒村》云：「嚴風吹老木，窮巷日蕭騷。歲晚官租急，天寒酒價高。養疴需藥物，曝背狎兒曹。裘馬誰家子，征途不憚勞。」《郵西晚眺》云：「獨立郵西望碧山，槐風麥浪動柴關。釣魚船向烟林没，沽酒人從暮市還。鷗鷺忘機爲伴侣，琴書無策任疎頑。思量只有蓬門穩，世路紛馳何日閒。」

同里周逸坡司賦芝沅，家黎里，爲燮堂尚書從孫。曾偕尚書之孫創立義莊。性好風雅，善詩畫，喜彈琴。今年四月物故，年甫五十三。其孤芸石名兆烜者，錢塘茂才，搜録遺稿，得詩數十篇，署曰《古芬山館遺稿》。《題陸蕡鄉獨立圖》云：「遲月月未上，招客客不來。無言獨自立，吟詩且徘徊。」「襟懷見了了，色相付空空。後來與前古，愴然意何窮。」《秋夢》云：「縹渺倏登臨，翛然返故林。星河殘夜影，梅柳半年心。蜨使依然在，蕉陰不易尋。仙鄉何處是，回首碧雲深。」《秋閨》云：「秋蜨繞階飛，采花逢夕暉。袖寒時伴讀，燈爐更縫衣。促織聲何急，宜男夢半非。涼宵人寂寂，不敢上簾幃。」《秋感》云：「一片淒涼境，山林盡劫灰。人情蒼狗變，鬢影白駒催。芳草何遲暮，伊人隔溯洄。西風昨夜緊，誰是送衣來。」《入秋肝病頻作偶讀放翁病中戲作即用其韵并用其首句》云：「五十忽過二，甲午年，余五十二歲。全銷少壯心。讀詩娱暮景，補竹待秋陰。香沸爐邊藥，塵封壁上琴。鏡中雙鬢影，點雪欲相侵。」「打槳山塘路，西風菊半開。重九日擬赴平江看菊，因病不果。游心隨夢去，愁味入詩來。非世無靈草，慚余本廢材。何如捐俗慮，窮谷待春回。」

王上舍勺山楠字任堂，吴江名宿也。內行純備，勇於爲善。博覽典籍，善鼓琴，工書法。尤嗜金石文字，收藏至千餘種，半皆歐、趙所未録，他如商爵、漢范、古泉、研石，以及法書、名畫，皆能剖析真贋。舍後築一樓，榜曰「話雨」，爲讌朋考古之所，遠近宗之。著有《金石辨證》、《勺山隨筆録》。詩學温、李，存稿不多，孫少吕致望以遺詩寄余選入。《江舫行》云：「蓉城牧城屹相向，井里人烟邇可望。波心天忽亘暗沙，截斷江帆難直上。紆道循沙曲折行，潮逆往往舟復傾。生死關頭在呼吸，無風過者心猶怦。況遇江中風色惡，旋渦宛轉如洞壑。大小石灣天鑿成，鵝鼻之山尖疑削。掀天一浪船頂過，艙底人人唤奈何。舵樓一人如鐵鑄，静鎮不摇擋巨波。鄰船觸石成虀粉，欲救無暇不敢近。瞠目飛馳一里餘，耳中哭聲猶隱隱。颶風激浪三兩顛，峩舸巨艦軟若綿。隨波上下難自主，深入鮫宮高半天。此際同舟色盡失，危坐惟祈凶化吉。至誠動念通鬼神，雖有昌黎亦誦佛。暮始得港度黄山，驚喜如入玉門關。曉來進香天妃廟，存活疑在夢寐間。」《古鏡歎》云：「渫井傳觀銅鏡一，頑質依稀一片鐵。泥沙蝕盡青晶光，背面猶存龍鳳蹟。淪没曾經千百年，塵霾那辨妍媸色。憶昔妝臺寶匣開，秋蟾皎潔神光發。蛾眉曼睩受恩多，展對朝朝暈紅頰。也從綺閣伴青春，也向深宮照華髮。華髮青春能幾時，獨存此鏡完無缺。嗚呼！鏡中有影誰能覓，秦歟漢歟保弗失。」《行脚僧》云：「莽莽乾坤大，行行道路賒。萬山雲兩屐，一鉢飯千家。佛岸原無岸，天涯詎有涯。何如龕火下，打坐呪昆迦。」《松陵竹枝詞》云：「半江紅樹夕陽天，鸂鶒雙飛白鷺眠。籪蟹撈蝦猶未了，湖東又到販魚船。」「八字灘頭落雁聲，七星橋外報雞鳴。紅菱白藕桃墩好，未到天明棹入城。」

王少府旭樓鯤字瀛之，勺山上舍次子也。性雋爽，里有公事，首先倡導，善行頗多。好讀書，喜蒐羅邑中文獻。邑志自沈果堂修纂後，幾五十餘年，少府縱覽典籍，博採舊聞，凡事有關于一鄉一邑中者，隨手紀載，并援據各書，釐正舊志沿誤，成《松陵見聞録》十卷。里中能詩者多，往往遺稿散佚，自元、明迄今，搜採成集，各繫小傳，成《盛湖詩萃》十二卷。家藏商爵、漢范、碑帖、書畫甚富，錢竹汀少詹、沈帶湖主政輩，時相過從，作評古會。而論碑帖爲尤精，校其完缺，參以考訂，編次《話雨樓碑帖目録》四卷，一時金石家奉爲圭臬焉。子少吕以《養真精舍遺稿》寄示，清新雋雅，愛不忍釋。吴江宋金庭學博謂其詩之落筆清真，吐詞幽秀。昭文景閬仙孝廉謂其詩之清如水，明如鏡，無纖毫塵俗之氣。二公評論甚詳，余不多贅。《壬辰春日病起述懷》云：「衰翁七十八，淹卧摩詰牀。一病得復起，秋風迄春暘。對鏡訝頭秃，古貌益古蒼。撫鬢念疇昔，歷歷言之詳。丱角嬉戲日，抱簡登書堂。下帷肅師範，焚膏繼日光。洎乎舞勺年，始知書味嘗。芸窗十稔積，學海一葦杭。罡風陡然來，搶呼壞木梁。

藐孤年十七，過庭生慘傷。勉思善繼述，雁序將翺翔。分行伯仲叔，先後登膠庠。顧影慚長大，拊膺益旁皇。北堂兩老母，畫荻踵歐陽。兒大願成室，未歸旋悼亡。鸞膠一以續，宜家臻吉祥。采蘭馨爾膳，介壽稱爾觴。何圖萱蔭萎，一再裂肝腸。報德嗟罔極，成名冀顯揚。年華何鼎鼎，倏忽强仕强。朝廷方需才，綸綍頒遐方。授職得州佐，牧民敢曰良。旋以家政絆，出山雲復藏。珠樹照鈿閣，嬌女翩成行。叔鸞迫遣嫁，頻呼百兩將。冉冉五十五，嗣續冀克昌。夢蘭徵箴室，歡聲聞弄璋。以養復以教，書塾拓舍傍。座銘前哲訓，積善有餘慶。甲戌歲大旱，饑雀苦空倉。嗷嗷萬千命，待哺嗟翳桑。愧余黔敖食，仁粟爭解囊。越旬歲癸未，洪潦非尋常。弭災法前軌，勞瘁辭未遑。稱善余豈敢，克念先德彰。康熙己丑歲，先大父鶴洲公獨捐米千餘石，散賑三月。事詳邑志。乾隆乙亥歲，先嚴勺山公首倡捐賑煮粥，蒙大吏旌額。堯夫麥舟贈，私心竊忖量。傷哉外舅姑，牛眠擇高岡。種松念一本，宗族多死喪。執紼亟勷助，俾免荒丘荒。幽微資闡發，撰述經星霜。文獻藉搜討，卅載勤丹黃。有時啜春茗，擊缽聲琅琅。古墨爛嬴漢，彝器追夏商。晴窗挑玉叉，書畫七寶裝。無事此静坐，歲月幾若忘。世人役塵網，淹忽寒蟲僵。浮生若夢耳，所貴厥志芳。不知老將至，曰長樂未央。」《錢竹汀少詹過訪爲題徐虹亭太史山水卷跋作此誌謝》云：「巋然潛研堂，海内仰靈光。何幸高軒過，能留妙墨香。交情托金石，題語重琳琅。一卷虹亭畫，同傳韵事長。」《辛酉季秋病起有作》云：「一病纏綿久，支離九十天。扶行如中酒，静坐學修仙。畏冷披裘早，知饑索食先。何如尋舊雨，揮麈得譚玄。」《早菊》云：「金英得氣早含真，不待重陽已吐新。小朵未甘三徑老，秋芳先借一庭春。合教香國推前輩，從此寒花屬後塵。遮莫隱君爭晚節，也曾當暑鬪精神。」《墓廬坐雨口占遣悶》云：「小齋幽僻隔塵囂，無那天陰太寂寥。曳屐難行泥滑滑，支牀惟聽雨蕭蕭。人憐白晝閒中過，花惜青春暗裏消。起欲占晴呼野老，餘杯相對隔籬招。」《己丑秋夕招仝人集養真精舍重作評古會口占代柬》云：「似我衰齡合閉關，那知結習未能删。千年舊物奩中爵，一卷春光畫裏山。謂舊藏商丁巳二爵、仇十洲《江南春》卷。好古敢將彭老比，清宵差擬謝公閒。舊藏謝樗仙《清宵雅集》圖卷。卷後述文衡山、王酉室諸公讌飲角技之勝。裁詩折柬先期約，莫使奚奴數往還。」《秦小峴觀察索觀毘陵邵文莊吴文肅兩大宗伯墨跡卷并爲題額賦呈一律》云：「墨妙流傳二百年，珊珊丰骨繼前賢。家山靈氣胎蒼峴，硯水清芬汲素泉。似此淋漓大手筆，合教供養小神仙。案頭恍挹毘陵秀，況有洪厓與竝肩。卷後更生居士亦有題跋。」《久雨》云：「空階滴不休，簷溜欲穿石。十日閉閒門，讀書盈一尺。」《去墓》云：「步出墓廬門，回看墓前樹。一步一回看，徘徊忘日暮。」《海昌觀潮》云：「一望濛濛海氣横，魚鱗塘畔候潮生。水明沙净無邊白，陡覺風聲萬鼓鳴。」《咏竹》云：「玉立森森直不扶，薄陰時有野禽呼。只聽窗外蕭疎韵，伴我何堪一日無。」《和宋金庭學博聞川櫂歌》云：「白蘋紅蓼繞秋江，十五漁娃泛小艭。東雁蕩過西雁蕩，雁來雁去自雙雙。」「十里聞溪溪水深，射襄城畔柳陰陰。行人來往如梭織，半是吴音半越音。」《丙舍八詠》云：「港名九曲水灣灣，迴抱形同碧玉環。馬鬣封前成小聚，支流分去去仍還。曲港迴瀾。」「十樹高榆鎖岸脣，參天古幹最輪囷。濃陰入夏全遮日，賭唱農歌憩有人。古榆鎖岸。」「四圍槿翠鎖春苔，爲禁樵蘇繞墓栽。薄暮兒童驅犢返，不教籬内放青來。槿籬圍翠。」「摩雲綽楔焕祠堂，特表堅貞墓道傍。一徑到門穿萬緑，樹深先指石牌坊。巍坊插雲。」「陰森灌木鬱佳城，招引春禽哢曉晴。清絶千般聲入耳，料應神聽也和平。曉林鳥吹。」「洵是清芬奕世存，蔭庭雙桂曲盤根。秋來萬斛黄金粟，香徧東西南北村。庭桂飄香。」「近依祠宇結廬成，略具芸籤位置精。自是子孫齋宿地，夏秋時有讀書聲。西齋静讀。」「屋後栽花日灌培，壓枝香雪傍籬開。初春未放游山棹，先拜墳年看早梅。後圃尋梅。」

秀水于秋泉源詩筆甚正，無纖㗒帨之習。年少而極好風雅，遲之數年，所到正未可量也。有《一粟廬始存稿》。《蠶詞》四首云：「纔卜油花禱祀虔，今年蠶事勝前年。一灣流水汲新緑，剛是春風浴種天。」「十畝青桑蔭漸繁，怕人來往笑言喧。明朝求個郇夫子，字寫蠶花貼版門。」「剪刀聲裏日遲遲，早閉柴關謹護持。忙殺朝來看火鳥，幾番啼上最高枝。」「温和天氣扇微風，雪色堆山一室中。郎喜吐絲成五色，妾思作繭要同功。」《鄰牆杏花》云：「雨餘深巷賣猶遲，牆外人家見一枝。忙殺飛飛雙燕子，落紅銜得入書帷。」《訪麗生晚出天凝寺作》云：「夜出招提境，山門迴寂寥。月昏高樹黑，鐘動亂星摇。長嘯應深谷，孤燈度小橋。惟憐故人意，歸夢悵迢迢。」

耐冷續譚卷四

仁和宋咸熙小茗撰
桐鄉沈炳垣曉滄定

海昌朱子藍水部蔚，得母張太宜人之教，平日深自謙抑，不肯以能詩名，然與哆口言詩者，迴不侔矣。甲午仲冬，余至修川，子藍飲余於盟蘭山館，命沈樂龕彈琴。酒罷，出此作示余，謂趙生一漁曰：「此正聲也，子當師事。」歸而亟録之。《題葉訥人海昌觀潮圖》云：「鹽官城外潮澎湃，天下偉觀此稱最。雙亹一束勢倒飛，捲起濤頭如屋大。先生無事不出門，隱學韓康將藥賣。會余敦請具書幣，命駕欣然遠行邁。君以軒岐之學世其家。庚寅夏初，内子病，延君療治，留半月而別。軒光設竈試古方，鑿落開樽資情話。所嫌登眺乏名勝，兀坐蕭齋殊不耐。潮聲隱隱起清宵，頓欲往觀拓眼界。詰朝快作逍遥游，抉眥寒空飛鳥外。蓬蓬雲氣離海嶠，浩浩天風鼓大塊。初如金堤裂一綫，俄見銀山驅萬派。奔騰壯士擊戈鋋，恍惚仙靈集環珮。是時攬勝方夏初，論汛却較三秋殺。然而耳目已發皇，雲夢吞胸八九隘。河梁一别隔音塵，天末相思動明晦。去年我泛山塘艇，復拾墜歡團鶴蓋。昨歲重晤君於吴玉松先生醉石山房。酒間話舊出此圖，屬我題詩紀勝概。我乏枚生觀海筆，揮灑焉能客親對。況又重抱杞人憂，報命逡巡慎莫怪。鱗塘屹立堅如鐵，衝突屢聞失要害。河流倒灌入洪流，魚鼈盡殃禾黍壞。輸捐榷賦大工集，其奈民生復凋瘵。昔時文醼盛簪裾，物换星移廿年内。蟲聲悽惻攙吟聲，百感茫茫秋夜萃。掃愁有酒急斟酌，一鉤殘月當窗掛。」張雲巢師宣防東海時，名士畢集聽潮吟館中，余亦以後進屆戻其際焉。

石門沈松門學博汝金，老而不遇，胸中鬱結憤懣之氣，借詩以發之。予未識松門面，讀其《旅中吟草》一編，而知松門雖不能入金馬之門，其詩固可信今而傳後也。《秋夜飲西湖酒樓》云：「小住湖樓醉碧筒，扁舟輕繫畫橋東。月圓湖净歌方歇，夜半花寒酒正中。十里沙堤籠宿靄，三山雲樹卷秋風。杯盤狼藉人歸後，嘹唳天邊一斷鴻。」《歲暮留别侣樵明府》云：「年來豪氣半消除，况值歸途歲暮初。賓館乍分前夜席，酒痕新染舊時裾。三更旅夢孤舟月，一束行囊數卷詩。忍住風塵兩行淚，且將景物問樵漁。」《曉發武林紀别》云：「經歲辭家客武林，春殘烟雨又秋霖。一家骨肉分三處，五夜鄉愁共一心。驛路雲山迷古堞，枕邊涕淚落疎砧。蕭條旅館增惆悵，怕聽林鵶噪緑陰。」《宿京口驛》云：「停舟京口驛，暫息過江船。一夜眠難穩，三更月自圓。細聽宵後柝，偷看樹頭烟。明月金山外，飛帆趁曉天。」《淮陰釣臺》云：「韓里嚴江兩釣臺，英雄曾此溷塵埃。淮陰不肯烟波老，空負無雙國士才。」

朱氏《曝書亭集》有《太極圖授受考》，論無極、太極爲道家之傳，其説甚辯而核。案：鄧牧《洞霄圖志》六載陽楝所譔《東陽樓記》，云：「余曩登平都山，訪濂溪周子舊遊，亂碑中得小片，周子題兩絶句，官部陽時筆也。其一《詠陰仙丹訣》云：『始觀丹訣信希夷，蓋得陰陽造化機。子自母生能致立，精神合後更知微。』」讀此，則元公固信道家之説者。朱子《答蔡季通書》云：「陰君丹訣，向見濂溪有詩及之。」即指此詩。

海昌馬小眉觀察洵，爲吾友古芸舍人之猶子，工詩愛客。家有「五千卷室」，所藏金石書畫，足供賞玩，一時名士，咸樂就之。詩已能追正始，而謙抑自下，不肯輕以示人，尤不可及也。著《文藪山房詩稿》，有《鬻竹垞先生授兩孫分書手迹感賦》云：「烟雲過眼忍重論，蠧紙依稀字可捫。舊業只餘三徑在，當時奚啻一經存。能令遺墨歸藏弆，幾見良田到子孫。直得兼金争購取，百年猶可想清門。」《同人三李祠看梅分韵得淡字》云：「園林過雨香掩冉，寂寂春祠花事減。一株欹倒卧東風，苔畔鹿胎餘幾點。壞籬破壁守冬心，此意何如吾輩澹。不憚霑泥著屐尋，好事時來一流覽。翛翛竹尾怪禽語，似説梅花同歲儉。詩思不若春陰開，林際殘陽時一閃。」《寄梅史》云：「一别杜鵑下，杜鵑今又開。對花懷舊雨，及榻長青苔。交托忘年契，詩推獨往才。寥寥絃外意，餘子漫相猜。」「藉甚屠龍手，割雞自不難。風塵淹國士，靴版混粗官。賴有韓蘇業，能無郊島寒。燕雲擬望眼，宦海正漫漫。」《盆中櫻桃花》云：「尺許苔枝綴小紅，愁心百結鎖東風。落鐙天氣殘梅候，春在重簾小閣中。」《宿法螺庵呈逸山上人》云：「小面疎眉瘦阿師，不翻梵筴愛吟詩。招雲入隖鶴歸寺，帖石注泉魚在池。禪榻留連深夜語，巖花開落暮春時。慙余粥飯無功用，欲共團蒲計恐遲。」《游佛日》云：「尋山踐夙諾，短策行拖抄。黄鶴雲中翔，招我入巖阿。疎花媚清曉，已覺春氣和。杉松交晻曖，犖确緣陂陀。中藏古道場，紺殿壓林蘿。三門歷鳥道，千柱排蜂窠。磵仄跨横彴，倒影涵澄波。嵐陰糁緑雪，竹色浮青螺。追歡俗塵少，撫跡芳意多。瞥見蒼髯叟，悄然懷東坡。」《同柳東石佛庵看白芍藥與復公茶話》云：「冷淡家風瘦阿師，客來茶話午晴時。娉婷芍藥翻階笑，呈佛何須本色詩。」《雲伯招飲甌舫同用竹垞題壁韵》云：「垞南咫尺堪乘興，小喚邨醪勸客嘗。亭館尚餘名士氣，鶯花不笑酒人狂。採香鳳子晴開幔，俯檻魚苗淥浸牀。難得嬉春詩老健，拖娑猶返少年場。謂王秋坪丈。」

秀水釋潛朗，字內榮，號抱月。詩詞深粹，古文亦佳。嘗見其《與藕香和尚書》云：「某平生所能者，略知讀聖賢仙佛遺書。所不足者，不能具堅忍之力，竭其心志以底于成，每處理欲交戰之際，卒使欲勝乎理。程子謂：『克己須從難處克將去。』今某非不知人定可以勝天，恒畏其難而已。道氣肫誠，內行敦篤，不以釋而背儒也。」晚年隱于穆湖之小九華，閉門謝客，窮餓怡然。著有《抱月庵存稿》。《折楊柳》云：「垂柳復垂楊，裊裊旗亭旁。豈不惜顏色，留枝弄朝陽。美人抱遐思，未折先斷腸。眷言贈君子，中有情難忘。別離一何苦，道路一何長。伴君行萬里，處處同春光。春光日以晚，玄鬢日以蒼。人生若流水，逝者空茫茫。幸早旋故里，邊地多風霜。」《贈黃杲堂明經》云：「陋巷一茅廬，翛然此卜居。風窗高士榻，雪案古人書。跡淡游方外，心清返物初。江西好詩派，衣鉢付誰歟。」《秋來》云：「秋來客裏難爲情，雲容物色含淒清。三吴風月我相契，千古興亡誰與評。掾事布帆欲展掛，拾遺草屋將經營。吹竽今世不容濫，白石何妨煮滿鐺。」《訪吟甌鐵橋兩先生》云：「菜子花殘麥子肥，江村寒盡欲更衣。不知誰把芸編坐，嫩緑陰中掩竹扉。」「載我扁舟一葉輕，樹根來聽讀書聲。若非訪戴情偏切，如許烟波不可行。」《村居雜咏》録一云：「雲可耕兮月可耡，暮年活計未爲疎。萬般于我渾閑事，且讀平生所愛書。」

海昌周嘯湄士瀛，予友梅坪子也。年才弱冠，倜儻不群。家雖貧，無些子寒酸氣。詩筆清俊靈逸，思路不歧。故人有子，慰藉何如。《夏日涼甚》云：「如水桃笙滑欲流，不知清夢可添否。雲多翻恐爲微雨，寒嫩真疑換九秋。何遜詩：「願以三伏辰，催促換九秋。」善病身教故人惜，憂時心共老農愁。無寥又掩屏山坐，一院茶烟濕未收。」《雨後涼愈甚坐銅鼓山房即事》云：「曲池看水作微渦，可惜無人理釣蓑。小石洞邊雲氣濕，高荷葉上雨聲多。不禁肩爲經寒聳，翻惱頭難鎮日科。報答流光成底事，只除狂醉便長哦。」《小飲怡岫園即景四絶》録二云：「池館荒涼劇可哀，短牆蝸篆舊蒼苔。多情只有雙蝴蝶，飛入閑花叢裏來。」「尋詩端合繞迴廊，如水濃陰卓午涼。可惜小池半青草，不曾添得藕花香。」

秀水計儋石芬家聞川，尊甫壽喬廣文，以詩畫名一時。儋石得家學，詩與畫俱能直追古人，畫尤精妙。近年餘五旬，筆墨更覺澹遠，王麓臺所謂筆端金剛杵在，脱盡習氣也。間有小幀尺幅，流傳在外，人咸以兼金争購，什襲藏之。家有紅絲、蓮葉二硯，湯雨生都督爲之作圖，因名其稿爲《二硯齋詩集》。《夏日即事寄懷友人客楚》云：「驚飈狂不定，静客已先聞。荷葉泛香水，雷聲團墨雲。關山千里遠，吴楚一江分。却話今宵雨，西窗獨憶君。」《懷陳香谷贛州》云：「白馬陳從事，青袍杜拾遺。才華堪擬古，世態勝當時。家以官爲久，名何顯尚遲。思君似流水，清極九江湄。」《秋窗漫興》云：「獨坐虚堂静，門無過客撾。歷遊身已倦，垂老眼先花。月色移高樹，秋聲落萬家。年來今舊雨，詩思滿天涯。」

嘉興高秋鵬翔鱗詩筆清麗，絶少俗氛。《過九曲溪》云：「春去緑陰濃，良朋載酒從。孤舟行曲曲，異景得重重。地僻鳥聲樂，天空水色溶。浮圖高聳處，寺近漸聞鐘。」「蓑笠聚漁翁，持竿西復東。小橋流水碧，高樹夕楊紅。不雨鳴溪溜，先秋唧夜蟲。忽看新月白，浸入酒杯中。」「撥棹緣溪入，風光又異前。碧環兩岸樹，青靄一堤烟。小泊魚穿藻，高歌客扣舷。四方常役役，對此意茫然。」

癸未小重陽，雲嵐司馬招同人集雪香書舍賞菊，予曾採其佳句，入之前集矣。今甲午之秋，司馬復招同人觴菊於介眉堂中，予約而不至，獨見緣慳，而又感老友東邨、夢禪、秋圃、菲庵之長逝，及門水邨、夢花、樸齋之已亡，十載之間，歎朋舊之凋零，念流光之荏苒，因復採其佳句，録之《續譚》。程筠軒拱寬云：「座有澹交秋不老，窗流瘦影月俱香。」沈綺霞兆文云：「影肥漫寫丁簾月，骨瘦非關午夜霜。」張芑鄉鎬云：「明月一簾扶瘦影，好花三徑溢寒香。」費客槎淦云：「交能耐久惟緣澹，性慣經霜不受憐。」沈訪仙瀛云：「能經霜雪何妨晚，只爲孤高未許憐。」程羨齋灝云：「傲骨卓爲霜下傑，愁懷消盡客中年。」

芑薌，桐鄉之柞溪人。甫翦髫，已能吟詩。近與訪仙、客槎、綺霞唱和，詩益成家矣。《武林道中》云：「落日卸孤篷，扁舟泊亂峰。雲深圍碧嶂，松老卧蒼龍。夜静誰家笛，月明何處鐘。自憐行役者，去住類萍蹤。」《歸舟偶成》云：「風雨送歸舟，輕帆掛客愁。浪花浮遠渚，山影壓船頭。夜月照離夢，曉霜逼敝裘。倚閭憐老母，不敢久淹留。」《春日過清河禪院》云：「東風吹客袂，一徑薜蘿深。春漲到門緑，松濤滿壑陰。閒雲適鳥性，潭水印禪心。太息高僧去，蕭條翰墨林。謂嘯霞上人。」

羨齋，烏程人。予見其《觴菊》詩，大爲賞識，因介訪仙索其詩，詩果精孅，與芑薌可稱二妙。《自魏塘抵柞適綺霞下榻西齋已旬日矣即贈長句》云：「月櫂風帆去住忙，經年作客走他鄉。交來知己君偏淡，别後相思我獨長。豪飲却同李北海，狂吟合稱沈東陽。他時杏苑高聲價，友誼君恩兩莫忘。」

《自題南園》云：「南園數畝宅，於此息塵機。客至鳥嚦樹，村深鶴守扉。廚烟嗟冷落，徑草自芳菲。領略山林趣，悠然俗慮虛。」

「風定鐘聲還古寺」，趙生一漁於辛巳年和都丈鏡泉詩也。今鏡泉於席上誦之，且大賞之，原對則彼此皆忘矣。一漁歸，足成一聯云：「月移花影上閒庭。」句意自然，迥勝於出。因以書寄予云：「自感壯年之詩，偶能有得，且欲懲今後之詩，不可草率也。」孅其志之足嘉，特録入之。

江西新城陳碩士宗伯用光，與予素未識面，今年試禾中，吴丈仲倫爲之介，因持古文進謁，公特賞之，旋薦予分水書院掌教。今年遭儉歲，米貴如珠，一家數口，得以存活者，皆先生力也。位尊不敢以詩請，頃張春水來禾，出眎詩册，有《題嚴夢巖南窗寄傲圖并寄春水》詩，因録之。詩云：「爾慕陶元亮，圖成隱遯心。我懷張子布，小别半年深。盛世何須傲，高蹤距易尋。不如北窗下，涼翠一披襟。時納涼定香亭畔，故云。」予亦有爲夢巖題圖之作，即用宗伯韵云：「江上披裘客，籬邊采菊心。高蹤千古仰，幽衷十分深。懷葛風猶在，羊求徑可尋。南窗清似水，讀畫滌煩襟。」

嘉興鄭孺人辛，號澹園，宫詹鄭誠齋先生諱虎文之女孫也。年十八，歸蕙塍孝廉樸。閨中唱酬之樂，人争羡之。南鄰有高樹，枝葉扶疎，環映卧室，因顔其樓曰「攬翠」，即以名其稿焉。乙酉夏，以疾卒，年僅三十五。今蕙塍需次大梁，將以遺稿付梓，沈生春江歸，屬其丐予題詞。詩筆清俊，閨閣間無此孅才，亦禾中之名媛也。《詠蘭》云：「春暖簾疎樹影深，晝長午倦嬾拈鍼。蘭閨只合蘭爲友，我與蘭花共素心。」《茉莉》云：「門巷夕陽斜，聲聲唤賣花。不教鴉鬢插，留取伴新茶。」《曉發錢江》云：

「四望邊無際，蒼茫水接天。潮平孤月落，風正一帆懸。鳥影空中過，鐘聲何處傳。出門猶未慣，終夜不成眠。」《富春道中》云：「閨中晝裏看山景，此日真山在眼前。真景却還如畫裏，遠村黄葉夕陽邊。」《寄外》云：「見説京華地苦寒，征裘已敝怯衣單。佳音暗向燈花卜，别緒難同蠟淚乾。堂上公姑俱健飯，膝前兒女有餘歡。莫將家事添心事，穩步雲梯計日看。」

烏烟之害人偏天下。海昌應笠湖茂才詠一聯云：「黄金灰裏盡，白日夢中過。」可謂切中時弊。

鄭布衣棟字橋板，秀州之新塍人。才高而性僻，别號數十，皆出人意表。後易名酟，字曰友屠。家赤貧，以醫自給，得錢輒醉，醉即歌呼狂叫。嘗客聞川，客珠溪，人聞橋板名，咸樂與交。愛西湖風月，作僧裝，不謀於妻子，而往募齋於湖上諸大寺，興盡則返矣。詩多率意，其佳處頗有脩閒澹遠之趣，亦可傳也。《竹虚留飲次元韵》云：「幽居無伴侣，來共野鷗盟。牆缺留花補，林低礙客行。品茶試活火，下酒進蓴羹。今日須同醉，朝來句定成。」《涵碧軒席上喜伴梅至》云：「有客乘船下北麻，重來烟水悶生涯。吟邊茅店新城酒，醉裏孤鐙老友家。白苧涼生三伏雨，紅蕖香動一窗花。者番良晤尤清絶，指點參横與月斜。」《小春七日南村晚集》云：「落盡芙蕖鞠又殘，一杯且與叙清歡。談禪未悟宜談劍，得句能佳勝得官。秋老葉稀山頂露，宵殘月掛樹梢寒。相逢莫悵匆匆别，待到花時更共看。」

庚寅十二月廿二日，予死而後蘇，時魂已離舍，但聞遠遠哭聲，道有呼騶而過者，視之則朱虹舫侍郎也，告我云：「尚未尚未。」命僕送之歸，到門遂如夢覺。虹舫於十八日没於都中，予尚不知，亦奇事也。醒後作自輓一聯曰：「存也吾能順，得正而斃，可以見天地祖宗；生焉本有涯，視死如歸，差足免憂愁思慮。」翊日紀之以詩云：「故人先已到鄉園，驚我游魂促返魂。豈有春蠶絲未盡，漫教老馬骨空存。遺言惟囑宜思茗，輓句親拈付抱孫。未解天公是何意，更蒙予以再生恩。」

嘉善沈瘦容大成，字集元。戊午棘闈，與之訂交於矮屋中。次年訪之，則已作古人矣。平湖胡瘦山謂其詩清麗綿遠，不作高調，動中雅音，得力於尤、楊、范、陸之間，而不落宋人窠臼者，意超而筆靈也。著有《静觀齋詩集》。卒時年三十有四。無子。同年黄霽青太守著《慰託集》，以瘦客詩冠諸首。亡友郭頻伽《靈芬館詩話》云：「瘦客深於情，一往三復，如其爲人。」記其《看鐙詞》云：「華鐙萬户影交枝，月上黄昏也不知。郎愛看鐙儂愛月，到無人處立多時。」「西漆南油一樣春，香階羅襪涴輕塵。不知鬧裏同儕失，一笑回頭錯唤人。」又有《夏日雜詩》數首，最爲清絶，今摘其二云：「老屋臨流剩數椽，莫嫌生事太蕭然。秋聲已到夜窗竹，暑氣不侵高樹蟬。未見書嘗從客借，無名花亦動人憐。此身已分常閒却，想約鄰翁上釣船。」「石苔頻掃草頻删，合謝塵囂早閉關。一技不工惟善病，三生有福得常閒。海棠花放三秋近，沈水香銷午夢還。慵讀道書支枕倦，居然屏上看青山。」近見其《南湖》絶句云：「水楊柳近碧闌干，微雨人家作午寒。牆裏小桃花一樹，只分一半與人看。」較查初白之「紅袖倚闌桃傍井，又緣迷路得看花」，詞意更爲工也。

前明萬曆時，趙文毅公定宇奏江陵奪情事，受廷杖。許文穆公國時官贊善，以兕觥贈行。入本朝，流轉於黄端伯、陳潛夫、章藻功、何蕤音諸家，後藏於曲阜顏衡齋處。乾隆丁未，衡齋攜此觥至江右，座中客有號者庭者，文毅五世孫也，見之流涕不止。知翁覃溪閣學與衡齋善，遂至南康，求閣學致書。

衡齋重者翁高義，不受，竟以兕觥歸趙。閣學作《兕觥歸趙歌》，一時題詠其事者，自袁簡齋而外，復有數十人。今此册爲汪雨人能肅所得。甲午十月，予訪學博于魏塘，飯後出此册眎予。學博與查丙堂奕照先有詩録於册上，命予詠其事，予因和閣學韻歸之，遂録原歌於此。其辭曰：「兕觥傳來二百年，黄陳章後今歸顏。朱檢討詩未銘櫝，而我一再詩文編。予曩爲此觥作歌，并考辨。此齋此觥緣不淺，摹册成圖褾成卷。觥居東魯定我懷，卷到西江欣客展。客爲誰者可共論，文毅五世之賢孫。是夕挑鐙墮雙淚，天風激盪江怒奔。趙叟雙瞳爛如電，對此兼旬廢眠飯。湖湘三月寄書來，不辭千里陳初願。報書我爲晰其由，百斛明珠那借酬。只緣陋巷珍高義，代友論心直到秋。秋來訪我匡山麓，青眼相看真面目。地從江介指齊魯，天教舊物歸常熟。顏公心事惟我知，顏公嗜好乃獨奇。世間無物此觥配，壓卷只要覃谿詩。君往叩門再拜説，澹交千古盟冰雪。月暈光仍舊酒痕，血誠氣可穿山裂。顏公奉觥向天笑，趙叟傾心誓相報。觥喜多年逢故人，叟泣還鄉告家廟。向來藏觥事偶然，今日還觥世更傳。譜出兕觥新樂府，壓倒米家虹月船。」「丁未初秋，者翁先生訪我於南康，諄致求觥於顏氏之意。予因賦此以寄顏衡齋，并書此一通，以呈者翁先生，當徧眎知交以博和作，庶爲忠孝清門，又增此一段佳話也。」

同里姚小城之墉，吾親家樸人長嗣也。生而醇静，未成童時，十三經、《史》、《漢》、《文選》，咸能成誦。壬辰癸巳間，高澄亭際盛太守兩置前茅，惜尚未游庠。今年未弱冠，芸窗益自砥礪，文賦外，學爲古今體詩，具徵家學淵源。著有《春暉樓吟草》。《謁林和靖墓》云：「幽懷契高士，芳蹤慕逋仙。策杖白雲際，訪古孤山巔。打頭竹瀟灑，黏屐草芊綿。墓門碑猶在，漠漠苔花鮮。先生真高曠，超然出塵緣。遐心託巢許，接迹千載前。我來禮空谷，薦菊汲寒泉。」《魚罾》云：「輕絲微線綴綢繆，雙手提綱任舉收。始信臨淵宜退結，還嗤緣木果空求。柔烟軟浪千鱗集，細雨斜風一櫂留。最是月明鷗舍冷，數聲漁榜響江頭。」《稻鐮》云：「八月剛逢銍刈時，霜鐮攜得趁朝曦。白虹閃閃腰間映，黃黍油油隴上垂。壓擔已教雲盡割，盈疇便覺穗無遺。農人共有豐年樂，載咏《豳風》介壽詩。」《水郵消夏》云：「繞郭荷花卅里香，水村小憩好迎涼。滿懷風月饒清趣，時聽漁歌度野塘。」「溪亭入夏倍清幽，柳岸風生酷暑收。檻外江天來爽氣，吟情遥落水邊樓。」

前録梅里汪一江之詩，嘗謂此人若得志，可以追步其鄉先輩竹翁，今讀近稿，詩益粹美，而境益窮困，不覺感慨係之。其《春陰四首》云：「迷濛一片鎖林巒，澹墨疑從畫裏看。禪榻茶烟生晝暝，酒旗風影入春寒。纖纖穉柳初移院，裊裊游絲正墮欄。多事天公惜芳訊，連朝留護乞花壇。」「朝霞颺出賣餳天，掩冉林邊又水邊。罥住花光渾欲雨，吹來柳色半成烟。忽晴忽暝收邨笛，如夢如塵上渡船。記得踏青回首望，晚寒猶壓酒樓偏。」「十里簾櫳懶上鉤，紅殘緑暗倦凝眸。二分雨意來花塢，一半春愁在畫樓。過午微兼香靄重，有時活共翠雲流。如何引得詩情動，却訝山光落杖頭。」「天將巧意弄昏黃，不在關情護海棠。十里烟籠平遠畫，幾家邨入黑甜鄉。明朝雨意看新緑，昨夜山游夢夕陽。多少餘花怨遲暮，待晴已過少年場。」其《秋陰四首》尤佳，愛不忍釋，云：「秋光黯澹入遥空，似與青山掩瘦容。殘霧未收平楚樹，冷烟欲鎖隔溪鐘。帶來疎雨兩三點，移過斜陽四五峰。小立不辭延眺久，幽情拚付一枝筇。」「濃抹難成淡不收，動隨空碧墮林丘。釀成風雨重陽暮，染出烟嵐半幅秋。幾處催歸收稻擔，有人閒立曝衣樓。依稀記得前宵夢，此景分明入臥游。」「觸物無端百感侵，亭皋迴望氣蕭森。尋花病蝶應愁出，抱葉寒蟬欲倦吟。但得有情留短影，不妨無迹著疎林。野行一路歸來晚，翠靄濛濛落滿襟。」「暮色荒寒斂夕曛，烟花迴首失春痕。緑陰猶訝舊時路，冷翠不知何處村。未夜溪山先作態，慳晴風月最銷魂。感余蕭瑟平生意，寫入秋懷與細論。」

宋時林瑀、王洙，同作直講。林謂王曰：「何相見之闊也？」王曰：「遭此霖雨。」瑀云：「今後轉更疎闊也。」王曰：「何故？」答云：「逢此短晷。」蓋「雨」「瑀」、「晷」「鬼」同聲，故互相謔，曰「短晷」，笑王之侏儒也。見孔平仲《談苑》。因憶昔年亡友蕭山徐北溟鯤善恢諧，予偕嚴厚民杰同在詁經精舍，爲芸臺夫子校書。一日厚民歸去，予亦將返里，北溟曰：「嚴魔已去，宋魔又將歸，精舍中人益少矣。」予不解其語，曰：「拆爲兩字，則知之。」蓋厚民與吾俱面麻，嗤二人爲麻鬼耳。同舍人無不議其輕薄，而卒不永年。今厚民與予年俱七十，北溟之亡，已四十年矣。紀此以爲輕薄者戒。

德清蔡直公閣學啓傳應禮部試，有鄉親爲宿遷令，路過求見。門者以帖進，批其上云：「查名回報。」門者出問姓名，復以帖進，告曰：「是老爺鄉親。」某又批云：「吾清廉官，未能照顧鄉親，現有事，無暇不及見。」次年蔡狀元及第，書扇寄之云：「去年風雪上長安，舉世誰憐范叔寒。寄語清廉賢令尹，查名須向榜頭看。」令大慚悔。

梅里沈遠香，前編已兩採其詩，其《青珊盦初集》、《六峰攬秀閣初稿》，集隘不能備登，僅録其佳句十餘聯。今讀《讓庵偶存稿》，詣益遒上。昔人謂詩人少達而多窮，今遠香遭家難，處境迴不如前，而當益昌其詩也。《九日潤川叔招同孜山登高醉歌寄一江永叔》云：「清霜已降山氣寒，欲落未落楓葉丹。夕陽寫景入圖畫，石徑犖确行媻姍。秋林步步踏陳跡，探幽忽憶同懷客。山中叢桂落如霰，招隱不來歲方晏。登高脱帽邀題詩，尊前莫笑濟叔癡。君不見，讀書顧逋翁，洗藥孜道士。石臺雲閟秋井塌，等一浮名世間耳。千秋萬歲不如一杯酒，醉插茱萸笑開口。」《東亭遺照》云：「幾間蘿屋斜臨水，一角秋嵐澹接天。眼底分明夢苕霅，荒寒何處看詩仙。」

平湖黄茂才金臺，號鶴樓。學極淹博，長於駢體文。著有《木雞書屋集》，已二刻矣。頃以咏史絶句百首眎予，格老氣清，不失前人榘矱。集隘，録其十篇。《漢文帝》云：「恭儉臨朝慎始終，成康盛治古今同。露臺猶惜中人産，争把銅山賜鄧通。」《高貴鄉公》云：「親坐鑾輿震鼓鼙，君王雖死氣如霓。愧他孫亮非英主，苦解黄袍到會稽。」《王戎》云：「竊得虚名列七賢，持籌親自算田園。不知貽誤蒼生者，夷甫何嘗口説錢。」《周顗》云：「石頭寇逼夜傳烽，爲救良朋密上封。此腹可容卿輩百，轉憐卿輩不相容。」《彭城王勰》云：「東阿才調東平德，似此賢藩竟被讒。天遣佛貍家運敗，故教大樹忽夷芟。」《上官婉兒》云：「驪山花落酒初醺，次第詞章甲乙分。枉負生時神畀秤，不衡器識只衡文。」《節愍太子》云：「斬關討逆是奇功，忍把頭顱祭狄童。較到戾園情更慘，茂陵至竟憾江充。」《晉高祖》云：「送盡燕雲十六州，兒皇稱號不爲羞。最憐孫子横磨劍，换得榮封負義侯。」《徐有貞》云：「復辟倉皇黑夜中，于公寃與岳公同。西湖祠畔烏飛處，鐵像終須鑄武功。」

海昌查茂才冬榮，字子珍，號辛香。詩筆奇横，可與楊子堅匹，懷才不遇，放浪湖海，境亦相同。著《炊經酌史閣詩鈔》。《懊惱》云：「懊惱終朝祗自吟，百花期近釀春陰。江山洵美詩才拙，風月雖佳俗累侵。寂寞徒成貧士賦，蹉跎易負少年心。邇來嬾署無題句，偶觸閒情感不禁。」《野望》云：「勞勞行役倦，襆被尚西東。芳草沿堤緑，桃花蘸水紅。舟孤惟載月，帆破尚招風。屈指離家遠，郵程句未工。」《八月十二夜自金陵買櫂邗江舟中望月》云：「昨夜魚龍肯見招，扁舟去逐廣陵潮。長亭十里又十里，明月一宵圓一宵。吟卷詩多誇勝跡，秋江山好滯歸橈。縱横萬里頻看劍，破浪乘風意氣超。」《長相思》二首云：「長相思，箇人消息有誰知。夢冷秋衾眠不穩，關山路遠會何時。」「長相思，歸期頻卜屢遲遲。風塵雙劍徒飄泊，欲寄離懷無好詞。」《寓齋賞菊》云：「買得山塘菊數枝，安排酒榼賞幽姿。捲簾相對渾無語，涼煞秋風瘦煞詩。」「霜寒蝶倦九秋天，紙閣清吟月有烟。不分紅塵時插脚，就荒三徑自年年。」

海昌朱菊卿女史淑儀，查琴舫秀才之配，節婦也。琴舫爲辛香之弟，節婦姊蓮卿歸辛香，亦能詩。節婦守節撫孤，備嘗艱苦。著有《分繡聯吟集》。子人舟早歲能詩文。《寒山尋千尺雪和蓮卿姊韵》云：「爲聽鐘聲扶病遊，捨舟登陸入林幽。山桃春去殘紅瘦，水竹陰濃嫩緑浮。巖屋朝開雲噴雨，寒濤夜落雪驚秋。相邀女伴來松下，漱石何妨更枕流。」《遊法螺庵題壁》云：「梵唄鐘魚閒裏聽，寺藏修竹户常扃。枕中琴筑知泉水，檻外峰巒似畫屏。溪柳絲長應蘸水，枳花春盡尚飛庭。世間覺路誰先到，貝葉繙餘詩思靈。」

蓮卿名淑均，姊妹工詩，世所希有，而又同歸於一家，惜菊卿不如蓮卿之福也。録其《泛舟遊花山遇雨不果次辛香韵》云：「似畫雲嵐罨石塘，一聲欸乃共登航。蘸烟遠樹如含墨，掠岸飛花時送香。紫燕泥銜銜暮雨，白蘋風急捲斜陽。勝游畢竟慳閨福，擬訂魚經住水鄉。」《游法螺庵題壁同菊卿作》云：「徑曲林深路百彎，爲耽清景叩禪關。藥房僧與花争住，竹閣雲偕佛共閒。山髻畫濃浮翠黛，水琴夕奏響潺潺。聽經坐久松陰轉，却怪輿丁催我還。」

桐鄉沈茂才鈞，字叔陶，號鐵山。居青墩之南湖口，與宋陳簡齋讀書閣鄰近，即所謂芙蓉浦也。幼擅書名，清雄矯拔，出入歐、柳間。壯歲饑驅，依人幕下。戊寅秋抱疴歸，不數日卒於家，年僅三十有二。其家人搜檢行篋，得詩詞若干首，蓋所作之什一也。著有《陀羅那室遺稿》。《惜春》云：「幾費天公點絳霞，殘紅無主又天涯。細思不是春多事，底事人間有落花。」「半枕懷人夢正甜，落英和雨撲晶簾。如何三尺桃花浪，也似濃愁一夜添。」《烟》云：「蓬蓬生意徧芳洲，非霧非雲入望收。遠近燒痕迷舊夢，淡濃花氣黯春愁。篆因煮茗垂雲脚，簾爲留香下玉鉤。最是斜陽憑眺裏，朦朧深柳鎖紅樓。」《遊大石山》云：「徑折竹斜上，山深人到稀。一潭清澈底，時有白龍飛。野鳥啼花塢，斜陽照客衣。禪關入幽處，小坐澹忘歸。」《中秋同仲雅作調寄拜星月》云：「四壁都秋涼，雲如水，真箇蓬壺璚院。一炷天香，料理珊瑚案。再休管照著年年。離别幾許，浪跡天涯腸斷。且把瓜壺，嘗團欒佳宴。憶迷離鬢影，紅闌畔，倚香肩，故被嫦娥羨。奈瘦骨不勝寒，强把羅衫换。悵經年，比似晨星散。銷魂曲，怕度聲聲慢。早難道，玉宇淒清，又今宵月半。」

桐鄉魏寄雲際恩，少與弟小窗易相友愛，長皆習幕。父玉峰山人，持躬正直。小窗卒後，山人哀悼成疾，臨終云：「吾一生正直，願子孫能守家法，縱貧窶，死且瞑目。」寄雲遵遺命，故其教嗣子善卿名正宜者，亦有乃祖風。吾友沈曉滄明府官江南，愛寄雲之正直，延至幕中，事事皆出其經理。適善卿没，因歸溪上，閒居鬱鬱，惟以吟咏自娱。今於友人處，録其《漫興》一首云：「信步不扶藜，雲深路欲迷。愛兹塵事少，吟過夕陽西。剩果歸禽啄，餘花倦蝶棲。偶然逢老衲，茶話到前溪。」

震澤韓頌伯森寶，爲魏王二十七世孫。頃陸蕢鄉以其《辛夷花館小稿》寄眎，皆十五六歲時所作，詩詞都佳，雜文亦有法度。録筆記一篇，可作摘句圖觀也。《春日》云：「桃花池館燕，楊柳水窗鶯。」《聽蛩》云：「和我新詩燈一點，破人好夢月三更。」《過睡龍庵》云：「客心閒似白鷗鳥，僧意濃於紅藥花。」《古墓》云：「行人白日不嘗到，怪鳥深林時自啼。」《夜步》云：「岸邊月影隨人去，籬下蟲聲似雨來。」《咏秋白桃花》云：「銷除綺習身將隱，懺悔春情骨已仙。」《小園》云：「鶴背露零琴磴濕，竹枝風弄畫欄喧。」《寄友》云：「放鴨村莊宜載酒，落花天氣怕凭闌。」《咏藕》云：「此中空洞原無物，生小纏綿最有情。」

蕢鄉篤嗜風雅，琴書詩畫之外，無他好，尤喜作圖，徵友朋題詠，卷册纍纍盈篋笥。其《鋤經圖》已叠成五册，題者徧海内。端木鶴田舍人詩云：「不爲明經仕，歸耕樂有餘。古人相亞旅，吾道未丘墟。鴝眼難穿硯，豚蹄易滿車。無機漢陰叟，可與比鄰居。」湯雨生都督詩云：「金光瑶草呼龍耕，神仙不讀耒耜經。藥苗蔬甲春烟碧，老圃功成費筋力。何如經訓作菑畬，書田矻矻窮三餘。千倉萬箱此中獲，不比羸牛耕白石。一編在手鋤在肩，奈何辛苦無豐年。披圖一笑疑君顛，不如種酒淵明田，抛書醉倒黄花前。」僕亦題三絶句云：「一椽茅屋隱君廬，門外大田門裏書。飽讀陳編飽喫飯，果然經訓足菑畬。」「不須詞客賦華屋，學古無難色養難。但得娱親常捷户，編排新語勝倪寬。」「小山堂畔鋤經閣，少歲攻經不下樓。今日無田歸未得，夢醒迴憶迴生愁。指塘西舊居。」蕢鄉因傳觀借讀，曾經遺佚，乃編次所得詩文爲六卷，署曰「鋤經集存」，將以授梓。其他《駕水回帆》、《幽篁琴趣》、《五嶼釣魚師》、《傳畫樓讀畫》、《鬱林山館》第一、第二、第三等圖，别爲《翰墨新編》如干卷，視讀畫齋所刻，殆又過之矣。

德清車明經朝桂，字馥林，又號馥園。戊辰、己巳間，與予同館于里中仁壽橋勞氏，朝夕相聚，因深悉其爲人以謙恭持己，以忠厚待人，涵養深沉，絶無暴戾之色。詩多見道之語，和平中正，如其爲人。頃其文孫彪江知乃祖與予厚，欲表揚之，寄詩數十篇，屬爲採入。滮江名玉墀，聲噪於庠，知善人之有後也。《張貞女》云：「天地有正氣，不以巾幗别。矯矯女懷清，矢志立奇節。井中絶波瀾，一片寒冰雪。由來大義明，翻若過激烈。假使稍游移，萬事都瓦裂。素車急奔喪，死則甘同穴。古來忠孝魂，祇此一腔血。采風記彤管，千古不磨滅。」《兒輩因舊居逼窄欲買鄰屋一所恐其力小謀大將不勝任也作此止之》：「莫厭先廬祇立錐，此中容膝久相宜。門楣何必謀高大，割肉醫瘡我不爲。」「太祝廳堂原是卑，貽謀節儉後來師。主人三易寧無慮，樂此區區是祖遺。」《冷泉亭》云：「雲生户牖樹爲屏，流響淙淙不暫停。好把塵心一洗滌，可能長坐冷泉亭。」「從來心静境亦静，水色山光都足領。若使煩襟未掃除，恐是温泉不是冷。」《兒輩買屋之事勉力成就作此警之》云：「世事興衰祇一瞥，倏忽變遷我親閲。但願兒曹好爲之，毋使後人笑汝拙。」「我家新遷自歡悦，那知彼處眼流血。此中憂樂不同情，體恤還須多曲折。」

大兒學垕字貞甫，質穎敏。丁亥秋，適館馬氏，諸同學持酒餞别，予席上出對云：「無官無食館爲家」，諸生停盃費思，兒即云：「有力有田男可養」，時年甫十一耳，老友張荔園教授大加歎賞。辛卯之冬，抱病夭殤。其大略詳予所作《貞甫小傳》中。遺詩二卷，曰《棲桐草》，貧不能付梓，今先以數篇置之此卷之末，録畢不禁淚零如雨。《重陽日侍家大人與諸同好游南湖歸飲在山草堂食蟹和吴質谷姊婿韵》云：「重陽食罷幾花糕，爲買扁舟杖不操。健我老親今適館，歡攜小友共登高。烟迷湖影多佳色，菱愛時鮮倍興豪。最是有情留客飲，左持菊酒右持螯。」《還家》云：「久旅生歸興，扁舟一葉輕。夕陽斜照處，紅樹半分明。」「村盡復有村，源窮又有源。程途剛五十，望不到柴門。」《題秋林聽雁圖》云：「涼雨一天人下樓，深林已識是新秋。山光悦鳥有同性，鳴雁幾聲在裏頭。」《儆貪吏四首》云：「宦囊積蓄已多年，一炬焚之散似烟。豈是祝融回禄相，禍盈天道自昭然。」「貲裝滿載足平生，不喜船頭有鶴迎。多少民脂付河伯，何須辛苦費經營。」「一朝盡以委東陵，説向旁人恨不勝。多得錢來胠篋去，民間那有好官稱。」「身前不報子孫償，空詡有田又有莊。泉下早知多敗類，西風葛帔亦何妨。」《書沈節愍公傳後》云：「如公有幾人，官楚任艱辛。氣蓋平時養，忠能晚節伸。城孤不畏賊，力竭始捐身。故主遺褒恤，今朝録藎臣。」「何官不可見，慨然抵荆門。弗能屈者志，豈畏喪其元。身竟一朝殉，心原千古存。至今讀遺傳，浩氣滿乾坤。」《哭四姊》云：「終歲辭家久别離，一朝長别更淒其。膝前兒女如孤雁，姊在九原知未知。」《陸烈婦》云：「吁嗟乎，陸烈婦。少小嫺禮節，在家事嫡母。于歸陸氏子，侍姑奉箕箒。結褵一載餘，忽焉喪其偶。尚冀腹中兒，他日嗣夫後。惟是鞠育勤，茹秋念春韭。死者長已矣，存者幸新有。天胡降凶兮，生男不畀壽。所望既已絶，一死志不負。旌可受，名不朽。吁嗟乎，陸烈婦。」《西施菊》云：「采蓮歌罷艷蒼岑，晚節猶留一片心。傲骨早隨高士隱，落英合被美人簪。明湖波冷粧應澹，響屧廊空秋已深。誰把女華標雪彩，蘇臺遺種到而今。唐張賁詩：「雪彩冰姿號女華，寄身多是他仙家。」」《羅漢松》云：「露洗塵心冷不枯，禪枝豈仗貫休摹。蒼髯自合稱尊者，翠蓋寧甘蔭大夫。種傍蓮臺空色相，香參柏子異根株。天台山上曾相見，猶許豐干饒舌無。」《題沈訪仙懷荆圖》云：「遺種有時榮，賈者豈復生。君心善培護，家法足儀型。尊人雲嵐司馬，亦經世父撫育。喬木陰如舊，孤燈夢不成。鬱葱殊轉瞬，雛鳳聽新聲。」《題沈氏西溪別墅》云：「十弓卜築傍溪灣，種竹栽花一味閒。仍有遥岑堪挹翠，午眠移榻對青山。舊居有遥岑挹翠樓，去新居僅隔數武。」「終歲清閒心太平，世間榮利不須爭。課孫較勝含飴樂，膝下鳳毛四座驚。」「庭前補植數枝梅，半是雪香移種來。君家雪香書舍，向有梅數十本。定有群仙此高會，訪仙原擅謫仙才。」「拓室先將善本藏，安排茗椀與鑪香。門前瞥見捕魚碣，積善家聲世澤長。」《喜雨歌頌王邑侯次沈丈原韵》云：「七八月間旱，潤澤無其時。農夫欲雨不見雨，手胼足胝車水疲。汪汪欲泣盡是眼中血，安得甘霖大霈崇朝施。一解」「土膏焦灼，久無滋潤。旱魃爲虐，民受厥困。夜來望月月倍明，明朝又歎是秋晴。其雨其雨，何時歡喜見西成。二解」「邑有賢侯，克盡心力。爲民請命，蒼蒼可格。靡神不舉，豈遑朝食。天其好生，毋使日赤。三解」「侯行道路，未嘗用蓋。輸誠禱祈，祝禾稼不害。民情皇皇，侯能慰之。塘車欲踏不忍踏，過初四後一任爾施爲。桐俗：踏塘車後民不完租，故公禁之。四解」「宰誠愛民，民未孔疚。誦侯之德，無有老幼。十日不雨，已分禾麥枯。一夕霖雨何天衢，暑氛已解田盡蘇，孰不踴躍而歡呼。五解」

耐冷續譚卷五

仁和宋咸熙小茗撰
吴江張　澹春水定

上海庠生王二如，名壽康。幼即篤學，性醇謹。稟其尊人輯庭先生家範，樂善好施，長益自奮，從吴中石琢堂殿撰游，詩文皆有矩度。尤工書，凡晉、唐迄宋、元名跡，莫不心摹手追。近復神似劉石庵相國，徧購遺墨而勒之石，爲《曙海樓帖》四卷，相國精藴萃焉。平生不沾沾于吟咏，而偶然興會所觸，風格清遒，雅近中唐。編所爲詩，名《自鳴稿》。老友張君春水擕以示余，集中如《毘陵道中》云：「迷茫千里舊名湖，可有飛鴻傍荻蘆。我較季鷹心事異，肯將秋興託蒓鱸。」《錫山即景》云：「颯爽引風輕，蒲帆破曉行。江村烟漸密，漁舍火猶明。欹枕聞鄉語，推窗數客程。近關人影雜，旅夢接吴城。」《乙酉寒食舟中》云：「去去雲間路，江頭客放船。櫓摇青嶂外，人坐白鷗前。清話聯三友，謂露耘、子京。春光又一年。正當寒食節，柳岸拂新烟。」《吴儂》云：「漫道吴儂骨相輕，秋波遠送暮雲横。蘆花一片深藏處，飛出鄰牆百囀鶯。」《陸家濱即景》云：「鼓棹返江城，風聲挾水聲。浪翻千騎疾，客坐一帆輕。小市漁燈閃，斜陽牧笛横。篷窗成獨賞，聊爾酌春醒。」《秋感》云：「纔聞楚瑟又秦箏，巷唤烏衣舊擅名。此日鯉魚風正起，不關情處最關情。」《梅生訪雪圖》云：「孤山深處玉烟遮，鶴夢初還笛韵斜。行到月明風定後，不知是雪是梅花。」《鄒罣山桐陰薄醉圖》云：「世味一何淡，陶然淳古心。秋聲清碉答，幽趣緑樽尋。識得醉翁意，常披狂士襟。高岡天籟起，三叠和高吟。」《玉孫内兄小影》云：「雲影山光漾碧池，輞川一幅畫中詩。此君高致從何領，正在風清月白時。」「琤琮飛瀑夏生寒，坐對青山理釣竿。萬个篔簹聞鶴語，堂前日日報平安。」諸作尤爲可誦。編中美不勝收，緣集隘，摘録止此。春水又言其行誼雅近古人，上海節孝向無專祠，二如承輯庭先生志，獨力創建，勇于爲善之風，可想見矣。

寶山庠生鍾澤，字霖溥，安硯上海王氏。春水誦其《哭兄春畬》詩云：「自護微軀返故園，免教千里賦招魂。不將羸瘠埋蠻域，證得全歸報母恩。」其二「莫悵年華短與修，趨庭地下復何愁。老親若問諸昆弟，禀道群兒盡白頭。」其三「從來鴻案號相莊，此後無煩念孟光。弟有一言兄記取，不援嫂溺是豺狼。」其六「早識平生命坎軻，不應到處戀吟窩。可憐半世爲兄弟，聚日常稀别日多。」其七「名區山水任登臨，浪跡天涯不自禁。博得一聲非客死，到頭無負首丘心。」其九情真語摯，悱惻動人。聞其性情徑直，不屑阿好，《五十自壽》有句云：「性縱能剛難免欲，言多好直不離愚。」真自道其實也。春畬名曾齡，少即游幕，所主皆名公卿。徧歷名山大川，一時名流，咸樂與交。著《紅藥山房詩》五卷，已刊，兹不具録。

又有蔣劍人者，名爾鍔，亦寶山縣人。有《滬城春感》詩云：「王孫草緑怨芳洲，如此家山不可留。殘壘鶯花憎客病，連江風雨暗春愁。能支緑鬢新詩本，難忘紅簫舊酒樓。總爲出門成一笑，青天如笠暮雲浮。」《華鬟》云：「征衫惻惻悄風吹，倚瘦江干笛一枝。小雨緑成芳草岸，半春閒過杏花時。已經酒冷香殘恨，况有鸞飄鳳泊思。往日低佪問華鬢，年來腸斷阿灰詩。」清脆如哀梨并翦，風致自佳。

張鶴，字聲聞，號冷蟾道人。吴興隱君子也，專心性命之學，行持不倦。一日見月有悟，了澈塵緣，作詩云：「蕭然獨坐類枯僧，誰使平生百不能。海角天涯都是夢，人情物理恍如燈。蒲團寂寂千山月，斗室清清一念冰。自醉自癡還自醒，此身此外復何憑。」其外孫許南臺，述其臨化，異香滿室，如尸解然。平生工畫山水、墨梅，一往有逸氣。隱金蓋山最久，仙骨珊珊，似陶貞白一流人。

二如長君叔彝，名慶勳。年纔弱冠，素承家學，留心風雅。讀書作文外，肆力於詩，不數年，裒然成帙，介春水質證于余。披閱一過，佳篇秀句，絡繹而來，真能獨寫襟靈，不媿後來之英。聞其性情温厚，絶無紈綺少年習氣，所養之深，人所難及。春水述其篤志嫺學，造詣與年俱進，此編特其嚆矢，誠非虚譽。編中如《冬夜讀書》云：「西風颯颯夜漫漫，數卷陳編仔細看。梅晃虚窗憐影瘦，雪飛滿院耐衣寒。雄心易觸雞聲動，倦眼頻揩蝶夢闌。擁被挑燈耽玩索，却忘點滴漏將殘。」《寒食後一日江上小步》云：「新烟四起正清明，柳線垂垂緑滿城。春色一帘名士酒，風光三月麗人行。花歸流水香猶膩，雲漏斜陽雨乍晴。獨步江干無别事，攜柑聊爾聽鶯聲。」《新秋偶詠》云：「何處涼先到，蕭森百尺桐。夢回雞唱裏，秋在雁聲中。遠水摇霜白，斜陽隔寺紅。一庭延爽氣，獨立聽西風。」《梅影》云：「一窗疎影寫停勻，冷淡冰姿迴出塵。疑有疑無摹不凖，忽濃忽淡辨難真。枝横月下人誰折，跡繪燈前我獨親。羨煞黄昏香暗動，翩翩瑶鶴替傳神。」《楊柳》云：「濃陰踠地夕陽天，春嫩春深鎖翠烟。碧玉盈盈窺月夜，青袍楚楚染衣年。細腰送客難爲别，媚眼留人劇可憐。一角樓臺鶯語脆，新詞争唱柳屯田。」

《辛卯除夕》云：「今夕是何夕，兒童喜欲顛。春從明日轉，臈自此宵遷。詩少何煩祭，癡多不賣錢。聲聲聽爆竹，催夢入新年。」《茸城懷古和楊小瀛韵》云：「依然一片射圍場，霸業消沉古帝王。可歎烟花終誤國，獨餘松柏不彫霜。衣冠孔宅青苔鎖，風雨華亭白石涼。畢竟蓴鱸風味好，半江楓樹繫斜陽。」「無端黄耳亦留名，青草迷離繞塚生。天末遥峰排一一，雲中老鶴唳聲聲。顧娘繡譜翻新樣，晉代浮屠得古情。不盡登臨忘日暮，白龍潭上月偏明。」《雨夜泊舟》云：「柔櫓劃江烟，宵深客未眠。犬聲知近市，人語爲停船。雨點響篷背，江流撼枕邊。吾行殊未已，更與問前川。」《秋夜月色皎甚吟興斐然以明月照高樓爲起句》云：「明月照高樓，誰家一笛秋。懷人紅蓼岸，覓句白蘋洲，水色渾難辨，簾波不定流。徘徊忘夜永，疑在鏡中遊。」《晚晴》云：「陡覺夕陽明，巡簷雀噪聲。不緣愁久雨，誰復快新晴。隔浦雲猶澀，遥天靄欲横。晚霞沉北郭，野趣信多情。」《初冬江上晚眺》云：「晚眺滄江上，秋心托嘯歌。天寒漁火少，風急雁聲多。野曠林蒸霧，潮平岸嚙波。重霄如釀雪，暝色入烟蘿。」《吴淞晚歸》云：「舟横古渡雁横汀，秋色清華入畫屏。雲影捧來千里月，櫓聲摇碎一江星。蘆花蕭瑟灘飛白，漁火微茫岸閃青。無數去帆看幅幅，暮潮已到緑楊亭。」《木棉歎》云：「江南産木棉，種者什之五。藉以裕民生，大半此爲主。計自癸未來，每歲遭多雨。雖不書豐年，初非無小補。今歲入秋時，結子綻無數。屬望到西成，自然恣意取。士商工與農，莫不欣且舞。誰知浹旬中，淋漓水平滸。雪白吉貝花，坐視同草腐。一分不得收，更比昔年苦。昔年猶可支，今歲將何拄。杼柚既已空，尚須供天庾。縱或緩催科，敢望人三餔。嗟哉我鄉民，瞻仰靡依怙。」《孩兒曲》云：「孩兒孩兒何太苦，獨往獨來黄歇浦。東南西北鳴嗷嗷，四顧無人能振撫。日行足且僵，夜宿身難藏。衣兹百結衣，曷以禦風霜。豈無好善客，見之將錢擲。安能長不飢，聊救一時迫。度日如度年，難保此身全。一旦委溝壑，往往累百千。念彼皆赤子，何爲竟如此。父母豈不知，何怙又何恃。君不見，世間佳子弟，朋友相招酌醪醴。又不見，閨中小兒女，婢僕相將作粔籹。盈虚苦樂何太偏，吾將搔首問之天。」《吴淞舟次》云：「卅里吴淞道，人家杳靄中。帆隨風力峭，春得日光融。天地胸襟豁，烟波眼界空。一行飛白鷺，衝破夕陽紅。」《元宵再同彝齋遊白鶴寺》云：「攜得良朋引步遲，相將重叩白雲墀。上方燈火元宵節，大地光明霽月時。色相皆空塵不染，樓臺入夜境偏奇。天工助我清新景，且索枯腸共賦詩。」《寒食》云：「驚心寒食又今朝，到處游人策馬驕。楊柳烟濃禁不住，一溪春色過紅橋。」《槎溪曉發》云：「麥浪碧無際，菜花黄入城。孤村三月暮，春色老鶯聲。」《題雲翔寺壁三首》云：「一徑行來遠，回環竹繞扃。窗開天更碧，草入雨中青。弄影雲千狀，迎人花一庭。當門樹何老，挺秀獨亭亭。」「不道喧囂地，偏宜静者棲。妙香聞硯北，疏磬落橋西。月愛鄰牆出，烟將去路迷。無嫌嚴酒政，不敢醉如泥。」「上方人跡少，終日聽金經。蟬噪初疑雨，螢光欲亂星。一燈僧補衲，小住客忘形。幽境憑誰寫，風光似畫屏。」《歸舟》云：「陰晴天氣熟梅風，雲雨連江壓短篷。豈是吴淞詩料少，吟成新句怕雷同。」《漫興》云：「纖眉未解入時宜，衹合風流目賞之。不得意時惟飲酒，最關情處是吟詩。襟懷每自前人許，腑肺原須好友知。絡緯聲聲秋又到，安排桐葉寫新詞。」《題歸佩珊夫人遺稿》云：「掃空粉黛格清新，觸處毫端露性真。難得佳人能享壽，相隨名士不妨貧。一編倘許分牙慧，十載偏遲識面因。願乞天孫機上巧，七襄雲錦自超塵。」《有感》云：「人情識破太虛寬，同器薰蕕膽亦寒。前日熱腸徒自苦，此時冷眼怕回看。憂危始覺知心少，閱歷方驚入世難。朽木敗柑供一笑，亡羊市路更漫漫。」「如豆孤燈晦復明，憂思輾側又三更。無才偏欲誇經濟，不義誰能測性情。枉抱婆心酬醜態，未乾口血負前盟。效忠輸與牆陰犬，搖尾猶能把主迎。」《漁父》云：「借得淇泉竹，何如學釣鼇。此中無俗慮，世上有風濤。春雨花源漲，秋江夜月高。翻嫌灘七里，未把姓名逃。」《同甘彝齋肩輿之槎溪得詩四首》云：「縱目郊原外，槎溪路亦賒。田疇千萬頃，村落兩三家。碧浪垂楊柳，黄雲夾稻花。前途是何處，風漾酒帘斜。」「偶然偕適野，客興戀江隈。流水紅橋曲，疏籬白板開。霜傳楓葉信，風遞桂香來。沿路皆秋色，吟情得得催。」「青天如一笠，雲影掃長空。鳥入濃陰緑，霞蒸落日紅。炊烟生舍北，古寺露林東。兩岸秋聲起，蘆花戰晚風。」「地僻行人少，人家半力耕。遥聞耞板響，還雜桔槔鳴。牛背童吹笛，羊腸客問程。此間真趣足，隨意踏歌行。」《出胥門望靈巖諸山》云：「出郭晴光好，遥峰列畫屏。鏡涵吟鬢緑，黛潑佛頭青。萬笏迎新雨，扁舟露遠汀。江干楊柳碧，環繞短長亭。」《九日登虎丘同薇洲弟作》云：「昨宵風雨滿池塘，難得今朝放日光。來向名山同一醉，況逢佳節是重陽。登高有伴苔延碧，送酒無人菊自黄。吟賞不知游履倦，儘收詩料入奚囊。」《獅子林》云：「久企獅林名，畫意未一領。今朝游始果，頓覺塵俗屏。爲地僅無多，中具無盡景。當路阻一峰，能使動中静。孰知轉愈深，豁然開異境。碧水界飛流，紅橋横隔嶺。客從山腹來，雲向山腰等。一步一回頭，衣浸緑天影。」《歸舟》云：「一葉扁舟漫溯洄，孤帆飛過大江隈。村於遠樹陰中露，人向斜陽缺處來。揭起篷窗看野色，偶逢村店買香醪。水程早已前番熟，看盡吳山鼓棹回。」《問菊》云：「歲歲逢秋發，何人識此心。無言終日淡，隨處用情深。高意留空谷，孤情續好音。憑他春富貴，傲骨獨寒吟。」《雁》云：「數聲寒雁响，天地一齊秋。蘆荻藏身穩，烟雲撥櫓柔。陣橫彭蠡月，書載洞庭舟。粱稻南來足，嗷鳴不用愁。」《題黃平泉先生詩稿》云：「冀北江南復蜀川，輪蹄未息又乘船。青衫故我詩千卷，白髮還家客廿年。傲骨生成甘凍餒，奇山無數迓詩仙。瓣香那不南豐拜，遥指倉山是嫡傳。」《生日自嘲》云：「蹉跎歲月學難成，怕説今朝是我生。馬齒空增仍短褐，鵬程無計請長纓。面牆學問徒辛苦，心地光明出性情。戒飲經旬渾不出，中宵起舞爲雞聲。時足疾，不飲。」《足恙稍瘳》云：「支撐差可撇長笻，聊藉蹣跚豁此胸。黃菊未殘秋已去，寒山飛出數聲鐘。」《讀楊小瀛白下詩》云：「回首春明十丈塵，雲山無數屬詩人。泖峰遊迹如倪瓚，京國留名繼子真。桃葉不知金粉艷，杏花暫屈玉堂春。秦淮夜夜歌樓月，寫盡相思筆有神。」「白蘋洲接荻蘆洲，丁字簾前溯舊游。知己最難閨閣得，君詩爲某公所賞，以姪女妻之。吟情終古大江流。漫言功業追無忌，未許風情念莫愁。別作一番詩世界，袁絲難必定無儔。袁簡齋有「詩世界」。」《旅夜聽雨》云：「幾日晴天少，雲光掩月華。雨聲沉客夢，鄉信卜燈花。寺遠疎鐘隱，身欹半榻斜。旅懷無所感，到處便爲家。」《買書》云：「非我書成癖，無書氣不雄。抗懷千載上，定價一編中。勝獲秦庭璧，翻輕鄧氏銅。琅嬛真福地，坐擁此時同。」《冬夜》云：「入夜寒偏甚，終宵氣益嚴。庭空憑月佔，窗破怯風尖。百斛宜紅友，重衾戀黑甜。可憐無大厦，盡庇到窮閻。」《連日戒吟無聊之至輒復口占》云：「窮年惟作詩，尚苦詩境少。此日戒作詩，奈此詩魔擾。此癖有誰醫，此債不能了。消息洩春風，窗外梅花繞。」《游雨花寺》云：「古寺無人處，閒僧誦佛經。鳥歸雙塔白，窗補數峰青。野曠雲低樹，春深草滿庭。石橋枯岸畔，水涸不成汀。」《觀劇感懷》云：「吹來簫管艷陽天，自把歡愁委曲傳。優孟得時人亦敬，英雄失路世誰憐。有情易誤當場客，作事都成往日緣。富貴功名皆色相，空空妙手欲參禪。」《秋感》云：「秋風未到客先愁，敢說班生筆竟投。傲骨漫誇同瘦鶴，雄心底事化閒鷗。多情花木園三徑，無恙雲烟擁一樓。鬢影鏡中依舊緑，顯揚何日願方酬。」「乾坤自古有窮途，多少英雄困狗屠。畢竟知人無鮑叔，漫云致富學陶朱。倘來榮貴成孤注，收斂才華媿壯夫。自顧何人何所志，難忘詩債在江湖。」《伶人》云：「梨園子弟太無因，傀儡牽絲寄此身。入世易分榮辱境，修容忽變古今人。鬚眉拚向場中老，面目除非夢裏真。撲朔雌雄渾不辨，舞裙歌扇幾番新。」《黄渡舟次别甘彝齋》云：「途判人南北，情量水淺深。一樽消别緒，兩地繫歸心。白髮門閭望，青衫風雨吟。吴淞今夜月，飛夢好相尋。」《乙未初夏過簳山草堂訪何書田先生其偉》云：「桑柘陰陰接嶼洲，一堤曲曲護書樓。江連白鶴傳清響，門對青山愜卧游。皮陸高風應拔俗，岐黄妙術可醫愁。駐顔願乞金丹訣，底事霜華也白頭。」《題計壽喬廣文梅花城梅花詩集》云：「一枝花管化寒烟，官與斯花冷共傳。東閣吟殘忘作宧，南枝腕底倍增妍。留春盡入青氈裏，尋夢還來白鶴邊。不是幾生修得到，如何香雪屬詩仙。」《訪張春水丈於蕊珠宫六疊來字韵》云：「爲尋高隱踏花來，一徑花光埽不開。到處依劉常作客，逢人説項最憐才。傲霜黄菊聯知己，濟世青囊積善媒。病草枯藤經妙手，滿園春信底須催。」《讀薇園題壁詩八疊來字韵》云：「不辭路遠策笻來，讀盡奇篇眼界開。消受溪山千古福，平分風月一囊才。名園得主原非偶，佳節逢花便是媒。面上俗塵渾撲去，吟情恍有雨聲催。」《夜泊新閘》云：「黄昏潮未到，無客不停舟。雲净饒清氣，江深界獨流。關津傳柝早，燈火亂帆收。鐵索難飛渡，危梁據上游。」《冬日舟中》云：「秋色真堪畫，秋晴此放船。江村紅徧樹，霜瓦白生烟。」《浦右即事》云：「萬頃波光接遠天，憑高一望意茫然。濤頭湧到青空外，帆影争趨碧落邊。曠野樹多留宿雨，隔江雲起聚炊烟。坐來片石堪容膝，水底山根不計年。」《明陸文裕公深墓》云：「一曲溪流繞墓門，先朝文獻至今存。封章不忝言官職，華表空歸祭酒魂。不獨有文傳令子，還欣繼述得賢孫。忠臣事業欽高第，遥接先生一線源。」《郊外即目》云：「十里城南路，楓林入筍輿。攢雲檣繞岸，卓影塔凌虚。木落孤村出，雲深老衲居。冬熙如挾纊，處處樂樵漁。」

春水業師陳桂坡先生尊源，具幹濟才，有烈士操。丱年即交徧耆宿，出語驚俗。少孤，稟母氏鈕大夫人教，才名藉甚，下筆不休。中年游幕青村、梁溪，諸當道咸引以爲重，多所贊畫，然清介自守，雖處脂膏，不改虀鹽風味也。晚年主松陵學舍，揚風扢雅，後進之士賴甄陶焉。年八十餘卒。遺稿數十卷，頗多雄傑之句。《春申浦》云：「昔渡清淮北，神河幾曲黄。今來滄海上，又見濁流長。滚滚排沙岸，濛濛混夕陽。春申疏鑿後，一脈接重洋。」《聞蛩》云：「城市宛山林，蒼涼罨碧陰。三更清露滴，四野亂蛩吟。似訴勞人苦，頻驚懶婦心。遥知故園夜，娟子感秋深。」《東郭野眺》云：「拂面蕭騷蘆荻秋，清濠汩汩抱城流。也知滄海堪垂釣，祇恐金鰲笑直鉤。」「堞影參差露粉痕，蒼涼古廟傍城根。閒隨野叟穿林曲，處處紅棉花正繁。」《惠山寺》云：「聽松卧石蘚痕深，宰樹凌霜自碧陰。古寺倚山山潑翠，頓教初地滌煩襟。」《自嘲》云：「愁煩賓雀應知雪，銜曉慈鴉不畏風。恰笑蓬廬寒擁絮，賃舂何苦效梁鴻。」《小除渡具區作》云：「驀聽榜人烟際語，連宵纔到五湖東。摟身且喜離塵海，鎩羽還宜信碧翁。古渡潮生驚宿鷺，長天風緊趁飛鴻。江城侵曉真如畫，樓艫依微曙旭紅。」《儀真夜泊》云：「菰蔣叢諠起亂鷗，稀微遠堞裏雲浮。淡蟾初上舟人語，今夜船停紗帽洲。」《茆豆》云：「露浥秋原衆緑蘇，牆西豆徑菜披敷。江鄉儘有真風味，顆顆香珠供晚廚。」《秋夜不寐》云：「簾旌寂寂碧紗明，涼月如銀冰簟清。夜静嫩寒人不寐，滿階蛩語玉琴横。」《聽雨》云：「秋雨閒庭曉，凄然枕上聽。因憐金鳳爍，紅淚想飄零。」《秋郊》云：「高樹挂殘雨，斷虹捲夕陰。野塍添屐齒，山館散禽音。已報嘉禾稔，還酬耕叟心。幽人恬淡甚，臥榻水雲深。」《初冬過田家食新米飯》云：「攜將香粒白鱗鱗，稔歲村莊日日春。田叟多情尋野簌，穉兒解事苦留賓。磁甌細簇銀條滿，竹箸輕翻玉屑匀。何必珍饈誇大嚼，秋原風味試嘗新。」《口占示蒼頭老黄》云：「高館爐紅暖氣生，晨糜香泛一甌清。貧家風味應如此，莫便殘牙厭菜羹。」《丁香萊菔》云：「惜此珊瑚樹，敲殘石季倫。遠移江國種，新薦野園春。雜俎紅牙嫩，調羹纖縷匀。佳名何處得，心結翠幃人。」

陸海號竹泉，雲間諸生。工畫松，山水、人物亦楚楚有致。爲人木訥，一往真氣。《咏雪彌勒》云：「坐擁蓮臺玉作團，西雲還帶北風看。疑從姑射傳衣鉢，幻出阿難作喜歡。丈六光涵三界白，大千花散五更寒。禪心不似沾泥絮，化作清泉下碧巒。」《賣魚》云：「漁婦作嬌聲，攜筐江上行。橋紅楊柳緑，一路走春城。」《泊舟江口眺望》云：「江闊疑無岸，山遥欲刺天。峭風帆逐鳥，晚爨樹浮烟。蟹簖依蘆汊，魚罾曬稻田。一叢楊柳外，曾繫我歸船。」久客上海，自春水外，不妄交一人，可想見其襟懷矣。

張笠亭仔，春水族兄也，隱於醫。工書畫，餘事爲詩，亦多雋思。如《中秋後一夕乘醉登瓶山望月》云：「既望月未虧，清光仍可掬。散步韭溪濱，遂至瓶山麓。銀河瀉碧空，倒影如飛瀑。我欲挽長流，吸取作醽醁。茲山可注酒，供我自取漉。天風吹酒星，流輝動雲木。」《柳眼》云：「長條又見緑荑生，回首離亭感不禁。盼斷十年征戍客，雨痕都化淚痕深。」《松濤》云：「茶烟初歇日初沉，僧未歸時鶴未吟。記得山鳴泉落處，一天涼月夢彈琴。」《禪悦探梅》云：「踏雪來看雪，牆陰一徑斜。春風先我到，已著兩三花。」《贈鳳兒》云：「門外青溪醮緑楊，溪流曲似別離腸。阿儂閨字郎須記，薄鬢常簪小鳳凰。」《九日東塔登高》云：「文峰如筆插天空，絶頂高乘落帽風。帆影似懸秋樹杪，鐘聲疑閣白雲中。鳥飛佛屋層層雪，楓映禪關扇扇紅。朋舊年來離別慣，莫因佳節歎飄蓬。」其人軒豁耐交，秋田從其學，惜余未之見也。

桐鄉茂才何稷香其煒，爲春疇少尹長子。春疇權奇倜儻，久客京師，其夫人顧漱芳女士，名淑昭，才德兼備，尤工楷法，詩筆清婉，有林下風。稷香承庭幃之教，學有本源，雖弱不勝衣，溺苦於學，尚友耽吟，一往真氣，翩翩佳公子也。其《郊行》詩云：「菜畦黄看濃還淺，麥隴青來整復斜。一片錦裝村落好，桃花紅出野人家。」《尋梅曲》云：「愁懷底事渾如織，欲見春光猶未得。不辭踏雪更穿雲，恐負東風好顔色。」「一枝開向碧溪邊，脈脈幽情態自妍。相對共憐清瘦影，有情天上藐姑仙。」《移居因而園》

云：「廿年堂構費艱辛，風雨漂摇賴蔽身。豈爲舊居嫌近市，南村别有素心人。」「小有園林興便饒，消磨月夕與花朝。鄰翁漫笑無家具，筆硯琴書論擔挑。」《自題因而園探梅雅集詩》云：「略有林泉勝，春風花信催。掃門先揖客，入畫共看梅。鄰笛休三弄，賓筵祇一杯。群公能惠我，杖履喜追陪。」「良辰差不負，紀事藉文昌。謂春水丈。畫手傳神妙，花光照酒香。盟鷗慚末座，附驥有餘光。後會復何日，陽春烟景長。」神韵悠然，皆可誦也。

震澤趙比部雲球，號莘田。倜儻能文，名滿都下，惜年甫强仕，遽赴玉樓。詩文皆散失，所梓行者，僅什一耳。《和陸蕢鄉歸籍秀水咏懷八首》，向未編入，因録之云：「檇李風帆積慶鐘，東南繡壤水雲封。當年魯望移居日，茶竈筆牀家具從。君七世祖怡泉先生自浙遷吴。」「仙郎年少最温文，落紙濃香班馬薰。今日明珠還合浦，寶光猶帶海東雲。」「樓臺烟雨四時宜，不遜揚州杜牧之。分讀嫏環三萬卷，何須殘錦乞丘遲。君叔瓠尊丈自吴復遷浙，藏書極富。」「鋤梅面圃月當頭，清福人間不可求。瓠尊丈讀書處曰「面圃軒」。却憶平湖舊桑梓，釣游未到弄珠樓。君先世居平湖。」「竹林門第越連吴，山勢小孤傍大孤。新拓烟波書畫舫，櫂歌伯仲續鴛湖。君伯氏壽穀新葺畫舫。」「勞薪嗟我蝎宫磨，小草空山歲月過。菊影雁聲催木葉，秋心西入洞庭多。客有勸余僦屋洞庭者，頗愜余意。」「奏議宣公翊舜堯，家聲清遠聽韶簫。春風芹藻青衫近，去看錢塘八月潮。」「園收芋栗圃收桑，蘭在南陔萱在堂。生小穆和溪畔土，芙蓉仍種舊時莊。溪南有芙蓉莊。」

吴江女士徐應嫚，號珊若。康熙鴻博虹亭太史六世女孫，適同里朱藹亭明經瑞增。能詩，善寫生，尤工墨蘭。有《須曼華館稿》。《惜春詞》云：「曉起披衣立畫廊，最關心事最思量。檐前低罨柳陰緑，闌角亂飛花瓣香。」《柳絮》云：「東皇偶碾玉塵霏，無那纏綿欲上衣。未解深閨才思少，偏來相傍繡簾飛。」《山塘雨泊》云：「碧雲暮合夜迢迢，畫舫銀鐙漏點遥。怕向小紅樓外泊，吴娘仍唱雨瀟瀟。」「依然七里舊歌臺，一眺愁心略小開。不愛繁華愛清冷，游人去盡我初來。」《春盡日偶賦》云：「廿四風催百五辰，添將愁緒減濃春。好花開到將離後，明日相看似故人。」《題秋舫詩鐙圖》云：「撤罷三條燭，來乘一葉舟。詩成都入夜，月滿況逢秋。短枕聽潮落，青衫照淚流。天涯羈屑意，猶勝白江州。」

予於友人齋見案頭有《見山樓詩鈔》，閲之知爲震澤王醒庵司馬銘所作也。醒庵家太湖之吴漊，藏書，嗜吟詠。嘗賦《梅花》詩七律三十首，寄意高曠，脱盡前人窠臼。其哲嗣雲舫參軍恩溥有和作，附刻集内。吴門陸鐵簫鼎贈詩云：「藝林佳話堪移贈，也是梅花一卷樓。」遂以「梅花一卷樓」顔其居。又舊藏鐵簫一枝，甚古，陸鐵簫爲篆「鐵龍」龕額，并賦《鐵龍吟》長歌贈之。雲舫少善病，不克勵志讀書，棄舉子業，專力於詩，兼工行草書。南安方臺山燮以書名吴越，僑寓胥江，雲舫從游其門，盡得其妙。詩亦清新可誦。《游法華山》云：「山抱禪房水抱山，望湖亭北更幽閒。洞庭岫色蒼茫裏，笠澤波光隱約間。半樹斜陽留倦客，數聲清磬落塵寰。者番領略烟霞味，不厭虬龍幾度攀。」《即目》云：「春雨纔過霽景奢，桃源渡口亂紅霞。漁郎真箇閒如我，不網鱸魚網落花。」《絶句》云：「鴉背散斜陽，寒雲黯東郭。獨有卧雲僧，不爲名利縛。」《詠菊》云：「傲骨獨依三徑月，賞心祇在一籬秋。」

吴縣毛祥叔明經慶善嘗得王忘庵《折枝紅豆圖》，上有竹垞、匠門題詠，祥叔珍如拱璧，即以名其所居之樓，偕其配顧畹芳女士蕙，論詩讀畫其中，房幃之樂，固有遠勝於尋常者。吴中畫友，因各爲《紅豆書樓圖》以贈，潘榕皋、石琢堂、吴玉松諸老輩，咸賦詩以張之。畹芳爲亡友翟君雲屏之女外孫，顧君湘筠之女公子，擩染于外家，禀承夫庭訓，山水、人物，靡不精妙。詩亦清麗，無脂粉氣。《題紅豆書樓圖》云：「不須皋廡賃，息影有紅樓。挽鹿何辭瘁，雕蟲偶遣愁。詩情雙管競，畫稿一奩收。鴻案逢高士，清閒共唱酬。」「寫出新圖好，林泉意味真。便成偕隱地，互托苦吟身。蘇蕙慚同論，秦嘉喜出塵。何容誇艷福，相對悟前因。」讀其詩，可以想其静好之致也。

耐冷續譚卷六

仁和宋咸熙小茗撰
秀水汪元憬少倫定

錢塘王昭平先生道焜，明季爲福建邵武府同知，題陞兵部職方司主事，未任。值變起，避地武康，未幾扼吭死。乾隆四十一年，賜通謚節愍。咸熙曾見其遺像，像爲曾鯨畫，横徑二尺許，高尺許，絹本。及臨終示子書，皆海昌吴丈菟床騫所藏。子名均，舉人。今録其書於此，云：「適有承差至，唤女受職。女受即我受，何以見祖宗于地下？是我死期至，來票乃催命符矣。余年六十，不短，家貧勿厚殮。三日即權厝我于父墳之側，亦勿開喪。家屬勿至。已死，虚文無益。我死女存，事母看弟。」末綴以詩云：「身是歸家魂不歸，更無一語到香幃。自憐節義丁今盡，略趁清風伴采薇。」亡友徐明經新田告予云：「世所傳《左傳杜林合注》，即昭平所編。」今人讀《左傳》，能知昭平之爲人者，鮮矣。

世宗時，潯州謝梅莊濟世爲御史，有直聲。奏劾河東總督田文鏡。朝廷疑有指使，交刑部嚴訊，曰：「指使者有人，孔子、孟子。」問其故，曰：「讀孔、孟書，便當盡忠直言。」上憐其直，謫軍前效力。時雍正丙午十二月也。有《次東坡獄中寄子由韵》二首，寄其從弟。詩云：「嚴霜初隕陡回春，留得銜寒冒雪身。綸綍乍傳渾似夢，親朋相慶更爲人。敢愁弓劍趨戎幕，已免鋃鐺禮獄神。早晚扶歸君莫慟，嫛婗勃窣亦前因。」「尚方借劍心何壯，牘背書辭氣漸低。已分黄泉埋碧血，忽聞丹闕放金雞。花看上苑期吾弟，蔭樹高堂仗老妻。且脱南冠北庭去，大宛東畔賀蘭西。」高宗登極，放歸。旋擢湖南糧道，多善政，長沙人士至今猶能言之。

秀水姚六榆觀光，少攻舉子業，亦能詩。長嗜法書、名畫，近又羅致吉金之品，商周彝器甚多。舊有項墨林鐵如意，文曰「非竹非玉，出自昆吾。指揮三軍，張吾令圖。無或溢驕，逞志珊瑚」云云。張叔未解元題其居曰「墨林如意之室」，蓋欲盡得墨林之妙品能如意中也。因繪爲圖，索名流題詠，僕亦有詩。有《寶甗堂集》。《雨霽即景》云：「庭架修廊廣數弓，崚嶒叠石奪天工。連朝雨積苔痕緑，一角晴開樹杪紅。抛卷佇看蕉徑月，移牀坐納竹間風。蕭然四壁無長物，祇覺烟雲滿眼中。」《湖樓晚眺》云：「石梁一道鎖如弓，景色天然點綴工。樓枕鴛湖千頃碧，窗收漁浦一鐙紅。烟迷遠渚含殘雨，霞護輕帆趁晚風。乘興銜盃吟眺處，分明身入畫圖中。」

桐鄉沈秀才士貫，號操誠，即吾門下士綺霞之祖也。喜讀書，善吟咏。家雖中落，好扶庀濟困。補博士弟子後，棄舉子業，晚年閉户課孫以爲樂。著有《怡暮集》一卷，沈生將付之梓，吉光片羽，彌足珍已。《醉後有感》云：「拔劍狂歌憤莫舒，積年蹭蹬有誰如。道惟古處偏遺俗，時到愁來强對書。人老易遭僮僕厭，門衰頻覺友朋疎。擎杯試向蒼天問，風静無聲月上初。」《雜感》云：「一任艱虞着此身，疎狂畢竟學非醇。友從貧賤交逾固，詩入窮愁句轉真。莫以己私干物戾，敢將人事諉天成。讀書終許扶名教，縱使無財可盡倫。」語語真樸，洵爲君子之言。

焦山僧九峰覺青，少補寧郡學官弟子。年三十餘，入焦山。愛是山之奇秀，兼慕借庵上人之爲人，遂披剃，投其座下。能詩，善畫，精相人之術，課六壬如神，書法亦佳。積年一過鄉里，子弟争欲欵之飯，毅然不食。斞水一盂飲之，曰：「此鄉味也。」瀕行別無他語，曰：「但願爾等做個好百姓足矣。」壬辰之夏，訪予於周氏琴石山房齋館。予即以《著書圖》試題，信筆即成。題云《壬辰五月寓鴛湖覺海寺讀小茗居士著書圖即呈棒正》：「李白文章莫漫誇，孝廉夢草早生花。胸羅萬卷痕無著，口吐千言點不加。君爲著書忘歲月，我因託鉢走天涯。相看俱是塵中客，一嘯同傾趙老茶。」比歸，以聚頭扇畫梅花詒予，上題一絶，云：「未吐凌雲氣，先芬傲雪姿。幾生修得到，問訊老梅枝。」背書詩二律，係《次徐雪廬見贈原韵》云：「十載曾經三度游，湖光嵐翠滿虛舟。寰中仙侣多黄髮，方外門生也白頭。爲葺祇園頻託鉢，重開蓮社幾經秋。多情最是海天月，肯照離人過荻洲。」「京江江上兩峰青，圖畫天然向北溟。高卧老人謂本師借庵上人。心似月，擔簦弟子跡如萍。一杯蒲酒雲中醉，數點梅花筆底馨。何日重尋三詔洞，曉鐘暮鼓帶潮聽。余有十二年不上焦山，故云。」

張素人先生琴，前溪詩人也，生平敦内行，於友朋戚故間，纏緜懇摯，恤艱振乏，可式鄉閭。所爲詩真率古樸，一如其人。數十年來，人已不復知有《花谿詩草》矣。吾友維揚林小谿明府，采風本邑，愛其詩，爲之製序，屬其從孫梅崦茂才刻之。梅崦又死，又有女適錢塘蔣氏者，痛父志之未成，捐貲付梓，并以梅崦《籬下吟草》附於後。《蠶婦謡》云：「三月落花天，桑葉大於錢。四月啼杜鵑，桑葉濃如烟。蠶食妾未食，蠶眠妾始眠。」《尋親引遥贈施周鼎》云：「鹿游失子麑，得草不食鳴聲悲。親不見子心尚爾，子不見親能勿思。」一解「憶在襁褓時，父母偶出門，宛轉啼相隨。隨人撫弄終不怡，日夕走索忘朝飢，既長既壯情何移。」二解「能率初者今有誰，我聞其人心愛之。不顧戈甲走天涯，千里萬里尋父歸。古有尋母兒，咄嗟芳蹤良可追。」三解《歸後呈諸父》云：「十畝帶流水，西疇先澤存。數家同築圃，一姓自成村。曖曖燈相照，嘐嘐雞共喧。我來逢歲稔，春酒醉曾孫。」《留別卓子式》云：「翦拂容踶齧，爬羅及朽枯。濫竽奚爲者，彈鋏且歸乎。花月縻詩思，風雲想壯圖。無才偏自薦，四海一狂夫。」《秋暝》云：「西山松老黯然蒼，南陌禾枯一色黄。烏宿樹頭驚落葉，人歸牛背帶斜陽。室中有婦滯衾枕，囊底無錢换酒漿。三十已過名未立，愁潘毛鬢早兼霜。」

梅崦名孔源，即所著《籬下吟草》者，績學砥行，不求人知，詩亦有真氣。前溪爲予婿鄉，惜未及交其人也。《蠶詞》云：「嫩晴門巷插垂楊，蘆箔新遮矮矮牆。蠶子初青蛾未動，夜來先祭馬頭孃。」「擸筐好趁夕陽天，嫩緑陰濃起晚烟。試向鄰家問消息，已知昨夜過頭眠。」《潯川道中》云：「一篙新漲蔚藍天，短櫂咿啞帆影連。手摘蓴絲謀小飲，斜風細雨過潯川。」《歸舟》云：「清涇春晚亂啼鴉，帆影低黏夕照斜。忽見鄉山青數點，如何又被斷雲遮。」

武康又有張蒓鄉思正者，素人先生之從曾孫也。精舉子業，詩無專藁，然已有家法。《送陳補華之徽州》云：「日落前溪暮，征鴻轉健飛。忍揮相送淚，恐濕故人衣。別路迷芳草，空山長蕨薇。行舟春水滿，應憶釣魚磯。」《抵奉口》云：「蕭蕭秋柳拂篷低，夜色蒼寒白露淒。多謝蜻蜓舟尾月，照人清夢入苕溪。」

王福者，杭州菜市橋輿夫也。有勇力，徒步可行三百里。生平不甚識字，每好作長短句，信口而出，若歌謡然，人皆笑之，予曰：「此即古人邪許之意也。」其母死，哭之曰：「叫一聲，哭一聲，兒的聲音娘慣聽，如何娘不應。」一字一淚，出於至誠，真天籟也。

徐筠者，洪明府紹泗家童也，有至性，兼嫻吟事。《北固山秋望》云：「漁歌一帶唱寒烟，塔影微茫鏡裏懸。正是江皋秋爽候，白蘋州渚雁來天。」「石帆山翠侵衣潤，揚子江聲入閣寒。酷愛香清茶正熟，江城如畫捲簾看。」詩可入畫，丹徒王柳村謂爲李生谷郎之流。

會稽車廣文荔坡雲鵬，於壬申之秋，除禾郡庠司訓，予選桐鄉教諭，俱於癸酉春抵任。予罷官，而公死。予無家可歸，尚得賣文爲活，公之子亦漂流檇李，而已不能餬口矣。讀《螢窗雜録》，感慨係之，因題一律云：「禾郡同官十四年，每於聚首識公賢。能敦内行思親苦，不愛浮華立志堅。人老螢窗差不負，集留鴻筆洵堪傳。賣文爲活吾兒活，身後同憐無粥饘。」廣文留心經史實學，詩特其緒餘，然亦未能刊刻，不可不抄存一二，以存其梗概也。《過潭西精舍》云：「五龍潭畔闢禪林，乘興時還挈伴臨。滿目烟蘿無紙畫，一灣流水不絃琴。地連城市喧仍静，日到園亭午亦陰。欲訪山僧參妙諦，松關掩處白雲深。」《謁鐵公祠》云：「燕師南下鋭難當，保守孤城百險嘗。大將一心扶少帝，敵兵衆目見高皇。欲將齊魯金湯固，却竝方黄斧鑕亡。試看大明湖内水，長流愷澤自湯湯。」《先慈二週之期未能親奠賦詩誌痛》云：「慈顔永别已三年，身寄他鄉倍黯然。僅委妻孥營薄奠，何堪心事告重泉。免喪有例奚容矯，遺命難酬劇可憐。從此茫茫無盡日，負慚名教自終天。」《曉登十八盤》云：「忽聽輿夫告，言登十八盤。荒雞人迹少，殘月馬蹏寒。石鎖疑無路，峰回又一巒。早霞遥映處，擬作畫圖看。」

歸安丁受五先生元采，號掇英，與先府君丁酉同年。大挑以知縣用，願就教職，司諭秀水，有直聲。同官有失，雖衆中必加呵責，人不能堪。予以年家子見，先生輒稱爲世兄。近時同年之子，人皆稱爲某大兄，或呼其號，予小於先生僅十年，且同官嘉郡，而稱謂若此，亦足見先生之古道，尚有前輩風也。前輯《耐冷譚》，索先生詩，先生斥之曰：「此好名者之所爲，予非好名者，何用詩爲？且予本無藁。」遂不敢啓齒。今先生之孫鶴村以此詩寄予，蓋其七十七歲在家時所作，否則終不可得矣，喜而録之。《題碧陰詩館圖》云：「采采流水春蓬蓬，詩家妙説推司空。江南草長氣沖融，柳絲摇颺烟靄中。輞川一幅何冥濛，高樓執卷俯垂虹。滿前景色臚芳叢，遥知近市分天工。君家近市南北通，塵囂豈得溷幽衷。扁舟常趁鶯脰風，洞庭縹渺歸詩筒。烟波釣叟挾漁童，曠懷遠寄將毋同。我是苕溪頭白翁，去君三舍來鱗鴻。那得乘興飛孤篷，一聽長吟開雙聾。」

鶴村名懋曾，好讀書，天資敏妙，寄情吟咏，早爲諸名流推許。愛栽花，性喜飲。花朝月夕，遍邀知己浮大白，縱談今古事。近以患瘧故，興稍減。著《病榻吟》一卷。病中猶不廢學，亦有志之士也。《送春》云：「留春無計轉傷春，詩滿雲箋酒滿巡。屈指逢君須隔歲，緑波芳草别愁新。」《初夏漫興》云：「破悶耽吟咏，蓬門客到稀。日高晴曬藥，風動晚添衣。芳樹新蟬噪，閒庭乳燕飛。嵇生疎懶性，偃卧自忘機。」《玉泉池觀魚》云：「一鑑澄泓漾碧漪，銀鱗飛躍客來時。此身已分池中老，猶有江湖萬里思。」

丁氏又有春帆茂才人熙者，貧而好學，性極温和。入泮後抑鬱不得志，移情詩酒，廣結交，雖炊烟屢斷，自若也。有《青藜閣吟藁》數卷。年四十八而卒。《舟至倩涇邨》云：「早起開篷過水村，沿溪新漲緑無痕。一聲清磬隔林出，紅日滿牆僧閉門。」《望謝村漾》云：「萬頃波光净，雲開霽景明。斜風戰蒲柳，落日壓山城。漁唱穿林出，鷗群傍水盟。一帆天際没，望斷暮烟横。」《晚泊紅牆灣》云：「隔岸雞聲醒晝眠，舵樓人語送茶烟。紅牆一帶停舟處，無數垂楊緑到船。」《水閣納凉》云：「兩岸波光盪暮天，開軒坐眺景鮮妍。荷香入幕不知處，水鳥一聲人悄然。」

海昌馬茘龕榮，吾友秦溪之子，自傘村移居花山。畫甚佳，詩亦有清氣，馬氏自古芸後，風雅銷歇，得茘龕可以繼起矣。有《味吾味齋詩略》。《秋夜舟中》云：「孤村月落起寒烟，秋水蘆花夜泊船。長笛一聲何處是，漁鐙紅出小橋邊。」《臨平晚泊》云：「小泊斜陽裏，桑陰一望平。遠山晴更好，春水晚逾清。花落賺魚唼，風微知燕輕。隔烟人不見，漁笛兩三聲。」《同人登審山看桃花》云：「石磴嶙峋鳥道通，雅游儔侣賞心同。徑穿三折碧溪入，人立一林紅雨中。日暖花香飛遠樹，山高松籟下晴空。竹爐更汲春泉煮，閒看茶烟颺午風。」

德清程聽溪廣文夢麟，官嘉興司訓。體恤寒士，人多感之。性極風雅，讀書暇，手種花木以自娱，名人畢至。冬來作消寒約，自製約言，其事約云：「當此群居，宜添雅興。操縵固文人雅事，投壺亦名將風流。射覆猜枚，無何不可。談禪説鬼，誰曰不宜。相對自具豪情，不妨如王荆公之賭梅分韵；此中得少佳趣，毋許學袁彦道之奪采呼盧。」真神仙中人也。其《自題悔不讀書圖小影》云：「自憐壯志漸消磨，如許頭顱奈老何。猶記長卿曾有句，生涯心事已蹉跎。」「竹梧繞屋緑陰斜，自掃空庭自種花。

猶記樂天曾有句，幽閑官舍抵山家。」「才疎性拙齒徒增，坐破寒氈已幾層。猶記牧之曾有句，清時有味是無能。」「吹竽南郭愧爲師，得失由來總自知。猶記東坡曾有句，揩摩倦眼看書遲。」七言佳句，如《己丑除夕》云：「但借書燈兼照歲，莫因鏡卜誤安眠。」「雲悟世情看冷淡，雪催詩興和尖叉。」《夏日閒居》云：「居室難如平伸儉，論交不學次公狂。」「人笑無能偏有味，士求實學每虛心。」《秋菊初開招同人小集》云：「友似花姿宜尚淡，詩如酒味妙於真。」《菊已將殘》云：「花有情時殘亦好，心無用處懶偏真。」「柴桑寄跡應增價，梅竹論交只隔籬。」情真景真，可入放翁之室。

南豐高小山椿，詩人也。家貧出游，寄居禾中。又鬱鬱不自得，故詩多愁苦之音。《玉山道中》云：「江行已盡復山行，行色匆匆不計程。春雨撲人身易倦，緑陰深處鳥嚶鳴。」《埽花偈》云：「執帚微步，獨向空林。落紅滿地，上有緑陰。拈來微笑，妙理相尋。和泥埽却，百慮未侵。曲澗流水，冷冷清音。花事既了，時當春深。石床净拭，隨意安琴。」

震澤于笠漁元俊，好讀書，喜飲酒，澹於榮利。父訒齋先生宰廣東高明縣，笠漁隨任游覽，有《粵游草》。晚年結屋湖濱，顔曰「老香山屋」，有遺書數卷，藏於家。《春日送友人遠游》云：「黄鳥聲聲喚出游，絲絲垂柳攬輕舟。緑波如畫催人別，紅雨沾衣替客愁。筆墨生涯隨斷梗，江湖寄跡類閒鷗。何如守拙寒窗下，醉即題詩醒即休。」《古寺》云：「古寺掩叢薄，窈然春盡時。山深禽喚夢，院靜客敲棋。流水過溪遠，野花飄澗遲。老僧趺坐久，相與話三支。」

笠漁同里沈明經松，號筠軒，善屬文，有聲黌序。間作韵語，居湖濱隱讀邨。《題温也癡擔糞圖》

云：「稽古如稽田，糞心猶糞土。隔鄰有老農，相逢話勤苦。」「底事買良田，筆耕足生活。混跡泥塗中，風流更擺脱。」《病起口占》云：「風光流轉又經年，老病懨懨豈偶然。倚榻呼兒聊侍藥，枕書避客且高眠。貧猶示疾真無策，痞即抽身亦自便。莫惜牀頭金已盡，筆耕只仗硯爲田。」

昔年亡友俞明經廉石寶華自粤西歸，貽我賀縣三乘南溪銅鐘搨本。時予方著《金石史證》，廣州既無善搨手，字跡模糊不能辨，置之篋中者十餘年。頃讀錢裴山中丞《緑天書舍存草》，有《書後》一篇，如親講畫，而予之《史證》藁，已燬於火，不能成書。感慨之餘，復録其詩，以誌欽佩云：「維漢紀年大寶四，洪鐘鑄得乾亨寺。書列四面面四行，衆緣弟子臚名字。僞庭割據紛中原，嶺南制置誰其傳。此鐘一一載筆在，春秋足補裨野編。西頭供奉有都監，防拓應援軍事兼。内府局令賜金紫，管甲指揮内承旨。是時中官七千人，豈獨龔陳握乾紀。高品十將又何等，左右廂都押衙並。都廳孔目勾雜揉，逮領鼓鑄及表奏。都行耆壽與行首，門界馬步都虞候。縣曰桂領曰蕩山，馮乘臨賀皁富川。寶城場官有知務，乃與捕賊官相聯。二十五人女弟子，一娘遞稱冠名氏。宫中樊胡稱天使，草野婦人承風旨。當年蓋海已承劉，不日天兵出賀州。蕭閒大夫但行樂，金柱銀殿工雕鏤。孰製鯨鏗充供養，秋風猶吼嶺西頭。君不見，玄妙觀中帝者像，範銅徒笑降王長。紅雲一炬鬬花濃，紫色鼃聲如此鐘。」

德清戚餘齋先生芸生字修潔，晚年自署馥林。歲貢生，待銓司訓。讀書外一無嗜好，好佳山水，好古書、名畫。爲詩數千首，删存八卷，名之曰《寶硯齋集》。寶硯齋者，因寶藏其祖瓶谷學士賜硯，闢齋貯之，而遂以名其集也。嘗憶亡友吴文柏、蔡香慧之言曰：「德清戚餘齋，古君子也，不可不識其人。」

先生寄居禾中，竟不得一面，至今以爲恨。前歲館大奚家橋馬氏，始識先生之子復邨。今年復邨命其二子來學，因得盡讀先生之詩。其《正月四日寄庵招予泛舟小虹橋憩村庵茶話用淵明游斜川韵》云：「新年挾賀刺，往還恒少休。我友亦厭事，期作虹橋游。村塘不二里，浩浩春水流。曠然顧而笑，翩翩兩沙鷗。桑畦葉盡脱，眺覽同廢丘。庵僧三四輩，那必支纖儔。果餌出茶具，亦復相勸酬。試問市肆飲，有此清浄否。人生苦束縛，百歲徒煩憂。隨地愜所適，已矣何多求。」《小除前二日江邨歸自徐州》云：「臘月黄河冰不流，竟飛單舸下徐州。行年五十不稱意，賣賦百篇翻倦游。傾橐且儲新歲米，敝貂誰贈故人裘。長安北望還惆悵，未得連床共子由。謂令弟士希京師。」《舟夜重過四留草堂王懲齋雪崖琴巖表兄留飲》云：「爲就宵窗話，將歸復緩行。文章窮達命，盃酒弟兄情。顧影青袍敝，言愁白髮生。秋蛩爾何憾，亦作不平鳴。」「苦念童騃日，相看鬢各蒼。身名俱草草，歲月去堂堂。幸有慈顔奉，休嗟半菽將。可憐雙淚迸，空灑手縫裳。」《雨後池上》云：「殘雷隱隱聲未停，斜陽倒射山窗欞。衣裳灑肌風淅淅，琴筑入耳聲泠泠。穿花濕黏黑蛺蝶，窺水凉立紅蜻蜓。更看海上列紫翠，九十九峰開畫屏。」

震澤吴雪香茂才梅，工於詞賦，倜儻不群。中年後治岐黄術，詩不多作。《歲暮詠懷》云：「廿載芸窗寄此身，今宵歲暮敢辭辛。從來富貴皆由命，畢竟文章不負人。雪影半簾寒照夜，梅花幾樹早催春。頓教磈礧胸中積，且把椒杯酌酒頻。」《題廬山觀瀑圖》云：「畫山須畫骨，千峰峭壁凌霄凸。繪水須繪聲，萬派奔濤當空鳴。廬山自古多層巒，石梁金闕驚風湍。白龍倒挂通銀漢，直與天地争奇觀。

大瀑小瀑珠萬斛，忽入鵝溪絹一幅。圖中不知觀者誰，想見瀟灑襟期獨。振衣直登青雲巔，匹練崇巖在其目。昔聞絶頂小築名匡廬，七人嘯傲留仙裾。眼底澗水落玉峽，身入洞天凌清虚。飛流洗出金芙蓉，謫仙詩題五老峰。白鹿洞口結茅屋，幽人李渤莊玉軸。獨披黄卷孤燈寒，讀書聲雜懸崖瀑。蓮池之北柳館東，悠悠千載多高蹤。先生亦是烟霞客，一覽廬山江河空。落葉滿林黄不埽，百道飛泉瀉瑶島。白雲茫茫風呼號，此中不讓廣陵濤。千巖萬壑秋波滿，披圖願結林泉伴。朝登香罏暮蓮花，襟懷一豁塵情斷。」

雪香同懷弟静軒榮，績學工文，爲朱虹舫侍郎入室弟子，登乙酉拔萃科。詩自謂非所長，秘不示人。頃得其手藁，録存數篇。《題獨立圖》云：「竹林賢有七，竹溪逸有六。何如獨往來，消受清閒福。」《姑蘇竹枝詞》云：「繞郭青山緑水圍，闔閭城外景芳菲。輕風細雨垂楊路，七里山塘緩緩歸。」「春風不惜玉驄驕，拾翠尋芳逸興饒。東美巷連西美巷，南倉橋接北倉橋。」《納糧謡》云：「十月纔登轂，有吏追呼聲。咆哮怒如虎，滿村雞犬驚。尅日納糧去，老農心怦怦。去年禾猶熟，今歲歉收成。兒啼衣無布，妻泣釵無荆。惟此升斗粟，一家賴偷生。盡作公堂獻，空勞三時畊。望南箕何歛，望北斗自横。哿矣惟富人，窮者哀難鳴。幽咽老農語，此中誰知情。」

笠澤張香士春暉，少好吟咏，與王雲舫爲詩友。《新蟬》云：「得蔭已先忘溽暑，居高渾未識秋心。」《春柳》云：「眠起亦如人意嬾，送迎慣笑客情癡。」《勸戒烏烟》四首尤佳，中有「一鐙幽火餘殘影，八尺方牀作夜臺」、「已成鵠面鳩形客，幾見龐眉鶴髮翁」等句，鄭夢白方伯亟賞之。

嘉善顧茂才文治，號桐君。厚重少文，工書法，得晉唐三昧，尤善識鐘鼎古隸。擕硯五湖三泖間，一時名流，皆樂與之遊。今春，萍遇鴛湖，始與余相善。沖和藴藉，如與公瑾交。旋出扇頭，乞書近作，因録之。《盛川寓中》云：「鴛湖住久舜湖初，落魄江湖十載餘。衣破剩縫慈母綫，囊空好負古人書。感僧丈室能容寓，知我扁舟不易居。持得一瓶兼一鉢，天涯笑指是吾廬。」「惡歲原非出硯田，其如筆墨有因緣。山陰但著换鵝事，江左未傳易米牋。若不問奇揚子宅，便當泛月米家船。多君憐我囊羞澀，早寄春衣可典錢。」

吴江李紫綸茂才會恩爲玉洲太史孫，能詩。有《萬葉堂稿》行世，并散見於《隨園詩話》，及吴枚庵所刊《懷舊集》。詩多性靈語。《青來草堂同人觀荷》云：「凌波耀日露華酣，白白朱朱妙相參。人愛不如花自愛，將開怕落又微含。」「名花豈鬬艷情酣，恰與詩人麗則參。誰識秋江好顔色，苦心一點箇中含。」其子師韓，字希蟠，幼孤，克承家學。《詠瓶梅》云：「疎花纔放兩三枝，位置銅瓶也合宜。紙帳曉寒香入夢，畫簾春淺客吟詩。不須索笑檐前立，絶好怡情月下窺。此際免遭風雨妬，蒼松翠竹訂新知。」

吴江女史顧韵仙佩芳，賢而有才，適同邑范一峰爲繼室。曾祖帆川先生舉鴻博，未赴，著有《浣松軒詩集》。父蘭夫素能詩，無子，韵仙其仲女也。一峰博雅善琴，儲書甚富，每當月明人静，援琴賦詩，人以神仙伉儷目之。結褵一載，一峰病卒，韵仙悲痛欲絶，立從子棣萼爲子。孀閣孤燈，課子如嚴師。且卜葬范氏三代棺，勤勞備至。事姑亦極盡孝道。詩筆清婉，從至性中來。《月下哀吟》云：「一載形容渺，遺琴半掩塵。傷心憐幼子，無語侍慈親。破鏡雲鬟亂，麻衣淚點新。可憐今夜月，愁煞未亡人。」《同雪香姊登藏書供佛樓》云：「遠樹依山緑，晴霞抹檻紅。人烟淒野屋，笛韵弄漁篷。瘦竹頻驚夢，嬌花只畏風。清波鷗泛泛，片雪落溪東。」《感懷》云：「頻將雙淚灑詩箋，夢裏殷勤説去年。自分倡隨成白首，無端生死隔重泉。夜臺回望應增悵，空閣沈吟暗自憐。多少胸中悲別思，長言聊當哭君篇。」《中秋對月感賦》云：「十二回圓月，今宵祇獨看。人憐孤影瘦，秋到五分寒。兒女焚香拜，階庭聚話歡。忽思幼年事，愁絶倚闌干。」《題畫》云：「流水悠悠雲漫飛，幽人小隱掩柴扉。青松障日無人訪，屋角游絲挂蝶衣。」《述懷》云：「菱花懶對厭餘身，琴閣書樓故跡陳。半世生涯渾似夢，十年奩具總凝塵。敢將節行齊前史，每述家風警後人。巾幗獨兼承啓事，自憐綿弱耐艱辛。」《贈吴貞女静娟》云：「終養庭幃樂性天，萊衣縞素劇堪憐。深閨省識綱常重，俠骨冰心慰九泉。」《省墓》云：「豈望人稱閫内賢，撫孤辛苦冀承先。蘋蘩中饋儂家事，秋祭經心到紙錢。」《夢中偶成》云：「閒乘彩鳳三山去，信口瓊簫授小鬟。風掃落花人不見，白雲和月掩松關。」

韵仙胞姊雪香女士含春，同邑費潛室人也。髫歲即能誦《二南》，爲大母沈安人所鍾愛。大母病劇，時女士年十三，曾割股和藥以進，人皆奇之。適費後，生二子。潛病卒，女士撫孤持家，積勞成疾，臨終時將詩稿焚去，曰：「薄命若此，安用此博才名耶！」今其子壽曾，檢得燼餘賸稿見示，遂摘録數首。《斷腸詞》云：「傷心轉憶乍來歸，臨別雙親淚暗揮。一水盈盈憐遠嫁，尺書頻寄慰慈帷。」「殷勤妯娌幾多年，瘦影追隨畫閣前。猶憶藥鑪勞小妹，驂鸞轉在病軀先。」「姊妹花開不及春，病餘同是未亡人。忍含冰蘖年來苦，半爲孤兒半爲親。」《題韵仙妹蕉雨吟稿》：「深閨無語首頻搔，幼女嬌孫慰寂寥。一樣琴書消永晝，别將幽恨訴芭蕉。」「鬬草評花每共論，閒來時坐月黄昏。歡言强爲娱親計，暗把羅巾拭淚痕。」

桐鄉姚秀才玉堂，字金和，號香墀，雪坡明經子。詩有家法，醫理亦精。《題少峰除夕祭詩圖》云：「將進酒，椒花栢子頻年有。何須白玉卮，豈必青瓷斗。不飲空把詩腸負，我亦於斯從事久。歲除一夕常坐守，避債無臺顔自厚，贏得案頭詩幾首。一年三百有六旬，勞我精神十八九。明年擬買松醪報敝帚，補圖思藉摩詰手。」《答少峰見懷韵》云：「世路崎嶇甚，嗟予識未真。幸逢先達者，憐取倦游人。廿里波流渺，三更别恨新。黄花開有信，打槳擬相親。」

沈青藜傳經，吴山延慶房羽士，有《景山吟草》。吴門潘畏堂封翁序之，謂其天懷超曠，非尋常方外者流。讀其詩沉雄俊逸，有唐賢風格。《古梅》云：「清奇夭矯似游龍，白雪争妍怯瘦容。最是疎林清絶處，不依寒竹定依松。」《漫興》云：「窗外清風來，嶺上白雲簇。翠影入疎簾，蕭蕭數竿竹。」

吴山又有城隍廟羽士張養和，號桐邨。早歲羽化，予未之識。詩不甚多，僅存《桐邨學吟》一卷。《邨行》云：「緑陰深處野人家，稚子垂綸女績麻。行過竹籬開異境，半溪烟水半邨花。」《秋日吴山》云：「最愛新秋好，登臨發浩歌。江空帆影疾，山静鳥聲多。石磴生苔蘚，松枝挂薜蘿。移情留戀久，歸去意如何。」

嘉興楊秋巖均慕楊鐵崖之爲人，改號小鐵。詩筆秀媚，脱去俗氛。有《埽紅村館稾》。《懷友》

云：「池塘草漸緑，詩夢幾回尋。落月時上屋，故人遠在心。别離經歲久，風雨又春深。縱有盈壺酒，花前忍獨斟。」《首夏》云：「殘紅掃盡緑陰深，閒坐小窗只獨吟。蝴蝶一雙飛不去，憐渠尚有惜春心。」《新秋》云：「蕉雨過庭爽，花香入夢幽。涼蟾遲未上，蛩語一鐙秋。」

歸安丁荔庵適曾，掇英先生之孫。詩筆清新，人亦温厚。録其《送友之乍川》云：「一雨響溪水，扁舟客去遲。醉吟海嶠月，春入歲寒枝。對酒多離思，尋花發艷姿。歸來同襆被，燈火夜窗時。」

德清稽生筠浦文熺、同里姚生栩夢預銓，皆門下能文之士。偶見所作，亦喜無浮滑之習，録之以示鼓勵。筠浦《武康道中》云：「一櫂碧峰前，篷窗思惘然。危崖壓高樹，荒渚鎖寒烟。店静蓬門掩，山多竹舍連。歸時暮色起，已近夕陽天。」栩夢《漫感二首》云：「鹵莽謀生計，艱難感寸哀。年華駒過隙，身世鳥窺籠。眼任人前白，顔拚醉後紅。堪嗟皆燕雀，奚自識冥鴻。」「讀書求化質，入世貴隨緣。縱辱亦能忍，雖貧不受憐。濡毫頭欲禿，得句語尤顛。試問青雲路，何人早著鞭。」

哭宋丈小茗五排二十四韵

張　濬春水

噩耗傴殘春，當風涕淚新。摶沙驚小別，化鶴渺前因。肺腑盟交久，鬚眉入夢真。可憐三月暮，竟送百年身。學豈慚名父，天何厄善人。卑官辜廣廈，屈蠖躓翔麟。榆社聾無酒，桐鄉祀有民。奇文邀共賞，薦牘感公頻。公承尊甫茗香助教家學，著述甚富。秉鐸桐鄉最久，深得士心。晚病重聽，猶愛才樂善，如恐不及。屢致書朋舊，爲予汲引。追憶臨歧語，難忘執手親。病帷消講誦，晚境益艱辛。傳世徒奢願，依劉各享貧。童烏其奈弱，鷙鳥幾時馴。兒女重重累，朋懽昔昔塵。還憑讎亥豕，切莫滯鴻鱗。須記梅花候，同游柞水濱。老懷耽舊雨，近稿要重論。太息黃壚畔，遲歸碧海綸。淒涼言尚在，飄瞥迹俱陳。春間，公訂予同訪沈雲嵐司馬柞溪別墅探梅，以事不果。四月十二日返棹上洋，則公已先半月歸道山矣。觸緒悲鄰笛，登堂歎斵輪。抱將知己感，來作束芻賓。後死奚辭責，微情敢略申。拊心籌報答，握管痛逡巡。一集名山託，千金敝帚珍。惟應搜賸墨，亟與壽貞珉。時與同志計曦伯、王叔彝、陸蕢卿諸君謀刊公遺稿。

諸本評陶彙集

諸本評陶彙集提要

《諸本評陶彙集》不分卷，據道光九年重刊陶澍集注《靖節先生集》本點校。彙輯者陶澍（一七七九—一八三九），字子霖，號雲汀，晚號髯樵、桃花漁者，湖南安化人。嘉慶七年進士，官至兩江總督。謚文毅。有《陶文毅公集》。《清史稿》卷三七九有傳。按陶集自李公焕箋注本置「總論」一卷，彙輯諸家評陶語，後世多倣之。陶澍亦於其集注《靖節先生集》正文後，復録李公焕、何孟春、毛晉、吴瞻泰、蔣薰五家之舊，芟去重複，並增新輯，宋元以來評陶精義，薈萃一卷，頗便觀覽。

諸本評陶彙集

自李公焕本《靖節集》前有總論，諸本踵之，遞有增録。今彙爲一卷，删其重複，又續采數條，附於其後。其已見本篇者則悉略焉。

《朱文公語録》曰：晉、宋人物，雖曰尚清高，然箇箇要官職，這邊一面清談，那邊一面招權納貨。陶淵明真个能不要，此所以高於晉、宋人物。

又曰：作詩須從陶、柳門中來乃佳。不如是，無以發蕭散冲澹之趣，不免於局促塵埃，無由到古人佳處。

又曰：陶淵明詩，平淡出於自然，後人學他平淡，便相去遠矣。某後生見人做得詩好，鋭意要學，遂將淵明詩平仄用字，一一依他，做到一月後，便解自做，不要他本子，方得作詩之法。

又曰：韋蘇州詩，直是自在，其氣象近道。陶却是有力，但詩健而意閒。隱者多是帶性負氣之人爲之，陶欲有爲而不能者也，又好名。韋則自在。

《楊龜山語録》曰：淵明詩所不可及者，冲澹深粹，出於自然。若曾用力學，然後知淵明詩，非著力所能成也。

真西山曰：淵明之作，宜自爲一編，以附於《三百篇》、《楚辭》之後，爲詩之根本準則。

魏鶴山曰：世之辨證陶氏者曰前後名字之互變也，死生歲月之不同也，彭澤退休之年史與集所載之各異也。然是所當考而非其要也。其稱美陶公者，曰榮利不足以易其守也，聲味不足以累其真也，文辭不足以溺其志也。然是亦近之，而其所以悠然自得之趣，則未之深識也。風雅以降，詩人之辭，樂而不淫，哀而不傷。以物觀物而不牽於物，吟詠性情而不累於情，孰有能如公者乎？有謝康樂之忠，而勇退過之，有阮嗣宗之達，而不至於放；有元次山之漫，而不著其迹。此豈小小進退所能窺其際耶？先儒所謂經道之餘，因閒觀時，因静照物，因時起志，因物寓言，因志發詠，因言成詩，因詠成聲，因詩成音者，陶公有焉。

胡仔《苕溪漁隱叢話》曰：東坡在潁州時，因歐陽叔弼讀《元載傳》，歎淵明之絶識，遂作詩云：「淵明求縣令，本緣食不足。束帶向督郵，小屈未爲辱。翻然賦歸去，豈不念窮獨。重以五斗米，折腰營口腹。云何元相國，萬鍾不滿欲。胡椒銖兩多，安用八百斛。以此殺其身，何翅抵鵲玉。往者不可悔，吾其反自燭。」淵明隱約栗里柴桑之間，或飯不足也。顔延年送錢二十萬，即日送酒家，與蓄積不知紀極，至藏胡椒八百斛者相去遠近，豈直睢陽蘇合彈與蜣螂糞丸比哉。

東坡曰：孔子不取微生高，孟子不取於陵仲子，惡其不情也。淵明欲仕則仕，不以求之爲嫌；欲隱則隱，不以去之爲高。飢則扣門而乞食，飽則雞黍以延客，古今賢之，貴其真也。

又曰：淵明作詩不多，然其詩質而實綺，癯而實腴，自曹、劉、鮑、謝、李、杜諸人，皆莫及也。

黄山谷《跋淵明詩卷》曰：血氣方剛時，讀此詩如嚼枯木。及緜歷世事，知決定無所用智。又云：謝康樂、庾義城之詩，鑪錘之功，不遺餘力，然未能窺彭澤數仞之牆者，二子有意於俗人贊毁其工拙，淵明直寄焉。持是以論淵明，亦可以知其關鍵也。

又曰：寧律不諧，而不使句弱；用字不工，不使語俗。此庾開府之所長也。然有意於爲詩也。至於淵明，則所謂不煩繩削而自合者。雖然，巧於斧斤者多疑其拙，窘於檢括者輒病其放。孔子曰：「甯武子，其智可及也，其愚不可及也。」淵明之拙與放，豈可爲不知者道哉？道人曰：如我按指，海印發光。汝暫舉心，塵勞先起。説者曰：若以法眼觀，無俗不真；若以世眼觀，無真不俗。淵明之詩，當與一丘一壑者共之耳。

又曰：退之於詩，本無解處，以才高而好耳。淵明不爲詩，寫其胸中之妙耳。無韓之才與陶之妙，而學其詩，終樂天耳。

又曰：鍾嶸評淵明詩爲古今隱逸詩人之宗。余謂陋哉斯言，豈足以盡之。不若蕭統云：「淵明文章不群，詞彩精拔，跌宕昭彰，獨超衆類，抑揚爽朗，莫之與京。横素波而傍流，干青雲而直上。語時事則指而可想，論懷抱則曠而且真。加以貞志不休，安道苦節，不以躬耕爲耻，不以無財爲病，自非大賢篤志，與道汙隆，孰能如是乎！」此言盡之矣。

葛常之《韵語陽秋》曰：陶潛、謝朓詩，皆平澹有思致，非後來詩人鉥心劌目雕琢者所爲也。老杜云「陶謝不枝梧，風騷共推激。紫燕自超詣，翠駮誰剪剔」是也。大抵欲造平淡，當自組麗中來，落其紛華，然後可造平淡之境。如此，則陶、謝不足進矣。今之人多作拙易詩，而自以爲平澹，識者未嘗不絶倒也。梅聖俞《和晏相詩》云：「因令適性情，稍欲到平澹。苦詞未圓熟，刺口劇菱芡。」言到平澹處甚難也。李白云：「清水出芙蓉，天然去雕飾。」平澹而到天然處，則善矣。

陳後山曰：鮑昭之詩，華而不弱。陶淵明之詩，切於事情，但不文耳。

蔡寬夫《西清詩話》曰：淵明意趣真古，清淡之宗。詩家視淵明，猶孔門視伯夷也。

休齋曰：人之爲詩，要有野意。語曰：「質勝文則野」，蓋詩非文不腴，非質不枯，能始腴而終枯，無中邊之殊，意味自長。風人以來，得野意者，淵明而已。

《雪浪齋日記》曰：爲詩欲詞格清美，當看鮑昭、謝靈運；欲渾成而有正始以來風氣，當看淵明。

劉後村曰：士之生世，鮮不以榮辱得喪撓敗其天真者。淵明一生，惟在彭澤八十餘日涉世故，餘皆高枕北窗之日，無榮惡乎辱，無得惡乎喪，此其所以爲絶唱而寡和也。二蘇公則不然，方其得意也，爲執政侍從。及其失意也，至下獄過嶺。晚更憂患，於是始有和陶之作。二公雖惓惓於淵明，未知淵明果印可否。

又曰：柳子厚之貶，其憂悲憔悴之歎，發於詩者，特爲酸楚，卒以憤死，未爲達理。白樂天似能脱處軒冕者，然榮辱得失之際，銖銖校量，而自矜其達，每詩未嘗不著此意，是豈真能忘之者哉，亦力勝之耳。惟淵明則不然。觀其《貧士》、《責子》與其他所作，當憂則憂，當喜則喜，忽然憂樂兩忘，則隨所寓而皆適，未嘗有擇於其間。所謂超世遺物者，要當如是而後可。觀三人之詩，以意逆志，人豈難見？以是論賢不肖之實，何可欺乎！

又曰：所貴於枯淡者，謂外枯而中膏，似淡而實美，淵明、子厚之流是也。若中邊皆枯，亦何足道。佛言「譬如食蜜，中邊皆甜」，「人食五味，知其甘苦」，皆是。能分别其中邊者，百無一也。

湯文清公曰：按詩中言本志少，説固窮多。夫惟忍於飢寒之苦，而後能存節義之閑。西山之所以有餓夫也。世士貪榮禄事豪侈，而高談名義，自方於古之人，余未之信也。

以上李公焕原採總論。

朱子曰：張子房五世相韓，韓亡，不愛萬金之産，弟死不葬。爲韓報讎，雖博浪之謀不遂，衡陽之命不延，然卒藉漢滅秦誅項，以攄其憤。然後棄人間事，導引辟穀，託意寓言，將與古之形解銷化者，相期於八紘九垓之外，使千載之下聞其風者，想像歎息，不知其心胸面目爲何如人，其志可謂壯哉。陶元亮自以晉世宰輔子孫，耻復屈身後代，自劉裕篡奪勢成，遂不肯仕。雖功名事業不少概見，而其高情逸想，播於聲詩者，後世能言之士，皆自以爲莫能及也。蓋古之君子，其於天命民彝、君臣父子、大倫大法所在，惓惓如此。是以大者既立，而後節概之高，語言之妙，乃有可得而言者。如其不然，則紀逡、唐林之節非不苦，王維、儲光羲之詩非不翛然清遠也，然一失身於新莽、禄山之朝，則其平生之所辛勤而僅得以傳世者，適足爲後人嗤笑之資耳。

真西山曰：予聞近世之評詩者，淵明之辭甚高，而其旨則出於莊老；康節之辭若卑，而其旨則原於六經。以余觀之，淵明之學正自經術中來，故形之於詩有不可掩。如《榮木》之憂逝水之歎也；《貧士》之詠，簞瓢之樂也。《飲酒》末章有曰：「羲農去我久，舉世少復真。汲汲魯中叟，彌縫使其淳。」淵明之智及此，豈虛玄之士可望耶？雖其遺榮辱，一得喪，真有曠達之風，細玩其辭，時亦悲涼感慨，非無意世事者。或者徒知義熙以後不著年號，爲耻事二姓之驗，而不知其惓惓王室，蓋有乃祖長沙公之心，獨以力不得爲，故肥遯以自絶，食薇飲水之言，銜木填海之喻，至深痛切，顧讀者弗之察耳。淵明之志若是，又豈毁彝倫而外名教者所可同日語乎！

何孟春曰：以靖節爲老莊，語出朱子，而真氏爲之辨如此。蓋朱語門人所録，未可信。靖節人品，未可輕議。吴臨川《跋朱子書陶詩》亦云：朱子嘗言陶靖節見趣多是老子意，此直晦庵一時所見如此耳，非遂有所貶也。

陳善《捫蝨新語》曰：文章以氣韵爲主。氣韵不足，雖有辭藻，要非佳作也。昨讀淵明詩，頗似枯淡，久而有味。東坡晚年極好之，謂李、杜不及也。此無他，韵而已。

《嚴滄浪詩話》曰：漢魏古詩，氣象混沌，難以句摘，晉以還方有佳句，如淵明「採菊東籬下，悠然見南山」、謝靈運「池塘生春草」之類。謝所以不及陶者，康樂之詩精工，淵明之詩質而自然耳。

《許彦周詩話》曰：陶彭澤詩，顔、謝、潘、陸皆不及者，以其平昔所行之事，賦之於詩，無一點媿辭，所以能爾。

黄徹《䂬溪詩話》曰：淵明非愛枯槁，其所以感歎時化推遷者，蓋傷時人之急於聲利也，非畏亂離。其所以愁憤於干戈盜賊者，蓋以王室元元爲懷也，俗士何足以識之。

敖陶孫《詩評》曰：陶彭澤詩，如絳雲在霄，舒卷自如。

鄭厚《藝圃折衷》曰：陶淵明詩，如逸鶴任風，閒鷗忘海。

《劉後村詩話》曰：陶公如天地間之有醴泉慶雲，是惟無出，出則爲祥瑞。且饒坡公一人和陶可也。

《松石軒詩評》曰：陶潛之作，如清瀾白鳥，長林麋鹿，雖弗嬰籠絡，可與其潔，而隱顯未齊，厭欣猶滯，直適乎此而不能忘隘乎彼者耶！

何孟春曰：陶公自三代而下爲第一流人物，其詩文自兩漢以還爲第一等作家。惟其胸次高，故其言語妙，而後世慕彼風流，未嘗不欽厥製作；欽厥製作，未嘗不尚論其人之爲伯夷，爲黔婁，爲靈均，子房、孔明也。

以上何孟春《陶集附録》及總論所增。

鍾嶸《詩品》曰：宋徵士陶潛詩，其源出於應璩，又協左思風力；文體省静，殆無長語，篤意真古，辭興婉愜。每觀其文想其人德。世歎其質直，至如「歡言酌春酒」「日暮天無雲」，風華清靡，豈直爲田家語耶！古今隱逸詩人之宗也。

蘇東坡曰：觀陶彭澤詩，初若散緩不收，反覆不已。乃識其奇趣。每體中不佳，輒取讀，不過一篇，惟恐讀盡後無以自遣耳。

李獻吉曰：靖節高才，豪逸人也，而復善知幾。厥遭靡時，潛龍勿用。然予讀其詩，有俯仰悲慨，玩世肆志之心焉。

李賓之曰：陶詩質厚近古，愈讀而愈見其妙。

王元美《藝苑卮言》曰：淵明託旨沖澹，其造語有極工者，乃大入思來，琢之使無痕迹耳。後人苦一切深沈，取其形似，謂爲自然，謬以千里。

茅鹿門曰：問讀陶先生所著《歸去來辭》，併《五柳先生傳》，千年來共謂古之栖逸者流，而以詩酒自放者也。已而予三復之，及讀《詠三良》、《詠荆軻》與《感士不遇賦》，其中多嗚咽感慨之旨。予獨疑其晉室之傾，竊欲按張子房故事，以五世相韓，故而行擊博浪沙中者。然子房創謀雖無成，猶藉真人起豐沛，附風雲，稍及依漢以亡秦也，嗟乎！先生獨不偶，故其言曰：「一朝長逝後，願言同此歸。」又曰：「惜哉劍術疎，奇功遂不成。其人雖云没，千載有餘情。」又曰：「伊古人之慷慨，病奇名之不立。屈雄志於戚豎，竟尺土之無及。」然則先生豈盻盻然歌詠泉石、沈冥麴蘖者而已哉！吾悲其心懸萬里之外，九霄之上，獨憤翮之縶而蹄之蹶，故不得已以詩酒自溺，躑躅徘徊，待盡丘壑焉耳。

劉朝箴曰：靖節非儒非俗，非狂非狷，非風流，非抗執，平淡自得，無事脩飾，皆有天然自得之趣。而飢寒困窮，不以累心，但足其酒，百慮皆空矣。及感遇而爲文詞，則率意任真，略無斧鑿痕、烟火氣，千載之下，誦其文，想其人，便愛慕向往，不能已已。

潛玉曰：靖節先生，孤士也。篇中曰「孤松」，曰「孤雲」，皆自況語。人但知義熙以後先生耻事二姓，孤隱於醉石五柳間，而不知義熙以前，雖與鎮軍、督郵同塵錯處，而先生之孤自若。故其詩云：「自我抱兹獨，俯仰四十年。」又云：「此士胡獨然，實由罕所同。」慨不生炎帝、帝魁之世，而賦《感士不遇》云：「擁孤襟以卒歲，謝良價於朝市。」蓋合晉、宋而發慨也，豈其參軍事、令彭澤，即云良價哉。顏延年曰：「物尚孤生，先生真孤生也。」

以上毛晉緑君亭本《陶集總評》所增。

葉少藴夢得《石林詩話》曰：《詩品》論淵明以爲出於應璩，此語不知其所據。應璩詩不多見，惟《文選》載其《百一詩》一篇，所謂「下流不可處，君子慎厥初」者，與陶詩了不相類。五臣注引《文章録》云：「曹爽用事，多違法度。璩作此詩，以刺在位，意若百分有補於一者。」淵明正以脱略世故，超然物外爲意，顧區區在位者，何足概其心哉！且此老何曾有意欲以詩自名，而追取一人而模倣之，此乃當時文士與世進取競進而争長者所爲，何期此老之淺，蓋嶸之陋也。

《蘭莊詩話》曰：鍾嶸品陶潛詩：「文體省静，殆無長語；篤意真古，辭興婉愜，古今隱逸詩人之宗也。」可謂知言矣，而寘之中品，其上品十一人，如王粲、阮籍輩，顧右於潛耶？論者稱嶸洞悉元理，曲臻雅致，標揚極界，以示法程，自唐而上莫及也；吾獨惑於處潛焉。

林君復逋曰：陶淵明無功德及人，而名節與功臣義士等，何耶？蓋顏子以退爲進，甯武子愚不可及之徒歟。

《東坡詩話》曰：古之詩人，有擬古之作矣，未有追和古人者也；追和古人，則始於東坡。吾於詩人，無所甚好，獨好淵明之詩。淵明作詩不多，然其詩質而實綺，癯而實腴，自曹、劉、鮑、謝、李、杜諸人，皆莫及也。吾前後和其詩凡百有九篇，至其得意，自謂不甚愧淵明。然吾之於淵明，豈獨好其詩也哉，如其爲人，實有感焉。淵明臨終，疏告儼等：「吾少而窮苦，每以家弊，東西遊走。性剛才拙，與物多忤，自量爲己，必貽俗患，僶俛辭世，使汝等幼而飢寒。」淵明此語，蓋實録也。吾真有其病，而不蚤自知，半世出仕，以犯大患，此所以深愧淵明，欲晚節師範其萬一也。

范元實《潛溪詩眼》曰：東坡《和貧士詩》：「夷齊耻周粟，高歌誦虞軒。產禄彼何人，能致綺與園。古來辟世士，死灰或餘烟。末路益可羞，朱墨手自研。淵明初亦仕，絃歌本誠言。不樂乃徑歸，視世嗟獨賢。」此言夷、齊自信其去，雖武王不能挽之使留；四皓自信其進，雖産、禄之聘亦爲之出。蓋古人無心於功名，信道而進退，故其名之傳，如死灰之餘烟也。後之君子，既不能以道進退，又不能忘世俗之毀譽，多作文以自名其出處，故曰「朱墨手自研」。若「淵明初亦仕，絃歌本誠言」，蓋無心於名，雖晉末亦仕，合於綺、園之出。其去也，亦不待以微罪行，「不樂乃徑歸」，合於夷、齊之去其進退，蓋相似，使其易地，未必不追蹤二子也。東坡作文工於命意，必超然獨立於衆人之上，非如昔人稱淵明以退爲高耳。

《朱子文集》曰：淵明詩所以爲高，正在不待安排，胸中自然流出。東坡乃篇篇句句依韵而和之，雖其高才似不費力，然已失其自然之趣矣。

都元敬穆《南濠詩話》曰：陳後山謂：「陶淵明之詩，切於事情，但不文耳。」此言非也。如《歸園田居》云：「曖曖遠人村，依依墟里烟。狗吠深巷中，雞鳴桑樹顛。」東坡謂如大匠運斤，無斧鑿痕。如《飲酒》其一云：「衰榮無定在，彼此更共之。」山谷謂類西漢文字。其五云：「結廬在人境，而無車馬喧。問君何能爾，心遠地自偏。」王荆公謂詩人以來，無此四句。又如《桃花源記》云：「不知有漢，無論魏晉。」唐子西謂造語簡妙，復曰：「晉人工造語，而淵明其尤也。」後山非無識者，其論陶詩，特見之偶偏，故異於蘇、黄諸公耳。

姜白石《詩説》曰：淵明天資既高，趣詣又遠，故其詩散而莊，澹而腴，斷不容作邯鄲步也。

《蔡寬夫詩話》曰：淵明詩，唐人絶無知其奥者，唯韋蘇州、白樂天嘗有效其體之作，而樂天去之亦自遠甚。太和後，風格頓衰，不特不知淵明而已，然薛能、鄭谷乃皆自言師淵明。能詩云：「李白終無敵，陶公固不刊。」谷詩云：「愛日滿階看古集，只應陶集是吾師。」

釋惠洪《冷齋夜話》曰：東坡嘗云：淵明詩初視若散緩，熟視有奇趣，如曰：「日暮巾柴車，路暗光已夕。歸人望烟火，稚子候簷隙。」又曰：「採菊東籬下，悠然見南山。」又曰：「靄靄遠人村，依依墟里烟。犬吠深巷中，雞鳴桑樹顛。」大率才高意遠，則所寓得其妙，遂能如此，如大匠運斤，無斧鑿痕，不知者疲精力，至死不悟，如曰：「一千里色中秋月，十萬軍聲半夜潮。」又曰：「蝴蝶夢中家萬里，子規枝上月三更。」又曰：「深秋簾幕千家雨，落日樓臺一笛風。」皆寒乞相，一覽便盡，初如秀整，熟視無神氣，以其字露也。東坡作對則不然，如曰「山中老宿依然在，案上《楞嚴》已不看」之類，更無齟齬之態。細味之，對偶親的，而字不露也。此真得淵明之遺意耳。

都元敬《南濠詩話》曰：東坡拈出淵明談理之語有三：「采菊東籬下，悠然見南山。」「笑傲東軒下，聊復得此生。」「客養千金軀，臨化消其寶。」皆以爲知道之言。予謂淵明不止於知道，而其妙語，亦不止是，如云：「縱浪大化中，不喜亦不懼。應盡便須盡，無復獨多慮。」「望雲慚高鳥，臨水愧游魚。真想初在襟，誰謂形迹拘。」「朝與仁義生，夕死復何求。」「及時當勉勵，歲月不待人。」「前途當幾許，未知止泊處。古人惜寸陰，念此使人懼。」蓋真有得於道者，非尋常人能蹈其軌轍也。

陳善《捫蝨新語》曰：山谷嘗云白樂天、柳子厚俱效淵明作詩，而惟子厚詩爲近。然以予觀之，子厚語近而氣不近，樂天氣近而語不近。子厚氣悽愴，樂天語散緩，各得其一，要於淵明詩未能盡似也。東坡亦嘗和陶詩百餘篇，自謂不甚愧淵明，然坡詩語亦微傷巧，不若陶語體合自然。要知陶淵明，須觀江文通雜體詩中擬淵明作者，方是逼真。

又曰：余每論詩，以陶淵明、韓、杜諸公，皆爲韵勝。一日，見林倅於徑山，夜話及此。林倅曰：「詩有格有韵，故自不同。如淵明詩，是其格高；謝靈運『池塘春草』之句，乃其韵勝也。格高似梅花，韵勝似海棠花。」予聽之，瞿然若有悟。

楊廷秀萬里《讀淵明詩》有句云：「故文了無改，乃似未見寶。貌同覺神異，舊玩出新妙。」

陳伯敷繹曾《文章歐冶》曰：淵明心存忠義，身處閑逸，情真、景真、意真、事真，幾於《十九首》矣。至其工夫精密，而天然無斧鑿痕，又有出於《十九首》之表者，盛唐諸家風韵皆出此。

宋景濂曰：陶元亮天分之高，其先雖出於太冲、景陽，究其所自得，直超建安而上之，高情遠韵，殆有太羹充鉶，不假鹽醯，而至味自存者也。

王彝《跋臨流賦詩圖》曰：陶淵明臨流則賦詩，見山則忘言，殆不可謂見山不賦詩，臨流不忘言，又不可謂見山必忘言，臨流必賦詩。蓋其胸中似與天地同流，其見山臨流，皆其偶然，賦詩忘言，亦其適然。故當時人見其然，淵明亦自言其然。然而爲淵明者，亦不知其所以然而然也，又何以知其然哉，蓋得諸其胸中而已。

李賓之《懷麓堂詩話》曰：陶詩質厚近古，愈讀而愈見其妙。韋應物稍失之平易，柳子厚則過於精刻。世稱陶、韋，又稱韋、柳，特概言之，惟謂學陶者，須自韋、柳而入，乃爲正耳。

趙鈍叟維寰曰：淵明大節自足不朽，要以興會所到，悠然得句，意不在詩，亦如琴不必絃，書不甚解云爾。必以爲字字句句皆關君父，又烏知陶詩不墜經生刻畫苦海乎。

楊用修《升庵詩話》曰：《晉書》云：「陶淵明讀書不求甚解」，此語俗士之見，後世不曉也。余思其故，自兩漢來，訓詁盛行，説五經之文，至於二三萬言，陶心知厭之，故超然真見，獨契古初，而晚廢訓詁，俗士不達，便謂其不求甚解矣。又是時周續之與學士祖企、謝景夷，從刺史檀韶聘，講《禮》城北，加以讎校，所住公廨，近於馬肆，淵明示以詩云：「周生述孔業，祖謝響然臻。」「馬隊非講肆，校書亦以勤。」蓋不屑之也。觀其詩云：「先師遺訓，今豈云墜。」又曰：「《詩》《書》敦宿好」，又云：「游好在六經」，又云：「泛覽周王傳，流觀山海圖。」其著《聖賢群輔録》、《五孝傳》贊，考索無遺。又跋之云：「《書》傳所載，故老所傳，盡於此矣。」豈世之鹵莽不到心者耶？予嘗言人不可不學，但不可爲講師、溺訓詁。見《淵明傳》語，深有契耳。

陸樹聲《長水日抄》曰：陶淵明《飲酒》、《田園》諸作，見者若疑其爲閑淡絶物，散誕自居也，而不知其雅操堅持，苦心獨復處。觀其詩曰：「悽悽失群鳥，日暮猶獨飛，徘徊無定止，夜夜聲轉悲。厲響思清遠，去來何依依。」又云：「勁風無榮木，此蔭獨不衰。託身已得所，千載不相違。」其特立惕厲若此。至其會意忘言處，心境廓然，此正獨復從道處，亦所謂憂世樂天，並行不悖。

江進之盈科《雪濤詩評》曰：陶淵明超然塵外，獨闢一家，蓋人非六朝之人，故詩亦非六朝之詩。

張爾公潔生曰：淵明無之非寄，凡穫稻、飲酒、乞食、讀書，皆寄耳，詩又寄之寄也，豈必銖銖兩兩，與餘人較工拙、論喜憎哉。

顧炎武《日知録》曰：末世人情彌巧，文而不慚，固有朝賦《采薇》之篇，而夕有捧檄之喜者。苟以其言取之，則車載魯連、斗量王蠋矣。曰是不然，世有知言者出焉，則其人之真僞，即其言辨之，而卒莫能逃也。《黍離》之大夫，始而摇摇，中而如噎，既而如醉，無可奈何，而付之蒼天者，真也。汨羅之宗臣，言之重，辭之複，心煩意亂，而其辭不能以次者，真也。栗里之徵士，淡然若忘於世，而感憤之懷，有時不能自止，而微見其情者，真也。其汲汲於自表暴而爲之言者，僞也。

黄維章文焕《陶詩析義》序曰：古今尊陶，統歸平淡，以平淡概陶，陶不得見也。析之以鍊字鍊章，字字奇奥，分合隱現，險峭多端，斯陶之手眼出矣。鍾嶸品陶，徒曰「隱逸之宗」，以隱逸蔽陶，陶又不得見也。析之以憂時念亂，思扶晉衰，思抗晉禪，經濟熱腸，語藏本末，湧若海立，屹若劍飛，斯陶之心膽出矣。若夫理學標宗，聖賢自任，重華、孔子，耿耿不忘，六籍無親，悠悠生歎，漢、魏諸詩，誰及此解，斯則靖節之品位，竟當俎豆於孔廡之間，彌朽而彌高者也。開此三例，懸之萬年，佳詠本原，方免埋没。否則摩詰、韋、孟，群附陶派，誰察其霄壤者。

以上吴瞻泰《陶詩彙注》所增。

鍾伯敬曰：陶詩閒遠，自其本色，一段淵永淹潤之氣，其妙全在不枯。

趙鈍叟曰：淵明、靈運，同爲晉室勳臣之裔。靈運浮沈禪代，襲爵康樂，晚乃自悔，有韓亡秦帝之語。博浪未椎，身名並隕，以墜家聲，惜哉！獨淵明解組，肆志鴻冥，鼎革之間，不友不臣，易紀元以甲子，凛然《春秋》大義，雖寄懷沈湎，而德輝彌上，殆首陽之展禽、箕山之接輿也。

以上蔣熏《陶詩總論》所增。

施彦執《北窗炙輠録》曰：人見淵明自放於田園詩酒中，謂是一疎懶人耳。不知其平生學道至苦，故其詩曰：「淒淒失群鳥，日暮猶獨飛。徘徊無定止，夜夜聲轉悲。厲響思清越，去來何依依。因植孤生松，斂翮遥來歸。勁風無榮木，此蔭獨不衰。繫身已得所，千載莫相違。」其苦心可知。既有會意處，便一時放下。

又曰：周正夫云：「人言陶淵明隱，淵明何嘗隱，正是出耳。」

又曰：正夫書論杜子美、陶淵明詩云：「子美讀盡天下書，識盡萬物理，天地造化、古今事物，盤礴鬱積於胸中，皓乎無不載，遇事一觸，輒發之於詩。淵明隨其所見，指點成詩，見花即道花，遇竹即説竹，更無一豪作爲。」故予嘗有詩云：「子美學古胸，萬卷鬱含蓄。遇事時一麾，百怪森動目。淵明澹無事，空洞撫便腹。物色入眼來，指點詩句足。彼豈發其藏，此但隨所觸。二老詩中雄，同人不同曲。」蓋本於正夫之論也。

淵明詩云：「山氣日夕佳，飛鳥相與還。此中有真意，欲辨已忘言。」時達磨未西來，淵明早會禪，此正夫云。仝上

王圻《稗史》曰：詩本觸物寓興，吟咏情性，但能輸寫胸中所欲言，無有不佳。而世多役於組織雕鏤，故語言雖工，而淡然無味，與人意了不相關。嘗觀淵明《告子儼等疏》云：「少學琴書，偶愛閑静，開卷有得，便欣然忘食。見樹木交蔭，時鳥變聲，亦復欣然有喜。嘗言五六月中，北窗高卧，遇涼風暫至，自謂是羲皇上人。」此皆其平生真意。及讀其詩，所謂「孟夏草木長，繞屋樹扶疎。衆鳥欣有托，吾亦愛吾廬。既耕亦已種，時還讀我書。」又「微雨從東來，好風與之俱」。直是傾倒所有，借書於手，初不自知爲語言文字，此其所以不可及。人誰無三間屋，夏月飽眠睡，凭几讀書，藉木陰聽鳥聲，而唯淵明獨知爲至樂。則知世間好事人所共有，而不能自受用者，何可勝數。吾今歲闢東軒，自伐林間大竹爲小榻，一夫負之可趨，擇美木佳處，即曲肱跋足而卧，殆未覺有暑氣，不知與淵明所享孰多少，但恨無此詩耳。此條見葉夢得《石林詩話》。凡王氏所采，皆前人舊説，不一一細標出處也。

又曰：情之所蓄，無不可吐出；景之所觸，無不可寫入。晉惟淵明，唐惟少陵。叙事者如畫師肖貌，各隨其形之妍媸；議論者如老吏斷獄，悉得其情之本末。漢惟子長，宋惟子瞻。

又曰：陶淵明詩，如「白日掩柴扉，虛室絶塵想」，固可見其有道氣象，而「萬物各有托，孤雲獨無依」，可以見其孤忠自許，《詠荆軻》一篇，蓋藉之以發孤憤耳，故朱子謂「此篇始露本象」。其自作輓

詩，劉坦之以曳杖易簣比之，豈溢美哉！李太白「對影成三人」之句，亦出淵明「欲言無予和，揮盃勸孤影」，蓋其志有非他人窺測者。世道衰降，不能少見於行事，讀其詩可以得其心焉。

又曰：陶詩淡，不是無繩削，但繩削到自然處，故見其淡之妙，不見其削之迹。李詩逸，不是無雕飾，但雕飾到自然處，故見其逸之趣，不見其飾之痕。

又曰：杜有全學陶者。陶云：「親戚或餘悲，他人亦已歌。」又云：「衆鳥欣有托，吾亦愛吾廬。」而杜《寫懷》云：「萬古一骸骨，鄰家遞歌哭。」又云：「群生各一宿，飛動自儔匹。吾亦驅其兒，營營爲私實。」明明自陶脱出來，但讀陶後二語，殊覺杜之爲煩。

又曰：李白亦多用陶語。陶云：「揮盃勸孤影。」而李云：「獨酌勸孤影。」陶云：「但得琴中趣，何勞絃上聲。」而李云：「但得酒中趣，勿爲醒者傳。」

馮鈍吟《雜録》曰：陶公讀書，止觀大意，不求甚解。所謂甚解者，如鄭康成之《禮》、毛公之《詩》也。世人讀書，正苦大意未通耳，乃云吾師淵明，不惟自誤，更以誤人。

以上新增。

（吕苗苗點校）

緣庵詩話

緣庵詩話提要

李堂撰。據道光間刊本著録點校。堂(?—一八三一)字允昇,號西齋。浙江仁和人。布衣。有《冬榮草堂集》。此書蔣寅《清詩話考》謂有郭麐道光十年序,此本無之。書中多記嘉慶間事,署年最晚者爲道光四年甲申,當作於此後之數年間。李氏學詩於朱彭,王昶《湖海詩傳》謂青湖乃乾嘉間變浙派風氣者,此書執弟子禮甚恭,頗記其師之言事。李氏亦及從述庵游,所記過從軼事,有一則諷其「好考據之過」,蓋西齋最喜者在袁隨園之性靈詩也。又記沈德潛評汪沆(槐塘)詩,有「紙上摸之有棱」一語,甚爲生動。與屠倬、王豫等俱有交往,又曾往訪王曇,其事多可資談助。與改琦等畫家亦友善,所録題畫詩爲書中一大宗。評詩唐宋兼宗,倣漁洋、隨園之舉,續作宋人七絶摘句圖四十餘首,可觀其趣味。録詩亦有體格,不乏佳作,題在當下,詩中有我,遣詞造境,又已非唐非宋,而直爲本朝詩矣。如童堦悼亡「同穴直須吾死後,比肩祗此夜闌時」之句,竟實寫「身亡」之夜,夫婦永訣難舍之情遂達於極限,潘岳、厲鶚等無以過也。其他如孫永齡《鄉塾》,運七古叙事之體,從容寫出塾師之直與迂,學童之頑與訓,不疾不徐,而成其趣。諸如此類,以日常無奇之情景,鑄就平淡而或别致之美趣。此一能事,至嘉、道詩人,方便之門大開,南宋以來詩風詩格,爲之一大變。李氏此書與同期前後詩話,正可見證此一變局也。

緣庵詩話卷一

仁和李堂允升

鄂公敏守杭，於乾隆丙寅閏三月三日，集僚屬、鄉薦紳、布衣、方外，凡六十三人，修禊第一橋之曲院。各仿蘭亭體，賦四、五言二章。烎虚上人爲繪《西湖修禊圖》，可謂極一時之盛矣。

余囊得樊榭先生手鈔詩一册。《過徂徠山》云：「徂徠初在望，杳靄上朝暾。山雪中無路，松風下有村。孤懷六逸往，直節一詩存。欲去屢回首，遺蹤傷客魂。」氣韵清高。集中所存，另是一首。尚有讀史五律十首，惜未録出，爲人攜去。今不可索歸矣。思之邑邑。

南屏詩僧烎公、讓公，頡頏湖山間。烎公兼工畫，讓公兼工書，著有《話墮集》。佳句甚夥，隨園老人已采入詩話矣。七言又如「樹留人坐陰鋪石，凉送僧歸緑滿湖」，「松風不斷六七里，狼籍山中多少凉」。意極新警。

讓公法嗣心舟，名禪一，小字法喜。爲僧雛時好嬉戲。一日，師出山，令守視園笋。且留句云：「擊柝驚松鼠。」期屬對以待。不爾，將施夏楚。晚鐘已動，而句未就。朱青湖師適至，爲對云：「編籬護竹雞。」師歸見之，怪非所能。具以實告，師笑而釋之。

隨園老人全集，美不勝收。予最愛讀其七律一首云《乾隆丁巳予落魄長安金陵人田古農見而奇之憫其飢渴以酒相餉未十年余出宰金陵古農已爲異物訪其子孫作詩告墓》：「欲報長安一飯恩，破墻流落小兒孫。難忘往日窮途淚，不洗青衫舊酒痕。萍水再逢風不偶，山河如夢客銷魂。重泉此際應知我，玉笛親吹到墓門。」一往情深，聲淚與筆墨俱下也。

王述庵少寇常誦何大復《送衛推官之武昌》句云：「仙人樓閣春雲裏，賈客帆檣落照餘。」朱青湖師常誦查初白《京口》句云：「舳艫轉粟三千里，燈火沿流一萬家。」並歎其寫景如畫。

壬戌，予客三泖漁莊。王述庵少寇招集觀劇，演《金雀記・喬醋》一齣，少寇謂予曰：「子知潘安仁妻姓乎？」予倉卒無以對。曰：「讀《悼亡》詩，獨無李氏靈，知姓李也。」予按：此用漢武致李夫人事。又按：《文選》潘岳《楊荆州誄》張鳳翼注：楊肇爲荆州刺史，是岳妻父。故言官不書名記。此亦見好考據之過。《金雀記傳奇》作井文鸞。

吾鄉孫文靖公爲諸生時，詩已清麗。嘗詠睡燕，有「暖莎織草迷三徑，疎雨輕烟夢六朝」之句，人戲目爲「孫睡燕」。

顧涑園先生光工詩、古文，在都下時，大興朱文正公曾受業焉。歷仕至廣州守，有循聲。制府某嫉之，遂引病歸。家居貧甚，喜獎成後學。晚年傴僂蹣跚，談藝猶娓娓不倦。爲述昔樊榭先生亟歎謝康樂「蒲稗相因依」，柳柳州「林影久參差」，「相因依」「久參差」六字極妙。先生七言如《除梟行》云：「郎山山頭木擁腫，上有鳴梟聲洶洶。人言此鳥是鬼車，聽之左右神皆悚。老夫困眠貪永日，至此旁皇不安席。急召精夫與健役，一箭穿空墮飛翮。群苗見之笑啞啞，嗚呼！使君之隸毒於梟，爾苗不戒覆爾巢。」《殺虎行》云：「郎山山中滿林麓，黃茅白草虎偎伏。鋪司無事不出門，胡爲虎亦噉其肉。老夫聞此恨填臆，强弓毒矢追逋亟。殺虎三十比獻特，蒼皮鈎爪大府識，群苗聞之意自得。嗚呼！使君之威猛於虎，幸不傷人毋爾苦。」所謂仁人之言藹如。著有《橘頌堂集》，刻未竣而捐館。後人零落，無能爲之收藏者。悲夫！

釋聖文居慶春門外定水院。倪君米樓偕余訪之，本色無巾拂習氣。能詩，隨手散佚。爲誦一聯云：「山影穿林瘦，溪聲帶雨寒。」不失九僧宗派。

如皋徐湘浦觀政，詩畫清逸，不下板橋道人。在浙官鹽運副使時，與北郭沈笠人、南屏釋心舟相倡和。後引病歸。《入山别心公不值留題》云：「僧出山空草色黄，客來趺坐嬾雲堂。八年公案無人斷，獨上孤亭問夕陽。」繼有友人江北歸，見其題金山寺壁云：「歸興濃於酒，江天净似禪。布帆銜曉色，鐵甕擁春烟。偶過無生地，來參不二泉。裴公盤膝處，下有老龍眠。」讀二詩，其襟懷瀟洒可想。

吴門汪墨莊以詠老馬詩得名，時目爲「汪老馬」。又《即事》一絶云：「斟酌橋邊舊酒樓，樓中夜夜唱梁州。棗花簾外初圓月，一度銷魂已白頭。」亦饒韵致。

吴門蔣氏復園，即前明王侍御拙政園也。三春遊女盛甚。壁上有廣陵閨媛蕭仲璎、仲瑚題云：「庚申三月晦日，偕幼珊妹雨中遊蔣家園作。『春光草草送將歸，紅瘦應輸緑正肥。細雨喜無蜂蜨鬧，不妨微濕薄羅衣。』仲瑚云：『聞説園亭此最佳，今朝偶爾駐香車。穠桃艷李漂零盡，開到風前姊妹花。』」二絶風致清婉可誦。

乾隆甲寅、乙卯間，姜淳甫結「怡園詩社」。時朱青湖師館於其家，爲定甲乙，《詠老妓》以陳曼生鴻壽爲第一。詩云：「朱顔鏡裏儘風流，幾度妝成怨白頭。南部烟花懷舊侶，東家絃管動新愁。人歸溢浦三千里，夢繞秦淮十二樓。莫怪門前車馬絶，王孫敝盡黑貂裘。」

余嘗謂詠雪詩當以右丞「灑空深巷静，積素廣庭閒」、少陵「燭斜初近見，舟重竟無聞」句爲最佳。如荆公「曲墻乍覺吹來密，窮巷終憐埽去遲。」亦工妙。

詠桂詩惟記宋人劉屏山「山路不知處，月窗時夜聞」二句最高妙。近姜淳甫「亂飄黄雪欲無路，遮斷緑雲何處香」，亦清雅可誦。倚聲家頗多佳什。蓋形容此花，語涉穠麗，則易工耳。

德清戴緑疇丈高，早爲名諸生。屢試不售，乃歷遊江浙郡邑，幕主錢穀。予與識於南屏山舫，長身脩髯，目光炯炯，善清談。晚年倦遊，里居課孫自遣。丙子冬，往訪之，以《緑疇吟稿》見贈。尤工五律，宗法右丞。如「不礙樓待月」，用白香山《河亭晴望》韵：「夜静得秋意，主人春甕開。抱琴臨水坐，看月過松來。十載他鄉思，三更客夢回。即今良宴會，相對莫停杯。」《筠公静室》：「蒼蒼九里松，靄靄兩高峰。每日茅檐下，閒雲埽幾重。如觀巨然筆，偶踐曇超蹤。相對了無語，但聞空外鐘。」皆極高超。如《示衣坂》：「太守精靈在，寒雲壓郡城。艱危持大節，辛苦合殘兵。想見登陴日，如聞罵賊聲。至今沙草上，神馬破空行。」則又雄渾矣。

仁和布衣何東甫琪號春渚，居北郭枯樹灣。工詩、古文。被酒輒發灌嬰之狂，觸阮籍之痛。故吴穀人祭酒《寄懷》詩，有「古來涕淚灑人多」之句。客維揚最久。嘉慶丙辰，與朱青湖師同徵，舉孝廉方正，不就。年七十餘，賦詩而逝。著有《小山居集》。如《濟南旅夜》：「滿庭殘葉落飄蕭，又見西風上柳條。一郡青山名士地，三更紅燭旅人簫。定知烹鯉慈顏喜，遠念塗鴉稚子嬌。莫笑吟聲猶是越，鄉心此夕最迢迢。」又《揚州城西晚步》：「邗江渺渺接清淮，是地春光詎有涯。明月二分吹笛夜，暖風十里賣香街。可無幽興一閒出，却有吟情來滿懷。莫問樊川狹斜處，塵埋奚止舊金釵。」二首爲時傳誦，後一首集中不刻。

單斗南師諱炤，富陽諸生，寓居仁和茶園衖。韓城王文端公爲督學時，愛其才，將貢之成均，以不就試而罷。先生秀容儀，妙言語，博極群書，於經史詩文源流派别靡不窮究。詩宗少陵，顏其齋曰「杜可」，學者稱「杜可先生」。朱青湖師贈以句云：「識途似我年差晚，談藝惟君眼最明。」其推挹如此。尤熟精内典，故又號華藏。停車問字，暨拂諮禪者踵相接。老而寄居城東静修僧舍以終。臨易簀，神明湛然。無子，以姪爲嗣。詩文脱稿輒棄去。門弟子所裒録者，才之十三四耳。佳句甚夥。五言如《夜坐怡雲閣》云：「明月如良友，黄昏亦肯來。」《早梅》云：「數點香初洩，春風竟不知。」《登興國寺浮圖》云：「離憂滿江海，彌望極登萊。」《吴山晚眺》云：「潮迴海門樹，天盡越州山。」《水漲》云：「谿皛喧縣市，江燕立津亭。」《冬日雨窗述懷》云：「積雨疎朋屐，新寒侮客衣。」《梁溪晚泊》云：「溪水澄沙白，窑烟借樹青。」《平望舟次》云：「葭菼春流淺，魚鰕晚市多。」《送江抱村之閩》云：「橘花蠻洞合，榕樹驛樓陰。」《金家堰農家》云：「溪草白成路，梅花香一村。」《遊雲居寺》云：「清歡投老得，秋氣入林知。」《小山園》云：「池光映山緑，松氣入雲流。」《細雨》云：「山城斜日漏，江渚亂流明。」《郭外》云：「草柔黄犢喜，花暖白鳩啼。」《酬鄭書三》云：「谿雲團小閣，風葉鬬寒宵。」《黄庵》云：「萬竹圍僧緑，雙槐覆殿陰。」《甘墩村看桃花》云：「草閣面層阜，桃花明一谿。」《懷郭春林》云：「白日容高枕，黄花伴索居。」《詠燈》云：「群形都向寂，一曜莫争能。」《蘭》云：「葉長偏伍草，香遠不因風。」《蚊》云：「噆膚憑利喙，反掌殞微軀。」《蚓》云：「屈身藏石罅，穿土出花陰。」《紙鳶》云：「投閒餘老輩，荒學誤兒曹。」《失題》云：「秋山多刻畫，霜樹益精神。」七言如《讀宋史》云：「半壁江山祠白馬，兩朝陵寢葬青衣。」《慧山泉》云：「龍脊宛延流不息，虎跑甘洌味應同。」《寄懷念齋舅氏》云：「春回燕市星初轉，地入龍沙雪未消。」《七夕》云：「一病秋來眠客邸，三更花上見明河。」《四十初度述懷》云：「未逢太史徵鴻博，虚負尚書察孝廉。可笑梁園多俚語，不聞禹穴有藏書。偏獎牛醫黄叔度，不嫌馬磨許文休。只道仙郎還種玉，那知龍女竟無珠。浮萍身世雞鳴後，落木關山雁影中。」皆極精鍊。

童鹿莽丈堦居候潮門外，家綦貧。母太夫人青年矢柏舟之操，不下樓者廿餘年。撫孤成名，得邀旌表。朱青湖師作《樓居吟》，紀其事。丈淡於榮利，事太夫人至孝。有句云：「名心爲母生。」咸爲歎賞。又《與内永訣》，有一聯云：「同穴直須吾死後，比肩秪此夜闌時。」令人不忍卒讀。棄養後，不復就試。著有《鹿莽吟草》。曾館於竹竿巷，去予家數武而近。每過之，齗齗談至夜分乃别。年七十餘歿。

檇李吴澹川嘗遊金陵，失意歸。賦一絶云：「何物送歸舟，青山滿舵樓。離亭吹笛晚，烟月渡江秋。」其胸懷浩落如此。

奚蒙泉嘗誦《春寒》一絶，云：「東風吹雨百花殘，不典綈袍買醉難。還是去衣還去酒，費人商略是春寒。」頗有風致，不知何人所作。

吾杭諸老輩賦《酒旗》詩，一時稱盛。杭堇浦云：「一竿斜颭荒村尾，盡日閒挑野店東。」沈椒園云：「長趁鶯花春浩蕩，旋收風雪晚模糊。」汪槐塘云：「楊柳陰中知野店，杏花風裏認前村。」俱詩中有畫。

翁朗夫徵君《詠蓑衣》云：「烟波雙鬢老，風雨一身秋。」沈歸愚尚書謝徵君贈裘云：「寒雖貧士骨，暖自故交心。」皆爲時傳誦，一以清逸勝，一以渾厚勝。

錢塘高岑字兩詩，善吹笛。嘗與徐紫山先生夜汎富春江，作《三弄》，風起水涌，聞者歎息。殁後，紫山月下聞笛，詩云：「斑竹曾無一節春，老猿有淚哭頻頻。長干年少腸應斷，何況天涯白髮人。」「曾哭高岑向北邙，悄無遺韵到殘陽。是誰重理春江調，又惹青袍淚數行。」次首蓋追憶之也。

吴江女士姚棲霞，雍正年間人。十七歲以瘵疾殞。著有《翦愁吟》。其父名岱號泠巖者爲之序。隨園老人嘗采入《詩話》。《病中對鏡》云：「匝月罷朝妝，宵長晝亦長。還思一對鏡，力疾再扶牀。已見容如許，誰言病不妨。恐將顦顇盡，無影入清光。」又如《寒夜不寐》云：「半庭殘雪暮寒生，榻近梅花病亦清。泠夢未成燈自滅，疎鐘晝角一聲聲。」「浮生倏短總虚華，幻迹拚歸夢裏家。試問窗前今夜月，照人還得幾回斜。」聲情淒婉，蓋病中絶筆也。

湯西厓先生《詠南天竹》云：「八尺紅珊瑚，如意一聲碎。化作勻圓珠，風雪小山背。」可謂工於體物。

商寶意太守《質園集》《姬人環娘至淮》云：「迴身宛轉故依然，小别重逢似隔年。藥餌急須調病後，簪環親與卸燈前。但教好月當三五，豈惜春衣典十千。江北江南風正厲，護花人祝養花天。」尋有朝雲之悼。在都下，嘗信步至萬柳堂，蓋與姬人舊遊地也。《題壁》云：「彈鞚徐行不覺遥，鳳城寒食又今朝。地經前度增惆悵，人對芳辰轉寂寥。侍史華年傷錦瑟，故家别業問雕橋。真珠亭畔斜陽暮，翻恐無端拾翠翹。」讀二詩，令人低回不已。

濟南旅店壁，無名氏題一絶云：「舊遊城郭尚依然，一種傷心雨雪天。相識僅存名妓在，白頭紅燭話當年。」可與劉改之《贈四明老娼詞》並傳。

錢竹汀宫詹《漂母祠》云：「一飯且知報，寧忘推食恩。少年輕國士，老母識王孫。惠比千金重，名將百代存。娥姁亦巾幗，鐘室淚空吞。」古今題者甚夥，當以此首冠場。

李竹嬾《題畫》七絶多有佳者，漫録十三首。「霜落蒹葭水國寒，浪花雲影上漁竿。畫成未擬將人去，茶熟香温且自看。」「雲林寄興轉高孤，老木虚堂傍太湖。曠朗不容塵隔斷，一痕山影淡如無。」「黄葉陂深隱釣舟，蓼花瑟瑟水悠悠。鸕鷀睡熟漁翁醉，偷取瀟湘一段秋。」「一片蘼蕪鳥去雙，樹中高閣俯澄江。夢回不信秋期近，水影蘋香正入窗。」「杳杳青山没遠鴻，野橋乘醉一扶筇。會心只有高原樹，捎破寒雲露晚峰。」「脱却名韁作散仙，水邊林下伴鷗眠。故人索我烟霞税，攬取秋光入硯田。」「潑翠峰巒映夕暉，千株霜樹纈成幃。晴江十月如三月，又倩蘆花作絮飛。」「黄石堆牆打掃雲，澗流花落去紛紛。讀書聲到樵人耳，樹擁峰迴又不聞。」「疎簾曲几對江開，半硯冷雲吹碧苔。偶然憶得湘西夢，牽引秋山入腕來。」「家住江南黄葉坡，秋來占得水雲多。橛頭艇子無人棹，留待鄰翁送酒過。」「饞眼逢山醉亦開，結廬應是傍天台。石間細瀨緣溪轉，併入松風夢裏來。」「雨寒松閣恣高眠，夢入金庭陟紫烟。七十二峰多忘却，聽泉剛記到開先。」「帳挂元綃烟霧冥，簟波矗矗水涵星。碧雲不動高天迥，夢繞廬山九叠屏。」又五律摘句，「野亭容傲士，山翠落幽襟。」「山色寒原外，秋聲古木中。」「野橋人跡斷，茅屋燕歸來。」「雲沙容小艇，天地著閒人。」「鷗翻江影白，石帶蘚紋乾。」「徑微樵子到，溪静鹿麋逢。」「日暮牛羊下，天空雁鶩高。」七律摘句，「魚驚澗影新秋月，猿落松梢半夜風。」「沙草不容鷗鳥占，松風時與野樵分。」「松頭露點釀爲酒，石面苔花養作錢。」「水暖江鄉魚布子，泥香茅屋燕營巢。」

查初白《廬山紀遊詩・晚至萬松坪》云：「論谷量松不計株，參天一片翠模糊。明朝五老峰頭望，又作蒼雲貼地鋪。」張妙蓮采《憶秦蜀舊遊》云：「雨零林壑盡成聲，香濕山花不辨名。人馬已沈雲氣裏，七盤猶是向空行。」二絶皆極頓挫之妙。

汪徵士臺所居復園，在武林門。城隅有紅板橋、横秀閣、竹西舊地、城北水房諸勝，牧牛行者爲之繪圖。嘗集名宿賦《秋陰》詩，顧月田明府最工。有句云：「微茫水氣菰蒲外，只戀君家十畝園。」

王荆公《半山春晚即事》云：「春風取花去，酬我以清陰。」不意褊躁人有此嘽緩之音。

坡公五古云：「春江欲入户，雨勢來不已。小屋如漁舟，濛濛水雲裏。」余謂删去後四韵，作五絶更妙。

明四溟山人論詩，漁洋頗不喜之，蓋持其點竄小謝之失也。歸愚則不盡非之。唯予亦然。山人詩如「衆嶺夕陽盡，孤城寒色多。」「夜火分千樹，春星落萬家。」「青山一笻外，白髮萬花前。」皆與老杜争勝於毫釐之間。其他名句尚多。

北郭皋亭山下皆種桃花，開時數十里爛若蒸霞，遊人之盛不減西湖。潘雲浦立名《訂友春遊》云：「風吹野草緑依依，莫慣無聊晝掩扉。開到皋亭桃萬樹，昨宵曾夢醉扶歸。」

余友江都王柳村豫，所居名翠屏洲，在大江之上，金焦之間。詩宗盛唐，著有《種竹軒集》。朱青湖師稱其「江寒雁聚沙」五字爲尤妙。又選刻交遊之作數百家，曰《群雅集》。

沈椒園先生《詠新柳》云：「淺拂輕描畫閣前，微黄楚楚倍芳妍。春風驛路初横笛，夜雨江城恰禁烟。試看藏鴉還計日，憶曾繫馬忽經年。無端觸忤生惆悵，豈待吹花賦别筵。」風神絶似徐東癡《秋柳》詩。

章質夫《詠楊花·水龍吟》，以細密擅場，蘇長公以空靈獨絶。如查初白「春如短夢初離影，人在東風正倚欄」，亦傳神之筆。

有《詠雁·來紅》一絶云：「漢使傳書託便鴻，上林一箭墮西風。至今血染階前草，一度秋來一度紅。」頗有思致，惜亡其名氏。

金江聲《詠牽牛花》云：「種及明河玉露凉，碧花籬落點秋光。曉風殘月年年恨，説與黄姑總斷腸。」杭堇浦《詠木綿花》云：「只和柳絮撲雕欄，不共蘆花漲碧灘。可惜向春零落盡，西風依舊客衣單。」二詩情韻微婉相似。

曩見一閨媛《題畫》云：「片石截曦影，疎枝斷晚烟。」造句頗深刻。亡其名氏。

梁山舟學士詩絶工，爲書法所掩。《詠牽牛花》云：「秋曉星未收，光景浄於洗。小草澹衆芳，延緣青竹尾。圓摺皺欲舒，一碧翦天水。惜哉抱弱質，開落朝槿似。爲語牽蘿人，莫采此花蕊。采遲色不如，采早露如許。叶。」清妙似不火食人語。

明張忠烈公葬南屏荔子峰下。近昌化伯邵林墓記無名氏一聯云：「一木廿年支大廈，孤墳三尺拜忠臣。」布衣錢廣伯題一絶云：「華表他年立，豐碑此日題。從教采樵者，不到邵墳西。」可見貴戚之松柏久摧爲薪，而孤忠坏土，至今樵牧不敢犯焉。

奚蒙泉岡詩品清高，不惟繪事，猶明之檀園老人也。有《冬花庵燼餘稿》。題畫七絶尤妙，漫録二十五首。「石壁盤空鳥道回，關仝氣勢壓崔嵬。便教坐我蓬萊閣，千里滄溟入望來。」「一隖寒雲半隖松。翠濤晴卷碧芙蓉。掩關鎮日客來少，卧聽隔林蕭寺鐘。」「谷口雲深雨意多，倚樓人自費吟哦。烟蕪漠漠平橋晚，春水桃花一釣蓑。」「籬門臨水竹風凉，起拂桃笙整筆牀。知有前溪夜來雨，歸雲猶是擁山岡。」「凍穎頻呵手指僵，枯煤拂落氣蒼凉。天寒買醉前谿酒，來聽松風卧草堂。」「小閣迴闌映水光，東風無絮不飛揚。江南記得桃花浪，一片春帆帶夕陽。」「屋後脩篁屋外山，石林蒼蘚點斑斑。此間合著倪高士，吟盡斜陽曳杖還。」「茆屋高低烟樹重，陰厓飛瀑玉淙淙。溪翁不放尋詩艇，荷鍤劚雲何處峰。」「竹烟松靄濕蒼苔，小結團茅面水開。不覺秋容已如許，時流紅葉過溪來。」「一徑緑通千个竹，三間青繞萬重山。客來蕭澹無他供，卧聽秋聲晝掩關。」「桃花流水繞村回，春漲新添鴨緑苔。料得溪翁無箇事，釣船時逐白鷗來。」「雨多湖水迴平灘，昨日兜輿興未闌。試就雲林寫蕭淡，溪陰留得數峰看。」「山僮滌硯弄清波。正我吟情滿芰荷。却笑炎塵吹不到，池欄面面柳風多。」「臨水數峰無限好，最宜雨外復雲中。今朝溪上移舟去，看到殘陽又不同。」「水亭幽處絶塵氛，山冶如妝帶薄曛。正坐忘情省閒思，一溪花雨濕春雲。」「看雨高樓雲脚齊，郭熙畫格較應低。移來小朵峰猶濕，合著林亭坐澗西。」「一曲清溪一釣舟，蘆花深處伴閒鷗。橋西酒價休嫌貴，盡醉霜林樹樹秋。」「一峰含雨一峰晴，晴意無多雨意生。石徑盤盤泉落處，杖藜扶出李長蘅。」「吞吐方壺一片雲，巨師心印付皴文。憶從京口看江雨，山入南徐濕未分。」「謖謖寒濤澗底松，風迴剛應上方鐘。山僧不管門前事，一任閒雲過別峰。」「烟林遥隔數峰低，遠渚平蕪入望迷。正似舊遊來腕底，一篷寒色過苕溪。」「石上流泉韵最幽，風篁戛雨更颼颼。此聲易到詩人耳，又費清吟過一秋。」「弭棹溪頭酒乍醒，風蒲獵獵滿鷗汀。高人不費烟霞税，長占西山作卧屏。」「夾岸晴嵐翠欲流，疎林斜日帶平疇。西風不盡蕭閒意，只屬清溪一釣舟。」又《題楊妃病齒圖》：「宛如西子捧心顰，香唾時教濕繡巾。一曲霓裳歌不得，海棠寂莫過殘春。」

桑文侯先生幼喪母，父病翻胃，日必熬肉粥以進。後不能食，先生常抱鐺而泣。其子弢甫水部爲繪《抱鐺圖》，乞名流題詠。丁龍泓處士七言古云：「人生失怙情難述，況復親存抱奇疾。通腸入胃百未能，除却鐺糜無異術。豚糜羊糜漸謝功，子心如沸一鐺中。明明親在養不得，豈待皋魚撓木風。宛轉親亡腸欲裂，思見團團煮糜鐵。抱鐺哭絶咽無聲，啾啾有耳鐺應泣。」此詩當時傳誦。

青芝隖戴山人家牡丹盛甚，四壁留題殆徧。沈眉峰太守飈有句云：「占斷麥風寒暖候，翦殘穀雨兩三花。」風韵獨絶。

陸筱飲解元飛，詩畫清逸。嘗見其《自題山水》云：「雨後癡雲濕不高，小攜藤杖立春皋。溪流忽送嘈嘈響，并與松風作暮濤。」

王茨檐先生曾祥歲終貧甚，室某孺人趣其告貸於戚友。至暮轉，質衣購一硯而歸。或非笑之，不顧也。著有《静便齋集》。《謝梁菽林餉米》云：「乞米與乞食，先士恒有之。受粟不受金，北郭真吾師。故人念我長苦飢，連廂之積能相貽。入臼出甲凡幾變，紅蓮香子難爲差。急洗塵甑事饙餾，兒嘻婦笑歡翻匙。再拜辱嘉貺，言詠聊稱詩。君家尚書掌邦賦，綜理出納偏無私。於今天下盛生齒，穀貴未免愁貧羸。救荒常平有良法，奚事糴及官資爲。米船之税罷未久，監司何復援爲辭。維君行德須及遠，數事應亦勞長思。顧屬尚書告天子，天聽不惑德不訾。詩成放筆還大笑，一飽便爾發狂癡。」

平湖朱布衣鐘，號雅山，居乍浦城西。家貧，爲童子師，晚精於醫。李海帆明府知其名，命駕相訪。翌日懷一刺，書部民朱某走答之，其真率如此。逢予至，賣藥以供杖頭，已則不勝一蕉葉。口吃寡言，而長吟不輟。五言多妙悟，如「谿影蓄清霽，山容回古春。」「柳橋春水棹，花寺夕陽鐘。」「爨烟低水竹，潮響入風松。」「帆影當橋落，山痕向郭低。」「鄉野漲新雨，海漁喧午潮。」「秋明紅葉路，人語白雲灣。」「艣聲風柳岸，帘影露桃村。」「斷更零雨裏，殘夢落花前。」「徑曲樹藏屋，溪横山對門。」「草色疑無路，潮聲忽過山。」「竹雨滴幽夢，松風來古琴。」俱不減中唐人。

初夏草木蓊勃，以水形容之最確。厲樊榭云：「緑陰似水送春歸。」梁蔎林云：「迎風草色有波意。」釋讓山云：「衆緑欲沈寺。」造句皆工。查初白云：「新緑如山擁一村。」尤能自出新意。

嘗見陳眉公書茅堂夜雪之作，云：「酒清花綺雪交加，一榻虚堂春夢賒。夜半微風打窗紙，不知是雪是梅花。」詩品清絶，不獨書法之工也。

予在江右舟中，見枕屏上書《武昌懷古》一律，云：「大别山前江水横，烟波江上古今情。王敦不忘桓忠武，劉表翻嫌禰正平。城郭人歸雲未散，汀洲秋至草還生。西風吹夢瀟湘浦，回首南樓月正明。」風格似明七子，不署姓名，或曰劉文清公墉作也。

顧虹橋麟徵，爲莘田刑部令子，工筆札。幕遊江南，有元瑜翩翩之目。詠《落葉》四首，爲時傳誦。有句云：「憐伊也學飛花墮，似我先從兩鬢凋。」「寺門幾見山僧掃，礀道空餘野鹿眠。」「已隨烏鵲飛千點，尚藉青蟲罥一絲。」「萬山漸覺容消瘦，三徑還憐影寂寥。」此外佳句尚多。

董思翁書一絶云：「燒燈過後客思家，獨立衡門數暝雅。燕子未來梅落盡，小庭明月屬梨花。」不知何人所作，風致頗似南宋。

蔣處士仁，仁和人，號山堂，又號吉羅居士、女牀山民。孤冷，寡言笑。善書，工鐵筆。詩不多作，以清逸爲主。常見其《題沈生芝畫山水卷》二絶云：「碧浪湖邊水拍村，尚書南北有名園。聞孫異代風流甚，六法微參不二門。」「酒量詩腸不可窮，紅橋燈火畫船通。匆匆二十年前事，展卷分明似夢中。」所居在艮山門外二里方家衖，老屋數椽，不蔽風雨。余每訪之，雖默對竟日，而情味洽然。後阿雨窗運使延之入署。處士偶爲書蘇詩，有句云：「白髮蒼顔五十三。」遂病而辭歸。歿時，年適符其數。無子，詩亦散軼。

沈光煒號宧生，仁和諸生。有才辯，能爲人解紛，無不折服，鄉里以是重之。嘗爲余書《立夏日泛湖至孤山遇雨聽李玉峰彈琴》二律於扇頭，云：「湖上嵐光入夏生，勝游不計雨和晴。急邀髯丈攜琴過，先遣舟人打槳迎。又一村邊看緑樹，第三橋外聽流鶯。莫嫌佳節無佳物，老瓦盆中濁酒盛。」「小艤孤亭細隱淪，撫絃坐暖蘚如茵。響連谷口雲横樹，陰過湖心雨逼人。幸有清歡消永晝，奈無好句送殘春。風前白葛衣纔試，已惹松花竹粉新。」皆疎宕可誦。玉峰名崐，其先本遼東人。善鼓琴，一時豪貴争延致之。閒工草書，耽吟咏，《遊花塢》有句云：「回首月在樹，出山雲滿衣。」亦不減賈長江。

壬子正月，許可白心坦招集雙桐書屋，賦憶梅詩。桑雲柯庭櫺有句云：「花開不是今年晚，冷淡相思分外深。」樂天所謂先得驪珠矣。

徑山在餘杭縣西北。其上復起五峰，如手豎指。内拓一區，梵宫參錯，登之不知身在絶頂也。寺門有樓攻媿大書一聯云：「百萬松杉雙徑杳，三千樓閣五峰寒。」又青獅翁句云：「孤雲游此中，萬山拜其下。」皆能盡此山之概。

余在粤東，同鄉王見大誥招集海幢寺。寺後古冢纍纍。見大曰：洪昉思《答友》云：「君問西泠陸講山，飄然一盋竟忘還。乘雲或化孤飛鶴，來往天台雁宕間。」聞諸故老。後講山南遊，示化於寺，而葬此。惜其時未表出之耳。

李松甫水部秉禮，江右撫州人。寓居桂林。妙五言，瓣香蘇州，顔其齋曰「韋廬」。座有奇石，高丈許，雲構自然，名之曰「韋石」。余在桂林，嘗訪之。時年七十，方抱騎省之戚。有句云：「一身萬感兼千感，百歲三分過二分。」殊饒一唱三歎之音。

昔人詠西湖十景者，自陳君衡、周公謹二公長短句外，惟張靖之五絶最工。《蘇堤春曉》云：「楊柳滿長堤，花明路不迷。畫船人未起，側枕聽鶯啼。」《平湖秋月》云：「風静片雲消，寒波浸涼月。疑有夜吟人，推篷落楓葉。」《花港觀魚》云：「圉圉復洋洋，荇青露藻香。前湖張水戲，誰解步濠梁。」《柳浪聞鶯》云：「杖藜憩蘇灣，風温翠帳閒。鶯聞雙語鳥，如在畫船間。」《三潭印月》云：「片月生滄海，三潭處處明。夜船歌舞處，人在鏡中行。」《南屏曉鐘》云：「幽夢忽驚覺，嚴城方向晨。看花春起早，已有曉妝人。」《兩峰出雲》云：「南峰雲乍晴，北峰雲欲雨。中有化霖人，高眠兩峰裏。」《雷峰夕照》云：「爽朗忽蒼茫，山高易夕陽。百年歌舞地，消得幾昏黄。」《麯院風荷》云：「涼氣度芳洲，香來水正流。時聞採蓮曲，不見採蓮舟。」《孤山梅雪》云：「春意逼溪橋，寒香閉蓬户。山人不出門，驛使在途旅。」按十題無「斷橋殘雪」。

隨園老人寓居金陵。歸杭日，有親故閨媛十餘人，乞爲詩弟子，青簾白舫，同泛西湖，覓句柳汀花嶼間。抵暮，競呈所作。老人爲定甲乙，而奬賞之。一時傳爲佳話。孫碧梧夫人雲鳳與焉。夫人兼工倚聲，善繪事。著有《湘筠館集》。《元夕病中書感》云：「斗室無塵境自幽，春風又上小簾鉤。藥鑪經卷過佳節，酒盞詩筒憶舊遊。世態盡從貧後見，名心都向病中休。如何月白燈紅夜，不解清歡只解愁。」第四句蓋追惟往事也。

揚州李復堂太守鱓，善畫花卉，嘗見其自題二絶云：「水浸城根萬井寒，老夫一醉也艱難。朝來尋紙揮毫賣，利市開先畫牡丹。」「空齋霪雨得淹留，檢點奚囊舊唱酬。畫盡燕支爲吏去，不攜顔色到青州。」頗饒别趣。

筤在辛侍御自書《潯陽大閲漫賦》云：「玉花驄馬未還朝，細柳營中嘶復驕。雙劍寒摧三楚勢，千軍聲壓九江潮。風飄大纛摇朱雀，月照邊笳落皂鵰。銅柱年來通北極，伏波肯讓霍嫖姚。」詩字並妙。

吾杭孫蘇門永齡，康熙、雍正間人。幕游津門最久，偶見其自録詩一册，始知西泠詩人尚有孫蘇門也。七古《鄉塾》云：「霜毛皤皤正襟坐，群童拍手且酣卧。空梁新積燕泥滿，舊曆斜糊紙窗破。違爾之師告爾翁，夏楚懲此頑劣風。一時肅然習誦讀，青蛙夜鬧池塘中。夕陽在樹鳥聲亂，參差長揖群童散。先生高步獨归遲，山風颼颼冷書館。」摹邨師如畫。尤工五律。佳句如「正喜得微雨，忽逢來故人。」「野水遥連淀，春山都傍城。」「猿吟深澗水，僧定一樓雲。」「醉嘯此亭月，夢尋何處鐘。」「嶺雲依澗碧，塞草入盤青。」「貝經濡露寫，芝草帶雲蒸。」「堂静燕留客，山靈鼠護經。」「山月照大地，松風吹太清。」「怪石險當道，好松横壓溪。」「寺鐘催曉色，塞雁帶秋聲。」「日妍花信早，風軟布帆遲。」「官柳舞初霽，岸花明晚春。」「露清江水白，樹隱戍燈紅。」「旅懷芳草遠，倦眼落花多。」「筍籜自然解，燕雛初學飛。」風格不減晚唐。

沈舲，號笠人，居北郭江漲橋東。儀表絶俗，有用世才。性倜儻，善詼諧，與何東甫、蔣階平、釋心舟爲詩酒交。殁後遺稿散軼，錢唯傳爲予誦其賦《新柳》七律云：「畫未成眉鏡閣前，已含離思向江天。關山月冷黄於酒，庭砌春深白似緜。人倚欄杆猶脉脉，燕歸消息自年年。相逢不是西風候，一捻纖腰倍可憐。」五言如「碧雲山下路，黄葉寺門秋。」亦不失爲佳句。

華亭改七薌琦，予與相識於袁浦。人品清逸，善畫人物，兼工倚聲，小詩亦饒韻致。《題自畫山水》云：「碧松之陰清澗曲，山響泠泠斷還續。翻身跳出壺公壺，竹杖撥雲看秋緑。」

上元車子尊持謙室方蓮漪夫人《紅蠶閣遺稿》，有句云：「飛入湘簾雙燕子，一銜柳絮一銜花。」意頗新穎，爲時傳誦。

丁魯齋傳曾，龍浤先生季子，老於諸生。無子。嘗有句云：「嬾板倚來成眷屬，短笻扶去當兒孫。」同輩莫不哀之。

王仲瞿孝廉曇，才情縱放，人亦跅弛不羈。曾執贄於隨園老人，投一絶云：「六朝文字六朝人，六代江山六代春。總是西湖無福分，他山留老寓公身。」詩亦效之也。憶其寓下泥橋王氏别業時，許可白偕予訪之。值旅況索然，蔬食留宿而已。翌日，有人餽四十金，遂張筵場圃，談醼至暮乃罷。其興豪又如此。

戊辰秋冬，予與嚴久能、戴金溪、倪米樓常集天后宫之秋鴻館，談藝至夜分乃散。歸過孩兒巷，偶共入市肆茗飲。有當罏女應客頗殷，因而四人過必留連。金溪繪《寒宵試茗圖》，以紀事。名流咸有題詠，許周生四絶句最工。其詞云：「閒泛花甆影裏春，圓成好夢鬭清新。用香嚴點茶語。不知堅坐緣何事，倦損鑪邊候火人。」「霜華皎皎浸街心，茶罷歸來漏已沈。如此寒宵如此客，人間只合畫圖尋。」「何處清風醒客魂，一甌暫與借温存。只愁雲外迢迢夜，炷盡孤燈有淚痕。」「懷抱誰人得好開，中年哀樂更相催。癡狂我亦鑪邊客，苦向茶烟懺悔來。」金溪盡室留居都中，故周生第三首後半及之。

陳雲伯大令尊甫汾川先生，著有《種藥齋詩集》。法時帆祭酒曾采入《梧門詩話》，稱其氣息静穆，似學道人語。先生《出門口號》有句云：「征夫愁遠行，妻孥反色喜。不是輕别離，祇爲厨無米。」予謂尤真摯也。

陳雲伯少時詩才清麗，中年出入杜、韓、蘇諸家，一變而爲沈雄蒼老。所著《頤道堂集》，名作甚夥。如《英吉利歌示使臣米士德》一篇，音節合古樂府，立言得體，可稱詩史。其詞云：「英吉利，爾國安在？去中國大皇帝所治，中隔十萬餘里大瀛海。英吉利，爾何所能？能製鐘表辨刻漏，能織呢羽爲氉氍。英吉利，爾何所見？大郎山頭看南斗，嬰武群飛緑成片。英吉利，爾來何意？海西小島如蜉蝣，傾心皈依大皇帝。皇帝萬歲萬萬歲！兵力能伏汝，大度不貪汝土地。汝願隸典屬國，萬國玒珍有成例。純皇在御癸丑春，爾國入貢羅奇珍。不貴異物不勤遠，任爾化外爲藩臣。英吉利，爾誠傾心皈依大皇帝。表文宜合格，使臣宜習禮。任土作貢毋自異，寵賚便蕃酬汝意。皇帝萬歲萬萬歲！」書入貢英吉利。

吴門女史吴規臣，字香輪，號飛卿。詩才俊逸，《賦柳眼》云：「芳草池塘夢乍醒，天然生俊爲誰青。

横波一盼花齊放，終夜常開雨未停。春色怕看如逝水，夕陽慣見到長亭。道旁脈脈頻含睇，多少人從客路經。」《柳腰》云：「半彈溪頭半陌頭，千回試舞覺輕柔。絶憐碧水盈盈抱，只許春風款款揉。游子扶來停玉騎，美人學得倚紅樓。楚宮倘覲卿眠起，定掃君王萬斛愁。」《柳絮》云：「晴雪無端下碧霄，濛濛飛滿小紅橋。别來故土誰青眼，畫出殘春是白描。糁徑欲將芳草護，點波常學荻花飄。東風送入揚州路，十里珠簾捲一朝。」

朱青湖師有《游理安寺》七律，今集中遺之。記一聯云：「寺裏樓臺争向背，山腰雲樹幻晴陰。」此有聲畫也。

王述庵少寇詩，至滇中緬甸益工。舁輿甚險，偶爲短歌云：「下山走坂丸，上山逆水船。下用四夫夾，上用四夫牽。長繩繫板，當胸穿舁者，四耦相回旋。二十四足争後先，如魚逐隊螘附羶，如羊倒挂禽齊騫。尋橦之戲將毋然，輿聲格磔鳴秋烟。我身託輿輿託肩，肩上竿木絙以緣。脚底細路欹而偏，何啻千仞萬仞懸。中有千石萬石森戈鋋。」可謂能寫難寫之狀。又如「絶澗風雷寒不歇，炎天冰雪晝長霾」，亦警鍊。

梁夬庵先生履繩，沖泉少司空哲嗣也。潛心經史，兼力詩文，著有《濬足軒集》。《隨園詩話》采其佳句甚夥。又如《詠廢墓》云：「黄蒿門閉自何年，埋没荒原半作田。那有銜錢烏鳥陣，頻來敲火石羊肩。生前華屋人應占，壟外悲風鬼共憐。幾度空山寒食節，野棠花落草芊眠。」凄惋令人不忍卒讀。先生年甫强仕而殁，爲人醇謹，言貌温和。於賤子獎借備至，迄今落度無成，良可愧歎。其孫晉竹孝廉才思瑰麗，能傳祖庭法鉢。

無錫華秋槎瑞瀳，官臨海令，轉司馬，以吏議去職。居德生庵，方蘭坻爲繪《北山旅舍圖》，後終老湖上。梁山舟學士有句輓之，云：「當年海邑歌生佛，此日湖山憶寓公。」時稱精切。司馬詩律極細，今搜羅不可得矣。令子春濤、竹樓、荔生，皆能繼其家學。當以荔生爲白眉。其甥梁晉竹孝廉爲誦佳句，云：「春水自深非藉雨，秋雲漸薄不因風。」余謂中有至理。

王慶霄號喆林，仁和諸生。工書，取法顔魯公。又善畫松，高宗純皇帝庚子南巡，於敷文書院進《萬年長青圖》，蒙賜荷包。屢躓場屋，遂絶意科舉。以詩酒自娱。又能三絃子，一家皆精斯技，入門輒聞錚鏦聲。嘗爲予寫竹，并題一絶云：「畫竹貴傳神，應不在形似。謂非竹亦可，聊以答知己。」

山陰諸創，號丹蘿。甲申夏，與予同客袁浦汪已山家，以《繭廬吟稿》見貽。五言如：「佛燈和雨暗，疎磬帶泉流。」「移花通鶴步，散飯得魚情。」「淚隨紅雨灑，愁共緑波生。」「嬌憐兒女小，貧慣別離多。」「舫邀詩客竝，花待酒人開。」「斜月送花影，疎風敲竹聲。」「江闊雲連水，篷低雨逼人。」「胸中盤五嶽，眼底足千秋。」七言如：「石壁藤根龍迸出，海門秋色雁銜來。」「鱖魚風緊收罾網，燕子泥融汙石枰。」「花藏深砌難全放，草近平池已怒生。」「石泉茶愛當風熟，紙閣梅留隔歲香。」皆佳句也。

緣庵詩話卷二

仁和李堂允升

蜨磯靈澤夫人祠，惟王文簡公二絶句膾炙人口。又傳一聯甚工：「思親淚落吴江冷，望帝魂歸蜀道難。」或曰于文襄公敏中句也。

曹炳字貞亮，吴縣人，布衣。庚申夏，予與識於金閶。言貌誠樸，詩如其人。著有《嶢亭詩集》。《田家詩四章》云：「草屋四五間，面溪背林麓。桑圃帶平疇，芃芃麥與菽。力以事耕鑿，俯仰無榮辱。晨出勤所務，日入返榛曲。耒耜釋簷下，月已逗疎竹。濁酒酣便止，疏食飽乃足。縱使耕也餒，敢希學者禄。」「深林接遥甸，藹藹青無極。苗已浡然興，人亦當努力。矧乃世爲農，勞動固其職。秉耒東皋下，濯足清溪側。日暮柳陰涼，坐看西山色。那知問津人，風塵自偪仄。」「田美不在多，禾熟不在早。用力不用心，豐歉在蒼昊。且以兹日閑，持酒呼鄰老。山妻具菰飯，稚子喧撲棗。雞鳴斜陽樹，牛卧秋風草。未及授衣時，短褐先補好。」「北風吹墟落，斜景臨户牖。雞豚散滿場，禾黍積如阜。既乃了租税，會當飲親友。長幼共登席，肴蔌盈其缶。客辭日已夕，主人猶呼酒。酩酊出門去，雲烟暗溪口。」

予在孫華海齋中，見蕭尺木《山水小幅自題》五律云：「老至多秋興，悠悠曳杖行。松聲半天落，鶴夢萬山生。日訪湖邊客，時慚海外名。紫薇花正放，所願與俱成。」此詩氣格頗高，末二句不解所謂。

宋郭功父七絶云：「籃輿投曉出重城，桃李無言似有情。淡白輕紅能幾日，可憐吹洗過清明。」國朝張蕭亭云：「桃花乍放柳初生，葉底春禽送好聲。人在西園山翠裏，斜風細雨度清明。」陸放翁云：「照江丹葉一林霜，折得黄花更斷腸。商略此時須痛飲，細腰宫畔過重陽。」近人金江聲云：「蕭蕭籬菊飽經霜，歷歷遥天見雁行。自笑老夫頭似雪，三年邊塞過重陽。」運用節名，殊饒情韵。

陸放翁句云：「小樓一夜聽春雨，深巷明朝賣杏花。」吴穀人丈句云：「深巷幾家插楊柳，薄陰連日爲清明。」二聯同一風調。

倪小迂丈印元，仁和諸生。家貧好學。屢困場屋，五十餘病殁。所著多散佚，僅記其金鼓洞五古一首，云：「經聲出雲杪，紆曲穿林幽。林間黄鶴去，仙人渺難求。千尋鬼斧跡，石壁峆岈留。金鼓不到耳，寒泉自成秋。」此詩朱朗齋丈《輯洞志》未載。

吴江女士汪玉軫，適陳氏。女紅極精，刺繡文售且速。夫遠出不歸，幼兒女四人衣食賴是。年五十二殁。又能詩詞，著有《宜秋小院詩鈔》，其表弟朱鐵門春生刻之。七絶頗饒風致。《曉晴》云：「春來日日問陰晴，花事關心夢亦驚。未啓繡窗先一笑，曉鶯啼過兩三聲。」《風雨連宵有感》：「一番疎雨一番風，聲入秋窗曉夢空。自是愁人聽不得，莫將蕭瑟怨梧桐。」《題余秋室畫曉妝美人扇頭》：「生紅玉頰粉光新，時樣鬟挑觸手春。幾度妝成誰解惜，横波自注鏡中人。」《春暮》：「暮寒小閣掩窗紗，閑倚熏籠緩啜茶。静裏暗驚春欲去，無風自落膽瓶花。」附刻王秋卿惠芳女士一絶，《題扇》云：「無聲紅雨點春衣，午夢初回氣力微。蝴蝶不驚團扇影，近人還作一雙飛。」

南山亭柱上無名氏題五律一首，有句云：「我眼總須白，他山空自青。」惜不記其全。

越州風俗，初婚延致親戚，閨女接待新婦，謂之伴姑。無名氏一絶云：「十六作伴姑，含情語鄰女。昨夜新嫁孃，問年纔十五。」得古樂府遺意。

上海東門外武當廟僧聖欣，號湘烟，工詩畫，嘗見其《自題山水便面》云：「青紅樓觀護烟霞，湖曲高亭寺徑斜。日出炎埃生九野，松陰水石養苔花。」

嘗見岳大將軍鍾琪自書七絶云：「白髮頻驚歲月流，氣澄河漢又初秋。捲簾獨坐愁如海，今夕無心望女牛。」語甚悲壯。

槐塘先生《盤山紀游詩》爲平生傑作，摘録於此。《上獨松坪》云：「徑轉凌崟嵜，一松占高曠。託根莫嫌孤，特立物所尚。」《誤墮樵徑》云：「詎識快心地，人生有跼步。」又云：「我生非猿猱，登高敢忘懼。」《登多寶佛塔》云：「締造緜一紀，役罷萬夫瘠。」《書百超上人壁》云：「單丁住巖腹，道腴面則瘦。卅年不離山，門掩緑苔厚。」《抵雲罩寺》云：「萬松幻萬態，一步首一回。行行入層靄，鳥道窮紆迴。」《游化陽三慧兩洞》云：「一洞邃智井，終古昏不曉。」又「裾拂後人頂，笠礙前人蹻。」又云：「履高雖云豪，顛躓古不少。何似安卑棲，養拙物無擾。」皆造句警拔，沈文慤公所謂「紙上摸之有稜」。

鮑緑飲《夕陽》詩爲時傳誦。予記袁香亭太守一聯，亦工：「讒從僧寺鐘邊下，又入漁家網裏收。」

方甘白布衣華居貢院東橋西，工山水花鳥，時稱「方矮子」。雖與奚鐵生丈齊名，人不甚喜其畫。今漸無知之者矣。嘗爲予寫小景，屠琴隖題云：「方壺粉本少留遺，誰識西泠老畫師。幾筆蕭疎水楊柳，叢殘重與付裝池。」

嘉慶庚辰夏，朝鮮國孝廉崔斗燦同人航海遇風，飄至明州。有司撫卹，將送歸其國，寓杭仙林寺樓。余慈栢偕予訪之。崔見贈云：「西湖誠勝概，東國是吾家。百嶂地蒸霧，雙林天雨花。乘槎同漢使，博物異張華。幸有新知樂，自無大耋嗟。」又題寺樓壁云：「籃輿薄晚入江城，西見重湖眼忽明。誰把烟霞都管領，却教荷桂未忘情。」「越中山水盡精神，最愛明湖景物新。却似東家賢處子，隔牆相望不相親。」語頗不落凡近。

宋人七絶，予於漁洋、隨園二先生所編外，復得四十餘首，漫録於此：「鬢毛垂雪欲毿毿，道路風波老不堪。繫纜短亭聊自慰，青山數點見江南。」「行歌紅粉滿城歡，猶作常時五馬看。忽憶使君身是客，一時揮涙逐金鞍。」「北雁來時歲欲昏，私書歸夢杳難分。井桐葉落池荷盡，一夜西窗雨不聞。」「長柏高柟蔭廣庭，夜凉人静夢魂清。不知山月幾時落，每到曉鐘聞雨聲。」「上方梯磴繞巖頭，誰就孤高更起樓。直望漢江三百里，一條如線下洋州。」「烟巒采翠雙林紅，層樓複閣雲霧中。襟懷太爽睡不得，一夜滿山鈴鐸風。」「東風南浦雨蕭蕭，欲去行人不自聊。誰道垂楊攀折苦，過春猶有最長條。」「野水參差落漲痕，疎林欹倒出霜根。扁舟一棹歸何處，家在江南黄葉邨。」「黑雲翻墨未遮山，白雨跳珠亂入船。捲地風來忽吹散，望湖樓下水如天。」「忠孝王家千柱宫，東坡作吏五年中。中和堂上東南頰，獨有人間萬里風。」「渺渺孤城白水環，舳艫人語夕霏間。林梢一抹青如畫，應是淮流轉處山。」「曲渚回塘孰與期，杖藜終日自忘歸。隔林仿佛聞機杼，知有人家在翠微。」「赤葉楓林落酒旗，白沙洲渚夕陽微。數聲柔艣蒼茫外，何處江邨人夜歸。」「幾年不踏仙洲路，夢入青藤古木間。好趁新秋一番雨，畫寒亭下弄潺湲。」「城上斜陽畫角哀，沈園非復舊池臺。傷心橋下春波緑，曾是驚鴻照影來。」「夢斷香消四十年，沈園柳老不吹緜。此身行作稽山土，猶弔遺蹤一泫然。」「桑麻不擾歲豐登，邊將無功吏不能。四十二年那忍説，西風吹淚過昭陵。」「鍾鼎山林出處明，中間不合枉高情。有錢須買王官谷，流水聲中過一生。」「玉輦宸游事已空，尚餘奎藻繪春風。年年花鳥無窮恨，盡在蒼梧夕照中。」「愛山不買城中地，畏客長撑屋後船。荷葉無多秋事晚，又隨鷗鷺過殘年。」「水堂長日静鷗沙，便覺京塵隔鬢華。夢裏不知凉是雨，捲簾微濕在荷花。」「秋風吹客客思家，破帽從渠自在斜。腸斷故山歸未得，借人籬落種黄花。」「今歲春風特地寒，百花無賴已摧殘。馬塍曉雨如塵細，處處筠籃賣牡丹。」「秋入白蘋風浪生，癡雲未放楚天晴。青山湖外知何處，中有斜陽一段明。」「橋西一曲水通邨，岸閣浮萍緑有痕。家住石湖人不到，藕花多處别開門。」「細草穿沙雪半消，吴宫烟冷水迢迢。梅花竹裏無人見，一夜吹香過石橋。」「處處虚堂望眼寬，荷花荷葉過欄干。游人去後無歌鼓，白水青山生晚寒。」「苑墻曲曲柳冥冥，人静山空見一燈。荷葉似雲香不斷，小船摇曳入西陵。」「獨坐燒香静室中，雨聲初罷鳥聲空。瓦溝柏子時時落，知有寒天木杪風。」「牡丹春籞正穠華，有旨今年不賞花。翦落金盤三百朵，内批分賜近臣家。」「翠華不向苑中來，可是年年惜露臺。水際春風寒漠漠，官梅却作野梅開。」「叢叢竹雀鬧人家，農事春來漸有涯。品字柴頭煨正暖，不知風雪到梅花。」「柳絮飛時話别離，梅花開後待郎歸。梅花開後無消息，更待明年柳絮飛。」「山猶故險水猶奔，無復當時濺淚痕。自是人心隨境别，櫓聲帆色盡君恩。」「霜拂金鞍玉墜腰，鄰雞催喚紫宸朝。争如林下飽清夢，殘月半窗松影摇。」「内人曉起怯春寒，輕揭珠簾看牡丹。一把柳絲收不住，和烟搭在玉欄干。」「一坏自築珠邱土，雙匣猶傳竺國經。獨有春風知此意，年年杜宇泣冬青。」「昭陵玉匣走天涯，金粟堆前幾暮雅。水到蘭亭轉嗚咽，不知真帖落誰家。」「珠凫玉雁又成埃，斑竹臨江首重回。猶憶年時寒食祭，天家一騎捧香來。」「西風雲鎖幾時開，昨夜京城戰鼓哀。漁父生來載歌舞，滿頭白髮見兵來。」「一剩吴山在眼中，樓臺叠叠間青紅。錦帆後夜烟江上，手把琵琶憶故宫。」

雲棲隝多大竹，捎雲蔽日，勝於他處。宋茗香丈大樽曾有五律一首云：「天半青皆竹，寒連江水深。如何三伏日，不到此彈琴。静夜絶塵夢，流泉遺遠音。自知難入定，猶有白雲心。」白石翁所謂「想高妙」也。

黄丈樸字相圃，號書厓，居城北張紗衖。潛心經史，肆力詩文。設帳授徒，及門多致通顯。丈不慕榮利，老於青衿，惟喜闡發幽光，奬成後學。年七十餘殁。著書甚夥，皆藏於家。今其嗣君俊人士珣，克承先業。丈早年與舒古廉紹言、吴穀人錫麒、姚春漪思勤、項蓮峰朝棻、吴箬邨錫麟，時稱城西六子。彙刻《新年雜詠》，徵引故實，最爲賅博，可與《南宋雜事詩》竝傳。丈有《壬辰正月十日同人過杭堇浦先生桂堂先生煎糖餻餉客》七律云：「陌巷風和動管絃，拍肩同訪桂堂仙。春晴五日又五日，杖履一年强一年。起病那須枚叟筆，探花擬執祖生鞭。糖餻留客還堅坐，多謝厨娘試手煎。」風格不減放翁。

嘗見殘書，尾有南屏讓公書一聯云「偶山眼光牛背上，便無人事钁頭邊」。

孫退谷《庚子銷夏記》，載管夫人《自題墨竹》云：「春晴今日又逢晴，閒與兒曹竹下行。春意近來濃幾許，森森稚子石邊生。」自饒天趣。

又載石田翁《自題竹莊賞月圖》云：「少時不辨中秋月，視與常時無各別。老人偏與月相戀，戀月還應戀佳節。老人能得幾中秋，信是流光不可留。古今換人不換月，舊月新人風馬牛。壺中有酒且爲樂，杯巡到手莫推却。月圓還似古時圓，故人散去如月落。眼中漸覺少故人，乘月夜游誰我嗔。高歌太白問月句，自詫白髮欺青春。青春白髮固不及，豪捲酒波連月吸。老夫老及六十年，更問中秋賒四十。」又《自題松壑圖》云：「密蔭參差漏夕陽，潺潺流水漱迴塘。元言消盡人間事，一壑松風滿鬢涼。」又《自題蕉林圖》云：「兩樹芭蕉一地苔，緑陰清晝儘徘徊。坐深慮静無人共，更待青天好月來。」以上三詩絶佳，集中俱不載。退谷謂《石翁集》，乃陳明卿爲孝廉時所刻，不足盡石翁之百一也。

沈鵬字振飛，錢唐人。以先世居桐鄉，故自號桐溪。貌清癯，性伉直，尚義。幼曾訂姻某氏。氏構疾瀕危，其母招與永訣。情詞哀惋，感之，遂終身不娶。有《孟冬雜憶詩》云：「月魄花魂事渺茫，自憐愁病卧江鄉。彩雲已散音塵杳，回首江天欲斷腸。」似爲悼亡作也。此詩情韵不減放翁《沈園》絶句。

余秋室學士善畫人物，尤工仕女，詩詞並多妙悟。罷官後，寓居吴門以終。道光壬午秋，重宴鹿鳴，歸杭，曾爲予題《七十二賢峰草堂畫册短古》。又見題《奚鐵生古木寒鴉圖》七古云：「蘿龕奚早年之號。妙手變怪得，造物應先忌劖刻。酒酣却掃寒鴉圖，古木槎枒動秋壁。四境沈霾群動息，瘦枝撑空幹屈鐵。南山蒼烟曉欲收，千樹嵐光翠欲滴。群鴉翻翾如點墨，啼聲尚帶霜威力。疲馬驚殘野店夢，山禽錯認高枝惜。祇應我輩久行役，蕭森見慣摧心魄。飛動寧知關意愜，萬里荒寒收咫尺。鴉如有聲樹有色，十指春風恣奇特。槃礴由來天授之，誣向營邱拾殘瀝。寒烏夜半爭戢翼，啼向草堂聲轉嗌。啞啞似欲謀爰止，口不能言對以臆。請公放筆寫萬本，却使群鴉得安宅。」又系七絶云：「烟雲獨向筆端收。尺幅猶儲顧虎頭。怊悵冬花談讌處，羊曇淚欲灑西州。」「晴窗重展昔時圖，良友晨星半有無。而我霜華盈兩鬢，黑頭惟有卷中烏。」自跋云：「雪巖重裝此畫於金閶寓齋。復以相示，重爲題句，以志感時。丁丑四月距庚寅四十八年矣。」

西溪山莊，婁縣張梟農部之別業也。在東嶽廟隖西北。由思過橋入徑，古梅翠竹，夾岸排立，外環河渚之水，瀲灩可鑑。亭館向背，悉揭嘉名。計地廣七十畝，池半之，梅約五六百本。農部弟大木行人梁，時來遊止其中。有《落成即事》五律四首，清新可喜。並録於此：「屋向群山倚，門臨一水斜。畫欄深映竹，吟棹曲穿花。客到多迷路，人來欲住家。桃源那勝此，户外但桑麻。」「嘉樹分行植，名花按譜栽。四時香不斷，三徑影交迴。賓客誇新笋，兒童喜落梅。應憐張仲蔚，身世没蒿萊。」「爲愛鐘魚韵，常留瓶錫居。佛香深入定，仙梵迴凌虚。不作桃花飯，時披貝葉書。宰官身已現，居士法何如。」「掩關塵事遠，隱几道心平。好鳥當軒下，新蟬抱樹生。岸痕知久雨，山氣識將晴。此意誰能道，幽居近物情。」行人又工倚聲，著有《澹吟樓詩詞鈔》。

釋一清，字太虚，桐城方氏子。以家難，薙髮都中給孤寺，終老西溪夕照庵。與樊榭、堇浦、西林諸老爲蓮社之友。其詩失傳。嘗於溪中僧壁，録得數首。《過張園有感》云：「滄桑人事莫須論，雨壞頹垣緑蘚痕。雪徑翦梅供晚竈，風亭芟柳賣貧村。臨池寧復窺疎影，對月難教覓斷魂。我是山僧本無淚，今朝一掬灑西園。」《冬日移居蘆庵》云：「屏跡西山三十年，不知林外有人烟。瓢囊又向蘆庵去，準擬梅花伴晚禪。」「艑聲欸乃水溶溶，驚起沙禽落遠松。到岸始知門向處，隔溪七十二芙蓉。」「犬吠衡門待客開，山厨烟翠辦中齋。主人笑説無兼味，自向林中擷筍來。」

詠武后事，楊廉夫云：「鏡殿青春秘戲多，玉肌相照影相磨。六郎酣戰明空笑，隊隊鴛鴦漾緑波。」王漁洋云：「鏡殿春深往事空，嘉陵禍水恨難窮。曾聞奪婿瑶光寺，持較金輪恐未工。」何等蘊藉，楊詩便覺靡嫚矣。

吴越時，宰相皮光業詩云：「行人折柳和輕絮，飛燕銜泥帶落花。」衆争歎譽。裴光約曰：「二句偏枯不工，柳當有絮，泥或無花。」王漁洋曰：「予有一聯云：『山雲遥變夏，水草静當軒。』汪茗文、程周量皆喜之。六合李侍郎聖一獨云：律詩一聯中，銖兩須字字相稱，『軒』字恐對『夏』字不過。予深服之。」以上二條，作者所當經意，不可謂之泥也。

項秋子丈墉，字金門，錢唐人。善吟詠，少得吴西林先生指授，尤長古體。工隸書，有漢魏風骨。好醼客，已量頗窄而不失人歡。家世業鹺，又樂交游，凡四方名公騷客至杭者，争與相識。所居在城西孩兒巷擅池館之勝與里中，諸老月必一集，集必有詩。常亦招及小子。丈軀幹短小，目光射人，每談諧間作，合座粲然。然喜譏彈人文字，而自矜許。以是或不滿之。示予詩集甚夥，欲刻輒休，豈仍自疑其文耶？今不知尚藏弆於家否。偶見其《題華秋岳東坡笠屐圖》七古，亟録於此：「公不作王丞相，白帽低覆士争尚。公不作鄭尚書，革履暗識春獨殊。乃作炎荒萬里遠謫之賈傅，遇雨田家借雨具。頭戴笠子足雙屐，四顧茫茫向何處。誰識孤臣此際情，婦豎大笑群犬驚。儼然田間一野老，豈知文章道義之氣，流露彌光晶。元人曾畫此，此本復相似。見者孰不低頭拜，萬古高山齊仰止。凌烟畫像盡灰塵，褒公鄂公無一存。不如此圖傳不朽，軒冕浮榮何足云。」此詩甚妙，所惜僅鼎之一臠爾。

章静山丈坤，字厚安，仁和人。襟懷蕭散，中年輒棄舉子業，放浪湖山，時與沈梅村、潘亞江、吴轂人諸老爲文酒之會。著有《桐陰書屋集》，其子吾友次白黼刻之。《題漁村圖》五古云：「漁家有真樂，扁舟載妻孥。聚如接衡宇，散似游野鳧。得魚鮮可食，有酒朋可呼。雜坐互拇戰，醉或枕以壺。晨榔隔烟柳，晚火依風蘆。詎知天地間，別有託足途。」可以想見其逸致矣。又如《題宋遺民唐珏傳後》七絶云：「厓山久失小朝廷，流血啼鵑不忍聽。惆悵殯宫珠玉盡，年年寒食哭冬青。」亦幽婉可誦。

蘇加玉字維晉，號餐霞，太倉諸生。嘗入朱竹君、石君二公學幕，得遍歷新安、江右、浙東西、閩南山水。歸後貧甚，爲句讀師以終。著有《蓼蟲吟稿》十六卷，其門人吾友王丹生刻之。詩出入杜、韓、蘇諸家，皆能深造堂奥。非徒襲形貌者也。長篇鉅製，可傳不少。七律三首，尤足資諷勸。《聞説》云：「聞説苗民敢負嵎，縱横南楚擾江塗。虞廷干羽仁應格，召茇甘棠惠豈乎。斬艾何難殲醜類，撫綏終望辨無辜。震鄰猶幸三吴遠，止嘆災黎困賦租。」《臺灣》云：「別島孤懸大海中，南閩開拓版圖雄。搜羅山穴金銀氣，役使生番鳥獸同。副使綰符專制吏，將軍佩印重臨戎。如何近歲頻紛擾，未遣鯨鯢翦戮空。」《海警》云：「廣南迢遞接遼陽，萬里兵防重海疆。一自承平息烽燧，誰令明孽擁艅艎。戎行失律空屯戍，胥吏藏姦賣盜糧。欲掃鯨鯢清島嶼，只須文武守官方。」

長洲李佩金，字紉蘭，工詩詞，虎觀太守之女也。于歸名閥，遽折芳年。著有《生香館集》。《秋夜書懷》七絶云：「年年怊悵過花辰，顦顇青鸞鏡裏春。千古璇閨誰第一，輸他福慧管夫人。」「離愁如髮不勝梳，宛轉蕉心未易舒。最是親言忘不得，當時悔煞教兒書。」「此日思親淚萬行，好憑魂夢到瀟湘。緘愁只恐傷親意，强寫歡言更斷腸。」「曉臨秋水畫愁顰，隨意梳妝不鬬新。如此年華如此過，相憐惟有鏡中人。」四詩憂可傷人矣。

釋達真號竹嶼，泰州石氏子。少業儒，能詩，挂錫金陵、邗上、吴門諸名刹。著有《雪齋詩草》。五律如：「錫飛江浦月，帆挂海天秋。」「碧雲秋水寺，紅樹夕陽山。」「花心寒料峭，竹氣雨霏微。」「幽篁兼雨浄，老樹得秋先。」「帆低秋水闊，木落暮山高。」「鴿宿禪枝静，龍歸水氣腥。」「雲邊一水白，雨外數峰青。」「雲隨山曲折，路轉樹交加。」「心閒天地闊，語直友朋疎。」「竹徑過新雨，松關掩夕陽。」七律如：「隔江樹影浮春氣，出谷鐘聲報晚晴。」「竹聲滿榻疑翻雨，山氣當樓欲化雲。」「魚唼浮萍風定後，鳥喧深樹月來初。」「深山古木隨僧老，小閣寒燈背月明。」「人隔青山渾似夢，詩吟白社正當秋。」「海門山色飛秋夢，石壁濤聲動古琴。」「細雨山中書寄少，斜陽江上雁飛遲。」「白衣未送盈罇酒，黄菊先迎落帽風。」「苔磴踏殘千葉雨，蒲帆剪破一江風。」「芍藥欄邊春似夢，鵓鳩聲裏雨如塵。」皆不失爲中晚唐佳句也。

汪明經家禧號選樓，仁和人。居横河橋北。博聞强識，工詩、古文。爲人謙謹，寡言笑。遇微醉後，則辯論鋒起，故知其平日皆鬱而不發也。與許周生、戴金溪、嚴久能諸君及予最善。所著務求精深，手自定存者頗少。藏友生家，燼於火。所刻《東里學人文集》，僅十之三耳！年四十餘歿，無子。《哭王木齋》五律有句云：「竟無兒主祀，剩有婦憑棺。」遂成詩讖。悲夫！

湯禮祥號點山，仁和諸生。壯歲棄舉業，援例爲雜職，分發江南試用，所至以廉能稱。上官重其才，將薦擢之，遘疾乞歸，未幾而歿。著有《棲飲草堂詩鈔》。七古尤有氣骨。《饑民船》云：「饑民船，何連連。船頭乞食船尾眠。自從六月遭大水，性命孤浮一船裏。船有時而南，船有時而北，有時中流風怒號。大船小船行不得。行不得，泊何許？後村已過前村遥，浪花如雪淚如雨。淚如雨，無時休？安得黄河之水不向東南流。」《賑廠行》云：「東方未明門大開，饑民如潮入廠來。婦人在右男在左，左右有門門有鎖。商人約束居上頭，人滿門啓給以籌。持籌易粟出門去，淒淒切切篷中住。篷中住，愁雨雪，林暗風悲泣幽咽。況聞冰凍饑民船，船中不少凍死骨。安得一冬無苦寒，饑民免悲行路難。」二詩似古謠諺。

殳嵋生號梅生，錢唐人。與姪積堂並擅詩名，一時有「大小阮」之目。著《滄粟山房稿》，張仲雅丈序之。稱其才思清麗，極推許焉。五律摘句云：「寒烟團水竹，晚市鬧魚蝦。」「晴色弄芳草，夕陽明小樓。」「水流雲自度，花落蘚俱香。」七律摘句云：「數殘更漏紅閨婦，卜到燈花白髮人。」「入市已多賒酒券，閉門并少乞花書。」「露氣連江蒸作雨，松聲撼壁勁隨風。」二體如此例甚多。

金惺庵丈泳，字星涵，錢唐人。先世以鹽筴起家。幼嗜讀書，有至行。杭堇浦、金海住、汪槐堂諸先生咸器重之。後與里中錢湘蒓、胡桐峰、顧涑園、梁山舟、景瀫水、孫春巖、奚鐵生結詩酒之社。寬鞵瘦策，徜徉山水間，人以比之竹溪六逸。事詳吴穀人丈所撰傳中。嘗謂吟咏聊以適興，故不存稿。偶見其《自書游齊雲巖》七律云：「高步天梯不覺慵，層巒叠嶂獻秋容。幽探白嶽無雙境，晴現黄山第一峰。原注：太素宫前北望最高者，即黄山，惟晴則可見。恨不攜將謝朓句，欣堪追接孟陽蹤。振衣長嘯雲生屨，知與塵寰隔幾重。」斯僅吉光片羽耳。丈少子森，字桂堂，號芸舫。孝友，克承先志。尤精賞鑒，家藏法書名畫最富。詩不多作，爲予題《亡女壽宜問字圖》七絶甚工，並録於此。「簪花妙格餐花句，繡閣書檠幾穗青。一痛不留飛絮影，拋殘伏勝舊傳經。」「丁朋豕亥證分明，不櫛曾叨進士名。爲寫上元科斗字，雲軿一徑大羅行。」

朱文公與徐賡載書云：「放翁詩，讀之爽然。近代唯見此人，爲有詩人風致。如此篇，初不見其著意用力處，而語意超然，自是不凡，令人三歎不能已。近報又已去國，不知所坐何事。恐只是不合做此好詩，罰令不得做好官也！」放翁《寄題朱元晦武夷精舍》二七絶云：「先生結屋緑巖邊，讀《易》懸知屢絶編。不用采芝驚世俗，恐人謗道是神仙。」「身閒剩覺溪山好，心静尤知日月長。天下蒼生未蘇息，憂公遂與世相忘。」二公交相推重如此，是識量優于程、蘇處。

粤東海幢寺軒窗靚深，蔬食精美。乃知查初白「法供瓶爐潔，齋厨菜豉豐」，非泛常語也。

胡葑唐先生濤，北游諸篇，尤多奇作。如《轅馬詩》云：「汝生大宛實名種，被驅觳觫同老牛。長風萬里空意氣，有時伏櫪鳴高秋。」「王良一去無消息，坐使驊騮少顔色。俯首終年駕客車，長途見汝馴良德。」「僕夫鞭策日夕持，筋力用盡苦不知。嗚呼汝馬亦已矣，人生不遇亦如斯。」讀之令人慨然。

朱朗齋丈文藻，仁和明經。博學多識，工詩古文，爲西林先生入室弟子。嘉慶辛酉、壬戌，與余同客王述庵少寇家，得共晨夕，備聞緒論。所居在北郭，老屋數椽，不蔽風雨，晏如也。著有《碧谿草堂集》，門人胡書農學士爲刻之。丈詩品清雅，如《葑唐移居》七律云：「倚郭蒿萊少客過，三椽移近内沙河。開軒較昔山光近，招飲從新酒債多。差喜巷門鄰寓館，許同吟舫蕩寒波。一枝得所君能擇，偃蹇貧居奈我何。」

嘗見戴金溪書七律一首，云：「前輩曾勞借羽翰，辦裝勸我入長安。别來何楷山無恙，拾到邱遲錦已殘。雕琢千言雙鬢苦，挽迴一命萬鈞難。下場最怕逢知己，猶作當年國士看。」後署姚念。兹句使千古感恩知己者，讀之無不淚下也。

平湖許景鐘室胡緣，字香輪。吾友瘦山之女弟也。産後遘疾亡。著有《琴韵樓遺稿》。七絶頗饒風致，如《遺懷》云：「搓烟細柳萬絲垂，簾押無風放故遲。正是養花天氣好，又緣小病負芳時。」《病起次韵》云：「篆烟微裊竹簾垂，滿地殘紅病起遲。報道春歸猶未盡，碧欄干畔立移時。」

武康徐熊飛孝廉，娶平湖女士陸素心字蘭垞爲室。著有《碧雲軒詩鈔》。旋賦悼亡。繼娶其從妹荷清字孟貞，著有《唐韵樓詩鈔》。蘭垞詩澹遠。如《清溪舟中》云：「入秋菱藕香，鼓枻清溪曲。飛雨樹頭晴，炊烟動疎竹。時見獨歸舟，輕帆卸空緑。」孟貞詩清麗。如《春草》云：「南浦芊綿翠色新，江淹賦别憶傷神。烟昏驛路曾停馬，香滿池塘不見人。青冢消沈千古恨，紅橋界畫六朝春。采蘭又值湔裙節，一碧東風處處勻。」

冬心先生詩清妙絶塵，吴穀人丈謂如「清夜九霄落魚山」之梵，「深雪萬嶂品雷威」之琴。是評最確。集外佳什尚多，每散見於他處，未識當時何以不編刻之。兹隨所見録，得近體數首。吟誦一過，譬厭飫八珍，忽嘗藕芽菱角也。《冬日馬秋玉佩兮招集小玲瓏山館時樊榭西顥江皋將歸武林》云：「少游兄弟性相仍，石屋宜招世外朋。萬翠竹深非俗籟，一圭山遠見孤棱。酒闌遽作將歸雁，月好爭如無盡燈。我與梅花有良約，香黏瑶席嚼春冰。」《盧雅雨運使招集虹橋觀芍藥》云：「看花都是白頭人，愛惜風光愛惜身。到此百杯須滿飲，果然四月有餘春。枝頭紅影初離雨，扇底狂香欲拂塵。知道使君詩第一，明珠清玉比精神。」《晚秋湖上分韵》云：「最無情事性相乖，只有朋游老更偕。不怕湖雲欺白髮，且尋秋草試青鞵。今年九月此佳日，把酒一杯多好懷。小雨段家橋外去，晚波十里若磨揩。」《老馬》云：「古戰場中數箭瘢，悲涼老馬憶桑乾。而今衰草斜陽裏，人作牛羊一例看。」《題畫》云：「畫舫空留波照影，香輪漸遠草無聲。怕來紅板橋頭立，短命桃花最薄情。」《題畫菖蒲》云：「菖蒲九節俯潭清，飲水仙人緑骨輕。堦草林花空識面，肯從塵土論交情。」《題芭蕉》云：「緑得僧窗夢不成，芭蕉偏傍短垣生。無情一夜蕭蕭雨，白了人頭是此聲。」

《五人墓詩》名篇頗少，吾友吴子律衡照嘗賦短七古云：「緹騎來何喧豗？緹騎捉人救不得。天生吾曹何爲哉？平生不識周吏部。激義而起死不顧，溷中中丞色如土。嗚呼！逆閹廢祠五人墓。」命意微婉，絶似西涯樂府，又吴穀人丈《滿江紅》詞，亦爲傑作。

汪春園太常璐《白雲巖》五古云：「天平三世墓，書院留山隈。院旁路蹭蹬，可上山崔嵬。白雲護其麓，依微見亭臺。峰峰盡卓立，疑是斧劈開。仄級側身拾，石勢如崩摧。心駭目爲瞪，那敢恣徘徊。又如雲泉結精舍，泉聲閟雲推。山僧幅巾來，餉我茶一杯。」此詩刻畫之工，不減坡翁《廬山二勝》詩。又如崇明李吉六《香畫歌》，可與梁山舟學士《蕪湖湯天池鐵畫歌》竝傳。

徐廷錫字貢南，仁和諸生。爲人恭謹，外和而中介。工詩，善隸書。屢躓場屋，年五十餘歿。無子，以姪爲嗣。有《秋雪山房遺稿》，友人謀梓之。詩格清雅。《同人游烟霞諸勝歸宿浄慈寺》五律云：「路繞飛流轉，松篁萬壑陰。白雲樵徑遠，黄葉寺門深。坐石逢僧話，支藤答客吟。南屏歸去晚，片月在疎林。」《早春同李抑齋湖上》七律云：「説着清游便解顔，故人招我出柴關。東風欲動岸邊柳，殘雪未消湖上山。小艇偶攜青笠去，此身争似白鷗閑。及時行樂非虚語，莫歎蕭疎鬢易斑。」《春日偶成》七絶云：「吟懷寂寞與誰論，閑踏蒼苔認屐痕。二月東風寒惻惻，梅花滿院不開門。」

江青字雲階，號聽香，錢唐諸生。接之和藹，有過失則直諒不阿。爲人謀，無不委曲盡力，以是咸多之。少咏紅豆詩，爲時傳誦，予戲目爲「江紅豆」。又工書，尤擅細楷，人争乞之。年六十餘，酬答不倦。性實疎懶，蓋重違人意。如此妙簡札，得其寸楮尺幅者，亦什襲之。與陳曼生、汪審庵、巳山叔姪最友善。今猶客袁浦所。爲詩不自收拾。偶見《題楊芸士修竹舊廬圖》七絶三首，漫録於此。「卸籜抽梢翠影長，濃陰如水着衣凉。最憐一夜林間雨，先送秋聲到草堂。」「萬箇森森暮靄横，翛廬端合任閒情。緑箋愛寫烏絲細，吟盡斜陽負手行。」「垞南垞北路重經，雲水依然護淺汀。莫向梁園懷舊植，居人原識草元亭。」

孫顥元號花海，仁和諸生。弟熙元，號邵庵，國子監博士，燭溪丈令子也。昆仲天性孝友，薄浮榮、樂恬静，花海尤精鑒别，所蓄書畫甚富。烟雲供養，妙悟遂深。著有《異撰齋稿》。七絶如《冬日苦雨遣興》：「撥盡紅鑪火半銷，晚來聽雨轉蕭蕭。西窗剩有芭蕉樹，足與詩人破寂寥。」《園中山茶蠟梅盛開碧梧嫻卿兩姪女乞簪滕之以詩》：「幾樹幽花殿衆芳，山茶紅淺蠟梅黄。謝家姊妹多情思，乞向窗前助曉妝。」「兩般顏色各争妍，坐領芳華耐曉寒。寄語簪花人一對，枝頭看勝鏡中看。」《杏花下有憶》：「梅花飄盡杏初開，春意枝頭已暗催。燕子不來人又去，曉寒誰共立蒼苔。」「春雨沈沈又一宵，鉛華洗浄不勝嬌。何人玉頰真相似，睡起斜紅半未消。」《檢得碧梧女姪荷花畫幀愴然題其上》：「筆牀翡翠已生塵，忍見篋中畫稿新。剩有吟魂招不得，妙蓮花即是前身。」《題奚鐵生丈畫李竹嬾詩意山水便面即次竹嬾韵》：「幾叠青山鎖白雲，團茅小隱絶塵紛。落花吹盡無人到，樹裏溪聲獨自聞。」《題琴隖山水小景》：「知君胸次極蕭閒，畫出荒村水一灣。卧柳生枝板橋斷，何人來看夕陽山。」邵庵詩工細，著有《邵庵稿》。七律如《春盡》：「池塘春盡草芊緜，老去流鶯感昔年。茅屋三間燒筍客，桑陰十畝鬭茶天。幾番花落流紅雨，是處林深溚緑烟。長日棲遲碧山穩，吟身差覺卧游便。」《試燈日作》：「景物關情劇可憐，春風初放嫩晴天。土牛巷陌剛三日，竹馬兒童又一年。柳綻梅舒争綽約，燈紅酒緑共團圓。夕陽西下憑誰唱，到處清聲動管絃。」七絶《蠟梅》：「正是園林小雪天，紙窗竹屋映便娟。色香不入羅浮夢，别有風情伴水仙。」《過塘棲食橘口占》：「山前墟落一橋通，新剪霜枝晚橘紅。遥憶門閭時倚望，未嘗先欲納懷中。」

杭俗日趨侈靡，居喪多不循禮。聲樂醼飲，恬不知非。嘗見梁山舟學士詩云：「東郭墦間酒肉，北邙山下簫笳。攘攘臣門如市，寂寂吾生有涯。老而不死爲賊，罔之幸免亦災。頗聞天上差樂，莫唱人間可哀。」後題「予家近錢塘門，殯葬者多由之，殆無虚日。偶有所感，成六言四十八字。時爲癸亥三月八日也。」二絶《頻羅庵遺集》不刻，豈以爲游戲之作删去耶？

汪孝廉遠孫，號小米，春園太常令孫。學問賅博，喜闡發幽隱。所刻先輩著述甚夥，又工詩、古文。題予《七十二賢草堂圖》五律云：「莫負誅茅約，開門面翠微。竹深人不到，蘆白雁初飛。揮灑詩盈壁，飄零酒涴衣。西溪讀書處，鷗鷺待君歸。」吴子律廣文笑謂予曰：「五、六蓋爲君寫照也！」

金手山女弟兑，字説之。著有《湘芷詩草》。《題美人撲蝶圖》七古云：「和風緑遍南園草，蹁躚蝴蝶争飛早。香鬟拂柳舞纖纖，美人妝成出繡簾。風前初試齊紈扇，撲着落花尋不見。飄零金粉落花旁，回頭祇覺春風香。斜陽滿徑飛鶯燕，還折花枝閉深院。」此詩曲盡閨閣幽閒之態。

施孝廉炌，字涵若。著有《澹珍詩稿》。七絶極饒情韵，如《題畫扇》云：「淺翠輕紅繞砌開，離離疎影落蒼苔。憑誰小試徐熙手，笑挽秋光入扇來。」《題朱泊翁畫荷》云：「離披花葉墨香清，一段秋光妙寫生。記取泊翁疎散意，挑燈聽雨宿瓠城。」

建文帝出亡事，見于野史，又莫詳于史仲彬《致身録》。歲月山川行跡，歷歷可據。蓋仲彬親預其謀，似非憑空所能結撰。不知考古者，何以必欲辨爲虚妄也。吾杭安溪，境最幽僻，有東明寺。相傳帝嘗棲止，手植牡丹，久已枯萎，惟遺像猶存。王文白先生七律云：「江山猶是一孤身，古寺何年駐法輪。鐘動那知三殿曉，花開都作六宫春。國傳有統悲皇祖，家難無辜泣衆臣。此日荒村對遺像，緇衣還帶舊風塵。」此詩有老杜筆法。

武原張淮，爲吾杭洪稗畦先生畫《填詞圖小影》。題者甚夥，惟七絶四首最工。仁和陳琮云：「風神清絶氣偏豪，待展烏絲試彩毫。譜出天涯多少淚，旁人休聽鬱輪袍。」「鄭家婢亦解言詩，霧鬢烟鬟手小垂。應是知郎賴陶寫，故拈長笛看填詞。」陶爾穟云：「閒展花箋坐撚髭，新聲譜出外孫辭。却防好事重騰口，衹付雙成笛裏吹。」「一撫遺容一愴神。三湘何處弔靈均。西風殘雪旗亭路，腸斷當年畫壁人。」第三句蓋指薦紳演先生所填《長生殿》傳奇被黜，先生亦坐及事也。

程鳴，字友聲，號松門，歙縣人，寄籍儀徵。爲諸生。工畫。嘗寫《西溪卜居圖》寄厲樊榭，并系七絶，云：「小住西溪第幾灣，蟹村漁舍鷺鷥灘。扁舟他日還相訪，十頃蘆花當雪看。」奚鐵生丈次韵云：「曾泊西溪蘆荻灣，漁歌唱晚出前灘。雲行往事都如夢，只就先生畫裏看。」跋云：「此幀爲松門先生寫寄厲樊榭先生《西溪卜居圖》也。先生北面事石濤，而筆墨更饒疎秀。與環山、西塘、巢林諸先生爲詩畫友。余藏此已四十年矣，今以持贈松泉五兄，并次先生韵一絶。」是畫予曩見于松泉齋中。松泉殁後，又不知展轉歸于何處。漫録以補藝林軼事。

梅花泉在九沙栢家園左，深不逾咫，可灌田十許頃。味甘美，品泉者擬之惠山第二。釋大善心宗有句云：「分似惠山增茗味，散爲秋雨益田家。」

讀杜韓筆記

讀杜韓筆記提要

《讀杜韓筆記》二卷，據民國二十三年上海中華書局仿宋版鉛印本點校。撰者李黼平（一七七〇—一八三二），字繡子，廣東嘉應人。嘉慶十年進士，選庶吉士，散館出爲昭文縣知縣。後以事罷官繫獄，歸入阮元學海堂，授諸子以經。有《毛詩紬義》等。按此書光緒《嘉應州志·藝文》著録其目，注云未見。此本有從曾孫李雲儔跋，謂「原稿秘藏百年未見，今忽從故家得之」云云，乃知筆之未及流傳也。

李氏學、識俱佳，以經、史出處糾歷來注杜、注韓之誤，言皆有據，識亦精審，於浦起龍等不無小補云。又非不知詩者，於杜則力辯其「温柔敦厚」，注家引時事以「責肅宗」解讀《收京三首》等、以「譏貴妃」解讀《解悶十二首》等，皆非詩本意，乃「忘少陵爲唐臣子，視其詩與後代詠史者同，可以横使議論」，「不與事實相應也」。於韓則析其「以情造文」、通韵等特點，力辯其長不在所謂「奇崛」處，皆所謂能得其平者。此本頗有手民誤植之處，如「嘉應」作「應嘉」之類，皆徑改。亦有李氏偶誤者，如首則「臣將去君，爲黄鵠舉」，乃出《韓詩外傳》，非本《韓非子》也。

讀杜韓筆記卷上

嘉應李黼平繡子著

杜少陵《登慈恩寺塔》云：「回首叫虞舜，蒼梧雲正愁。惜哉瑶池飲，日晏崑崙丘。」注家謂：「叫虞舜」，喻太宗也；「瑶池」二句，喻玄宗與貴妃也。此説非是。愚按《離騷》曰：「濟沅湘以南征兮，就重華而陳詞。」又曰：「朝發軔於蒼梧兮，夕余至乎縣圃。欲少留此靈瑣兮，日忽忽其將暮。」杜蓋用屈子語意，承「皇州」句説下，欲去京師也。故接「黄鵠去不息」云云，所謂「臣將去君，爲黄鵠舉」者矣，本《韓非子》語。

《秋興》：「西望瑶池降王母，東來紫氣滿函關。」按《爾雅》，「西王母」乃西荒國名，故以「函關」對。「降」，猶下也。詩言宫殿之高，西則壓乎西王母，東則瞰乎函關，而「瑶池」、「紫氣」，仙靈出入，上與「蓬萊宫殿」四字相映合，恰好起下「聖顔」。注家謂指貴妃，謬矣。《玄都壇歌》：「子規夜啼山竹裂，王母晝下雲旗翻。」解者以「王母」爲鳥名，不爲無見。惟《湯東靈湫》：「王母不肯收。」乃可云指貴妃耳。

《房兵曹胡馬》：「竹批雙耳峻。」注家引《齊民要術》：「馬耳如削竹筒。」如此，但言馬耳之尖，便是十成死句。《周官·庾人職》云：「散馬耳。」鄭注：「以竹括押其耳，頭動摇則括中物，後遂串習不復驚。」詩蓋用此注。「批」猶括也，言經竹括押，馴習不驚也。「頭上鋭耳批秋竹」，亦當同此解。

《北征》：「不聞夏殷衰，中自誅褒妲。」注家或以爲當作「殷周」，或以爲當作「妹妲」，或以爲言「夏」則不必復言「妹」，言「褒」則不必復言「周」，皆未闇故實。《周本紀》龍漦事，伯陽甫明言：「昔自有夏之衰。」而褒又是夏同姓。是以駱賓王《討武氏檄》云：「龍漦帝后，識夏庭之遽衰。」以褒姒比武后，亦據夏言。駱在杜前，詩蓋本於是矣。

孟公《臨洞庭贈丞相》云：「八月湖水平，涵虛混太清。氣蒸雲夢澤，波撼岳陽城。欲濟無舟楫，端居耻聖明。坐觀垂釣者，徒有羨魚情。」次句喻丞相虛懷，三言化被者遠，四言潤上者高，後半醒出汲引之意。杜《登岳陽樓》云：「昔聞洞庭水，今上岳陽樓。吴楚東南坼，乾坤日夜浮。親朋無一字，老病有孤舟。戎馬關山北，憑軒涕泗流。」三、四即登臨所見，以「坼」字、「浮」字寫出鄉園蕩析、身世飄流光景；後半醒出本意。二詩通體雄渾，未易軒輊，即摘句論，「涵虛混太清」與「乾坤日夜浮」，亦正相敵也。「吴楚」句，或疑洞庭在楚，不當遠及於吴。愚謂以春秋之楚論，則其後有吴會稽，爲東楚是也；以三國之吴論，則其時兼楚，孫劉分荆州，湘水以東屬吴是也。單舉則屬楚，對文可兼吴。《花石戍》詩云：「山東殘逆氣，吴楚守王度。」亦是楚地兼稱吴也。董氏引《荆州記》，以洞庭君山道通吴之包山解之，其説未當。劉文房《岳陽館中望洞庭湖》云：「萬古巴丘戍，平湖此望長。問人何淼淼，愁暮更蒼蒼。叠浪浮元氣，中流没太陽。孤舟有歸客，早晚達瀟湘。」語亦秀拔。《水經·湘水篇》注云：「湖水廣幁五百餘里，日月若出没於其中。」此「中流」句所本。孟、杜二作後有此，不愧「長城」。《李翰林集》中亦有《與夏十二登岳陽樓》詩，云：「樓觀岳陽盡，川迥洞庭開。雁引愁心去，山銜好月來。雲間逢下榻，天上接行盃。醉後秋風起，吹人舞袖迴。」此詩前半寫得沙平水息，空闊光明，得手全在起句一「盡」字。其布景之妙，寫雁寫月，似從謝希逸賦中來。五、六點夏十二。結處秋風起而洞庭波，醉餘舞袖，因風始迴，寓無限感慨。乃從來選家不知及，何也？「秋風」句，用《楚騷·湘夫人》篇；「舞袖」句，用長沙定王發語，點化無痕，是爲高手。合觀四作，各求其命意之所在，而詩法在是矣。

少陵《後出塞》云：「中天懸明月，令嚴夜寂寥。哀笳數聲動，壯士慘不驕。」最得《出車篇》「憂心悄悄，僕夫況瘁」之義。《洗兵馬》：「淇上健兒歸莫懶，城南思婦愁多夢。」則《杕杜》篇所謂「期逝不至，而多爲恤」者也。雖作者未必規規求合，要當以此意讀之。

章八元《慈恩寺塔》詩云：「迴梯暗踏如穿洞，絶頂攀霄似出籠。」狀登塔情事，愈真愈俗。杜句云：「仰穿龍蛇窟，始出枝撐幽。」與章作意同，而雅鄭分矣。

「東閣官梅動詩興，還如何遜在揚州。此時對雪遥相憶，送客逢春可自由。幸不折來傷歲暮，若爲看去亂鄉愁。江邊一樹垂垂發，朝夕催人自白頭。」此杜《和裴迪登蜀州東亭送客逢早梅相憶見寄》詩也。以詠早梅故實起，逸致飄然，點次長題，極鎔鑄之妙。非真對雪，梅即雪也；非果逢春，梅即春也。五、六空中折宕，直從水部詩「驚時最是梅」一句引而伸之，遂成千古絶調。末就草堂之梅結，「一樹」、「朝夕」，收足「早」字也。《西郊》詩：「江路野梅香。」《徐九少尹見過》詩：「欲發照江梅。」《王十七侍御許攜酒》詩：「皂蓋能忘折野梅。」又《絶句》：「梅熟許同朱老喫。」此草堂江邊有梅之證。諸家本俱作「官梅」，此本作「觀」，誤。

《秋日荆南述懷》云：「望帝聞應實，昭王去不回。」注義以爲指玄宗劫遷，責代宗不能明正輔國之罪，如召陵之責楚。支離極矣。浦注謂返溯玄肅升遐，差得之。而昭王非善終，與唐事迹不合。愚謂詩承「巴」、「楚」來，「望帝」，是以望帝喻玄宗内禪矣，則「昭王」當是楚而非周。按昭王嗣位即有吴師，與肅宗討賊相類，又欲用孔子不果，至卒於城父，而後孔子去。少陵受知於肅宗，雖一斥不復，未嘗不冀君之一悟也。玄、肅相繼殂落，始無望矣。詩意或當如此。

《將赴成都草堂》詩：「習池未覺風流盡，況復荆州賞更新。」注家謂山簡以征南將軍都督荆湘交廣四州，故可稱荆州。此説未盡。《水經・沔水篇》注曰：「建安十三年，魏武平荆州，分南郡立襄陽郡，荆州刺史治。」然則襄陽即荆州，山季倫鎮此，稱其鎮耳。「習池」喻草堂，「荆州」喻鄭公。説俱當。

《同谷歌》「南有龍兮」一章：「木葉黄落龍正蟄，蝮蛇東來水上游。我行怪此安敢出，拔劍欲斬且復休。」言小人恣行，君子謹避之耳。觀《萬丈潭》作：「閉藏修鱗蟄，出入巨石礙。何當暑天過，快意風雨會。」公蓋借以自況。注家於《同谷》章，必欲説至時事上去，宜其不得通矣。

《秋興》：「聽猿實下三聲泪，奉使虚隨八月槎。」次句，注家引張騫事及《博物志》「八月槎」，言嚴武爲節度使，公曾入幕參謀，故有此句。説甚迂迴。何氏謂用小庾《哀江南賦序》「星漢非乘槎可上」語，得之。但「奉使」二字無着。又上句用峽中故實，而此句蹈虚，亦非詩法。愚按「奉使」當指朝臣之過夔者，而己不得隨之返京，故曰「虚隨」。酈道元説巫峽曰：「至於夏水襄陵，沿泝阻絶，王命急宣，有時朝發白帝，暮到江陵。」此「奉使」句所本。公《入宅》詩云：「相看多使者，一一問函關。」此亦峽中詩，用意正同。

《咏懷古跡五首》，宋玉宅，昭君邨，先主、武侯祠，俱在峽中。第一首，注家引庾信居宋玉宅，乃在江陵。無論子山《賦序》「誅茅宋玉之宅」，是言其遠祖庾滔事；即如注説，此時少陵尚未出峽，何緣遠詠江陵之古跡乎？愚按：此詩起四句自詠漂泊，以「三峽」句總領五首，即以江關爲此首之古跡也。江關在峽中，詩句指梁武陵王盛兵出峽，元帝誅武陵，蜀亡而江陵亦隨之。子山《哀江南賦》云：「營軍梁溠，蒐乘巴渝。」又云：「荊門遭廩延之戮。」正叙此事。《賦》又云：「藐是流離，至於暮齒。」是子山暮年感江關之事而作《賦》也。「羯胡」句，言己值安史，與子山值侯景等相同。武帝任侯景，元帝任任約、謝答仁，皆逆黨，所謂「無賴」者指此。「詞客」句，指子山江陵之禍。子山西聘被留，《賦》所謂「壯士不還，寒風蕭瑟」者矣。

「曾聞宋玉宅，每欲到荆州」。此江陵宋玉宅，李義山詩「可憐留着江邊宅，異代應教庾信居」，公詩「庾信羅含俱有宅」是也。「宋玉歸州宅，雲通白帝城」，即此首「江山故宅」。以公詩注公詩，極爲明顯。

「千載琵琶作胡語，分明怨恨曲中論。」注引石季倫《王明君辭序》，又引《琴操》，殊憒憒。按石季倫序「昔公主嫁烏孫，令琵琶馬上作樂，以慰其道路之思，其送明君亦必爾也。其造新曲，多哀怨之聲，故叙之於紙云爾」，是季倫明指其詞爲琵琶新聲曲，詩中「怨」字、「曲」字實本此。《琴操·昭君怨》

自是琴曲，與琵琶何涉？此等注亟宜削去，庶不疑誤後生。

《嚴僕射歸櫬》：「天長驃騎營。」疑當作「塋」字。《漢書・霍去病傳》：「起冢象祁連山。」祁連，天山也，故曰「天長」。如注說舊府瞻望，與上「部曲」句犯複矣。惟注詩破字之例，起於後鄭，未敢遽定也。參之。古直謹案：先生之說是也。歐楨伯《哭王元美》詩：「可堪一代風流盡，第五新陪驃騎塋。」正用少陵此句。然則明人所見杜詩，蓋有作「塋」字者矣。又案：《說文繫傳》：「塋，從土，營省。」段玉裁曰：「塋之爲言營也。營者，匝居經營其地而葬之，故其字從營。」然則作「營」雖別，而義亦通。

《惜別行送向卿》：「尚書勳業超千古，雄鎮荆州繼吾祖。」注引杜元凱都督荆州，混。當箋以明之曰：衛伯玉鎮江陵，是唐荆州；杜預鎮襄陽，是晉荆州。

「峽雲行清曉，烟霧相徘徊。風吹滄江去，雨灑石壁來。」原本「樹」字，此從朱子說，竟改作「去」字。今按風去則雨隨之。「去」、「來」字反礙，必如原本作「樹」字，乃有景象。古詩不必字字工對也。古直案：此詩題爲「雨」字。

「近時馮紹正，能畫鷙鳥樣。明公出此圖，無乃傳其狀。殊姿各獨立，清絕心有向。疾禁千里馬，氣敵萬人將。憶昔驪山宮，冬移含元仗。天寒大羽獵，此物神俱王。當時無凡材，百年皆用壯。粉墨形似間，識者一惆悵。干戈少暇日，真骨老崖嶂。爲君除狡兔，會是翻鞲上。」末四語，評家謂借真鷹寄概，云遊獵不暇，鷹老空山矣，然其力能搏兔，雖老猶可用也。此說非是。按「憶昔」六句，縱筆說真鷹；「粉墨」二句，合到畫鷹；結語正言真骨已老，此畫鷹當可爲君除狡兔，與上「清絕心有向」相應，猶五律「何當擊凡鳥，毛血灑平蕪」意也。《畫馬》篇七古，「憶昔巡幸新豐宮」三句説真馬，第四句合到畫馬，結言龍媒去盡，乃是借真馬寄概耳。此篇與《畫馬》篇神骨相同，最當熟玩，故全録於此。題是《楊少監又出畫鷹十二扇》。有謂「大羽獵」句是點「十二扇」者，説亦通。

王小美論唐詩「客舍并州已十霜，歸心日夜憶咸陽。無端更渡桑乾水，却望并州是故鄉」，「望并州」正是「憶咸陽」，深得詩人之旨。少陵《又上後園山脚》云：「東蒙不可見，況乃望故鄉。」轉深一層，而語更沉痛。

《登兗州城樓》：「東郡趨庭日，南樓縱目初。浮雲連海岱，平野入青徐。」隋以東郡爲兗州，唐以魯郡爲兗州，二郡俱得稱兗州，而魯郡則不可以稱東郡。何氏議之良是。注引《漢志》「東郡，秦置，屬兗州」，此是九州之兗，而唐兗州不可以稱東郡如故也。按少陵《夔府書懷百韵》云：「東郡時題壁。」指夷陵也。夷陵在夔東，遂稱東郡。兗州治瑕丘，本魯地，或緣東魯而泛稱東郡，如夷陵之例。此可以公詩解公詩也。且玩詩「趨」字，路有經由，或當日實從東郡來，亦未可知。何氏之言殊不必泥。「青徐」，注引《唐·地理》。以結句「從來多古意」觀之，正宜據《禹貢》，乃見其古。蓋唐兗州於《禹貢》爲徐州之野，而徐與青共海岱，詩下「連」字、「入」字，極工。若如《唐·地理》，則青州北海郡，徐州彭城郡，二郡不接壤，而詩妙全失矣。是不當引以混之。

《歸雁》詩：「是物關兵氣，何時免客愁。」注泛引兵氣，與雁無涉。愚按：《淮南子》曰：「雁銜蘆而翔，以備矰繳。」是雁性避兵。又《詩緯》曰：「鴻雁在申，金始也。」故云「關兵氣」矣。

《夔府書懷百韵》，中有四韵云：「高宴諸侯禮，佳人上客前。哀筝傷老大，華屋艷神仙。南内開元曲，當時弟子傳。酒歌聲變轉，滿座泪潺湲。」原注云：「都督柏中丞筵聞梨園弟子李仙奴歌。」若以注爲題，宛是一首五律。《公孫大孃弟子李十二娘舞劍器》云：「先帝侍女八千人，公孫劍器初第一。五十年間似反掌，風塵澒洞昏王室。梨園弟子散如烟，女樂餘姿映寒日。金粟堆南木已拱，瞿塘石城草蕭瑟。」因李而思公孫，因公孫而思先帝，極淋漓跌宕之致。此則因柏中丞筵而憶南内，曰「當時」、曰「變轉」，盛衰治亂之感，具於四韵中，尤爲哀艷。「變轉」句注不切。按馬融《長笛賦》：「箎篘抑隱，行入諸變，絞概汨湟，五音代轉。」杜蓋本此。因其聲有變轉，遂覺曲亦變轉矣。李十二娘，《序》云：「今兹弟子，亦匪盛顔。」此云：「華屋艷神仙。」故應風情猶昔。仙奴事，因在小注中，人多忽略，兹特録出。

《解悶十二首》第九首云：「先帝貴妃今寂寞，荔枝還復入長安。炎方每續朱櫻獻，玉座應悲白露團。」第十二首云：「側生野岸及江浦，不熟丹宫滿玉壺。雲壑布衣駘背死，勞人害馬翠眉須。」注家引《通鑑》，俱過當。漢永元已貢荔枝，唐羌始奏罷之，非始於玄宗，亦非特爲貴妃設，特其馳致過急，君子不能無譏，而於貴妃無與也。觀少陵此詩，言先帝、貴妃今已寂寞，荔枝還到長安，炎方尚獻，而玉座已虚；此日之來野岸而入丹宫者，勞人害馬，亦爲翠眉所須，尚得謂爲貴妃耶？詩意如此。少陵於貴妃嗜荔枝事，初不敢譏。小杜「一騎紅塵妃子笑，無人知是荔枝來」，可謂無禮矣。天寶之亂，由於用人之失，使能如前之相姚、宋，即爲妃子驛致荔枝何害？漢戚夫人好洋川米，高帝歲驛致之，人無譏者，何譏苛於玄宗？而況乎荔枝之貢非始玄宗，亦非特爲貴妃設耶？《病橘》篇後云：「憶昔南海使，崩騰獻荔枝。」與橘貢同譏，亦無刺貴妃意。讀少陵此作，而後知貴妃之後，蜀粤猶獻，爲唐代土貢之常，而不可以諸小説家言注杜也。

《豎子至》：「欹枕江湖客，提攜日月長。」諸家不注。按上言樝梨、梅杏、素柰成熟，此二句蓋用《蜀都賦》「日往菲微，月來扶疏，任土所麗，衆獻而儲」也。

《夔府述懷百韵》中「業成陳始王，兆喜出于畋」。注謂即文王出獵事，言能用賢也。按如注，則與下「宫禁經綸密，台階翊戴全」一串，而與「熊羆載吕望」句犯複。愚謂「于畋」句當用禹卜畋兆得皋陶事，見《竹書紀年》沈約注，如此則各不相犯矣。

《題瀼西草屋》：「此邦千樹橘，不見比封君。」注引《貨殖傳》解之，是矣。但「蜀漢江陵」尚泛。《漢書・地理志》巴郡朐忍、魚復二縣，班固注曰：「有橘官。」當兼引之，乃切「此邦」二字。

《野老》詩：「王師未報收東郡，城闕秋生畫角哀。」上句注家或指東都，或指京東諸郡，亦不必定是濮陽之東郡，益信《登兗州城樓》「東郡趨庭」是泛稱也。下句原注：「南京同兩都，得稱城闕。」按原注相傳以爲少陵自注，或其時稱謂如此。其實「城闕」見于《鄭風》，鄭固侯國也。

《陪柏中丞觀讌將士》：「醉客霑鸚鵡，佳人指鳳凰。」上句注引鸚鵡螺，下句或以爲鳳凰琴，或以爲衣上龍鳳之類。如此便如猜謎。别本上句引禰衡賦《鸚鵡》，下句引弄玉吹簫致鳳事，是矣，然亦未能明確。愚按：「鸚鵡」，少陵自比；「鳳凰」，比官妓也。黄祖太子舉酒，衡前請賦《鸚鵡》，其文自「臣出身而事主」後，皆以鸚鵡自況。公《秦州見敕目》詩云：「隴俗輕鸚鵡。」亦是借以自況。彼以世俗輕己，而言「輕鸚鵡」；此以中丞敬己，既醉以酒，故言「霑鸚鵡」。《史記·司馬相如傳索隱》注引《琴詩》曰：「鳳兮鳳兮歸故鄉，遨遊四海求其凰，有一艷女在此堂。」彼鳳凰比艷女，故可以鳳凰比佳人也。次首「一夫先舞劍，百戲後歌樵」。注謂是峽中夷歌。按上句注引項莊舞劍，與君譏合，對句不應空說。愚案：魏武北征高幹，作《苦寒行》云：「擔囊行採薪，斧冰持作糜。喟彼《東山》詩，悠悠使我哀。」此是歌樵故實。蓋憫恤士卒樵汲辛苦之意。上句以宴將，下句以宴士也。

《太平寺泉眼》云：「石間見海眼，天畔縈水府。」二語奇警。注謂泉從石中出，亦如成都海眼。便落呆相。詩正言海眼在石間，水府在天畔耳。「見」當音賢遍反。又云：「青白二小蛇，幽姿可時睹。如絲氣或上，爛漫爲雲雨。」注以蛇乃龍類，故吐氣爲雲雨；又引《水經注》中「五色蛇」，亦屬影響。按《淮南子》曰：「犧牛騂毛，宜於廟牲，其以致雨，不若黑蜧。」高誘注曰：「黑蜧，蛇也，潛於神泉，能致雲雨。」詩蓋本此。

「左輔白沙如白水，繚以周牆百餘里。龍媒昔是渥洼生，汗血今稱獻於此」。《沙苑行》起四句也。注家引同州白水縣，非是。按沙苑有花有水，《留花門》篇「沙苑臨清渭，泉香草豐潔」是也。此處有水，故下言龍馬雖産渥洼，亦宜於沙苑。「如」義同「而」。公祖征南《春秋》「星隕如雨」注：「如，而也。」此詩「如」字正同。蓋言有沙而又有水，不然下二句無謂，而「浮深簸蕩黿鼉窟，泉出巨魚長比人」，皆成鶻突矣。

《送孔巢父謝病歸遊江東》，注謂此「江東」乃浙江以東。按注據「分浙江以西爲吴，東爲會稽」之說。如此，則禹穴亦在浙江東，不得云「南尋」矣。愚謂秦漢以來，會稽郡治吴，謂之江東，項羽以江東子弟八千人渡江而西是也。禹穴在吴南，故曰「南尋禹穴見李白」，别本作「若逢李白騎鯨魚」，則不必復問「今何如」矣。時白在吴越間。

《贈張垍》：「内分金帶赤，恩與荔支青。」注：貴妃嗜生荔支，置驛傳送。垍在禁中，故得與賜。此非事實。據《唐會要》，開元二十六年，始以翰林供奉改稱學士，别建學士院，俾專内命，大常少卿張垍、起居舍人劉光謙首掌之。太真於天寶四載乃册爲貴妃，何知前此七八年間歲貢荔支不蒙恩賜乎？此等皆當削去。《南裔異物志》曰：「荔支色變赤可食。」此言青者，其葉耳。王叔師《荔支賦》「緑葉蓁蓁」是也。又荔支亦有緑色者，蔡君謨説。

《諸將》：「昨日玉魚蒙葬地，早時金盌出人間。」注引盧充金盌，不切陵寢。胡氏謂以玉盌事用金盌語，正見使事之妙，非也。《博議》引戴叔倫句「漢朝帝子黄金盌」，以證唐人亦有用作金盌者，其説近是。愚案：此詩作於夔州，前此至德初，公在京師送郭中丞詩云：「空餘金盌出，無復繐帷輕。」指園陵發掘，亦用金盌。此事凡兩用之，在少陵必别有所據也。

《大雲寺贊公房》詩：「雨瀉暮簷竹，風吹春井芹。」《崔氏東山草堂》詩：「盤剥白鴉谷口栗，飯煮青泥坊底芹。」兩押「芹」字，皆入真韵。注家欲改「坊底芹」爲「蓴」，恐未可以今韵定唐韵之出入也。

《李尊師松樹障子歌》：「老夫清晨梳白頭，玄都道士來相訪。」前輩皆以爲率筆，不可效。愚視下又云：「老夫平生好奇古。」兩提「老夫」，蓋見松下丈人，觸興而起耳。故以「商山翁」句結，應起處；「時危慘澹」，知此老寄慨深矣。是最用意處，不可輕議。

《卜居》：「東行萬里堪乘興，須向山陰上小舟。」注家謂東遊乃公素志，因此溪直通吴會，故云然。此非知詩者。公蓋因門泊吴船，即景寫出，詩家所謂興趣，正注明第四句「澄江銷客愁」耳。

《懷錦水居止》云：「天險終難立，柴門豈重過。朝期巫峽水，遠逗錦江波。」注：言巫峽之水，遠通錦江，而歎己不能重至草堂。非也。按江淹詩：「徒樂逗江陰。」李善注引《説文》曰：「逗，止也。」張平子《思玄賦》：「逗華陰之湍渚。」舊注曰：「逗，止也。」詩蓋言不能重過柴門，而此巫峽中空有錦江之波，遠止于此也。有謂《韵會》引杜詩作「投」；投，合也。案此説亦誤。馬融《長笛賦》：「觀法於節奏，察度於句投。」李善注引《説文》曰：「逗，止也。投與逗古字通，音豆。投，句之所止也。」據此，則《韵會》引杜詩「遠投錦江波」，亦當從「逗」義。

《古柏行》「憶昨路遶錦亭東」八句，注家謂上四指成都廟柏，下四指夔州廟柏。愚案：詩無此意，上四言先主、武侯同廟，廟中之柏如此，正疏醒「君臣際會」句；下四合成都、夔州兩處之柏，總贊之言，且爲神明造化之所愛惜也。

衛公「水遞」、東坡「調水苻」，極是韵事。少陵有「引泉筒」，《信行遠修水筒》詩云：「雲端水筒坼，林表山石碎。觸熱藉子修，通流與廚會。」又《引水》云：「白帝城西萬竹蟠，接筒引水喉不乾。」又《示獠奴阿段》云：「山木蒼蒼落日曛，竹竿褭褭細泉分。」又《園人送瓜》云：「竹竿接巖竇，引注來鳥道。」

彙録於此，可爲詩家添一故實。

《夔州歌》：「中巴之東巴東山，江水開闢流其間。」按裴松之《三國志注》云：「此江與開闢俱生，寧有可以囊沙塞理也。」句蓋本此。

《八哀詩・李公邕》云：「例及吾家詩，曠懷掃氛翳。慷慨嗣真作，咨嗟玉山桂。鐘律儼高懸，鯤鯨噴迢遰。」案杜審言有《和李大夫嗣真奉使存撫河東》五言排律四十韵，其起略云：「六位乾坤動，三微歷數遷。謳歌移火德，圖讖在金天。子月開階統，房星受命年。禎符龍馬出，寶録鳳凰傳。地即交風雨，都仍卜澗瀍。明堂惟御極，清廟乃尊先。」此李公所謂「鐘律儼高懸，鯤鯨噴迢遰」者也。

《張公九齡》云：「詩罷地有餘，篇終語清省。一陽發陰管，淑氣含公鼎。」又云：「散帙起翠螭，倚薄巫廬並。綺麗玄暉擁，牋誄任昉騁。自成一家則，未闕隻字警。千秋滄海南，名繫朱鳥影。」公于曲江傾倒如此。乃《唐書》謂其「邊幅淺狹」，正與少陵所謂「地有餘」、「巫廬並」等語相反，良由《八哀詩》知之者少，使其見此，當不肯輕下斷語矣。

《題瀼西新賃草屋》第二首：「萬里巴渝曲，三年實飽聞。」此二句，蓋自傷不能如范因將賨人以平寇亂，得封爲慈凫鄉侯。三年客此，徒聞其曲，而無其事也。如此解，乃與起句「此邦千樹橘，不見比封君」相應。觀前後章「戰伐何由定」、「壯年學書劍」、「王臣未一家」，及本首「養拙干戈際」等句，知用「巴渝曲」意蓋在此。如注家之説，云即久居三峽客意，則起句甚無謂矣。

《將别巫峽》云：「殘生逗江漢，何處狎魚樵。」言往而止於江漢也，亦不得與「透」字同義。

《行官張望督促東渚秏稻》云：「北風吹蒹葭，蟋蟀近中堂。荏苒百工休，鬱紆遲暮傷。」注家引《豳風》「十月蟋蟀，入我床下」，疏矣。詩明言「近中堂」、「百工休」，正用《唐風》，其詩曰：「蟋蟀在堂，歲聿其暮。」薛君《韓詩章句》：「言君之年歲已晚也。」「遲暮」二字，蓋本薛君《章句》。

《覆舟》云：「徒聞斬蛟劍，無復爨犀船。使者隨秋色，迢迢獨上天。」注家據使者已死，故言帝未必昇天，而使者先上天矣。殊不成話。詩蓋言丹藥爲靈怪所奪，不能斬蛟爨犀以護之，使者孑然一身，空隨秋色而返京師耳。如注言，是少陵以人命爲戲也，當不其然。

《送封主簿赴通州》：「禁臠去東床，趨庭赴北堂。」據此，則送人省侍可稱「趨庭」，省母亦同。

高達夫《送高式顔》云：「世上五百年，吾家一千里。」然猶共姓也。少陵《寄族弟唐十八使君》云：「與君陶唐後，盛族多其人。聖賢冠史籍，枝派羅源津。」又《重送劉十弟判官》前有《惜别行送劉僕射判官》詩。云：「分源豕韋派，别浦雁賓秋。年事推兄忝，人才覺弟優。」蓋杜與唐、劉同出，故於唐稱「族弟」，於劉稱「十弟」。唐人講譜諜之學，其稱謂如此，今人多不講矣。

《暮歸》云：「南渡桂水闕舟楫。」《懷詠》云：「飄飄桂水遊。」《千秋節有感》云：「桂江流向北。」《舟中夜雪》云：「朔風吹桂水。」注家引嶺南桂水，或謂桂江，一名灕水，湘、漓同源，故可稱湘水爲桂水。此等注皆夢夢。按：桂水有二，南流者初名匯水。《水經》云：「匯水出桂陽縣盧聚，東南過含洭縣，南出洭浦關爲桂水。」注曰：「關在中宿縣，洭水出關右，合溱水，謂之洭口。《山海經》謂之湟水。徐廣曰：湟水一名洭水，出桂陽，通四會，亦曰灌水也。漢武帝元鼎元年，路博德爲伏波將軍，征南越，出桂陽，下湟水，即此水矣。桂水其別名也。」以上《水經》酈注。北流者，一名鷄水。《水經》云：「鍾水出桂陽南平縣部山北，過其縣東，又東北過宋渚亭，又北過鍾亭，與鷄水合。」注曰：「部山即部龍之嶠，五嶺之第三嶺也。鍾水即嶠水也。庾仲初曰：嶠水南入始興灌水注於海，北入桂陽湘水注於江是也。雞水即桂水也。雞、桂聲相近，故字隨讀變，經仍其非矣。桂水出桂陽縣北界山。山壁高聳，三面特峻，石泉懸注，瀑布而下。北徑南平縣，而東北流徑鍾亭，右會鍾水，通爲桂水也。故應劭曰：桂水出桂陽，東北入湘。」以上《水經》酈注。據此，則杜詩「桂江流向北」，不爲無出。但桂入湘而仍稱爲桂水者，按江淹詩：「相思巫山渚，悵望陽雲台。膏爐絶沈燎，綺席生浮埃。桂水日千里，因之平生懷。」巫山陽臺在蜀江，桂由湘以入江，是湘水得稱桂水之證也。

少陵論詩，於曲江、襄陽、高、岑、太白無溢詞，何至薛華而稱其同於太白？愚謂「近來海内爲長句，汝與山東李白好」，「好」字作「交好」看，言華與太白交好。白才兼鮑照，而華絶倒於太白，故能自作歌辭也。如此則與公稱「白也詩無敵」、「俊逸鮑參軍」者合，而贊薛華者亦不失分寸矣。詩意或當爾。

《病橘》篇後段：「憶昔南海使，奔騰獻荔支。百馬死山谷，到今耆舊悲。」詠橘忽借荔支作結，開後人無限法門。東坡《荔支歎》云：「君不見武夷溪邊粟粒芽，前丁後蔡相籠加。」又云：「洛陽相公忠孝家，可憐亦進姚黃花。」詠荔支而以茶芽、牡丹結，正從此脱胎。

《玉腕騮》，原注：「江陵節度衛公馬也。」「聞説荆南馬，尚書玉腕騮。駿驔飄赤汗，跼蹐顧長楸。

胡虜三年入，乾坤一戰收。舉鞭如有問，欲伴習池遊。」節度，大將也，故借山公舉鞭，見其鞍馬雍容。「驍騰有如此，萬里可横行」。房兵曹，將佐也，故就驍騰上結，勉其立功。此可悟立言之體。

《纜船苦風》篇：「楚岸朔風疾，天寒鶬鴰呼。漲沙霾草樹，舞雪度江湖。」寫停舟風雪如畫。鮑明遠詩：「胡風吹朔雪，千里度龍山。」此用「度」字所本。俗本作「渡」者，非是。「暗度南樓月」，亦是此「度」字也。

《燕子來舟中作》：「湖南爲客動經春，燕子銜泥兩度新。舊入故園曾識主，如今社日遠看人。可憐處處巢君室，何異飄飄託此身。暫語船檣還起去，穿花點水益霑巾。」五、六承「看人」句，曲體物情，如周公鴟鴞託言、賈傅鵬鳥臆對之意，如戲如惜，感喟無窮。「穿花點水益霑巾」，燕來可感，去益堪傷，《詩·燕燕》篇所謂「瞻望弗及，佇立以泣」矣。杜牧《詠雁》云：「仙掌月明孤影過，長門燈暗數聲來。」鄭谷詠《鷓鴣》云：「雨昏青草湖邊過，花落黄陵廟裏啼。」崔珏詠《鴛鴦》云：「暫分烟島猶迴首，祇渡寒塘亦並飛。」詠物而不離乎物，詩之中無人在也。讀少陵此作，便如見孤篷對影，絮語呢喃光景。所謂大家。然不先從《鷓鴣》等篇入手，亦何能尋味及此。

《贈蜀僧閭邱師兄》云：「窮秋一揮泪，相遇即諸昆。我住錦官城，兄居祇樹園。」按《詩·伐木》篇：「兄弟無遠集。」《傳》云：「兄弟，朋友之同儕者。」傅咸《贈何劭王濟》詩云：「吾兄既鳳翔，王子亦龍飛。」「兄」謂何敬祖也。詩中於朋友得稱爲兄，蓋本於此。

《寄李白二十韵》「楚筵舞醴日，梁獄上書辰。」注但引舞醴酒一節及在梁獄上書事，詩意何由得明？據《漢書》，穆生去後，楚王戊乃與吴王通謀，遂應吴王反；又吴王有邪謀，陽上書諫，吴王不納，去之梁，羊勝、公孫詭讒之下獄，陽在獄上書自明。書中引與箕子、接輿、申徒狄、徐衍事，大抵多以明己之去吴。是以阮元瑜《爲曹公作書與孫權》曰：「穆生謝病，以免楚難；鄒陽北遊，不同吴禍。」詩意蓋本此。以吴楚謀逆，穆生、鄒陽先去，比永王璘之事，白亦先去，不與其謀，即白詩所謂「舞官不受賞」者矣。是爲用事精切。

《渼陂行》：「此時驪龍亦吐珠，馮夷擊鼓群龍趨。湘妃漢女出歌舞，金支翠旌光有無。咫尺但愁雷雨至，蒼茫不曉神靈意。少壯幾時奈老何，向來哀樂何其多。」諸家以此段靈怪應起句「好奇」二字，「哀樂」應前半一陰一晴義，頗粗淺。愚謂「湘妃漢女」喻人君也，「雷雨」喻近臣也，「金支翠旌」，天顔在望，又憂近臣間之，不知君果屬意於我否？少壯難再，老將至矣，至此而向之哀樂，兩無所用，《楚詞》所謂「時不可兮再得，聊逍遥兮容與」者矣。時少陵獻賦待選，尚未授官，故寓意如此。

《何將軍山林》「萬里戎王子」一首，前輩言十首中，應此一首章法最佳。愚謂就一首論，亦是詠異花絶唱。少陵於《鷹》、《馬》諸篇，多爲英雄寫照；《古柏》、《高柟》諸篇，多爲名臣寫照。此花來從絶域，以漢使之賢、神農之聖，而不免離披。按其意乃爲遠方奇士旅寓咸京者寫一替身，讀之便如漢秺侯以休屠王子没官輸黄門養馬時也，豈非奇作？「徒空」二字，人頗有議者，此與「既已」、「宜當」、「豈況」之類同，在前人用之，皆有二義。

《小雅·大東》篇，無所控告，忽然上及天漢、織女、牽牛、啓明、長庚、天畢、箕斗，極爲離奇，屈原、揚、馬諸騷賦，往往效之。少陵《魏將軍歌》云：「星纏寶鉸金盤陀，夜騎天駟超天河。欃槍熒惑不敢動，翠蕤雲旓相盪摩。吾爲子起歌《都護》，酒闌插劍肝膽露。勾陳蒼蒼玄武暮，萬歲千秋奉明主。臨江節士安足數」。「天駟」、「天河」、「欃槍」、「熒惑」、「勾陳」、「玄武」，星羅滿目，實祖《大東》，要皆從「君門羽林萬猛士」一句生出，羽林軍亦上應星垣故也。將軍監羽林，雖極鋪張，彌見精切，所以爲大家。

何遜：「薄雲岩際出，初月波間上。」杜云：「薄雲岩際宿，孤月浪中翻。」庾信：「終封三尺劍，長卷一戎衣。」杜云：「風塵三尺劍，社稷一戎衣。」漢武《秋風詞》：「懽樂極兮哀情多，少壯幾時奈老何。」杜云：「少壯幾時奈老何，向來哀樂何其多。」此等皆興會所致，偶然相同，正沈休文所謂「音韵天成，暗與理合」者也。

《與源大少府宴渼陂》：「飯抄雲子白，瓜嚼水晶寒。」注：「北人謂匕爲抄。公詩『嘗稻雪翻匙』可以互證。」如注言，是以「抄」爲匙匕之屬，不能與「嚼」字對矣。按：韓詩「匙抄爛飯穩送之」，言以匙抄飯也，正用杜詩此句「抄」字。

《自京赴奉先縣詠懷》詩，用「卒」字韵者三：「貧窶有倉卒」，字同「猝」，人皆知之；「幼子餓已卒」，浦氏謂與下「因念遠戍卒」複，當作「歿」字。此説非也。按卒，終也，盡也，在質韵；又卒，隸人給事者，在月韵，音義俱別。此詩質、物、月、曷、黠、屑六韵通押，故得用之，非複也。

《收京三首》：「仙仗離丹極，妖星照玉除。」言玄宗幸蜀，因賊迫京師也。「須爲下殿走，不可好樓居」，分承起句「蹔屈汾陽駕」，言玄宗早有禪授之心。「聊飛燕將書」，言肅宗遂任恢復之責，此其所以能奉七廟之略，與萬方更始也。「汾陽」句，注言恭皇將回，又有謂暫爾西幸，孰謂肅宗竟自取之者，皆非是。史稱將發馬嵬，父老遮留，願率子弟從殿下，東討賊取長安。太子不可，使廣平王俶馳白上。上曰：「天也。」命分後軍二千人及飛龍廐馬從太子，諭之曰：「太子仁孝，可奉宗廟，汝曹善輔佐之。」且宣旨欲傳位太子云云。注引《莊子》「堯往見四子，藐姑射之山，汾水之陽，窅然喪其天下」，以比玄宗是時即欲傳位耳。「燕將」句，諸家解謂哥舒翰以書招李光弼，則與燕將事相反，或謂時嚴莊來降，史思明亦叛慶緒納上，似切燕將，而與飛書不合。按：詩意以田單之復齊城，比肅宗之復長安也。史稱以顏真卿爲工部尚書兼御史大夫，領使領河北採訪使如故，並致赦書，亦以蠟丸達之。真卿頒下諸郡，又使人頒於河南江淮，由是諸道始知上即位於靈武，狥國之心益堅矣。據此，則赦書密達，足以攜賊黨而收人心。詩句正指此事，故得以飛書燕將爲比。要之，第一首是追序幸蜀之初，馬嵬遮留，靈武勸進，所以能收京之故。第二首「生意甘衰白，天涯正寂寥」，將正序收京，先作勢跌起；「忽聞哀痛詔，又下聖明朝」，正寫京師已復；「羽翼懷商老」，言肅宗能得李泌；「文思憶帝堯」，言當時已迎上皇；「叨逢罪己日」應三句，言值此日，不能不喜極而泣望也。「羽翼」句，注謂指建寧已死，調護廣平，則引用不切。肅宗招李泌，非廣平能自得也。又謂時泌已去，亦誤。泌去在收復東京之後。按史稱李泌幼以才敏著聞，玄宗欲官之，不可，使與太子爲布衣交。上自馬嵬遣使召之，謁見於靈武。上大喜，事無大小皆咨之，言無不從。據此，則正與四皓不事高祖而事惠帝同，故引以爲比。「文思」句，注謂欲其篤於晨昏之戀，固非；浦氏謂從此安儲位，戀寢門，亦非。據史，捷書至鳳翔，上即日遣中使啖庭瑶奏上皇，召李泌曰：「朕已表請上皇東歸。」其晨昏之戀，非不篤者矣。又曰：「朕當還東宮，復修人子之職。」泌曰：「上皇不來矣。」上驚問故，泌曰：「理勢自然。」上曰：「爲之奈何？」泌曰：「今請爲群臣賀表，言自馬嵬請留靈武勸進，及今成功，聖上思戀晨昏，請速還京師，就孝養之意，則可矣。」上則使李泌草表。此皆當日實事，少陵豈有不聞，而尚望其安儲位乎？此句只説聞捷即迎上皇爲是。第三首從「霑洒望青霄」句，全首俱寫「望」字。「汗馬」句點明收京；「春城」句指萬方之城，言不但收京而已也，故結句應之。大抵注家於此三首，皆有《綱目》靈武即位一段横據胸中，並忘少陵爲唐臣子，視其詩與後代詠史者同，可以横使議論，無怪乎所解支離牽强，不與事實相應也。

《收京》詩：「春城鏟賊壕。」是至德二載冬預望之詞，《洗兵馬》則在收東京後一年乾元元年春作。黄鶴注謂乾元二年，則張鎬已罷相，與詩不合。自天寶十五載七月肅宗靈武即位至乾元元年，恰三年，故曰「三年笛裏關山月」。詩春作，故有「青春」及「布穀」句也。「鶴駕通宵鳳輦備，雞鳴問寢龍樓曉」，注引謝氏説云：「鶴駕通宵備鳳輦，以迎上皇。」按上皇已於至德二年十二月還京，其説非是。據史稱上屢請避位還東宫，上皇不許。詩蓋謂初用鶴駕，因上皇不許，乃易乘鳳輦以問寢也。此皆當日實事，何可引影響之語以注杜乎？

讀杜韓筆記卷下

嘉應李黼平繡子著

《元和聖德詩》「解脱攣索，夾以砧斧」以下，張南軒謂昌黎所以爲此言者，欲使藩鎮聞之，畏罪懼禍。此言極當。愚按：《皇矣》言：「執訊連連，攸馘安安。」《泮水》言：「在泮獻馘，在泮獻囚。」昌黎特從而敷衍之，以警示藩鎮，子由議之非也。「侍祠之臣，助我惻楚」，《史記·外戚世家》「助皇后悲哀」，是此「助」字所本。古直謹案：《漢書·王莽傳》「親屬震落，而告其罪，民人潰畔，而棄其兵，進不跬步，退伏其殃，百歲之母，孩提之子，同時斷斬，縣頭竿杪，珠珥在耳，首飾猶存，爲計若此，豈不誖哉。」退之詩雖遠衍《雅》、《頌》，殆亦兼本《漢書》乎？

「魚魚雅雅」，《考異》及顧本無注。按《國語》：「暇豫之吾，吾不如烏烏。」韋昭注：「吾，猶魚也。」此「魚魚」所本。又《説文》：「烏，雅也。」烏、雅本同，亦因有「洛中雅雅」之句，故合而用之耳。

《南山》詩：「勃然思坼裂，擁掩難恕宥。巨靈與夸蛾，遠賈期必售。」此蓋言平日欲登此山，見嶺陸互走，思坼裂之也。得此數韵，頓折極好，與少陵「吾欲鏟疊嶂」意同。「遠賈」句，翻用《世説》「未聞巢由買山而隱」語也。又云：「因緣窺其湫，凝湛閟陰獸。魚蝦可俯拾，神物安敢寇。林柯有脱葉，欲墮鳥驚救。争銜彎環飛，投棄急哺鷇。」此數韵言平日僅至龍湫也。詩正叙神物之靈，與《炭谷湫祠堂》篇不同，彼別有所託詞。《水經注》叙天池有云：「及其風籜有淪，常有小鳥翠色銜出。」此詩「葉脱」、「鳥救」，用其事也。

「爛漫堆衆皺」以下，用「或」字五十餘，淺學頗有議者。愚謂昌黎實祖《北山》，《北山》詩用「或」字者十二句，未聞有非之者也。

《秋懷詩》：「尚須勉其頑，王事有朝請。」按《史記・吴王濞傳》：「使人爲秋請。」《索隱》曰：「音净。」今韵亦在去聲。昌黎於上聲用之，則上、去可通押。前人謂「朝請」字東坡始押入上聲，非也。

《元和聖德詩》，語、麌、哿、馬、有五韵通押，即平韵之魚、虞、歌、麻、尤也。《謝自然詩》，真、文、元、寒、删、先六韵通押。《此日足可惜》詩，東、冬、江、陽、庚、青六韵通押。學者可以爲法。

《醉贈張祕書》云：「詩成使之寫，亦足張吾軍。」按《左傳》：「我張吾三軍。」陸德明《釋文》云：「豬亮反，一如字。」然則平、去兩通，後人用此句，轉不知有平音矣。

《送文暢師北遊》：「昔在四門館，晨有僧來謁。自言本吴人，少小學城闕。」按昌黎時爲國子博士，此「城闕」二字，謂京都也。杜詩：「城闕秋生畫角哀。」自注云：「南京同兩都，得稱城闕。」詩蓋兼用此，非特用《鄭風》而已。

《利劍篇》後云：「決雲中斷開青天，噫！劍與我俱變化歸黄泉。」此有功成即退、深藏不出意，評者以「黄泉」字而言其諉餒，不知「歸黄泉」者，即《易》所謂「龍蛇之蟄」，且不見揚子雲「深者入黄泉，高者上蒼天」語耶？

《汴泗交流》云：「此誠習戰非爲劇，豈若安坐行良圖。當個忠臣不可得，公馬莫走須殺賊。」按

《三蒼》云：「鞠毛可蹋以爲戲。」而劉向《别録》云：「蹋鞠，兵勢所以陳武事，知有材力也。」又《衛青傳》：「大將軍方穿域蹴鞠。」此「習戰」句之所本。末句則從杜《冬狩行》「爲我迴轡擒西戎」脱胎。

情動於中而形於言，古人即物流連，藉以發其情之不容已，未嘗拘拘於是物也。退之「江陵城西二月尾」一篇，起數韵狀李花之白，可謂工爲形似之言，而詩之佳處不在此。後段云：「念昔少年著遊燕，對花豈省曾辭盃。自從流落憂感集，欲去未到先思迴。祇今四十已如此，後日更老誰念哉。力攜一樽相就醉，不忍虚擲委黄埃。」百折千回，傳出「不忍虚擲」之意；而前之「迷魂亂眼看不得」者，亦不能不攜尊而就矣。此劉彦和所謂「以情造文」，非「以文造情」者也。

《杏花》起四句云：「居鄰北郭古寺空，杏花兩株能自紅。曲江滿園不可到，看此能避雨與風。」詩凡十韵，只次句是寫杏花，著一「能」字，精神又注到「曲江」，與少陵「西蜀櫻桃也自紅」用意正同。此下縱筆説二年嶺外所見草木，如山榴、躑躅、青楓之類，然後束一筆云：「豈如此樹一來玩，若在京國情何窮。」醒出詩之旨。一篇純是寫情，無半字半句粘著杏花，豈非奇作？少陵《古柏行》、《海椶行》及《枏樹》等篇，不必貼切，而自然各肖其身分，興寄有在故耳。凡大家皆然。

《鄭群贈簟》篇：「攜來當晝不得卧，一府傳看黄琉璃。」誰謂故人知我意，卷送八尺含風漪。」題前作兩層寫。「倒身甘寢百疾愈，却願天日恒交曦」，題後一層寫。《赤藤杖歌》：「繩橋拄過免傾墮，性命造次蒙扶持。共傳滇神出水獻，赤龍拔鬚血淋漓。」又云羲和操火鞭，暝到西極睡所遺。」題前亦作兩層寫。「空堂晝眠倚户牖，飛電着壁搜蛟螭。」題後亦一層。二詩結構略同。

《孟東野失子》篇，真、文、元、寒、删、先六韵通押。

少陵《送武威漢中河西同谷諸判官》詩寫軍旅倥偬，朝廷需賢，各極淋漓感喟之致，後來作者，殊難着手。退之《送侯參軍赴河中幕》云：「行行事結束，人馬何蹻騰。感激生膽勇，從軍豈嘗曾。洸洸司徒公，天子爪與肱。提師十萬餘，四海欽風稜。河北兵未進，蔡州帥新薨。曷不請掃除，活彼黎與蒸。」此聲韵殆欲與少陵争勝矣。

《送石處士赴河陽幕》，六韵耳，而處士之賢，時事之亟，行者、送者激昂慷慨之氣，畢露於六韵中，亦奇。詩云：「長把種樹書，人云避世士。忽騎將軍馬，自號報恩子。風雲入壯懷，泉石别幽耳。鉅鹿師欲老，常山險猶是。豈惟彼相憂，固是吾徒耻。去去事方急，酒行可以起。」

《辛卯年雪》，侔色揣稱，發《雪賦》之所未發，可謂奇特。其用意乃在「翕翕陵厚載，譁譁弄陰機」四韵，起句「寒氣不肯歸」已伏脈矣。退之奇崛處易學，此等處難及也。

《李花》二首，非一時作，前首河南縣官園花，後首玉川家花也。前詩於草木偶不省録，自慚無地。花如解語，亦當謂可以不恨。

《石鼓詩》：「陋儒編《詩》不收入，二《雅》褊迫無委蛇。孔子西行不到秦，掎摭星宿遺羲娥。」少時讀此，便知「陋儒」是指毛公諸儒，諸儒所以不編入者，以孔子昔日所未見，遂至「掎摭星宿遺曦娥」耳。詩意甚明。後見黄東發引放翁言《石鼓》文不當謂删《詩》時失編入，以爲此誠言語之疵。是黄、陸二公，竟以「陋儒」指孔子也，殊失詩意。果如所言，「陋儒」謂孔子，又何必云「西行不到秦」，爲孔子辯明不編入之故也。按：詩言「揀選撰刻留山阿」，明未立於樂府，東遷後地入於秦，至漢興，諸經立博士，齊、魯、韓、毛四家治《詩》，不能援《書》獻《泰誓》、《禮》獻《考工》、《樂》獻《大司樂》之例，以《石鼓詩》編入，是其因仍固陋處。亦以孔子當日身未到秦，未經聖人考定，是致見遺。「掎摭」句仍就陋儒説，初無譏貶孔子意。「蛇」字本有「馳」音，《詩・羔羊》「委蛇」與「紽」爲韵；《君子偕老》章作「委委佗佗」，與「河」、「何」爲韵。今韵四支「蛇」字注曰：「弋支切。《後漢書》作『委佗』，又作『委它』，《韓詩外傳》作『禕隋』，並字異而義同。又歌、麻二韵。」以上四支「蛇」字注。按今五歌有「迱」而無「蛇」，「迱」字注曰：「通作佗，亦作蛇。」是今五歌之「迱」，即「蛇」字也。附識於此。

《孟生詩》通篇侵韵，其中「採蘭起幽念，眇然望東南。」按：《毛詩》、《楚辭》用「南」字多入侵，非關協韵。陸士衡《贈顔彦先》云：「大火貞朱光，積陽熙自南。望舒離金虎，屏翳吐重陰。」餘俱侵韵。又《贈馮文熊》云：「昔與二三子，遊息承華南。拊翼同枝條，翻飛各異尋。」餘侵韵。朱子于《詩・燕燕》章，上用「音」字、下用「心」字、中用「南」字，不注「協音」，以其本可入侵韵也。他章注之者，以「南」字用在上，故須注以就之。

《南山有高樹行》，支、微、齊、灰四韵通押。《猛虎行》，支、微、齊、佳四韵通押。

《送僧澄觀》詩叙僧伽塔事，蓋僧伽建於前，而澄觀修於後也。「清淮無波平如席，欄柱傾枝半天赤。火燒水轉掃地空，突兀便高三百尺。」四語寫塔之忽廢忽興，如有神助。「當晝無雲跨虛碧」，亦賦塔名句也。

《感春》：「亹亹新葉大，瓏瓏晚花乾。」注家以「瓏瓏」作花落聲，恐誤。按今韵注云：「《説文》：

瓏，禱旱玉，龍文。一曰風聲，一曰明貌。」詩言「花乾」，則「瓏瓏」是風聲。

《酔盧給事雲夫四兄曲江荷花行》，此篇於荷花不著意，而重在曲江之遊。「走馬來看立不正」一句，開出後半文字；「我今官閒得婆娑」，言非宫中給事之比；「撐舟昆明渡雲錦」，以昆明壓倒曲江，公遊昆明、盧遊曲江也。「我時相思不覺一回首，天門九扇相當開。上界真人足官府，豈如散仙鞭笞鸞鳳終日相追陪。」「上界真人」，喻雲夫給事宫中，多官府之事，故走馬看荷，立且不正，如此其忙也；「散仙」，公自喻，昆明之遊，鞭笞鸞鳳，非走馬可比，官閒故也。注家以「上界真人」猶有官府之事，不如雲夫作地上「散仙」，終日嬉遊。殊失詩意。題是「曲江荷花」，從題直起，中間「芙蓉」、「雲錦」及「大白山高三百里，負雪崔巍插花裏」，略作映帶，最超。

《題楚昭王廟》：「城闕連雲草樹荒。」按楚昭王自郢徙都於鄀，鄀故地在今宜城縣，以公《宜城縣驛記》參之，詩當作於宜城，是昭王故都，故有「城闕連雲」之語。

《晚泊江口》詩：「雙雙歸蟄燕。」按何法盛《晉中興書》：「中原喪亂，鄉人共推郗鑒爲主，與千餘家避難於魯國嶧山。山有重險，百姓飢饉，野無生草，掘野鼠、蟄燕食之。」庾子山《哀江南賦》：「飢隨蟄燕，暗逐流螢。」「蟄燕」二字本此。

《喜雪獻裴尚書》：「氣嚴當酒换，灑急聽窗知。」與少陵「燭斜初近見，重聽竟無聞」，皆咏雪名句也。東坡「半夜寒聲落畫檐」，似從退之此聯脱胎，而各極神妙。

《和水部張員外宣政衙賜百官櫻桃詩》云：「漢家舊種明光殿，炎帝還書《本草經》。豈似滿朝承雨露，共看傳賜出青冥。香隨翠籠擎偏重，色映銀盤寫未停。飽食自知無補報，空然慚汗仰皇扃。」以「漢家」、「炎帝」起，見古人寶貴此物。轉出滿朝承賜，乃覺分外恩榮，此文家争起勢也。「銀盤」句只泛説，注者引《東觀漢記》「赤瑛盤」事，則起處方言漢家之不若，又用漢事，不自相矛盾耶？少陵《野人送朱櫻》詩「金盤」亦泛説，惟右丞「中使頻傾赤玉盤」是用《漢記》耳。

《郾城聯句》「五鼎調勺藥」之「藥」與「仍祈郤老藥」，字同而音義别，自可兩押。論者緣此議少陵「稱」、「秤」一字兩押，爲杜不如韓，則非。按「聽」、「廳」一字也，退之《答張徹》「得以娱瞻聽」、「勿憚宿寒廳」，已兩押矣。「尊」、「罇」一字也。

跋

杜注號千家，韓注號五百家，然紛拏支離，往往而有。繡子公此《記》二卷，獨超衆説，通其神怡，非惟學絶，抑亦識精也。其推闡詩法，窮其源委，盡其甘苦。學者持此，有餘師矣。原稿閟藏，百年未見，《光緒嘉應州志·藝文》著其目，注云：未見。今忽從故家得之，倘所謂「精誠所至，金石爲開」者邪？重刊公集已竟，因並及之，以慰海内文流之望。中華民國二十三年秋從曾孫雲儔謹跋。

（王培軍點校）